Grace Flint ermittelt für Scotland Yard undercover gegen ein internationales Geldwäschersyndikat. Doch sie fliegt auf, und die Rache der Verbrecher ist brutal: Sie entstellen ihr das Gesicht. Den Ärzten gelingt es unter größten Anstrengungen, die Spuren der Gewalt zu entfernen – doch nun ist Grace Flint nicht mehr Grace Flint. Sie taucht ab und wird dem Mann, der ihr Gesicht zerstört hat, noch einmal begegnen. Sie ist nur von einem Gedanken besessen: Rache zu nehmen ...

Paul Eddy, geboren 1944, hat fünfundzwanzig Jahre lang für britische Zeitungen geschrieben, vor allem für die ›Sunday Times‹. Mit seinen Reportagen und acht Büchern über Spionage, Krieg und internationalen Drogenhandel hat er sich einen Namen als Undercover-Journalist gemacht. Im Fischer Taschenbuch Verlag sind seine Grace-Flint-Thriller ›Der 1. Plan‹ (Bd. 17944), ›Der 2. Verrat‹ (Bd. 17945) und ›Die 3. Mission‹ (Bd. 17639) lieferbar.

Unsere Adresse im Internet: www.fischerverlage.de

Paul Eddy

GRACE FLINT
DER 1. PLAN

THRILLER

Aus dem Englischen
von Ulrike Wasel und
Klaus Timmermann

Fischer Taschenbuch Verlag

Veröffentlicht im Fischer Taschenbuch Verlag,
einem Unternehmen der S. Fischer Verlag GmbH,
Frankfurt am Main, Juni 2008

Die Originalausgabe erschien unter dem Titel
›Flint‹ bei Headline, London.

Die deutschsprachige Ausgabe erschien 2000 und 2004
unter dem Titel ›Grace Flint‹.

Druck und Bindung: Nørhaven Paperback A/S, Viborg
Printed in Denmark
ISBN 978-3-596-17944-2

Zur Erinnerung an Julien Bourdonnec
1978–1999

Man hüte sich vor Anmut bei Frauen und vor Poesie
beim Mann – zwei Waffen, die umso gefährlicher sind,
als man sie am wenigsten fürchtet!
Marquis de Custine

Erstes Kapitel

I

Grace Flint hat ein Gerät, kleiner als eine Zigarettenschachtel, das sie in Ihrem Auto oder auf Ihrem Boot oder Flugzeug oder in Ihrer Aktentasche verstecken kann und mit dem sich sechs Monate lang genau bestimmen lässt, wo Sie sich gerade aufhalten.
Es sei denn, die Batterien geben den Geist auf.
Grace Flint hat ein Mikrofon so groß wie ein Hemdsknopf, das mit einem Sender so dünn wie eine Kreditkarte verbunden ist, der alles überträgt, was Sie ihr gegenüber äußern oder gestehen, ob nun eine Straße entfernt oder am anderen Ende der Stadt oder an irgendeinem anderen Ort auf der Erde.
Es sei denn, die Luftverschmutzung ist extrem hoch, der Sender streikt oder irgendetwas anderes geht schief; Pannen, über die die Jungs von der Technik nicht gern reden.
Und selbst wenn die Technik tadellos funktioniert, kann sie absolut irrelevant sein.

Grace Flint steht im Treppenhaus eines mehrstöckigen Parkhauses in Belgravia. Das Mikrofon ist mit Klebeband an der Unterseite ihrer linken Brust befestigt und der Sender ganz oben an der Innenseite ihres linken Oberschenkels. Sie fühlt sich sicher, weiß sie doch, dass das Sicherungsteam nur wenige Meter entfernt ist, jedes Wort mithört, um beim ersten Anzeichen von Gefahr zu reagieren, ohne zu ahnen, dass die acht Zentimeter dicke Stahltür zwischen ihr und den Kollegen, die der besonnene Betreiber des Parkhauses als Schutzmaßnahme gegen nächtlichen Diebstahl und Vandalismus einbauen ließ, ausgerechnet an diesem Tag nicht aufgeschlossen worden ist.

»Ich will nicht mit Ihren Freunden sprechen«, sagt Frank Harling zu Clayton Buller, wie aus heiterem Himmel. »Wissen Sie, warum nicht? Das sind Bullen.«

Beobachten Sie ihre Augen, haben die Ausbilder in Hendon immer gesagt. *Achten Sie nicht darauf, was sie sagen, weil sie lügen, genau wie Sie lügen. Beobachten Sie nur ihre Augen.*

Aber sie kann Clayton Bullers Augen nicht sehen, weil der eine dunkle Brille trägt, und Detective Inspector Pendle scheint nicht beunruhigt zu sein. Außerdem *will* sie in diesem nervenzerreißenden Augenblick glauben, dass Frank Harling nur auf den Busch klopft, dass er unmöglich wissen kann, wie Recht er hat.

»Sie sind ja paranoid«, schnaubt Buller. »Meinen Sie, ich hätte sie nicht überprüfen lassen?«

»Ach ja?«, sagt Harling, und seine Stimme ist jetzt voller Verachtung. »Glauben Sie mir, Sie Vollidiot. Das sind Bullen.«

Wenn der Verdächtige irgendeine plötzliche Bewegung macht, gehen Sie davon aus, dass diese feindselig ist, und reagieren Sie dementsprechend.

Aber Bullers Bewegung ist nicht plötzlich; sie ist langsam und sogar anmutig für einen beleibten Mann. Er beugt sich nach vorn und greift in seinen Anwaltskoffer, und plötzlich senden die Neurotransmitter in Flints Gehirn panische Informationen.

Im Nachhinein wird Flint nicht mit Sicherheit sagen können, ob sie die Waffe zuerst gesehen oder gehört hat. In der anschließenden Untersuchung wird sie vieles nicht mehr mit Sicherheit

sagen können. Die einzelnen Details wird sie sehr klar vor Augen haben, für immer in ihr Gedächtnis eingebrannt. Doch deren genauer Ablauf wird ihr entfallen sein.
Pete Pendle will gerade reagieren, als der Knall der ersten Detonation das Treppenhaus erfüllt, so laut, dass Flint benommen ist. Er hallt noch nach, als die zweite und dann die dritte Detonation erfolgt. Pendle wird durch die Wucht der ersten Kugel nach hinten geschleudert, doch das Treppenhaus ist schmal. Als er mit dem Rücken gegen die Wand prallt, sind er und Buller gerade mal gut einen Meter voneinander entfernt. Sie wird sich erinnern, wie sein Körper zuckte, als die zweite und die dritte Kugel in seine Brust eindrangen, als würde er von einer unsichtbaren Hand geschüttelt. Sie wird der Untersuchungskommission später sagen, dass nach dem zweiten Schuss, vielleicht aber auch erst nach dem dritten, das Blut aus seinem Mund spritzte. Sie wird sich sehr deutlich erinnern, dass es eine leuchtend rote Farbe hatte und dass es warm war, als es sie traf.
Auch sie steht mit dem Rücken zur Wand, auf der anderen Seite des Treppenhauses, und sie geht in die Hocke, als Buller die Waffe auf sie richtet. Sie erkennt, dass es sich um eine 9-Millimeter-Browning handelt, obwohl die Untersuchungskommission zu der Ansicht neigen wird, dass sie das vermutlich erst später erfahren hat. Sie wird sich nicht erinnern, ob sie die Augen geschlossen oder ihr Gesicht mit den Händen bedeckt hat, als sie darauf wartet, dass Buller sie tötet.
Dass er es nicht tut, wird sich zur Zufriedenheit der Untersuchungskommission leicht durch den Umstand erklären lassen, dass die vierte Kugel im Magazin festsitzt, und Flint zählt irgendwann nicht mehr mit, wie oft Buller den Schlitten betätigt, um sie freizubekommen. Flint nimmt zahllose andere Geräu-

sche und Eindrücke wahr. Sie hört DI Pendles mühsames Ringen um Atemluft. Sie hört die lauten Stimmen zunehmend verzweifelter Männer und das Schlagen von harten Gegenständen gegen die Stahltür. Sie hört Frank Harling in seinem unverkennbaren Südlondoner Akzent sagen: »Bringen Sie's zu Ende, Buller. Verdammt noch mal, nun machen Sie schon.«

Vor allem nimmt sie das angestrengte Stöhnen des schwer übergewichtigen Anwalts aus Beverly Hills wahr, der jetzt über ihr steht und ihr mit dem Kolben seiner ansonsten untauglichen Browning auf den Schädel schlägt.

Sie wird einräumen, dass sie sich die Hände über den Kopf gelegt haben muss, weil beide Daumen und sieben Finger gebrochen sind. Viel deutlicher wird sie sich jedoch daran erinnern, dass sie auf den Rücken fällt und Bullers Gewicht spürt, als er sich auf sie wirft. Sie spürt seinen Ellbogen an ihrer Kehle und seine manikürten Fingernägel, die sich in ihre Haut bohren, als er versucht, den Stoff ihrer Bluse und ihres BHs fester zu fassen und ihr beides vom Körper zu reißen. Absurderweise denkt sie, er will sie vergewaltigen, doch als er ihre Brüste entblößt und das Mikrofon entdeckt hat, nach dem er sucht, erhebt er sich wieder. Sie hört ihn fluchen: »Miststück, Miststück, Miststück«, immer und immer wieder. Und dann fangen die richtigen Schmerzen an.

Er stützt sich an der Wand ab, um das Gleichgewicht zu halten, während er systematisch mit dem Absatz eines seiner handgearbeiteten italienischen Schuhe auf ihre Brust eintritt. Vielleicht will er ja aus einem irrationalen Impuls heraus das Mikrofon zerstören, als könnte er dadurch die Beweise vernichten, die es gesammelt hat.

Dann macht er sich über ihr Gesicht her, und der Absatz seines

Schuhs lässt mit der gleichgültigen Brutalität eines Presslufthammers Tritte auf sie niederprasseln. Sie verliert das Bewusstsein – aber nicht für lange, wenn ihr Gedächtnis sie nicht täuscht. Sie wird der Untersuchungskommission später erzählen, dass sie ihrer Erinnerung nach wie eine kaputte Puppe in dem Treppenhaus gelegen hat, dass sie ihr eigenes Blut und die körnigen Splitter ihrer zerschlagenen Zähne geschmeckt, ihren eigenen Urin gerochen und den Klang von Schritten gehört hat, die die Treppe hochliefen, dass sie gehört hat, wie Pete Pendle starb.

Clayton Buller kam nicht weit. Vielleicht war die Erkenntnis, dass er soeben einen britischen Polizisten getötet und das Gesicht einer britischen Polizistin zu Brei getreten hatte, zu viel für ein Herz, das durch die Belastung seines Übergewichts und durch die drei Schachteln Zigaretten pro Tag bereits überanstrengt war. Jedenfalls versagte es. Sie fanden ihn auf der Elizabeth Street am Straßenrand tot hinter dem Lenkrad seines Mietwagens.

Aber Frank Harling fanden sie nicht, weder an diesem Tag noch im Laufe einer der intensivsten Großfahndungen, die vom Sonderdezernat für Kapitalverbrechen je organisiert worden war. Detective Inspector Pete Pendle war bei seinen Leuten so beliebt gewesen, wie ein leitender Beamter es nur sein kann. Und jeder einzelne Detective, der Grace Flints zerstörtes Gesicht gesehen oder Beschreibungen davon gehört hatte, wollte Clayton Buller in die Finger bekommen, und da ihnen diese Genugtuung durch seinen Tod verwehrt blieb, richteten sie ihren Zorn auf Frank Harling.

Und Harling hatte das Sicherungsteam zur Ohnmacht ver-

dammt, indem er irgendwie dafür gesorgt hatte, dass die Tür zum Treppenhaus verschlossen blieb, so vermutete die Polizei zumindest. Wie er das bewerkstelligt hatte und woher er wusste, dass er in eine Polizeifalle tappte, waren ungeklärte Fragen.
Im gesamten Stadtgebiet Londons und dann im Süden von England und schließlich im ganzen Land beteiligte sich jede Polizeidienststelle an der Jagd. Jeder Hafen und Flughafen wurde in höchste Alarmbereitschaft versetzt. Man konnte mit Sicherheit davon ausgehen, dass Harling, falls er das Land verlassen hatte, dies auf keinen Fall mit öffentlichen Verkehrsmitteln getan haben konnte, es sei denn in einer überzeugenden und raffinierten Verkleidung. Falls er in Großbritannien geblieben war, hatte weder er noch sonst jemand, auf den seine Beschreibung passte, ein Zimmer in einem Hotel oder einer Pension genommen, und er hatte auch in keinem Versteck Zuflucht gesucht, das den zahllosen Polizeiinformanten bekannt war.
Nein, Frank Harling löste sich einfach in Luft auf und blieb unsichtbar. Sein Haus in Virginia Water wurde durchsucht, und man fand Beweise dafür, dass er vier verschiedene Identitäten benutzt hatte. Man spürte die Ehefrau auf, von der er getrennt lebte – genauer gesagt die Frau, die glaubte, sie sei seine Ehefrau, obwohl man ihr eröffnen musste, dass Frank Harling unter anderem ein Bigamist war. Über diese Frau fand man sein bescheidenes Büro in Surbiton, das im Namen von UniFi Consulting angemietet worden war, sowie Belege für einhundertzweiundachtzig seiner Bankkonten, die jeweils unter dem Namen obskurer Firmen liefen und über die gewaltige Geldsummen geflossen waren. Man fand außerdem einen Compaq-PC, auf dessen Festplatte etwa zwei Gigabyte verschlüsselte Daten waren. Das Sonderdezernat forderte vom FBI Gegenleistung für einen

Gefallen aus der Vergangenheit, und die Computerexperten im FBI-Labor in Washington sagten, sie seien sicher, den Code knacken zu können, mit dem sich Frank Harlings Geheimnisse entschlüsseln ließen. Doch als sie zunächst den Inhalt der Festplatte kopierten – eine offensichtlich vernünftige Vorsichtsmaßnahme –, lösten sie ein geheimes Programm aus, das die Daten unwiederbringlich zerstörte. Wie Harling selbst, so hatten auch seine Geheimnisse aufgehört zu existieren.

Schließlich gaben sie die Jagd auf, weil sie einfach nicht mehr wussten, wo sie noch suchen sollten. Grace Flint erfuhr jedoch nichts davon, denn ihre Ärzte meinten, es sei wichtig für ihre Genesung und auch für ihre Psyche, weiter daran glauben zu können, dass Frank Harling gefasst werden würde.

Sie brauchten fast ein Jahr, um Grace Flints zertrümmertes Gesicht wiederherzustellen. Die Fotos, die die Etappen dieses schmerzhaften Prozesses festhalten, sind kein hübscher Anblick. In der Zwischenzeit verließ ihr Mann Jamie sie, weil er, wie er sagte, ihren Entschluss, auf jeden Fall zum Sonderdezernat zurückzukehren, sobald sie wieder genesen war, weder verstehen noch akzeptieren könne. Eines Tages, kurz nachdem sie wieder einmal unters Messer gekommen war, nahm er einen Spiegel von ihrer Frisierkommode und hielt ihn ihr vors Gesicht, damit sie sich die bläulichen Narben und die Schwellungen unter ihren Augen ansehen konnte. »Sieh dich doch an, Grace«, sagte er, als wüsste sie nicht, wie sie aussah. »Ich ertrage das nicht. Ich kann einfach nicht mehr.«

Er packte ein paar Sachen zusammen und verließ ihre gemeinsame Wohnung – nur vorubergehend, wie er behauptete; er brauche Raum zum Atmen, sagte er. Einen Monat später fand sie heraus, dass er in Pimlico bei einer Frau namens Caroline wohnte. Caroline, so erfuhr sie, hatte ein Kind, das bereits ein Jahr alt war; einen Sohn, dessen Vater Jamie war.

Noch immer krankgeschrieben, kehrte sie in das kleine Dorf und das Farmhaus zurück, wo sie aufgewachsen war und wo, wie sie wusste, zumindest ihre physischen Narben heilen würden.

Ihr Vater nannte sie »Amazing Grace«. Mag sein, dass Dr. John Flint des Nachts dafür betete, dass seine Tochter nie wieder für das Sonderdezernat den Köder spielen würde, aber er war jedenfalls der Ansicht, dass es nicht seine Sache war, ihr zu sagen, was sie tun sollte. Wenngleich er nie verstanden hatte, woher diese ihre Neigung rührte – von ihm ganz sicher nicht –, empfand er es als seine Pflicht und seine Freude, sie so zu lieben, wie sie war.

In diesem ganz und gar bedingungslosen Umfeld, das er ihr bot, wurde Grace langsam wieder gesund. Wenn sie nicht gerade im Krankenhaus war, um sich einer weiteren plastischen Operation zu unterziehen, half sie ihrem Vater in seiner Praxis, wo die Patienten sich nicht an ihrem entstellten Gesicht störten.

»Weißt du, Gracie, du würdest eine verdammt gute Tierärztin abgeben«, sagte ihr Vater zu ihr, aber das war auch schon das höchste der Gefühle, deutlicher brachte er seine würgende Angst nie zum Ausdruck.

II

Gegenüber der Untersuchungskommission, die sie von jeglicher Schuld am Tod von DI Pendle freisprach, gegenüber den Ärzten und Psychiatern und den grauen Herren aus der Personalabteilung, die ihre wiedergewonnene Diensttauglichkeit

skeptisch beurteilten, gegenüber den Ausbildern in Hendon, wohin man sie zur Nachschulung schickte, gegenüber dem neuen Vorgesetzten, der Pendles Platz einnahm, gegenüber ihren Kollegen, die ihr beim Dienstantritt im Sonderdezernat stehend Beifall klatschten, ihr aber nicht in die Augen blicken konnten – vor allem aber sich selbst gegenüber beteuerte Grace Flint hartnäckig, Clayton Buller habe ihr nur die Knochen gebrochen und die Zähne ausgetreten, aber nicht ihre innere Kraft zerstört.
Das war nicht wahr.
Die Ärzte hatten nahezu ein Wunder vollbracht. Sie stellten ihren Kiefer wieder her und implantierten Stifte und Kronen als Ersatz für die Zähne, die Bullers Stiefelabsatz zertrümmert hatte. Nach und nach rekonstruierten sie ihre Nase und Wangenknochen, und anschließend überdeckten andere Chirurgen mit anderen Fertigkeiten die Spuren durch gekonnte Hauttransplantationen. Als sie fertig waren, hatten sie eine Maske geformt, eine Kopie, die in jeder Hinsicht so schön war wie das Original und dauerhafter. »Sie werden noch mit fünfzig so aussehen«, wurde ihr prophezeit. Obwohl sie nicht eitel war, fand sie darin ein wenig Trost.
Doch niemand reparierte den versteckten Schaden, weil sie nicht zugeben wollte, dass es den überhaupt gab.
Ihr gehe es gut, sagte sie.
Die Wahrheit war, dass Grace Flint, die es einst regelrecht genossen hatte, wenn sich ihre Bauchmuskeln verkrampften und sie spürte, wie alle ihre Sinne hellwach wurden, sobald sie allein im Einsatz war, sich als jemand ausgab, die sie nicht war. Diese Grace Flint hatte jetzt panische Angst davor, am Rande des Abgrunds zu arbeiten.
Bis zu jenem Augenblick, als Buller zur Tat schritt, war sie eine

äußerst effektive verdeckte Ermittlerin gewesen, weil sie nicht wie eine aussah. Je nach den gegebenen Umständen und je nach Wahl ihrer Garderobe konnte sie sein, wer sie wollte. Sie war eine Edelnutte in einem Privatclub in der City, wo einige der ausschweifenderen Devisenhändler schon mal aus sich herausgingen. Sie war ein Scriptgirl in der Fernsehspielabteilung der BBC, das eine kranke Mutter unterstützen musste und deshalb bereit war, für das Cali-Kartell Geld auf die Cayman Islands zu schaffen. Einmal, Gott steh ihr bei, war sie die Freundin eines IRA-Angehörigen, der von einem chilenischen Waffenhändler in Miami eine Kiste raketengetriebener Granaten kaufen wollte. Oder sie war, wie Clayton Buller geglaubt hatte, bis Frank Harling ihn eines Besseren belehrte, eine knallharte Investment-Bankerin aus Zürich, die bereit war, ein paar Hundert Millionen Dollar zu waschen, von denen das Finanzamt nichts wusste. Sie gefiel sich in ihren Rollen, und sie war gut darin. Es gefiel ihr, den Nervenkitzel zu spüren und die berauschende Euphorie, wenn das Risiko, enttarnt zu werden, vorüber war. Vor allem gefiel ihr, die Augen der Getäuschten zu sehen, wenn ihnen aufging, dass sie nicht diejenige war, für die sie sie gehalten hatten, nämlich ihr Opfer oder ihre Kundin oder ihre Komplizin. Sondern diejenige, die ihren Untergang herbeiführte.
Das war vorbei. Das forsche Selbstvertrauen, mir dem sie die Tage im Sonderdezernat durchstand, war so künstlich wie ihr Gesicht. Nachts, allein in ihrer kleinen Wohnung im Norden Londons, lag sie im Dunkeln und wartete auf die Träume, die sie ins Zentrum ihrer privaten Hölle brachten. Ein Pandämonium, das für gewöhnlich einem Treppenhaus in Belgravia ähnelte.
Schließlich freute sie sich auf die Nächte, wenn sie Migräne bekam und vor Schmerzen an nichts anderes denken konnte als an

das Stahlband, das sich um ihren Kopf zuzog; wenn sie, nachdem sie sich endlich übergeben hatte, in einen erschöpften Schlaf fiel.

Ihre Kollegen im Sonderdezernat wussten natürlich Bescheid, auch wenn sie es nicht zeigten. Vielleicht war ihnen nicht klar, wie abgrundtief ihre Angst war, aber sie wussten ganz sicher, dass Grace Flint nie wieder als verdeckte Ermittlerin würde arbeiten können. Sie teilten sie für die Kontaktpflege mit Informanten ein, sie schickten sie zu Überwachungen, sie machten sie zu einem unverzichtbaren Teil jedes Sicherungsteams. Und als selbst das zu viel verlangt schien, schickten sie sie in die Vereinigten Staaten – außer Gefahr, wie sie es sahen –, zu einem Schreibtischjob im Britischen Konsulat in Miami, wo sie für die Kontakte zwischen dem Sonderdezernat und der entsprechenden Abteilung des FBI zuständig war.

Niemand hätte je im Traum daran gedacht, Flint zu bitten, noch einmal in die Hölle hinabzusteigen – bis Aldus Cutter kam.

III

Thomas Breslin hat es sich auf einem L-förmigen, weißen Ledersofa bequem gemacht. Das Sofa nimmt viel Platz in dem eleganten Wohnzimmer der Alhambra-Suite ein, der luxuriösesten Unterbringung, die das Buccaneer Hotel in Miamis Coconut Grove zu bieten hat. Neben ihm sitzt seine Frau, obwohl sie offensichtlich viel zu jung ist, um die erste Mrs. Breslin zu sein. Sie sind ein hübsches Paar, teuer gekleidet, er in einem azurblauen Seidenhemd mit winzigen Perlmuttknöpfen und in weißer

Leinenhose, sie in einem karmesinroten Seidenjumpsuit, der ihre schlanken Beine bis auf die oberen paar Zentimeter vollständig enthüllt. Mit den Fingern der linken Hand malt Breslin träge Muster auf die Innenseite ihrer Oberschenkel, eine Geste, die signalisiert: »Sie gehört mir.«

Sie sind am Nachmittag aus New Orleans auf dem Miami International Airport gelandet – wenn man dem Flugplan glaubt, den der Pilot des Learjet ausgefüllt hat, der sie angeblich nach Florida brachte. Sie wurden am Flughafen von zwei jungen Männern abgeholt, die aussahen, als würden sie viel Zeit im Fitnessstudio verbringen. Die beiden trugen modisch weit geschnittene Leinenjacketts, unter denen sie alles Mögliche verbergen könnten. Sie trugen das Gepäck der Breslins nicht selbst, weil sie die Hände frei haben wollten, aber sie achteten ganz genau darauf, dass die Gepäckträger jedes einzelne Gepäckstück im Kofferraum der weißen Limousine verstauten, die direkt vor dem Terminal auf die Breslins wartete. Sie stiegen erst in den Wagen, als die Breslins sicher an Bord waren.

Die Breslins checkten im Buccaneer Hotel nicht ein; sie kamen einfach an. Der übers ganze Gesicht strahlende Manager, der offenbar hoch geschätzte Stammgäste willkommen hieß, begrüßte sie in der Lobby und führte sie direkt zum Lift, der ausschließlich für die Bewohner der Alhambra-Suite reserviert ist. Die zwei jungen Männer fuhren mit den Breslins im Aufzug, ebenso ihr Gepäck.

In der Suite wurden noch allerletzte Vorbereitungen getroffen, was Breslin missfiel, obgleich er einräumen musste, dass das Arrangement äußerst kurzfristig erfolgt war. Dennoch blieb er ungeduldig, bis die Arbeit erledigt war. Er erwartete Besuch.

Sie waren zu dritt, und sie trafen pünktlich im Hotel ein. Sie eilten durch die Lobby, nur um von dem Mann an der Rezeption aufgehalten zu werden, der sich erst telefonisch bestätigen ließ, dass Mr. Breslin sie tatsächlich erwartete. Ein Hotelpage tippte den Dreizifferncode ein, ohne den sich die Türen des Aufzugs der Alhambra-Suite nicht öffnen würden.

In einer der Nischen der Lobby senkte ein Mann eine Zeitung, in der er nicht gelesen hatte, und sagte, scheinbar zu sich selbst: »Alpha vier. Rykov und zwei Unbekannte. Auf dem Weg nach oben.«

Aldus Cutter alias Thomas Breslin erlaubte es seiner Hand, bis ganz nach oben von Grace Flints Oberschenkel zu gleiten und ihn dann zu tätscheln. »Machst du uns einen Drink, Schatz?«

Du musst das hier nicht machen, Grace. Du musst nicht hier in diesem Raum mit diesen Leuten sein und so tun, als wärst du das Flittchen von irgend so einem Drecksack. Du kannst auf der Stelle aussteigen. Du kannst sagen: »Bin gleich wieder da, Schatz«, und du kannst ins Schlafzimmer gehen und dann raus auf die Feuertreppe und nicht zurückkommen. Das hier ist Cutters Operation und seine Verantwortung – und er hat verdammt noch mal kein Recht, dich in diese Lage zu bringen. Du hast schon genug durchgestanden. Du musst das hier nicht machen. Grace, hör zu: DU MUSST DAS NICHT MACHEN.

Aber natürlich muss sie es machen. Was hat sie denn für eine Wahl?

Als Aldus Cutter sie am Morgen ins Hauptquartier des FBI-Sonderdezernats rief und zu ihr sagte »Rykov hat angebissen« und zu ihr sagte »Er will uns achtzig Millionen Dollar in falschen Hundert-Dollar-Scheinen verkaufen, Qualitätsware von libanesischen Fälschern in Beirut«; als Cutter sagte: »Er möchte sich mit Mr. Big treffen. Das bin ich. Sie sind Mrs. Big. Sie kriegen das Mikro verpasst«, was hätte sie da sagen können?

Hätte sie Aldus Cutter sagen können, dass sie sich nicht wohl fühlte, dass sie ihre Tage bekam, dass sie eine beginnende Migräne spürte? Oder hätte sie zu dem ranghöchsten Special Agent des FBI, dem sie je begegnet war, sagen können: »Mr. Cutter, das pack ich nicht. Ich schaff das nicht mehr, was von einem Undercover-Cop erwartet wird, weil Clayton Buller mir das Gesicht zertreten hat«; hätte sie, anders ausgedrückt, Aldus Cutter eingestehen sollen, was sie sich selbst nicht eingestehen konnte?

Was auch immer der vernünftige Weg gewesen wäre, sie hatte ihn nicht eingeschlagen.

»Wieso ich?«, sagte sie, bemüht, normal zu klingen; bemüht, den Aufruhr in ihrem Kopf zu missachten.

»Weil Sie angeblich bei solchen Einsätzen gut sind, Flint. Das ist schließlich Ihr Job. Richtig?« Als sie nicht antwortete, fuhr Cutter fort: »Es ist Zeit, wieder in den Sattel zu steigen.«

»Wie bitte?«

»Wenn man einmal abgeworfen worden ist, muss man wieder aufsteigen. Und je länger man wartet, desto schwieriger wird es.«

»Stimmt.«

Als Cutter dann sagte: »Haben Sie Klamotten, in denen Sie aussehen wie die Frau von so einem Big Boss?«, hatte sie mit einer Unbeschwertheit, die sie nicht empfand, erwidert: »Na ja, wie die viel jüngere Frau von so einem Big Boss«, und sich ein schwaches Lächeln eingehandelt.

»Sie machen das schon«, sagte Cutter, und sie hatte es vorgezogen, ihm nicht zu widersprechen.

Zumindest hatte es sich als unnötig erwiesen, dass sie ein Mikro trug. Trotz der düsteren Prognosen von Seiten der Techniker hatte Aleksei Rykov sich nicht dagegen gesträubt, Thomas Breslin in dessen Hotelsuite zu treffen, und somit war ihnen die Chance entgangen, sich die schönsten Möglichkeiten auszudenken, wo sie ihre Geräte an Flint verstecken könnten.

»Was möchten Sie trinken, Aleksei?«, sagt sie auf dem Weg zur Bar. Rykov lehnt ihr Angebot mit einem abfälligen Winken ab. Er hat noch kein Wort an sie gerichtet und ist offenbar auch nicht dazu gewillt.
Sie scheint es nicht zu registrieren. Sie ignoriert auch die vier anderen Männer im Raum, weil die Frau von Tommy Breslin sich nun mal nicht darum kümmert, ob das Personal gut versorgt wird. »Schatz?«, sagt sie.
»Das Übliche.«
Vielen Dank, Cutter. Woher soll ich wissen, was Sie trinken? Sie macht ihm einen Wodka-Martini und einen für sich; in sein Glas steckt sie einen Cocktailspieß mit Oliven, den ein mit dem Designerlogo des Buccaneer Hotels bedrucktes Papierschirmchen krönt.
»Bitte sehr, Liebling, nass und süß, genau wie du es magst.« Cutter bedenkt Rykov mit einem breiten, anzüglichen Grinsen. Rykov reagiert nicht, auch nicht, als Mrs. Breslin sich neben ihn auf die Couch setzt und ihre Beine in seine Richtung übereinanderschlägt.
Sie tut so, als nippe sie an ihrem Drink, beobachtet, wie er Cutter beobachtet. Es gibt kein Skript, und es gab wenig Zeit zum Proben. Wie sie ihre Rolle spielt, muss sie selbst entscheiden.
Dann mal los, denkt sie bei sich. Zu Aleksei Rykov, der als große Nummer im Falschgeldgeschäft betrachtet werden möchte, sagt

sie nassforsch: »Also, Aleksei, wird das heute noch was, oder sollen wir warten, bis wir schwarz werden?«

Thomas Breslin existiert gar nicht. Er ist ein Phantasieprodukt von Aldus Cutter und den übrigen Planern von Operation Harvest.

Und dennoch ist Tommy Breslin in New Orleans, wie Rykovs Helfershelfer mühelos in Erfahrung gebracht haben, ein Mann, mit dem man rechnen muss. Es gibt keinen Spitzel des FBI in New Orleans, dem nicht für Informationen über Breslin großzügige Summen geboten worden sind, und schon allein das hat seinen Ruf vergrößert. Die Bundesbehörde für Drogenbekämpfung, der Secret Service, die Steuerfahndung und das Rauschgiftdezernat von Louisiana, alle haben sie Erkundigungen über Breslin eingeholt. Sein Ruf hat dadurch immensen Auftrieb erhalten, und in Unterweltkreisen herrscht nun allerseits Gewissheit, dass man diesen Tommy Breslin, dem sie noch nie begegnet sind, mit ins Kalkül ziehen muss, wenn es in ihrer Stadt um Glücksspiel, Prostitution und Drogengeschäfte geht. Man sagt ihm ebenfalls nach, dass er Verbindungen zur Mafia hat; er ist zwar kein Mafioso, nicht mit einem Namen wie Breslin, aber Verbindungen zur Mafia hat er dennoch. Angesichts seiner vielfältigen Aktivitäten und seiner steigenden Reputation im kriminellen Milieu der Stadt muss das einfach so sein.

Und Handel mit Falschgeld ist eine weitere Branche des Breslin-Imperiums, so wird gemunkelt, daher auch das Interesse des Secret Service. Bislang waren es kleinere Geschäfte, da Breslins Lieferanten hinsichtlich der Qualität ihrer Produkte unzuverlässig waren. In New Orleans geht das Gerücht, dass Tommy Breslin vorhat, im großen Stil in dieses Geschäft einzusteigen.

In New Orleans geht weiter das Gerücht, dass Tommy Breslin sich zutraut, zehn Millionen Dollar die Woche zu verarbeiten, vielleicht mehr.

»Ihr Jungs kriegt wirklich den Hintern nicht hoch«, bestätigt Breslin die Meinung seiner Frau. »Das Geschäft hätte schon vor Wochen über die Bühne gehen müssen, aber immer hör ich nur irgendwelche beschissenen Ausreden. So läuft das nicht. Ich muss mich auf euch verlassen können, oder ich muss auf euch verzichten. Vielleicht sollte ich einen kleinen Trip nach Beirut machen und mir selbst einen Partner suchen, der Nägel mit Köpfen macht. Haben wir uns verstanden, Aleksei?«

Rykov lächelt. »Sparen Sie sich das Flugticket. Wir müssen genau wissen, mit was für Leuten wir Geschäfte machen, und das herauszufinden, dauert eben seine Zeit. Ich bin sicher, Sie verstehen das.« Er zuckt die Achseln, um seine absolute Gleichgültigkeit zum Ausdruck zu bringen.

»Also?«, sagt Breslin.

»Wir sind jetzt bereit, das Geschäft zu machen.« Aus der Innentasche seines Jacketts holt Rykov einen dünnen Packen neuer Hundertdollarscheine und legt ihn auf den Tisch. »Das ist ein Muster«, sagt er. »Der Rest ist sofort verfügbar. Sie kennen die Bedingungen.«

Die Spannung knistert. Selbst auf dem Videoband ist sie spürbar. Tommy Breslin hält sich an seinem Drink fest, tief in die Polster des Sofas gelümmelt, den Blick starr auf Rykovs Gesicht gerichtet. Er zögert den Moment hinaus. Schließlich sagt er: »Rick, hol die Tasche.«

Wenn man sich die Videoaufnahme ansieht, achtet man zunächst gar nicht richtig auf die Umstehenden, denn sie spielen

in dem Drama bislang keine Rolle. Insbesondere Rick ist fast unsichtbar, weil er reglos dasteht, den Rücken an die Wand gelehnt, die Arme vor der Brust verschränkt. Wenn man genau hinschaut, fällt auf, dass er die rechte Hand unter sein modisches Leinenjackett geschoben hat, wo sie auf dem Schulterhalfter ruht, das er nicht länger zu verbergen sucht.
Auf Cutters Aufforderung hin stößt er sich von der Wand ab. Seine Gliedmaßen sind muskelbepackt, aber er geht mit geschmeidiger Eleganz auf die Kamera zu. Die Kamera kann ihm nicht folgen. Sie ist nicht schwenkbar, weil ihre Fiberoptiklinse tief in die Wand versenkt wurde. Er geht aus dem Bild. Die Tonspur nimmt das Geräusch einer Tür auf, die sich öffnet, dann schließt, dann wieder öffnet, dann erneut schließt, und Rick kommt zurück ins Bild.
Er ist jetzt mit dem Rücken zur Kamera, und wir können sehen, dass er in der linken Hand einen von diesen Koffern trägt, die entgegen den Behauptungen des Herstellers nicht ganz unter einen Flugzeugsitz passen. Der Koffer ist offensichtlich schwer, sogar für Rick. Seinen rechten Arm können wir nicht sehen, weil er ihn weiter quer über die Brust gelegt hält.
Er geht dorthin, wo Cutter sitzt, und legt den Koffer auf den Couchtisch, auf dem Cutter seine Füße aufgestützt hat. Einige Augenblicke lang versperrt er der Kamera die Sicht auf Cutter, während er an den Zahlenschlössern dreht, und wir hören deutlich das Klicken des Mechanismus. Dann tritt er zur Seite und nimmt wieder seinen Posten an der Wand ein, am linken Bildrand. Sein rechter Arm ruht noch immer quer über der Brust, als wäre er dort festgeschnallt, die Finger im Jackett. Den anderen Arm lässt er seitlich herabhängen, so dass er nicht im Weg wäre. Falls erforderlich, würde der rechte Arm die Arbeit erledigen.

Cutter lässt sich Zeit. In der Transkription des Videos hat die Stenografin später eine Pause von achtundzwanzig Sekunden vermerkt, und Harry Cohen hat die Zeit gestoppt, und die Frau hat Recht. Doch beim Zuschauen kommt einem die Pause fast wie eine Ewigkeit vor, ein in der Zeit eingefrorener Augenblick. Cutter hält noch immer sein Glas mit beiden Händen, dessen Boden auf seiner Brust ruht. Der Winkel der Kamera ist ziemlich niedrig, wodurch es so aussieht, als fixiere er Rykov über das alberne Papierschirmchen hinweg.

Rykov ist im Profil, links von Cutter. Er ist ein ungewöhnlich gut aussehender Mann mit einer stolzen Stirn und pechschwarzem Haar, das so perfekt frisiert ist, als wäre es ihm auf den Schädel gesprüht. Sein Äußeres hat etwas Altmodisches an sich, mehr als nur eine flüchtige Ähnlichkeit mit Rudolph Valentino.

Als A. J. Devereaux das Videoband von Harry Cohen vorgeführt bekam, sagte er, der stellvertretende Leiter des MI5, auf seine typisch überhebliche Art: »Der sieht aus, als könnte er eine Tanzcombo leiten.«

Aber Rykov hat etwas Bedrohliches an sich. Wie Cutter erinnert er an ein Raubtier. Sie gleichen zwei Schakalen, die einander abtaxieren.

Flint ist da, neben Rykov, aber sie hat sich tief in das Sofa zurückgelehnt. Ihr Gesicht ist sehr weiß, was aber auch nur am Licht liegen kann.

Als die achtundzwanzig Sekunden vorüber sind, nimmt Cutter die Füße vom Tisch. Er tut das langsam, als wären sie schwer zu heben. Er beugt sich vor und stellt seinen Drink auf den Tisch, öffnet dann den Koffer. Aus der Perspektive der Kamera können wir nicht sehen, was in dem Koffer ist, aber Cutter sagt es uns.

»Hundertdollarscheine. Echte. Fünfhundert pro Bündel, sechsundfünfzig Bündel, macht zwei Komma acht Millionen. Zählen Sie nach.«
Wir können jetzt sehen, dass er einen fünf Zentimeter dicken Packen Banknoten in der Hand hält. Er wirft ihn auf den Tisch in Rykovs Richtung, und auf dem Videosoundtrack ist ein lauter dumpfer Ton zu hören, denn genau in dem hohlen Tischbein, das Rykov am nächsten ist, haben die Jungs von der Technik ihr Hauptmikro versteckt.
Rykov scheint sich noch immer nicht zu bewegen, Flint ebenfalls nicht. Sein Kopfnicken ist unmerklich.
Der große Mann, derjenige, dem bislang auf dem Bild die Schädeldecke fehlte, tritt jetzt vor, und man kann sehen, dass er nicht skalpiert ist, wie es den Anschein hatte. Er ist wahrlich abgrundtief hässlich. Da er im Halbdunkel gestanden hat, links hinter Rykov und direkt gegenüber von Rick, konnte man sein Gesicht nicht genau erkennen. Jetzt jedoch filmt die Kamera vor allem den lila Striemen, der unter seiner Nase her über beide Wangen von Ohr zu Ohr verläuft, als wäre sein Gesicht in zwei Hälften zerschnitten und dann von einem stümperhaften Schweißer wieder zusammengefügt worden. Die Narbe bewirkt, dass sein Mund zu einem grotesken klaffenden Spalt verlängert wird. Der Striemen verleiht ihm das permanente gierige Grinsen eines Hais. Flint kann den Blick nicht von ihm losreißen.
Devereaux war von diesem Anblick entsetzt. Harry Cohen hörte, wie Devereaux nach Luft schnappte, als ihm klar wurde, dass die Entstellung echt und nicht irgendein Fehler auf dem Band war. »Ach, du lieber Himmel«, sagte er, »was ist das denn für ein Ungeheuer?«
»Sein Vorname ist Vladimir – zumindest hat Rykov ihn so ge-

nannt«, sagte Cohen. »Seine wahre Identität konnte nicht festgestellt werden.«
»Und wer oder was hat sein Gesicht so zugerichtet?«
Cohen zuckte die Achseln.
Auch Devereaux' Einheit hat ihre Techniker, und sie hatten eine Anlage zur Verfügung gestellt, mit der er ein Bild einfrieren und jeden Teil davon vergrößern und schärfer stellen konnte. Auf dem Bildschirm holte er Vladimirs Gesicht heran.
»Sieh mal an, der edle Wilde«, sagte er. »Ich fürchte um unsere Heldin, Harry.«
»Mit gutem Grunde«, erwiderte Cohen.

Auch im weiteren Verlauf des Videos bleibt uns Vladimirs Furcht erregendes Gesicht nicht erspart. Cutter ist von der Couch aufgestanden und lehnt jetzt mit gelangweilter Miene an der Bar. Vladimir hat Cutters Platz auf dem Sofa eingenommen, direkt mit Blick in die Kamera, und leert systematisch den Inhalt des Koffers.
Er nimmt jedes Bündel einzeln in die Hand und richtet es mit seinen langen Fingern gerade, bis die Kanten für seinen Geschmack gerade genug sind. Dann legt er die Bündel nebeneinander in ordentlichen Reihen hin, bis sie fast die gesamte Couchtischplatte bedecken. Wir sehen, dass es ihm um Einheitlichkeit geht; er vergewissert sich, dass jedes einzelne Geldbündel exakt die gleiche Dicke hat. Er fährt mit der Hand über die so von ihm geschaffene Papierfläche, wie ein Zimmermann, der überprüft, wie glatt ein Stück Holz ist.
Offenbar zufrieden, sucht er sich ein beliebiges Bündel aus. Er schlitzt die Banderole säuberlich mit dem Daumennagel ein, hält die Scheine in einer Hand und blättert sie mit der anderen

durch. Er macht das mehrmals, wie ein Kartenspieler auf der Suche nach dem Joker. Dann breitet er die Scheine fächerförmig aus, und wir können sehen, dass er die Seriennummern liest. Offensichtlich entdeckt er keine identischen Nummern, denn auf einmal schließt er den Fächer und richtet das Bündel mit den Fingern aus, bis es erneut vollkommen gerade ist.
Jetzt zählt er die Scheine. Er macht das sehr schnell, aber in unregelmäßigen Abständen hält er inne und unterzieht eine einzelne Note einer minuziösen Prüfung, untersucht die Textur des Papiers und die Regelmäßigkeit des Drucks. Einen Moment lang meinen wir, dass er fertig ist. Aber er nimmt ein weiteres Bündel Scheine vom Tisch und schlitzt die Banderole auf, und das Ganze beginnt von vorne.
»Pingeliger kleiner Scheißer, was?«, sagte Devereaux. »Wie schätzt du die Chancen ein, den guten Vladimir übers Ohr zu hauen?«
»Als gering«, sagte Harry Cohen.
Schließlich ist Vladimir zufrieden. Er steht vom Sofa auf und kehrt auf seinen Posten im Halbdunkel zurück, wo wir sein grässliches Gesicht nicht mehr sehen können. Dann sagt Rykov: »Sehr schön.«
»Und was jetzt?«, sagt Cutter, der noch immer an der Bar lehnt, sorgsam darauf bedacht, weder uns noch Rick den Blick auf Rykov zu versperren.
»Jetzt sind Sie an der Reihe, das zu bekommen, was Sie wollen. Natürlich ist die Ware nicht hier.«
»Natürlich«, sagt Cutter sarkastisch.
»Sie ist nicht weit weg, Mr. Breslin, und sie ist sicher. Ihre Männer können sie jetzt prüfen. Slavitch bringt sie hin.« Rykov nickt in die Richtung eines kleinen Mannes mit Alabasterhaut, der

lässig dreist an der Tür des Privataufzugs lehnt. »Darum müssen wir beide uns keine Sorgen machen.«
»Gut. Und worum müssen wir uns Sorgen machen?«
»Sie sind ein scharfsichtiger Mann, Mr. Breslin. Schließlich kommen wir zum erstenmal miteinander ins Geschäft, und obwohl Sie einen ausgezeichneten Ruf haben, können wir nicht wissen, wie sich die Sache entwickelt. Es ist, wie wenn man zum erstenmal mit einer schönen Frau schläft.« Er wirft Flint einen kurzen Blick zu. »Man hofft, dass ihre Leidenschaft so groß ist wie ihre Schönheit, aber das muss nicht unbedingt der Fall sein. Wir müssen uns im Leben wie in der Liebe auf Enttäuschungen gefasst machen, Mr. Breslin.«
»Verdammt, Rykov, kommen Sie endlich zur Sache. Wie wollen Sie den Tausch vornehmen?«
»Mit großer Vorsicht.« Offensichtlich hat Rykov seinen Spaß. »Ihre Männer gehen mit Slavitch. Sie und ich gehen nach unten in den Coffee Shop – mit dem Geld natürlich. Das Essen soll ausgezeichnet sein. Dort sind viele Leute. Keinem von uns beiden wird in dem Café etwas zustoßen, denke ich. Und dann warten wir. Wenn Ihre Männer mit der Ware zufrieden sind, können sie sie nehmen. Sie ist in einem Truck, den wir Ihnen gerne noch zusätzlich überlassen. Ihre Männer fahren, wohin Sie wollen, und dann rufen sie Sie an und sagen Ihnen, dass alles ist, wie es sein sollte, und ich gehe mit dem Geld. Unser Geschäft ist abgeschlossen, und wenn wir uns das nächste Mal sehen, werde ich Sie um Verzeihung bitten, weil ich so töricht war.«
»Und er?« Breslin nickt in Vladimirs Richtung.
»Wie ich schon sagte, Sie sind sehr scharfsichtig. Vladimir ist meine Versicherung. Er bleibt hier bei Ihrer Frau. Wenn alles

zu unserer Zufriedenheit erledigt ist, rufe ich ihn auf seinem Handy an, und er geht. Wenn etwas schief läuft und Vladimir erhält keinen Anruf von mir ...« Rykov lässt den Satz unbeendet.

Nein, nein, nein, nein, nein.

Grace Flint schreit, aber der Klang ist nur in ihrem Kopf zu hören.

Eine Etage tiefer, direkt unter der Alhambra-Suite, in einem fast identischen Wohnzimmer, das allerdings mit elektronischen Geräten voll gestopft war, hatte Kevin Hechter, der Teamleiter von Operation Harvest, das Gefühl, als wäre ihm die Lunge durchlöchert worden.

Er schloss einen Moment lang die Augen, während sein Hirn kurz überschlug, wie viel Aufwand an Arbeitszeit und öffentlichen Mitteln in diesem Moment in die Luft verpufft war. Dann sagte er sich: »Scheißegal.« Es würden, so wusste er, genügend andere Leute diese Berechnung liebend gern anstellen.

»Okay, Leute, die Sache geht den Bach runter«, sagte er in das Headset, das er trug. »Cutter wird einen Rückzieher machen müssen, und wir wissen nicht, wie Rykov darauf reagiert. Alle auf Position. Sofort.«

Die Wirkung seiner Worte war erstaunlich. Im ganzen Hotel und in seiner unmittelbaren Umgebung ließen Frauen und Männer abrupt alles stehen und liegen und begaben sich äußerst zielstrebig auf die ihnen zugewiesenen Posten.

Der Wartungsmonteur, der gerade die Klimaanlage in der Granada-Suite reparierte, ging mit den Worten zur Tür hinaus: »Ich brauch einen Schraubenschlüssel«, obwohl er schon einen in der Hand hielt. Ein Zimmermädchen, das die Minibars im zweiten

Stock auffüllte, ließ den Getränkewagen mitten auf dem Flur stehen. Kellner und Pagen und Parkplatzwächter ließen ihre Arbeit und ihre Hotelgäste im Stich, denen sie nicht mehr als nur ein eiliges »Entschuldigung« als Erklärung boten.
Und in der Lobby tippten vier junge Männer, die aussahen, als wären sie eben vom Tennisplatz gekommen, den Code ein, der ihnen Zugang zum Aufzug der Alhambra-Suite gewährte. Sobald sie drin waren und die Türen sich geschlossen hatten, öffneten sie die Taschen, die sie bei sich hatten, und machten sich gefechtsbereit.
Sie hatten wenigstens etwas zu tun. Hechter konnte nur auf die grobkörnigen Bilder starren, die aus dem Zimmer über ihm auf seine Fernsehmonitore übertragen wurden, und der Stille lauschen und sich fragen, wie Cutter wohl vorgehen würde.
Auf die sanfte oder die harte Tour? »So mache ich keine Geschäfte«, und versuchen, vernünftig mit Rykov zu reden? Oder »Leck mich, Rykov«, und ihn samt seiner Begleitung rauswerfen? Wie auch immer, Cutter würde seine Sache gut machen müssen, sonst würde es etlichen Leuten schlecht ergehen.
Schließlich sprach Cutter, und einen Augenblick lang wollte Hechter seinen Ohren nicht trauen. Dann sagte Hechter: »Cutter, du verdammter Dreckskerl. Das kannst du doch nicht machen, Cutter, verdammt.« Aber er hatte es getan.

»Was meinst du dazu, Schatz? Willst du hier bei Vladimir bleiben, während wir das Geschäftliche erledigen? Das macht dir doch nichts aus, Liebling, oder?«
Thomas Breslins Stimme hat einen schmeichelnden Tonfall angenommen, als würde er einem launischen Kind gut zureden. Er steht noch immer an der Bar, mit dem Rücken zur Kamera, so

dass wir sein Gesicht nicht sehen können, aber das ist nicht der Grund für unsere Frustration. Wir wollen Flints Gesicht sehen. Wenn eine Nahaufnahme je wichtig war, dann jetzt.

Sie sitzt noch immer tief im Sofa zurückgelehnt. Sie sieht wie geschrumpft aus, und ihr Gesicht sieht noch immer sehr weiß aus. Wir glauben nicht mehr, dass das eine Lichttäuschung ist.

»Dauert höchstens zwei Stunden«, sagt Breslin. »Nicht wahr, Rykov?«

Rykov nickt. Er beobachtet Flint so genau wie wir. Aber er ist ihr sehr viel näher. Er kann ihre Augen sehen.

Sie lächelt ihn an. Es ist nicht das falsche Lächeln einer zutiefst verängstigten Frau. Extrem auf Devereaux' Bildschirm vergrößert ist es großzügig und sogar neckisch. Es ist ein schönes Lächeln, das den Fähigkeiten und dem Engagement der plastischen Chirurgen zur Ehre gereicht.

Sie wendet den Kopf, wirft einen kurzen Blick in die Richtung, wo Vladimir steht, und blickt dann Cutter an. Sie lächelt noch immer, als sie sagt: »Das ist schon in Ordnung, Schatz. Zieht ruhig los und bringt euer Geschäft unter Dach und Fach. Ich und Vladimir leisten einander Gesellschaft, ich hab Lust, eine Runde zu schwimmen.«

»Sie darf den Raum nicht verlassen«, sagt Rykov, der sich noch immer weigert, direkt mit ihr zu sprechen.

»Oh, keine Bange.«

Sie streckt den Arm aus und berührt Rykovs Knie, steht dann auf und geht um die Couch herum zu den Vorhängen, die den Hintergrund der Szene bilden. Sie hantiert an einem Mechanismus herum, die Vorhänge gleiten auf und offenbaren Glastüren, die die gesamte Länge der Wand einnehmen. Dahinter liegt eine umschlossene Terrasse mit einem Swimmingpool. Sie fährt schwungvoll theatralisch mit den Händen durch die Luft und sagt: »*Tja-daa*«!, wie eine Zauberin, der ein besonders schöner Zaubertrick gelungen ist.

Jetzt geht sie auf Cutter zu – und somit auch auf die Kamera –, und wir staunen über ihren Auftritt. In der Art, wie sie die Hüften schwingt, in den Schritten ihrer langen Beine, in dem Ausdruck auf diesem schönen Gesicht deutet nichts, aber auch rein gar nichts darauf hin, dass die Aussicht, die nächsten zwei Stunden in Gesellschaft eines Mannes zu verbringen, der sie töten wird, wenn die Sache danebengeht, sie auch nur im Geringsten einschüchtert.

Und dennoch muss Grace Flint wissen, dass man Aleksei Rykov nicht einfach so mit 2,8 Millionen Dollar der US-Regierung aus dem Coffee Shop spazieren lassen wird. Sie muss wissen, dass er irgendwann in den nächsten zwei Stunden mit dem Gesicht auf dem Boden liegen wird, die Arme auf den Rücken gedreht und mit einer Pistole am Kopf. Und dass Vladimir niemals die Nachricht erhalten wird, dass alles in Ordnung ist, dass er Tommy Breslins Frau nicht umbringen muss. Was dann?

»Vladimir und ich, wir kommen schon miteinander klar«, sagt sie zu Breslin und haucht ihm einen Kuss auf die Lippen. »Jetzt beeil dich, wir haben schließlich noch einiges vor.«

Ricks schweigender Partner, dessen Namen wir nicht erfahren, packt den Koffer wieder voll, während Rick weiter Wache hält. Slavitch drückt den Knopf, der den Lift holt (und obwohl wir es nicht hören können, gibt Hechter in seiner Zentrale eine Etage tiefer den vier jungen Männern den Befehl, die Kabine zu verlassen, bevor sie hochfahren kann. Sie haben keine Zeit, ihre Kampfjacken auszuziehen, bevor sie in die Lobby purzeln).

Als der Aufzug ankommt, trägt Rick den Koffer hinein. Er geht rückwärts in die Kabine, ohne den Blick von Slavitch zu nehmen, während ihm sein schweigender Partner folgt. Slavitch scheint über ihre Vorsicht amüsiert. Er hält die Finger einer Hand wie eine Pistole, als er den Aufzug betritt, und wir sehen, wie sein Mund die Worte »Peng, peng« formt.

Rykov und Breslin betreten gemeinsam den Aufzug, doch zuvor geht Rykov noch zu Vladimir und sagt etwas zu ihm, leise und eindringlich.

Cutter hätte die Worte nicht hören können, und falls doch, hätte er sie nicht verstanden, denn Rykov sprach Russisch. Aber die Mikros nahmen sie auf, und unter den Beamten, die sich jetzt in Hechters Raum drängten, war einer, dessen Muttersprache Russisch war.

»Was hat Rykov gesagt?«, fragte Hechter.

»Sie darf weder Anrufe tätigen noch welche entgegennehmen. Sie darf die Suite nicht verlassen. Falls jemand versucht, die Suite zu betreten, bevor Vladimir den Anruf bekommt, soll er sie töten. Seine genauen Worte waren: ›Leg sie um.‹«

Nur Vladimir und Flint sind noch in dem Raum. Er steht noch immer auf seinem Posten an der Wand, im Halbdunkel. Sie sitzt auf dem Sofa mit dem Rücken zu ihm und feilt sich die Fingernägel. Das einzige Geräusch, das wir hören können, ist das hartnäckige Schaben ihrer Feile.

»Hatte Cutter einen Plan, oder wollte er bloß Zeit schinden und das Beste hoffen?«, fragte Devereaux.

Sie hatten eine Pause eingelegt und waren zum Lunch in seinen Club gegangen. Den Rest des Videobandes wollten sie sich am Nachmittag ansehen. Sie hätten das ganze Band im Schnellverfahren abspulen und die Intervalle, in denen wenig oder gar nichts passierte, einfach vorlaufen lassen können, aber Devereaux wollte nichts davon hören. Er wollte sich kein einziges Bild entgehen lassen.

»Das hat er nicht gesagt«, erwiderte Cohen. »Was hättest du denn gemacht? An seiner Stelle, meine ich.«

Devereaux fixierte Cohen mit seinem üblichen spöttischen Blick, mit dem er, wie Cohen sehr wohl wusste, schon so manchen seiner Untergebenen in Thames House zum Frösteln gebracht hatte.

»Ich kann mir keine Umstände vorstellen ... Es gibt einfach keine Umstände, unter denen ich je an Cutters Stelle wäre«, sagte er. »Cutters Art von Mut, wenn es denn Mut ist, entsetzt mich. Generäle gehören oben auf den Hügel, von wo aus sie den Verlauf der Schlacht beobachten können, nicht nach unten ins dreckige Getümmel der Infanterie. Oder, wie in diesem Fall, in den Coffee Shop des Buccaneer Hotel. Ich nehme an, dass er dort hingegangen ist?«

»Ja«, bestätigte Cohen. »Weder Breslin noch Rykov wollte den anderen aus den Augen lassen. Wegen des Geldes natürlich.«

»Und wer hat die Kavallerie angeführt?«

»Ein FBI-Agent namens Taylor, ein Experte für Geiselnahmen. Sobald Hechter begriff, was Sache war, hat er den Panikknopf gedrückt. Taylor hatte in weniger als vierzig Minuten ein FBI-SEK vor Ort. Sie haben um das Hotel herum einen Kordon gebildet und die Scharfschützen in Stellung gebracht und dann abgewartet, ob Flint ihren Hals selbst aus der Schlinge ziehen könnte.«

»Eine hohe Erwartung«, erklärte Devereaux.

»Zu hoch.«

»Wo wollen Sie hin?«
»Ins Schlafzimmer. Ich zieh mich jetzt um und geh dann schwimmen.«
»Nein.«
Vladimir hebt nicht die Stimme. In seinem Tonfall, seiner Haltung liegt nichts Bedrohliches. In seinen Worten schwingt lediglich absolute Entschiedenheit mit. »Nein.« Es ist eine Aussage, die keinen Widerspruch duldet. Flint wird nicht ins Schlafzimmer gehen. Sie wird sein Blickfeld nicht verlassen.
Sie steht in der Nähe der Kamera, mit dem Körper zu uns, doch den Kopf weggedreht, während sie über die Schulter zu Vladimir blickt, der weiter im Halbdunkel steht.
»Ich will aber schwimmen«, sagt sie.
»Von mir aus.«
Sie dreht ihm jetzt den Körper zu, weg von uns. Die Hände hat sie auf dem Rücken verknotet. Im Gegensatz zu Vladimir können wir sehen, dass ihre Finger sich hektisch bewegen. Sie ballt sie zur Faust und öffnet sie in einer Reihenfolge, die sie mehrmals wiederholt. Sie zeigt der Kamera acht Finger, dann sieben; acht, dann sieben, immer und immer wieder. Acht-sieben ist einer der Codes, mit dem Beamte des FBI-Sonderdezernats bei Undercover-Einsätzen ihre Wünsche mitteilen, und manchmal ihre Ängste. Acht-sieben ist ein Hilfeschrei. Es bedeutet: *Ich habe die Situation nicht im Griff.*
Sie steht da und blickt Vladimir an, wartet, dass er noch etwas sagt, aber er tut es nicht. Schließlich wendet sie sich von ihm ab und fängt an, die Knöpfe an ihrem Jumpsuit zu öffnen. Sie macht es ganz langsam, aber an der Art, wie sie sich entkleidet, ist nicht der geringste Hauch von Erotik. Sie zieht sich bloß aus. Vladimir und die Kamera existieren nicht.

Sie lässt den Jumpsuit zu Boden fallen und steigt aus ihm heraus. Nackt bis auf einen weißen Slip, geht sie jetzt durch den Raum auf die Glastür zu, die auf die Terrasse und zum Swimmingpool führt.

Ich habe die Situation nicht im Griff.

Aber sie ist eine meisterhafte Schauspielerin, die die Rolle ihres Lebens spielt. Wenn wir es nicht besser wüssten, würden wir uns, wie Vladimir, restlos täuschen lassen.

Im Wohnzimmer von Hechters Suite beobachteten ein Dutzend nervöser Männer die Monitore, auf denen sich nichts bewegte, und lauschten auf Lautsprecher, die keinen Laut übertrugen, während sie sich ihrer Ohnmacht schmerzlich bewusst waren und sie immer schlechter ertrugen. Hin und wieder sprach der eine oder andere von ihnen eindringlich in ein Telefon oder Walkie-Talkie, aber nichts, was sie sagten oder hörten, konnte Grace Flint helfen.

Nur der FBI-Mann Taylor schien von der Stimmung angestauter Frustration unbeeindruckt. Vielleicht fühlte er sich nicht mitschuldig, weil er bis zu diesem Zeitpunkt nicht an Operation Harvest beteiligt gewesen war.

»Das Problem mit dem Aufzug?«, fragte er. »Worin besteht das noch mal?«

»Wir können ihn nicht benutzen, weil Vladimir ihn kommen hören würde«, sagte Hechter. »Nach meiner Berechnung braucht er von der Lobby bis zur Suite elf Sekunden, etwa dreimal so lange, wie Vladimir brauchen würde.«

»Und die Feuertreppe?«

»Geht vom Schlafzimmer ab. Flint hat die Möglichkeit versucht, aber Vladimir ist zu clever dafür.«

»Die Tür geht nach außen auf?«
»Richtig.«
»Wir könnten sie aufsprengen.«
»Toll, aber dann sind es noch acht Meter bis zur Schlafzimmertür. Wenn er den Lärm hört, spritzt er Flint das Gehirn über die Terracottafliesen. Da könnten wir ihn auch gleich anrufen, dass wir kommen.«
»Was für eine Waffe hat er?«
»Sieht aus wie eine MAC-10, aber wir haben sie noch nicht richtig sehen können.«
Taylor ging näher an einen der Monitore heran, um sich das Bild von Vladimir genauer anzusehen, der jetzt auf einem Stuhl ohne Armlehnen knapp einen Meter von der Glastür entfernt saß und Flint beobachtete. Er saß mit dem Rücken zur Kamera, so dass nicht zu erkennen war, was für eine Waffe er auf dem Schoß liegen hatte. Taylor starrte unverwandt weiter auf den Bildschirm.
»Ich hab fünf Männer auf dem Dach«, sagte er. »Vielleicht kriegen wir ihn ja ins Visier.«
»Das Problem ist bloß, dass er seine Nase noch nicht zur Tür rausgesteckt hat«, sagte Hechter. »Wie wär's, wenn wir eine Blendgranate reinwerfen oder eine Rauchbombe?«
Taylor starrte weiter auf den Monitor. »Vom Dach bis zur Oberkante der Tür sind es rund vier Meter, und sie können sich nicht weit genug rauslehnen, um eine passable Flugbahn hinzukriegen. Vielleicht müssen wir es riskieren, aber ich würde lieber abwarten, ob sich irgendwas anderes entwickelt. Wie lange haben wir noch?«
»Sie sind jetzt neunzig Minuten weg, ich schätze also, noch maximal eine Stunde. Wenn er bis dahin nichts von Rykov gehört hat, wird er denken, dass etwas nicht in Ordnung ist.«

Taylor wog die Möglichkeiten ab, den Blick noch immer auf den Bildschirm gerichtet. Er fand dort keine Inspiration und wandte sich ab.
»Okay, wir warten noch fünfzehn Minuten, vielleicht macht er ja einen Fehler. Übrigens, wie hält sich die Frau?«
Hechter lächelte. »Flint hält sich phantastisch. Sieht aus, als wäre sie die Ruhe selbst. Sie sonnt sich.« Ihre lautlosen Hilferufe erwähnte er nicht. Es hätte ohnehin nichts genützt.

Flint liegt auf dem Bauch neben dem Pool, die Arme als Kissen für ihren Kopf vor sich verschränkt. Das Gesicht hat sie so gewendet, dass sie Vladimir beobachten kann, der sie beobachtet, mit halb geschlossenen Augen. Sie kann sehr deutlich erkennen, dass die Waffe, die er auf dem Schoß hält, tatsächlich eine MAC-10 ist, eine Maschinenpistole, die dreißig Schuss pro Sekunde abfeuern kann, und das mit einer Durchschlagskraft, die ausreicht, ihren Körper zu halbieren.
Über ihr auf dem Dach sind Leute, dessen ist sie sicher. Obwohl sie auf Zehenspitzen bis an den Rand des Asphaltdachs geschlichen sind und dabei kaum zu atmen wagten, hatte sie ihre leisen Geräusche gehört – oder vielleicht gespürt. Sie weiß, dass sie jeden Moment zuschlagen, mit entsetzlicher Wucht zum Angriff übergehen werden. Sie zwingt ihre Muskeln, entspannt zu bleiben, damit nichts an ihr Vladimir davor warnt, was gleich passieren wird.
Nun macht schon! Worauf wartet ihr noch?
Sie weiß genau, was sie tun wird. Sie hat sich genau überlegt, wo sie sich hinlegt. Eine komplette Körperdrehung, eine jähe Rolle, und sie ist im Pool. Ganz gleich, wie schnell Vladimir reagiert, er wird nicht einmal eine kurze Salve abfeuern können, bevor sie

aus seinem Blickfeld verschwunden ist. Und dann werden ihre kräftigen Beine sie nach unten auf den Grund des Pools bringen, wo Vladimirs Kugeln sie nicht erreichen – nicht erreichen können –, nicht durch zweieinhalb Meter energieabsorbierendes Wasser hindurch. Und überhaupt wird Vladimir sich dann bereits mit anderen Dingen beschäftigen müssen, zum Beispiel mit der sofortigen Entscheidung zwischen Leben und Tod; seinem Tod, nicht ihrem. Wenn er, wie sie hofft, die falsche Entscheidung trifft, wird das Letzte, das er in seinem Leben hört, der Ruf »Keine Bewegung« sein.

Los! Jetzt oder nie!

Mit träger Eleganz, die keine Beunruhigung auslöst, rollt sie sich auf den Rücken, um ihre Berechnungen noch einmal zu überprüfen. Ihr linker Ellbogen ruht nun auf dem Rand des Pools, und ihre Finger spielen mit dem Wasser. Eine halbe Drehung mehr, und sie ist im Pool und dann unter Wasser, sicher in seiner milchig warmen Umarmung.

Sie schirmt die Augen mit der rechten Hand ab und blinzelt in die Sonne. Aus ihrer Perspektive sieht das Dach wie der Gipfel einer schwarzen Klippe aus, die über ihr aufragt. Jeden Augenblick, so betet sie, wird die markante geradlinige Fläche kurz von Männergestalten durchbrochen werden, die über den Rand springen und dann nach unten gleiten, auf sie zu. Auch die Gestalten werden schwarz sein – passend.

Sie hebt das rechte Knie, bis das Bein in einem 45-Grad-Winkel gebeugt ist, bereit, die Stoßkraft zu liefern, die sie mit einer Drehung in den Pool befördern wird.

Jetzt!

»Herkommen«, sagt Vladimir.

Sie dreht den Kopf in seine Richtung.

»Was?«

Er sagt es nicht noch einmal. Er sitzt auf seinem Stuhl, die linke Hand auf dem Schoß, die rechte Hand, seine Pistolenhand, in ihre Richtung gestreckt, hält die MAC-10, deren hässliche Mündung auf ihren Kopf zielt.

Sie weiß, was er gesagt hat, weiß, dass es ihm ernst war. Ganz langsam steht sie auf.

Ihr müsst jetzt zuschlagen, wenn ich nämlich zurück in das Zimmer gehe, ist es zu spät. Das ist eure letzte Chance. Verdammt, das ist meine *letzte Chance. Ihr müsst zuschlagen. JETZT.*

Knapp sieben Meter von ihr entfernt, kaum ihrem Blick verborgen, hocken die Beamten, die eigens für solche Einsätze ausgewählt und an der FBI-Akademie in Quantico ausgebildet worden sind, und warten auf den Befehl, der nicht kommt. Sie tragen Nylongurte mit schnell lösbaren Schnallen, die ihren Abstieg auf die Terrasse abbremsen sollen. Außerdem sind sie mit Automatikpistolen der Marke Glock ausgerüstet, mit denen sie routinemäßig die höchstmögliche Trefferquote nicht nur auf dem Schießstand erzielen, sondern auch – was weitaus schwieriger ist – auf dem Angriffstrainingskurs. Sie sind absolut sicher, dass sie das Ziel nicht verfehlen werden, wenn, ja wenn, sie den Befehl zum Zugriff erhalten.

Aber sie rühren sich nicht, weil die Männer in Hechters Zimmer – in der Kommandozentrale dieser fehlgeschlagenen Operation – Flint unterschätzen. Sie rechnen nicht damit, dass sie einen Plan hat, dass sie im Stande und bereit ist, sich aus der unmittelbaren Gefahrenzone zu bringen. Deshalb wollen sie um Flints willen, wie sie es sehen, den Befehl nicht geben.

Vladimir sieht zu, wie sie auf ihn zukommt.

Im Allgemeinen ist er gegen menschliche Regungen immun,

aber irgendetwas an Grace Flint hat ihn berührt und erregt. Vielleicht ist es ihre Reserviertheit, ihre scheinbare Gleichgültigkeit gegenüber der Wirkung, die sie, fast nackt, wie sie ist, auf ihn hat.

Das zumindest war Harry Cohens Theorie – denn wie sonst ließe sich Vladimirs vorübergehende Unachtsamkeit erklären?

Flint leistet seiner Aufforderung Folge und geht ins Zimmer, und als sie eben an ihm vorbeiwill, wechselt er die Waffe von der rechten in die linke Hand und greift nach Flint. Seine rechte Hand schiebt sich oben zwischen ihre Schenkel und der Finger, mit dem er eigentlich den Auslöser bedient, fängt an, am Stoff ihres Slips zu ziehen.

Sie widersetzt sich nicht. Sie öffnet die Schenkel, um ihm das Erforschen zu erleichtern. Sein Haimund sucht und findet ihre Brüste. Sie legt ihm die Hände hinter den Kopf und zieht ihn näher an sich heran.

Die Kamera liefert von ihrer fixen Position aus nur flüchtige Eindrücke von dem Schauspiel, aber eines ist deutlich zu erkennen, und Hechter sieht es sofort: Die MAC-10 ist jetzt in Vladimirs linker Hand, und sie zeigt zu Boden.

»Er ist Rechtshänder«, sagt Hechter, während ihn die Bedeutung dessen, was er da sieht, wie eine Welle erfasst. »Der blöde Hund ist Rechtshänder.«

Taylor drückt den Sendeknopf seines Walkie-Talkie und sagt: »Bravo Eins, LOS!«

Als es schon längst nicht mehr erforderlich ist, als sie ihm längst schon nicht mehr zuhören, wiederholt Taylor noch immer den Befehl: »Los! Los! Los! Los«!

IV

Der Coffee Shop im Buccaneer Hotel hieß *Le Café,* was die hochfliegenden Ansprüche des Etablissements treffend widerspiegelte. Hier wurde mehr *Kir royal* serviert als Kaffee und Gerichte wie *Agneau de pré salé* und wilde Erdbeeren so groß wie Erdnüsse, »frisch« aus Frankreich eingeflogen und für 26 Dollar pro Portion zu haben. Der Raum war überwiegend weiß, die Möbel dunkelgrün, die Tischdecken rosa. Überall standen Topfpflanzen, die nicht gerade im Süden Floridas beheimatet waren, solche, die im Schatten gedeihen. Die hohen Glastüren öffneten sich auf einen Innenhof, und nur selten drangen entfernte Geräusche aus der weniger feinen Außenwelt ans Ohr der privilegierten Gäste im *Le Café.*

»Was war das?«, sagte Rykov.

»Hörte sich an wie Knallfrösche«, sagte Cutter alias Tommy Breslin.

Andere Leute an anderen Tischen hatten das scharfe Geknatter ebenfalls gehört und ihre Gespräche kurz unterbrochen, bevor sie zu dem Schluss kamen, dass die mögliche Ursache oder die Folgen der Störung für sie nicht von Belang waren.

Aber Rykov war beunruhigt. Trotz seiner Selbstgefälligkeit setzte ihm das Warten allmählich zu. Er hatte den Plan, der ihm einfach perfekt erschienen war, noch einmal überdacht, und jetzt schlichen sich erste Zweifel ein. Er hatte mehr Kaffee getrunken, als seinen Nerven gut tat. Er musste dringend zum Klo, aber er konnte und wollte Breslin nicht allein lassen. Auch er wurde als Geisel festgehalten, so wurde ihm klar, und zwar als Geisel von 2,8 Millionen Dollar, in einem Koffer verstaut, der unter ihrem Tisch stand, sicher bewacht von Breslins kräftigen Beinen.

»Ich rate Ihnen, mich nicht reinzulegen, weil Vladimir genau das macht, was ich ihm sage. Wenn Sie Mist bauen oder Ihre Freunde Mist bauen, haben Sie keine Frau mehr, verstanden? Dann sind Sie Witwer. Dann dürfen Sie zur Beerdigung Ihrer Frau gehen.«

»He, Rykov, jetzt reicht's«, sagte Breslin, der plötzlich aus der trägen Erstarrung erwachte, die ihn anscheinend überfallen hatte. »Herrgott noch mal! Was ist bloß los mit Ihnen? Immer schön ruhig bleiben, okay? Hier baut keiner Mist, wenn Sie es nicht tun. Trinken Sie noch einen Kaffee.«

»Wieso dauert das so lange?«

»Weiß ich doch nicht. Vielleicht sind die Straßen verstopft. Vielleicht hat der Wagen eine Panne. Vielleicht hat sich Ihr dämlicher Slavitch verfahren. Jedenfalls sind sie noch keine zwei Stunden weg. Machen Sie sich immer so viele Sorgen? Sie kriegen noch einen Herzinfarkt.«

Aber Rykov blieb nervös. Er rief den Kellner und sagte ihm zum dritten Mal, dass sie einen wichtigen Anruf erwarteten. Er rauchte eine Zigarette nach der anderen. Er trank noch mehr unerwünschten Kaffee und spürte, wie der Druck in seiner Blase zunahm. Er konnte nicht ruhig sitzen.

Schließlich: »Ich muss pinkeln. Sie kommen mit.«

»He, Rykov, ich würde wirklich unheimlich gern mit Ihnen aufs Klo gehen, aber dann verpassen wir den Anruf. Gehen Sie zuerst. Ich mach mir einen Knoten rein.«

»Nein«, sagte er, aber er war sich nicht sicher, wie lange er den Schmerz noch ertragen konnte.

Schließlich rettete ihn das Telefon. Der Kellner brachte es an ihren Tisch, stöpselte es in die nächstliegende Buchse ein und sagte: »Ein Anruf für Sie, Mr. Breslin.«

»Na sehen Sie, Rykov, Sie müssen bloß ein bisschen Vertrauen haben.« Er nahm den Hörer ab und sagte: »Ja?«

Sämtliche FBI-Agenten, die Cutters Gesicht sehen konnten – und inzwischen waren es fünf im Umkreis von sechs Metern um seinen Tisch und drei weitere, die sich als Kellner ausgaben –, waren anschließend einhellig der Meinung, dass seine Reaktion nahezu fehlerlos war. Während er schweigend zuhörte, was ihm sein Gesprächspartner am anderen Ende zu sagen hatte, ließ er lediglich den leisesten Anflug eines Lächelns über seine Lippen huschen. Er erwiderte Rykovs Starrblick mit gleicher Intensität, und seine ungerührt dreinblickenden blassblauen Augen verrieten absolut nichts. Dann plötzlich zwinkerte er Rykov zu und schenkte ihm die breiteste, kühnste Version seines berühmten Lächelns. »Hört sich gut an, Rick«, sagte er in den Hörer. »Wir machen es.« Dann legte er auf.

»Und?«, sagte Rykov.

»Alles ist genau, wie es sein sollte. Alles bestens.«

»Dann gehört der Koffer wohl mir.«

»Klar«, sagte Breslin, und er schob den Koffer unter dem Tisch mit den Beinen so weit vor, dass Rykov ihn an seinen Beinen spüren konnte. Er sackte sichtlich zusammen, als die Anspannung aus seinem Körper wich. Zumindest einige Augenblicke lang vergaß er den Schmerz in seiner Blase. Er grinste Breslin an, der ihn noch immer anlächelte. Dann kam ihm ein Gedanke, und er streckte die rechte Hand aus. »Ein Vergnügen, mit Ihnen Geschäfte zu machen«, sagte er.

Breslin nahm die Hand und schüttelte sie stumm, noch immer lächelnd. Jeder, der die beiden beobachtete, jeder, der nicht Bescheid wusste, musste denken, dass die beiden die Gesellschaft des jeweils anderen ehrlich genossen.

Dann wurde Rykov ernst und beugte sich vor, um seinen Worten eine gewisse Eindringlichkeit zu verleihen. »Ich gehe jetzt. Sie müssen noch zwanzig Minuten hier bleiben. Vorher dürfen Sie nicht in Ihr Zimmer gehen, erst wenn Vladimir weg ist.«

»In Ordnung«, sagte Breslin.

Rykov stand auf. »Und richten Sie bitte Ihrer Frau Grüße aus. Ich entschuldige mich bei ihr für –« Er zögerte. »Für die Unannehmlichkeiten.«

Breslin zuckte die Achseln, als wollte er sagen, alles kein Problem, eine Entschuldigung ist überflüssig, wenn ein Mann die Frau eines anderen Mannes als Geisel hält, ist das nicht mehr als eine lästige geschäftliche Formalität, so, als würde man Referenzen für einen Kredit verlangen. Breslin war so freundlich, so ruhig, dass Rykov den Braten vielleicht doch hätte riechen müssen.

Der Koffer war viel schwerer, als er vermutet hatte, und er hatte Schwierigkeiten, ihn unter dem Tisch hervorzuholen, so dass er Grace Flint nicht kommen sah und sie erst bemerkte, als er sie sprechen hörte.

»Hallo, Schatz«, sagte sie zu Cutter und küsste ihn oben auf seinen kahler werdenden Kopf. »Wie ist das Essen? Ich komme um vor Hunger.«

Rykov hatte jedes Interesse an dem Koffer verloren. Er starrte Flint ungläubig an, als sie am Tisch Platz nahm und so tat, als würde sie die Speisekarte studieren. Sie trug ein Männerhemd – eins von Hechter –, das zwei oder drei Nummern zu groß für sie war, mit einem Gürtel um die Taille. Sie sah frisch gewaschen aus, als hätte sie gerade eine heiße Dusche genommen. Der Eindruck war richtig. Es war viel heißes Wasser vonnöten gewesen, um das Blut abzuwaschen.

Sie blickte Rykov an und lächelte. »Sie sollten nicht so schwere Sachen heben, Aleksei, sonst heben Sie sich noch einen Bruch.«
»Das sag ich ihm auch schon die ganze Zeit«, meinte Cutter. »Er sollte besser auf sich aufpassen.«
»Vielleicht können wir ihm dabei helfen«, sagte sie. »Aleksei, setzen Sie sich.«
Er war zu verblüfft, um ihr nicht zu gehorchen. Er ließ sich so langsam auf seinen Stuhl sinken, als könnte der explodieren, und sagte: »Wo ist Vladimir?«
»Vladimir wird nicht kommen, Aleksei«, sagte sie. »Vladimir ist indisponiert. Vladimir hat ein Loch im Kopf, das so groß ist wie eine Grapefruit. Man nennt das ›Ausschusswunde‹, aber in seinem Fall ist ›Wunde‹ eher eine Untertreibung, finde ich. Vladimir ist tot, Aleksei.«
Während sie das Gesagte wirken ließ, nahm sie ihre Handtasche, legte sie sich unterm Tisch auf den Schoß, holte eine Halbautomatik heraus, die Hechter ihr gegeben hatte, und entsicherte sie, wobei sie Rykov die ganze Zeit über anlächelte, als wäre er ihr Liebhaber.
Cutter beugte sich über den Tisch zu ihnen vor und sagte: »He, Aleksei, weißt du was? Wir sind vom FBI, und du kleiner Scheißkerl, du bist verhaftet.«
Rykov blickte ihnen ins Gesicht, als kämen sie ihm irgendwie bekannt vor, als überlegte er krampfhaft, wo er sie schon mal gesehen hatte.
»Wir haben jetzt zwei Möglichkeiten«, sagte Cutter. »Wir können dich an die Wand stellen, dir die Hände auf den Rücken drehen, dir Handschellen anlegen und dich wie das Stück Dreck, das du ja bist, hier rauszerren, aber das würde die vielen netten Leute um uns rum nur aufregen, ganz zu schweigen von

dem Hotelmanager. Also, ich schlage dir Folgendes vor, Aleksei: Wir drei stehen jetzt auf und schlendern hier raus, als wäre alles in bester Ordnung, und dann gehen wir durch die Lobby und steigen in den Wagen, der auf uns wartet.«

Mit der Hand, die nicht die Waffe hielt, nahm Flint Rykovs Tasse und trank einen Schluck kalten Kaffee. Ihre Hand war ruhig wie ein Fels. Ihre Augen wichen nicht von seinem Gesicht.

»Bevor wir gehen, muss ich dir noch was sagen«, fuhr Cutter fort. »Du hast gewisse Rechte. Selbst so Drecksäcke wie du haben Rechte. Du hast das Recht auf einen Anwalt, Aleksei, und das ist auch gut so, denn du wirst einen brauchen. Wenn du dir keinen Anwalt leisten kannst, wird dir einer gestellt, aber ehrlich gesagt, an deiner Stelle wäre ich nicht allzu knickerig. Besorg dir den besten, den du kriegen kannst, Aleksei. Er wird nicht gut genug sein, aber dann kannst du dir wenigstens sagen, dass du alles versucht hast.« Er hielt inne.

»Und schließlich, du hast das Recht zu schweigen. Das ist ein wichtiges Recht, und wenn ich du wäre, Aleksei, würde ich schön den Mund halten, denn wenn du irgendwas Freches zu uns sagst, ganz egal was, ist es möglich, ja wahrscheinlich, dass Mrs. Breslin dir die Eier wegschießt. Du kannst dir gar nicht vorstellen, wie gern ich das erleben würde, Aleksei. Nicht im Traum kannst du dir das vorstellen.«

Der Schmerz war jetzt nicht mehr auszuhalten. Aleksei Rykov verlor schließlich die Kontrolle über seine Blase.

Zweites Kapitel

I

A. J. Devereaux' Zwischenbericht über die Operation, die er mit dem Codenamen Hades versehen hatte, war noch nicht abgeschlossen, und er drängte Harry Cohen zu einem Arbeitsessen. »Auf dem Lande«, sagte er eingedenk der Tatsache, dass Samstag war. »Ein besonderes Restaurant. Ich lad dich ein.« Sie fuhren in Devereaux' Daimler Richtung Süden, kämpften sich durch die verstopften Straßen von Londons eher tristen Vororten, sagten sich Belangloses, bis sie den langen Hügel von Purley Way erklommen und Devereaux ansetzte: »Als ich dich gebeten habe, Flint zu suchen …«

»Gebeten?«, sagte Cohen scharf. Er hatte über die schwierige Geschichte ihrer Beziehung nachgedacht, und sein Groll war wieder in ihm hochgestiegen.

Devereaux wandte kurz den Blick von der Straße, um Cohen mit gespielter Verwunderung anzusehen. »Was wär dir lieber, Harry? Als ich dich *überredet* habe? Als ich dich *angefleht* habe?«

»Beschwatzt, würde ich sagen. Manipuliert trifft es vielleicht noch eher.«

»Du lieber Himmel, wovon in aller Welt redest du?«, sagte Devereaux, als könnte er sich nicht mehr erinnern, dass er an einem drückend schwülen Abend im Spätsommer unangemeldet in Cohens Büro aufgetaucht war und die Sekretärin mit seinem gebieterischen Charme eingeschüchtert hatte. Er hatte Cohen in seinem Zimmer überrumpelt, hatte ihm die widerstrebende Hand geschüttelt und gesagt: »Hallo, Harry«, als wären sie die dicksten Freunde. Dann hatte er mit den Worten: »Bevor du etwas sagst, möchte ich, dass du das hier liest«, eine dünne blaue Akte auf Cohens Schreibtisch gelegt.

»Was, wenn ich dich rausgeworfen hätte?«, fragte Cohen, der sich jetzt im Beifahrersitz zur Seite drehte und den Blick auf Devereaux' Profil richtete.

»Ach, hast du schließlich nicht, oder?«, sagte Devereaux lächelnd, weil er die Erinnerung genoss. »Du hast die Akte der kleinen Gracie gelesen.«

Eine akribische Akte, die Scotland Yard hastig für Cohen zusammengestellt hatte – oder eigentlich nicht für Cohen, da sie nach Devereaux' schlauen Anweisungen vorbereitet worden war und Cohen geschworen hatte, sich nie wieder für deren Intrigen einspannen zu lassen oder auf sie hereinzufallen, weshalb sie in den letzten zwei Jahren kein Wort miteinander gesprochen hatten.

In Harry Cohens Büro hatte Devereaux sich in den besten Sessel gesetzt, als wäre er ein Ehrengast, und Cohen hatte nicht die Energie gehabt, ihm zu widerstehen. Er ging an seinen Schreibtisch, schlug die Akte argwöhnisch auf, noch ohne sich hinzusetzen, und überflog die erste Seite. Er sah, dass sie streng chronologisch die Polizeilaufbahn einer gewissen Grace Elise Flint wiedergab, und er sah, dass sie in der nüchternen Sprache verfasst war, wie sie für alle Polizeiberichte typisch ist. Aber die Fakten waren da, eindeutig und schmucklos, und unwillkürlich – trotz der Animosität, die er gegenüber dem Überbringer dieser Botschaft empfand – begann Cohens Phantasie schon bald, diese Fakten mit Leben zu füllen. Während er zunächst, auf seinen

Schreibtisch gestützt, dastand, sich dann langsam in seinen Sessel sinken ließ, hatte er gespürt, wie ungewohnte Emotionen an ihm zerrten. Er war bestürzt über Grace Flints verwegenen Mut. Er war fasziniert von den Dämonen, die sie antrieben.

Sie kamen auf eine Schnellstraße, und der Daimler schoss nach vorn, um rasch die Schlange von Autos zu überholen, denen sie schon, so schien es, seit einer Ewigkeit folgten. »Sonntagsfahrer«, schimpfte Devereaux, sich an der Kraft des Daimlers erfreuend. »Wenn dich jemand beschwatzt hat, Harry, dann doch wohl die junge Flint, oder?«

Die junge Flint, Constable Flint, frisch von der Polizeischule, noch Beamtin auf Probe, arbeitete im Yard als bessere Sekretärin, als sie für ihren ersten Einsatz als verdeckte Ermittlerin aus ihrem Schattendasein gerissen wurde. Laut ihrer Akte wurde sie »wegen ihres Aussehens« ausgewählt. Cohen blätterte die Seiten durch, auf der Suche nach einem Foto von ihr. Es war keins da – bestimmt, weil Devereaux sein Interesse weiter kitzeln wollte –, nur die denkbar kürzeste Beschreibung. Sie war 1,78 groß, 57 Kilo schwer, hatte Cohen gelesen. Schwarzes Haar, haselnussbraune Augen.

Also ziemlich groß und schlank, mit bernsteinfarbenen Augen, und Cohen sah sie in einem engen Rock vor sich, den Ausweis oben in ihren Turnschuhen versteckt, wie sie allein im Mondschein spazierte, als Köder für ein Monster.

Denn genau das war er gewesen, Flints erster Gegner: ein maskierter Hüne von Mann, der Frauen in Hampstead Heath überfiel, plötzlich aus dem Dunkeln auftauchte, sie mit den Fäusten traktierte, bis sie sich nicht mehr wehrten, vier von ihnen so schwer verletzte, dass sie auf die Intensivstation mussten.

Cohen hatte sich vorgestellt, wie Flint sich an dem ersten Abend auf den Weg durch Hampstead Heath machte, schlotternd vor Angst, sich an das feierliche Versprechen der Sicherungsteams klammernd, dass sie nie weiter als ein paar hundert Meter entfernt sein würden. Wie sie nach der beruhigenden Ausbuchtung des Funkgeräts in der obersten Tasche ihrer Jeansjacke tastete, mit dem sie Meldung machen sollte, wenn sich auch nur ein Schatten bewegte. Doch in jener ersten Nacht war nichts Ungewöhnliches passiert, ebenso wenig wie in den fünf folgenden Nächten, in denen sie unterwegs war. Ihre Furcht hatte sicherlich nachgelassen, so wusste Cohen, ebenso die Wachsamkeit ihrer Beschützer.

Deshalb registrierten sie den leisen, erschreckten Laut nicht, als er in der siebten Nacht vor ihr auftauchte, aus den Büschen vor ihr auf den Weg trat, so nahe, dass sie ihn riechen konnte. Sie war natürlich auf die schwarze Ledermaske gefasst gewesen, die ihm bis zu den Schultern reichte – schmale Schlitze für die gierigen Augen –, denn alle bisherigen Opfer hatten davon gesprochen. Womit sie nicht hatte rechnen können, war die Ausschmückung, die er an seiner Verkleidung vorgenommen hatte: Messingnieten quer über die Stirn, die an seiner Absicht keinen Zweifel ließen. VERGEWALTIGER.

Sie muss die Nieten im Gesicht gespürt haben, als er ihr einen Kopfstoß versetzte, der sie zu Boden streckte. Und sie muss sich hilflos wie eine Stoffpuppe gefühlt haben, als er sie an ihrem Rockbund hochhob, sie schüttelte und auf sie einschlug, dass es ihr den Atem raubte und ihr das Funkgerät aus der Tasche fiel – und erst da liefen ihre Beschützer los. Sie kamen zwar noch rechtzeitig, um Flints Vergewaltigung zu verhindern, aber nicht ihre schweren Prellungen in der Leistengegend und auch nicht die Bisse in Hals und Brüsten.

Es dauerte sechs Wochen, bis sie wieder zur Arbeit gehen konnte, und eine Woche danach, so hatte Cohen gelesen und vor Erstaunen den Kopf geschüttelt, war sie schon wieder irgendwo im Dunkeln unterwegs, um einen weiteren kranken Verbrecher anzulocken; zum zweiten Mal als Köder für einen Vergewaltiger.

Dann ein drittes und ein viertes und ein fünftes und ein sechstes Mal, und Cohen hatte die Einzelheiten schon übersprungen, wobei seine Verärgerung ebenso wuchs wie seine Fassungslosigkeit.

»Das ist doch der helle Wahnsinn«, sagte er. »Wieso hat sie sich ständig einer solchen Gefahr ausgesetzt? Warum lassen ihre Vorgesetzten das zu?«

»Lies weiter«, erwiderte Devereaux. »Du kennst erst die Hälfte.«

Aber Cohen hatte die Akte beiseite geschoben wie einen nicht leer gegessenen Teller.

»Alan«, sagte er, weil er sich Devereaux' Marotte widersetzte, A.J. genannt zu werden. »Was willst du eigentlich von mir?«

»Ich will, dass du sie findest. Wir haben großes Interesse an Grace Flint, aber weil wir schlampige Volltrottel sind, haben wir sie verloren. Es wäre uns sehr lieb, wenn du sie zurückholst.«

»Wir?«

»Der Security Service.«

»Nein, Alan.«

»Aber Harry, du musst.«

»Ich *muss?*« Cohen hatte sich ungläubig von seinem Schreibtisch erhoben. »Hast du vergessen, was passiert ist?«

»Au contraire«, sagte Devereaux müde. »Du hattest Recht, Harry. Du hattest Recht, und ich hatte Unrecht. Jetzt brauche ich deine Hilfe. Ich brauche dich, damit du den Stall ausmistest, die

Schweinerei beseitigst. Es gibt sonst niemanden, dem ich trauen kann. Das verstehst du doch, oder?«

In der beruhigenden Behaglichkeit des Daimlers fuhren sie schweigend in südlicher Richtung, während Cohen über Devereaux' letzte Frage nachdachte: Flint oder Devereaux, wer von den beiden hatte ihn denn nun auf diesen unsicheren Weg gelockt?

»Nein, du warst es«, verkündete er schließlich. »Deine Leine, dein Haken.«

»Meinetwegen«, sagte Devereaux und musste über die Metapher lachen, »aber Gracie war der Köder.«

Zwei Jahre zuvor, als Harry Cohen sich entschlossen hatte, den British Security Service, besser bekannt unter seinem Akronym MI5, zu verlassen, als die Verzweiflung über den sich unerbittlich verschlimmernden Zustand seiner kranken Frau alles andere überschattete, hatte er auf A.J. Devereaux' blank gewienerten Schreibtisch seine zweizeilige Kündigung gelegt. Devereaux hatte sich Cohens knappe Erklärung dazu angehört und gesagt: »Ach, komm, alter Junge«, und darauf bestanden, dass sie Thames House auf der Stelle verließen – »Kein Wort mehr« –, und sie in einem furiosen Tempo zu einem Weinkeller in Pimlico geführt. Dort, in den düsteren unterirdischen Kammern – sicher vor Lauschern, wie Cohen vermutete – hatten sie einen halbwegs anständigen Chardonnay getrunken, während Devereaux geschickt fragte und nachhakte, um den wahren Grund für Harrys Entscheidung in Erfahrung zu bringen. A.J. war kein Dummkopf, so sehr er auch versuchte, diesen Eindruck zu erwecken.

»Das mit Annie ist furchtbar, wirklich furchtbar«, sagte er mit einer Stimme dunkel vor Sorge. »Selbstverständlich musst du unbegrenzten Urlaub nehmen. Egal, wie lange es dauert, egal, wie lange sie braucht.« Er hielt inne, und dann fügte er hinzu: »Bis es ihr wieder besser geht.«

»Es wird ihr nicht wieder besser gehen, Alan.«

»Dann eben so lange, wie *du* brauchst, Harry.« Er streckte den Arm aus und packte Cohens Handgelenk. »Wir kommen schon irgendwie ohne dich klar. Und wenn wir irgendwas tun können, egal was …« Er ließ das Versprechen im Raum stehen. »Wir kümmern uns um unsere Leute, das ist doch selbstverständlich. Mehr brauch ich wohl nicht zu sagen.«

»Das denke ich nicht.«

Und genau in diesem Moment hatte Cohen die Kälte gespürt, als Devereaux' Argwohn erstmals auf festen Boden stieß.

Er zog seine Hand zurück und studierte Cohens Gesicht mit zusammengekniffenen Augen. »Annie ist also gar nicht der wirkliche Grund«, sagte er schließlich ganz sachlich.

»Ja und nein.«

»Ein Rätsel, Harry?«

»Ja, weil Annie mich braucht, wie sehr sie auch vom Gegenteil überzeugt ist. Nein, weil ich ohnehin gekündigt hätte, früher oder später.«

»Weil?«

»Weil man mich nicht meine Arbeit machen lässt.«

Devereaux stieß ein hohles Lachen aus, als hätte Cohen einen schlechten Witz erzählt. »Unsinn! Du bist unser Gewissen, Harry, unser *consigliere.* ›Legt es Harry vor, vergewissert euch, dass es legal ist‹ – das ist das Mantra des Director-General, wie du ganz genau weißt. Du sorgst dafür, dass wir ehrlich bleiben. Ohne deine Zustimmung passiert nichts, das irgendwie von Belang ist.«

»Sollte nichts passieren«, sagte Cohen ruhig.
Devereaux ließ träge einen Finger auf dem Rand seines Weinglases kreisen.
»Man umgeht mich, Alan, Informationen werden mir vorenthalten. Schon seit Monaten. Seit meinem Einspruch gegen *Ice Trap.*«
»Nicht du hast gegen Operation *Ice Trap* Einspruch erhoben, Harry Cohen«, sagte Devereaux von oben herab. »Das war ich.«
»Auf meinen Rat hin.«
»Genau. Ich habe dich gefragt, ob ihr perfider kleiner Plan legal ist, und du hast nein gesagt. Damit war die Sache gestorben. ›Fangt noch mal von vorn an‹, habe ich zu ihnen gesagt. ›Abduls Bankkonto ist tabu. Ihr wollt wissen, woher seine Dinare kommen, dann findet einen anderen Weg – und sichert euch verdammt noch mal bei Harry ab, bevor ihr auch nur einen Finger rührt.‹«
»Was sie nicht getan haben.«
»Na und? Wir haben doch das Interesse an Abdul verloren, oder? Er ist ausgestiegen, soweit ich mich erinnere. Wir können in der Akte nachsehen.«
»Das habe ich schon.«
»Und?«
»Es gibt keine Akte, Alan. In der Kartei steht ›Geschlossen, Keine Maßnahmen‹, als müsste die Akte im Archiv sein, aber da ist sie nicht.«
»Dann hat irgendein Blödmann geschlampt und sie falsch abgelegt.« Devereaux spielte die Sache ungeduldig herunter. »Bestimmt einer von Shillings Männern oder eines seiner Frauchen. Ich werd sie zusammenstauchen lassen.«
»Das ist nicht die einzige Akte, die verschwunden ist.«

»Nein?«
»Es fehlen siebzehn Akten im Archiv – besser gesagt siebzehn, von denen ich weiß. Bei allen das Gleiche; alles Operationen, von denen ich aus rechtlichen Gründen abgeraten habe. Alle mit dem Vermerk ›Keine Maßnahmen‹. Deine Unterschrift oder die von Shilling. Alle verschwunden.«
Devereaux zuckte nicht mit der Wimper, während er sich die Implikationen klar machte. Er sah, wie Cohen ihn beobachtete, mit einem so unbewegten Ausdruck, dass man unmöglich erraten konnte, was er dachte. Eins muss man ihm lassen, dachte Cohen, und das nicht zum ersten Mal: Er ist niemals gefährlicher, als wenn er unter Beschuss ist. Nur der Klang seiner Stimme verriet ihn.
»Verstehe«, sagte er eisig. »Du glaubst, dass Shillings Rabauken sich nicht an die Vorschriften gehalten haben, und du hast es nicht für nötig gehalten, mich davon in Kenntnis zu setzen. Richtig?«
»Ich habe den D. G. informiert.«
»Ach nein, was du nicht sagst. Und wieso das, Harry? Entschuldigung, wenn ich mich irre, aber eitel, wie ich bin, hatte ich angenommen, dass du mir unterstellt bist.«
Cohen erwiderte nichts.
Mit vor Sarkasmus triefender Stimme fuhr Devereaux fort: »Unser *consigliere* glaubt also, dass unser heiliger Service illegale Operationen durchführt, und er teilt es nicht seinem Vorgesetzten mit? Einem Vorgesetzten, so möchte ich hinzufügen, der Harry Cohen zu dem gemacht hat, was er heute ist, und ihn vor seinen zahlreichen Feinden beschützt hat. Wie lange tu ich das schon, Harry? Acht Jahre? Und jetzt wendest du dich gegen mich? Wieso? Hast du im Ernst gedacht, dass ich da meine

Finger im Spiel habe? Dass ich mich an illegalen Machenschaften beteilige? Hast du das gedacht, du undankbarer Mensch?«
»Ja«, sagte Cohen.
Devereaux erhob sich vom Tisch. »Wir müssen ein klares Wort miteinander reden, Harry Cohen, das wirst du mir zumindest zubilligen.« Er schaute sich um, als wüsste er nicht genau, wo er war. »Ich geh jetzt telefonieren, rufe meine Sekretärin und sag ihr, wir haben uns unerlaubt vom Dienst entfernt. Besorg uns doch inzwischen was Schmackhafteres zu trinken, ja?« Er drehte sich um und ging, und Cohen hörte gerade noch seinen gemurmelten Nachsatz: »Etwas, das den Geschmack wegspült.«
Er kam nicht wieder.

Harry Cohen an ihrem gemeinsamen Tisch sah zu, wie Kondenstropfen am Eiskübel hinabglitten, während ihm allmählich die bittere Wahrheit aufging. Der neue Wein blieb unangetastet.
A.J., der in einem Taxi zurück zum Thames House raste.
Cohen folgte ihm zu Fuß. Er wusste, was ihn erwartete, und sah daher keinen Anlass zur Eile.
»Tut mir Leid, Mr. Cohen, Sir.« Einer von den grimmigen Pförtnern versperrte ihm den Weg. »Ich muss Sie bitten, hier zu warten. Nehmen Sie doch solange Platz ...«
Er musste lange in der grässlichen Eingangshalle warten, bis Payne von der Personalabteilung erschien.
»Tut mir Leid, Harry.« Payne, zerknirscht, ließ sich Cohens Chipkarte und seinen Dienstausweis geben. »Ein sauberer Schnitt ... Ist wohl am besten so, unter diesen Umständen.«
Payne gab ihm einen wattierten Umschlag mit den wenigen persönlichen Dingen, die sie aus Cohens Schreibtisch geholt hatten:

die Pfeife, die er nicht mehr rauchte, ein paar goldene Manschettenknöpfe, die er bei Aspreys gekauft hatte und jetzt für vulgär hielt, ein Foto von Annie aus der Zeit, als sie noch strahlte.

»Eine reine Formalität ...« Payne ließ Cohen das Dokument unterzeichnen, das ihn unter Androhung drakonischer Strafen in alle Ewigkeit zu strengster Geheimhaltung verpflichtete.

Kein Sterbenswörtchen, Harry Cohen.

A.J. Devereaux in seinem Bau im sechsten Stock des Thames House beobachtete das Geschehen auf einem Überwachungsmonitor.

Nicht ein einziges verdammtes Wort wirst du über diese geheimen Dinge verlauten lassen, die du zu wissen glaubst.

Er war nun nicht mehr leitender Rechtsberater des Security Service und ging nach Hause zu seiner Frau, die nicht mehr strahlte. Die Augen, die ihn ansahen, als er leise in ihr Zimmer schlüpfte, waren glanzlose, schwarze Löcher, die in ihrem schrumpfenden Gesicht übermäßig groß wurden.

Während seines Studiums – eine unbeschwerte Zeit von der bröckelnden Brüstung seiner mittleren Jahre aus gesehen – schloss Harry Cohen Freundschaft mit Quentin Klein, eine Freundschaft, die alle anderen Freundschaften überdauerte. Sie machten zusammen ihre praktische Ausbildung und legten am selben Tag ihre letzte juristische Prüfung ab, und Klein wurde es nicht müde, Cohen in die vornehme Welt privater Anwaltskanzleien locken zu wollen. »Vergiss doch diesen ganzen James-Bond-Kram«, sagte Klein von Zeit zu Zeit, wenn er seinen Freund mal wieder desillusioniert erlebte. »Komm zu mir und verdien anständiges Geld.«

Und genau das tat Cohen schließlich nach seinem Bruch mit

dem Service. Er wurde Anwalt für Wirtschaftsrecht in der Kanzlei Klein & Partners, die Quentins Vater gegründet hatte. Zurückgezogen in den komfortablen Büros der Kanzlei am Bloomsbury Square, betraut mit schwierigen Fällen, bei denen es um gewaltige Summen, aber – für gewöhnlich – nicht um Menschenleben ging, war er so zufrieden, wie es unter den gegebenen Umständen möglich war. Er hätte nicht geglaubt, dass irgendetwas ihn je dazu bewegen könnte, noch einmal in das tückische Milieu der Gegenspionage zurückzukehren.
Bis Devereaux auftauchte, sich in Cohens Büro schlich wie ein Einbrecher, um ihm seine Entschlossenheit zu rauben.
Noch am späten Abend hatte Devereaux sein Angebot auf den Tisch gelegt. Eher taktvoll als aufdringlich, mit geübter Behutsamkeit, hatte er seine Waren ausgebreitet. Was er zu verkaufen hatte, war Flints Anziehungskraft. Die und die schmeichelhafte Andeutung, dass nur Cohen sie retten könne. Er bot seine Reichtümer feil wie rosige Äpfel, großspurig wie ein Straßenhändler, »fünf für ein Pfund« – aber Cohen wollte noch immer nicht kaufen.
Als seine Schmeicheleien keine Wirkung zeigten, sprang Devereaux plötzlich aus dem Sessel auf und tigerte im Zimmer hin und her, wie ein Schauspieler auf der Bühne. Die Hände in die Hüften gestützt, blickte er Cohen finster an, drehte ihm dann den Rücken zu, machte eine Pirouette, um ihn erneut anzusehen. Zusammengesunken hinter seinem Schreibtisch, entnervt von Devereaux' Auftritt, wartete Cohen auf das Finale.
»Weißt du, Harry, du erstaunst mich. Ich gebe ja zu, dass ich ein Heuchler bin, aber jetzt wird mir klar, dass ich dir nicht das Wasser reichen kann. Jahrelang hast du mich mit deinen frommen Predigten über die ›moralischen Verpflichtungen des

Staates‹ bis zum Wahnsinn gelangweilt, und ich habe zugelassen, dass du Gott weiß wie viele Operationen mit deinen pingeligen Bedenken und deinen juristischen Spitzfindigkeiten abgewürgt hast. Dann erzählst du mir von ›illegalen Operationen‹ und ›kriminellen Beamten‹, und ich jag dich mit eingezogenem Schwanz zum Teufel, weil ich gedacht habe, du bist zu weit gegangen. Dem D.G. habe ich gesagt: ›Harry dreht durch. Der sieht schon im Schlaf irgendwelche Verschwörungen.‹ Und jetzt komme ich reumütig zu dir und sage: ›Verdammt, Harry, ich hab eine Verschwörung für dich! Vergiss die paar Operationen, die nicht ganz vorschriftsmäßig waren, wie wär's mit einer ganzen parallelen Organisation? Vergiss die paar Akten, die aus dem Archiv verschwunden sind, wie wär's mit Akten, die nie existiert haben? Operationen, die nie stattgefunden haben – nur dass sie eben doch stattgefunden haben.‹ Ich erzähle dir von Beweisen, die nicht nur meinen Stellvertreter belasten, sondern sogar unseren Director-General höchstpersönlich in ein schlechtes Licht tauchen. Ich sage dir, dass ich deine Hilfe brauche, und was sagt Harry Cohen?«

Cohen sagte nichts, enthielt sich jeden Kommentars.

»Ich gehe zum Innenminister, um ihn zu warnen, dass die Barbaren schon durchs Tor sind. ›Herr Minister‹, sage ich, ›sie schleichen schon durch die Gänge von Thames House!‹ Ich sage ihm, die Beweise sind zwingend, aber die Einzelheiten sind mager. Ich sage ihm, dass ich weder weiß, wie viele es sind, noch ihre Namen kenne, dass ich Freund und Feind nicht unterscheiden kann, dass ich Hilfe brauche, um sie ausfindig zu machen. Ich brauche einen Außenstehenden, sage ich – jemand, der nicht im Service ist, aber Insiderkenntnisse hat, jemand, dem ich vertrauen kann. Ich sage ihm, dass dafür nur einer in Frage

kommt, nämlich du, Harry Cohen. Du mit deinem scharfen Verstand und deinen hehren Prinzipien. ›Dann verpflichten Sie ihn‹, sagt der Minister. ›Flehen Sie ihn an. Sagen Sie ihm, wir garantieren ihm alle Mittel, die er braucht, und die volle Unterstützung der Regierung Ihrer Majestät.‹ Und was sagt Harry Cohen?«
Weiteres Schweigen, das Devereaux ausfüllen musste. »Harry Cohen sagt: ›Haltet mich da raus.‹«
Devereaux schüttelte den Kopf, als könne er Cohens Unnachgiebigkeit nicht fassen.
»Ich hatte nur noch eine Karte, die ich ausspielen konnte. Wenn ich schon nicht an Harry Cohens Patriotismus appellieren konnte, dann konnte ich ihn bestimmt über seine Ritterlichkeit erreichen. Eine holde Maid in Not! – das war meine Taktik, und Gott weiß, dass ich nicht übertrieben habe. Ich erzähle ihm, dass Grace Flint in diese Schlangengrube geraten ist. Ich schildere so gut ich kann, was für mutige Anstrengungen sie unternommen hat und was für ein Schicksal sie meinen Befürchtungen nach ereilt hat: Vermisst im Einsatz, vermutlich tot – aber vielleicht nicht! Vielleicht ist sie noch am Leben! Ich bitte Harry Cohen – ich flehe Harry Cohen an –, ihre Akte zu lesen; mit seinem Terrierinstinkt den Hinweisen nachzugehen, die sie uns hinterlassen hat. ›Nimm ihre Fährte auf, Harry, sieh zu, wo sie hinführt‹ – um mehr habe ich nicht gebeten.«
Devereaux ging langsam zur Tür, läutete seinen Abgang ein.
»Aber Harry Cohen schert sich nicht um Grace Flint, genauso wenig wie um sein Land.«
Er öffnete die Tür und trat auf den Flur.
»Gute Nacht, Harry. Und der Teufel soll dich holen.«
Cohen ging ihm nach, zu spät. »Du hast deine Akte vergessen«,

rief er in die Dunkelheit des Bloomsbury Square. »Von wegen vergessen«, sagte Cohen zu sich selbst. Er ging in sein Büro zurück, fest entschlossen, kein weiteres Wort von der Akte zu lesen, so fest entschlossen, wie ein Alkoholiker dem Alkohol abschwört.

II

Als Cohen erkannte, wohin sie fuhren, war es zu spät, um es zu verhindern. Kurz vor dem Städtchen East Grinstead in Sussex bog der Daimler auf eine gewundene kleine Straße, die schließlich zu einem Restaurant in einem Herrenhaus aus dem 18. Jahrhundert führte. Hier hatte Cohen Annie einen Heiratsantrag gemacht. Viermal hatten sie in den Jahren danach hier ihren Hochzeitstag gefeiert, und irrwitzigerweise kam er ausgerechnet hierher, nachdem sie gestorben war. Er mochte die Atmosphäre von Dauerhaftigkeit und die wohltuende Ruhe des Hauses. Die Gärten waren nach Plänen von Capability Brown gestaltet, und Cohen war dort stundenlang spazieren gegangen, auf der Suche nach inneren Wahrheiten und nach Annies Geist. Er hatte den Impuls, Devereaux zu fragen, woher er es wusste: »Der Service spioniert seine eigenen Leute aus, was, Alan?« Aber das war ja klar, und Cohen wollte ihm nicht die Genugtuung geben, es abzustreiten.

»Es wird dir hier gefallen«, sagte Devereaux spitzbübisch.

»Ganz bestimmt«, sagte Cohen, jetzt bereit, das Spiel mitzuspielen.

Sie saßen im Garten, warteten auf das Essen, blickten auf eine Pferdekoppel, wo ein Mädchen ein temperamentvolles Jungpferd zuritt, das sie, so viel war offensichtlich, unbedingt bändigen wollte. Sie konnte gut reiten, aber das Pferd war noch nicht gewillt, ihre Autorität anzuerkennen. Cohen genoss es, dazusitzen und dem Kampf der beiden zuzuschauen und es Devereaux zu überlassen, das Tempo vorzugeben. Er sah Parallelen zwischen den zwei Geschehnissen, bei denen es darum ging, die Zügel locker zu lassen.

»Also, wie war Miami? Bestimmt nicht sehr zu empfehlen.«

»Man kriegt da *Hatuey.*«

»Ich kann nicht ganz folgen, alter Knabe.«

»Kubanisches Bier, wie man es früher im alten Havanna getrunken hat. Es wird in Florida gebraut, aber es ist noch immer sehr gut.«

Devereaux räusperte sich. »Und Cutter war kooperativ?«

»Absolut«, erwiderte Cohen.«

»Verschweigt er irgendwas?«

»Wieso sollte er? Er ist genauso versessen darauf, Flint zu finden, wie wir. Und natürlich den Schuldigen für Hechter zu finden.«

»Natürlich«, sagte Devereaux und spitzte die Lippen. »Und er hat dir von Rykov erzählt«, fuhr er fort, womit er etwas wiederholte, was er bereits wusste. »Der hat gesungen wie der sprichwörtliche Vogel. Mit zwanzig Jahren Knast in Aussicht hat er seine schmutzigen kleinen Geheimnisse nur so ausgespuckt.«

»Eher lebenslänglich.«

»Lebenslänglich?«

»Cutter hat dafür gesorgt, dass Rykovs Anklage auf Geldfälschung, Mordkomplott und obendrein auf organisierte Erpressung lautete. Bei seinem Vorstrafenregister musste er mit mindestens vierzig Jahren ohne Aussicht auf vorzeitige Begnadigung rechnen. Also praktisch lebenslänglich.«

Devereaux lächelte: »Stattdessen hat er mit dem Leben bezahlt.«
»Das Gefängnis ist ein gefährlicher Ort. Vor allem für Leute, die ihre Freunde verraten.«
»Das kann man wohl sagen.« Devereaux drehte den Stiel eines Glases mit *Blanc de blancs.* »Tja, wir werden Genosse Rykov keine Träne nachweinen, nicht wahr? Ich bezweifle nicht, dass er bekommen hat, was er verdient. Was man von Cutter nicht gerade behaupten kann.«
Cohen hob die Augenbrauen, tat verwundert.
»Ach komm schon, Harry! Cutter hat Flint einer enormen Gefahr ausgesetzt. Und das, obwohl er wusste, was sie alles durchgemacht hatte. Sein Verhalten war, sehr gelinde gesagt, tollkühn. Dass sie überlebt hat, ändert nichts daran, dass er ihre Sicherheit gefährdet hat. Ist mir was entgangen?«
»Ich weiß nicht«, sagte Cohen.
Auf der Koppel war das Mädchen abgeworfen worden. Das Jungpferd stand da und beobachtete das Mädchen, das nicht ganz an die Zügel herankam, sich aufrappelte und über die Koppel davonging. Verwirrt oder neugierig folgte das Pferd.
»Ach, verdammt noch mal«, klagte Devereaux. »Flint ist bei der Eskapade mit Freund Vladimir mit knapper Not davongekommen und sie hat gewusst, dass Cutter sie für seine Operation geopfert hätte, so bereitwillig, wie er eine Fliege totschlägt. Und trotzdem markiert diese Episode nicht etwa das Ende ihrer Beziehung, sondern den Anfang! Von da an sind sie unzertrennlich. Cutter und Flint, ein Team!«
»Und Hechter.«
»Vergiss Hechter. Cutter war derjenige, der sie zu dieser lächerlichen Operation gedrängt hat und der sie Vladimir auf Gedeih

und Verderb überlassen hat. Als Rykov verlangt hat, dass sie bei Vladimir bleibt, hätte Cutter die Operation abblasen müssen – mit ungewissen Folgen, zugegeben, aber wenigstens wäre er dabei gewesen, um sie mitzutragen. Stattdessen seilt er sich in den Coffee Shop ab und überlässt sie sich selbst.«

»Ich weiß nicht recht, ob er wirklich eine andere Wahl hatte.«

»Quatsch. Er hat sie den Wölfen zum Fraß vorgeworfen, Harry. Ihm ging es nur darum, Rykov zu schnappen. Und das Geld nicht zu verlieren. Sie hatte verdammtes Glück, dass sie da lebend rausgekommen ist.«

»Nicht bloß Glück, denke ich. Sie hat Vladimir ihr Knie in den Unterleib gerammt.«

»Ja, aber das hat ihn auch nicht aufgehalten, oder? Als sie auf ihn geschossen haben, hat er versucht, die junge Gracie als Schutzschild zu benutzen. Hat es sogar fast geschafft. Es ist auf deinem Video. Die Kugeln können sie nur um Haaresbreite verfehlt haben.«

Über Devereaux' Schulter sah Cohen den Oberkellner auf ihren Tisch zukommen. »Alle Undercover-Operationen bergen ein gewisses Risiko«, sagte er leise.

»Aber das ist doch genau, was ich sage.« Devereaux rutschte auf seinem Stuhl hin und her, ließ sich seine Ungeduld anmerken. Der Kellner hustete diskret, um seine Anwesenheit anzukündigen. »Das Essen wäre dann so weit, Gentlemen.«

Devereaux winkte ihn weg.

»Cutter hätte sie niemals in eine Undercover-Operation einbinden dürfen, nicht nach dem, was Buller ihr in dem Parkhaus angetan hat. Sie wurde als Verbindungsbeamtin nach Miami geschickt, verdammt noch mal. Schreibtischjob. Cutter hätte nicht zulassen dürfen, dass sie auch nur in die Nähe von Rykov und seinen Gangstern kommt. Aber jetzt kommt's, Harry. Als die Sache vorbei ist, sagt sie da auch nur ein Wort gegen Cutter? Nein, tut sie nicht. Als die wackeren Jungs hier im Yard die Stirn runzeln und ihre Federn spitzen, als sie andeuten, dass Special Agent Cutter vielleicht ein bisschen leichtsinnig war, sagt sie: ›Blödsinn, so war der Plan.‹ Sie nimmt Cutter in Schutz. Sie ver*herrlicht* ihn! Erklär mir das bitte.«

»Du glaubst, ich verschweige etwas«, sagte Cohen.

Devereaux schlug sich aufs Knie. »Sie hat sich in ihn verknallt, nicht wahr, Harry? Ist mit ihm ins Bett gegangen. Unsere junge Gracie und Agent Cutter? Stimmt's? Hab ich Recht?«

Cohen trank seinen Rest Wein und stellte das Glas behutsam auf den Tisch. »Im letzten Mai – nein, diesen Mai, sechs Monate nach Annies Tod –«, begann er und hielt dann inne, als hätte er den Faden verloren.

»Vor einem Jahr oder so«, setzte er erneut an, »war ich mit einer Kollegin geschäftlich in New York, eine junge Frau, etwa im gleichen Alter wie Flint, glaube ich. Sie war ungemein clever und kannte sich sehr gut aus mit dem Fall, an dem wir arbeiteten, aber meine Motive, sie mit in die Staaten zu nehmen, waren nicht ganz ehrenhaft. Offen gesagt habe ich gedacht, gehofft, ich könnte sie verführen, und an einem Wochenende während der Geschäftsreise schlug ich vor, gemeinsam nach Connecticut zum Lunch zu fahren. Wir fuhren zu einem Hotel, wo ich, wenn alles gut lief, übernachten wollte. Mit ihr zusammen.«

Devereaux' Miene verriet zunehmende Verwirrung.

»Nach dem Mittagessen saßen wir in einem Garten, ähnlich wie diesem, und sie erzählte mir von ihrem Leben. Ich schüttete Wein ein, und sie schüttete mir ihr Herz aus, verriet mir die Geheimnisse ihrer Seele. Oh, natürlich haben wir die Nacht in dem

Hotel verbracht, aber nur weil ich nicht mehr in der Verfassung war, nach New York zurückzufahren. Wir haben uns *zwei* Zimmer genommen. Irgendwann war mir klar geworden, dass ich in ihren Augen aus einem anderen Jahrtausend stammte. Sie mochte mich, glaube ich. Ja, sie hat sich wirklich gern mit mir unterhalten. Aber die Möglichkeit, dass wir miteinander schlafen, ist ihr nicht mal in den Sinn gekommen.«

»Und?«, sagte Devereaux.

»Na ja, als wir wieder in London waren, sprach sich in der Kanzlei herum, dass wir die Nacht in Connecticut verbracht hatten. Aufgrund der Spesenquittungen, vermute ich. Dass wir neun andere Nächte im selben Hotel in New York verbracht hatten, spielte anscheinend keine Rolle. New York war Arbeit, Connecticut etwas anderes. Und allein aufgrund dieses Indizes wurden wir – genau genommen, sie – verurteilt. Man ging einfach davon aus, dass wir eine Affäre hatten. Als ich sie als Juniorpartnerin der Firma vorschlug – eine Beförderung, die sie übrigens mehr als verdient hatte –, dachten sie, ich wollte meine Geliebte für ihre Dienste entschädigen. Dass sie eine überaus fähige Anwältin war, wurde nicht bestritten, es wurde schlichtweg ignoriert. Die Seniorpartner fanden mein Verhalten töricht, und ich war viel zu feige, mich mit ihnen anzulegen. Wir ließen sie mit einem prächtigen Zeugnis gehen.«

»Harry, du sprichst in Rätseln! Ich frage dich nach Cutter und Flint, und du erzählst mir deine traurige Geschichte von unerwiderter Liebe. Die Frage ist, waren sie ein Liebespaar? War das der Leim, der sie zusammenhielt?«

»Und die Antwort ist, ich weiß es nicht. Oh, es gibt reichlich Leute, die dir sagen werden, dass Cutter und Flint miteinander geschlafen haben, aber, soweit ich sagen kann, weiß das niemand mit Sicherheit. Wir sehen in anderen das, was wir sehen wollen, nicht unbedingt das, was da ist.«

»Verschon mich mit deinen Moralpredigten«, sagte Devereaux düster. »Hast du Cutter gefragt?«

»Nein. Und das werde ich auch nicht, es sei denn, es wird irgendwann wirklich relevant.«

Sie saßen in bedrücktem Schweigen da, sahen dem Mädchen zu, das das Pferd wieder bestiegen hatte und es jetzt über die Koppel trieb.

»Sollen wir reingehen?«, schlug Cohen vor.

Devereaux folgte ihm mürrisch ins Haus. Sie sprachen erst wieder, als der erste Gang serviert worden war.

»Jedenfalls«, sagte Devereaux schließlich, die Taktik wechselnd: »Cutter überließ ihr Rykov und gab ihr völlig freie Hand.«

»Ihr und Hechter.«

»Sie haben ihn tagelang in die Mangel genommen, jeden Tropfen aus ihm herausgequetscht?«

»Anscheinend.«

»*Anscheinend!* Du alter Miesmacher, Harry. Rykov hat ihr gesagt, wo sie suchen soll, oder etwa nicht? Er hat ihr Robertstown und Maitland geliefert. Den Schlüssel zum Königreich, nein?«

»Doch.«

»Und Rykov hat ihr Frank geliefert?«

»Indirekt, ja.«

Devereaux strich dick Gänseleberpastete auf ein warmes Toastdreieck. »Komm schon, Harry. Erzähl mir von Rykovs Vermächtnis.« Er schob sich den Toast in den Mund. »Gracies Erbe.«

»Oder ihr Todesurteil«, sagte Cohen.

III

Von ihrem Aussichtspunkt auf der Veranda von *Josephines Tea Shop* aus prägte Grace Flint sich die Schriftzüge der Banken ein, die sie sehen konnte. Als Erste kamen da, zwischen ihr und Hetty's Hardware Store gelegen, die Filialen von Citibank und Chemical, von Barclays International und der Royal Bank of Canada. Auf der anderen Straßenseite teilten sich NatWest, die Société Générale und die Banco del Bilbao den besten Platz oberhalb von Honest John's Liquor Store, während in der Prince Albert Arcade neunzehn weitere führende Banken aus sieben Ländern untergebracht waren, zusammen mit dem Robertstown Visitors' Center.

Josephines Früchtepunsch, mit einem Schuss rubinroten Rum, hatte die Farbe von Zinnober, und in der Nachmittagshitze fühlte Flint sich schläfrig und überaus zufrieden. Kevin Hechter hatte Recht gehabt. Hier, wo sie saß, nicht einmal zwei Flugstunden von Puerto Rico entfernt, auf einer Insel, die zu klein war, um auf einer Karte der Karibik groß aufzufallen, gab es vermutlich mehr Banken pro Kopf und pro Quadratmeile als irgendwo sonst auf der Welt. Doch im Moment interessierte sich Flint nur für eine von ihnen.

Die New World Bank & Trust Company hob sich von den anderen ab. Sie war in einer ehemaligen Baptistenkapelle am Independence Corner untergebracht, wo die Teerdecke der Queen Victoria Street aufhörte und die rostrote unbefestigte Straße des Sidcup Hill anfing, auf der eine Prozession von klapprigen Kleinlastern Gefahr lief, in tiefen Fahrspuren, die wie Straßenbahngleise verliefen, den Auspuff zu verlieren. Der Staub, den die Fahrzeuge aufwirbelten, hing in der Luft und legte sich auf die Wände der Kapelle, so dass sie nicht mehr strahlend weiß waren, eher ein warmes, gebrochenes Weiß. Um Punkt fünf Uhr schloss sich die Doppeltür zum letzten Mal, und Flint beobachtete, wie Maitland sie abschloss und die Klinke drückte, um sich zu vergewissern, dass das Gebäude sicher war.

»Mager, scharfe Gesichtszüge, pomadiges, zurückgekämmtes Haar, sieht aus wie ein Iltis.« So hatte Hechters knappe Beschreibung von Maitland gelautet, und sie war treffend genug, um ihn nicht zu verwechseln. Flint sah zu, wie ihre Beute die Aktentasche auf den Gepäckträger des klapprigen Fahrrads schnallte und sich den Aufschlag der Hosenbeine in die bunten Socken steckte. Maitland schwang ein knochiges Bein über die Querstange, setzte sich auf den Sattel und fuhr los, steuerte wackelig zwischen den Spurrillen hindurch, bis er die Kuppe des Sidcup Hill erreichte und nach unten zum Hafen fuhr, wo, wie Flint wusste, Mrs. Maitland auf ihn wartete.

Ihr Name, das wusste Flint ebenfalls, war Lisa, und in ihrem langen Baumwollkleid, das bis zum Hals zugeknöpft und in der schlanken Taille gerafft war, sah sie aus wie ein Flüchtling aus einer anderen Welt und einer anderen Zeit. Wenn sich an ihren Gewohnheiten nichts geändert hatte, saß sie jetzt unter einem Sonnenschirm, allein und abseits von den anderen im Ausland lebenden Frauen, die auf der breiten Terrasse des *Royal Yacht Club* auf ihre Banker-Ehemänner warteten. An den beiden vorangegangenen Nachmittagen, so Flints Beobachtungen, hatte Lisa mit niemandem ein Wort gewechselt, bis ihr Mann gekommen war und sie auf die Wange geküsst hatte, und niemand hatte sie angesprochen.

Flint kletterte über das Geländer und ließ sich von der Veranda auf den Sattel ihres Fahrrades hinab, ein sehr viel neueres

Modell als das von Maitland; Aluminiumrahmen, zehn Gänge, das Beste vom Besten und zehn Dollar am Tag bei Harveys Fahrradverleih. Sie wartete, bis ein Pick-up vorbeigefahren war, und radelte dann auf der Queen Victoria Street gemächlich dem knochigen Banker hinterher. Kein Grund zur Eile. Sie rollte den Sidcup Hill hinab, achtete darauf, nicht in die Spurrillen zu geraten, spürte, wie die warme Brise an ihrem Hut zerrte. Sie vermutete, dass sich die Straße bei Regen in einen tiefen Morast verwandelte, aber Hechter hatte gesagt, dass es in Robertstown nie viel regnete. Nicht Regen regnet, sagte er. In Robertstown regnete es vor allem Geld.

Er wartete auf sie und sah ziemlich lächerlich aus, wie er da so ausgestreckt auf einer Liege auf dem Rasen des Harbour View Guest House lag. Er hatte seine schwarzen Schnürschuhe und seine marineblauen Socken ausgezogen und die Beine des bügelfreien Anzugs bis über die kräftigen Waden hochgekrempelt. Auch die Ärmel seines weißen Hemdes waren aufgekrempelt, bis über die Ellbogen, aber seine kastanienbraune Krawatte saß korrekt an Ort und Stelle. Mit seinem kurz geschnittenen Haar und den argwöhnischen Augen sah er aus wie ein Polizeibeamter außer Dienst, im Zwangsurlaub in einer exotischen Gegend, der einfach nichts mit den Freuden des Nichtstuns anfangen konnte. Von seiner Liege aus, so registrierte Flint, hatte er einen ungehinderten Blick auf die Terrasse des Jachtclubs, auf der die Maitlands jetzt im Schatten von Lisas Sonnenschirm saßen.

»Buh!«, sagte Flint, die sich tief gebeugt an ihn heranschlich, die Sonne im Rücken, wie die Ausbilder in Quantico es lehrten. »Peng! Du bist tot!«

Hechter schirmte seine Augen mit einer Hand ab, während er zu ihr hochblinzelte. »Du kannst mich jetzt nicht erschießen, weil ich ihn habe.«

»Wirklich?«

Er klopfte mit der flachen Hand auf seine Hemdtasche.

»Mr. Maitland?« Hechter stand vor ihnen. »Andrew Peter Maitland?«

Maitlands scharf geschnittenes Gesicht erstarrte zu einer feindseligen Maske. Nur seine kleinen Augen bewegten sich, schossen von Harry zu Flint und wieder zurück. Er sah seine Frau nicht an, aber ihre Hand huschte über die Tischplatte wie eine Spinnenkrabbe und ergriff die ihres Mannes.

»Ich bin Special Agent Hechter vom US-Finanzministerium, und das ist Detective Inspector Flint von New Scotland Yard. Wir müssen mit Ihnen reden.«

»Hallo, Lisa«, sagte Flint und setzte sich neben sie. Mrs. Maitland starrte ihren Mann fassungslos an, als hätte sie eben vom Tod eines nahen Angehörigen erfahren.

»Das hier ist ein Privatclub«, sagte Maitland. »Sind Sie beide Mitglied?«

Hechter ließ seine massige Gestalt auf einen freien Stuhl nieder und rückte so dicht an Maitland heran, dass ihre Knie sich berührten.

»Falls nicht«, fuhr Maitland trotzig fort, »muss ich Sie nämlich leider bitten zu gehen.«

Seine Stimme klang hochmütig, doch dicht unter der geschliffenen Oberfläche waren die breiten Vokale seiner Herkunft aus Essex deutlich wahrnehmbar, zumindest für Flint.

»Hören Sie«, sagte Hechter. »Vor zwei Tagen wurde Inspector Flint als Sonderpolizeibeamtin von Lawrence Islands vereidigt.

Das bedeutet, dass sie uneingeschränkte Polizeigewalt hat, und sie hat mich zu ihrem Assistenten bei ihren Ermittlungen ernannt. Heute Morgen habe ich aufgrund der uns vorliegenden Informationen bei einem Richter gegen Sie persönlich und gegen Ihre Angestellten Strafanzeige erstattet. Heute Nachmittag ist uns ein Durchsuchungsbefehl ausgestellt worden.«
Hechter zog einen weißen Briefumschlag aus seiner Hemdtasche, den das Wappen des Hohen Gerichts der Lawrence Islands zierte. »Der Durchsuchungsbefehl. Lesen Sie ihn.«
Der Umschlag lag nun auf dem Tisch vor Maitland, aber offenbar hätte nichts auf der Welt ihn dazu bewegen können, ihn anzurühren. Er beäugte ihn argwöhnisch, als wäre eine Briefbombe darin.
»Schön, dann sage ich Ihnen, was drinsteht. Dieser Durchsuchungsbefehl berechtigt uns, Ihre Privaträume und die Räumlichkeiten der New World Bank Trust Company zu durchsuchen. Er berechtigt uns, jedes Dokument und sämtliche Unterlagen – schriftlich, auf Computer oder sonst wie fixiert – zu untersuchen, und er berechtigt uns darüber hinaus, diese Unterlagen zu beschlagnahmen, wenn wir es für angebracht halten. Und wir werden es für angebracht halten, Mr. Maitland. Darauf können Sie Gift nehmen. Sie stecken in dermaßen großen Schwierigkeiten, dass ich gar nicht weiß, wo ich anfangen soll.«
»Ich will meinen Anwalt sprechen«, sagte Maitland, jetzt mit schwächerer Stimme, als wäre seine geschliffene Oberfläche von Hechters unnachgiebiger Bestimmtheit wie mit Schleifpapier aufgeraut worden.
Er stand auf, aber Hechter packte ihn am Arm. »Später«, sagte er. »Wenn ich es sage. Sie können von der Bank aus anrufen, wenn Sie schön artig sind.«

IV

Eins muss man ihnen lassen, sagte Harry Cohen. Mag ja sein, dass die Lawrence Islands das Nirwana für jeden Drogenhändler, Gangster, Schwindler, Steuerflüchtling und Despoten, der Geld zu verstecken hat, sind; mag ja sein, dass jede Bank mit »gutem Ruf« dort ihr Firmenschild aufhängen darf; mag ja sein, dass die dort herrschenden gesetzlichen Bestimmungen zum Bankgeheimnis die von Panama, Liechtenstein, den Bahamas, den Kanalinseln, der Schweiz und sogar Antigua regelrecht schwachbrüstig wirken lassen. Kurzum, mag ja sein, dass dort mehr heißes Geld gehortet ist, als ein Abakus zählen könnte. Aber, so fuhr Cohen fort, mach ihnen Feuer unterm Arsch, und du kriegst Ergebnisse.

»Und womit hat Hechter das Feuer entfacht?«, fragte Devereaux. »Ich nehme doch an, es war Hechter?«

Cohen nickte und nahm einen Schluck von seinem Wein. »Petroleum«, sagte er.

Petroleum mit hoher Oktanzahl. Moses Saunders, der Premierminister der Lawrence Islands, der Mann, dessen Grabinschrift zweifellos lauten wird: »Er hat sein Volk in die Freiheit geführt«, mochte zwar die Bankgesetze ersonnen haben, die Robertstown den Glanz des Wohlstands bescherten, aber wenn es darum ging, seinen eigenen Wohlstand zu sichern, so Cohen, hatte Saunders herzlich wenig Vertrauen zu ihnen.

»Weißt du, dass er in Finanzkreisen als ›Sir Ein Prozent‹ bekannt ist?«, sagte Cohen, und Devereaux gab mit einem Lächeln zu, dass er es wusste.

»Seine Arroganz ist beispiellos.«

»Das haben wir uns nur selbst zuzuschreiben«, sagte Devereaux.

»Es war damals sehr beliebt, unsere schwarzen Brüder von den Kolonien zu uns zu locken, um sie zu Anwälten auszubilden, ihnen eine solide Einweisung in die Unfehlbarkeit des Gesetzes zu geben – natürlich *unseres* Gesetzes – und sie wieder nach Hause zu schicken, damit sie die Einheimischen unter Kontrolle halten. Das war natürlich völlig hirnverbrannt. Kaum waren sie wieder zu Hause, wurden sie ausnahmslos zu Aufrührern. Und das war mehr oder weniger das Ende von Britisch-Westindien.«

»Jetzt ist er *Sir* Moses Saunders.«

»Allerdings.«

»Knight Commander des Grand Order of the Empire, Mitglied des Geheimen Kronrates.«

»Fürwahr.« Devereaux' Gesicht verfinsterte sich, und er schob seinen noch halb vollen Teller weg, weil ihm der Appetit vergangen war. Dann erhellte sich seine Miene: »Und, Harry, sag schon, was hatte Hechter gegen ihn in der Hand?«

»Drei Bankkonten, alle in den Vereinigten Staaten, mit nicht ganz achtzehn Millionen Dollar drauf.«

Devereaux stieß einen leisen Pfiff aus.

»Während die halbe Welt ihr Geld nach Robertstown schickte, hat Saunders seins rausgeschafft – das meiste übrigens davon über die New World Bank. In Anbetracht der Tatsache, dass er der Sohn eines Zuckerrohrschneiders ist, dass er nie als Anwalt tätig war und dass sein offizielles Gehalt dreißigtausend Dollar im Jahr beträgt, hielt Hechter die Herkunft der achtzehn Millionen Dollar für äußerst verdächtig. Er meinte, er könnte es beschlagnahmen lassen.«

»Was du nicht sagst! Hätte er das tun können?«

Cohen zuckte die Achseln und schob ebenfalls seinen Teller

weg. »Durchaus möglich. Saunders wäre per Gesetz gezwungen gewesen, den Nachweis zu erbringen, dass er die Gelder rechtmäßig erworben hat. Aber darum ging es eigentlich nicht.«
»Natürlich nicht.«
»Es ging darum, Saunders wissen zu lassen, dass der Secret Service zwar keine Handhabe hatte, auf den Lawrence Islands gegen die New World Bank vorzugehen, aber doch Handhabe hatte, in den Vereinigten Staaten gegen *seine* Interessen vorzugehen.«
»Erpressung, Harry?« Devereaux strahlte.
»Hechter nannte es einen Deal.«
Der Ober kam, um die Reste ihres Essens abzuräumen.
»Also, die beiden hatten ihren Durchsuchungsbefehl und sind mit Maitland zur Bank marschiert?«
»Nur Hechter«, sagte Cohen. »Flint entschied sich dafür, bei Lisa zu bleiben. Sie hatte das Gefühl, dass Lisa trotz ihrer scheinbaren Schüchternheit die Stärkere in der Beziehung war. Flint meinte, wenn die Männer erst mal weg waren, könnte sie Lisa vielleicht zur Vernunft bringen und zur Kooperation bewegen. Darin ist sie wirklich gut.«
»Ihren Charme spielen lassen?«
»Wenn du so willst.«
Devereaux wirkte plötzlich abgelenkt, er starrte auf den Tisch, und seine Finger suchten auf dem Tischtuch nach imaginären Krümeln. Dann sah er auf und fixierte Cohen mit einem bösen Blick. »Es ist uns doch allen so ergangen, nicht wahr, Harry? Wir alle sind Flints Charme erlegen.«

V

Lisa, wie alt sind Sie? Achtundzwanzig?«

Mrs. Maitland bejahte mit einem ruckartigen Nicken.

»Und wie alt ist Andrew? Wie nennen Sie ihn eigentlich, Andy?«

Sie nickte erneut. Sie hatte seit fast einer halben Stunde kein Wort mit Flint gesprochen.

»Und wie alt ist Andy? Dreißig?«

Langes Schweigen, dann endlich: »Einunddreißig. Seit letztem Dienstag.«

»Lieben Sie ihn, Lisa?«

Die Hände auf dem Schoß, ein Taschentuch zwirbelnd, weinte Mrs. Maitland leise vor sich hin. Sie waren ins Restaurant des Jachtclubs gegangen, um den abendlichen Moskitos zu entgehen, und sie waren die einzigen Gäste. Irgendwo, außer Sicht, wartete der Barmann unruhig darauf, dass sie gingen.

»Lisa, lieben Sie ihn?«, fragte Flint noch einmal.

Sie war noch nicht in der Lage zu antworten.

»Lisa, Sie können Andy helfen. Sie können diesen Alptraum beenden.« Flint ließ die Möglichkeit einen Moment im Raum schweben. »Aber Sie müssen stark sein.«

Obwohl es um die 27 Grad waren, zitterte Mrs. Maitlands dünner Körper von der Kälte, die sie in sich spürte.

»Ich bin nicht hinter Andy her«, sagte Flint weiter. »Er hat ein paar krumme Sachen gemacht – ein paar schlimme Sachen –, aber er kann das wieder geradebiegen, wenn Sie ihm helfen. Sie sind die Einzige, die ihm helfen kann, Lisa. Wissen Sie das?«

Lisa antwortete nicht.

Maitland und Hechter waren seit zwei Stunden fort, und Flint hatte Lisa gesagt, sie würden wahrscheinlich erst am Morgen wiederkommen – vielleicht am späten Vormittag. Hechter würde für die Durchsuchung der Bank sicherlich die ganze Nacht brauchen.

»Andy hört auf Sie, nicht wahr, Lisa? In wichtigen Dingen? Wenn Sie große Entscheidungen treffen müssen? Also, das hier ist wirklich eine große Entscheidung. Ich wette, es ist die größte, die Sie bisher zu treffen hatten, also können Sie ihn nicht im Stich lassen, nicht jetzt.«

Lisa saß weiter wie versteinert auf ihrem Stuhl. Dünne blonde Haarsträhnen klebten ihr an den Wangen, die so bleich waren, dass sie beinahe durchscheinend wirkten.

»Lisa, hören Sie mir überhaupt zu?«

Mrs. Maitland wischte sich die Augen. »Sind Sie verheiratet?«, sagte sie plötzlich.

Einen Augenblick lang brachte die Frage Flint aus dem Konzept, und es entstand eine angespannte Pause, bevor sie erwiderte: »Nicht wirklich. Nicht mehr.«

»Ist er gestorben?«

Wieder eine Pause.

»Nein. Wir leben getrennt.«

»Vermissen Sie ihn?«

Wenn du wüsstest, dachte Flint. Was sie sagte, war: »Manchmal.«

»Ich könnte ohne Andy nicht leben. Ich meine, wenn er ins Gefängnis müsste oder …« Ihre Stimme verlor sich, während sie ins Leere starrte.

»Doch, das könnten Sie, Lisa. Sie könnten es, wenn Sie müssten. Aber Sie müssen nicht. Andy muss nicht unbedingt ins Gefängnis.«

»Wieso habt ihr euch getrennt?«

»Weil ich ihm nicht das geben konnte, was er wollte«, log Flint. »Ich war nicht stark genug, um ihm zu helfen, und deshalb habe ich ihn verloren. Ich hatte nicht so ein Glück wie Sie.«
»Wie heißt er?«
»James. Aber ich habe ihn Jamie genannt.«
»Lieben Sie ihn noch immer?«
»Ich weiß nicht.«
Sie hatte jetzt aufgehört zu weinen, und ihr Körper zitterte nicht mehr. Sie putzte sich die Nase mit dem Taschentuch.
»Versprochen?«
»Was?«
»Dass ich Andy nicht verlieren werde?«
»Nicht, wenn Sie uns helfen. Nicht, wenn Sie ihn dazu bringen, die Wahrheit zu sagen. Werden Sie das tun, Lisa?«
Mrs. Maitland riss sich von ihrem Blick ins Leere los und nickte.
»Kommen Sie, ich bring Sie nach Hause«, sagte Flint – *und bleib bei dir, lass dich nicht aus den Augen* –, aber dieser Teil blieb ungesagt.

VI

Also hatte Flint mit Lisa Recht.«
»Absolut. Sobald Lisa zur Kooperation entschlossen war, hatte Maitland keine Chance mehr. Hechter und Flint konnten sie im Schlafzimmer streiten hören, und nach Flints Notizen hat Lisa geflucht wie ein Waschweib.«
»Herkunft lässt sich nicht verleugnen«, sagt Devereaux provokativ, erntet jedoch nicht die Reaktion, die er erhofft hat.
Cohen rekelt sich auf dem Rücksitz von Devereaux' Daimler,

der jetzt vor Cohens verschachteltem Haus am Holland Park steht. Devereaux sitzt auf dem Beifahrersitz und schiebt die letzte Kassette in den Kassettenrecorder, der in das Walnussholzarmaturenbrett eingelassen ist. Fast zwei Stunden lang, seit ihrer Abfahrt aus Sussex, hat er sich auf die Aufnahme der Vernehmung von Andy Maitland konzentriert, und Devereaux besteht darauf, dass er sich noch den letzten Akt anhört, wie er es nennt. Man hört ein Zischen, als die Wiedergabe beginnt, ein Klopfen aufs Mikro und dann Flints ausdruckslose Stimme, die Uhrzeit, Datum und Ort nennt und Maitland bittet, noch einmal seinen Namen zu sagen, »fürs Protokoll«. Maitland ist es inzwischen gewohnt, genießt es geradezu. Während er die Geheimnisse seines Arbeitgebers rückhaltlos verrät, nimmt seine Stimme erneut einen herablassenden Tonfall an. Nur hin und wieder stockt er, wenn Flint ihn mit ihren unbarmherzigen Fragen ins Dickicht der Selbstbelastung führt. Dann hören wir meistens Mrs. Maitlands Stimme, die ihm Warnschüsse vor den Bug feuert.

Flint setzt ihre Befragung fort. »Andrew, die Bank hat ein firmenexternes Vorstandsmitglied, ist das richtig?«

»Andrew«, niemals »Andy«, als hätte Flint eine Linie in den Sand gezeichnet, die sie nicht überschreiten wird.

»Ja.«

»Würden Sie bitte den Namen der betreffenden Person nennen.«

»Roberto Suárez.« Maitland legt die ganze Betonung auf die erste Silbe, so dass es klingt wie *Swars.*

»Und was hat er für eine Nationalität?«

»Venezolaner.«

»Und wissen Sie, was für eine Tätigkeit er ausübte, bevor er externes Vorstandsmitglied der New World Bank Trust Company wurde?«

»Er war venezolanischer Botschafter in der Sowjetunion. Im heutigen Russland, also vor dem Zusammenbruch der Sowjetunion.«

»Und was macht Mr. Suárez für die Bank?«

»Nicht viel. Kündigt von Zeit zu Zeit neue Kunden an.«

»Und wie macht er das?«

»Per Fax. Manchmal kriege ich einen Anruf von ihm, aber normalerweise ein Fax. ›Mister Soundso ist auf dem Weg zu Ihnen, bitte lassen Sie ihm jede erdenkliche Höflichkeit zukommen.‹ So in der Art.«

»Und diese Kunden, die er Ihnen schickt, haben die irgendetwas gemein?«

»Viele sind Russen.«

»Aus Moskau?«

»Nicht mehr. Nizza, in Südfrankreich. Da sitzt übrigens auch Suárez.«

»Wieso Nizza? Wissen Sie das?«

»Weil Nizza ihr Schlupfloch geworden ist. Dort wimmelt es nur so von denen. Laut Suárez gibt es da inzwischen in so gut wie jedem Restaurant die Speisekarte auch auf Russisch, in kyrillischer Schrift.«

»Diese Russen, die in Nizza leben und die Mr. Suárez Ihnen empfiehlt, kommen also zu Ihnen nach Robertstown, um Konten zu eröffnen. Ist das richtig?«

»In letzter Zeit hat er auch ein paar Serben geschickt. Sie wissen schon, aus dem ehemaligen Jugoslawien. Ja, die eröffnen Konten.«

»Auf ihren eigenen Namen?«

Maitland gluckst, als hätte Flint einen Witz erzählt. »Nicht oft«, sagt er, noch immer lachend.

»Was ist so komisch, Andrew?«
»Hören Sie, ich weiß deren Namen nicht mal, ich meine ihren richtigen Namen. Suárez benutzt für seine Faxe irgendwelche altbekannten Namen: Jelzin, Chruschtschow, ich hatte sogar schon einen Lenin und einen Trotzkij. Der Name spielt keine Rolle. Er gibt mir damit bloß zu verstehen, dass der nächste Russe, der bei mir zur Tür hereinspaziert kommt und sagt, er ist Leonid Breschnew oder welcher Name auch immer im Fax stand, koscher ist.«
»Und das bedeutet?«
Es erfolgt eine Pause, bis Lisa schneidend sagt: »Andy!«
»Das bedeutet, keiner von der Polizei oder der Steuerfahndung.«
Hechter ist bei der Vernehmung nur Beobachter, aber er leidet unter Dauerhusten. Wir hören ihn jetzt husten und wissen, dass er da ist.
»Unternehmen Sie irgendwelche Schritte, um die wahre Identität dieser neuen Kunden festzustellen? Lassen Sie sich zum Beispiel ihren Pass zeigen?«
»Nein.«
»Haben Sie oder die New World Bank irgendein Interesse daran, die wahre Identität der Kunden zu erfahren, oder woher ihr Geld stammt?«
»Nein.«
»Ist es sogar die gezielte Politik der Bank, ihren Kunden bei der Verschleierung ihrer Identität behilflich zu sein?«
»Ja.«
»Und bei der Verschleierung ihrer Kapitalquellen?«
»Ja.«
»Warum?«
Fünf Sekunden verstreichen. Wir spüren förmlich, dass Lisa

drauf und dran ist, sich einzuschalten, als Maitland sagt: »Sie wissen, warum.«

Flints Tonfall ist stählern. »Ich kann nicht für Sie antworten, Andrew.«

»Weil sie Gauner sind, die meisten von ihnen. Gangster, Geldwäscher, ehemalige KGBler. Das sieht man denen schon an.«

»Gut. Also, die Namen, mit denen Mr. Suárez Ihnen diese neuen Kunden ankündigt, sind das die Namen, für die Sie dann auch die Konten eröffnen?«

»Nein. Wir verpassen ihnen eine Standardtreuhandfirma mit Strohmännern als Geschäftsführer, und die Firma eröffnet dann das Konto.«

»Wer sind diese Strohmänner?«

»Zum Beispiel Miss Pringle.«

»Wer ist das?«

»Peggy Pringle, meine leitende Angestellte. Oder irgendeine andere von den Frauen, die in der Bank arbeiten. Wer gerade da ist.«

»Na schön. Also, fürs Protokoll, ich zeige Ihnen jetzt ein Hauptbuch, das wir gestern Abend in den Räumlichkeiten Ihrer Bank gefunden haben, in einem Safe in einem Büro, das, wie ich vermute, Ihres ist. Erkennen Sie das Hauptbuch?«

»Ja.«

»Haben Sie darin die Geschäftsabläufe verzeichnet?«

»Ja.«

»Und ist das Ihre Handschrift?«

Maitland gähnt, als er erneut antwortet: »Ja.« Er langweilt sich allmählich. Flint macht dessen ungeachtet weiter.

»Auf jeder Seite sind sechs Spalten, und jede Zeile hat ähnlich aussehende Einträge. Ist das richtig?«

»Ja.«

»Die erste Spalte enthält offenbar Daten. Was bedeuten diese Daten?«

»Die Daten, an denen die jeweiligen Konten eröffnet wurden.«

»Schön. Ich nehme jetzt den ersten Eintrag auf der ersten Seite und frage Sie, was jede Spalte bedeutet. Zwölf, sechs, zweiundneunzig. Heißt das 12. Juni 1992?«

»Ja.«

»In der nächsten Spalte steht das Wort ›Tindale‹. Was ist ›Tindale‹?«

»Die Treuhandgesellschaft, die ich für den betreffenden Kunden erfunden habe.«

»Die dritte Spalte enthält die Zahlen achthundertfünfzigtausend. Was ist das?«

»Die Summe der Ersteinlage.«

»In welcher Währung?«

»US-Dollar. Alle unsere Transaktionen erfolgen in Dollar.«

»Und wie haben Sie dieses Kapital erhalten? Per Scheck? Per Überweisung?«

Maitland schnaubt verächtlich. »Wohl kaum«, sagt er. »Bar.«

»Okay, haken wir kurz hier ein. Heißt das, dass alle Transaktionen über Ihre Bank in bar erfolgen?«

»Alle Eingänge, ja. Auszahlungen könnten per Überweisung erfolgen, aber in der Regel als Wechsel.«

»Ein Wechsel, der auf Ihre Bank gezogen wird?«

»Nein. Ich hebe das Geld in bar vom Konto des Kunden ab und kaufe dann einen Wechsel von einer der Hauptbanken hier. Die Auswahl ist groß.«

»Das habe ich bemerkt«, sagt Flint. »Aber Sie sagen, dass alle Einzahlungen in bar erfolgen?«

»Ja.«
»Geld, das die Kunden persönlich nach Robertstown bringen?«
»Oder sie schicken einen Kurier. So läuft das meistens.«
»Was meinen Sie mit ›meistens‹?«
Es entsteht eine kurze Pause, bevor Maitland antwortet: »Manchmal hole ich das Geld persönlich ab, wenn die Kunden es wünschen.«
»Wo?«
»Wo immer der Kunde mich hinbestellt. Paris, manchmal London, Zürich, Amsterdam. Ein paarmal Hamburg. Zypern.« Eine weitere Pause. »New York.« Maitlands Stimme ist leiser geworden. »Miami. Los Angeles.«
Hechter hustet laut, und Flint empfängt das Signal.
»Wie oft haben Sie Bargeld in den Vereinigten Staaten abgeholt? Ungefähr?«
»Das kann ich so aus dem Kopf nicht sagen.«
»Ein dutzend Mal? Weniger? Mehr?«
»Mehr.«
»Zwanzigmal? Mehr?«
»Ich bin nicht sicher.«
»Ach, Herrgott noch mal, Andy.« Das ist Lisa, und sie klingt wütend.
»Sechs- oder siebenmal im Jahr«, sagt Maitland rasch. »Seit sechs Jahren.«
»Also, seit 1992 haben Sie mindestens sechsunddreißigmal Bargeld aus den Vereinigten Staaten ausgeführt. Haben Sie das legal getan?«
»Wie bitte?«
»Keine Spielchen, Andrew. Sie wissen, wenn Sie Summen von

über zehntausend Dollar aus dem Land bringen, müssen Sie die deklarieren. Lagen die Beträge über zehntausend Dollar?«

»Manchmal.«

»Was heißt das?«

»Meistens.«

»Und haben Sie sie deklariert? Sie schütteln den Kopf. Bedeutet das nein?«

»Dann wäre die Übung ja wohl ziemlich sinnlos gewesen, was?«

»Kleiner Frechdachs, was?«, sagt Devereaux.

Flint bleibt hartnäckig. »Ich frage Sie noch einmal. Haben Sie bei irgendeiner oder allen Gelegenheiten, bei denen Sie Summen von über zehntausend Dollar in bar aus den Vereinigten Staaten ausgeführt haben, eine Zollerklärung abgegeben?«

»Nein.«

»Danke«, sagt Flint sarkastisch. »Schön. Kommen wir zurück zum Hauptbuch.«

»Bitte, tut das«, sagt Devereaux. Er dreht sich auf seinem Sitz um und blickt Cohen an. »Gleich am Ziel, was?«

»Ganz kurz davor.«

»Also, Andrew, die vierte Spalte enthält eine siebenstellige Zahl. Was bedeutet sie?«

»Das ist die Nummer, die ich dem Kunden gebe und die ihn als Besitzer der Treuhandgesellschaft ausweist. Er verwendet die Nummer bei allen Transaktionen, und so kann ich sichergehen, dass die Gelder dem richtigen Konto gutgeschrieben oder belastet werden. Wenn ein Kunde etwas abheben oder eine Überweisung machen möchte oder wenn er einen Kurier schickt, um Bargeld abzuholen, legt er dem Auszahlungsantrag diese Nummer bei, und das ist dann meine Ermächtigung.«

»Und dieses Hauptbuch ist Ihr Nachweis, welches Konto wem gehört?«
»Na, ich kann sie ja wohl kaum im Kopf behalten, oder? Es sind eine ganze Menge.«
»Das kannst du laut sagen«, sagt Devereaux. Als Cohen ihm eine Kopie des Hauptbuches gab, hat er als Erstes die Zeilen auf der ersten Seite gezählt und sie mit der ungefähren Anzahl der Seiten multipliziert, die Maitland voll gekritzelt hat, und bei dieser groben Berechnung kam er auf rund sechzehnhundert Nummernkonten.
»Aber abgesehen von der Nummer für jedes Konto haben Sie keinen Nachweis über die Kontoinhaber?«
»Nicht den geringsten. Wie ich schon sagte, ich kenne ihre richtigen Namen nicht.«
»Jetzt kommt's«, sagt Cohen, und Devereaux beugt sich vor, um lauter zu drehen.
»Bis auf den da«, sagt Maitland.
Dem Tonfall ihrer Stimme nach zu urteilen, hatte Flint mit diesem Eingeständnis nicht gerechnet.
»Tindale? Sie kennen den richtigen Namen des Inhabers des Tindale-Kontos?«
»Ja.«
»Wieso?«
»Weil er mein erster Kunde war. Genau genommen war es seine Idee, die New World Bank zu gründen, der Grund, warum ich hierher gekommen bin. Er ist eigentlich viel mehr als ein Kunde. Im Grunde könnte man wohl sagen, dass er mein Partner ist.«
»Wie ist sein Name, Andrew?«
»Er hat mehr als einen, aber sein richtiger Name ist Harling. Frank Harling.«

Mag sein, dass wir uns das plötzliche Luftholen, das wir zu hören meinen, nur eingebildet haben, aber nicht den Hustenanfall, der einsetzt und anhält, bis das Band abgeschaltet wird. Es ist Flints Husten, nicht Hechters. Sie klingt, als würde sie ersticken.

Drittes Kapitel

I

Andrew Maitland sagte zu Flint: »Es war 1987, das Jahr des Börsenkrachs, und ich habe auf halber Provision gearbeitet, wenn Sie wissen, was ich meine. Ich habe für einen Broker gearbeitet, aber freiberuflich, so dass ich die Provision für alle Börsengeschäfte, die ich abgewickelt habe, teilen musste. Jedenfalls, diese Leute verstehen einfach nicht, dass es keine Rolle spielt, ob die Kurse steigen oder fallen, der Händler verdient auf jeden Fall, und ich habe einen Riesengewinn erzielt. Ich hab Tag und Nacht gearbeitet, das kann ich Ihnen sagen, aber ich habe ordentlich abkassiert. *Richtig Geld gescheffelt,* wie wir immer gesagt haben.«

Er lächelte in Erinnerung daran und nahm sich eine Zigarette. »Eigentlich hab ich ja aufgehört, aber unter den Umständen … Was dagegen?«

Flint schüttelte den Kopf. Von ihr aus konnte er Opium rauchen, Hauptsache, er redete weiter.

»Jedenfalls hab ich zu Lisa gesagt – wir waren noch nicht lange verheiratet –, ich hab gesagt: ›Los, wir seilen uns für eine Weile ab.‹ Sobald die Kurse im Keller waren, blieben sie auch dort, daher gab's ohnehin nicht viele Geschäfte zu machen. Und ehrlich gesagt, war ich es langsam leid, den Broker zu spielen. Es bot sich also an, mal eine Pause einzulegen. Wir hatten keine Kinder und auch keine Kredite abzuzahlen. Also hab ich Ende '88, Anfang '89 zu Lisa gesagt: ›Komm, wir fahren irgendwohin. Amüsieren uns ein bisschen.‹ Sie war gleich Feuer und Flamme, und wir haben die Koffer gepackt.«

»Wo sind Sie hingefahren?«

»Zuerst nach Australien, dann Bali, Malaysia, Singapur. Eine Zeit lang waren wir in Thailand, und schließlich sind wir dann in Hongkong gelandet. Da hat es uns beiden richtig gut gefallen, deshalb sind wir eine Weile da geblieben. Ich hab mir einen Job in einer Bank dort besorgt, und so habe ich ihn kennen gelernt. Frank, meine ich.«

Obwohl das Band lief, machte Flint sich Notizen. Das half ihr, sich darauf zu konzentrieren, was Maitland sagte; half ihr, die Frage zu unterdrücken, die geradezu danach schrie, gestellt zu werden. »Lassen Sie es langsam angehen«, hatte Cutter ihr am Telefon in Miami dringend geraten. »Lassen Sie ihn das Tempo bestimmen.«

Als sie nichts erwiderte, sagte Cutter: »Hören Sie, Grace, ich weiß, wie sehr Sie Harling haben wollen, aber Maitland darf das nicht wissen. Wenn Sie ihn diesbezüglich zu sehr drängen, denkt er noch, Harling ist für Sie so was wie die Kronjuwelen. Dann wird er Ihnen ein Tauschgeschäft vorschlagen, und ich mache keine Geschäfte mehr mit diesem Arschloch. Ich will alles, was er hat, ohne Ausnahme, also lassen Sie ihn einfach in aller Ruhe seine Geschichte erzählen. Es geht hier um sehr viel mehr als nur um Harling oder Ihre Rache.«

»Das hat nichts mit Rache zu tun.«

»Und ob es das hat! Sie sind besessen von Harling, und das kann ich Ihnen auch nicht verübeln. Aber hier geht es um mehr. Verstanden? Also, entweder machen Sie, was ich sage, oder Sie überlassen Hechter die Sache.«

Sie konnte nicht anders. »Sie vergessen da was, Mr. Cutter. Hechter ist hier nicht zuständig, und Sie auch nicht. Hechter ist nur auf meine Anordnung hin hier.«

Darauf wurde es so ruhig in der Leitung, dass sich Flint der Magen umdrehte.

»Flint«, sagte Cutter leise.

»Ja?«

»Soll ich London anrufen? Soll ich Commander Glenning anrufen und ihm sagen, dass ich Sie für dienstuntauglich halte? Soll ich ihm sagen, dass Ihre Verranntheit in Harling Ihr Urteilsvermögen getrübt hat, dass Sie im Begriff sind, die wichtigste konzertierte Operation zu gefährden, die wir je durchgeführt haben? Soll ich das?«

»Nein, Sir.« Sie unterdrückte krampfhaft ein Würgen.

»Denn genau das tu ich, verlassen Sie sich drauf. Wenn Sie mir nicht Ihr Wort geben, dass Sie das Gespräch mit Maitland professionell durchführen, lasse ich Sie so verdammt schnell von der Insel befördern, dass Sie keine Zeit haben, ein Flugzeug zu nehmen. Haben wir uns verstanden?«

»Es tut mir Leid.«

»Es ist mir egal, ob es Ihnen Leid tut, Flint. Ich habe gefragt, ob wir uns verstanden haben. Sie machen das so, wie ich es will, oder gar nicht.«

»Verstanden.«

»Und Hechter sitzt mit dabei. Sie sagen kein Wort zu Maitland, solange Hechter nicht da ist.«

»Ich verstehe.«

»Geben Sie mir Ihr Wort?«

»Ja, Sir.«

»Dann ran an die Arbeit«, sagte Cutter.

Grace Flint sagte zu Maitland: »Wissen Sie das Datum noch, so ungefähr?«
»Wann ich Frank kennen gelernt habe? Ende März oder Anfang April 1992. Müsste in meinem Tagebuch stehen.«
Im Schatten von Maitlands kleiner Veranda, außerhalb von Maitlands Gesichtsfeld, rührte sich Hechter.
»Was ist das für ein Tagebuch?«, fragte Flint beiläufig.
»Ich führe immer Tagebuch. Darüber, wen ich wo und wann kennen gelernt habe, Telefonnummern und dergleichen.«
Flint hatte Hechters akribische Liste mit den Dokumenten gelesen, die sie in der Bank und im Haus der Maitlands beschlagnahmt hatten. Ein Tagebuch war nicht aufgeführt.
»Na ja, früher hab ich immer Tagebuch geführt«, verbesserte Maitland sich. »Als wir dann hier waren, schien das irgendwie keine so gute Idee mehr zu sein.« Er blickte kurz zu Lisa hinüber, die auf einer Kinderschaukel im Garten saß und aus Mimosen Armreife für ihre dünnen Handgelenke flocht. »Wenn Sie verstehen, was ich meine.«
»Die Tagebücher, die Sie früher geführt haben, wo sind die jetzt?«
Maitland blieb stumm, beobachtete die Rauchkringel, die von seiner Zigarette hochstiegen.
»Andrew?«
»Darauf wollte ich gerade zu sprechen kommen«, sagte er.
Lisa stand von der Schaukel auf, legte die Armreife mit einer Behutsamkeit auf den Sitz, die ihre offensichtliche Anspannung verleugnete. Sie kam zu ihnen, hob ihren langen Rock an, als sie die Stufen zur Veranda hochging. Zu ihrem Mann sagte sie: »Ich hol sie«, und stieß die Fliegentür auf. Hechter erhob sich von seinem Stuhl, stellte sich an das offene Fenster, die Arme ver-

schränkt, den Rücken gegen den Rahmen gelehnt. Von dort konnte er, über das Summen der Fliegen hinweg, hören, wie sie durchs Wohnzimmer ging, und das Quietschen einer Schublade, die aufgezogen wurde; eine Schublade des Schreibtisches, den er schon durchsucht hatte, wenn er sich nicht irrte. Dann hörte er sie zurückkommen, und das leise Klimpern von Metall.

»Die Unterlagen, die Sie gesehen haben«, sagte Maitland, »das ist längst nicht alles.«

Weder Flint noch Hechter schienen ihn verstanden zu haben.

»Es gibt noch mehr. Sogar sehr viel mehr.«

Lisa kam auf die Veranda, die rechte Hand zu einer Faust geballt, die irgendetwas verbarg. Irgendetwas, das sie ihnen geben würde, aber offenbar noch nicht sofort. Ihr Mann hatte noch mehr zu sagen.

»Es gibt da ein Lagerhaus … Na ja, eigentlich ist es eher ein Schuppen, aber ziemlich groß. Nicht hier, nicht in Robertstown. In Ellis, auf der anderen Seite der Insel. Da ist eine alte Zuckerplantage, die wir billig gekauft haben, weil Frank vorhatte, sich das Haus da herrichten zu lassen. Wissen Sie, er brauchte irgendwas, wo er untertauchen konnte, falls ihm mal der Boden zu heiß unter den Füßen würde. Na ja, in England ist er ihm ja zu heiß geworden, aber da hatte er schon ein anderes Schlupfloch, von dem sie nichts wussten, und als es sich als sicher erwies, überlegte er es sich anders. Ich meine, er wollte nicht mehr hierher nach Ellis kommen, sondern ist lieber in Italien geblieben.«

Lass ihn das Tempo bestimmen, Grace. Seine Geschichte in aller Ruhe erzählen.

Flint hatte Angst zu sprechen, weil sie ihrer eigenen Stimme nicht traute.

»Jedenfalls hatte ich in der Zwischenzeit einiges an dem Schuppen machen lassen, neues Dach und so weiter, und ich hab mir gedacht, ich könnte ihn eigentlich für meine Zwecke verwenden. Also hab ich das Archiv dort untergebracht, all die Unterlagen, die wir nicht regelmäßig brauchten. Und ich hab auch Kram von mir da verstaut, einschließlich meiner Tagebücher. Und auch ein paar von Franks Sachen.«
Hechter sagte: »Sie Volltrottel.«
Lisa funkelte ihn an.
Maitland sagte: »Nicht in dem Ton.«
Hechter sah aus, als wollte er ihm eine verpassen. »Wieso haben Sie uns das nicht vor zwei Tagen erzählt? Wieso haben Sie uns hingehalten?«
Lisa schrie: »Das ist einfach nicht fair!«
Ohne Vorwarnung schwang sie die Faust nach hinten und schleuderte das, was sie darin versteckt hielt, Hechter mitten auf die Brust, bevor er ausweichen konnte. Zwei Schlüssel für Sicherheitsschlösser fielen klappernd auf die Bretter zu Hechters Füßen.
»Herrgott, Lisa!«, zischte Maitland, als sie die Stufen hinab in den Garten sprang, aber Hechter wirkte unbekümmert. Er bückte sich, um die Schlüssel aufzuheben, neugierig zu erfahren, wieso sie ihm bei seiner Durchsuchung nicht aufgefallen waren. Auf dem anhängenden Schildchen stand »Wohnung London«, und jetzt fiel ihm wieder ein, warum er sie für unwichtig gehalten katte.
»Nicht nur auf eine Art hingehalten«, sagte er.
Lisa setzte sich mit Wucht auf die Schaukel, zerdrückte dabei die Mimosen, das Gesicht von wütenden roten Flecken gesprenkelt. Flint dachte, dass sie aussah, als würde sie gleich in Tränen aus-

brechen. Plötzlich wollte sie mit diesen Leuten fertig werden, hatte ihre Ausbrüche und kleinen Täuschungen satt. Plötzlich war es ihr egal, was Cutter dachte oder tat.
»Andrew«, sagte sie, »Sie haben gesagt, ihm sei in England ›der Boden zu heiß unter den Füßen‹ geworden. Wissen Sie, was da los war?«
»Zum Teil. Ein Polizist wurde getötet. Es war nicht Franks Schuld, aber er war dabei, als es passierte. Es war irgendeine Falle, eine getarnte Polizeioperation, und da ist alles schief gegangen. Frank war mit einem Kunden zusammen, der plötzlich eine Pistole gezogen hat. Frank hat gesagt, das Ganze ist total aus dem Ruder gelaufen. Er hatte keine Ahnung, dass der Idiot bewaffnet war, sonst hätte er sich meilenweit von ihm fern gehalten. Jedenfalls ist die Waffe aus Versehen losgegangen, und Frank hat sich schleunigst aus dem Staub gemacht.«
Aus Versehen!
Flint bemerkte, dass Hechter ihr Gesicht studierte, auf ihre Reaktion wartete. Sie zwang sich, keine zu zeigen.
»Dieser Unfall«, sagte sie ausdruckslos, »hatten Sie vorher noch nie davon gehört – vielleicht in der Zeitung was darüber gelesen?«
»Nein. Ich war doch schon fünf oder sechs Jahre außer Landes, als das passiert ist. Hab nie viel Zeitung gelesen.«
»Und nachdem der Polizist ums Leben gekommen war, was ist dann passiert?«
»Wie ich schon sagte, Frank hat sich so schnell er konnte aus dem Staub gemacht. Die Sache ist in der Nähe der Victoria Station passiert, und er ist einfach dort hingelaufen und in einen Zug gesprungen.«
»Wo ist er hingefahren?«

»Ich weiß nicht. Ich weiß nur, dass Frank an der nächsten Station ausgestiegen ist und ein paar Leute angerufen hat, die er kannte. Die haben ihn dann mit einem Wagen abholen lassen.«
Abrupt stand Maitland auf. »Möchten Sie was trinken? Einen Kaffee oder so?«
»Was für Leute?«
»Freunde. ›Meine komischen Freunde‹ hat Frank sie immer genannt. Hören Sie, ich muss mal zur Toilette.«
»Wer waren diese Freunde, Andrew?«
»Ich weiß es nicht.«
»Doch, Sie wissen es.«
Maitland ging rückwärts zur Tür, Hechter schob sich lautlos vor, um ihm den Weg zu versperren.
»Ich will es nicht wissen.«
Er drehte Flint den Rücken zu und sah sich Hechter gegenüber, nur wenige Zentimeter zwischen ihnen, so dass er nirgendwo hinkonnte. Sein Körper spannte sich an, und einen Moment lang hatte es den Anschein, als wollte er kämpfen, dann verließ ihn der Mut und seine Schultern sackten herab.
»Bitte«, sagte er.
»Lassen Sie ihn in Frieden! Lassen Sie ihn in Frieden, verdammt noch mal«, rief Lisa, sprang von der Schaukel und rannte wie von Sinnen auf sie zu. Sie stolperte über ihren Rock und schlug der Länge nach auf den dürren Rasen.
Maitland sagte: »Oh Gott, ich hab so eine Scheißangst.«

11

Kurz vor Sonnenaufgang, ein anilingelbes Licht färbt den Horizont.

Fünfzehn Seemeilen genau südlich von Miami dümpelt die Motorjacht *Invincible* in den trägen Wellen auf der Leeseite von Elliott's Key. Auf der Brücke ertönt ein leises Warnsignal. Jackson Kurlack senkt das Nachtsichtfernglas, durch das er die Umgebung beobachtet hat, und erhebt sich steif aus dem Steuermannstuhl. Sein rechtes Knie ist kaputt, der Knorpel weg, und die Schmerzen wollen nicht aufhören. Um das Bein so weit es geht zu schonen, lässt er sich mit der Kraft seiner Arme auf das Deck hinab.

Im Navigationsraum achtern von der Hauptkabine humpelt er zum Radarbildschirm und beobachtet den Schwingkreis des Oszilloskops, das bestätigt, dass sich im Umkreis von fünf Meilen um die *Invincible* kein anderes Schiff befindet. Mit vom Bildschirm gespenstisch grün beleuchtetem Gesicht lauscht er auf das Knistern im Funkgerät, doch es sind keine Übertragungen zu hören. Kurlack ist sicher, dass er allein ist, weit außerhalb der Reichweite irgendeines Parabolmikrofons.

Er blickt auf die Digitaluhr über dem Kartentisch, die die Zeit in Ein-Sekunden-Intervallen misst. Nur noch gut zwei Minuten.

In der Kabine läuft *Rhapsody in Blue,* die Alicia-Zizzo-Klavierfassung, in der auch die vier Minuten wirbelnder Kadenzen enthalten sind, die in allen anderen Aufnahmen fehlen. Kurlack kann die, wie er es verächtlich nennt, Reader's-Digest-Versionen von Gershwins Originalpartitur nicht ertragen. Die ausgelassenen Kadenzen sind angeblich zu schwierig zu spielen, aber Kurlack hat sie gemeistert. Während er auf den Anruf wartet, spielt er sie im Kopf.

Die Uhr sagt Kurlack, dass Taggart sich verspätet. Er ist 22 Sekunden über die Zeit, als das Telefon klingelt. Es ist ein Satellitentelefon, das mit einem STEALTH-Scrambler verbunden ist, der die Sequenz der übertragenen Signale ständig wechselt und sie so undechiffrierbar macht.

Er hört einen hohen Ton, als der Scrambler sein Gegenstück auf der anderen Seite des Atlantiks befragt. Dann verstummt er.

»Sind wir sicher?«

Eine abgehackte englische Stimme kommt in Dolby-Sound über die Lautsprecher.

Kurlack sagt nichts, bis er sieht, dass das rote STEALTH-Licht auf Grün schaltet.

»Sprechen Sie.«

»Wir haben ein Problem. Unser junger Freund auf der Insel wird vermisst.«

»Seit wann?«

»Seit zwei Tagen. Und seine Geschäftsräume sind geschlossen.«

»Greifer?«

»Wir denken, ja. Wir sind noch bei den Nachforschungen, aber es sieht so aus.«

»Meine oder Ihre?«

»Sowohl als auch, wie's aussieht. Dasselbe Paar, würde mich nicht wundern. Wir müssten das in ein, zwei Tagen bestätigt haben.«

»Aber dann könnte es zu spät sein.«

»Genau.«

Während er über ihr Dilemma nachgrübelt, reibt Kurlack sich das schmerzende Knie. Damals, als stellvertretender Leiter des

Militärischen Nachrichtendienstes, war er für seine Entschlossenheit berühmt.
»Ich kümmere mich drum.«
»Wie Sie meinen. Ich kann jemanden von hier schicken, wenn Ihnen das lieber ist.«
»Von hier aus geht's schneller. In ein paar Stunden kann ich meine Leute da unten haben.«
»Gut, ich lege es in Ihre fähigen Hände.«
»Noch eins. Adler sollte gewarnt werden.«
»Natürlich. Ich werde es durchgeben.«
»Ich melde mich, wenn wir reden müssen.«
»Roger.«
Kurlack bricht die Verbindung ab. In den dunklen Gegenwelten, die diese beiden Männer bewohnen, erwartet man keine höflichen Nettigkeiten.
Er hievt sich auf die Brücke und lässt die Motoren an. Der heraufdämmernde Morgen ist nicht sehr viel versprechend, schmutzig graue Dunstschleier trüben die aufgehende Sonne. Auch das Meer ist grau und wird unruhig. Kurlack schiebt den Gashebel bis zum Anschlag und nimmt Kurs auf Fisher Island. Die *Invincible* pflügt durch die Gischt und wird ihn in einer Stunde ans Ziel bringen.

Ich werde es durchgeben. In der Villa Donati, hoch oben in den Bergen über Lucca, klingelte ein Telefon, die Scrambler sicherten die Leitung, und eine geisterhafte Stimme sagte dem Adler, dass er fliegen sollte.
Der Anruf kam einerseits unerwartet, war aber andererseits auch keine große Überraschung. Frank Harling hatte sich längst damit abgefunden, dass sein Aufenthalt in Italien vorübergehend

war, dass er, wie lange er auch dauerte und wie angenehm er auch werden würde, lediglich eine Unterbrechung war. Eine Kadenz, wenn man so will, die zwei weitere Passagen seines unaufhörlichen Fluges überbrückte.

Der Adler muss fliegen, aber nicht überstürzt. Panik, so wusste Harling, ist eine schlechte Reisebegleitung.

Bei seiner geduldigen Restaurierung der Villa Donati hatte Harling auf edelsten Materialien bestanden: natürliche Farben für den Anstrich, das beste Holz, die authentischsten Fliesen und Steine. Und als die Arbeit vollendet war, hatte er bei der Einrichtung des Hauses auf feinster Qualität bestanden. Er ging in die Küche und öffnete den Kühlschrank, den er für einen astronomischen Preis aus Amerika importiert hatte. Hinten aus dem Eisfach nahm er einen Gefrierbeutel, in dem sich ein weiterer amerikanischer Import befand: eine Ruger P97 Automatik, ein verkleinertes Modell, das leicht zu verstecken war.

Dann fiel ihm noch etwas ein, und er nahm eine Tüte mit Fleischabfällen und Markknochen aus dem Kühlschrank – Fressen für seine Hunde. Die unmittelbare Aufeinanderfolge beider Handlungen brachte ihn zu der Überlegung, ob er die Hunde erschießen sollte. Oder war es besser, der habgierigen alten Schachtel, die bei ihm putzte, Geld und eine Nachricht hinzulegen, in der schwachen Hoffnung, dass sie sich um die Tiere kümmern würde? Er verschob seine Entscheidung und ging auf die Terrasse, um die Hunde zu füttern.

Er blieb dort im sanften Abendlicht stehen, rauchte eine Zigarette und blickte die lange Zufahrt hinab, die bald mit den dunkelblauen Fiats der Carabinieri voll stehen würde. Harling stellte keine Spekulationen darüber an, was diese Wendung der Ereignisse herbeigeführt haben mochte. Er wusste, dass es viele

Möglichkeiten gab, dass er in vielerlei Hinsicht einfach viel zu verletzlich war. Er schnippte die Zigarette weg und sah zu, wie sie im Bogen auf den Kies flog. Er gönnte sich einen ganz kurzen Augenblick des Selbstmitleids. »Das ist dein Leben, Frank Harling, wie eine verdammte Zigarettenkippe.« Dann riss er sich wieder zusammen. Es war Zeit, in die Gänge zu kommen. Zeit, sich fertig zu machen.

In seiner italienischen Periode (wie er sie später bezeichnen sollte) hatte er sich das Kochen beigebracht. Nichts Ausgefallenes, wohlgemerkt, sondern kräftige ländliche Kost: deftige Ringeltauben- und Wildschweineintöpfe. In Wein geschmortes Schweinefleisch, gewürzt mit einer großzügigen Portion gehobelter schwarzer Trüffel, die er unter den knochigen Eichen auf seinem Grundstück fand. Er ging wieder in die Küche, setzte einen Topf Ribolita zum Aufwärmen auf den Herd und öffnete eine Flasche Vino Nobile di Montepulciano.

Der Verurteilte aß ein herzhaftes Mahl, dachte er. *Und dann machte er sich aus dem Staub.*

Er ließ den Wein zum Atmen stehen, holte einen Kaltmeißel und einen Holzhammer aus dem Werkzeugschrank und fing an, die Fugen um eine von den echten Fliesen auf dem Küchenboden wegzuschlagen. Darunter lag ein Lederbeutel mit seiner Fluchtausrüstung: ein Pass und ein Führerschein auf denselben falschen Namen; ein dicker Packen mit großen Schweizer Geldscheinen.

Der Adler fliegt erster Klasse, dachte Harling, und die Aussicht stimmte ihn heiter.

Nachdem er seine versteckten Sachen geborgen und sein Abendessen zu sich genommen hatte, zerlegte er die Ruger in ihre fünf Bestandteile, um sie zu reinigen. Harling fuhr mit einem Finger über das fiberglasgefüllte Polymergehäuse der Ruger und war zuversichtlich, dass die Waffe bei den laxen Sicherheitsmaßnahmen, wie sie an den meisten Flughäfen herrschen, nicht so ohne weiteres entdeckt werden würde.

III

Freedom Field, wahrlich kein großer Flughafen. Die einsame Start- und Landebahn, die zwischen den Twin Peaks liegt, den höchsten Erhebungen in der Gegend um Robertstown, verlangt einen steilen Anflug, und es gibt keine Positionslampen, keine nennenswerten Navigationshilfen. Ein einziger Pavillon dient als Terminal und Passkontrolle. Wenn planmäßige Flüge fällig sind, ist manchmal Harvey Nichols da, um die Pässe der ankommenden Passagiere zu kontrollieren. Wird er allerdings von seinen Gästen in der *No Name Bar* aufgehalten, schickt er seine Frau, wenn sie abkömmlich ist. Manchmal – häufig – ist die Passkontrolle auf den Lawrence Islands eine ziemlich vernachlässigte Formalität.

Weder Mr. noch Mrs. Nichols waren anwesend, als die DeHavilland Twin Otter aus Puerto Rico mit 19 Passagieren und wenig Fracht an Bord landete. Peggy Pringle, die wartend neben ihrem kleinen Rover stand, spürte ein erleichtertes Schaudern, obwohl sie nicht sagen konnte, warum. Die Besucher, die sie erwartete, waren absolut ehrbar. Schließlich vertraten sie Mr. Maitlands Geschäftspartner aus Übersee. Es bestand also nicht der geringste Grund, warum sie Harvey Nichols' Kontrolle nicht passieren sollten, wenn er denn da wäre. Dennoch konnte sie ihre Nervosität nicht verleugnen, das unruhige Kribbeln, das

sie nicht ruhen und nicht schlafen ließ, seit sie die Nummer angerufen hatte, die Mr. Maitland ihr einmal für Notfälle genannt hatte.
Sie sah sie die Treppe der Otter hinunterkommen, zumindest glaubte sie, dass sie es waren: drei Männer, die sich durch ihre weiße Haut und ihre eleganten Anzüge von den anderen Passagieren abhoben. Während sie zum Terminal gingen, rückte Peggy ihren Sonntagshut zurecht, hob einen Arm und winkte zögerlich. Der größte von ihnen scherte aus, beruhigte seine Begleiter mit einer kaum wahrnehmbaren Handbewegung und kam flott und athletisch auf sie zu. Seine Haare, dachte sie, waren ein wenig zu lang, und er trug Tennisschuhe zu seinem Anzug; das Jackett war aufgeknöpft und flatterte durch die rasche Gangart.
Als er bei ihr war, groß vor ihr stand und auf ihr nachdenkliches Gesicht hinabblickte, schluckte sie trocken und sagte tapfer: »Ich bin ›Distelfink‹.« Das war der Codename, von dem Mr. Maitland gesagt hatte, sie sollte ihn benutzen.
»Ich bin ›Schnepfe‹«, erwiderte er, und dann grinste er, zeigte die weißesten Zähne, die sie je gesehen hatte. »Albern, was, die ganzen blöden Vögel?« Er trat neben sie, legte seinen langen Arm um die Schulter und hauchte ihr einen Kuss auf die Wange, wie ein Sohn seine Mutter küssen würde. »Sie sind Peggy, ich bin Brad, und ich freue mich, Sie kennen zu lernen.« Sein Atem roch nach Minze; gesund, dachte sie.
Im Rover, Brad neben ihr, seine schweigenden Begleiter eingezwängt im Fond, ihre Diplomatenkoffer zwischen den Knien, quälten sie sich im zweiten Gang mit heulendem Motor den Sidcup Hill hinauf.
»Es war doch richtig, dass ich angerufen habe, oder?«, fragte sie, ohne die Augen von der Straße zu nehmen.

»Absolut richtig«, versicherte Brad ihr, wobei er ihren Arm berührte. »Richtiger geht's gar nicht.«

Sobald sie sich auf der Terrasse von Josephines Tea Shop, ein kurzes Stück die Straße hinunter von Independence Corner und der New World Bank, niedergelassen hatten, erzählte Peggy Pringle ihre Geschichte; zunächst zaghaft, doch durch Brads Lächeln und sein geduldiges Verständnis ermuntert, wuchs ihr Selbstvertrauen zusammen mit dem Gefühl, dass sie schließlich allen Grund zu gerechter Empörung hatte.

»Stellen Sie sich vor«, sagte sie. »Steht da, als wäre sie dort zu Hause! *Mr. Maitland ist nicht zu sprechen.* So eine Unverschämtheit!«

»Erzählen Sie doch von Anfang an«, sagte Brad. »Wir wollen nichts verpassen. In aller Ruhe, Peggy, eins nach dem andern.«

Na schön, sagte Peggy und fing von vorn an, angetan von der höflichen Aufmerksamkeit der anderen.

Dienstagmorgen, fünf vor acht, war sie an der Bank, um aufzuschließen, genau wie immer. »Guten Morgen, Miss Pringle«, sagten die Kolleginnen, die schon warteten, genau wie immer, wussten sie doch, dass sie auf Höflichkeit ebenso Wert legte wie auf Pünktlichkeit. Sie hatte den Schlüssel aus ihrer Handtasche genommen und ins Schloss gesteckt, doch als sie ihn umdrehen wollte, ließ er sich nicht drehen. Sie versuchte es erneut. Mit dem gleichen Ergebnis. Stellen Sie sich vor, sagte sie, da stehe ich, vor aller Augen, und hantiere an dem Schloss herum, bemüht, nicht auf das Gekicher zu achten, das die Kolleginnen nicht ganz unterdrücken konnten. Aber sie war weiß Gott kein Dummkopf! Sie begriff schnell, dass das Schloss ausgewechselt worden war. Wieso sollte Mr. Maitland das tun? Sie hatte sich ausgemalt, dass in der Nacht vielleicht irgendein Notfall eingetreten war; vielleicht ein Einbruchsversuch, bei dem der Alarm ausgelöst worden war. Aber dann hätte Mr. Maitland sie doch bestimmt gleich verständigt? Sie war schließlich seine treueste Angestellte, seine Stellvertreterin, wenn auch nicht offiziell.

»Sie sind unverzichtbar, seine rechte Hand«, sagte Brad. »Das wissen wir schon lange.«

Sie hatte ihre Kolleginnen nach Hause geschickt, sagte sie, ihnen den Vormittag freigegeben. Was sollten sie auch unnütz da herumstehen, klatschend und tratschend? So konnten sie – was entscheidender war – wenigstens keine Aufmerksamkeit auf sich lenken und Anlass zu irgendwelchen Spekulationen bieten.

»Absolut richtig«, sagte Brad mit einem zustimmenden Nicken. »Und dann?«

Und dann war sie zum Cornhill Rise gefahren, zu Mr. Maitlands Haus, das letzte auf der rechten Seite, wenn man um die Biegung kam. Gar nicht so protzig, wie man erwarten würde, bei Mr. Maitlands Position. Es war außerdem ziemlich klein, aber schließlich waren sie nur zu zweit, bedauerlicherweise. So ein Jammer, dass sie keine Kinder hatten, wo Mrs. Maitland sich doch so sehnlich ein Baby wünschte.

»Und dann?«

Nun, dann hatte sie in der Einfahrt geparkt und gehupt, weil sie vorher nicht angerufen hatte, um Bescheid zu sagen, dass sie kommen würde. Und da ist *diese* Frau aufgetaucht, die Arroganz in Person, sie kam von hinten ums Haus herum und wollte wissen, was los war.

»Erzählen Sie das ganz genau«, sagte Brad. »Eins nach dem andern. Wir wollen keine Einzelheit auslassen.«

»Hat sie Ihnen gesagt, wie sie heißt?«

»Nein, hat sie nicht!«
»Gesagt, wer sie ist?«
»Natürlich nicht!«
»Wie hat sie ausgesehen? Groß? Klein? Dick? Dünn?«
Peggy verdrehte die Augen, als wollte sie sagen: »Wer achtet denn auf so was? Wen interessiert denn das?«
Sie hatte Shorts an, sagte Peggy, als wäre damit schon genug gesagt.
Brad hakte nach. »War sie ziemlich groß, sagen wir, zirka 1,78, zirka 58 Kilo? Schöne Beine, kurzes schwarzes Haar, das ihr schon mal leicht in die Stirn fällt? War sie Anfang bis Mitte dreißig, aber mit einem Gesicht, das irgendwie alterslos wirkt? Sind Ihnen ihre Augen aufgefallen? Waren sie wie Rehaugen, groß und traurig und eher gelb als braun?«
Peggy Pringle sah ihn verwundert an.
Aus der Brusttasche seines Hemdes holte er ein Foto hervor, das das Gesicht einer Frau zeigte, offensichtlich mit Teleobjektiv aufgenommen.
»Ist sie das?«
Peggy Pringle nickte.

IV

Von Robertstown bis Ellis sind es nur elf Meilen Luftlinie, doch die unbefestigte Straße mit ihren zahlreichen Biegungen ist um einiges länger.
Der offene Jeep, den Hechter in aller Eile gemietet hatte, war eine Klapperkiste, und die meisten Teile seiner Grundausstattung funktionierten nicht mehr. Aber er hatte immerhin Vier-

radantrieb, und das war auch gut so, dachte Flint. Auf der Schwindel erregenden Steigung des Sawyer's Mount kam die gewundene Straße immer näher an den Rand der Schlucht, bis zwischen Flint und dem Sturz ins Jenseits bloß noch gähnende Leere war. Sie klammerte sich so fest an den Haltegriff, dass ihre Knöchel weiß waren. Sie versuchte, weder in die Tiefe zu blicken noch Hechter anzuschauen, der sich mit ähnlicher Entschlossenheit am Lenkrad festhielt. Jedes Mal, wenn der Lehm zu Staub wurde und die Räder nicht mehr griffen, hörte sie ihn »Lieber Himmel« sagen, und sie hielt den Atem an, bis er den Wagen wieder unter Kontrolle hatte.

Schwarze Wolken türmten sich wie riesige Kathedralen über ihnen auf.

»Sieht nach Gewitter aus«, sagte Andy Maitland heiter auf dem Rücksitz. »Bei Regen wird die Straße manchmal weggespült.«

Halt dein verdammtes Maul!

Sie hatte die Nase gestrichen voll von Maitland. Sie wusste nicht, ob es an seiner weinerlichen Stimme lag oder an seinem schwächlichen Gesicht oder, was wahrscheinlicher war, an seiner Verbindung zu Frank Harling. Was auch immer der Grund war, sie verabscheute ihn immer mehr.

Falsch, Flint. Dumm, Flint.

Sie stellte sich vor, wie Cutter ihr eins auf den Deckel gab, ihre mangelnde Professionalität missbilligte.

Informanten hasst man nicht, Flint. Sie sind Nullen, Mittel zum Zweck. Sie lösen keinerlei Gefühle aus. Man lässt sie nicht an sich heran. Niemals.

Vom Gipfel des Elliott's Mount aus blickte sie hinunter auf die Straße, die in die Tiefe auf Ellis und das Meer zustürzte; eine sich windende rote Schlange von Straße, auf der sie ganz sicher sterben würden. Sie schloss die Augen und zwang sich, an irgendetwas anderes zu denken als an das schreckliche Gefälle, das ihnen bevorstand.

»Festhalten!«, befahl Hechter. »Los geht's.«

Im Geiste konzentrierte sie sich auf Maitlands Frettchengesicht und sagte innerlich die Schimpfwörter aus dem Universallexikon für Polizisten auf: *Arschloch, Widerling, Kotzbrocken, Drecksack, Schleimscheißer …*

Ein längst verlassenes Plantagenhaus, die Fenster mit Brettern vernagelt und die Veranden eingefallen. Ein Zuckerrohrfeld, erstickt unter wild wuchernder Vegetation. Ein verrosteter Truck ohne Türen und Räder, die Motorhaube weit offen, der Motor verschwunden. Schließlich, an diesem Schauplatz des Verfalls aus dem Rahmen fallend, ein Schuppen etwa so groß wie eine Doppelgarage, mit frisch gestrichenen Wänden und einem neuen Wellblechdach. Auch die Tür war neu, und Flint machte mit der Beweiskamera Nahaufnahmen von den beiden robusten Schlössern.

»Sicherheitsschloss«, strahlte Maitland. »Dreifacher Mechanismus, das Beste vom Besten.«

Hechter scheuchte ihn zurück zum Jeep, wo seine mürrische Frau wartete.

In dem Schuppen, der von drei Reihen Neonlampen grell erleuchtet wurde, säumten Stahlregale die Wände, vom Boden bis zur Decke mit Karteikästen voll gestapelt. Jeder Kasten war säuberlich beschriftet mit dem Namen eines Kontos und den Daten »von« und »bis«. Jeder war mit Klebeband versiegelt, auf das Maitland seine kühne Unterschrift gesetzt hatte. Das erste Klebeband, das Hechter mit einem Taschenmesser durchschnitt,

sicherte einen Kasten, der sich von den anderen darin unterschied, dass er die Initialen »F.H.« trug.
Flint fotografierte Hechter, als er den Deckel abhob. Sie wollte eine Aufnahme vom Inneren des Kastens machen, bevor der Inhalt verändert wurde, und bat ihn zu warten. Als Nächstes fotografierte sie, wie seine Hand hineingriff und seine Finger eine Ecke eines großen Briefumschlags anhoben, auf dem stand: »Nur im Falle meines Todes zu öffnen.«
Tut mir leid, Frank, geht nicht. Wie wär's mit, Im Falle, dass dieses Ekel Maitland dein Judas wird?
Flints Kamera dokumentierte gewissenhaft das Öffnen des Umschlags, die Entnahme seines Inhalts: ein dickes Dokument, mit einer roten Schleife zugebunden. Dann hielt Hechter die erste Seite in die Kamera, und Flint stellte den Apparat auf Mikromodus, um die einleitenden Worte vollständig lesbar zu machen.

Ich, FRANK ARTHUR HARLING,
wohnhaft Villa Donati, Vorno, Italien,
erkläre hiermit AN EIDES STATT:

1. Ich bin Haupteigner der New World Bank & Trust Company, ansässig in Robertstown, der Hauptstadt der Lawrence Islands. Die Bank verwaltet Kapital und bietet finanzielle Dienstleistungen für Kunden an, die aus verschiedenen Gründen anonym bleiben wollen. Zu diesen Kunden zählen gewisse Geheimdienste, die über die Bank Gelder erhalten und zur Finanzierung verdeckter Operationen verteilt haben. Ich befürchte, dass diese Operationen möglicherweise mit illegalen Aktivitäten verbunden sind und dass meine Mitwisserschaft mich in Gefahr ge-

bracht hat. Die vorliegende eidesstattliche Erklärung dient daher erstens meinem persönlichen Schutz und zweitens, für den Fall, dass mir irgendetwas zustößt, als Beleg meiner Kenntnisse. Wenn nicht anders angegeben, geht die Darstellung sämtlicher hier bezeugter Sachverhalte auf meine unmittelbare Kenntnis zurück.

Ach du dickes Ei! Ach du Scheiße!
Hechter gab Flint die Erklärung und sagte: »Ich seh mal nach, was sie machen.«
Sie hockte sich hin und legte die Kamera auf den Boden. Sie bekam undeutlich mit, wie Hechter die Maitlands von der Tür aus wegen irgendwas anfauchte, aber sie konnte nicht verstehen, was er sagte. Die Gedanken überschlugen sich in ihrem Kopf, sie überflog die Seiten von Frank Harlings eidesstattlicher Erklärung, versuchte, die Bedeutung seiner entsetzlichen Eingeständnisse zu erfassen.

V

Es war nach Mitternacht, und das Licht in Harry Cohens Arbeitszimmer im Keller war gedämpft, passend zu seiner Stimmung. Der Tag war ihm endlos vorgekommen, und A.J.s Hunger nach Informationen unersättlich. Cohen lag auf dem Sofa, die Weste aufgeknöpft, und beobachtete Devereaux mit halb geschlossenen Augen, sah zu, wie er an der White-Board-Tafel entlangtigerte, die eine ganze Wand einnahm und mit etwa hundert Fotos behängt war, eingeteilt in fünf verschiedene Gruppen.

Die erste Gruppe bestand aus Tatortfotos von einem Treppenhaus in Belgravia, der Leiche eines Mannes in einem See aus schokoladenbraunem Blut; daneben grässliche Polaroidfotos von Flints zerstörtem Gesicht.

Die nächste Gruppe zeigte das Innere von Flints kleiner Wohnung, in die Cohen gegangen war, um sich einen Eindruck von Flint als Privatperson zu verschaffen, indem er in ihren Sachen herumstöberte und sich dabei wie ein Dieb vorkam. Es waren Aufnahmen von ihrer Garderobe im Kleiderschrank, ihrer ordentlich gefalteten Unterwäsche in einer Schublade. Des Weiteren eine magere Sammlung von Kosmetika im weiß gekachelten Badezimmer, ein Schmerzmittel namens Extra Strength Tylenol, in großen Mengen aus den Staaten importiert, Briefe auf ihrem Nachttisch, von einem Vater, der sie abgöttisch liebte und sie »Amazing Grace« nannte und mit »John« unterschrieb; mit der Vorderseite nach unten in einer Schublade ein gerahmtes Foto von einem lächelnden Mann, der Grace Flint geheiratet, sie aber nicht genug geliebt hatte.

Cohen hatte sich nacheinander ihre Bücher angesehen und festgestellt, dass sie eine Vorliebe für Romane von Elmore Leonard und Lorrie Moore hatte, und dann ihre CD-Sammlung inspiziert. Er hatte Pachelbels Kanon gefunden und aufgelegt und, während er der Musik lauschte, über das kleine Rätsel nachgegrübelt, warum Flint auch Schallplatten sammelte, obwohl ihre Kompaktstereoanlage keinen Plattenspieler hatte. In den Hüllen der Alben fand er dann Flints Notizen, in ihrer spinnenartigen Handschrift, eine Seite pro Plattenhülle, an das Vinyl geschmiegt. Notizen, von deren Existenz A.J. Devereaux noch nichts wusste.

Die dritte Gruppe Fotos an Cohens Wand dokumentierte mit

löblicher Gründlichkeit jeden Winkel und jeden Spalt der Villa Donati, die von den Carabinieri auf das dringende Gesuch von Scotland Yard hin gestürmt worden war, aber zu spät, um Frank Harling zu fassen. Wie bei der Polizei üblich, war die Razzia in der Morgendämmerung durchgeführt worden, als Harling längst auf und davon war, in die Nacht verschwunden, nur vom Bellen seiner Hunde begleitet.
Die vierte Gruppe, vor der Devereaux jetzt stand, zeigte Ellis: das verfallene Haus, das Zuckerrohrfeld, den verrosteten Truck. Die meisten Fotos waren von dem Schuppen und dessen Inhalt, jedes einzelne mit dem Datum und der genauen Uhrzeit bedruckt, zu der es aufgenommen wurde. Flint hatte einen Großteil des Films für Fotos von Auszügen aus der eidesstattlichen Erklärung verwendet.

> 2. Etwa in der dritten Augustwoche 1994 wurde ich von Beamten des britischen Amtes für schwere Wirtschaftskriminalität (das SFO) im Zusammenhang mit einem Transfer von 7,5 Millionen US-Dollar vernommen. Die Überweisung war im Auftrag eines unserer Kunden von der New World Bank & Trust Company an die National Westminster Bank in Bishopsgate, London, erfolgt. Ich hatte Anweisung von dem Kunden, die Gelder in seinem Namen abzuholen. Das SFO behauptete, die Gelder seien Teilerlöse aus einem groß angelegten Betrug, den der Kunde begangen hatte, und mir wurde zunächst gesagt, dass ich mit einer Anklage wegen verbotener Weiterleitung illegaler Gelder rechnen müsse. Dass es nicht zu der Anklage kam, verdanke ich der Intervention eines gewissen »Mr. Brown«, der meines Wissens nach ein leitender

britischer Geheimdienstbeamter ist. Ich werde nun den Ablauf der Ereignisse im Einzelnen schildern.

Devereaux hätte die gesamte eidesstattliche Erklärung lesen können, denn das Original lag auf Cohens Schreibtisch. Aber es war irgendwie faszinierend, die Auszüge zu lesen, die Flint als wichtig ausgewählt hatte, sie gleichsam mit ihren Augen zu lesen. Und auch mit Cohens Augen, denn drei von den Abzügen waren auf seinen Wunsch auf das Format 18 x 24 vergrößert worden, und er hatte diejenigen Passagen, die er für die brisantesten hielt, mit gelbem Marker hervorgehoben. Devereaux rückte seine Brille zurecht und beugte sich vor, um die Auszüge zu lesen.

42. Das nächste Mal sah ich »Mr. Brown« irgendwann Anfang Mai. Wie gewöhnlich trafen wir uns vor den Toren von Kensington Palace, und diesmal führte er mich zum Royal Garden Hotel, wo wir uns in die Lounge setzten. Nach kurzem Small Talk sagte er, dass er von meiner Verbindung zu Clayton Buller wisse, einem Anwalt aus Los Angeles, der seit einigen Jahren Kunde meiner Bank war. Von Zeit zu Zeit flog Mr. Buller nach London und übergab mir große Summen Bargeld, das seinen Mandanten gehörte und das ich dann auf sein Konto einzahlte. Von »Mr. Brown« erfuhr ich nun, dass es sich bei den Geldern um Erlöse aus Drogengeschäften handelte – eine Behauptung, die ich als äußerst besorgniserregend empfand. Ich sagte, dass ich meine Beziehung zu Mr. Buller umgehend abbrechen und sein Konto auflösen werde, doch »Mr. Brown« bestand darauf, dass ich nichts dergleichen tue. Er

sagte, ich solle weiterhin Beträge von Mr. Buller entgegennehmen, aber dass »Mr. Brown« und seine Geschäftspartner fortan …

Devereaux wandte sich zu Cohen um und sagte: »Beträge? Fortan? Das ist doch Anwaltssprache, Harry. Das hört sich nicht nach unserem Frank an, der sich alles von der Seele schreibt.«
»Sehr teure Anwälte. Harling hat seine eidesstattliche Erklärung von einer der drei renommiertesten Kanzleien Londons aufsetzen lassen.«
»Ach ja? Und die haben sich den ganzen Kram angehört und ihn niedergeschrieben und ansonsten nichts unternommen? Keinem was davon gesagt?«
»Die anwaltliche Schweigepflicht schützt viele Sünder.«
»Blödsinn«, sagte Devereaux. »Sie sind keine Priester! Seit wann hat deine teure Schweigepflicht die Verschleierung von Landesverrat legalisiert?«
Cohen winkte mit einer Hand ab. »Ich bin zu müde, um zu streiten«, sagte er. »Lies zu Ende, ja?«

… fortan für jede Transaktion eine »Abgabe« von 15 Prozent erwarteten. Mit anderen Worten, ich sollte diesen Betrag von jeder Einzahlung abziehen, die Mr. Buller vornahm, und ihn auf »Mr. Browns« Konto bei meiner Bank einzahlen. Ich sollte Mr. Buller davon unterrichten, dass er außerdem eine »Kulanzentschädigung« in Höhe von einer Million US-Dollar zur Abdeckung vergangener Transaktionen zu zahlen habe. Als Gegenleistung, so »Mr. Brown«, würde er Buller »Deckung geben«, das heißt, ihn warnen, falls er je Gefahr liefe, verhaftet zu werden. Er sagte mir, ich solle es Mr. Buller gegenüber als »eine Versicherungspolice« darstellen. Nach dem Gespräch rief ich Mr. Buller in Los Angeles an und übermittelte ihm die Informationen.

43. Mr. Buller war über die Entwicklung äußerst verstört. Er willigte ein, die »Abgabe« zu zahlen, und er beauftragte mich, eine Million Dollar auf »Mr. Browns« Konto zu überweisen. Doch er hatte jetzt große Bedenken, weitere Transaktionen persönlich durchzuführen, weil er fürchtete, von den Behörden überwacht zu werden. In einem zweiten Telefonat am Tag nach meinem Treffen mit »Mr. Brown« sagte Mr. Buller zu mir, er wolle eine »Ausweichmöglichkeit« suchen, um zukünftige Einzahlungen direkt auf meine Bank transferieren zu können.

44. Etwa sechs Wochen später erhielt ich eine Nachricht von Mr. Buller, in der er mich um ein Treffen mit ihm in einem Parkhaus an der Victoria Station bat. Er sagte, er würde eine Investment-Bankerin aus Zürich mitbringen, die mit mir besprechen wolle, wie die Transfers durchzuführen seien. Ich nahm an, dass diese Frau seine »Ausweichmöglichkeit« war. Buller hatte sie als »heiße Tussi« bezeichnet.

Die nächsten drei Passagen waren gänzlich gelb markiert. Obendrein hatte Cohen mit rotem Filzstift ein wütendes Ausrufungszeichen auf den Rand gemalt.

45. Am Tag des Treffens erhielt ich auf meinem Handy einen Anruf von »Mr. Brown«, der sehr aufgebracht klang. Er wies mich an, zu einer Telefonzelle zu gehen und ihn

über eine Nummer anzurufen, die er mir kurz zuvor für »Notfälle« angegeben hatte. (Soweit ich mich erinnern kann, begann die Nummer mit den Ziffern 0171 304. An die letzten vier Ziffern erinnere ich mich nicht, aber ich weiß, dass eine 4 und eine 0 darunter waren.) Ich tat wie geheißen und rief ihn von einer Telefonzelle in der Victoria Station aus an. »Mr. Brown« teilte mir daraufhin mit, dass ich in eine Falle tappen würde. Er sagte, dass die Frau, die der ahnungslose Buller für eine Bankerin hielt, in Wahrheit eine verdeckte Ermittlerin der Polizei sei. Er sagte, der Name der Frau sei Grace Flint und sie sei eine Beamtin des Sonderdezernats für Kapitalverbrechen. Er wies mich an, zu dem Treffen zu gehen, Mr. Buller über die wahre Situation aufzuklären und ihm bei seiner Flucht zu helfen.

46. Natürlich äußerte ich Bedenken. Ich legte »Mr. Brown« dar, dass Miss Flint, die Polizeibeamtin, wahrscheinlich nicht allein sein würde. Er räumte ein, es sei durchaus möglich, dass sich ein »Sicherungsteam«, bestehend aus weiteren Beamten, in der Nähe versteckt hielt. Aber er sagte, dass sie nicht in das Treppenhaus gelangen könnten, das ich als Treffpunkt mit Mr. Buller vereinbart hatte. Er erklärte nicht, wie das bewerkstelligt worden war. Er sagte lediglich, »dafür ist gesorgt« oder etwas in diesem Sinn.

47. Ich fragte daraufhin »Mr. Brown«, was ich tun sollte, falls Officer Flint uns festnehmen wolle. Ich erinnere mich sehr präzise an »Mr. Browns« Antwort. Er sagte: »Tun Sie das, was erforderlich ist. Hauptsache, Sie schaffen Buller da raus.« Er wies mich darauf hin, dass Mr. Buller, sollte er

festgenommen werden, der Polizei wahrscheinlich von seiner »Versicherungspolice« erzählen würde. Er sagte: »Dann sind Sie hinter Ihnen her, Frank, und das würde uns sehr nervös machen. Wir können nicht zulassen, dass Sie der Polizei irgendwelche Geschichten erzählen.« Ich fasste das als Drohung auf. Aus Angst vor »Mr. Brown« und davor, was er mir antun könnte, willigte ich ein, seinen Anweisungen zu folgen. Er wiederholte daraufhin, dass ich tun müsse, »was erforderlich« sei.

Diese letzten in Anführungsstrichen stehenden Worte des Absatzes hatte Cohen mit Rot umkringelt und dann einen dicken Pfeil gemalt, der Devereaux' Aufmerksamkeit auf die Vergrößerung einiger Worte aus dem Untersuchungsbericht im Falle des Mordes an Detective Inspector Peter Pendle lenkte. Sie schilderten, was Harling in dem Treppenhaus gesagt hatte, als Clayton Buller hektisch an dem Mechanismus seiner Browning hantierte, darauf erpicht, auch noch Grace Flint zu töten, was Frank Harling, auf Anweisung seiner Bosse, für »erforderlich« gehalten hatte.

Bringen Sie's zu Ende, Buller. Verdammt noch mal, nun machen Sie schon.

Devereaux nahm seine Brille ab und rieb sich den Nasenrücken.

»Wir müssen sie finden, Harry«, sagte er. »Sie retten, nach Hause bringen. Das sind wir ihr schuldig, oder nicht?«

Cohen dachte an ein Videoband mit der Berichterstattung in den Fernsehnachrichten, das er in Flints Wohnung gefunden hatte, ein Kaleidoskop aus schrillen Klängen und Bildern, die unter die Haut gingen: pulsierende Blaulichter und heulende Sirenen, Polizeiwagen, die kreuz und quer auf der Straße standen;

grellgelbes Polizeiband, mit dem der Tatort abgeriegelt wurde, und die gelben Jacken von Cops mit versteinerter Miene, einige von ihnen bewaffnet; Pete Pendles Leichnam auf einer Trage, mit einem Laken zugedeckt, mit sinnloser Eile in einem Rettungswagen abtransportiert; Flint auf einer Trage, vor den Kameras von Männern abgeschirmt, die nicht wollten, dass ihr Gesicht den Blicken der Öffentlichkeit ausgesetzt wurde; Frank Harlings Gesicht, das den Bildschirm füllte, dringend gesucht, gefährlich, vermutlich bewaffnet.
Cohen sagte: »Was sie wohl gedacht hat, als sie das gelesen und die Wahrheit erfahren hat?«

»Hör dir das an, Kevin. Das wird dich amüsieren.«
Flint saß auf dem Boden in einer Ecke von Maitlands Wohnzimmer, mit dem Rücken gegen die Wand, die Beine ausgestreckt, Harlings eidesstattliche Erklärung auf dem Schoß. Sie war unnatürlich ruhig, ihre Augen strahlten, und ihre Stimme klang ein wenig zu hell für Hechters Geschmack.
»Frank ist ein Adler! Ich hätte eher mit Geier gerechnet, aber nein, Frank ist ein verdammter majestätischer Adler. Das ist sein Codename! So nennen sie ihn! Sie haben ein ganzes Vogelhaus voll. Star, Dompfaff, Schnepfe …«
»Grace, hör auf damit.«
»Womit?«
»Dich zu quälen.«
»Oh, mir geht's gut. Wieso auch nicht? Das hier wird dir gefallen, Kevin.«
»Grace!«
»Sie haben ihn in ein sicheres Haus gebracht, bis sich die Aufregung gelegt hatte, und sie haben eine Maskenbildnerin geholt,

die sein Äußeres verändern sollte. Sie nannten sie Drossel. Frank sagt, sie war stinkig, weil sie ihr nicht genug Zeit gegeben haben, vernünftige Arbeit an seinem Gesicht zu leisten. Tja, Drossel hatte völlig Recht, nicht wahr, Kevin? Es dauert eine Weile, eine Maske zu machen.«

Hechter sagte: »Wir schnappen ihn, Grace. Nur noch ein paar Stunden. Dann schnappen wir sie alle, bis auf das letzte Arschloch.«

»Oh, darauf würde ich mich nicht verlassen, Kevin. Es würde mich gar nicht wundern, wenn Frank jetzt in einem Flugzeug sitzt, mit einem neuen Gesicht und einem neuen Namen und ...«

Unvermittelt stieß sie die eidesstattliche Erklärung vom Schoß und stand auf.

»Es wäre schließlich nicht das erste Mal, oder?«, sagte sie, und das Funkeln in ihren Augen zeigte Hechter, dass sie keinen Widerspruch duldete.

Sie ging zu Maitlands Couchtisch, wo die Beutel mit den Beweisstücken säuberlich gestapelt waren, und fing an, zwischen ihnen herumzukramen.

»Weiß Gott, es wäre nicht das erste Mal«, sagte sie.

Flint fand, was sie suchte, und marschierte zu Hechter, um ihm die Beweisstücke eins nach dem anderen zu zeigen: Gegenstände, die Mr. Brown besorgt hatte, um Frank Harling eine neue Identität zu verschaffen; Dinge, die Harling eigentlich nach seiner Flucht hätte vernichten sollen, aber behalten und in seinem Kasten versteckt hatte, um zwingende Beweise für seine Behauptungen zu haben.

»Beweisstück A«, sagte sie und hielt den ersten Beutel hoch. »Ein Führerschein, ausgestellt auf den Namen Peter Michael Kordas.«

Sie warf Hechter den Beutel vor die Füße.

»Beweisstück B«, fuhr sie fort und zeigte ihm den nächsten. »Eine Visa-Card, ausgestellt von der Barclays Bank auf einen gewissen P.M. Kordas. Beweisstück C: eine American Express Card auf den Namen Mr. P.M. Kordas. Beweisstück D – übrigens ein guter Einfall – eine Lederbrieftasche mit den goldenen Initialen, PMK.«

»Ich weiß, Grace, ich weiß.«

Sie sprach unbeirrt weiter, in immer atemloserem Tempo. »Visitenkarten, nach denen Peter Kordas der Regional Sales Manager für Midas Computing ist. Ein Taschenkalender mit seinen Terminen – oh, und seinen Spesen. Die entsprechenden Quittungen, nach Datum geordnet. Und das hier, das gefällt mir besonders: Ein Foto von einer Frau und zwei Kindern. Sie haben Frank nicht nur ein neues Leben und einen neuen Job verschafft, Kevin, sie haben ihm eine ganze Familie verschafft, verdammt noch mal.«

Sie hatte noch einen Beutel in der Hand, in dem sich der perfekt gefälschte britische Pass von Peter Kordas befand. Sie nahm ihn heraus und schlug die letzte Seite auf, um Hechter das Foto zu zeigen: Frank Harling, Brille mit dickem Rand, olivenfarbener Teint – dank Drossel –, so dass er aussah, als stamme er aus dem Mittelmeerraum.

»Siehst du, wie er lächelt, Kevin? Siehst du das? Nun ja, man kann es ihm ja auch nicht verübeln, oder?«

Mit aller Kraft schleuderte sie den Pass quer durch den Raum. Dann krümmte sich ihr Körper, und bevor Hechter helfend die Arme nach ihr ausstrecken konnte, klappte sie wie eine Stoffpuppe zusammen, als wäre ihre Wirbelsäule gebrochen. Er zog sie an den schlaffen Schultern hoch und hielt sie in den Armen und streichelte ihr das Haar. Er spürte ihren flatternden Atem an seinem Hals und die sanfte Wärme ihrer Tränen.

Seit sie in Ellis ihre gesammelten Geheimnisse preisgegeben hatten, hatten die Maitlands kaum etwas anderes getan als schlafen. »Der Schlaf der Gerechten«, hatte Flint es mit der beißenden Ironie eines Cops genannt. Jetzt schlief auch sie, lag auf dem Rattansofa der Maitlands im Wohnzimmer, während Hechter über sie wachte.

Der Abend hatte sich mit tropischer Schnelligkeit herabgesenkt, und Hechter schaltete eine Tischlampe ein, deren Schirm er so drehte, dass das Licht nicht auf Flints Gesicht fiel. Es fiel auch nicht auf die Stelle am Fenster, wo er von Zeit zu Zeit stand und den Garten und die Straße dahinter überprüfte, auf der Suche nach wer weiß was. Er hatte keinen Grund, irgendeine drohende Gefahr zu befürchten, aber Cornhill Rise war eine Sackgasse und daher eine Falle, und es war nicht Hechters Art, irgendetwas als sicher vorauszusetzen. Er wollte, dass sie so bald wie möglich hier rauskamen, sobald Cutter die richtigen Transportmöglichkeiten aufgetrieben hatte. Hechter schlich durch das Zimmer, ging zwischen Flints improvisiertem Bett und dem Fenster auf und ab und versuchte mit aller Willenskraft, sein Handy zum Klingeln zu bewegen.

»Hören Sie«, sagte Cutter, als er schließlich anrief. »Ich habe euch ein Paar Flügel besorgt.«

Hechter bat ihn, einen Moment zu warten, während er auf die Terrasse ging.

»Flint schläft«, erklärte er.

»Wie geht's ihr?«

»Ganz gut. Am Anfang war sie ein bisschen aufgewühlt.«

»Kann ich mir vorstellen.«
»Jetzt ist sie drüber weg.« Nichts in der Welt hätte Hechter dazu gebracht, von Flints Zusammenbruch zu erzählen. »Es geht ihr wirklich ganz gut«, fügte er loyal hinzu.
»Schön. Wenn sie aufwacht, können Sie ihr sagen, dass sie nach Hause fliegt. Mit der ersten Maschine. Die Tickets sind reserviert.«
»Das wird sie nicht gerade begeistern.«
»Ist mir egal, ob sie das begeistert oder nicht, Kevin. Sie ist nicht die Einzige, die aufgewühlt ist. Glenning will, dass sie nach London kommt, um Bericht zu erstatten, und zwar gestern. Wenn Sie damit ein Problem hat, soll sie mich anrufen. Und für Sie hab ich Hal Green mit seiner Lear. Er müsste in zwei Stunden bei euch sein.«
»Eine Lear wird nicht ausreichen, Sir. Maitlands Unterlagen, das müssen an die ...« Er brach ab und trat zurück in den Schatten. Er legte die Hand um die Sprechmuschel und sagte: »Moment.«
Die Lichter eines Wagens kamen um die Biegung des Cornhill Rise in Richtung Haus.
»Besuch. Vielleicht.«
»Bleiben Sie dran«, befahl Cutter. »Da ist irgendwas im Busch, ich will mitkriegen, was passiert.«
Hechter steckte das Handy in die Hemdtasche und bückte sich, um einen kleinen Revolver aus dem versteckten Halfter unten an seiner Wade zu ziehen. Ausländischen Polizeibeamten war es nicht gestattet, die Lawrence Islands bewaffnet zu besuchen, und der Revolver war die einzige Waffe, die Cutter ihm zugestanden hatte.
Er zog seine Schuhe aus, lief gebückt die Terrassenstufen hinab

und über den Rasen in den Schutz der Ligusterhecke. Durch eine Lücke im Blattwerk sah er, wie ein kleiner Pkw den Scheitelpunkt der Biegung erreichte und die Scheinwerfer ausgeschaltet wurden. Langsam – viel zu langsam für Hechters Geschmack – näherte sich der Wagen der Stelle, wo Hechter stand.

»Ein Auto, ohne Licht«, sagte er zu seiner Hemdtasche, in der Hoffnung, dass Cutter ihn hören konnte. »Wie es aussieht, sitzt eine Person drin, aber es ist zu dunkel, um das genau sagen zu können.«

Flint ging neben ihm in die Hocke und sagte leise: »Eine alte Lady, die wohl auf einem Ohr taub ist«, und Hechter fuhr vor Schreck zusammen.

»Allmächtiger! Ich hätte einen Herzinfarkt kriegen können.«

»Oder eine Kugel in den Hinterkopf. Du wirst alt, Kev. Und du redest schon mit dir selbst.«

Er deutete einen gespielten Boxhieb in ihr schmunzelndes Gesicht an.

»Sie war schon mal hier, wollte zu Maitland«, sagte sie. »Arbeitet in der Bank und lässt sich offenbar nicht abwimmeln. Ich musste ihr gegenüber ganz schön unhöflich werden.«

»Tja, sie hat's aber immer noch nicht kapiert.«

Peggy Pringles Rover hielt vor dem Haus, wenige Meter von Flints und Hechters Versteck entfernt, und sie konnten ihr Gesicht im Fenster auf der Fahrerseite sehen.

»Vielleicht sollte ich dafür sorgen, dass sie einen Herzinfarkt kriegt«, flüsterte Flint. »Mit wem redet sie, Kevin?«

»Was!«

»Achte auf ihre Lippen. Entweder sie redet mit sich selbst oder es versteckt sich jemand hinten im Wagen. Sollen wir sie ausschalten?«

Bevor Hechter antworten konnte, fuhr der Wagen los, machte eine enge Hundertachtzig-Grad-Drehung und beschleunigte die Straße hinab. Die Lichter gingen erst kurz vor der Biegung wieder an.
Hechter erhob sich und nahm das Handy aus seiner Tasche.
»Hallo?«
Cutter sagte: »Seid ihr zwei mit euren Spielchen fertig?«

Hechter hatte Recht: Flint war alles andere als begeistert.
Sie verwünschte Cutter mit einem Vokabular, das Hechter seit seiner Zeit im Marine Corps nicht mehr gehört hatte. Er versuchte, sie zu beruhigen, sie zur Einsicht zu bringen, mit Argumenten zu überzeugen, aber es half nichts. Schließlich verlor er die Geduld und sagte: »Ruf Cutter an« – was sie auch tat.
»Wissen Sie was, Grace, Sie gehen mir langsam auf die Nerven. Ich sage es nur einmal. Ich habe eine Lear und eine C-130 zu euch geschickt. Die Lear ist für Hechter und die Maitlands. Der große Vogel ist für die Unterlagen, und es kommt eine ganze Crew mit, um alles zu verladen. Sie fahren um sechs Uhr früh mit dem Kahn nach San Juan. Ihr Flug nach New York geht mittags, und von dort haben Sie einen Nachtflug mit BA nach London. Sie landen morgens um 6.45 Uhr, und Scotland Yard schickt einen Wagen, um Sie abzuholen. Ist das klar?«
Flint gab auf, weil sie genau wusste, dass sie gegen Cutters Dickköpfigkeit keine Chance hatte.
Als Hechter sie vor Tagesanbruch zum Flughafen brachte, sagte er: »Sag dir einfach, der Boss hat fast immer Recht – deshalb ist er ja der Boss«, und sie, nicht gewillt, sich milder stimmen zu lassen, erwiderte: »Glaubst du das etwa?«
»Meistens.«

»Herrgott, Kevin, ich hatte mal einen jungen Hund namens Hector. Irgendwie erinnerst du mich an den – du bist genauso zutraulich.«
Später – nur allzu bald – hätte sie alles dafür getan, das zurücknehmen zu können.

VI

Im Schlaf hatte Lisa Maitlands Gesicht seine Wut und zänkische Schärfe verloren. Sie hatte es immer vor der Sonne geschützt, und die Haut war völlig makellos. Flint und Hechter hatten sie in ihren verschlüsselten Nachrichten an Cutter »Engelsgesicht« genannt, was, wenn man sie jetzt betrachtete, den Kopf in den Schoß ihres Mannes gebettet, ein treffender Deckname war.
Der Learjet ging um zehn Grad in Schräglage, und die Bewegung veranlasste beide, sich zu rühren, aber nur kurz.
Für Hal Greene war Fliegen sein Leben, und viele prophezeiten, dass es irgendwann sein Tod sein würde. Bei seinen Flugeinsätzen für die Drogenfahndung über Kolumbien und Bolivien war er öfter beschossen worden als die meisten Kampfpiloten, was seiner Begeisterung aber keinen spürbaren Abbruch getan hatte. Er pflegte seine Flugzeuge besser als seine Ehe. Jedenfalls widmete er ihnen entschieden mehr Zeit.
Greene und Hechter saßen nebeneinander, hoben sich als Silhouetten gegen den sanften Schein der Lämpchen auf der Instrumententafel des Learjet ab. Sie unterhielten sich leise, Greene beantwortete Hechters unaufhörliche Fragen nach der Funktion von sämtlichen Reglern und Instrumenten vor ihnen.

Flint war der Meinung, dass Hechter schon mit Fragen auf den Lippen aus dem Bauch seiner Mutter gekommen war und dass er nicht aufhören würde zu fragen, bis sich der Deckel seines Sarges über ihm schloss. »Autodidakt«, lautete Hechters bescheidene Beschreibung seiner selbst, aber das war den zahllosen Menschen gegenüber unfair, die seine gnadenlosen Verhöre erduldet hatten, durch die er zu einem Experten beispielsweise in der höheren Kunst der Buchführung geworden war. Jetzt lernte Hechter, wie man einen Jet flog, und zwar auf die Weise, wie er immer lernte, durch Osmose.

»Willst du sie übernehmen? Ich muss mal für kleine Jungs.«

»Klar«, sagte Hechter. »Kein Problem, wenn es dir nichts ausmacht zu sterben.«

»Das war ein Witz. Der Autopilot ist an.«

Hal beruhigte Hechter mit seinem schrägen Lächeln und schob sich den Gang hinunter, vorgebeugt wie ein Buckliger, denn er war viel zu groß, um in dem kleinen Rumpf des Learjet aufrecht stehen zu können. Hechter hielt sacht das Ruder, spürte, wie es präzise auf die Befehle des Autopiloten reagierte, beobachtete, wie die Instrumente die kleinen Bewegungen meldeten. Dann beugte er sich vor, um den Nachthimmel besser sehen zu können, und deshalb verfehlte ihn die schlimmste Wucht der Explosion.

Die Wolke aus holzkohlegrauen Partikeln, die aus jeder Ritze und jedem Spalt im Cockpit drangen, traf Hechter voll ins Gesicht, so dass er vorübergehend nichts mehr sah. Er hatte das Gefühl, als würde seine Kopfhaut von Klemmschrauben auseinander gezerrt. Die Seitenruderpedale unter seinen Füßen schossen in entgegengesetzte Richtungen, so dass ihm sein rechtes Knie in die Brust gerammt wurde.

Alles, was in der Kabine nicht niet- und nagelfest war, flog hinaus. Die Trümmer jagten in Hüfthöhe zum Heck der Maschine und verschwanden durch das klaffende Loch im Rumpf, neben der Stelle, wo die Toilette gewesen war; wo Hal gewesen war, und die Maitlands. Ein feuchter, weißer wirbelnder Nebel hüllte alles ein.
Unbemerkt und von allein schnellten die Drosselkabel für die zwei Motoren der Lear fast zurück in Leerlaufstellung, und die Maschine, ihrer Kraft beraubt, wurde abrupt langsamer, als wäre sie gegen eine Wand geflogen. Hechter wurde nach hinten geschleudert, und sein Kopf prallte mit betäubender Wucht auf den Sitz. Ein wütendes Dröhnen füllte seine Ohren.
Hechter rief: »*Hal!* Verdammt, wo bist du?«
Er zog mit beiden Händen so fest am Steuerknüppel, dass die Muskulatur seines Halses von der Anstrengung wulstig hervortrat. Trotzdem konnte er spüren, wie sich die Nase der Maschine weiter senkte.
Der jähe Druckverlust eines Flugzeugs in knapp zehntausend Metern Höhe ist wie die Explosion einer kleinen Bombe und wirkt sich auf diejenigen, die ihn in unmittelbarer Nähe erleben, ähnlich aus. Und wenn es tatsächlich eine Bombe ist, die den Druckverlust verursacht – in diesem Fall ein paar Unzen Semtex, durch einen Zeitzünder zur Detonation gebracht –, wenn die Explosion ein Loch in den Rumpf reißt, so dass die unter Druck stehende Luft in der Kabine wie Gas aus einem Ballon entweichen kann, sind die Auswirkungen für die Anwesenden umso dramatischer. Es ist, als würde einem eine gewaltige Faust zweimal in den Solarplexus schlagen. Der erste Schlag saugt einem die Luft aus dem Körper. Der zweite löst den raschen Erstickungsprozess aus. Auch wenn die Lunge verzweifelt nach

Sauerstoff keucht, die Luft in fast zehntausend Meter Höhe ist einfach zu dünn zum Atmen.
Hechter murmelte: »Sauerstoff«, langte nach einer Maske, die neben seiner Schulter angebracht war, und presste sie sich vors Gesicht. Er schnappte gierig nach Luft, vergeblich.
Sein Körper fühlte sich jetzt leichter an, die ersten Folgen von Sauerstoffmangel. Alles vollzog sich in Zeitlupe, und er stellte fest, dass er distanziert zusah. Er wusste, dass er sterben würde. Er wusste, dass Sauerstoff vorhanden war, doch er wusste nicht, wie er an welchen rankommen sollte. Und es wurde ihm zunehmend gleichgültig.
Irgendein sechster Sinn sagte ihm, dass er das Ventil manuell öffnen musste, das die Maske mit dem Sauerstoffvorrat für Notfälle verband. Er spürte eine plötzliche süße Kälte im Gesicht. Er widersetzte sich, hielt den Mund geschlossen, denn sein Gehirn war zu schwerfällig, um den Zusammenhang zu verstehen, doch seine Lungen schrien nach Sauerstoff und bekamen ihn schließlich.
Das Dröhnen war jetzt leiser, vielleicht weil er sich langsam daran gewöhnte.
Hechter fing an, mit sich selbst zu reden, als würde er seine Gedanken laut aufsagen, damit er sie besser verstehen könnte. Er sagte: »Der Gashebel steht auf Leerlauf, deshalb haben wir Schub verloren. Ich muss den Hebel nach vorn schieben, aber wie weit? Und, Himmel, die Geschwindigkeit nimmt zu, weil wir im Sturzflug sind. Gas geben und dann hochziehen, oder hochziehen und dann Gas geben? Auftrieb versus Anziehungskraft, Schubkraft versus Luftwiderstand. Ich muss die Nase hochkriegen, ich muss die Geschwindigkeit drosseln. Ich muss die Maschine stabilisieren, und dann muss ich sie so weit runter-

kriegen, dass wir atmen können. Komm schon, du Idiot, konzentrier dich! Was hat Hal noch gesagt? Denk an die Höhe-Schubkraft-Regel: Höhe, um die Fluggeschwindigkeit zu kontrollieren, Schubkraft, um die Sinkgeschwindigkeit zu kontrollieren. Oder war es umgekehrt? Verdammt, komm schon, Hechter, *konzentrier dich.*«

Er sagte noch immer die Grundlagen der Aerodynamik auf, als diese längst akademisch wurden. Wenn ein Gates Learjet schneller als Mach .82 oder 445 Knoten fliegt, gleiten Überschallschockwellen über die Tragflächen und zerstören deren Auftriebsfähigkeit. Es gibt zwar Gegenmaßnahmen, aber die sind einem Anfänger, der seine erste Flugstunde allein absolviert, nicht so ohne weiteres verfügbar.

Der Learjet rollte auf den Rücken und schoss nach unten auf eine dunkle, gleichgültige See zu.

In Cohens Arbeitszimmer stand Devereaux vor der fünften Gruppe Fotos, die an der Wandtafel befestigt waren: beängstigende, erschütternde Bilder von den Wrackteilen der brutal zerstörten Lear. Das Flugzeug war weniger als eine Meile vom portorikanischen Hafen Mayagüez abgestürzt und hatte eine kleine Flotille Fischerboote nur knapp verfehlt. Die Retter, die rasch zur Stelle waren, hatten nichts mehr zu tun.

»Wer wusste Bescheid?«, fragte Devereaux.

»Worüber?«

»Über Ellis? Über ihre Entdeckung? Über den Evakuierungsplan?«

Cohen gähnte und sagte: »Du.«

»Natürlich, aber wer noch? Lass uns noch mal genau den Ablauf der Ereignisse durchgehen.«

»Wenn es sein muss.«
Devereaux ignorierte den Vorwurf und setzte sich auf die Ecke von Cohens Schreibtisch.
»Wenn ich mich recht erinnere, haben Flint und Hechter sich sofort auf den Weg nach Ellis gemacht, als der junge Maitland alles ausgeplaudert hatte.«
»So ziemlich, sobald Hechter einen Mietwagen aufgetrieben hatte.«
»Sie haben Maitland mitgenommen, und die unglückliche Lisa natürlich. Aber keine Einheimischen, richtig? Sie haben niemandem was erzählt? Nicht dem Generalstaatsanwalt oder dem Richter?«
»Niemandem.«
»Und als sie aus Ellis zurückkamen, haben sie ausschließlich mit Handys telefoniert, digitalen, nicht analogen, die nicht so leicht abzuhören sind?«
»Genau.«
Devereaux nahm das Original von Harlings eidesstattlicher Erklärung. »Also, wen haben sie zuerst angerufen?«, fragte er energisch.
»Cutter.«
»Flint oder Hechter?«
»Beide. Flint hat ihn angerufen, um ihm zu sagen, was sie gefunden hatten, dann hat Hechter um Transportmittel gebeten. Er wollte die Dokumente so schnell wie möglich von der Insel schaffen, und dafür brauchten sie eine große Maschine.«
»Eine Hercules, mindestens.«
»Hechter wollte auch die Maitlands von der Insel bringen – sogar noch schneller, wenn möglich.«
»Deshalb der Learjet.«

»Leider Gottes«, sagte Cohen, und Devereaux nickte zustimmend.
»Und wen hat Cutter informiert?«
»Niemanden von seinen Leuten, so sagt er zumindest.«
»Und du glaubst ihm, Harry? Unser Mr. Cutter schafft es irgendwie, dass die Luftwaffe der Vereinigten Staaten alles liegen und stehen lässt, um ihm eine Frachtmaschine zur Verfügung zu stellen, ohne dass er einer Menschenseele einen Grund nennt? Du kaufst ihm das ab, was, Harry? Du findest das nicht ein kleines bisschen weit hergeholt?«
»Es würde absolut zu ihm passen. Cutter versteht es, das zu bekommen, was er will. Außerdem ist er für seine Verschwiegenheit bekannt.«
Devereaux brummte, beileibe nicht überzeugt. Er hatte die eidesstattliche Erklärung zusammengerollt und klopfte sich damit gegen die Lippen.
»Glenning«, sagte Devereaux und schlug einen anderen Kurs ein. »Cutter ruft Glenning an, und mit wem spricht Glenning?«
»Mit dir.«
»Nein, nicht sofort. Er ruft das Innenministerium an und flüstert dem Staatssekretär des Ministers was ins Ohr. Also, wieso hat er das gemacht, Harry? Wieso spricht er nicht mit seinen Vorgesetzten?«
»Der Polizeichef war nicht da.«
»Und?« Er richtete die eidesstattliche Erklärung auf Cohen. »Halt mich nicht zum Narren, Harry. Was ist mit dem stellvertretenden Polizeichef, dem zweiten stellvertretenden Polizeichef, mit dessen direktem Untergebenen? Es gibt doch weiß Gott genug von denen. Einer wird doch wohl da gewesen sein.«
»Er hat ihnen nicht vertraut.«

»Ach nein, Donnerwetter!« Devereaux schien über die Offenbarung verblüfft. »Das hat er gesagt, was?«
»Nicht so ausdrücklich, aber sinngemäß.«
»Sieh an, sieh an, sieh an.« Devereaux schüttelte langsam den Kopf. »Cutter ist wohl nicht der Einzige, der verschwiegen ist, was? Du lässt dir auch nicht in die Karten gucken, Harry.«
»Kaffee«, sagte Cohen, und als er vom Sofa aufstand, spürte er in seinen Muskeln die Anstrengung des Tages. »Und dann, wenn du verzeihst, ab ins Bett.«
Auf einem hübschen weißen Eichentisch, den Annie im ersten Jahr ihrer Ehe gekauft hatte – einer ihrer vielen Spontankäufe –, stand eine glänzende Espressomaschine aus Chrom mit allem Drum und Dran, die sie ebenfalls gekauft hatte, zu seinem vierzigsten Geburtstag. Sie hatte zugesehen, mit welcher Freude er das Geschenk auspackte, und gesagt, er sei der einzige Mann, dem sie je begegnet sei, bei dem Kaffee wie ein Sedativ wirke. Sechs Wochen später hatten sie ihr gesagt, dass sie todkrank war.
»Für mich nicht, alter Knabe«, sagte Devereaux. »Ich würde die ganze Nacht kein Auge zutun, zumindest das, was noch von ihr übrig ist.« Er zog seine Taschenuhr heraus und täuschte Überraschung vor. »Mein Gott, sieh dir an, wie spät es ist. Machen wir, dass wir fertig werden, und dann verschwinde ich.«
Während Cohen an seiner Maschine hantierte, die genaue Menge Kaffee und Wasser abmaß, ging Devereaux auf und ab, monologisierte im Rhythmus seiner Schritte.
»Glenning spricht mit dem Staatssekretär. Der spricht mit dem Minister, der einen großen Bogen um die Sache macht, nichts wissen will. Dann spricht der Staatssekretär mit mir – und mit niemandem sonst vom Service, Gott sei Dank. Er sagt mir, ich soll mich um die Sache kümmern. Ich rufe Glenning an, und

wir treffen uns in einer schmuddeligen Weinbar auf der Victoria Street, wenn ich mich recht erinnere. Und das ist alles. Also, es war ein sehr enger Kreis. ›Wir behalten die Sache für uns, bis wir wissen, was alles dahinter steckt.‹ So lautete der Tagesbefehl, Harry. ›Flint nach Hause holen und sich ansehen, was sie hat. Bis dahin, kein Wort zu niemandem.‹ Und daran haben wir uns gehalten, Harry, da bin ich sicher.«

»Kein Wort an deine Sekretärin, keine Aktennotiz?«

»Da noch nicht. Später natürlich, als Flint wieder da war.«

»Glenning sagt das Gleiche.«

»Na bitte, ein Viererklübchen. Niemand sonst hatte eine Ahnung, einschließlich des Director-General – der mir das, nebenbei bemerkt, nie verziehen hat. Ich frage mich manchmal, ob das seinen Schlaganfall ausgelöst hat.«

Cohen war jetzt mit seinen Vorbereitungen fertig und sah zu, wie dicke braune Flüssigkeit in eine Tasse tröpfelte.

»Irgendwer hat Bescheid gewusst«, sagte er.

»Und da wären wir wieder bei unserem Rätsel, Harry. Und damit kommen wir zurück zu Cutter. Verstehst du nicht? Er muss das schwache Glied in der Kette sein. Entweder Cutter war nicht so diskret, wie du glaubst, oder …?«

Devereaux hatte aufgehört, auf und ab zu gehen, und stand jetzt neben Cohen. Er zog sich seinen Mantel an, konnte es plötzlich nicht erwarten zu gehen.

»Oder?«, fragte er erneut.

»Oder er steckt mit drin?«

Devereaux lächelte traurig, als wollte er die Schwere seiner Verdächtigungen mildern. »Denk mal drüber nach, Harry, mehr verlange ich nicht.«

Dann war er weg, sprang zwei Stufen auf einmal nehmend die

Treppe hoch, so dass sein Mantel hinter ihm herflatterte. »Wir sehen uns Montag«, rief er, als er oben war, winkte mit einem Arm zum Abschied. Cohen hörte die Haustür zuschlagen. Wie Annie sie zugeschlagen hatte, wenn ihre Verzweiflung unerträglich wurde.

Viertes Kapitel

I

Flint, die so müde war, dass ihre gesamte Muskulatur kribbelte, wählte bei sich zu Hause die Nummer ihres Mannes und lauschte auf das Klingeln. Sie konnte sich sein Haus mit der steilen Treppe und den glänzenden Holzböden vorstellen, die große Küche im Keller, mit den funkelnden Geräten und dem künstlichen Licht; ein Fenster im zweiten Stock mit Blick auf die Straße, wo sie eines späten Abends, als sie bei einem Polizeieinsatz dort vorbeigefahren war, Jamie hatte stehen sehen, mit seinem unehelichen Sohn auf dem Arm.

»Hallo.« Carolines Stimme, hell und spröde. Flint schwieg und konnte im Hintergrund das Geplauder anderer Stimmen und Lachen hören. *»Hallo?«*

»Kann ich Jamie sprechen?«

»Wer ist denn da?«

»Seine Frau.«

Es war faktisch die Wahrheit, weil sie noch nicht geschieden waren, aber warum sagte sie es? Vermutlich, weil es ihr Spaß machte, Carolines Unsicherheit zu schüren, ihren zitternden Atem zu hören. Sie hatte geschworen, es nie wieder zu tun – ja, es sich hoch und heilig versprochen , aber jetzt hatte sie es doch getan und konnte es nicht mehr zurücknehmen.

Sie stellte sich vor, wie Caroline die Sprechmuschel mit der Hand zuhielt und mit wütender Stimme, die das Geplauder bestimmt verstummen ließ, flüsterte: »Für dich. *Deine Frau!*« Sie stellte sich die jähe Verblüffung auf Jamies Gesicht vor, und wie er sich gleich wieder fing, stellte sich vor, wie er Caroline besänftigte, den Hörer nahm.

»Grace?«

»Stör ich gerade?«

»Wie man's nimmt. Wir wollten gerade essen. Was gibt's?«

»Ich möchte dich sehen.«

Er zögerte kaum merklich. »Moment, ich telefoniere mit dem schnurlosen Apparat. Ich gehe schnell woanders hin, wo ich dich besser hören kann.«

Sie stellte sich vor, wie er aus Carolines Hörweite flüchtete, zu der Terrassentür ging, durch die man in ihr properes Gärtchen gelangte, ihren Gästen eine Entschuldigung signalisierte.

»Grace«, sagte er mit bemüht leiser Stimme, seinen weichen Mund dicht am Hörer, »du hattest es versprochen.«

»Was hab ich versprochen?«

»Mich nicht zu Hause anzurufen. Du weißt doch, dass es sie zum Wahnsinn treibt.«

»Ich muss dich sehen.«

»Schön. Wann? Morgen? Soll ich zu dir kommen?«

Nein. Das nicht. Diesmal nicht. Sie nannte ein Restaurant in Covent Garden, das sie beide kannten, und sagte, sie wäre um eins da, und dann legte sie auf, bevor ihre Entschlossenheit seiner Überredungskunst unterlag.

Flint wickelte ihren Bademantel enger um sich und stellte sich vor, wie Jamie zu Caroline zurückging, ihr wegen des Anrufs irgendeine Lüge auftischte, die er sich rasch ausgedacht hatte, und grübelte – nicht zum ersten Mal – über ein Rätsel nach: Wenn dein Ehemann die Mutter seines unehelichen Sohnes betrügt, wenn er, immer wenn du es zulässt, still und leise zum Mittagessen zu dir in die Wohnung kommt und du – an deinen bedürftigen Tagen, an den Tagen, an denen dein Begehren größer ist als deine Verletztheit – ihn mit in dein Bett nimmst und dich von ihm bumsen lässt, heißt das, du hast eine Affäre?

Das *Orso's* war wie üblich um die Mittagszeit überlaufen, aber er hatte einen Tisch an der hinteren Wand ergattert, wo man einigermaßen ungestört war. Er stand auf, als sie eintrat, beobachtete sie, wie sie auf ihn zukam, ganz entzückt darüber, dass sie sich extra für ihn schick gemacht hatte: dass sie nicht das strenge Kostüm angezogen hatte, das sie eigentlich tragen wollte, sondern ein dezent gemustertes Kleid im Dreißiger-Jahre-Stil, von dem sie wusste, dass es ihm gefiel. Er trug seine gewohnte City-Uniform – Nadelstreifenanzug und Hemd mit steifem Kragen. Wenn er sich für sie schick gemacht, die Sachen angezogen hätte, die sie gern an ihm sah, wie hätte er das Caroline erklären sollen?
Er nahm ihre Hände in seine und beugte sich vor, um ihr einen Kuss zu geben. Sie wandte das Gesicht ab, so dass seine Lippen nur ihre Wange streiften.
»Du siehst hinreißend aus«, sagte er.
»So fühl ich mich aber nicht.«
Er legte ihr eine Fingerspitze unters Kinn und hob ihr Gesicht, so dass er ihr in die Augen sah. »Dann versorge ich dich jetzt mit allem, was du gerne isst, und füll dich mit köstlichem Wein ab und bring dich zum Lachen, bis wir die miese Stimmung verjagt haben. Wie hört sich das an?«
Sie zog ihre Hände zurück, setzte sich und bat ihn, ihr Wasser einzugießen. »Jamie«, sagte sie bestimmt, »heute geht's um was anderes.«

Er war ein zu geübter Verführer, um sich seine Enttäuschung anmerken zu lassen. »Dann sag mir, was nicht in Ordnung ist und was ich tun kann, damit es dir besser geht. Alles. Egal was.«
Und dann sagte sie es ihm, fing zumindest an, und während sie sprach, sah sie, wie die Maske der Aufrichtigkeit von seinem Gesicht glitt, vertrieben von einer Reihe echter Emotionen. Mit einer angenehmen Distanziertheit, mit der sie nicht gerechnet hatte, bemerkte sie, dass ihn jetzt eben die dunklen, feuchten Augen verrieten, mit denen er sie sonst betörte. Und als sie ihm sagte, was sie von ihm wollte, sah sie seine Verwirrung in reinste Bestürzung umschlagen.
Er fiel ihr ins Wort: »Mein Gott, Grace, das kann ich nicht machen!«
»Warum nicht?«
»Weil das, was du haben willst, absolut, definitiv vertraulich ist. Das kann ich dir nicht verschaffen. Unter keinen Umständen.«
»Jamie, lass mich doch ausreden.«
»Nein. Tut mir Leid, Grace. Ich will nichts mehr davon hören. Du weißt, dass ich es nicht ausstehen kann, wenn du dich aufführst wie ein Cop.«
»Jamie …«
»Nein! Ich lasse nicht zu, dass du uns die Stimmung verdirbst.«
Er winkte dem Kellner und fing an, mit bemühter Konzentration die Speisekarte zu studieren.
»So, wollen doch mal sehen, ob wir nicht was finden, das dich ein bisschen aufmuntert.«
Sie ließ ihn machen, ließ ihn entscheiden, was sie essen und welchen Wein sie trinken würden. Und als das Essen kam, ließ sie ihn reden, seine frivolen Anekdoten aus dem Leben in der

Geschäftswelt erzählen, von Wirtschaftsbossen und der Hochfinanz und von Aspekten des Marktes, die nur selten in der *Financial Times* standen. Er konnte gut Leute nachmachen, würzte seine Anekdoten mit einer Komposition aus perfekt getroffenen Akzenten und kleinen Ticks. Wenn man die Augen schloss, konnte man leicht glauben, man würde eine Indiskretion des Finanzministers mit anhören oder einen raubeinigen Rat von Robert Murdoch. Gleichzeitig jedoch spielte er sich nie in den Vordergrund, wies sich stets eine Nebenrolle in seinen Abenteuern zu. Wenn er erzählte, war er kein Macher, kein hohes Tier, bloß ein geistreicher und respektloser Beobachter der Bank von England, um den herum interessante Dinge geschahen.
Sie lächelte an den meisten passenden Stellen, und er blühte auf. Doch ihr distanziertes Gefühl blieb. Ein Teil von ihr existierte abseits vom Tisch – gleichsam hinter der Bühne –, beobachtete eine gut einstudierte Scharade: Jamie Stapleton, in der Rolle des Charmeurs, der versucht, seine offenbar leichtgläubige Frau für einen weiteren Nachmittag zu gewinnen. Dunkel fragte sie sich, warum sie eigentlich nicht seinen Namen angenommen hatte, als sie heirateten, was für ein Instinkt sie gewarnt hatte. Und was, so fragte sie sich, hatte sich verändert? Wieso war sie jetzt unempfänglich für Jamies Methoden?
Als sie gegessen hatten und die Rechnung gekommen war, sagte Jamie: »Hast du heute Nachmittag frei? Ich habe nämlich alle meine Termine abgesagt. Ich dachte, wir könnten vielleicht ins Kino gehen oder einen Spaziergang machen oder …« Die dritte Möglichkeit ließ er unausgesprochen.
Sie dachte, er würde vielleicht gehen, einfach aufstehen und gehen, deshalb beugte sie sich über den Tisch und umfasste seine Handgelenke. Er deutete die Geste falsch und tat es ihr nach,

streichelte die feinen Härchen auf ihren Unterarmen mit seinen langen Fingern.
»Hör mir zu, Jamie. Vor fünf Tagen ist ein Freund von mir, ein sehr guter Freund, ermordet worden. Und mit ihm drei andere Leute, aber seinen Leichnam musste ich identifizieren – das heißt, das, was noch übrig war. Er war in einem Flugzeug, in dem eine Bombe gezündet wurde. Als er aufs Wasser aufschlug, wurde er in hundert Stücke zerfetzt. Man hat mir seine Hand gezeigt. Mehr nicht, nur eine Hand. Sie sah aus, als wäre sie mit einem Fleischermesser abgehackt worden. Ich wusste, dass es seine Hand war, wegen des Eherings.«
Jamie sah aus wie geohrfeigt.
»Ich will die Leute, die dafür verantwortlich sind, und in Unterlagen deiner Bank hast du Informationen über einen Mann, der mich zu ihnen führen kann. Es ist mir egal, ob das vertraulich ist. Es ist mir egal, welche Vorschriften du dafür übertreten musst. Es ist mir sogar egal, ob dich das deinen Job kostet. Verschaff mir die Unterlagen, Jamie.«
Er war zu stark für sie. Er wand seine Handgelenke frei, stieß dabei die Wasserflasche um, zitterte vor Zorn.
»Willst du mir drohen?«
»Ach, Jamie, tu's einfach, ja.«
»Sonst machst du was, Grace?« Er ließ ihren Namen wie ein obszönes Wort klingen.
Sie seufzte, als sträubte sie sich, die schlechte Nachricht mitzuteilen.
»Sonst was? Sag schon.«
»Sonst erzähle ich Caroline das, was sie am wenigsten hören möchte. Ich erzähle ihr, dass du bei jeder sich bietenden Gelegenheit mit mir schläfst. Ich erzähle ihr, dass du mich angefleht

hast, es noch einmal mit dir zu versuchen, aber dass ich es nicht tun werde, weil du nicht im Stande bist, treu zu sein. Ich erzähle ihr das, wovor ihr am meisten graut, Jamie.«
Was sie jetzt in seinen Augen sah, war blanker Hass.
»Du Miststück!«
Er stieß es als ein heiseres Flüstern heraus, aber so giftig, dass sich Köpfe nach ihnen umdrehten. Ein Kellner, der ihnen die Quittung bringen wollte, überlegte es sich anders und suchte sich eine dringende Aufgabe, die rasch noch erledigt werden musste.
Eiskalt sagte Flint: »So bin ich schon mal genannt worden, von einem größeren Drecksack, als du es bist, Jamie. Während er mir das Gesicht eintrat. Du trampelst nur auf den Gefühlen anderer Leute herum.«
Er stand auf, stieß seinen Stuhl zurück, schleuderte seine Serviette auf den Tisch. Dann strebte er ohne ein weiteres Wort zum Ausgang, zwängte sich zwischen den Tischen hindurch, ohne zu beachten, was für ein Aufsehen er erregte.
Als er das Restaurant halb durchquert hatte, rief sie ihm nach: »Heute Nachmittag, Jamie. Du hast bis fünf Uhr Zeit.«

Er hielt die Frist knapp ein. Sie machte sich gerade einen Tee, als sie den Briefkasten klappern hörte. Sie blickte zum Fenster hinaus und sah ihn noch durch ihren Garten davonstürmen. Das Tor schlug zu, schreckte die Stare auf. Sie hörte den Motor seines BMW und das Knirschen der Gangschaltung.
Ein unbeschrifteter brauner Umschlag lag auf der Türmatte. Sie wog ihn in der Hand und schätzte, dass nicht mehr als ein halbes Dutzend Seiten darin waren. Sie ging ins Wohnzimmer und legte den ungeöffneten Umschlag auf den Kaminsims. Durch das offene Fenster hörte sie die Stimmen von Kindern, die auf der

Straße spielten, und fragte sich, ob Jamies Sohn jemals eine solche Freiheit genießen würde. Bei Carolines Unsicherheit bezweifelte sie das.

Sie nahm ihren Tee mit ins Schlafzimmer, wo die Luft kühl war, und legte sich aufs Bett. Sie fühlte sich durch und durch ruhig. Der Mord an Hechter hatte sie tiefer erschüttert als irgendeine von den anderen Katastrophen, die in letzter Zeit zuhauf in ihrem Leben passierten: mehr als Peter Pendles Tod, den sie mit eigenen Augen mit angesehen hatte, mehr als ihre eigene Beinahe-Ermordung und die brutalen Tritte, die sie erduldet hatte; mehr, viel mehr, als Jamies banale Untreue. Sie vermutete, das lag daran, dass Hechter für sie noch der einzige Mann gewesen war, dem sie glaubte vertrauen zu können. In dem Wirrwarr der jüngsten Ereignisse – die Wiederauferstehung von Frank Harling und die düsteren Behauptungen in seiner eidesstattlichen Erklärung – hatte sie sich an ihren Glauben an Hechter geklammert, wie sich alle verzweifelten Menschen an das klammern, was ihnen Halt verspricht, nämlich bedingungslos.

Und dann war er nicht mehr da, und sie – als man sie am Flughafen abfing und zum Leichenschauhaus brachte, wo man ihr seine abgetrennte Hand zeigte; auf dem Flug nach Hause, wie in einen Nebel getaucht, orientierungslos; in Commander Glennings Büro im Scotland Yard, wo er ihr onkelhaft sein Beileid aussprach und seine Sorge um ihr Wohl zum Ausdruck brachte – hatte sich wie ein Roboter gefühlt. Sie tat, was man ihr sagte, weil sie keinen eigenen Willen hatte.

Nicht mehr.

Als sie mit ihrem Bericht fertig war, hatte Glenning gesagt: »Ich möchte, dass Sie bezahlten Urlaub nehmen, Flint. Ein paar Wochen, oder länger, wenn Sie es brauchen. Ich mache mir große

Sorgen um Ihre Gesundheit. Sie haben viel durchgemacht. Seien Sie versichert, dass wir dieser Sache auf den Grund gehen werden.«

Und Cutter, der sie von Miami aus zu Hause anrief, drückte sich so ähnlich aus. »Wir kriegen sie, Grace. Darauf können Sie sich verlassen. Und jetzt ruhen Sie sich erst mal aus, haben Sie gehört?«

Sie hatte sie nicht belogen. Das war gar nicht notwendig. Im sicheren Bewusstsein ihrer Autorität, in dem Glauben, sie sei endgültig gebrochen, hatten sie einfach angenommen, sie könnten Flint beiseite schieben.

Als sie in den Schlaf hinüberglitt, dachte sie an den Umschlag, der auf sie wartete.

Flint wurde von dem lockenden Bimmeln eines Eisverkäufers geweckt, stand vom Bett auf und zog sich aus. Sie duschte und streifte Shorts und ein ärmelloses Chambrayhemd über. Aus dem Kühlschrank nahm sie eine Schüssel kalte Kressesuppe und eine halbe Flasche Weißwein. Von ihren CDs wählte sie eine von Annie Lennox aus und legte sie auf. Von ihrem Schreibtisch nahm sie einen neuen Schreibblock und zwei Filzstifte. Aus ihrer Sammlung Langspielplatten – Platten, die sie nicht abspielen konnte, weil sie keinen Plattenspieler hatte – nahm sie ein Jimi-Hendrix-Album, und aus der Hülle die Notizen in spinnenartiger Schrift, die sie sich von Frank Harlings eidesstattlicher Erklärung gemacht hatte.

Als sie schließlich alles beisammen hatte, setzte sie sich an den Kieferntisch am Fenster des Wohnzimmers, der in sommerliches Abendlicht getaucht war, und öffnete Jamies Umschlag.

Es waren sieben Seiten, wenn man den Post-it-Zettel mitzählte, auf dem Jamie sein Lebewohl gekritzelt hatte: »Wenn du noch einen Hauch von Gefühl für mich hast, vernichtest du diese Unterlagen. Ich will dich nie wieder sehen.«

»Darauf kannst du dich verlassen«, sagte sie, Cutters gedehnte Aussprache nachahmend.

Sie trank die Suppe und las ihre Notizen. *Ca. 3. Woche August '94,* hatte sie geschrieben, um Franks erste Behauptungen zusammenzufassen. *$ 7,5 Millionen, New World an NatWest. Erlöse aus Betrug. FH verhaftet von SFO. Auftritt »Mr. Brown«.* Und darunter, in größeren Buchstaben, hatte sie geschrieben *WER KUNDE???,* denn dessen Namen hatte Harling nicht genannt. Auf der Suche nach der Antwort auf diese Frage nahm sie Jamies Post-it ab, und da stand es, ganz oben auf einem Brief, den Anwälte der National Westminster Bank an die Aufsichtsabteilung der Bank von England geschickt hatten:

STRENG VERTRAULICH
IN DER SACHE MARIO ANTONIA SILVA

Während sie von dem Wein trank, las sie den Brief in Ruhe durch, prägte sich den langatmigen Bericht von Silvas Veruntreuung ein und auch das, was zwischen den Zeilen stand. Er war, so erfuhr sie, Broker bei einer recht angesehenen Firma in der City und hatte das Vertrauen seiner Kunden missbraucht, indem er mit ihrem Kapital leichtsinnige Spekulationsgeschäfte gemacht, Gewinne in die eigene Tasche gesteckt und Verluste durch falsche Buchungen verschleiert hatte. Unwissentlich war auch die National Westminster Bank in seine Betrügereien verwickelt worden, als Silva einen Teil seiner Gewinne von den Lawrence Islands zu ihrer Filiale in Bishopsgate transferierte.

Glücklicherweise wurden sie vom SFO darauf aufmerksam gemacht, und man konnte Silvas Pläne vereiteln – natürlich mit uneingeschränkter Kooperation seitens der Bank. Silva wurde zusammen mit seinem mutmaßlichen Komplizen, einem gewissen Frank Arthur Harling, festgenommen. Doch jetzt gab es ein Problem, denn die Bank hatte die 7,5 Millionen Dollar noch immer. Angesichts eines unentwirrbaren Durcheinanders von konkurrierenden Forderungen und verwickelt in Streitigkeiten, für die sie nichts konnte, hatte die Bank dieses Geld bis zur endgültigen Regelung durch die Gerichte auf ein Treuhandkonto gelegt und sich erlaubt, die Bank von England freundlichst davon in Kenntnis zu setzen.

Flint blätterte weiter.

Es fanden sich Fotokopien des Überweisungsauftrags, des Laufzettels, der Bestätigung von der Abrechnungsbank und der Quittung: die Quittung, die Frank unterschrieben hatte, kurz bevor das SFO ihn beim Kragen packte.

Auf die dritte Seite waren kurze Pressemeldungen über die Festnahme von Silva und die schockierte Reaktion seiner Arbeitgeber kopiert. Laut *Financial Times* wohnte er am Montague Square, und Flint notierte sich die Adresse auf ihrem Block. Sie sah sich schon von Tür zu Tür gehen und die Klingelleisten nach seinem Namen absuchen, in der Hoffnung, eine Spur von ihm zu finden, vielleicht eine Ehefrau. Plötzlich musste sie an einen Vorfall aus ihrer Zeit als Neuling bei der Polizei denken. Sie hatte tagelang vergeblich versucht, einen kleinen Gauner ausfindig zu machen, nur um zu erleben, dass der Sergeant sie anbellte: »Schon mal im Telefonbuch nachgesehen, oder nicht?« Sie hatte es nicht, und der Gesuchte stand tatsächlich drin. Noch über diese Erinnerung lächelnd, nahm sie das Londoner Telefonbuch und fand eine Spalte mit Silvas, auch einige Marios darunter, aber keinen, der am Montague Square wohnte.

Aus den Zeitungsausschnitten ging außerdem hervor, dass Silva sich vor Gericht im Sinne der Anklage, die ihm Diebstahl, Veruntreuung und Unterschlagung zur Last legte, schuldig bekannt hatte. Die Summen, um die es ging, waren gigantisch: mindestens 30 Millionen Pfund, nach Flints Berechnungen. Sie nahm sich den Artikel über seine Verurteilung vor und wollte ihren Augen nicht trauen: »ZWEI JAHRE FÜR FINANZSCHWINDLER.«

Zwei Jahre! Das kann doch nur ein Druckfehler sein, dachte sie, einer von den typischen Schnitzern im *Guardian,* die Tatsachen in Nonsens verwandeln. Bestimmt zwölf Jahre? Doch der Inhalt des Artikels belehrte sie eines Besseren.

> Nach der Urteilsverkündung sagte Mr. Justice Barth zu Silva: »Wer unredliche Geschäfte in einer solchen Größenordnung macht, wie Sie es zugegeben haben, muss mit einer harten Strafe rechnen. In diesem Fall jedoch hält Ihnen das Gericht Ihre Geständigkeit zugute, die Tatsache, dass Sie bei der Rückführung eines Großteils der gestohlenen Gelder kooperiert haben, sowie gewisse andere Punkte, die uns zur Kenntnis gebracht wurden. Unter den gegebenen Umständen ist eine mildere Strafe angemessen. Sie sollten sich glücklich schätzen.«

Was mit den »anderen Punkten« gemeint war, wurde nicht erläutert.

Das Telefon klingelte, und Flint wartete ab, bis ihr Anrufbeantworter ansprang. Sie hörte ihren unfreundlichen Ansagetext,

den sie an einem schlechten Tag aufgenommen und noch immer nicht geändert hatte: »Ich bin nicht da. Hinterlassen Sie eine Nachricht nach dem Piepton.«
Ihr Vater sagte: »Gracie, Schatz, ich bin's, John. Ich wollte bloß hören, ob du zurück bist und wie es dir geht. Ruf mich an, wenn du kannst. Ich umarme dich.«
Sie stellte ihn sich in seiner Küche vor, den knochigen Oberkörper über den langen Esstisch gebeugt, der ihm auch als Schreibtisch diente. Bestimmt saß er halb auf einem Hocker, den Telefonhörer zwischen Schulter und Ohr geklemmt, während er geistesabwesend die Post durchsah und sein Abendessen vergaß. Sehr wahrscheinlich lagen Druckfahnen von seinem nächsten Roman auf der Küchentheke und harrten seiner Korrekturen. Solange sie zurückdenken konnte, hatte er die Laufbahn eines Kleinstadtpolizisten aufgezeichnet, der dank seines nachhaltigen Interesses für Pharmakologie raffinierte Mordfälle mit einem Minimum an Gewalt lösen konnte. Zum Klappern der väterlichen Schreibmaschine einzuschlafen war eines der wenigen verlässlichen Elemente ihrer Kindheit.
Sie stellte sich vor, dass sie ihn zurückrief, um ihm zu sagen, dass es ihr gut ging. Dann stellte sie sich vor, dass er sie fragte, was in der Karibik passiert war, und da sie ihn weder anlügen noch ihm die Wahrheit sagen konnte, rief sie ihn nicht an.
Die letzten drei Seiten von Jamies Akte bestanden aus einem internen Memo der Bank von England, in dem äußerst detailliert dargelegt wurde, wie die finanziellen Folgen in der »Sache Silva« gelöst worden waren.
Still, ganz still und leise, so erfuhr Flint.
Letztlich war es nicht notwendig geworden, die Gerichte zu bemühen. Sie las, dass konkurrierende Angebote gemacht, Kom-

promisse geschlossen, Übereinkünfte getroffen, Anwälte bezahlt worden waren. Und dann las sie den letzten Abschnitt des Memos, der fast so wirkte, als wäre er nachträglich hinzugefügt worden, und die unverblümte Komplizenschaft, die daraus hervorging, ließ sie frösteln, als wäre der Abend plötzlich kalt geworden.

SILVAS VERURTEILUNG UND DIE ZEIT DANACH

Mr. Silva wurde vom Obersten Strafgericht zu zwei Jahren Gefängnis verurteilt, von denen er acht Monate verbüßte, überwiegend im offenen Strafvollzug des Ford Prison.
Vertraulichen Informationen vom SFO zufolge hielt Richter Barth vor der Urteilsverkündung in seinem Amtszimmer eine Anhörung ab, in deren Verlauf er auch die Stellungnahme eines leitenden Vertreters der Security Services anhörte. Die betreffende Person gab an, dass Mr. Silva zwar nicht offiziell für die Security Services arbeitete, in der Vergangenheit jedoch bei einer Reihe von Gelegenheiten für die Security Services tätig geworden war und Informationen beschafft hatte, die als im »nationalen Interesse« liegend erachtet wurden. Es wurde sogar hervorgehoben, dass Mr. Silvas Einsatz für das »nationale Interesse« von »großer Wichtigkeit« gewesen war. Das mag zum Teil das milde Strafmaß erklären.
Nach seiner Entlassung aus dem Gefängnis verließ Mr. Silva Großbritannien und ist nun wohnhaft in Paris. Er soll jetzt als Kunsthändler tätig sein.

Als das Licht schwächer wurde, verbrannte Flint die Akte im Kamin. Nachdem die Asche abgekühlt war, fegte sie sie auf ein Kehrblech und zerrieb sie mit den Fingern zu pulvrigem Staub. Dann spülte sie die Asche in der Küche in den Abfluss und ließ das Wasser laufen, bis auch das letzte Krümelchen verschwunden war.

II

Ein Sommergewitter war vom Atlantik aufgezogen und hatte London völlig überrumpelt. Cohen hatte sich auf der Marylebone High Street vor dem Regenguss in den Eingang einer Apotheke geflüchtet. Er war für seinen Termin ohnehin schon spät dran und versuchte vergeblich, eines der vorbeibrausenden Taxis heranzuwinken. Als er gerade aufgeben und zu seinem Büro zurückgehen wollte, hörte er jemanden seinen Namen rufen.

»Harry. Harry Cohen. Hierher.«

Auf der anderen Straßenseite strahlte ihn Sarah Spennys sonnengebräuntes Gesicht vom Fahrerfenster eines blutroten Mercedes SLK aus an, der den Verkehr blockierte, und Cohen fuhr der Schreck in die Glieder. Sarah, so Devereaux' grausige Behauptung, aß Männer zum Frühstück. »Wie die Schwarze Witwe, guter Junge, die verschlingt ihre Männchen.« »Na los, hüpf rein«, rief sie. »Ich nehm dich mit.« Andere Autofahrer, die lautstark hupend protestierten, machten Cohens Zögern ein Ende, und er huschte über die Straße. Er zwängte sich auf den Beifahrersitz, Aktentasche auf dem Schoß. Während er noch am Sicherheitsgurt hantierte, gab sie schon Vollgas.

»Also, Harry Cohen, warum gehst du mir aus dem Weg?«

Eine Hand am Lenkrad, gekonnt und lässig rauf- und runterschaltend.
»Tue ich das?«
Sie warf ihren hübschen Kopf in den Nacken und lachte, bog für Cohens Nervenkostüm viel zu schnell in die Wigmore Street ein.
»Ich hab dich diesen Monat dreimal angerufen.«
»Ja, stimmt, tut mir Leid. Ich wollte ja auch zurückrufen.« Er zuckte zusammen, als sie rasant einem Radfahrer auswich. »Aber ich hatte viel um die Ohren.«
»Zu viel, um was zu essen?«
»Manchmal kommt es mir so vor.«
Sie verstummte, als sie eine Abkürzung durch eine enge Seitenstraße nahm, sich an einem Konvoi von Möbelwagen vorbeiquetschte. Das nasse Kopfsteinpflaster machte den Wagen schwer lenkbar, aber sie verlangsamte die Fahrt nicht. Cohen hielt den Atem an.
Devereaux hatte gesagt: »Denk an meine Worte, sie ist fest entschlossen, dich zu kriegen«, und obwohl Cohen darüber gelacht hatte, fühlte er sich wie Sarahs Beute.
Als sie die Orchard Street entlangrasten, sagte sie: »Harry, du kannst dich nicht für alle Zeit verkriechen.«
»Das tue ich nicht«, protestierte er. »Ich schwöre es.«
»Annie würde das nicht wollen.«
»Ich weiß.«
»Also wann?«
»Wann was?«
»Wann kommst du zum Abendessen zu mir?«
Er schloss die Augen, als sie über eine gelbe Ampel jagten und verkehrswidrig nach rechts in die Oxford Street bogen, so dass Fußgänger sich auf den rettenden Bürgersteig flüchten mussten.

»Bald«, sagte er schwach.
»Freitag.«
»Diesen Freitag? Ich weiß nicht, ob ich dann da bin.«
»Schwachsinn.«
Als sie Marble Arch erreichten, wo aus der einspurigen Fahrbahn ein Jeder-wie-er-will wurde, drückte Sarah auf die Tube und schoss in eine Lücke im Verkehr. Dann fegten sie die Park Lane hinunter, und immer wenn Sarah rasch von links nach rechts schaute, um wieder pfeilschnell die Spur zu wechseln, fiel ihr das kastanienbraune Haar wippend ins Gesicht. Cohen kam es so vor, als würden sie ihren diversen Beinahe-Kollisionen immer nur um Haaresbreite entgehen.
»Sarah, wohin fahren wir?«
»Ich weiß nicht.« Sie grinste. »Du hast es mir nicht gesagt.«
»Gott!«, sagte er, als sie mit sechzig Meilen die Stunde in die Kurve an der Hyde Park Corner fuhren. »Pall Mall. St. James's. Irgendwo da in der Gegend.«
»Festhalten!«
Sie riss das Steuer nach links, und er spürte, wie der Wagen schlingerte und die Hinterräder mit Mühe nach Halt suchten.
»Sei nicht albern, Darling, du wirst ja klatschnass. Wo isst du zu Mittag?«
Er klammerte sich mit beiden Händen am Armaturenbrett fest, als sie, den Schwung der Rutschpartie ausnutzend, in Constitution Hill einbog.
»Reform Club.«
Sie stieß einen Jubelschrei aus. »Aha, dann hast du ja doch Zeit zum Essen. Aber das *Reform?* Lass mich raten. Du bist mit dem alten Schwindler Devereaux verabredet.«
Er sah, dass sie ihn anblickte, auf eine Antwort wartete, und er

nickte heftig mit dem Kopf, flehte sie insgeheim an, auf die Straße zu schauen.
»Tja, dann grüß ihn mal von mir.«
»Werd ich.«
»Nein, wenn ich's mir recht überlege, grüß ihn nicht. Er ist auch einer, der mir aus dem Weg geht.«
»Das bildest du dir ein, Sarah.«
Wieder lachte sie auf, als sie in den zweiten Gang zurückschaltete und am Buckingham Palace vorbeifegte.
»Harry, jag ich dir Angst ein?«
Während sie The Mall hinunterbrausten und Cohen sich jeden Moment auf eine Karambolage gefasst machte, entschied er sich für eine Halbwahrheit: »Nur, wenn du fährst.«

Nachdem sie Cohen vor dem Club abgesetzt, ihm die Wange zum Kuss hingehalten und ihm gesagt hatte, er solle am Freitagabend um »Punkt acht« bei ihr sein, fuhr Sarah Spenny in das Gewirr von Straßen um die St. James's Street und hielt, da sie keinen Parkplatz fand, einfach auf dem Bürgersteig neben einer Telefonzelle.
Zwei Schritte brachten sie vom Wagen in den dürftigen Schutz der Zelle. Sie wählte eine Nummer, die sie auswendig kannte, hörte das Telefon einmal klingeln, bevor jemand ranging.
»Star.«
»Drossel. Er ist im Reform Club. Trifft sich mit Devereaux.«
»Hat er Sie gesehen?«
»Aber klar hat er mich gesehen. Ich habe ihn hingebracht.«
Am anderen Ende wurde aufgelegt.

Ein Pförtner des Clubs geleitete Cohen durch die große Halle und das Restaurant zu einer Tür mit der Aufschrift Notausgang und sagte, Mr. Devereaux sei dahinter zu finden. Was nicht ganz stimmte. Cohen ging eine Treppe hinauf und kam an eine zweite Tür ohne Klinke, ohne eine Möglichkeit, sie zu öffnen. Er klopfte und lauschte der Stille. Er hatte das Gefühl, beobachtet zu werden.

Er klopfte erneut, und die Tür öffnete sich einen Spalt. Eine kleine Frau mit stumpfem blondem Haar blickte zu ihm hoch, musterte ihn wie versteinert aus wässrig blauen Augen. Aus dem Innern des Raumes brüllte eine Stimme: »Alice, nun lassen Sie den armen Knaben schon rein, bevor er Wurzeln schlägt«, worauf sie die Tür widerwillig gerade so weit öffnete, dass Cohen sich hindurchzwängen konnte, und sie energisch wieder schloss, sobald er drinnen war.

»Sie meint es nicht so«, sagte Devereaux, der auf ihn zukam. »Alice bewacht bloß ihr Reich. Sehr wählerisch, wen sie diese heilige Pforte durchschreiten lässt, was, Alice?« Sie bedachte Cohen mit einem letzten misstrauischen Blick und eilte zum anderen Ende des Raumes, wo eine zweite Tür in die kleine Küche führte. Mit ihren dünnen Beinen und ganz in Schwarz gekleidet, sah sie aus wie eine Trauernde auf dem Weg zur Beerdigung.

»Die andere hervorstechende Eigenschaft von Alice ist«, fuhr Devereaux fort, ohne die Stimme zu senken, »dass sie fast stocktaub ist.« Er strahlte, zufrieden mit sich. »Also, was zum Teufel war los, Harry Cohen? Wir hatten schon die Hoffnung aufgegeben, dass du noch lebst.«

Cohen nuschelte eine Erklärung, dass er kein Taxi bekommen hatte, aber Devereaux interessierte sich gar nicht dafür. »Nun,

du kennst ja wohl alle hier, denke ich. Tom Glenning, Peter Nicolson und natürlich unsere formidable neue Frau DG.«
Sie saßen ihm auf der anderen Seite eines großen, glänzenden Tisches gegenüber, nickten zur Begrüßung, schüttelten ihm über die Tischplatte hinweg die Hand: Commander Glenning, mit rötlich braunem Haar und Sommersprossen, ausnahmsweise nicht in Uniform und in seinem dunkelblauen Blazer seltsam fremd wirkend; Peter Nicolson vom Innenministerium, groß und knochig, die Haare glatt nach hinten gekämmt, modisch elegant gekleidet; die Frau Director-General, mit verkniffenem Gesicht, offenbar ungehalten, dass Devereaux ihren Titel benutzt hatte.
»Mich stört ja nicht, dass sie eine Frau ist«, hatte Devereaux gesagt, als er Cohen am Telefon die Nachricht von Barbara Dixons Ernennung mitteilte. »Mich stört auch nicht, dass sie absolut keine Ahnung vom Service hat, ja nicht einmal, dass sie entschlossen ist, aus uns einen miesen Abklatsch des FBI zu machen. Nein, was mich ärgert, ist ihre aufdringliche Vertraulichkeit. Sie besteht darauf, dass ich sie mit Barbara anrede! Demnächst soll ich sie dann bestimmt Babs nennen!«
»Lassen Sie doch bitte dieses blödsinnige DG, A.J.«, sagte sie energisch. »Willkommen, Harry. Nehmen Sie sich Kaffee und dann wollen wir weitermachen, ja?«
Alice reichte ihm eine leere Tasse, deutete auf eine Kaffeemaschine und zog sich wieder in ihre Stehküche zurück.
Dixon räusperte sich. »Also, wo waren wir? Wie viele Verdächtige?«
»Neun dringend Verdächtige, bislang«, sagte Devereaux. »Sechs bei uns, zwei beim SIS und einen beim SFO.«
Nicolson sagte scharf: »SIS? Ich dachte, Harling hätte nur von Ihren Leuten gesprochen?«

»Nicht ausschließlich«, sagte Cohen, der mit seinem Kaffee an den Tisch kam und sich der DG gegenübersetzte. »Harling spricht stets vom ›britischen Geheimdienst‹ oder von ›Geheimdienstmitarbeitern‹, aber er sagt nie ausdrücklich, was er damit meint. Entweder er kennt den Unterschied zwischen dem Security Service und dem Intelligence Service nicht, oder seine Kontaktpersonen haben nie ausdrücklich gesagt, wer sie sind. Wir denken, sie kommen aus beiden Organisationen. Jedenfalls ist Flint offensichtlich zu dieser Überzeugung gelangt.«
Nicolson sank auf seinem Stuhl zusammen. »Na prima! Gleich beide Häuser verseucht. Wenn das der Minister hört, geht er hoch wie eine Rakete.«
»Peter, wir reden hier nur über Möglichkeiten.«
Devereaux' Besänftigung schien niemanden zu beruhigen.
DG Dixon nahm ein Taschentuch hervor und fing an, die großen ovalen Gläser einer Brille mit Schildpattrahmen zu putzen, die ihr das Aussehen einer neugierigen Eule verliehen. »Harry, fangen Sie doch bitte an. Keine Notizen, Gentlemen, nichts, das diesen Raum verlässt.«

Anhand von Flints Notizen, anhand ihres Index und ihrer Chronologie der Ereignisse hatte Cohen drei Listen aufgestellt: eine mit Namen, eine mit Daten und Uhrzeiten, eine mit Geldtransfers, die Frank Harling ermöglicht hatte. Er selbst hatte sie am Computer getippt und die Dateien anschließend sofort gelöscht. Von jeder Liste gab es nur ein Exemplar.
Cohen schob die Blätter über den Tisch, bis sie vor der Director-General lagen, und fing dann an: »Erste Seite, die erste Spalte ist eine Liste der Leute, mit denen sich Harling, wie er sagt, getroffen hat, sowie knappe Zusammenfassungen seiner Personenbeschrei-

bungen dieser Leute, die aus dem Anhang seiner eidesstattlichen Erklärung stammen. Insgesamt elf. Die ersten vier hatten alle mit dem SFO, dem Amt für schwere Wirtschaftskriminalität zu tun, und, soviel ich weiß, wissen wir recht genau, wer sie sind.«

»Stimmt«, sagte Glenning, der seine Pfeife stopfte. »Zwei Beamte der Londoner Polizei, die dem SFO zugewiesen waren, einer vom Londoner Betrugsdezernat, und ein Anwalt beim SFO mit Namen Scaby.«

»Ich verstehe nicht ganz«, wandte Nicolson ein. »Vorhin haben Sie gesagt, es gäbe nur einen Verdächtigen beim SFO.«

»Einen dringend Verdächtigen, *bislang,* Peter«, wiederholte Devereaux.

»Es war so«, fuhr Cohen fort, »drei Beamte und Scaby, der Anwalt, waren dabei, als Harling festgenommen und zum Elm House gebracht wurde. Scaby wies ihn daraufhin, dass er gemäß Paragraph 20 verpflichtet sei, ihre Fragen zu beantworten, sonst würde er auf alle Fälle ins Gefängnis wandern, und er wurde über mehrere Stunden hinweg immer mal wieder vernommen. Harling beteuerte, er sei lediglich im Auftrag seines Kunden zur Bank gegangen, eines gewissen Mario Silva, über den er angeblich absolut nichts wusste. Dann ließ man ihn allein im Vernehmungsraum, bis dann am frühen Abend einer von den Beamten, ein Inspektor …«

Cohen blickte auf seine Notizen, suchte nach dem Namen.

»McNally«, half Glenning ihm auf die Sprünge. »Einer von meinen Leuten.«

»Ja, McNally. Inspector McNally teilte Harling mit, er werde ihn zum Polizeirevier Holborn bringen, wo man ihn über Nacht in Gewahrsam halten werde, um ihn am nächsten Tag dem Gericht in der Bow Street vorzuführen.

Aber das stimmte nicht. Dieser McNally bugsierte ihn auf die Rückbank eines Wagens, der vor dem Elm House wartete, und von da an ward Frank Arthur Harling nicht mehr gesehen.
Laut Harling saß im Fond des Wagens ein Mann, der sich als ›Brown vom Geheimdienst‹ vorstellte.« Cohen hielt inne, um zu signalisieren, dass sie nun zum Kern der Sache kamen. »Statt in einer Arrestzelle verbrachte er die Nacht in einem Hotel am Flughafen Heathrow, vermutlich aber doch auf Kosten des Steuerzahlers. Am nächsten Morgen erläuterte ›Mr. Brown‹ ihm, wie Harling seine Schwierigkeiten mit dem SFO ausräumen könnte. Indem er seinem Land einen Dienst erwies.«
Barbara Dixon sagte: »Sollen wir das mit ›Mr. Brown‹ nicht lassen? Nennen wir ihn hier unter uns doch beim Namen.«
»Patrick Shilling«, sagte Devereaux leise. »Mein Stellvertreter, möge er in der Hölle schmoren.«
»Irgendwelche Zweifel daran, Harry?«
»Keine«, sagte Cohen.
»Er ist nicht mehr Ihr Stellvertreter, hoffe ich«, sagte Nicolson.
Devereaux schlug mit der flachen Hand auf den Tisch. »Natürlich ist er das!«
»Man hat ihn noch nicht außer Gefecht gesetzt?«
»Nein!«
»Ja, wieso denn nicht?«
»Herrgott noch mal, Peter, weil wir es uns nicht leisten können, die Pferde scheu zu machen. Das leuchtet Ihnen doch wohl ein, oder?«
Im Raum trat Stille ein, bis auf das Geklapper aus der Stehküche, wo Alice den Tee vorbereitete.
Dixon löste die Spannung mit ihrem gesunden Menschenverstand. »Gehen wir noch mal kurz zurück. Tom, was steht in der

Akte über Harlings Festnahme? Ich nehme doch an, Sie haben Zugang zu den SFO-Akten.«

Glenning war endlich damit fertig, seine Pfeife anzuzünden. »Darauf können Sie Gift nehmen, schließlich arbeiten dreißig von meinen Leuten in Elm House.« Er hielt inne, um ein Rauchwölkchen mit Kirscharoma auszustoßen. »Aber es gibt keine Akte beim SFO, Barbara. Nicht über Harling. Auch nichts im Vorstrafenregister oder im InfoPol. Nach dem, was uns vorliegt, war Harlings Weste so weiß wie frisch gefallener Schnee, bis zu der Sache mit Pendle und Flint.«

Nicolson schaute auf seine Uhr. Er sah, dass er nur noch gut drei Stunden bis zu seinem Termin beim Minister hatte, um ihn über das Ausmaß dieser Katastrophe zu informieren, eine Aussicht, vor der ihm allmählich graute.

»Aber es müsste doch irgendwelche Akten geben, Vernehmungsprotokolle und so weiter«, sagte er.

»Tonbandaufnahmen«, sagte Glenning. »Notizen und Tonbandaufnahmen.«

»Die noch vorhanden sein müssten«, sagte Nicolson mit Nachdruck.

»In der Tat. Und wenn nur als Bestandteil von Silvas Akte.«

»Und obwohl Harling nicht angeklagt wurde, hätten Ihre Leute vom InfoPol ihn registriert?«

»Allerdings.«

»In den Computer eingegeben?«

»Ganz genau.«

»Also wurde dieses Material nie eingegeben?«

»Oder es wurde entfernt.«

»Von jemandem bei InfoPol?« Nicolsons Stimme hatte einen ungläubigen Unterton angenommen.

»Oder von jemandem, der Zugang zur Datenbank hatte.«
»Soll das heißen, dass Daten ohne ordnungsgemäße Genehmigung entfernt werden können, ohne eine Spur zu hinterlassen?«
»Sieht ganz so aus«, sagte Glenning bedrückt.
Nicolson wandte ruckartig den Kopf und sah Devereaux an. »Hat der Service Zugang zu diesen Daten?«
»Nicht direkt. Inoffiziell. Wenn wir lieb bitte bitte sagen.«
Wieder zu Glenning. »Und der SIS?«
»Wenn sie *sehr* lieb bitte bitte sagen.«
»Aber sie könnten sie nicht entfernen? Zerstören?«
»Nicht ohne Hilfe von innen.«
Nicolson wandte sich an Cohen. In seinen Mundwinkeln hatte sich Speichel gesammelt. »Und?«, fragte er. »Was meinen Sie?«
»Das ist auch meine Vermutung, Peter.«
»Mein Gott! Wie tief reicht diese Sache denn noch?«

Harry Cohen entschuldigte sich, um zur Toilette zu gehen, und die anderen nutzten die Pause, um sich die Beine zu vertreten. Nicolson stand auf und wollte die dicken Vorhänge aufziehen, die eine Wand des Raumes verhüllten, um ein Fenster einen Spaltbreit zu öffnen, damit der Qualm von Glennings Pfeife abziehen konnte. Er griff schon nach der Kordel, als Devereaux ihn mit einem knappen »Nein« davon abhielt.
»Was?«
»Wir erzeugen Wellen, Peter, Schallwellen. Und die vibrieren auf Glas. Wenn wir die Vorhänge nicht geschlossen halten, kann jeder mit der richtigen Ausrüstung jedes Wort, das wir sagen, abhören. Und das wollen wir doch nicht, oder?«
Nicolson starrte ihn an, verständnislos.
»Stellen Sie sich vor, Peter, irgendwo da draußen könnten zwei

von Shillings Strolchen hinten im Wagen von einer Fensterputzfirma sitzen, mit Kopfhörern auf« – Devereaux hielt zur Veranschaulichung die hohle Hand ans Ohr – »und gerade an den Reglern eines Emerson-Verstärkers rumfummeln.«
»Aber ich dachte, wir hätten uns extra deshalb hier getroffen, um Ihre vermaledeiten Spione loszuwerden.«
»Ganz genau«, sagte Devereaux, sichtlich zufrieden mit sich.
»Aber was, wenn man einen oder mehrere von uns hierher verfolgt hat? Nichts leichter als das. Tom, was ist mit Ihnen? Sie haben sich den Rücken freigehalten, nicht?«
»Ich habe Vorsichtsmaßnahmen getroffen«, sagte Glenning zuversichtlich.
»Ist Ihnen jemand gefolgt, Peter?«
Nicolson blieb bei den Vorhängen stehen, unsicher, was er tun sollte. »Woher soll ich das wissen?«
»Genau das meine ich«, sagte Devereaux. »Jedes halbwegs passable Team von meinen Beobachtern könnte Sie ein Jahr lang verfolgen, ohne dass Sie es mitkriegen. Kann man Ihnen natürlich nicht übel nehmen. Das Gleiche gilt für neunundneunzig Prozent der Bevölkerung. Darauf zählen wir. Verstehen Sie?«
»Ist das Ihr Ernst?«
»Absolut.«
Nicolson ging langsam zurück zum Tisch. »Dann habe ich eine Frage an Sie«, sagte er. »Wegen Cohen. Ich weiß, Sie halten große Stücke auf ihn, aber ich muss mich doch fragen, ob er wirklich der Richtige ist, um diese Untersuchung zu leiten.«
»Er ist der *Einzige,* Peter, weil er der Einzige ist, dem wir trauen können.«
Nicolson erwiderte nichts, so dass Devereaux sich genötigt sah, genauer zu werden.

»Wir wissen noch nicht, wer mit Shilling unter einer Decke steckt oder mit wie vielen faulen Äpfeln wir es zu tun haben, aber eines wissen wir mit Sicherheit, dass Harry Cohen nicht einer von denen ist. Er hat Alarm geschlagen, wissen Sie. Vor zwei Jahren hat er dem DG mehr oder weniger gesagt, dass Shilling Dreck am Stecken hat, dass er inoffizielle Operationen durchgeführt hat. Nur der DG hat nicht auf ihn gehört – natürlich Ihr Vorgänger, Barbara.« Er berührte sie am Arm, als wollte er ihr die Absolution erteilen.

»Und damit ist Harry über jeden Verdacht erhaben«, fuhr Devereaux fort. »Er ist sauber, der einzige Insider, von dem wir das mit Sicherheit sagen können. Und er *ist* praktisch ein Insider. Ich kann mich nicht erinnern, dass Harry mal nicht an einer Einsatzplanung, einer Nachbesprechung oder einer Vernehmung teilgenommen hätte.«

Devereaux hielt inne und lächelte: »Man könnte sagen, er kennt sich aus mit unseren kleinen Gepflogenheiten.«

»Aber hat er auch die Ausbildung und die Kompetenz, es mit solchen Leuten ...« Nicolson brach ab und deutete zum verhangenen Fenster und den Beobachtern, die er sich dahinter vorstellte, »... solchen Leuten aufzunehmen?«

»Ob er das Zeug dazu hat, meinen Sie? Ob er in der Kunst der Täuschung geübt ist?«

»Ich werde ihm den Rücken freihalten«, sagte Glenning, aber Nicolson achtete nicht auf ihn.

»Ich meine, ist Cohen seiner Aufgabe gewachsen?«

»Er ist das, was wir haben, Peter. Er ist *alles*, was wir haben.«

Mehr als zwei Stunden später konnte Nicolson es nicht mehr erwarten, den jetzt kurz bevorstehenden Termin beim Minister endlich hinter sich zu bringen. Die Flut von Enthüllungen, mit denen er überschüttet worden war, hatte ihn entmutigt. Er konnte berichten – würde berichten –, dass Cohens bisherige Ermittlungen gründlich gewesen waren, aber daraus ließ sich nur wenig Trost schöpfen. Cohens Wissenslücken waren einfach zu offenkundig: gewaltige Abgründe aus Zweifeln und Ungewissheiten und alarmierenden Spekulationen; Abgründe, in die eine ganze Regierung stürzen könnte.

»Ich fasse zusammen, was wir wissen und was wir *nicht* wissen«, sagte Nicolson.

Cohen lächelte entschuldigend. »Die zweite Kategorie ist die weitaus größere, fürchte ich.«

»Na ja, zumindest wissen wir Folgendes«, fuhr Nicolson fort, bemüht, nach Pluspunkten zu suchen. »Wir wissen, dass es zwischen Elementen des Service und des SFO eine Absprache gab, die es Harling ermöglicht hat, einer Anklage wegen Betrugs zu entgehen. Wir wissen, dass er als Gegenleistung dazu verpflichtet wurde – vom Service, wie er meinte –, gewisse, nicht näher spezifizierte Dienste zu leisten, und dass dann nichts weiter passierte – wie lange? Neun Monate?«

»Ungefähr«, sagte Cohen.

»Ist das nicht eigenartig?«

»Standardverfahren, Peter.« Devereaux hielt einen Finger an die Lippen, als wollte er ein großes Geheimnis verraten. »Wir treiben unsere Herde zusammen, wann und wo wir wollen. Wir legen sie auf Eis und heben sie uns für Notzeiten auf.«

Nicolsons Miene verfinsterte sich. »Brown – genauer gesagt, Shilling – ist mit ihm in Kontakt geblieben, ein nettes Pläuschchen von Zeit zu Zeit, aber Harling wurde erst in der Buller-Sache mobilisiert. Richtig?«

»Die Treffen waren nicht nur rein gesellschaftlicher Art«, sagte Cohen. »Shilling quetschte ihn jedes Mal über den einen oder anderen Kunden von ihm aus.«

»Namen, die Shilling aus den Akten hatte? Personen, für die sich der Service interessierte?«

»Entweder das oder Geschäftspartner von solchen Personen«, sagte Cohen.

»Und Sie glauben, Shilling könnte sich direkt an diese Zielpersonen gewandt haben, um sie zu erpressen?«

»Möglich wäre es. Jedenfalls wissen wir mit Sicherheit, wie er dabei vorgegangen ist. Shilling hat Harling einen Namen genannt, einen Namen aus den Akten. Wenn Harling den Betreffenden als Kunden der New World Bank bestätigte, schlug Shilling eine aggressive Operation des Service vor, ohne jedoch die Information von Harling aktenkundig zu machen. In jedem dieser Fälle sprach ich mich gegen die Operationen aus. In jedem dieser Fälle erhielten die Akten den Vermerk ›Keine Maßnahmen‹ und wurden geschlossen. In jedem dieser Fälle verschwanden sie.«

»Das kapier ich immer noch nicht«, sagte Nicolson. »Was hatte das für einen Sinn?«

Devereaux stieß einen theatralischen Seufzer aus. »Peter, Sinn und Zweck der Sache war, dass die Zielpersonen dann nicht mehr existierten. Sie waren aus unserem kollektiven Gedächtnis *gelöscht,* blieben von den Konsequenzen ihrer Taten und unserem schrecklichen Zorn verschont.«

»Es war ein abgekartetes Spiel«, gab Cohen zu. »Heute weiß ich, dass ich die Operationen missbilligen sollte, damit die betreffenden Akten geschlossen werden konnten. Dadurch, dass Shilling Harling nicht als Informanten dokumentierte, was er hätte tun müssen, erweckte er bewusst den Eindruck, dass es für die Aktionen, die seine Leute beantragten, keinen hinreichenden Anlass gab, womit ich meinen Einwand auch meistens begründete: ›Kein hinreichender Anlass.‹ Es war nicht sonderlich raffiniert, aber ich bin leider darauf hereingefallen.«

»Wie hättest du das auch wissen sollen?«, wandte Devereaux ein. »Und, Harry, am Ende warst du doch der Schlaue, nicht wahr? Du hast im Archiv nachgesehen, du hast herausgefunden, dass die Akten fehlten.«

Davon habe ich ja auch wirklich viel gehabt, Alan.

Dixon sagte: »Machen wir weiter.«

»Buller ist der erste sichere Faktor«, sagte Cohen. »Der erste, von dem wir wissen, dass er Shilling mit Sicherheit für dessen Protektion bezahlt hat. Eine Million Dollar. Wir wissen ebenfalls, dass er bekommen hat, wofür er bezahlt hat.«

»Wie Flint bezeugen könnte«, sagte Nicolson. »Das heißt, falls Sie sie finden.«

»Genau.«

»Erklären Sie mir doch bitte eines. Wie kann Shilling von der Buller-Operation erfahren haben?«

»McNally?«, schlug Cohen vor, und Glenning nickte zustimmend.

»Buller war eigentlich ein Fall für das SFO. Wir wurden nur deshalb hinzugezogen, weil wir das Know-how für verdeckte Ermittlungen haben. Genauer gesagt, wir hatten Flint. Sie hatte seit fast einem Jahr immer mal wieder die unseriöse Bankerin gespielt. Und als Buller nach anderen Wegen suchte und das SFO Wind davon bekam, bot Flint sich als Köder geradezu an. Sie haben sie sogar extra angefordert. McNally war bei der Einsatzbesprechung dabei.«

MCNALLY!?, hatte Flint in wütenden Großbuchstaben oben auf die Liste geschrieben, die Cohen in ihrer Wohnung gefunden hatte, die Liste mit den Namen derjenigen, von denen sie glaubte, dass sie sie verraten haben könnten. Es war eine lange Liste, und Glennings Name stand auch darauf.

»Jedenfalls«, sagte Nicolson, »wissen wir, dass Shilling nach der Buller-Geschichte Anweisung an Harling gegeben hat, von einer Reihe anderer Kunden der Bank als ›Schutz‹ vor Verhaftung Geld zu erpressen?«

»Insgesamt elf«, sagte Cohen.

»Und alle haben gezahlt?«

»Zusammen an die siebenundvierzig Millionen Dollar.«

»Und dann hat es aufgehört.«

»Ja.«

»Und das ist alles, was wir wissen?«

»Nicht ganz«, warf Devereaux ein. »Wir wissen oder haben zumindest Grund zu der Annahme, dass es eine amerikanische Beteiligung gab, weil neun der Opfer – wenn man sie so nennen will – ausschließlich Zielpersonen von amerikanischen Ermittlungen waren: Drogenfahndung oder FBI oder, in manchen Fällen, beide. Unser Service oder Geheimdienst oder das SFO hatte nichts damit zu tun. Irgendjemand auf der anderen Seite des großen Teiches hat Shilling mit Namen versorgt.«

»Aber Sie wissen nicht, wer«, sagte Nicolson, womit er der langen Liste von Cohens Fehlschlägen ein weiteres Versagen hinzufügte. »Weder wer noch warum, noch was Shilling und seine Freunde mit dem Geld gemacht haben.«

»Flint weiß es«, sagte Glenning.

»Ach ja? Woher wissen Sie das so genau?«

»Weil sie, als sie nach Frankreich gereist ist, schon ihre Spuren verwischt hat. Wir sind ziemlich sicher, dass sie unter falschem Namen nach Paris geflogen ist, wahrscheinlich mit einem Pass, den sie noch von einem ihrer Einsätze hatte. Den hätte sie natürlich nicht behalten dürfen – sie hätte ihn nach dem Einsatz wieder abgeben müssen, und er wäre vernichtet worden –, aber es kommt öfter vor, dass verdeckte Ermittler einen gefälschten Pass behalten, sozusagen als Sicherheitsmaßnahme, verstehen Sie. Jedenfalls, ich will damit sagen, dass ich Flint besser kenne als meine eigene Tochter, und ich weiß, sie hätte das nicht getan, wenn sie nicht irgendeiner Spur nachgegangen wäre, die sie nach Frankreich geführt hat. Und die Tatsache, dass sie dann verschwunden ist, sagt mir, dass es eine heiße Spur war. Sie folgt ihr überallhin.«

»Warum hat sie dann nicht Meldung gemacht?«

»Bei wem soll sie denn Meldung machen, Peter? Überlegen Sie doch mal. Wem soll sie denn vertrauen?«

»Nun«, sagte Nicolson, schob seinen Stuhl zurück, stand auf und knöpfte sein Jackett zu, »ich danke Ihnen allen für Ihre Zeit und Ihre … Wie soll ich sagen? Ihre Offenheit.« Er beugte sich über den Tisch und reichte Cohen die Hand. »Und ich sage dem Minister, dass Sie Flint finden werden, ja, Harry? Kann ich ihm das zusichern?«

»Sie können ihm sagen, dass ich mein Bestes tun werde.«

»Gut, gut. Wir brauchen Ihr Allerbestes.«

Er verabschiedete sich hastig von den anderen und ging zur Tür. »Übrigens«, fiel ihm nachträglich ein, »wenn Flint unter falschem Namen gereist ist, woher wissen Sie dann überhaupt, dass sie nach Paris geflogen ist?«

»Sie wurde in Heathrow gesehen«, sagte Glenning.

Als Nicolson durch den Park zu seinem Büro und seiner Verabredung mit dem Minister ging, tröstete ihn das ein bisschen. Da war wenigstens einer mal auf Draht gewesen.

III

In Heathrow war Sicherheitsalarm. Kein großes Polizeiaufgebot, aber doch genug, um den Verkehr fast bis zur M4 zu stauen. Im Fond eines schwarzen Taxis saß Flint wie auf heißen Kohlen. Der Gestank der Autoabgase, die in der schwülen Luft standen, und das Schaukeln des Taxis verursachten ihr Kopfschmerzen und verstärkten ihre Befürchtungen. Seit nunmehr sechs Tagen rief sie bei Jamie zu Hause an, nur um ihm zu sagen, dass er aus dem Schneider war, nur um ihm zu versichern, dass kein Labortechniker je die von ihm entwendeten Fotokopien untersuchen könnte, um anhand der Flecken von der Trommel des Kopierers, anhand der winzigen Kratzer von der Glasscheibe den entsprechenden Kopierer zu finden. Doch zu welcher Uhrzeit sie auch anrief, es ging niemand an den Apparat.

Während ihr Taxi sich im Schneckentempo dem Tunnel näherte, sah sie, dass ein Land Rover der Polizei auf einer Verkehrsinsel neben der kleinen Attrappe einer Concorde parkte. In dem Wagen saßen vier junge Polizisten, steif mit Bomberjacken und Schirmmützen, und starrten die Autos an. Als das Taxi an dem Polizeiwagen vorbeikroch, nickte der Fahrer den Beamten freundlich zu, als wollte er sagen, dass er ihre Wachsamkeit zu schätzen wisse. Sie beäugten Flint mürrisch und ließen sie passieren. Sie war nicht die Person, nach der sie suchten.

Der Taxameter sprang erneut um, sagte ihr, dass sie jetzt 42 Pfund schuldete. Da sie nichts Besseres zu tun hatte, rechnete sie sich aus, dass es sie bei diesem Tempo weitere zwei Pfund kosten würde, um durch den Tunnel und bis zu Terminal 2 zu gelangen. Plus Trinkgeld käme sie auf 50 Pfund. Dann 160 Pfund für das Flugticket, 30 Pfund im Duty-free-Shop, schätzungsweise 250 Francs für das Taxi vom Flughafen nach Paris, dann Abendessen für Dominique und Gilles, obwohl er bestimmt versuchen würde, die Rechnung zu zahlen. Aber sie würde sich durchsetzen, und sie würde sie mindestens noch ein weiteres Mal zum Essen einladen. Plus ein Mietwagen, falls die Zielperson mobil war. Schätzungsweise drei Tage, bis sie den routinemäßigen Tagesablauf der Zielperson festgestellt hatte, wahrscheinlich 500 Francs am Tag. Caférechnungen, Mittagessen, Trinkgeld, Metrofahrkarten, sonstige Ausgaben. Über den Daumen noch mal 250 Francs am Tag. Wenn sie eine Woche blieb, rund 2000 Francs. Alles in allem, schätzte sie – noch immer erst halb durch den Tunnel –, käme sie gut und gern auf 1000 Pfund, das Doppelte ihrer monatlichen Abzahlung auf das Haus, ein Zehntel ihrer Ersparnisse. Sie hatte die Hälfte dieser kostbaren Reserve in 50-Pfund-Noten abgehoben, die jetzt die Tasche ihres Leinenblazers deutlich ausbeulten. Sie fragte sich, ob sie die Quittungen aufbewahren sollte, ob die Ausgaben für ihren Wortbruch gegenüber Commander Glenning steuerlich absetzbar waren, auch wenn sie ihm nur implizit ihr Wort gegeben hatte.

Zumindest würden ihr keine Hotelkosten entstehen. Da war Dominique unerbittlich gewesen.

»Meine beste Freundin kommt zum ersten Mal seit Jahren nach Paris und glaubt tatsächlich, sie wird in einem *Hotel* wohnen?«, hatte Dominique gesagt und mit gespielter Entrüstung in der dritten Person von Flint gesprochen. »Sie muss von allen guten Geistern verlassen sein!«

»Dominique, es ist nicht Jahre her, und es ist den Kindern gegenüber nicht fair.«
»Was ist nicht fair?«, hatte sie gefragt, und Flint hatte sich vorgestellt, wie Dominique schon im Geiste die Jungs aus ihrem Zimmer scheuchte und sie in das Zimmer ihrer Tochter verbannte, über deren zaghafte Einwände einfach hinweghörte. »Und außerdem, wie soll Gilles dir helfen, wenn du in einem Hotel wohnst?«
Das war zwar nicht logisch, aber weitere Argumente wären fruchtlos gewesen. Flint gab nach und sagte: »Also schön, aber ich schlafe auf dem Sofa.«
»Auf welchem Sofa?«
»Dem großen, weißen Sofa, Dominique. Das in eurem Wohnzimmer steht.«
»Wir haben kein Sofa. Das ist ein Sessel. Wie willst du arbeiten, wenn du in einem Sessel schläfst?«
Sie tauchten am Ende des Tunnels wieder ins Tageslicht, und der Taxifahrer fragte: »Welche Fluggesellschaft?« »Air France«, erwiderte sie und spürte, wie das Taxi beschleunigte, als der Stau sich auflöste. Schwer bewaffnete Cops, die Glock-Automatikpistolen quer vor der Brust, patrouillierten paarweise vor dem Terminal. Zwei von ihnen waren am Eingang postiert, wo das Taxi Flint absetzte, und sie erkannte augenblicklich, um was für einen Typ von Polizisten es sich handelte. Arrogante Rambos, die sich durch ihre Feuerwaffen stark fühlten und jeden aufs Korn nahmen, der ihren Vorurteilen entsprach: Schwarze, Araber und nur so zum Spaß jede einigermaßen hübsche Frau.
»Entschuldigen Sie, Miss, wohin reisen Sie?«
Kurz geschnittenes Haar, rötlich braune Bartstoppeln auf den Wangen, unverschämte Augen, ein paar Sommersprossen im

Gesicht. Eher noch ein Junge als ein Mann, aber groß und durchtrainiert. Flint konnte sich einen Ringkampf mit ihm auf der Matte in Hendon vorstellen, konnte sich vorstellen, seinen Schweiß zu riechen, zu spüren, wie er sie bei jeder sich bietenden Gelegenheit begrapschte.

»Paris«, sagte sie.

»Nur einen Augenblick bitte.« Er musterte sie von oben bis unten mit unverfrorener Aufdringlichkeit. »Ich muss mir Ihr Flugticket und Ihren Pass ansehen. Hübsche Bluse.«

Sie wusste auf Grund seines Tonfalls, dass er »hübsche Titten« meinte, und sie wusste, dass er wollte, dass sie es wusste.

»Ich hole mein Ticket am Schalter ab«, sagte sie. *Ein Ticket, das nicht auf meinen richtigen Namen ausgestellt ist, aber mit diesem kleinen Detail werde ich Sie nicht behelligen, Officer.*

»Dann eben Ihren Pass.«

Sie zögerte – nur ganz kurz, aber es kam ihr vor wie eine Ewigkeit –, während sie überlegte, welchen sie ihm zeigen sollte: ihren richtigen Pass in der Blazertasche, der nicht mit dem Namen auf dem Ticket übereinstimmte, oder den falschen in ihrer Handtasche, passend zum Ticket. Ihrem Instinkt folgend, griff sie in die Blazertasche.

»Und was führt Sie nach Paris, Ms. Flint?« Er hatte den Pass aufgeschlagen und errechnete ihr Alter anhand des Geburtsdatums. »Beruf? Vergnügen? Ehemann? Freund?«

»Wieso?«

»Wieso was?«

»Wieso wollen Sie das wissen?«

»Weil ich es wissen will.«

»Das geht Sie nichts an.«

Er erstarrte, nahm Haltung an. »Rüber auf die Seite, Miss«, sagte

er und trat auf sie zu, so dass sie von der Tür zurückweichen musste, bis sie mit dem Rücken an die Wand stieß. »Ich frage Sie jetzt noch einmal. Warum reisen Sie nach Paris?«
Jetzt zog sie ihren Dienstausweis aus dem Blazer und hielt ihn ihm so dicht vors Gesicht, dass er ihr Foto und ihren Dienstgrad sehen konnte.
Er trat zurück und sagte: »Tut mir Leid, Inspector. Wir haben einen Code drei.«
»Nach wem suchen Sie?«
»Nach zwei Algeriern.«
»Männlich?«
Er nickte.
»Nicht nach weißen Frauen im mittleren Alter?«
Er grinste und schüttelte den Kopf, ein aufsässiger Junge, der bei einem Streich erwischt wurde.
»Dann machen Sie gefälligst Ihre Arbeit, Constable, und gehen Sie mir verdammt noch mal aus dem Weg.«
Er zuckte die Achseln und trat zur Seite, sah ihr nach. Sie konnte seinen Blick auf ihrem Rücken spüren, wie er den Stoff nach der Linie des BHs absuchte und sich die Dinge ausmalte, die er gern tun würde.

Fünftes Kapitel

I

Grace Flints schlimmster Alptraum, der sie, in feucht-klebrigem Schweiß gebadet, immer wieder zurück ins Bewusstsein schleuderte:

Ihr Vater steht in der Einfahrt ihres Hauses in Mid Compton und unterhält sich mit dem Postboten Tom Price. »Schätze, schlechte Nachrichten«, sagt Tom und händigt ihm einen Umschlag aus, der den Absender eines renommierten, auf der Harley Street in London ansässigen Optikers trägt. Price' pessimistische Analysen der Briefe, die er austrägt, sind wesentlicher Bestandteil seines Service.

Dr. John Flint, Tierarzt, schmunzelt. Aus den Augenwinkeln sieht er, wie seine Tochter ihren selbstmörderischen Lauf von der steilen Grasböschung herab beginnt, auf der das Haus steht.

»Wie kommst du darauf, Tom?«

Er fängt seine heranstiebende Tochter mühelos auf und schwingt sie im weiten Bogen auf seine Schultern. Grace Flint, vier Jahre alt, kreischt vor Vergnügen.

»Aus London ist noch nie was Gutes gekommen«, sagt Price. »Merken Sie sich meine Worte. Wie geht's uns denn heute, kleine Grace?«

»Mittagessen«, verkündet Grace feierlich. Ihr Vater reicht ihr den Umschlag, den sie festhalten soll.

»Kann ich Sie kurz mal wegen Bess sprechen?«, fragt Price.

»Natürlich. Was ist denn?«
»Wird langsam alt, denke ich, genau wie ich. Aber seit ein paar Tagen ist sie ganz schlapp, und ich glaube, sie wird taub. Kommt nicht, wenn ich sie rufe, nicht so wie sonst immer.«
John Flint, der die Krankengeschichte seiner Patienten im Kopf hat, sagt: »Na ja, sie ist elf, und das ist schon ganz ordentlich für einen Labrador. Am besten, Sie kommen mal mit ihr vorbei.«
»Passt es Ihnen heute Abend?«
»Heute Abend wäre gut.«
»Gegen sieben?«
»Abgemacht. Bis dann, Tom.«
»Alles klar, Doktor. Mach's gut, kleine Grace.«
Price steigt in seinen Postwagen und wendet in einem engen Kreis auf der Einfahrt. Mit einem Abschiedswinken biegt er in die Allen's Lane ein.
»Mittagessen«, wiederholt Grace und beugt sich über die Schulter ihres Vaters, um sein Gesicht durch die dicken Brillengläser zu mustern, die ihren Sehfehler beheben sollen. »Mummy hat gesagt, sofort.«
»Das heißt dann auch sofort. Auf geht's.«
»Lauf, Pferdchen«, sagt Grace.
»Okay, aufsatteln.«
Hoch oben auf seinen Schultern schiebt Grace die Füße unter die Arme ihres Vaters als Steigbügel und umklammert seinen Hals als Zügel.
»Galopp«, sagt sie.
Die Grasböschung ist kurz vor ihrem höchsten Punkt am steilsten, und Dr. Flint strauchelt beinahe, als er sie hochsteigt.
»Galopp, Galopp, Galopp«, brüllt Grace, treibt ihren Vater

Richtung Haus und benutzt den Umschlag aus London als Reitpeitsche.

Aber jetzt ist das Haus viel weiter weg, ein dunkler Umriss auf einem Hügel, und es ist später Oktober, nachdem die Zeit wieder umgestellt worden ist, und die Abenddämmerung schleicht immer früher heran. Grace hastet unruhig im Halbdunkel über die Allen's Lane, ihr junger Labrador – viel jünger als Bess – jagt mit der Ausgelassenheit eines Welpen voraus. Sie kommt um eine Biegung und sieht Tom Price durch die Dämmerung auf sie zukommen. Er wedelt mit den Armen, brüllt irgendwas, das Grace nicht verstehen kann. Jetzt ist sie auf seinen Schultern, und er läuft. Grace klammert sich verzweifelt fest, und ihr Po prallt schmerzhaft auf seine Schulterknochen.
Sie laufen die Einfahrt hoch auf die Scheune zu. Sie kommen an seinem Wagen vorbei, den er einfach schräg auf dem Weg abgestellt hat, mit grell leuchtenden Scheinwerfern. Sie betreten die dunkle Scheune, nur ganz weit hinten ist ein Lichtkegel, in dem ihr Vater vor seinem Operationstisch steht. Grace ruft nach ihm, aber er hört sie nicht. Als sie näher kommen, sieht sie, dass sein Kittel voller rubinroter Spritzer ist, die Farbe von Kirschen. Er hält etwas in der Hand.
Dann tritt er aus dem Lichtkegel, und sie kann ihn nicht mehr sehen. Sie feuert Tom an – »Galopp, Galopp« –, und er gehorcht, und sie fliegen durch die Dunkelheit auf das Licht zu, und dann bleibt er so plötzlich stehen, dass Grace den Halt verliert und von seinen Schultern purzelt, und sie fällt nach vorn, bis er sie packt, und sie baumelt vor seinem Bauch und starrt mit dem Kopf nach unten auf den Operationstisch, auf dem ihre Mutter liegt. Leblos. Die Zähne gebleckt. Hammerlöcher im Schädel.

Sie liegt auf dem Rücken, die Beine gebeugt, ihr Kleid hoch auf die Hüften geschoben, ihre Unterhose vom Gummizug bis hinunter in den Schritt zerfetzt, Blutspritzer auf ihren Oberschenkeln. An Kopf und Gesicht ist noch viel mehr Blut, eine klebrige braune Masse, die ihr Haar verfilzt und von der rechten Stirnhälfte bis zum Ohrläppchen reicht.
Das Bild ist unauslöschlich, aber es ist immer das Geräusch, das Flints Alptraum zu seinem unerträglichen Höhepunkt peitscht: von irgendwo tief in ihrem Innern der dumpfe Widerhall des gespenstischen Schreis ihres Vaters.

II

Devereaux stand auf den noch regennassen Stufen vor dem Reform Club, sog die erfrischte Abendluft ein und fragte: »Was meinst du, Harry? Sollen wir Shillings Burschen zu einem kleinen Dauerlauf animieren? Sehen, ob sie fit sind?«
»Du hältst mir den Rücken frei und ich dir?«
»So ähnlich.«
Cohen seufzte. »Nach der langen Zeit in Peters trauriger Gesellschaft wäre mir eher nach einem Drink, wenn es dir nichts ausmacht.«
»Prima Idee. Weißt du was? Wie wär's, wenn du mit zu mir kommst, dann kannst du auch Belinda mal guten Tag sagen?«
Lady Belinda, genauer gesagt, aber so sprach man sie nur auf eigenes Risiko an. Bel mochte ja Erbin eines jener großen Grundbesitze sein, zu denen noch immer ein beträchtlicher Teil Londons gehört, und eine entfernte Verwandte der Queen, aber sie war eine Rebellin. Sozusagen eine Verweigerin aus Gewissens-

gründen gegenüber ihrem Stand, die sich lautstark für alle möglichen wenig Erfolg versprechenden Ziele engagierte – gegen die Fuchsjagd und ein elitäres Bildungssystem beispielsweise; für die Rechte der Schwulen und die Abschaffung des House of Lords. Rank und schlank, groß wie ein Mannequin, das lange blonde Haar lässig hinter die Ohren geschoben, ragte sie aus jeder Menschenmenge heraus, und nachdem sie einmal bei einer Demonstration fotografiert worden war, hatte irgendein Oberschlauer in Thames House – vermutlich ohne zu ahnen, dass sie und Devereaux ein Paar waren – ihren Namen auf die vom Secret Service geführte »Beobachtungsliste« für potenzielle Staatsfeinde gesetzt. Cohen hatte dagegen sein Veto eingelegt, mit der Begründung, dass der Staat doch wohl kaum etwas von einer Frau zu befürchten hatte, die regelmäßig in *Country Life* als Model für elegante Regenkleidung von Burberry's auftrat. Und nein, er hielt es nicht für verdächtig, dass sie ihre Mannequingagen Amnesty International stiftete.

Cohen fand sie zauberhaft. Sie und Devereaux hatten am Eaton Square eine weitläufige Wohnung über zwei Stockwerke, und nach seinem jähen Abschied vom Service hatte Cohen am meisten bedauert, dass Annie und er nicht mehr in den Genuss von Bels spontanen, improvisierten Abendessen kamen, die stets in ausgelassener Stimmung verliefen. Als Annie starb, war Bels hingekritzelte Beileidskarte die einzige, die er nicht unterkühlt oder frömmelnd oder gefühlstriefend fand: *Harry, ich bin so wütend um Deinetwillen! SO GOTTVERDAMMT WÜTEND!*

Cohens Ansicht nach war an ihr nichts, aber auch gar nichts Verstelltes, und sie war auch jetzt nicht bereit, so zu tun, als wäre seine Rückkehr an den Eaton Square ein unerwartetes Ereignis. Sie kam ihnen in der Diele entgegen, strahlend vor Freude, und

drückte ihn herzlich. »Die Drinks stehen oben im Arbeitszimmer, damit ihr eurer Schwätzchen halten könnt, aber dann gehörst du mir, Harry Cohen, den ganzen Abend.«
Devereaux goss großzügig zwei Malzwhisky ein (von einer Brennerei im schottischen Hochland, die Bels Familie gehörte) und gab sein Täuschungsmanöver indirekt zu. »Ich dachte, wir unterhalten uns mal unter vier Augen, nur wir beide. Tauschen ein paar Ideen aus. Was dagegen?«
»Nein«, sagte Cohen. »Ich bin nur beunruhigt, weil du denkst, ich hätte noch irgendwelche Ideen außer der offensichtlichen.«
»Flint zu finden.«
»Genau. Die Frage ist, wie. Wenn du die Wahrheit wissen willst, ich habe nicht die blasseste Ahnung.«
Devereaux nickte, als hätte Cohen etwas Kluges gesagt.
»Paris ist natürlich der Schlüssel. Aber weder in Harlings eidesstattlicher Erklärung noch in ihren Notizen findet sich irgendein Hinweis, warum sie nach Paris gefahren ist. Wenn sie nach Nizza gereist wäre, hätte ich angenommen, dass Maitlands Behauptung, viele russische Kunden der Bank lebten an der Riviera, dahinter steckte, aber wieso Paris? Ich vermute stark, dass in den paar Tagen nach ihrer Rückkehr aus der Karibik und vor ihrem Verschwinden irgendwas passiert ist. Sie hat was herausgefunden, irgendein Indiz oder eine Spur, und ist daraufhin untergetaucht. Aber was?«
»Hat sie mit irgendwem gesprochen? Irgendwelche Telefongespräche?«
»Zwei«, sagte Cohen. »Eins mit ihrem von ihr getrennt lebenden Mann, um sich zum Mittagessen zu verabreden, und eins mit dem Restaurant, um einen Tisch zu reservieren. Nichts Ungewöhnliches, wie es scheint. Er sagt, sie seien noch immer gut be-

freundet und würden sich von Zeit zu Zeit treffen. Er sagt auch, das Essen sei ereignislos verlaufen. Wie üblich hat sie nicht über ihre Arbeit gesprochen, und sie hat auch nicht durchblicken lassen, dass sie vorhatte, nach Paris zu reisen.«

»Freunde?«

»Soweit ich feststellen konnte, hat sie keine. Bei ihrem Job ist das auch nicht verwunderlich. Schließlich konnte sie ja nicht gut riskieren, irgendwo einer alten Freundin über den Weg zu laufen, wenn sie sich gerade als Schweizer Bankerin ausgab oder so.«

»Nein«, sagte Devereaux.

»Grace!«, sagte Cohen und nahm eine hohe Falsettstimme an. *»Das ist ja eine Überraschung!«*

»Sehr unangenehm.«

»Grrrace!«, sagte Cohen mit pseudorussischem Akzent. *»Ich dachte, Sie heißen Hildegard!«*

Devereaux lachte leise. »Das käme gar nicht gut an. Wie sieht's mit der Familie aus?«

»Sie hatte keine Geschwister, und die Mutter ist tot. Ihr Vater lebt noch und er hat sie auch angerufen. Hat eine Nachricht auf ihrem Anrufbeantworter hinterlassen und gefragt, ob sie von ihrer Reise zurück ist. Aus der Telefonrechnung geht hervor, dass sie nicht zurückgerufen hat, aber danach wollte ich ihn noch fragen.«

»Du fährst also zu ihm?«

»Das hatte ich vor.«

»Gut. Ich sage immer, wenn jemand verschwunden ist, geh zurück zu den Anfängen.«

Von unten klang Bels rauchiges Lachen zu ihnen herauf.

»Was geht in ihr vor, Harry? In unserer Gracie? Was treibt sie an?«

»Wut«, sagte Cohen leise. »Zorn.«

III

Cohen ließ sich Zeit auf dem Weg nach Mid Compton, fuhr gemächlich in seinem altehrwürdigen Alfa Romeo Richtung Westen. Er wollte Zeit zum Nachdenken haben. Er wollte auch den Augenblick hinauszögern, an dem er die Geister beschwören musste, die er in einer Kieferntruhe am Fußende von Grace Flints Bett gefunden hatte. Er hatte sich an ihren Tisch gesetzt, hatte die Tagebücher ihrer Jugend nach Hinweisen durchsucht, was diese Frau geprägt haben mochte, und er war fasziniert und entsetzt zugleich gewesen.

Er mied die Schnellstraßen, folgte dem Lauf der Themse bis nach Swinford, von wo aus er über kleinere Landstraßen gen Norden zuckelte. Dr. Flint gegenüber war er hinsichtlich seiner Ankunftszeit ebenso vage gewesen wie hinsichtlich des Zwecks seines Besuches. Er hatte lediglich behauptet, er sei »für das Innenministerium tätig«, und gesagt: »Ich habe einige Fragen zu Ihrer Tochter.« Der Doktor hatte ihn nicht bedrängt. Er sagte, falls Cohen rechtzeitig zum Mittagessen in Mid Compton sei, könnten sie sich im Pub *Horse and Hound* treffen. »Leider nur Kneipenfraß, aber immer noch besser als meine Kochkünste.«

Auf dem Zeitungsfoto, das in einem der Tagebücher seiner Tochter klebte, sah John Flint aus wie Lord Byron. Es war offensichtlich ein Archivfoto, und es unter den gegebenen Umständen abzudrucken, erschien Cohen höchst unpassend, denn es prangte unter der fetten Schlagzeile: SORGE UM TIERARZTFRAU WÄCHST. Dabei sah er mit dem leicht schräg gehaltenen Kopf, wodurch die breite Stirn und die lange Nase noch betont wurden, mit dem angedeuteten Lächeln um seinen sinnlichen Mund alles andere als besorgt aus. Cohen musste vielmehr

an eine Zeile aus Byrons *Don Juan* denken: »Kühl, englisch, bombenfest wie ein Prinzip.«
Achtundzwanzig Jahre später sah der einzige Gast an der gemütlichen Bar im *Horse and Hound* abgerissen und ein wenig verwahrlost aus. Sein Hemdkragen war ausgefranst, an seinem Jackett fehlte ein Knopf. Unter dem Kinn bemerkte Cohen ein kleines Dickicht aus grauen Stoppeln, die beim Rasieren übersehen worden waren. Obwohl er noch keine sechzig war, wirkte er gebrechlich und besiegt. Nur die Kraft seines Händedrucks und seiner Überzeugung straften Cohens ersten Eindruck Lügen.
»Grace lebt«, sagte er mit Bestimmtheit, als sie die üblichen Höflichkeiten austauschten. Er ließ Cohens Hand nicht los. »Wenn sie tot wäre, würde ich es nämlich wissen. Grace ist noch nie etwas Schlimmes zugestoßen, ohne dass ich es nicht gespürt hätte. Das ist wie ein physischer Schmerz. Verstehen Sie?«
Cohen sagte vorsichtig: »Ich habe keinen Grund zu der Annahme, dass Grace tot ist.«
»Gut!« Flint lächelte, und seine Lippen waren plötzlich so voll wie eh und je, so dass sein gesamtes Gesicht auflebte. »Dann werden wir gut miteinander klarkommen. So, was darf ich Ihnen anbieten?«
Er tat Cohens Einwand, sein Mittagessen selbst bezahlen zu wollen, mit einer Handbewegung ab, hantierte hinter der Theke herum, als sei er der Gastwirt, goss ihnen etwas zu trinken ein und reichte Cohen die bescheidene Speisekarte.
»Da ich nicht besonders gern koche, bin ich praktisch hier zu Hause«, sagte er zur Erklärung.
Cohen nippte an der Limonade, die er bestellt hatte, und überlegte, wie er anfangen sollte.
»Haben Sie nie daran gedacht, noch mal zu heiraten?«, sagte er

und fragte sich im selben Moment, ob dieser Schritt ins Minenfeld nicht doch zu abrupt war.

Flint schüttelte den Kopf. »Sie wollen mehr darüber wissen, nehme ich an. Ich meine, über Grace' Mutter.« Er lächelte erneut, aber jetzt irgendwie kümmerlich. »Grace' Mutter«, wiederholte er. »Seltsam, nicht? Nach all den Jahren bring ich es noch immer kaum fertig, ihren Namen auszusprechen.«

Marie-Madeleine Flint, geborene Gilbert, war ihr Name, doch ihr Mann und ihre zahlreichen Freunde nannten sie »Mad«. Als gebürtige Amerikanerin französischer Abstammung war es ihr wohl nicht an der Wiege gesungen worden, dass sie einmal die Ehefrau eines englischen Landtierarztes werden würde, und John Flint war noch immer der festen Überzeugung, dass sie beide schlicht und ergreifend das Schicksal zusammengeführt hatte. Mad war in ihrem zweiten Studienjahr am Barnard College, als der Volvo ihrer Eltern – auf der Fahrt von Bethesda nach New York zum »Barnards Familienwochenende«, Mads jüngerer Bruder ungeduldig auf der Rückbank – auf der Interstate 95 neun Meilen vor Newark auf einen Tanklastzug auffuhr. Alle drei Gilberts kamen in dem brennenden Wagen ums Leben.

»Mad brach ihr Studium nicht ab«, sagte Flint, »was ich unter den gegebenen Umständen für ziemlich bemerkenswert hielt, aber andererseits war sie kein Mensch, der sich unterkriegen lässt. Nicht ...«

Flint riss sich aus seinen Gedanken und nahm den Faden wieder auf.

Ihr Urgroßvater stammte aus La Rochelle, Französisch war ihre große Leidenschaft, und sie studierte es im Hauptfach. Erst nach ihrer Abschlussprüfung nahm Mad sich die Zeit, sich mit ihrer

Trauer auseinander zu setzen. Durch die ausgezahlte Versicherungssumme und das Erbe ihrer Eltern konnte sie so ziemlich alles tun, was sie wollte, und sie ging auf unbestimmte Zeit nach Frankreich. Sechs Monate lang, vielleicht auch länger (Flint wusste es nicht genau), erkundete sie das Land ihrer Vorfahren, nur ihren eigenen Launen und den Unwägbarkeiten des Wetters unterworfen. Da ihr die Provence Anfang August zu heiß war, machte sie sich etwas früher als geplant auf den Rückweg nach Paris und lernte John Flint im Speisewagen des Zuges kennen. Sie unterhielten sich drei Stunden lang, und als sie am Gare de Lyon ankamen, bestand er darauf, sie im *Train Bleu* zum Mittagessen einzuladen, ein Luxus, den er sich kaum leisten konnte, da er noch Student am Royal Veterinary College war. Sie dehnten das Mittagessen bis weit in den Nachmittag aus, und danach war er restlos hingerissen und überzeugt davon, seiner zukünftigen Frau begegnet zu sein. Sie jedoch war eher hin und her gerissen, so sagte sie wenigstens. Sie fand ihn zu impulsiv, zu verrückt – was immer das heißen sollte – und, überhaupt, zu groß. Aber wie hätte er denn *nicht* impulsiv sein können, beim reizendsten Geschöpf, das ihm je unter die Augen gekommen war? Wer wäre angesichts ihres Charmes denn nicht verrückt geworden? Und wenn sie seine Größe störte, so sagte er, würde er sich an den Knien abschneiden.

Er weigerte sich, Paris zu verlassen, und machte ihr hartnäckig den Hof. Am Ende jenes zauberhaften August wurden sie in einem kleinen Hotel an der Avenue Mozart ein Liebespaar. Als er schließlich zu Beginn des neuen Semesters nach London zurückkehren musste, begleitete sie ihn. Da sie nichts mehr an Maryland band, kehrte sie nie wieder dorthin zurück.

»Eine Woche nach meinem Examen haben wir geheiratet«, sagte

Flint mit ausdrucksloser Stimme. Er hatte vergessen, das Essen zu bestellen. Er stand hinter der Bar, die Hände auf der Theke, und starrte ins Leere.

Das Leben mit Mad Flint war für ihn in keiner Weise enttäuschend. In ihr brodelten der Optimismus der Neuen Welt und eine Energie, die ansteckend war und waghalsige Unternehmungen wie bloße Herausforderungen erscheinen ließ. Sie war überzeugt – und brachte auch ihren Mann zu der Überzeugung –, dass es keinen erdenklichen Grund gab, warum er, frisch von der Uni, nicht seine eigene Tierarztpraxis eröffnen sollte. Mit ihrem Geld kauften sie das alte Farmhaus an der Allen's Lane, bauten die Scheune zu seiner Praxis um, scheuten keine Kosten für die Einrichtung und hängten dann sein Schild auf. Und als er sie in der ersten Zeit, da er mit seiner Praxis noch nicht ausgelastet war, mit seinen ausgedachten Kriminalgeschichten unterhielt, war sie plötzlich überzeugt – und brachte auch ihn zu der Überzeugung –, dass es keinen erdenklichen Grund gab, warum er seine Geschichten nicht gewinnbringend veröffentlichen sollte. Und dann wurde Mad, zu ihrer beider Freude, schwanger. Spät am Abend, wenn seine stationären Patienten versorgt waren und Flint am Entwurf seines ersten Manuskriptes bastelte, lag sie auf dem alten Ledersofa in seinem Arbeitszimmer und schlug ihm unmögliche Namen für seine Figuren vor. Das Manuskript wurde von dem ersten Verleger, dem er es schickte, für die erstaunliche Summe von 500 Pfund gekauft. Drei Tage später wurde Grace geboren, und zum zweiten Mal in seinem Leben spürte Flint, was bedingungslose Liebe bedeutet.

»Das klingt bestimmt alles wie sentimentales Gewäsch«, sagte Flint, aus seinen Erinnerungen auftauchend.

»Nein«, sagte Cohen. »Für mich nicht.«

»Nein? Sind Sie verheiratet? Haben Sie Kinder?«
»Wir hatten uns Kinder gewünscht, aber …« Er spürte einen Kloß im Hals. »Meine Frau ist auch gestorben.«
»Das tut mir Leid. Darf ich fragen, woran?«
»Krebs. Man hat einen Gebärmutterhalsabstrich fälschlicherweise negativ diagnostiziert. Als der Fehler bemerkt wurde, waren schon ihre Lymphdrüsen befallen. Dann hatte sie Metastasen in beiden Brüsten. Schließlich in der Lunge. Sie war 34, als sie starb.«
Flint zuckte zusammen. »Mein Gott! Sie armer Kerl. Manchmal vergesse ich, dass ich nicht der einzige Mann auf der Welt bin, der seine Frau verloren hat.«
»Aber was ist schlimmer?«, fragte Cohen. »Zuzusehen, wie ein Mensch, den man liebt, stirbt, oder niemals zu wissen, wie und warum?«

Flints Gesicht war wächsern. Seine Sätze wurden von langen Pausen unterbrochen, als hätte er Mühe, sich an die Ereignisse zu erinnern. Cohen hatte jedes Zeitgefühl verloren. Die meiste Zeit lauschte er bloß stumm, weil es kaum etwas Sinnvolles gab, was er hätte sagen können.
»Es war an einem Samstag … im Oktober … Ich hatte Gracie mit zu meinen Hausbesuchen genommen. Wir kamen gegen fünf zurück, und von ihrer Mutter oder dem Hund war nichts zu sehen. Ich hab gedacht, sie machen vielleicht einen Spaziergang, aber das war ganz ungewöhnlich für …«
Er brach ab, und Cohen wartete auf den Ausgang von Flints innerem Kampf.
»Mad … Es war ganz ungewöhnlich für Mad, dass sie nicht da war, wenn Gracie nach Hause kam und ihren Tee wollte. Jeden-

falls setzte ich Gracie vor den Fernseher und machte mich auf die Suche nach ihnen. Ich war etwa eine Stunde unterwegs … Keine Spur von ihnen. Dann machte ich mir Sorgen, weil Gracie allein war. Außerdem dachte ich, dass ihre Mutter vielleicht schon wieder zu Hause war und sich fragte, wo zum Teufel ich denn blieb. Also machte ich kehrt, und dann sah ich Tom Price in seinem Lieferwagen den Midford Gap hochkommen … Er ist der Postbote, das heißt, er war es … Ich stoppte ihn, erzählte ihm alles, erzählte ihm von Mad, und er sagte, er würde die Allen's Lane entlangfahren und nach ihr Ausschau halten … Ich ging zurück, holte Gracie und nahm den Pfad durch die Felder. Sie war zu müde zum Gehen, deshalb setzte ich sie mir auf die Schultern. Wir gelangten zur Allen's Lane, und es wurde allmählich dunkel. Plötzlich hatte ich diese schreckliche Vorahnung … Ich fing an zu laufen … Weiß der Himmel, wo ich eigentlich hinwollte, aber als ich um die Biegung kam, sah ich Price' Wagen. Die Fahrertür stand offen, und die Scheinwerfer waren an, und der Wagen parkte völlig verquer … Es stellte sich heraus, dass Tom irgendwas im Graben gesehen hatte. Er hatte den Wagen angehalten und nachgesehen, und es war Hector, unser Hund … eigentlich Gracies … ein junger Labrador … Er lag auf der Seite und sah aus, als hätte ihn jemand ganz entsetzlich zugerichtet. Er blutete stark aus dem Maul. Er wollte Tom nicht an sich ranlassen … fletschte die Zähne wie ein Wolf … Dann sah Tom uns und kam uns entgegengelaufen, wollte mich vorwarnen … ich hörte nicht auf ihn. Ich hab überhaupt nicht hingehört … Ich rannte bloß zu dem Graben, und Gracie fiel vornüber, und ich fing sie auf, und da hing sie, kopfüber, nur einen Meter von ihrem Hund entfernt. Das Einzige, woran ich denken konnte, war … ihre Mutter. Ich wusste, dass ihr etwas

Entsetzliches zugestoßen sein musste … Ich konnte mich nicht bewegen … Wissen Sie, was ich gemacht habe? Ich bin einfach so stehen geblieben … Meine Tochter hing über dem geifernden kleinen Welpen, und ich stand bloß da und hab geheult wie ein Schlosshund. Jedenfalls, irgendwann hab ich mich dann doch zusammengerissen … Ich hab Tom gesagt, er soll Gracie nach Hause bringen, und ich hab ihm gesagt, er soll die Polizei anrufen, während ich weiter nach … meiner Frau suchte. Inzwischen war es schon ziemlich dunkel, und ich hatte keine Taschenlampe dabei … Na ja, es war hoffnungslos … Ich konnte nichts sehen. Ich beschloss, bei Hector zu bleiben und ihn zu beruhigen, so gut es ging, aber ich konnte sehen, dass er in einen Schockzustand fiel, also rannte ich rüber zur Scheune, um meine Tasche zu holen … Als ich gerade wieder zurück zur Straße kam, tauchte Frank Dawson auf. Er ist der Dorfpolizist, das heißt, war es damals … Wir haben keinen mehr … Wenn jetzt irgendwas passiert, müssen wir Banbury verständigen, was natürlich ungemein effektiv ist … Na ja, Frank war auch nicht gerade effektiv. Nicht besonders. Nicht für so was … Jedenfalls …«

Flint schüttelte den Kopf, um ihn klar zu bekommen.

»Ich gab Hector eine Spritze, um ihn ruhig zu stellen. Der arme kleine Kerl wollte nach mir schnappen, aber er konnte nicht, weil sein Kiefer gebrochen war … Ich betäubte ihn mit Pentobarbital, und wir legten ihn hinten in Franks Wagen und brachten ihn zur Scheune. Ich untersuchte ihn rasch und stellte fest, dass nichts gebrochen war, außer dem Kiefer, aber sein Rücken und seine Flanken waren mit Blutergüssen übersät, und ich fürchtete, dass er vielleicht innere Verletzungen hatte … Seltsam, wenn man drüber nachdenkt … Da lag meine Frau irgend-

wo da draußen, im Sterben oder schon tot, das dachte ich zumindest, und ich bemühte mich um einen Hund … Finden Sie das nicht komisch? Ich meine, ich weiß, dass ich dazu ausgebildet bin, aber, trotzdem, was hab ich mir bloß dabei gedacht?«
Diese Frage ließ ihn stocken, deshalb sagte Cohen: »Sie hätten doch nichts tun können. Nicht im Dunkeln. Sie haben gesagt, dass es hoffnungslos war.«
»Dennoch …«
»Was hat Dawson gemacht?«
»Oh, der hat vom Haus aus Banbury verständigt, und die haben gesagt, sie würden ein paar Männer rüberschicken. Wir sollten auf sie warten und uns nicht allein auf die Suche machen … Ich weiß nicht, warum sie das gesagt haben.«
»Routine, würde ich sagen«, meinte Cohen. »Sie wollten nicht, dass Sie Spuren zertrampeln, falls es welche gab. Ich bin sicher, es war richtig, dass Sie sich um den Hund gekümmert haben. Und Sie mussten sich auch noch um Gracie kümmern.«
»Aber das hab ich nicht, ehrlich gesagt. Sie wollte immer wieder in die Scheune. Sie war hysterisch … Ich wollte nicht, dass sie Hector noch einmal sieht, nicht in seinem Zustand. Er war voller Blut. Ich hab Tom gebeten, mit ihr ins Haus zu gehen. Seine Frau herzubitten, dass sie sich um Gracie kümmert.«
»Und dann?«
»Die Polizisten sind gekommen, die aus Banbury. Es kam mir vor, als hätte es Stunden gedauert, aber das stimmt wahrscheinlich nicht. Uniformierte, vier oder fünf … Ich weiß es nicht mehr. Einer von ihnen ist bei mir geblieben, während Frank die anderen runter zu der Stelle geführt hat, wo ich Hector gefunden hatte. Dann sind zwei Detectives gekommen. Sie wollten im Haus nach Spuren suchen, ob vielleicht jemand mit Gewalt

eingedrungen ist … Ich hab ihnen gesagt: ›Wir schließen nie ab‹ … Damals jedenfalls nicht. Dann wollten sie wissen, ob irgendwelche Sachen von Mad fehlten. Ihr Koffer, Kleidung, Kosmetika … Lächerlich, hab ich gedacht. Da haben wir gerade den Hund halb totgeprügelt gefunden, und die fragen mich, ob sie vielleicht einen Grund hätte, mich zu verlassen. Irgendwelche Streitereien? War sie deprimiert? Gab es vielleicht jemanden, mit dem sie fortgegangen sein könnte oder den sie besuchte? Sie haben gemeint, dass der Hund ihr vielleicht hinterhergelaufen und von einem Auto angefahren worden war, verstehen Sie. Ich hab ihnen gesagt: ›Der Hund ist nicht überfahren worden. Der Hund ist mit einer Eisenstange geschlagen worden.‹ Ich fürchte, ich bin ziemlich ausfallend geworden.«

»Ist denn nicht noch in derselben Nacht nach ihr gesucht worden?«

»Nicht viel, so hat Frank mir jedenfalls erzählt. Aber fairerweise muss ich sagen, es war sehr dunkel … Es gab keinen Mond, es hatte angefangen zu regnen, und es war richtig scheußlich draußen. Sie haben eine Plane über die Stelle gelegt, wo wir Hector gefunden hatten, und die Straße abgesperrt. Zwei Polizisten sind in einem Streifenwagen da geblieben und haben Wache geschoben, und die übrigen sind bis zum Morgengrauen verschwunden … Viel mehr hätten sie wohl auch nicht tun können.«

»Aber dann haben sie doch wohl eine richtige Suchaktion durchgeführt?«

»Oh, das kann man wohl sagen. Sonntag haben sie angefangen, den ganzen Tag gesucht, und Montag wurde dann Verstärkung aus dem gesamten County angefordert. Ich schätze, irgendwann waren an die zweihundert Leute da … Hunde, Hubschrauber … Schließlich haben sie sogar die Armee dazugeholt … Nein, in der Hinsicht kann ich mich nicht beschweren. Sie haben alles in ihrer Macht Stehende getan: alle Leute in der Gegend befragt, an den wichtigsten Straßen Kontrollpunkte eingerichtet, ihr Foto überall aufgehängt.«

Das Bild einer lachenden Frau, die eher apart war als schön, hatte Cohen gedacht, als er es aus der Innenlasche von Grace' Tagebuch gezogen hatte; die Lippen ein bisschen zu voll, die Nase ein klein wenig schief, vermutlich durch irgendeinen Unfall in der Kindheit.

»Und sie haben nichts gefunden, überhaupt nichts?«, fragte er, obwohl er die Antwort bereits kannte.

»Nichts. Es war, als hätte es sie nie gegeben.«

Wie die Mutter, so die Tochter, dachte Cohen.

Flint hatte Mühe, sich in den Alfa zu quetschen. Seine Beine waren zu lang, und er saß ziemlich verbogen auf dem Beifahrersitz, die Knie fast auf der Brust. Cohen fuhr vorsichtig und machte, Flints Anweisungen folgend, einen Umweg, so dass sie sich der Glebe Farm von Westen her näherten, um nicht an der Stelle vorbeizukommen, an der Mad Flint aller Wahrscheinlichkeit nach entführt worden war. »Eigentlich albern«, entschuldigte sich ihr Mann. »Ich kann die Stelle nämlich vom Haus aus deutlich sehen.«

Es war lange her, dass die Glebe Farm noch ihrem Namen gerecht geworden war. Das meiste Land war verkauft worden, bis auf einen großen Garten, der sich bis zur Allen's Lane erstreckte. Eine Einfahrt durchschnitt ihn und führte bis zu einem viereckigen Hof, wo Cohen den Alfa neben Flints verschlammtem Land Rover im Windschutz einer Scheune parkte; offensichtlich hatte

Flint dort seine Praxis, denn Cohen hörte Tierlaute aus der Scheune dringen. Eine Steintreppe führte vom Hof eine Böschung hinauf, auf der das Haus stand. Es war ein robustes rotes Ziegelgebäude, doch Cohen sah, dass die verzierten Fenstersimse im Erdgeschoss bröckelten, dass die Farbe von den Fensterläden blätterte – kleine Schäden, die dem Haus die gleiche Aura leichter Verwahrlosung verliehen, wie sie ihm an dessen Besitzer aufgefallen war.

Flint ging voran, stieß die Haustür auf, marschierte mit seinem ausladenden Gang einen kahlen Korridor entlang, während Cohen in seinem Schlepptau Einzelheiten registrierte. Der Seegrasteppich auf dem Boden hatte schon bessere Zeiten gesehen, und es gab weder Bilder noch irgendwelchen dekorativen Firlefanz, um die Eintönigkeit der vergilbten Wände zu durchbrechen. Vier geschlossene Türen, zwei auf jeder Seite, führten in Räume, die, wie Cohen vermutete, kaum benutzt wurden. Eine breite Treppe verlor sich nach oben in der Dunkelheit. Daneben, am Ende des Ganges, sah er eine offene Tür, durch die Flint bereits verschwunden war. Ein Männerhaus, dachte Cohen, aus dem die beiden Frauen in Flints Leben gegen ihren Willen entfernt worden waren.

Er wollte mich aus dem Weg haben!!! hatte Grace Flint mit fünfzehn Jahren in ihr Tagebuch geschrieben. Warum??? Die Tinte, die sie benutzt hatte, war giftgrün, die Farbe von Paranoia.

»Je länger es dauerte, desto schlimmer wurde es«, hatte Flint zu Cohen gesagt, als er hastig den Teil der Geschichte erzählte, den er möglichst schnell hinter sich bringen wollte. »In den ersten Wochen und Monaten saßen wir wie auf glühenden Kohlen, warteten darauf, dass sie endlich die Leiche fanden – zumindest war es bei mir so. Ich weiß nicht genau, was in Gracie vor sich ging. Sie war so still, so in sich gekehrt, ich konnte sie nicht erreichen. Im Laufe der Monate und dann Jahre dachte ich, es würde besser werden, aber weit gefehlt. Schließlich wurde ich nicht mehr damit fertig. Ich meine nicht im praktischen Sinne. Ich hatte eine Haushälterin eingestellt, die bei uns lebte, daher war Gracie gut versorgt. Aber ihre Trauer wurde mir unerträglich. Ich kann mich nicht erinnern, dass sie in fünf Jahren, fast sechs, einmal gelacht hätte. Wenn sie von der Schule kam, verkroch sie sich bis zum Abendessen auf ihrem Zimmer. Dann saß sie am Tisch und sprach kein Wort, es sei denn, ich stellte ihr eine Frage. Ich schwatzte irgendwas, erzählte von meinem Tag, von den Patienten, überlegte, was wir am Wochenende unternehmen könnten, und sie saß einfach nur da und beobachtete mich. Sie hatte keine Freundinnen, ging nie spielen. Können Sie sich vorstellen, wie eigenartig das ist? Ein kleines Mädchen, das sich benimmt wie eine alte Frau. Wie eine alte Frau, die einen Schlaganfall hatte? Nach dem Abendessen ging sie immer schnurstracks auf ihr Zimmer und ins Bett, und wenn ich ihr gute Nacht sagen wollte, tat sie so, als ob sie schon schliefe. Aber vielleicht tat sie nicht nur so; vielleicht war das ihre Art von Flucht. Ich habe versucht, Hilfe für sie zu bekommen, aber damals war es mit der psychologischen Betreuung von Trauernden noch nicht so weit her. Die haben bloß gesagt, sie würde schon drüber wegkommen.«

»Und natürlich wurde der Fall nie abgeschlossen.«

»Was für eine fürchterliche Ausdrucksweise – aber nein, Sie haben Recht. Der Fall wurde nie abgeschlossen.«

»Gab es irgendwelche Verdächtigen?«

»Eigentlich nicht. Die Polizei kam zu dem Schluss, dass Mad entführt worden sein musste, und man mutmaßte, dass es jemand aus der Gegend war, und sie haben jeden Mann jeden Alters im Umkreis von etlichen Meilen verhört, aber sie hatten keinerlei Spuren, mit denen sie hätten arbeiten können. Möglicherweise hatte der Täter Blut von Mad oder Schlamm auf seine Kleidung bekommen, aber auf dem Land ist das nichts Besonderes. Ich meine, Menschen, die auf dem Feld und mit Tieren arbeiten, werden nun mal schmutzig und kriegen auch schon mal Blut ab. Natürlich hatten sie den einen oder anderen Verdächtigen und haben dann dessen Kleider auf Blutspuren hin untersucht, aber dabei ist nie etwas herausgekommen.«

»Es wurde niemand festgenommen?«

Flint erwiderte ohne Zögern: »Doch, am Ende, ich.«

»Die Polizei hat geglaubt, Sie hätten Ihre Frau getötet?«

»Gracie hat es geglaubt.«

Cohen war darauf vorbereitet gewesen.

ER HAT MUMMY UMGEBRACHT!!! Wütende, grüne Großbuchstaben in kindlicher Handschrift.

Cohen saß in John Flints Küche an einem langen rechteckigen Eichentisch und sah zu, wie der Tee gekocht wurde. Zwei Beutel Earl Grey, zwei große Tassen Wasser, das in der Mikrowelle erhitzt wurde. Er sagte: »Und Sie hatten all die Jahre über keine Ahnung, was in ihr vorging? Trotz Ihrer Nähe zu ihr?«

»Nein. Nicht die geringste. Milch?«

Cohen lehnte ab. Er hätte gern Zitrone gehabt, aber er wollte den Bann nicht brechen.

»Eines Morgens wachte ich auf ... ich glaube, es war der vierte oder fünfte August 1982, so um den Dreh ... Fast elf Jahre nach Mads Verschwinden ... Es war etwa sechs Uhr morgens, und ich hörte Lärm in der Einfahrt. Ich blickte aus meinem Schlafzimmerfenster und sah einige Autos da stehen und eine Gruppe von Männern, die die Treppe heraufkam. Der Einzige, den ich kannte, war Frank Dawson. Als ich die Tür aufmachte, konnte er mir nicht in die Augen sehen, und da wusste ich, dass irgendwas Schlimmes passiert sein musste.«

Flint setzte sich müde Cohen gegenüber, schob eine der Tassen über den Tisch.

»Mein erster Gedanke war, dass Gracie irgendwas zugestoßen war. Sie war seit etwa vier Jahren in Tudor Hall, und es hatte einige Probleme gegeben. Nichts Gravierendes, aber sie hatte sich angewöhnt, nachmittags abzuhauen. Ein paarmal hatte man sie irgendwo draußen mit Jungs von der städtischen Jungenschule erwischt, und die Schulleiterin hatte schon mehrfach mit Schulverweis gedroht. Außerdem rauchte sie Zigaretten, solche Sachen. Jedenfalls dachte ich ... Na ja, Sie können sich vorstellen, was ich dachte ... Nach dem, was mit ihrer Mutter passiert war ...«

Cohen dachte, *Wie konnte er sie bloß nur eine Sekunde aus den Augen lassen?*

»Sie hatte eine Freundin, ein Mädchen aus ihrer Schule. Sie hieß Olivia, und die beiden wurden die schrecklichen Unzertrennlichen. Sie stachelten sich gegenseitig auf, gerieten immer gemeinsam in Schwierigkeiten. Offen gestanden störte mich das überhaupt nicht. Ich war so froh, dass sie endlich eine Freundin gefunden hatte. Es machte mir noch nicht mal was aus, dass sie auch in den Ferien immer lieber mit zu Olivia nach Hause fahren wollte. Sie wohnte in der Nähe von London, und ich habe einfach angenommen, dass das für ein Mädchen im Teenageralter sehr viel spannender sein müsste als Mid Compton ... Und dann waren da natürlich noch die Erinnerungen. Ich konnte verstehen – das heißt, ich *dachte,* verstehen zu können –, warum sie nicht herkommen wollte.«

»Sie ist nie nach Hause gekommen?«

»Manchmal. Tudor Hall ist keine Autostunde entfernt, und sie kam während der kurzen Ferien und gelegentlich übers Wochenende. Um ehrlich zu sein, das Ganze war so zermürbend geworden, dass ich es für besser hielt, wenn sie nicht nach Hause kam. Ich wusste nicht, was ich machen sollte, verstehen Sie? Wie ich ihr hätte helfen können. Ich dachte, sie brauchte Freiraum. Ich begriff nichts.«

»Bis die Polizei kam.«

»Genau. Ich war wie vor den Kopf geschlagen. Der Detective Inspector von Banbury, ein Mann namens Shawcross, saß da, wo Sie jetzt sitzen, und sagte so was wie: ›Dr. Flint, wir haben Grund zu der Annahme, dass Sie für das Verschwinden Ihrer Frau verantwortlich sind‹ … Ich verstand kein Wort. Ich sagte irgendwas Banales – ›Welchen Grund?‹ Ziemlich gereizt, vermute ich. Herablassend. Es kam mir völlig absurd vor. Er sagte: ›Ihre Tochter glaubt, dass Sie ihre Mutter vergewaltigt und getötet haben.‹ Stellen Sie sich das bloß vor. Ich sie *vergewaltigt? Mad?«*

Flint stand vom Tisch auf, dehnte den Rücken, reckte die Arme. »Ich muss nach meinen Patienten sehen. Wollen Sie mitkommen?«

Cohen sagte: »Gern«, und sie verließen das Haus durch die Küchentür, überquerten eine breite Terrasse, zwischen deren Platten Unkraut wuchs. Am Rand der Terrasse blieb Flint stehen, und Seite an Seite blickten sie auf sanft geschwungene Weiden hinab, die in grünen Wellen abfielen und dann wieder bis zu den Büschen oben auf dem gegenüberliegenden Hügel anstiegen. In dem

Tal, etwa eine halbe Meile entfernt, sah Cohen die Allen's Lane, die sich als braunes Band in Richtung Osten schlängelte.

»Natürlich war es ein entsetzlicher Fehler«, durchbrach Flint die Stille.

»Ja«, erwiderte Cohen, obwohl er keine Ahnung hatte, was Flint meinte.

»Ich hätte sie hierbehalten sollen – oder, noch besser, wir hätten zusammen wegziehen sollen. Vielleicht in eine Stadt. Irgendwo anders hin. Einen Neuanfang machen und so. Geld war kein Problem, weil ich Mads Vermögen geerbt hatte, und das war mehr als ... Na ja, es war weit mehr, als wir brauchten.«

»London, vielleicht«, schlug Cohen vor.

»Oder sogar ins Ausland. Daran hatte ich auch gedacht. Afrika – etwas Abenteuer in ihr Leben bringen. Ich dachte an die Serengeti, um dort vielleicht mit Löwen zu arbeiten. Ich habe mich sogar informiert und herausgefunden, dass es in der Nähe des Nationalparks eine internationale Schule gab, auf die Gracie hätte gehen können, wenn sie etwas älter war.«

»Aber Sie konnten nicht hier weg.«

»Nein.«

»Weil das zu endgültig gewesen wäre.«

»Genau.«

Cohen sagte: »Ich wohne noch immer in demselben Haus mit denselben Möbeln. Ich schlafe noch immer in unserem Bett.«

»Ja.«

»Manche Freunde von mir finden das pathologisch.«

»Ja.«

Cohen ließ die Stille ein wenig wirken, und dann fragte er unvermittelt, als wäre ihm die Frage gerade erst eingefallen: »Was ist mit Hector passiert?«

»Ich habe ihn eingeschläfert. Nicht damals, nicht sofort. Etwa vier oder fünf Jahre nach Mads Verschwinden. Er hat sich nie richtig von den Schlägen erholt, das ist zumindest meine Theorie. Sein Kiefer war ganz gut verheilt, aber seine Hinterläufe blieben halb gelähmt, und dann bekam er Osteoarthritis. Ich hab alles versucht: Kortisonbehandlung und schließlich Arthrodese. Ohne Erfolg. Am Ende hab ich ihn von seinem Leiden erlöst.«

»Und das hat Grace Ihnen nicht verziehen.«

»Nein.«

»Auch nicht, dass Sie sie ins Internat geschickt haben.«

»Das war erst zwei Jahre später. Als sie zwölf war.«

»Jung. Vielleicht zu jung.«

»Es schien mir so am besten. Damals.« Flint fuhr sich mit den Fingern einer Hand durchs Haar, das dicht und zerzaust und zu früh ergraut war, und deutete ins Tal. »Sehen Sie dahinten, wo die Straße eine Rechtsbiegung macht, gleich hinter dem Telefonmast? Sehen Sie den Baum?«

Eine einsame Esche, die aus der Entfernung dürr aussah, wuchs über die Hecke hinaus und markierte die Stelle, an der Mad Flint irgendetwas Entsetzliches zugestoßen war.

»Den hat Grace gepflanzt«, sagte Flint. »Ich hab ihr das Bäumchen zum zehnten Geburtstag geschenkt, weil sie es sich gewünscht hatte. Ich wusste, was sie damit vorhatte, ich dachte, es würde ihr vielleicht helfen, aber nachdem der Baum im Boden war, ist sie nie wieder in seine Nähe gegangen. Etwa ein Jahr später, vielleicht noch etwas mehr, bin ich eines Morgens sehr früh runtergekommen, und da saß sie hier auf der Terrasse, völlig reglos, und starrte zu dem Baum hinüber. Ich hab sie gefragt, was sie da mache. Sie hat gesagt, sie versuche, den Baum durch ihre Willenskraft zum Absterben zu bringen.«

Cohen räusperte sich. »Hat sie gesagt, warum?«
»Nein. Sie wollte es nicht sagen. Bloß, ›Alles stirbt‹.« Flint fuhr sich mit dem Daumenknöchel über die Augen, als wollte er ein Staubkörnchen entfernen. »Sie war elf Jahre alt.«
»Und da hielten Sie es für besser …«, setzte Cohen an.
»Ich dachte, es wäre besser, wenn sie von hier wegkam. Tudor Hall hatte den Ruf, dass man dort gut mit problematischen Mädchen zu Rande kam, und so fuhr ich hin, sprach mit der Schulleiterin die ganze Sache durch, und sie schien sehr einfühlsam zu sein. Dann nahm ich Gracie mit, um sie ihr vorzustellen. Ich dachte, wenn sie die Schule erst mal gesehen und mit einigen Lehrern und anderen Mädchen gesprochen hätte, dann …« Flint fand keine Worte mehr.
»Wie hat sie reagiert?«
»Gar nicht«, sagte er kopfschüttelnd. »Sie hat kaum ein Wort gesagt, weder auf der Hinfahrt noch als wir dort waren noch auf dem Nachhauseweg. Ich hab versucht mit ihr zu reden, ich wollte, dass es ihre Entscheidung war, dorthin zu gehen oder nicht. Ohne Erfolg. Sie hat mich bloß mit ihren melancholischen Augen angesehen …« Er brach ab und wechselte plötzlich das Thema. »Sie sind Gracie nie begegnet, oder?«
»Nein.«
»Aber Sie haben Fotos von ihr gesehen?«
»Oh ja.«
»Dann wissen Sie bestimmt, was ich mit ihren Augen meine?«
Cohen überlegte, ob er lügen oder die Wahrheit zumindest behutsam formulieren sollte. Er entschloss sich, einen neutralen Kurs einzuschlagen. »Ich fand sie nicht melancholisch. Das Wort trifft es nicht.«

»Nein?«, sagte Flint, drehte sich um und blickte ihn an. »Wir würden Sie sie denn beschreiben?«
»Als schön, keine Frage.«
Flint fixierte ihn, wollte mehr hören.
»Ein amerikanischer Polizist hat mir erzählt, sie habe die faszinierendsten Augen, die er je gesehen hat. Auf der einen Seite lassen sie sie hilflos und verletzlich wirken, und auf der anderen Seite« – er suchte verzweifelt nach einer Umschreibung für Cutters unverblümte Wortwahl – »außerordentlich reizvoll.«
»Sie meinen Schlafzimmeraugen?«
»Nun ja ...« Cohen spürte, wie er vor Verlegenheit rot wurde.
»Oh, ich weiß, dass Männer sie sexy finden«, sagte Flint, wandte sich ab und machte Anstalten, von der Terrasse zu gehen. »Sie wusste das übrigens auch. ›Fick-mich-Augen‹ hat sie sie genannt. Aber angesichts dessen, was mit ihrer Mutter passiert ist, angesichts dessen, was sie von mir geglaubt hat, ist das nicht das Traurigste, das man sich überhaupt vorstellen kann?«
Sie gingen langsam die Grasböschung hinunter auf die Scheune zu, Cohen als Erster, bemüht, nicht auszugleiten, als Flint sagte: »Ich will Ihnen sagen, woran mich ihre Augen erinnert haben, an dem Tag, als ich ihr sagte, dass sie nach Tudor Hall müsse. Ich hatte mal ein kleines Fohlen in meiner Praxis, das ich nicht retten konnte – obwohl ich weiß Gott alles versucht hatte. An dem Abend, als ich in seine Box trat, um es einzuschläfern, sah es mich an. Es lag auf der Seite. Es konnte nicht aufstehen. Es wusste, was ich vorhatte, wusste, dass es mich nicht aufhalten konnte. Es lag einfach da, sah mich an, wartete darauf, dass ich all meinen Mut zusammennahm. Ich musste an Coleridge denken. Haben Sie was von ihm gelesen? ›Ach, kleines Fohlen, Spielball des Geschicks! Ich lieb die matte Langmut deines

Blicks.‹ Und genau das ist in Grace' Augen, Mr. Cohen! Nicht Sinnlichkeit, sondern Resignation.«

IV

In auffälligem Gegensatz zu dem Haus war Flints Scheune blitzblank und gepflegt, es roch nach Karbol, und überall waren nur glänzendes Glas und glattes Holz und honigfarbene Fliesen.
»Die haben alle Fliesen entfernt«, sagte Flint. »Jede einzelne. Auch den Beton darunter.« Ein verwaistes Kätzchen, kaum älter als ein paar Tage, die Augen noch geschlossen, suchte sein Hemd nach der mütterlichen Zitze ab. »Dann haben sie einen Bagger rangekarrt und anderthalb Meter tief gegraben.«
Dann war es also nicht bloß ein vager Verdacht, dachte Cohen. Nicht, wenn sie sich so viel Mühe gegeben haben. Er schätzte, dass die Scheune gut vierundzwanzig Meter lang war, vom Behandlungsraum bis zum Wartebereich. Die Polizei musste zwei Wochen gebraucht haben, um festzustellen, dass das Skelett von Mad Flint, wo immer es auch lag, hier jedenfalls nicht zu finden war.
»Sie war so überzeugend, verstehen Sie.« Flint schüttelte den Kopf, als wollte er seiner eigenen Erinnerung nicht so recht trauen. »So sicher, dass sie es gesehen hatte.«
»Wie Sie die Leiche vergraben haben?«, warf Cohen ein.
»Wie ich über ihrer Mutter stehe, blutbespritzt, einen Hammer in der Hand. Wie ich das Loch grabe, den Körper hineinwerfe.«
Während er von grausigen Dingen sprach, fütterte Flint das Kätzchen mit Milch aus einer Pipette.
»Sie hatte es jahrelang verdrängt – so zumindest die Theorie der

Polizei. Und dann begannen diese Träume, immer wiederkehrende Alpträume, in denen alles, was in der Nacht passiert war, als ihre Mutter verschwand, vermischt war. Sie träumte, dass sie Tom Price von den Schultern gefallen war, nicht mir. Und dass es hier war, nicht draußen auf der Straße. Und da lag nicht Hector in seinem Blut, sondern Mad.«

Er setzte das Kätzchen zurück in den Käfig auf ein Bett aus Stroh und nahm eines seiner Geschwisterchen heraus. Noch drei weitere Katzenwaisen warteten darauf, gefüttert zu werden.

»Von dem allen wusste ich natürlich nichts. Ich bekam einen Anruf von der Schulleiterin, die mir eröffnete, dass Gracie eine Reihe alarmierender Symptome entwickelt hatte – wiederkehrende Alpträume, heftige Kopfschmerzen, Panikattacken –, dass der Schularzt keine physischen Ursachen feststellen könne und dringend eine psychiatrische Behandlung empfehle. Ich hab mich sofort ins Auto gesetzt und bin nach Tudor Hall gefahren. Als ich ankam, war sie schon in einem katatonischen Zustand. Noch am selben Nachmittag wurde sie in die psychiatrische Klinik in Oxford eingewiesen.«

Cohen wusste jetzt, wie es weitergehen würde, er wusste, was man dort gemacht hatte. »Wie lange war sie da?«

»Zwei Monate? Vielleicht auch etwas länger.«

»Und man hat Sie nicht zu ihr gelassen?«

»Man hat mir gesagt, es wäre besser so. Sie haben gesagt, sie hätte mir gegenüber ein Gefühl tiefer Feindseligkeit entwickelt.«

Cohen spürte, wie die Wut in ihm wuchs. »Und wie wurde sie behandelt? Transaktionsanalyse?«

»Zu Anfang«, sagte Flint verwundert, weil er das nicht erwartet hatte, dann begriff er. »Sie haben das auch erlebt, was?«

Und ob! dachte Cohen. Annie in der Klinik, wo sie sich einer so genannten »psychologischen Beratung« unterzieht – sich weigert, ihn zu sehen, ihn für ihren Krebs verantwortlich macht, hassen lernt. »Gegen Ende hat meine Frau eine Art Therapie gemacht.« Mehr sagte er nicht.

Flint studierte sein Gesicht.

»Und dann?«, sagte Cohen schroff. »Hypnose? Regressionstherapie? Gestalttherapie?«

»Das alles. Plus etwas, das sie ›medikamentös unterstützte Exploration‹ nannten.«

»Amobarbital?«

»Ja. Sie war sechzehn!«

»Mein Gott!«

Sie standen schweigend da, verbunden durch gemeinsame Erfahrung und gemeinsamen Zorn, während die Kätzchen miauten.

Flint saß auf dem Operationstisch, dem imaginären Tatort seines imaginären Verbrechens, und sagte: »Natürlich wurde sie total manipuliert. Diese Scharlatane redeten ihr ein, sie hätten ›wiedergewonnene Erinnerungen‹ bei ihr geweckt, die absolut real wären, und brachten sie dann dazu, zur Polizei zu gehen. Und als die Polizei dann nichts finden konnte … nun ja, Sie können sich vorstellen, wie sie sich gefühlt hat.«

Cohen saß zusammengesunken in einem Sessel und dachte an Annie, die nicht mehr erkannt hatte, dass sie keinen Grund hatte, ihn zu hassen.

»Sie konnte mich nicht ertragen, nicht die Schule, niemanden … am allerwenigsten sich selbst.«

»Was hat sie gerettet?«

Zum zweiten Mal an diesem Tag wurde Flints Gesicht plötzlich durch ein leuchtendes warmes Lächeln erhellt. »Der wunderbarste – und das ist mein voller Ernst –, der wunderbarste Mensch auf der ganzen Welt: ein gewisser Doktor Richard Holt.« Er hielt inne, als erwartete er, dass Cohen den Rest erriet, und fuhr dann fort: »Ein Psychiater, ob Sie's glauben oder nicht …«

Er bemerkte den angewiderten Zug ums Cohens Mund.

»Oh, ich weiß. Mir ging es genauso. Am liebsten hätte ich die ganze Zunft umgebracht. Das hab ich auch Shawcross gesagt. Ich hab gesagt: ›Lassen Sie das Loch ruhig auf, Inspector, weil ich es nämlich jetzt wirklich mit Leichen füllen werde.‹ Später dann, als ich mich etwas beruhigt hatte, wollte ich sie verklagen, aber …« Er hob die Hände in einer hilflosen Geste. »Stattdessen bin ich nach London gefahren und habe verlangt, den Vorsitzenden des Royal College of Psychiatrists zu sprechen. Dem habe ich dann klipp und klar gesagt, was ich von seinem verdammten Berufsstand hielt, und er, und das spricht wirklich für ihn, hat mir zugehört. Er gab zu, dass das, was die in Oxford mit Grace angestellt hatten, ungeheuerlich war, und dann fing er an, mich davon zu überzeugen, dass die einzige Möglichkeit, den Schaden einer schlechten Therapie zu beheben, eine gute Therapie sei. Ich hab es ihm nicht leicht gemacht, das kann ich ihnen sagen. Ich war den ganzen Nachmittag und fast den gesamten Abend bei ihm. Wir sind zusammen essen gegangen und anschließend zu ihm nach Hause – wo ich weit mehr Whisky getrunken habe, als mir gut tat … apropos, möchten Sie was trinken?«

Cohen blickte auf die Uhr, dachte an die lange Rückfahrt und sagte ohne große Begeisterung: »Ich müsste mich allmählich wieder auf den Weg machen.«

»Ach, bleiben Sie doch über Nacht, ja? Ich brutzel uns irgendwas zu essen, und Sie können in Gracies Zimmer schlafen. Nachdem ich das alles wieder hervorgekramt habe, könnte ich etwas Gesellschaft gut gebrauchen, falls es Ihnen nichts ausmacht.«

»Überhaupt nicht.«

»Schön! Wo war ich? Ach ja, lassen Sie mich diesen Teil noch eben zu Ende erzählen, und dann gehen wir ins Haus ... Um es kurz zu machen, schließlich ließ ich mich davon überzeugen, dass Gracie erneut eine Therapie machen sollte, aber diesmal unter völlig anderen Umständen. Auf tritt der gute Doktor Holt. Das College hatte ihn wärmstens empfohlen. Natürlich ließ ich es dabei nicht bewenden. Ich habe ihn aufgesucht und mächtig in die Mangel genommen, den armen Kerl ...«

Flint lächelte erneut und redete schnell weiter. Jetzt, da er den schlimmsten Teil hinter sich hatte, von einer Last befreit war, sprudelte es nur so aus ihm heraus.

»So einem Mann wie ihm bin ich noch nie begegnet. Zu sagen, dass er der einfühlsamste Mensch ist, den man sich denken kann, würde ihm nicht mal annähernd gerecht. Ich wusste, Grace' Schicksal in seine Hände zu legen, war, als würde ich sie in Balsam legen. Er warnte mich, dass die Behandlung langwierig sei. Er warnte mich, dass sie scheitern könne, er warnte mich, dass ich keinen Kontakt zu ihr aufnehmen dürfe, solange sie nicht so weit war – aber ich hatte nie irgendwelche Zweifel an dem Ergebnis. Und dann ...«

Flint hüpfte von dem Operationstisch und drehte sich um, so dass er Cohen den Rücken zuwandte.

»Etwa fünfzehn Monate später, an Gracies achtzehntem Geburtstag, stand ich genau hier und war gerade mit einer Opera-

tion fertig« – mit übertriebener Gestik tat er so, als nähte er eine Wunde zu – »als ich hinter mir ein Geräusch hörte …« Er fuhr herum und sah Cohen an. »Und da stand sie, Mr. Cohen, meine wunderschöne, lächelnde Tochter. Und wissen Sie, was sie gemacht hat? Sie hat ihre Arme um mich gelegt und mir die längste Umarmung der Welt geschenkt.«
Flint hatte nur seine eigenen Arme um sich geschlungen, wippte auf den Fußballen, und Tränen rannen ihm übers Gesicht, Tränen unerträglichen Kummers.
»Wo in Gottes Namen ist sie, Mr. Cohen?«

Sie waren wieder im Haus und saßen an Flints Küchentheke. Zwischen ihnen stand eine Flasche Whisky, die schon zu einem Drittel geleert war. Cohen suchte angestrengt nach einem neuen Anknüpfungspunkt. In Grace' Personalakte hatte nichts davon gestanden, dass sie eine Psychotherapie gemacht hatte.
»Dieser Psychiater«, begann er zögernd, weil er fürchtete, die Wunde erneut aufzureißen. »Sagten Sie, sein Name war Richard Holt?«
»Rischard«, sagte Flint, die letzte Silbe betonend. »Er ist Franzose.«
Cohen spürte ein Flattern in der Brust. »Franzose? Aber er praktiziert hier?«
»Nein, nein. In Paris – zumindest damals. Das war ja einer der Gründe, weshalb man ihn mir empfohlen hatte. Damit Grace in eine völlig andere Umgebung kam. Und dann sprach noch dafür, dass ihre Mutter ja französischer Abstammung war. Richard meinte, das könne hilfreich sein. Sie hat die ganze Zeit während der Therapie in Paris gelebt.«
Cohen hörte die Worte, aber die Müdigkeit – oder war es der

Alkohol? – raubte seinem Gehirn die Fähigkeit, sie auch zu verstehen. Er starrte Flint an, als wäre er verrückt.

»Was ist denn?«

»Grace war fünfzehn Monate in Paris?«

»Das hab ich Ihnen doch gerade erzählt.«

»Und ist sie auch danach noch dort hingefahren? Har sie den Kontakt mit Dr. Holt aufrechterhalten?«

»Ja. Aber noch mehr mit seiner Tochter Dominique. Sie ist Gracies allerbeste Freundin. Warum?«

»Also, wenn sie in Paris war, hat sie immer ihre Freundin getroffen oder sie besucht?«

»Immer.«

»Wieso haben Sie mir das denn nicht schon früher gesagt!« Cohen war fassungslos.

»Wovon reden Sie überhaupt?«

»Paris!«

»Was ist mit Paris?«

»Da ist sie verschwunden, Donnerwetter noch mal.«

»Gracie ist in Paris verschwunden?«

Inzwischen waren sie beide aufgesprungen, zwei aufgewühlte Männer, die sich anschrien, um sich in ihrer aufbrausenden Verwirrung zu verständigen.

»Haben die Ihnen das denn nicht gesagt?«, sagte Cohen, der immer aufgebrachter wurde. Er versuchte, sich zu erinnern, was sonst noch in dem kurzen Polizeibericht stand, der der Grace-Flint-Akte beilag und mit den Worten schloss: *»Dr. Flint gibt an, den Aufenthaltsort seiner Tochter nicht zu kennen.«*

»Wer?«

»Die Polizei!«

»Die haben mir überhaupt nichts gesagt! Die haben gefragt,

wann ich das letzte Mal was von ihr gehört hatte, und ich hab gesagt, das war, kurz bevor sie in die Karibik gereist ist. Aus Miami.«

»Und da haben Sie gedacht ...«

»Ich hab gedacht, sie wäre in der Karibik verschwunden.«

»Sie ist in Paris verschwunden. Das Letzte, was wir von ihr wissen, ist, dass sie einen Flug aus London genommen hat und ...«

Es war sinnlos weiterzureden, denn Flint konnte ihn nicht hören. Er war schon zur Tür hinaus, überquerte die Terrasse und eilte Richtung Scheune und zu der Schreibtischschublade, in der er sein Büchlein mit den Telefonnummern aufbewahrte.

V

Noch zwei Stunden zuvor, als Grace Flint eintraf, war La Palette fast menschenleer gewesen. Sie saß unter der Markise an einem der Tische auf dem Trottoir, mit ungehinderter Sicht auf die Rue de Seine. In ihrem weiten, wadenlangen Baumwollkleid und mit dem zurückgebundenen Haar sah sie fast gouvernantenhaft aus, als sie ein Buch hervornahm, sich bei dem gelangweilten Kellner ein *Citron pressé* bestellte und ganz den Eindruck erweckte, als hätte sie sich auf längere Zeit hier niedergelassen.

Knapp zehn Meter entfernt und genau in ihrem Blickfeld döste die Galerie Pytheas in der Julisonne. Im Schaufenster schwebte, wie von Geisterhand gehalten und von unsichtbaren Spotlights vor einem karmesinroten Satinvorhang erhellt, eine edle Silberschale von gut einem halben Meter Durchmesser, mit Nielloverzierungen und einer lateinischen Inschrift. Eine kleine

Plakette auf einem Sockel verkündete: »Römisch, 4. Jahrhundert v. Chr.« Ansonsten war von der Straße aus nichts weiter zu sehen. Offensichtlich kurzsichtig, hatte Flint sich gegen das Sicherheitsglas gelehnt und sich davon überzeugt, dass es bei dieser Dicke bombensicher sein musste. Außerdem hatte sie festgestellt, dass die Tür abgeschlossen war. Ein dezenter Hinweis forderte Besucher auf zu läuten, falls sie Einlass begehrten.

Während Flint Wache hielt, anscheinend in Prousts »Der Weg zu Swann« vertieft und gelegentlich an ihrem *Citron pressé* nippend, folgte niemand dieser Aufforderung. Als gegen sechs allmählich immer mehr Leute ins Café kamen, die einander wie Stammgäste begrüßten, bestellte sie sich eine kleine Karaffe Weißwein, um ihren Anspruch auf den Tisch zu erneuern. Um deutlich zu machen, dass sie jemanden erwartete, blickte sie in regelmäßigen Abständen auf die Uhr, und sie war froh, als Gilles eine gute Viertelstunde früher als versprochen eintraf. Sie sah ihn eilig die Straße herunter auf sie zukommen, ein schiefes Grinsen im Gesicht, das Haar zerzaust, ohne Krawatte, eine zerknitterte Baumwolljacke übergezogen, mager wie ein Junge.

Er umarmte sie, küsste sie auf beide Wangen. »Du hast lange Beine, du wirst es noch weit bringen«, sagte er ernst, die kleine Szene einleitend, die sich zwischen ihnen eingespielt hatte.

»Du hast große Augen, du siehst viel«, erwiderte sie, bemüht, nicht zu lachen.

Er umarmte sie erneut, hob sie fast in die Luft. Dann trat er zurück, um mit prüfendem Blick in ihrem Gesicht nach Anzeichen von Müdigkeit zu suchen. »Unter den gegebenen Umständen siehst du ziemlich gut aus.«

»Mir geht's auch gut.«

»Dominique hat gesagt, du siehst übermüdet aus.«

»Und zu dünn?«
»Oh, viel zu dünn«, sagte er, und dann lächelten sie beide. »Hast du ihn schon gesehen?«
»Noch nicht.«
»Warte, ich hol mir eben ein Bier, und dann erzähl ich dir, was ich weiß.«
Es war nicht viel. Mario Antonia Silva, 40 Jahre alt, Besitzer der Galerie Pythéas, Antiquitätenhändler. Geboren in Lissabon, Portugal, ehemals wohnhaft am Montague Square, London, jetzt ordentlicher Bürger von Paris. Geschieden, keine Kinder. Galerieräume auf fünf Jahre gemietet. Wohnung in der Rue Jacob Nr. 30, ebenfalls gemietet. Kein Fahrzeug auf seinen Namen zugelassen. Es lag kein Haftbefehl gegen ihn vor, keine anhängigen Verfahren, keine Anzeigen. Keine Vorstrafen.
Bei der letzten Feststellung zog Flint fragend eine Augenbraue hoch.
»Ja«, sagte Inspektor Gilles Bourdonnec von der *Brigade Criminelle,* »in dem Antrag für seine *Carte de séjour* hat er seinen kleinen Ausrutscher in London geflissentlich vergessen.«
»Könnte das denn ein Problem für ihn werden?«
Gilles zuckte die Achseln. »Möglich. Als Bürger der EU hat er ohnehin das Recht, hier zu leben, also wird sich wohl keiner sonderlich darüber aufregen. Falls ich allerdings auf die Idee käme, die Herkunft der Schale da in seinem Schaufenster genauer unter die Lupe zu nehmen, dann könnte die Tatsache, dass er seine Vorstrafe wegen Betrugs unterschlagen hat, doch bedeutsam sein.«
»Was meinst du, wie viel ist die wert?«
»Sechs Millionen Francs, zumindest will er das dafür haben«, sagte Gilles. Aus seiner Jackentasche holte er eine kleine Bro-

schüre hervor, die in vornehmer Schrift auf teurem Papier kurz schilderte, wie die Schale im Libanon von einem Bauern beim Pflügen ausgegraben worden war, und ihre nahezu unbezahlbaren Qualitäten rühmte. Der kursiv gedruckte Zusatz brachte Flint zum Lachen: *Für dieses prachtvolle Kunstwerk liegt eine Ausfuhrbescheinigung der zuständigen Behörde in Beirut vor. Die Unterschriften auf dieser Genehmigung wurden von der libanesischen Botschaft in Paris beglaubigt.*

»Was glaubst du, wen er wohl mit ›zuständiger Behörde‹ meint?«

»Denjenigen, der das Bestechungsgeld kassiert hat.«

»Aber es besteht kein Zweifel daran, dass sie aus dem Libanon kommt«, sagte sie mit gespieltem Ernst, und Bourdonnec warf ihr einen Blick zu, der besagte: Wer's glaubt, wird selig.

Damit war also klar, dass Mario Silva noch immer unsaubere Geschäfte machte – Commander Glenning würde ihn als »Falschspielernatur« bezeichnen –, und das ließ ihren Adrenalinspiegel in die Höhe schnellen, denn ihre gesamte Strategie beruhte auf der Voraussetzung, dass Silva irgendwie angreifbar war, dass sie hier in Paris seinen schwachen Punkt herausfinden und daraus Nutzen ziehen könnte. Silva war ihre einzige Verbindung zu Frank Harling und zu den gesichtslosen Männern, die ihn geschützt hatten, den Männern, die ihrer Überzeugung nach für die Ermordung von Hechter und den Maitlands verantwortlich waren. Silva wusste, wer sie waren. Und er würde es ihr sagen, so oder so.

Um Punkt sieben Uhr teilte sich der Satinvorhang, und zwei Männer traten ins Schaufenster – der eine jung und gertenschlank, mit einer modischen Frisur, der andere entsprach der

Beschreibung von Silva, die Gilles ihr gegeben hatte, als sie ihn vom Flughafen aus anrief: »Etwa eins siebzig, dicklich, elegant gekleidet, selbst bei dieser Hitze, dunkler Teint, schwarzes, glatt nach hinten gekämmtes Haar, im Nacken gelockt, hohe Stirn.« Silva hielt die Schale vor der Brust fest, während der Junge die Nylonfäden löste, an denen sie aufgehängt war. Dann trugen sie die Schale gemeinsam aus dem Schaufenster.

»Er hat hinten im Laden einen begehbaren Safe«, erklärte Gilles. »Zeitschlösser, wie es aussieht, und ein ziemlich ausgeklügeltes Alarmsystem.«

»Das kann ich mir vorstellen. Wenn ich geklautes Silber im Wert von einer Million Dollar im Geschäft hätte, würde ich gar nicht mehr weggehen.«

»Ah, pass auf.«

Sie mussten nicht lange warten. Wenige Minuten später wurde der Verkehrsfluss auf der Rue de Seine zum Stillstand gebracht, als ein blauer Peugeot-Lieferwagen ohne Aufschrift vor der Galerie hielt. Zwei identisch gekleidete Männer in dunklen Hemden und ebensolchen Hosen, die unten in blank polierten Stiefeln steckten, stiegen ohne große Eile hinten aus dem Laderaum, ohne die zornigen Proteste der Autofahrer zu beachten, die am Weiterfahren gehindert wurden.

»Bullen?«, mutmaßte Flint.

Gilles verzog das Gesicht. »Gorillas«, sagte er. »Bereitschaftspolizei. CRS.«

Sie luden Taschen aus, dann schloss einer von ihnen die Türen und schlug mit der flachen Hand aufs Wagendach, um dem Fahrer zu signalisieren, dass er abfahren konnte.

»Ist das offiziell?«

»Nein, die machen Schwarzarbeit. Ein paar von denen haben

eine private Schutztruppe gegründet. Arrogante Arschlöcher, findest du nicht?«

Mit den Taschen in der Hand blieben sie mitten auf der Straße stehen und blickten auf den Stau, die Herrscher der Rue de Seine, eine grimmige Leckt-uns-doch-Miene im Gesicht. Erst als Silva die Tür von der Galerie öffnete, traten sie rasch auf den Bürgersteig und verschwanden nach drinnen.

»Bleiben die die ganze Nacht da?«, fragte Flint.

»Bis Mitternacht, dann kommen zwei andere und übernehmen die zweite Nachtschicht, bis Silva oder sein Junge morgens gegen acht wieder aufkreuzen. So ist das zumindest die ganze Woche hindurch abgelaufen.«

»Teuer.«

»Es geht nicht bloß um die Schale. Er hat noch einige andere Stücke da drin. Der ganze Kram ist mit zweiundzwanzig Millionen Francs versichert. Kommissionsware, angeblich von einem Privatsammler in Zürich.« Er stockte und sagte dann neckisch: »Soll ich dir was verraten? Nach Angabe des Zolls erwartet er nächste Woche wieder eine Lieferung. Das wäre dann die vierzehnte in diesem Jahr.«

Flint merkte auf. »Immer aus Zürich?«

»Oder Genf oder Basel. Aber immer aus der Schweiz.«

Jetzt brauchte Flint einen Moment, um seine Informationen zu verarbeiten. »Muss er Einfuhrzoll zahlen?«

»Nein. Nicht, solange er nichts verkauft, und selbst dann nicht, falls die Waren wieder außerhalb der EU exportiert werden – und das ist immer der Fall. Weißt du, warum?«

»Geldwäsche«, sagte Flint blitzschnell.

»Nicht schlecht. Aber wie funktioniert es?«

»Phantomverkäufe. Die Sammlungen sind entweder geliehen

oder gefälscht. Das spielt keine Rolle, weil die Käufer gar nicht existieren. Er stellt das Zeug ein paar Wochen ins Schaufenster, ›verkauft es‹« – sie hob zwei Finger jeder Hand und malte Anführungszeichen in die Luft – »an irgendeinen ausländischen ›Käufer‹« – wieder hob sie die Finger – »der das Geld an Silvas Bank hier in Paris überweist. Liege ich richtig?«

»Sprich weiter.«

»Silva zieht seine Provision ab und überweist das übrige Geld an den Sammler in der Schweiz – nur dass er das natürlich nicht tut. Das Geld geht bloß auf ein Nummernkonto. Dann schafft der das Zeug zurück in die Schweiz, angeblich auf Anweisung des Käufers, lässt alles schön durch die Bücher laufen, und schon haben wir etliche Millionen Dollar – oder andere Währungen –, die alle paar Wochen blitzsauber gewaschen werden. Das Ganze kostet sie lediglich den Anteil für den Sammler, die Miete für die Galerie, Transport und Versicherung und den Lohn für ein paar Wachleute. Hab ich was vergessen?«

»Nicht viel«, lachte Gilles. »Ich hab schon immer gesagt, dass du auf Draht bist.«

»Oh, ich bin dir sogar ein gutes Stück voraus«, sagte Flint und stand auf. Sie spürte ein vertrautes aufgeregtes Prickeln, als sie ihr Jagdopfer aus seinem Bau auftauchen sah, beobachtete, wie er den Blick mit der Vorsicht eines Menschen auf der Flucht über die Straße schweifen ließ. »Das ist keine Einmannshow. Unmöglich. Er muss einen Partner haben, und ich wette mit dir um den Preis dieser Schale, dass ich weiß, wer das ist.«

Mario Silva schlendert in der Abendsonne die Rue de Seine entlang, nicht mehr wachsam, völlig sorglos, lächelt alle hübschen Frauen an, ganz ritualisierter Zeitvertreib auf dem Nachhauseweg. Gleich hinter der Kreuzung von Rue de Seine und Rue Jacob kauft Mario auf dem Markt, wo es Gemüse und Käse, Wurst und bekanntlich die besten Pasteten von Paris gibt, für sein Abendessen ein. Grace Flint ist direkt hinter ihm, die Nächste in der Schlange.

VI

Die schöne Frau in dem lasziven Kleid sitzt bequem in einem braunen Lederclubsessel, nippt Champagner und betrachtet die Welt über den Rand ihres Glases hinweg, betrachtet Mario Silva, der wiederum sie betrachtet, und das mit unverhülltem Begehren. Er taxiert sie, erwägt seine Strategie: wie sie am besten ansprechen, um zu bekommen, was er will.

Er ist drei Meter von ihr entfernt, lehnt an einem reich verzierten Kaminsims aus Holz, auf dem eine Büste von Napoleon I. prangt. Das Licht ist gedämpft, und er kann noch nicht recht einschätzen, was er in diesen Augen sieht, die seinen Blick unverwandt erwidern. Ihre Lippen sind geöffnet, aber ihr Gesichtsausdruck ist völlig neutral. Eine Aufforderung – oder zisch ab? Er kann sich nicht entscheiden, und diese Unsicherheit macht ihn nervös.

Eine der jungen Frauen bietet eine willkommene Ablenkung, als sie mit schwingenden Hüften näher kommt, um sein Glas nachzufüllen. Silva kann sich nicht mehr an ihren Namen erinnern, sie ist eine von vielen, alle in aufreizend offenherzigen Kleidern. Ihr Gesichtsausdruck ist alles andere als neutral, und ihre Einladung ausgesprochen explizit. Als sie ihm Champagner eingießt, schiebt sie sich sehr viel näher heran, als nötig wäre, drückt ihre

Brüste an seinen Arm, erinnert ihn an ihre Begegnungen in der Vergangenheit.
Aber er will sie nicht, jedenfalls nicht heute Nacht.
Er blickt über ihre nackte Schulter zu dem Sessel hinüber, wo die Frau noch immer sitzt, ihn noch immer betrachtet, noch immer ausdruckslos. Er nimmt sich ein Herz, schließlich hat er nichts zu verlieren, und hebt sein Glas, um ihr stumm zuzuprosten.

Der Club Elégance beanspruchte die ersten beiden Etagen eines entsprechend edlen Palais aus dem 18. Jahrhundert mit Blick auf den südlichen Teil des Jardin de Luxembourg. Das diskrete Schild, das seine Existenz bestätigte, wies zwar darauf hin, dass es sich um einen Privatklub handelte, Zutritt nur für Mitglieder, aber diese Behauptung war irreführend, denn jeder, der die Klingel betätigte und die Kontrolle via Überwachungsmonitor bestand, konnte auf der Stelle beitreten. Inspektor Gilles Bourdonnec bezahlte 2000 Francs für eine dreimonatige Mitgliedschaft und 500 Francs »Gastbeitrag« für Flint. Die Empfangsdame erklärte ihm, er könne sich und seinen Gast unter beliebigen Namen ins Mitgliederverzeichnis eintragen. Flint studierte derweil die Broschüren, die dazu aufforderten, eigene Kundenkonten zu beantragen.
»Er ist in ein Bordell gegangen«, hatte Gilles gesagt, während er heftig an die Tür des Jungenzimmers klopfte, um sie aufzuwecken. Genauer gesagt hatte er von einem *maison de tolérance* gesprochen, und sie hatte in Gaspards schmalem Bett gelegen, sich den Kopf über diesen Euphemismus zerbrochen und versucht, sich zu erinnern, wo sie war. Sie hatte das Licht angeschaltet, die »Wüstenplanet«-Poster an der Wand und die beängstigende

Artillerie eines Kampfhubschraubers gesehen, der genau über ihrem Kopf in der Luft hing, und da erinnerte sie sich. Hastig sprang sie aus dem Bett, zog sich ein T-Shirt über, das lang genug war, um sie sittsam zu kleiden, und öffnete die Tür.

Gilles stand in der Nische der Bourdonnec'schen Wohnung, die als Küche diente, war schon halb angezogen und löffelte Nescafé in zwei Tassen.

»Wie viel Uhr haben wir?«, fragte Flint.

»Kurz nach Mitternacht. Meine Jungs haben gerade angerufen. Sie wollten schon aufgeben, weil er sich den ganzen Abend nicht gerührt hatte, und als das Licht ausging, haben sie gedacht, er wäre ins Bett gegangen. Aber auf einmal fährt ein Taxi vor, und Silva kommt raus, herausgeputzt wie Don Juan, richtig fein gemacht für ein Amüsement in der Stadt. Du solltest dich anziehen.«

»Wir gehen in ein Bordell?«

»Eigentlich eher ein Club. Swinger, Singles, jeder, der was erleben will – aber, ja, es gibt dort auch Prostituierte. Los, wir fahren hin und sehen nach – und zwar schnell. Meine Jungs hätten schon vor einer Stunde Feierabend gehabt, und die wollen nach Hause.«

Flint sagte: »Aye, aye, Sir« und fuhr sich mit den Fingern durchs Haar. Sie eilte in ihr Schlafzimmer und dann wieder zurück in die Küche.

»Was soll ich anziehen?«

»Was Swinger so tragen«, sagte Gilles und goss Wasser in die Tassen. »Sexy, aber nicht ordinär. Irgendwas Elegantes.«

»Danke«, sagte sie und zog die Nase kraus. »Da kann meine Garderobe nicht mithalten. Ist Dominique wach?«

»Allerdings, und sie tobt. Sie will mitkommen, und ich hab ihr gesagt, dass das nicht geht.«

Flint war zu Dominique gegangen, die in ihrem Bett saß und sich in dem übergroßen Fernseher, der den Raum völlig beherrschte, die Wiederholung eines Spielfilms ansah. Sie versuchte, mürrisch zu sein, konnte es aber nicht durchhalten. Während sie Kleider aus ihrem Schrank fischte und hochhielt, separate Haufen von in Frage kommenden und verworfenen auf dem Bett auftürmte, wurde sie indirekt zur Teilnehmerin an Flints Operation, und das schien ihr zu genügen.

Sie einigten sich auf ein schlichtes schwarzes Kleid aus fließender Seide mit zwei hauchdünnen Schulterträgern. Der schöne Schnitt offenbarte sehr wenig von Flints Körper, deutete nur dezent an, was sich darunter verbarg.

Aus ihrem Schmuckkästchen nahm Dominique eine Silberkette für Flints Hals, zwei weiße Brillantohrstecker und ein Armband aus fünfzig hauchdünnen Silberfäden. Trotz Flints heftiger Einwände holte sie ihre größte Kostbarkeit aus dem Versteck, ein Geschenk ihres Vaters, eine silberne Patek-Philippe-Uhr.

»Dominique, die kann ich unmöglich tragen.«

»Du musst. Sie passt wunderbar.«

»Wenn du so weitermachst«, sagte Gilles, der von der offenen Tür aus zusah, »bist du bald wertvoll genug, um dich in Silvas Schaufenster auszustellen.«

Sie hatten alle drei gelacht, aber als Flint vor dem Spiegel der Frisierkommode saß und zusah, wie Dominique ihr Gel ins Haar strich, damit es dicht am Kopf anlag, spürte sie das Feuer der Begeisterung in sich erlöschen. Sie hatte diese Situation – oder sehr ähnliche – schon hundertmal erlebt, und an dieser Stelle kam normalerweise das Kribbeln. Wenn sie sich für ihren Auftritt verkleidete, das köstliche Prickeln der Vorfreude spürte, wie eine Fallschirmspringerin, die ihre Gurte überprüft und auf das

grüne Licht wartet. Doch als sie jetzt ihr Spiegelbild betrachtete, ganz objektiv feststellte, dass ihr Gesicht wirklich schön war, musste sie an die Umstände denken, denen sie das Gesicht verdankte, und an die letzten beiden Male, als sich, um in dem Bild zu bleiben, ihr Fallschirm nicht geöffnet hatte.
Es war irrational, das wusste sie. Nichts würde passieren. Es ging bloß um eine Beobachtung, um die Ausnutzung der einmaligen Chance, die Zielperson in einem unvorsichtigen Moment genau in Augenschein zu nehmen.
Doch auch als Gilles Dominique drängte, sich zu beeilen, konnte Grace an nichts anderes denken als an die Wärme von Pete Pendles Blut auf ihrer Haut. An einen Stiefel, der mit der Wucht eines Presslufthammers ihr Gesicht zermalmte. An Vladimirs Abzugsfinger, der in ihre Vagina drang.
Sie stand auf und lächelte den beiden zu, und als sie klatschten, machte sie spielerisch einen Knicks. Sie sagte: »Los jetzt«, und ging voran und verfluchte die bohrende Stimme in ihrem Kopf.
GRACE! TU'S NICHT!

Hinter dem Empfang war das Erdgeschoss des Club Elégance in fünf hintereinanderliegende Salons unterteilt, in denen eine Atmosphäre herrschte, die Flint an einen britischen Herrenklub um die Jahrhundertwende erinnerte – oder, da sie nie einen betreten hatte, vielmehr daran, wie sie sich diese Atmosphäre immer vorgestellt hatte: tiefe Clubsessel mit wulstiger Rückenlehne, das Leder ehrwürdig verblasst; Mahagonitische, vermutlich Reproduktionen; ein hoher Spiegel mit Goldrahmen über dem Kamin; Tischlampen mit karmesinroten Schirmen, die zum Farbton des Teppichs und der schweren Vorhänge passten.
Flint stand im ersten Salon und konnte von dort aus nur zweier-

lei ausmachen, das krass aus dem Rahmen fiel: die Vasen mit frischen Schnittblumen, die jeden Tisch zierten, und gleich hinter dem Eingang zur Bar die Schuhe mit Stilettoabsätzen und die gespreizten Beine einer Frau, die bis zur Hüfte nackt war.
Sie dachte, die Beine hätten keinen dazugehörigen Körper – wären sozusagen eine erotische Dekoration –, bis Gilles ihren Arm nahm, sie in den Raum führte, und die größte Frau, die Flint je gesehen hatte, von dem Sofa aufstand, auf dem sie sich gerekelt hatte.
»Willkommen«, sagte sie, strahlend zu ihnen hinabblickend, ohne sich die Mühe zu machen, ihren Hausmantel zu schließen. »Was immer Sie sich wünschen, hier wird es Ihnen erfüllt.«
Gilles starrte sie an wie vom Donner gerührt, und Flint, die am liebsten losgeprustet hätte, spürte eine Welle der Erleichterung. Ihre Panik war verschwunden. Sie würde schon klarkommen.
»Na, erst mal was zu trinken«, sagte sie munter, zog ihn am Arm und dirigierte ihn Richtung Bar.
Sie setzten sich auf die roten Drehhocker, tranken Champagner und betrachteten ihre Umgebung. Flints Schätzung nach waren etwa dreißig Leute in dem Raum, sie beide und den Barkeeper und die sechs halb nackten Hostessen, wie sie vermutlich genannt wurden, nicht mitgerechnet. Es war surreal. Acht Männer, offenbar Japaner, saßen im angeregten Gespräch zusammen und achteten nicht auf die Frauen, deretwegen sie doch aller Wahrscheinlichkeit nach hergekommen waren. Vier andere, die sich anhörten wie Amerikaner, diskutierten über ein Baseballspiel. Neun Paare in drei Gruppen plauderten und lachten wie in jedem herkömmlichen Lokal oder Restaurant.
Keine Spur von Silva.

»Wenn das Sex sein soll, dann verzichte ich in Zukunft drauf«, sagte sie. Ihr war leicht schwindelig. »Wo Silva wohl ist?«
»Vielleicht oben in einem der Schlafzimmer«, schlug Gilles vor und nickte in Richtung einer mit einem scharlachroten Seil abgesperrten Treppe auf der anderen Seite des Raumes.
Flint wollte gerade sagen, dass das Seil ihrer Meinung nach bedeute, dass niemand die Treppe benutzen dürfe, als auch schon drei Paare wie auf Kommando aufstanden und zur Treppe gingen. Eine Hostess löste das Seil und ließ sie durchgehen. Sie wartete, bis sie halb oben waren, und rief ihnen dann etwas nach. Die Paare drehten sich um, lachten und winkten ihr nachzukommen.
»Ich glaube, ich seh mich mal ein bisschen um«, sagte Flint. »Vielleicht entdeck ich ihn ja irgendwo.«
»Geh nicht zu nah ran«, mahnte Gilles.
»Nur ein freundliches Pläuschchen, falls ihm danach ist.«
»Ich bleib in der Nähe.«
Sie nickte, glitt von dem Hocker, nahm ihr Glas und schlenderte von der Bar in den nächsten Raum, ohne auf den Amerikaner zu achten, der »Hi, Babe« sagte, als sie an ihm vorbeiging.
Der nächste Salon war der bislang größte, und sie zählte ohne das Personal vierzig Köpfe, von denen keiner Silva gehörte. Sie schlenderte scheinbar ziellos zwischen den Gästen umher, die ihr Blicke zuwarfen und sie anlächelten, wortlose Einladungen. Als eine Hand ihr den Arm streichelte, blickte sie zu den Fingern hinunter und sah leuchtend rot lackierte Fingernägel. »Mmm, du bist aber eine Schönheit«, sagte eine Frauenstimme, und Flint fühlte, wie sich die Nägel in ihre Haut gruben.
Im vierten Salon fand sie Silva – besser gesagt, er fand sie. Zuerst hatte sie gedacht, der Raum wäre leer. Sie setzte sich einen Mo-

ment und schloss die Augen, versuchte, den Schwindel in ihrem Kopf zu vertreiben. Als sie die Augen wieder öffnete, war er da, nur wenige Meter entfernt, genau in ihrer Blickrichtung, und starrte sie an. Sie starrte zurück, zu verblüfft, um wegzusehen. Los geht's, dachte sie, öffnete die Lippen, um durch den Mund zu atmen und die Sauerstoffzufuhr zu erhöhen, die Panik einzudämmen.

Über dem Kamin, wo Silva steht, hängt ein Spiegel, der fast bis zur Decke reicht und so geneigt ist, dass Grace Flint beobachten kann, wie die Frau, die sein Glas nachfüllt, ihre Brüste an ihn drückt. Diese Konkurrenz behagt Flint nicht. Die Hostess ist viel zu jung, zu verführerisch, und Flint wäre nicht erstaunt, wenn Mario sich jeden Moment geschlagen gibt und auf das scharlachrote Seil und die Treppe dahinter zusteuert. Sie kann ihn nur weiter fixieren, ihr Interesse bekunden, hoffen, dass Mario sich nicht ausschließlich von primitiven Instinkten leiten lässt. In dieser Umgebung scheint das unwahrscheinlich.
Doch dann – sieh an, sieh an – hebt er sein Glas hinter dem Rücken der Hostess in ihre Richtung, und obwohl Flint dazu ausgebildet wurde, der Zielperson alle Eröffnungszüge zu überlassen, hebt auch sie ihr Glas. Nicht sehr hoch, und nicht sofort. Sie zögert ein paar Sekunden, und dann auch nur wenige Zentimeter. Offenbar reicht das. Die Hostess zieht sich zurück, und Mario Silva kommt auf sie zu. Er bleibt vor ihrem Sessel stehen und sagt: »Guten Abend«, und »Stört es Sie, wenn ich mich zu Ihnen setze?« Aus den Augenwinkeln sieht sie Gilles langsam ins Zimmer treten. Die Hostess ist bei ihm – die mit den endlosen Beinen.
»Ich bin Mario. Ich glaube nicht, dass ich Sie hier schon mal gesehen habe.«

Silva bleibt stehen, wartet auf die Erlaubnis, sich zu setzen.
»Nein.« Mehr sagt sie nicht.
»Ich hätte mich ganz bestimmt an Sie erinnert.« Er lächelt und deutet fragend auf den Klubsessel neben ihr. Sie zuckt die Achseln, als wollte sie sagen: »Sie sind ein freier Mann.«
Er setzt sich und fragt: »Sind Sie allein hier?«
»Nein.« Sie deutet mit ihrem Glas zu der Wand, an der Gilles lehnt.
»Oh, verstehe.« Silva klingt verwirrt, weiß nicht recht weiter.
»Bloß ein Bekannter. Ich wollte nicht allein herkommen. Nicht beim ersten Mal.«
Silva nickt und sagt: »Darf ich fragen, wie Sie heißen?«
Sein Französisch ist fehlerfrei, weit besser als ihres, aber sein Akzent klingt ulkig. Er hört sich an wie ein Mann, der zu viele Sprachen spricht.
»Katia«, sagt sie, die harmlose Lüge wiederholend, die Gilles in das Mitgliederverzeichnis geschrieben hat.
»Aber Sie sind keine Französin, glaube ich?«
»Nicht ganz.«
Er lächelt über ihre ausweichende Antwort und tut es ihr gleich.
»Ich gehöre zu keinem Land. Ich betrachte mich als Weltbürger.«
Sie lässt ihn mit ihrem Schweigen auflaufen.
»Der Zufall meiner Geburt hat sich in Portugal ereignet«, gesteht er, und sie lächelt leicht, zum Lohn für seine Ehrlichkeit.
»Und darf ich fragen, was Sie beruflich machen?«
Endlich, denkt Flint und wirft die Angel aus. »Internationale Finanzen.«
»Ach ja? Ein Oberbegriff für viele Sünden.«
Sie erwidert nichts, und Silva versucht es auf einem anderen Weg. »Ihr Bekannter scheint sich gut zu amüsieren.«

An die Wand gelehnt, hat die Amazone – denn so bezeichnet Flint sie inzwischen im Geiste – ihre Arme auf Gilles' Schulter gelegt, die Hände hinter seinem Kopf verschränkt. Ihr Hausmantel ist noch immer offen. Die Körper der beiden sind nur durch den Stoff seiner Kleidung voneinander getrennt.

Flint sagt: »Dafür kommt man schließlich her«, und bietet ihm damit das Stichwort, das er braucht.

»Und warum sind Sie hergekommen?«

»Neugier.«

»Neugier worauf?«

»Wen ich hier kennen lernen könnte. Was so alles passieren mag.«

»Na, Sie haben mich kennen gelernt.«

»Ja.«

»Und was meinen Sie, mag so alles passieren?«

»Ich weiß nicht.«

Sie sieht ihm ins Gesicht, und sie kann jede seiner Emotionen darin lesen. Sie weiß, dass er jetzt jeden Moment näher heranrücken wird, um sie zu berühren: ihren Arm, ihr Knie. Falls er kühn genug ist, ihren Oberschenkel. Auch er beobachtet ihr Gesicht, aber er kann nichts darin lesen. Er sieht bloß eine Maske.

Er rückt in seinem Sessel vor, legt ihr eine Hand aufs Knie und fragt: »Haben Sie schon die oberen Räume gesehen?«

»Nein.«

»Da gibt es Schlafzimmer.«

Jetzt beugt sie sich vor, und einen Moment lang missdeutet er die Situation und drückt ihr Knie, und dann raubt sie ihm seine Illusionen. »Ich bin keine Hure. Ich schlafe nicht mit Männern in Bordellen.« Sie sagt das leise, aber die Verachtung in ihrer

Stimme ist vernichtend. Er zieht seine Hand zurück, als hätte er sich verbrannt.

»Ich wollte nicht damit sagen …«

»Was wollten Sie denn damit sagen?«

»Ich meinte bloß …«

Er verhaspelt sich, und sie muss ihm helfen. »Leben Sie allein?«

»Ja. Ganz allein.«

»Wo?«

»Nicht weit von hier. Rue Jacob, in der Nähe von St.-Germain-des-Pres. Vielleicht kennen Sie sie?« Hoffnung liegt in seiner Stimme, aber auch Verwirrung. Er ist völlig aus dem Gleichgewicht, so, wie er es laut Ausbildungshandbuch auch sein soll.

»Vielleicht würden Sie mich ja gerne mal zu sich einladen.«

»Selbstverständlich. Wann?«

Flint denkt nach, überlegt, wie schnell Gilles die notwendigen Vorbereitungen treffen kann: die versteckten Kameras, die Mikrofone, das alles entscheidende Sicherungsteam nebenan. Sie sieht Rat suchend zu ihm hinüber, als könnte er ihr die Informationen per Osmose übermitteln. Er ist viel zu sehr mit der Amazone beschäftigt, um es zu bemerken.

»Dienstag«, sagt sie aufs Geratewohl.

Silva blickt geknickt. »Aber ich reise morgen für einige Tage nach Zürich.«

Die Gedanken überschlagen sich in Flints Kopf, aber der vordringlichste ist der, dass ihr Fisch drauf und dran ist zu entwischen. Er hat angebissen, er hängt am Haken, aber die Schnur hat sich am Hindernis seiner Terminplanung verfangen.

Eine Stimme in ihrem Kopf schreit um Gehör, aber sie weigert sich, sie wahrzunehmen. Sie kann selbst nicht glauben, was sie da sagt: »Also dann, gehen wir?«

Sechstes Kapitel

I

Auf einer Steinterrasse mit Blick auf den Rosengarten von Compton Hall sagte Sir Adrian Taggart: »Er wird allmählich zum Ärgernis.«

Die Linien in Patrick Shillings Gesicht vertieften sich zu verächtlichen Furchen. »Cohen? Der findet doch nichts raus.«

»Da ist Devereaux aber anderer Ansicht.«

»Devereaux ist ein Narr.«

Sir Adrian zog eine Augenbraue hoch. »Ganz bestimmt nicht«, sagte er.

Außer Hörweite, in einem entlegenen Teil des Gartens, kümmerte sich Sir Adrians hübsche Frau – seine zweite Frau – um einen Rosenstrauch, schnitt das abgestorbene Strauchwerk mit einer Gartenschere zurück. Hinter ihr glitzerte der Kanal zwischen der Isle of Wight und der englischen Küste im Sonnenlicht, seine Oberfläche spiegelglatt.

»Unser Freund in Florida macht sich Sorgen.«

»Weshalb?«

»Weil Cohen sich bestens mit Cutter versteht, ihm alles zuspielt, was er rauskriegt. Und Cutter ist nun wahrlich kein Narr.«

»Dann sollte sich unser Freund vielleicht um Cutter kümmern.«

»Er meint, das wäre ... unklug.«

Seine Frau trat einen Schritt zurück und bewunderte ihr Werk.

»Es wäre unklug, falls Cutter da drüben irgendwas zustoßen würde«, fuhr ihr Mann fort.

»Aber nicht unklug, wenn Cohen hier etwas zustoßen würde?«

»Nicht, wenn wir es für ratsam halten, nein.« Sir Adrian spielte mit einem Glas weißen Portwein. »Nicht, wenn ihm beispielsweise in … Paris etwas zustoßen würde.«

»Paris?«

Sir Adrian nickte.

»Cohen weiß von Silva?«

»Sieht so aus.«

Zufrieden mit ihrer Arbeit, trug seine Frau die abgeschnittenen Rosenzweige zu einem ordentlichen Haufen zusammen, der später eingesammelt werden würde.

»Sind Sie sicher?«

»Devereaux hat sich nicht allzu klar ausgedrückt, aber ja, ich denke, man darf davon ausgehen, dass Cohen über kurz oder lang auf dem Weg zu Mario sein wird.« Sir Adrian betrachtete lächelnd seine Frau, die durch den Garten auf sie zukam, bewunderte die Anmut ihres Körpers.

»Ich rede mit …«

»Keine Namen«, sagte Sir Adrian.

»Ich werde mich drum kümmern.«

»Ja, tun Sie das. Falls es ratsam erscheint.«

Sie war jetzt in Hörweite. »Na«, sagte sie, als sie fröhlich lächelnd näher kam, »seid ihr endlich mit eurem Büroklatsch fertig? Dann könnten wir ja zu Mittag essen, oder?«

11

Zur Abwechslung nahm Cohen den Zug nach Paris. Um neun Uhr morgens fuhr er von Waterloo Station ab, und als er aus dem Gare du Nord trat, war noch reichlich Zeit bis zum Mittagessen Die Fahrt durch den Kanaltunnel hatte er etwas enttäuschend gefunden. Seiner Meinung nach wurde die unspektakuläre Reise der Größe der technischen Leistung einfach nicht gerecht.

Sein Spesenkonto war unbegrenzt – zumindest von Barbara Dixons Komitee in keiner Weise eingeschränkt worden –, aber er schlug Devereaux' Rat, im *Crillon* zu wohnen, in den Wind und nahm sich stattdessen ein Zimmer im *Relais Christine* im Quartier Latin. Es war früher mal ein Kloster gewesen und passte somit, wie Cohen fand, vortrefflich zu seinem eigenen anhaltenden Gefühl von Einsamkeit. Seit Annie hatte es niemanden mehr gegeben, und er bezweifelte manchmal, dass sich das jemals ändern würde.

Sein Zimmer wurde als Maisonette bezeichnet, und das Schlafzimmer befand sich auf einer Empore über dem Wohnzimmer, wo Cohen jetzt saß, nach draußen in einen Hof blickte, der sich seit vierhundert Jahren kaum verändert hatte, und darauf wartete, dass das Telefon klingelte. Inspector Bourdonnec war unnachgiebig und kein bisschen heiter gewesen: »Ich werde Sie anrufen. Warten Sie in Ihrem Zimmer.« Ohne Commander Glennings Intervention, ohne seine Kontakte und sein profundes Wissen, wie man sich durch bürokratische Kanäle navigierte, hätte der Inspector sich nicht einmal dazu bereit erklärt, vermutete Cohen. Dem Ton seiner Stimme am Telefon nach zu urteilen, war Bourdonnec nicht im Geringsten geneigt, Polizeiangelegenheiten mit einem Fremden zu erörtern, der weder Empfehlungen noch einen offiziellen Vorwand für seine Neugier hatte.

Der Anruf kam spät, als es schon dunkel war, und schreckte Cohen, der eingeschlafen war, auf. Er tastete nach der Tischlampe, suchte seine Gedanken zusammen und riss den Hörer hoch, als würde das Telefon kein zweites Mal klingeln.

»Ja?«

»Bourdonnec hier. Was wollen Sie?«

»Ich möchte Sie treffen, Inspector.«

»Warum?«

»Weil es Dinge gibt, die ich Ihnen mitteilen muss, aber nicht am Telefon.«

Während der darauf folgenden Pause dachte Cohen bereits über seinen nächsten Schachzug nach.

»Ich kann Ihnen nicht helfen.«

»Inspector, Sie sind der *Einzige,* der mir helfen kann.« Er zögerte kurz. »Der Einzige, der Grace helfen kann.«

»Wer sind Sie? *Was* sind Sie?«

»Bitte«, sagte Cohen. »Treffen Sie sich mit mir.«

Durch das Schweigen hindurch spürte er, wie Bourdonnecs Abwehr schwächer wurde.

»Inspector – Gilles, wenn ich darf –, ich weiß, dass Sie Grace sehr nahe stehen, Sie und Dominique, und ich weiß, dass sie Ihnen beiden viel bedeutet. Grace' Vater hat es mir erzählt. Glauben Sie mir, Grace braucht dringend Ihre Hilfe. Es ist wichtig für sie, dass Sie sich mit mir treffen. Lassen Sie mich Ihnen erzählen, was ich weiß, was ich jetzt nicht am Telefon sagen kann, und dann können Sie entscheiden, ob Sie mir helfen werden. Ich glaube, dass Sie ihr vielleicht damit das Leben retten.«

»Warten Sie.«
»Comment?«
»Ne quittez pas.«
Bourdonnec legte den Hörer nicht aus der Hand, und er hielt auch nicht die Sprechmuschel zu, denn Cohen konnte ihn atmen hören, während er vermutlich den aufgeregt protestierenden Stimmen in seinem Kopf lauschte: die ihm als Polizisten in Fleisch und Blut übergegangene Vorsicht und sein Misstrauen gegen seine Neugier. Cohen hoffte verzweifelt, dass Letztere gemeinsam mit der Kraft seiner Loyalität gegenüber Flint den Ausschlag geben würde.
Bourdonnec hatte sich entschieden. »Haben Sie was zu schreiben?«
»Ja.«
»Dann schreiben Sie. Am rechten Seineufer, von Ihrem Hotel aus über den Pont Saint-Michel, gibt es eine Metrostation, die Châtelet heißt, nach einer kleinen Burg, die früher dort stand.«
»Ja.«
»Von Châtelet gehen Sie die Rue des Halles entlang zum alten Markt, den es auch nicht mehr gibt. Hinter Les Halles steht eine große Kirche, Sainte-Eustache, und rechts von der Kirche geht die Rue Montorgueil ab. Die nehmen Sie, bis Sie zur Rue Tiquetonne kommen. An der Hausnummer 38 sehen Sie eine Tür, *une porte cochère.* Um diese Uhrzeit brauchen Sie einen Code, um sie zu öffnen. Der Code lautet A2C4. Hinter der Tür führt ein Durchgang in einen Innenhof. Am Ende des Durchgangs, kurz bevor Sie in den Hof treten, ist auf der rechten Seite eine Glastür mit acht Klingelschildern. Auf einem steht mein Name. Haben Sie verstanden?«

»Ja. Wann soll ich kommen?«
»*Maintenant.* Jetzt.«

Er sah ganz anders aus, als Cohen ihn sich vorgestellt hatte, wesentlich jünger, als seine Stimme klang, und er hatte nichts von der steifen Förmlichkeit an sich, die am Telefon spürbar gewesen war. Als Cohen die 137 Stufen (er hatte sie gezählt) zur kleinen Wohnung der Bourdonnecs hochstieg, hatte er das Klischee eines französischen Beamten erwartet, korrekt und penibel und ein Ausbund an Strenge, nicht diesen entwaffnend jungenhaften Mann mit dem ungebärdigen Haar und der zerknitterten Kleidung. Bourdonnec stand in der Küche, benutzte die Spüle als Aschenbecher und rauchte eine Philip Morris nach der anderen, während Cohen seine Geschichte erzählte, mit leiser Stimme, um die Kinder nicht aufzuwecken. Der Inspektor war ein guter Zuhörer. Er unterbrach Cohen höchstens, um einen leisen Fluch auszustoßen, wenn er seinen Ohren nicht traute. Und obwohl er nicht die ganze Wahrheit erfuhr, so bekam er zweifellos mehr zu hören, als Cohen ihm ursprünglich hatte erzählen wollen.
»Bordel de merde!«, sagte er, als Cohen fertig war. »Davon hatte ich keine Ahnung!«
»Hat Grace Ihnen nichts davon erzählt?«
»Über MI5 und Ihren Mr. Brown? Kein Sterbenswörtchen. Klar hab ich von Harling gewusst. Der ist ihre Obsession, ihre *idée fixe.* Und sie hat mir von dem Flugzeug und der Bombe erzählt, als sie von London aus anrief, um mich um Hilfe zu bitten.«
Cohen bemühte sich, einen neutralen Gesichtsausdruck zu bewahren.
»Aber alles Übrige ...« Er hob wütend die Hände. »Wenn sie mir das erzählt hätte, hätte ich doch niemals ja gesagt.«

»Wozu ja gesagt, Gilles? Worum hat Grace Sie gebeten?«
Cohen sah Unsicherheit in Bourdonnecs Augen aufflackern, die gleich darauf wieder verschwunden war.
»Sie hat mich gebeten, einen Mann ausfindig zu machen, Harlings Partner. Hier in Paris. Es war nicht schwer.«
»Wie ist sein Name?«
»Sein Name?« Bourdonnec drehte den Wasserhahn auf, um die Asche wegzuspülen, dann grinste er, und sein Gesicht hellte sich auf. »Jetzt bin ich an der Reihe, was? Lassen Sie uns einen Spaziergang machen, ein bisschen frische Luft schnappen, und dabei erzähle ich Ihnen von Grace' zweiter Obsession: ein Mann namens Mario Silva, Antiquitätenhändler, *putain,* Scheiße.«

Sie gingen durch die Nacht, am Louvre vorbei, überquerten die Seine über den Pont des Arts, strebten die Rue de Seine hoch, blieben im Dunkeln gegenüber von Silvas Galerie stehen. Bourdonnec erzählte seine Geschichte mit pedantischer Gründlichkeit, und Cohen zwang sich zur Geduld. Weiter ging es zum Senat und dem Palais du Luxembourg, am Park entlang, bis sie am Abbé de l'Epée ankamen, von wo aus sie das Kommen und Gehen im Club Elégance gut beobachten konnten. Das Timing des Inspektors war perfekt, denn er hatte gerade die Stelle in seiner Schilderung der Ereignisse erreicht, als Grace Flint ihm fieberhaft flüsternd ihre tollkühne Absicht mitgeteilt hatte, die Nacht mit Mario Silva zu verbringen.
»Ich hab ihr gesagt, dass sie unter gar keinen Umständen mit in seine Wohnung gehen dürfe. Nicht zu diesem Zeitpunkt. Nicht ohne irgendwelche Sicherheitsvorkehrungen. Ich hatte meine Jungs nach Hause geschickt, also hatten wir kein Sicherungsteam. Kein Mikro, keine Kamera, keinen Plan, nichts. Ich hab

ihr gesagt: ›Meinst du etwa, ich würde dich mit diesem Tier allein nach Hause gehen lassen? Das kannst du vergessen‹, hab ich gesagt. Aber …«

»Sie hat ihren eigenen Kopf«, sagte Cohen.

»Ihren eigenen Kopf! Sie ist unmöglich. *Entêté!* Ein Maulesel! Sie hat gesagt: ›Er ist kein Tier. Ich kenn mich aus, Gilles. Ich weiß, wie sie riechen.‹ Und dann hat sie mich auf die Wange geküsst und ist mit ihm losgezogen, als wäre sie seine Geliebte. Das Gesicht von dem Scheißkerl hätten Sie sehen sollen.«

»Konnten Sie denn gar nichts tun, um sie aufzuhalten?«

»Ich hätte ihm die Beine brechen können, aber …« Bourdonnec zuckte die Achseln, gestand sein Scheitern ein. »Ich bin ihnen bis zur Wohnung gefolgt, und ich hab meine Leute aus den Betten geholt. Wir haben überlegt, einfach reinzustürmen, ihn festzunehmen, aber … Am Ende hab ich mich doch dafür entschieden, ihrem Instinkt zu vertrauen. Das Letzte, was ich zu ihr sagte, war: ›Falls er irgendwelchen Ärger macht, schrei dir die Lunge aus dem Hals. Wirf irgendwas durchs Fenster. *Merde,* wirf ihn durchs Fenster.‹ Ich entschied mich, darauf zu vertrauen, dass sie die Situation schon im Griff hatte.«

»Und hatte sie?«

Die Tür des Clubs öffnete sich, und ein Lichtstrahl fiel auf die Straße. »Ich weiß nicht«, sagte Bourdonnec langsam, die Augen auf das Paar gerichtet, das heraustrat. »Ich weiß, dass sie bekommen hat, was sie wollte. Ich weiß nicht, was sie ihm dafür geben musste.«

Das Licht wich zurück, als die Tür wieder geschlossen wurde, und sie konnten die Schuhe der Frau auf dem Kopfsteinpflaster klappern hören, und ihr perlendes Lachen.

III

Grace Flint liegt auf Silvas Bett und lauscht den Geräuschen, die er macht, als er sich behutsam durch den dunklen Raum auf sie zubewegt. Er hat ihr das Kleid ausgezogen, damit es nicht zerknittert, und ihren Körper mit einem gestärkten Leinenlaken bedeckt, das ihr auf der Haut kitzelt. Sie spürt sein Gewicht, als er sich neben sie aufs Bett setzt und seine Hand auf ihre Stirn legt. Auf die »schlimme Seite« ihres Kopfes, wie sie sie in solchen Momenten innerlich nennt. Doch obwohl er sie nur ganz leicht berührt, ist der Schmerz unerträglich. Sie zuckt zusammen. Er flüstert *»désolé«* und schiebt seine Hand zu ihrer nackten Schulter, streichelt sie mit den Fingerspitzen.

Leise sagt er: »Kann ich dir denn gar nichts bringen, was dir helfen würde?«

Sie denkt über das Angebot und seine Implikationen nach.

Ja, es gibt etwas, das er ihr bringen könnte, etwas, das sie schneller zu dem kathartischen Augenblick führt, in dem die Übelkeit überwältigend wird und sie würgend ins Badezimmer taumeln muss. Danach, lieber Gott, kommt dann die Erlösung: das himmlische Gefühl, wie sich das Band, das ihren Schädel jetzt zusammenquetscht, allmählich lockert. Die Euphorie, das weiß sie, wird überirdisch sein, aber der Haken dabei ist folgender: Wenn sie Mario erlaubt, ihr Linderung von diesen unbeschreiblichen Schmerzen zu verschaffen, wenn sie ihren Mageninhalt über seinen Badezimmerboden erbrochen hat und wenn sie dann wieder völlig schlaff in seinem Bett liegt, wird er sie dann immer noch bumsen wollen?

Wahrscheinlich, denkt sie.

Er ist kein Tier, Gilles. Ich weiß, wie sie riechen.

Doch noch während sie sich diese Gewissheit erneut durch den Kopf gehen lässt, spürt sie, wie Marios Finger unter dem Laken zu ihren Brüsten gleiten.

»Kaffee«, sagt sie abrupt. »Koffein.«

Seine Finger halten inne, ziehen sich zurück, verharren wieder auf ihrer Schulter.

»Muss brechen.« Eine Art von Aphasie raubt ihr die Fähigkeit, zusammenhängende Sätze zu sprechen, und sie muss sich zwingen weiterzureden. »Muss mich übergeben. Kaffee hilft manchmal. Starker Kaffee. Der an den Zähnen kleben bleibt.«

Sie kann sich selbst nuscheln hören, als wäre sie betrunken. Er rührt sich nicht.

»Nicht hergekommen, um ein Klischee abzugeben.«

Er weiß nicht, was sie meint.

»Will diese Kopfschmerzen nicht. Tut zu weh. Mein Kopf platzt gleich. Hast du Eis? Kannst du mir Eiswürfel in ein Handtuch wickeln? Kannst du das bitte tun? Gott, hier drin ist es so heiß! Kannst du das Fenster aufmachen? Aber lass kein Licht rein. Licht ertrag ich nicht.«

Ihr Redeschwall wird hektisch.

»Irgendein Irrer bohrt ein Loch durch meine Stirn. Er ist schon in meinem Hirn. Oh Gott, Mario! Hast du Tylenol, Aspirin, irgendwas? Himmel, Mario! Bitte tu was!«

Sie übertreibt ihre Hysterie, aber nicht sehr. Im Moment ist der Stachel aus Schmerz, der die linke Seite ihres Stirnlappens durchbohrt, derart schneidend, dass sie sogar einer Lobotomie zustimmen würde. Sie will schreien, aber sie fürchtet, dass dann Gilles von der Straße angerannt kommt, die Tür eintritt und damit alles verdirbt – und da ist immer noch der Teil ihres Gehirns, der vom Schmerz nicht erfasst ist und der kühl die Lage abschätzt.

Vermassel es jetzt nicht!
Trotzdem sagt sie zu Mario Silva: »Ich schrei gleich.«
Das setzt ihn in Bewegung. Er ist aufgestanden, tastet sich durch die Dunkelheit zur Tür und verspricht, ihr zu holen, was sie braucht. Sie liegt auf dem Bett und konzentriert sich auf ihre Kopfarterien wie ein Yogi, der Yama erreichen will. Sie redet sich ein – und glaubt es beinahe –, dass sie diese erweiterten Blutgefäße durch reine Willenskraft zum Schrumpfen bringen kann.
Im Ernst?
Er bringt ihr Eiswürfel in eine steife Serviette gewickelt, die sich anfühlt, als wäre sie von derselben Wäscherei gestärkt worden, die auch das Laken verarbeitet hat. Sie legt sie an die Stirn, um den Schmerz einzufrieren. Auf einer oberflächlichen Ebene wirkt das – denn sie spürt die schlimme Seite ihrer Stirn taub werden –, aber die Spitze des Stachels steckt inzwischen tief in ihrem Kleinhirn, schier unerreichbar für jegliche Lokalanästhesie.
Als Nächstes bringt er ihr aus dem Badezimmer ein Medikament, das, wie er sagt, Sedaspir heißt, und das überrascht sie. Es gibt nur wenige Schmerzmittel, die sie nicht kennt, und Sedaspir ist ihrer Meinung nach einer der stärksten Hämmer, die es gibt, weil es das Morphinderivat Kodein enthält. Sie kannte mal einen Piloten bei der Air France, der es nahm, um high zu werden, bis die Fluggesellschaft anfing, ihr Personal stichprobenweise auf Drogenkonsum hin zu überprüfen. Außerdem enthält Sedaspir einen ordentlichen Schuss reines Koffein, und sie fragt sich, welches Leiden Mario wohl hat, das so ein starkes Mittel erfordert.
So sachte er kann, hebt er ihren Kopf vom Kissen, bietet ihr ein Glas Wasser an und sagt: »Eine oder zwei?«

Sie sagt: »Gib mir die ganze Packung«, findet sich aber mit den zwei Tabletten ab, die er ihr verabreicht. Sie werden nichts gegen den Schmerz ausrichten, aber das weiß er nicht. Sie hört ihn wieder durchs Zimmer gehen, und dann lässt er sich in dem Polstersessel am Fenster nieder, wartet darauf, dass das Medikament wirkt, dass sein Augenblick kommt.

Sie muss eingeschlafen sein, denn etwas im Zimmer hat sich verändert. Sie erlebt jetzt die Phase der Attacke, in der all ihre Sinne derart geschärft sind, dass sie meint, sie kann die Luft schmecken oder einen Schmetterling seufzen hören. Es ist die Phase der falschen Morgendämmerung, wenn der Schmerz schwindet und sich in ihrem Hinterkopf zusammenrollt wie ein kleines Tier, aber sie weiß, dass er nur ausruht. Sie liegt im Auge ihres ureigenen Hurrikans, ist dankbar für die Verschnaufpause und versucht, in der Atmosphäre Hinweise auf ihre momentane Situation zu finden.
Mario ist nicht mehr im Zimmer, dessen ist sie sicher. Ihre Gewissheit basiert nicht nur darauf, dass sie sein Atmen nicht mehr hört. In ihrem hypersensibilisierten Zustand würde sie seine Anwesenheit spüren, selbst wenn er tot wäre.
Vorsichtig öffnet sie das rechte Augenlid – das auf ihrer »guten Seite« – und wartet, bis die Pupille sich angepasst hat. Sie sieht, dass das Licht an den Rändern des Vorhangs das kühle Grau der Morgendämmerung hat, nicht das Gelb der Straßenlaternen. Demnach, so rechnet sie aus, müssen mindestens drei Stunden vergangen sein, seit sie das Sedaspir geschluckt hat. Sie fragt sich, was Mario wohl in der Zeit gemacht hat. Hat er das Licht angeschaltet, um sie zu betrachten, hat er das Laken zurückgeschlagen, um ihren Körper anzusehen? Hat er sie angefasst?

In ihrer liegenden Position kann sie mit dem einen Auge nur Teile des Raumes sehen. Langsam, behutsam öffnet sie das linke Augenlid, bereit, es sofort wieder zu schließen, sobald der Schmerz einsetzt. Jetzt sieht sie sich bestätigt, dass Mario tatsächlich nicht anwesend ist, es sei denn, er befindet sich unterhalb ihres Gesichtsfeldes.

Na los, tu es! Du musst ganz sicher sein!

Sie hat panische Angst davor, es zu tun, aber sie muss es wissen. Sie muss wissen, ob ihr Plan geklappt hat.

Sie war mit in Silvas Wohnung gegangen, ohne zu wissen, was sie tun würde, was sie erreichen könnte oder wie sie seine Erwartungen dämpfen könnte. Sie hatte Zeit geschunden, etwas getrunken, ihm Fragen zu seiner Person gestellt, über seine Lügen gelächelt. Dann hatte sie ihm ebenfalls ein paar Lügen aufgetischt, sein höfliches Interesse an ihr mit einer plausiblen Geschichte gefüttert. Als ihr allmählich die Ideen ausgingen, wie sie dieses verbale Vorspiel noch weiter ausdehnen könnte, wurde sein Gesicht plötzlich unscharf. Ein jäher, aberwitziger Schmerz durchfuhr sie, gefolgt von einem plötzlichen Schwindelgefühl, das sie taumeln ließ, so dass ihr das Glas aus der Hand glitt. Sie hörte ihn sagen: »Alles in Ordnung?« und spürte seine Hände auf ihren Schultern, als er sie stützen wollte. Und in diesem Moment vor dem Anfall ersann der Teil ihres Gehirns, der nichts mit der Attacke zu tun hatte, der Teil, der nicht durch dieses Kaleidoskop von Halluzinationen lahm gelegt war, ihren Plan: Er würde sie bleiben lassen müssen, und er würde die Wohnung verlassen müssen, weil er nach Zürich musste.

Angstvoll, weil sie eine Schmerzexplosion fürchtet, hebt sie sich vom Kissen, bis sie auf beide Ellbogen aufgestützt ist, und jetzt

kann sie den Boden sehen. Kein Mario. Auch kein Schmerz, bis auf dieses bohrende Tier in ihrem Hinterkopf.
Die Tür zum Wohnzimmer und zur dahinter liegenden Küche steht offen, und beide Räume sind dunkel. Sie kann seine Anwesenheit nicht spüren. Er ist weg, dessen ist sie sicher, und er hat ihr vielleicht eine Nachricht hinterlassen: *Zieh die Tür hinter Dir zu, wenn es Dir besser geht* – irgendwas in der Art. Vielleicht hat er ihr noch einen kleinen Vorwurf gemacht: *Ich bin sehr enttäuscht über die Entwicklung des Abends.* Nun ja, das ist sein gutes Recht.
Sie denkt noch über ihren Sieg nach, als rasch hintereinander zwei Dinge passieren. Ein Klingeln ertönt unglaublich laut, als wäre es im Innern von Flints Kopf, und löst einen intensiven Schmerzimpuls aus, der wie ein elektrischer Schlag durch ihr Rückenmark rast. Und dann hört sie die Toilettenspülung, und die Badezimmertür geht auf, überflutet sie mit Licht, und sie kann die Augen nicht schließen, weil ihre Lider wie erstarrt sind, und noch immer auf die Ellbogen gestützt, sieht sie Mario aufs Bett zukommen, die Hose am Bund geöffnet, ihr Plan, ihr verrücktes Vorhaben, zunichte gemacht. Sie öffnet den Mund, um zu schreien, aber kein Laut ertönt.
Mario nimmt den Hörer vom Telefon auf dem Nachttisch – die Quelle des ohrenbetäubenden Klingelns. Er hört einen Moment zu und sagt dann: *»Merci.«*
Zu Flint sagt er: »Mein Weckanruf. Hatte ich vergessen.«
Er sieht, dass sie auf seine Körpermitte starrt, und wendet sich ab, um sich die Hose zuzumachen. Als er sich wieder umdreht, fragt er mit eisiger Höflichkeit: »Darf ich dir ein Taxi bestellen?«
»Was?«

»Ich muss in dreißig Minuten zum Flughafen. Ich reise nach Zürich. Weißt du noch?«
»Natürlich.«
»Dann lasse ich dich jetzt allein, damit du dich anziehen kannst.«
Sie sieht ihn zu dem Schrank gehen und das Kleid holen, das er sorgfältig für sie aufgehängt hatte, damit es nicht zerknautscht; das verführerische Kleid, das ihn enttäuscht hat. Sie kann ihr Scheitern schmecken. Es hat das Aroma von Bittermandel. Fast alles in ihr ist bereit, es anzunehmen, nur nicht jener nörgelnde, keifende Teil ihres Gehirns, der vom Schmerz verschont ist.
Er entwischt dir! Tu endlich was!
Was denn zum Beispiel?
Egal was!
Sie lässt sich aufs Kissen sinken und sagt: »Mario, wann kann ich dich wiedersehen?«
Er tritt ans Bett, das Kleid über den Arm gelegt, und blickt zu ihr herab. Er tut so, als lächelte er, aber es ist eine Grimasse.
»Mich sehen?«
»Ich möchte dich wiedersehen.«
»Warum? Warum möchtest du mich wiedersehen?«
Seine Augen glänzen jetzt. Das ist nicht gut. Seine Frustration, seine Enttäuschung rücken gefährlich nahe an Wut heran. Berechtigte Wut aus seiner Sicht. Er gewinnt die Oberhand, und sie muss die Kraft finden, ihn zurückzuziehen. Sie muss selbst ein wenig Wut in sich finden.
»Ach verdammt, Mario, was denkst du denn? Denkst du, ich bin hierher gekommen, um krank zu werden? Denkst du, ich hätte dir was vorgemacht?«
Die Vehemenz ihrer Fragen überrascht sie selbst.

Trotzig sagt er: »Warum bist du denn mitgekommen?«
»Ich hab mich gelangweilt, Mario. Ich hab mir gedacht, ich hätte richtig Lust, heute Abend mal irgendeinen Typen abzuschleppen, mit ihm nach Hause zu gehen und dann eine richtig schöne Migräne in seinem Schlafzimmer zu kriegen. Ich hab mir gedacht, ich mach ihn an, und dann werd ich krank, und er ist stinksauer. So was macht mir echt Spaß, verstehst du?«
Sie setzt sich auf, so dass das Laken von ihren Schultern rutscht, und schwingt die Beine aus dem Bett. Sie hat das Gefühl, gleich ohnmächtig zu werden, kämpft es aber nieder. Sie legt noch einen Gang zu.
»Nicht zu fassen. Ich kenne dich gerade mal fünf Minuten, und das Einzige, was für dich zählt, ist die Tatsache, dass du nicht dazu gekommen bist, mich zu bumsen.«
»Das stimmt nicht.«
»Ach nein? Und wieso steht du dann da wie ein kleiner Junge, dem man seine Murmeln weggenommen hat? Gib mir das Kleid.«
Er tut es nicht. Er steht da und starrt ihren nackten Körper an, ist sich seiner Sache nicht mehr sicher. So soll es auch sein, so verlangt es das Ausbildungshandbuch.
»Hör mal, Mario, ich bin nicht hergekommen, um mit dir zu schlafen.«
Sie weiß auch ohne Handbuch, dass es keine wirksamere Lüge gibt als die Halbwahrheit.
»Ich bin hergekommen, weil ich mehr über dich erfahren wollte. Du warst der einzige Mensch in dem Club, der mich interessiert hat. Ich wollte dich besser kennen lernen, zumindest hab ich gedacht, dass ich das wollte. Sehen, wie du wohnst, was du magst, was du denkst. Ich wollte wissen, was für Freunde du hast, ob

ich sie auch mögen könnte. Ich bin keine Frau für eine Nacht, Mario. Ich muss jemanden mögen, bevor ich mit ihm ins Bett gehe. Ich wusste nicht, ob ich die Nacht hier verbringen würde oder nicht. Kannst du das irgendwie verstehen?«

»Natürlich.«

»Gut, dann bin ich krank geworden. Es tut mir Leid. Ich habe manchmal solche Attacken, ohne Vorwarnung. Schon im Club war mir ein bisschen schwindelig, aber ich dachte, das lag am Champagner. Ich wusste nicht, dass es passieren würde. Ich hab nicht *gewollt,* dass es passiert. Was ich gewollt habe, war, mehr über dich zu erfahren. Und das will ich immer noch. Ich will alles über dich wissen. Aber wenn du dich so aufführst, als wäre ich bloß was fürs Bett, eine billige Hure, die ihren Vertrag nicht eingehalten hat, dann fick dich doch selbst, Mario. Echt.«

Sie hält inne – nicht um eine effektvolle Pause einzulegen, sondern weil ihr plötzlich fürchterlich schlecht wird.

Sie sagt: »Schnell«, und fasst nach seinem Arm, und er missversteht sie und will ihr das Kleid reichen.

»Ich muss ins Bad«, stößt sie hervor.

Er kapiert und hilft ihr auf die Beine, aber sie kann ohne seine Unterstützung nicht stehen. Unbeholfen stolpern sie gemeinsam ins Bad, wo sie sich vor der Toilettenschüssel auf die Knie fallen lässt. Sie will, dass er geht, hat aber keine Zeit mehr, ihm das zu sagen, bevor das Würgen beginnt.

Sie hat kein Zeitgefühl mehr, weiß nicht, wie lange sie auf den kalten Keramikfliesen kniet und die Toilettenschüssel umklammert. Sie weiß nicht, ob er sich angewidert abwendet oder den Raum verlässt. Sie weiß nur, dass sie, als die Krämpfe endlich aufhören, als kein einziges Tröpfchen Galle mehr in ihrem Körper zu sein scheint, zusammengekrümmt wie ein Embryo auf

den Boden sinkt, und dann schwebt sie, ihre Arme um seinen Hals. Sie ist schwerelos, hilflos, aber sie lebt und ist dankbar, das Schlimmste überstanden zu haben.
Er trägt sie ins Schlafzimmer und legt sie sanft aufs Bett. Er deckt sie mit einem Federbett zu und holt einen warmen feuchten Waschlappen aus dem Bad, um ihr Gesicht abzutupfen.
Sie sagt: »Es geht mir jetzt besser. Gib mir nur noch ein paar Minuten.«
Er wischt ihre Mundwinkel sauber: »Schsch, ganz ruhig.«

IV

Inspector Bourdonnec war müde. In dem grellen Neonlicht eines Nachtcafés in der Nähe vom Boulevard Saint Germain, zwei Querstraßen von Silvas Wohnung entfernt, sah sein jungenhaftes Gesicht zerfurcht und gealtert aus.
Er hustete hinter vorgehaltener Hand und sagte: »Wo war ich stehen geblieben?«
»Das Taxi fuhr vor«, half Cohen ihm auf die Sprünge.
»Ach ja. Einer von meinen Jungs ist rübergegangen und hat sich mit dem Fahrer unterhalten. Der hat gesagt, dass die Reservierung schon am Vortag gemacht worden war: Punkt halb sieben, ein gewisser Monsieur Silva, Hausnummer 30, eine Fuhre nach Roissy, Flughafen.«
Wie Cohen durch ihre vorherige diskrete Observation des Hauses, in dem Silva wohnte, wusste, war die Rue Jacob schmal, mit dicht an dicht parkenden Autos. Es gab keine guten Wartemöglichkeiten für ein Taxi.
»Ich ließ einen von unseren Wagen wegsetzen, damit der Fahrer

einparken konnte. Ich wollte Fotos mit der exakten Zeitangabe darauf, wie Silva aus der Tür kommt, ins Taxi steigt, nur für den Fall der Fälle, und eine günstigere Gelegenheit konnte es nicht geben.«

»Für den Fall der Fälle?«

»Für den Fall, dass er ihr was getan hatte.«

Cohen nickte. »Hatten Sie keine Bedenken, dass der Taxifahrer Silva erzählen würde, was los war?«

»Nein. Wir haben ihm mehr oder weniger zu verstehen gegeben, dass Silva unter dem Verdacht stand, Kontaktmann einer arabischen Terroristengruppe zu sein, der von uns observiert wurde.« Bourdonnec lächelte matt. »Wir hatten hier zu viele Bombenattentate, verstehen Sie. Wenn Sie jemandem in Paris so was erzählen, tut er fast alles für Sie.«

Cohen rutschte unruhig auf seinem Stuhl hin und her, Bourdonnec legte ihm eine Hand auf den Arm und sagte: »*Doucement* – er beobachtet Sie im Spiegel. Kennen Sie ihn?«

»Nein.«

»Aber er ist Ihnen vorher schon aufgefallen, nicht?«

»Einmal, vielleicht zweimal. Gestern, als ich am Gare du Nord ankam, stand er hinter mir in der Warteschlange am Taxistand. Da sah er nicht so aus wie jetzt, aber er war es, ganz sicher. Und heute Abend – gestern Abend –, als ich das Hotel verließ, um zu Ihnen zu gehen, hab ich jemanden auf der Straße gesehen, der mir irgendwie bekannt vorkam. Ich wusste nicht, wo ich ihn hintun sollte. Jetzt bin ich mir ziemlich sicher, dass er das war.«

Bourdonnec lachte laut auf, als hätte Cohen einen Witz erzählt, nahm die Hand von Cohens Arm und fegte seine Kaffeetasse zu Boden, wo sie mit einem lauten Klirren zersprang. Er sprang von seinem Stuhl auf, als hätte er sich verbrannt, und schrie:

»*Merde!*« Andere Kunden wurden aufmerksam, und der *Patron,* der hinter der Bar Gläser abtrocknete, warf entnervt sein Geschirrtuch hin. Nur der breitrückige Mann, der Cohen nervös machte, blieb weiter vorgebeugt an der Theke stehen, hielt sich an seinem kleinen Glas Rotwein fest. Cohen fing seinen Blick im Spiegel auf, und der Mann sah schnell weg.

Der *Patron* kam mit einem Besen und grummelte etwas über den Verlust der Tasse vor sich hin. Bourdonnec wischte sich imaginäre Kaffeespritzer von der Hose und sagte leise: »Jean-Paul, der Typ da am Tresen, haben Sie den schon mal gesehen?«

»Noch nie, Inspector, und Sie müssen hier nicht alles kurz und klein schlagen, um das rauszufinden. Sie können mich einfach fragen.«

»Wann ist er reingekommen?«

»Ein paar Minuten nach Ihnen.«

»Ich bezahl Ihnen die Tasse.«

»Das wäre ja mal was ganz Neues«.

Bourdonnec scheuchte ihn zurück hinter die Theke und setzte sich wieder an den Tisch. Er grinste schelmisch, und sein Gesicht wirkte wieder wacher: *Faire du cinema* hatte seine Müdigkeit offensichtlich vertrieben.

»Erzählen Sie mir von gestern«, bat er Cohen.

»Da gibt's nicht viel zu erzählen. Am Taxistand vor dem Bahnhof war eine lange Schlange, eine richtig lange, und er stand ein paar Meter hinter mir. Irgendwann, als die Schlange langsam vorrückte, standen wir dann direkt nebeneinander, und ich hab irgendwas Banales über die Warterei zu ihm gesagt. Er hat mir zugestimmt, und das war alles. Er ist mir überhaupt nur aufgefallen, weil er so eine ähnliche Aktentasche bei sich hatte wie ich.«

»Und jetzt ist er ein *loubard* – und Sie sehen noch immer aus wie ein Anwalt.«
Cohen lächelte ihn zaghaft an.
»Und das zweite Mal?«
»Da sah er so aus wie jetzt. Das T-Shirt, die Jeans. Ach ja, und sein Haar ist viel kürzer als gestern. Ich glaube er hat sich den Kopf geschoren.«
»Ein Meister der Verkleidung«, sagte Bourdonnec theatralisch. »Aber er hat nicht die Form seiner Nase verändert, oder seinen Mund oder sein Kinn oder den Abstand zwischen seinen Augen.«
»Nein, das hat er nicht.«
»Sie erstaunen mich – für einen Anwalt. Wir machen doch noch einen Polizisten aus Ihnen!«
»Hoffentlich nicht.«
Bourdonnec beugte sich vor und gab seinen unbeschwerten Tonfall auf. »Ich werde jetzt zum Telefon gehen. Aber Ihr Freund muss sich weiterhin eher für Sie interessieren als für mich. Bitte gehen Sie die Rechnung bezahlen und streiten Sie sich mit Jean-Paul über den Preis für die Tasse. Machen Sie richtig Wirbel, er wird dabei mitspielen. Bieten Sie ihm zehn Francs, und einigen Sie sich auf fünfzig. Ich brauch nur ein paar Minuten, mehr nicht, wir treffen uns dann draußen.«
Cohen sagte: »In Ordnung«, und tat – doch leicht geschmeichelt von dem Kompliment des Inspektors – wie geheißen.

Sie setzten ihren Fußmarsch fort, überquerten erneut die Seine und gingen an dem rechten Ufer Richtung Norden. Cohen widerstand der Versuchung, sich umzudrehen, und Bourdonnec fuhr mit seiner Erzählung fort, als wäre nichts passiert.

»Silva kam um 6:31 Uhr aus dem Gebäude, sprach mit dem Fahrer und ging wieder hinein. Gleich darauf sahen wir das Licht in seiner Wohnung ausgehen, und um 6:40 Uhr tauchte er wieder auf, diesmal mit einem kleinen Koffer und einem Kleidersack. Keine Spur von Flint. Mein Instinkt sagte mir, ich sollte ihn festnehmen, aber dann dachte ich, wozu? Er würde zum Flughafen fahren. Ich schickte vier von meinen Männern in zwei Wagen hinterher, um ganz sicherzugehen. Und lange bevor er in Roissy war, so dachte ich, würden wir wissen, was passiert war, was er getan hatte.«

»Haben Sie mit dem Schlimmsten gerechnet?«

»Nicht unbedingt. Ich kenne Grace schon lange, so lange, wie ich meine Frau kenne. Als ich Dominique kennen lernte, waren die beiden sozusagen wie Schwestern, nur noch enger. Nicht umdrehen.«

»Nein.«

»Er ist da. Der blaue Lieferwagen, der gerade vorbeigefahren ist, ist einer von meinen. Sehen Sie, er biegt links ab, das ist das Zeichen.«

»Und was passiert jetzt?«

»Wir werden auch da abbiegen. Unser Freund kann sich auf eine Überraschung gefasst machen.«

Ich auch, dachte Cohen, und spürte einen Schauder irrationaler Angst.

»Seit sie bei der Polizei ist, ist Grace immer wieder in irgendwelchen heiklen Situationen. Sie erzählt mir nie von ihren *histoires,* aber sie erzählt sie Dominique, was auf dasselbe hinausläuft. Ich denke, sie hat eine Todesangst dabei, aber sie weiß, wie man überlebt. Und deshalb habe ich nicht unbedingt mit dem Schlimmsten gerechnet. Es war nur eine Möglichkeit. *A gauche.*«

Sie bogen in eine Straße ein, die eigentlich eher ein Gässchen war, menschenleer und stockfinster. Die Straßenlaternen waren aus, und Cohen fragte sich, ob Bourdonnec vielleicht sogar das arrangiert hatte. Von dem Lieferwagen war nichts zu sehen, was Cohen seltsam fand, denn er meinte, dass sie sich in einer Sackgasse befanden, bis er in einem der entfernteren Fenster einen kurzen Lichtreflex sah und daraus schloss, dass die Straße dort scharf nach rechts abknickte. Bourdonnec blieb stehen, um sich eine Zigarette anzuzünden – vielleicht ein Signal? –, und Cohen machte sich darauf gefasst, dass nun etwas passieren würde.

»Aber als sie nicht ans Telefon ging, fing ich doch an, mir Sorgen zu machen. Immer wieder rief ich von meinem Handy aus in Silvas Wohnung an. Niemand meldete sich. Entspannen Sie sich, mein Freund. Sonst verderben Sie uns ja noch die Überraschung.«

»Tut mir Leid.«

»Wir konnten nicht ins Haus, weil wir die Codenummer für die Tür nicht wussten. Ich klingelte bei Silva. Etwa eine halbe Minute lang. Nichts. Und da rechnete ich dann tatsächlich mit dem Schlimmsten, wie Sie sagen. *A droite.*«

Sie erreichten die Straßenbiegung, und jetzt konnte Cohen ganz in der Nähe Lichter und Menschen sehen. Er verstand nicht ganz. Der günstigste Augenblick für einen Hinterhalt war offensichtlich vorüber.

»Also klingelte ich einfach überall, bis irgendwer die Tür aufmachte. Wir haben einen ziemlichen Wirbel veranstaltet, das kann ich Ihnen sagen. Wir rannten die Treppen rauf, und Leute kamen im Schlafanzug aus ihren Wohnungen. Sie riefen: ›Was ist denn los?‹ Und wir riefen: ›Polizei! Polizei! Aus dem Weg!‹ Richtig filmreif. Dann hab ich gegen Silvas Tür getrommelt, nach Grace gerufen, und noch immer machte keiner auf. Wir gehen da lang. Wissen Sie, wo wir sind?«

»Nein«, sagte Cohen, als er eine verwirrende Flut von Schildern bemerkte, die »Peep Shows« und »Live Sex« und »Nicht jugendfreie Videos!« versprachen. »Ich bin ganz durcheinander. Ich hatte vorhin gedacht, es würde was passieren.«

»Er auch«, sagte Bourdonnec. »Jetzt denkt er, dass wir uns ein paar Frauen suchen wollen, und er hat Recht.«

Sie schlenderten die Rue Saint Denis hinauf wie zwei potentielle Freier, die sich die grellbunten Lockvogelwerbungen der Sexclubs und Videoläden ansahen und die Frauen begutachteten, die in den Türeingängen lungerten, mit ihren dick geschminkten Gesichtern und prallen Schenkeln.

»Was haben Sie getan, als sie nicht aufmachte?«, fragte Cohen.

»Wir haben die Tür eingetreten.«

V

Der letzte Tag vor den Sommerferien. Der Juli ist noch nicht vorüber, der ganze August liegt vor ihnen – unbeschwerte Tage auf einer Insel, die fast menschenleer ist, sonnenverwöhnt, umfächelt von kühlen Lüftchen, die den Duft von Zitronenbäumen und Thymian mit sich tragen. Sie tritt aus den Toren von Tudor Hall, ihre Schönheit erblüht gerade, und sie ist umringt von ihren vielen Freundinnen, die sich alle nur ungern von ihr trennen, wenn auch nur für ein paar Wochen. Ihre gut aussehenden Eltern warten in einem offenen Wagen, mit nachsichtiger Geduld, während sie allen auf Wiedersehen sagt.

Sie sind auf der Insel, auf einem felsigen Pfad. Es ist früh am Abend, und irgendwo in der Ferne ertönen Glocken, und ein Chor von Stimmen ruft sie vom Strand nach Hause. Mad und John Flint, Arm in Arm, Grace, die vorausläuft, lachend, immerzu lachend.

Ihre Mutter ruft ihr zu: »Gracie, Schatz, sei vorsichtig«, denn der Pfad ist steil und führt dicht an den Rand einer abbröckelnden Klippe. Aber sie muss sich beeilen, denn das Bimmeln der Glocken will nicht aufhören, und die Stimmen drängen: »Grace! Grace! Grace!« Ihr Labrador ist bei ihr, treibt sie an.

Sie blickt zurück, um ihrer Mutter zu sagen, dass sie schon aufpasst, aber ihre Mutter ist nicht mehr da. Ihr Vater steht allein am Rand der Klippe, starrt hinaus aufs Meer. Er trägt einen krankenhausgrünen Kittel, der mit Kirschsaft bespritzt ist. In seiner Hand hält er einen Hammer.

Sie ruft: »Daddy!« Sie will ihm sagen, dass sie sich an den Schmerz erinnert, wenn auch nur schwach – wie die Erinnerung an einen vergangenen Liebhaber, dessen Namen sie vergessen hat. Er – ihr Vater? Ihr Liebhaber? – kann sie über den Lärm hinweg nicht hören.

Grace! Grace! Grace!

Das Geräusch einer Explosion, bei der ihre Mutter stirbt.

Gilles steht am Fußende des Bettes, sein jungenhaftes Gesicht bleich und bebend vor Zorn.

»Was in Gottes Namen geht hier vor?«

Sie versucht, sich zu erinnern, wo sie ist.

»Antworte!«

So hat sie ihn noch nie gesehen, und er macht ihr Angst. Zaghaft fragt sie: »Gilles, was ist los?«

»Was *los* ist? Du liegst nackt in seinem Bett, und da fragst du mich, was los ist?«
Allmählich kommt alles wieder, strömt auf sie ein. Sie richtet sich im Bett auf, rückt von Gilles und seiner Wut weg, zieht die Decke hoch bis zum Kinn.
»Es ist nicht so, wie du denkst.«
»Du hast dieses fette Arschloch gevögelt.«
»Nein!«
»Dann hast du dich von ihm vögeln lassen.«
»Nein!«
»Meine Güte, Grace, wie konntest du nur?«
»Es ist nichts passiert.«
»Ich fass es nicht.«
»Es ist nichts passiert!«
Sie schreit jetzt so laut wie er, und der Krach lockt einen Mann in die Schlafzimmertür; einer von Gilles' Leuten, vermutet sie.
»Alles in Ordnung, Chef?«
»Nein. Verzieh dich.«
Er dreht sich um und knallt die Schlafzimmertür zu, kommt dann zurück, packt das untere Ende der Bettdecke und zieht sie ihr weg. Sie ist tatsächlich nicht völlig nackt, denn sie trägt einen Slip. Sie bedeckt ihre Brüste mit den Händen.
»Wo sind deine Sachen?«
»Ich weiß nicht. Ich weiß nicht, wo er sie hingetan hat.«
»Ach Scheiße!«
»Gilles, hör zu. Ich bin krank geworden, ein Migräneanfall. Er hat mich ausgezogen und ins Bett gepackt. Verstehst du? Und später, als ich mich übergeben musste, hat er mich ins Badezimmer gebracht. Das war alles. Mehr ist nicht passiert.«
Er geht zum Badezimmer und schaltet das Licht an, als wollte er

nach Beweisen suchen. Er kommt zurück, starrt sie ein paar Sekunden lang an und fragt dann: »Und was hast du *erreicht?* Was hast du über Harling rausgefunden?«

»Nichts.«

»Gar nichts? Harlings Name ist nie gefallen?«

»Nein.«

Er schüttelt den Kopf, als hätte er Mitleid mit ihr. »Also, war sie das wert, Grace, deine Nacht mit Mario?«

»Gilles, *bitte.*«

»Zieh dir was an, Grace.«

Als er aus dem Schlafzimmer geht, mit der Miene eines zutiefst enttäuschten Pfarrers, spürt sie, wie sehr seine Missbilligung sie fertig macht.

Sie kann ihren BH nicht finden, ja, sie erinnert sich nicht mal, ob sie einen anhatte. Sie weiß, dass sie eine Strumpfhose getragen hat, aber die ist, soweit sie sehen kann, weder im Schlafzimmer noch im Bad. Das Kleid hängt im Schrank, aber sie zieht es nicht über. Die Stimmen, die sie hört, verraten ihr, dass mehrere Männer in der Wohnung sind, und sie will nicht, dass sie sie in diesem Kleid sehen und sich ausmalen, was Mario vielleicht getan hat.

In seiner Kommode findet sie einen weißen Trainingsanzug, wie ihn Tennisspieler tragen. Die Hose ist am Bund viel zu weit für sie, und sie benutzt eine von Marios teuren Krawatten als Gürtel. Sie zieht den Reißverschluss der Jacke bis ganz oben zu und betrachtet sich prüfend im Badezimmerspiegel. Sie sieht lächerlich aus, wie ein Kind in den Sachen seines Vaters. Zum ersten Mal seit langer Zeit lacht sie.

Sie drängen sich in der Küche, im vorderen Teil der Wohnung, drei junge Männer in Freizeitkleidung, die sie mit unverhüllter Neugier mustern. Sie nicken ihr zur Begrüßung zu, sagen aber kein Wort. Auch Gilles nicht, der sich gerade mit der Wohnungstür beschäftigt, die nicht mehr schließt. Er schiebt sich an ihr vorbei und sagt zu niemand Speziellem: »Wir brauchen einen Schreiner. Das Schloss scheint noch in Ordnung zu sein, aber der Türrahmen ist hin.«

Sie hört mit halbem Ohr zu, während sie von der Diele ins Wohnzimmer schlendert. Sie sucht die Stelle im Teppich, wo sie ihren Drink verschüttet hat, es ist aber kein Flecken zu sehen. Sie versucht, sich an die nachfolgenden Ereignisse zu erinnern. Hat Mario sie hier ausgezogen oder im Schlafzimmer? Wie nebenbei hebt sie die Sofakissen eins nach dem anderen hoch, sucht nach ihrer Strumpfhose.

Sie setzt sich aufs Sofa, schließt die Augen und versucht, die Stimmung des Raumes heraufzubeschwören, als er vom sanften Schein der Tischlampen erhellt wurde und Musik auf der Stereoanlage lief – Sinatra, erinnert sie sich – und sie und Mario Lügen austauschten, sich ganz allmählich näher kamen. Sie fragt sich, was passiert wäre, wenn sie keine Migräne bekommen hätte. Hätte sie mit Mario geschlafen? Hätte sie es gekonnt?

Niemals.

Noch nicht mal für Frank Harlings Kopf? Nicht in einer Million Jahre!

Ach, nein?

Um diese beunruhigenden Gedanken abzuschütteln, öffnet sie die Augen und fixiert den Couchtisch, auf dem sie einen Umschlag erblickt, der gegen die Figurine einer Geisha gelehnt und mit »Katia« beschriftet ist. Es dauert einen Moment, bis sie ihr Pseudonym erkennt, den Namen, den Gilles sich spontan für sie ausdachte, den einzigen Namen, unter dem Mario sie kennt. Sie öffnet den Umschlag und liest den kleinen Brief. Marios Abschiedszeilen und, wie sich herausstellt, seine unfreiwillige Zeugenaussage.

Ma chère Katia:
Verzeih mir, dass ich dich schlafen lasse. Ich möchte dich nicht wecken, bloß um mich zu verabschieden. Und verzeih mir noch hundert Mal mehr, wenn ich dir auch nur einen Augenblick lang das Gefühl gegeben habe, ich sei nur an deinem Körper interessiert. Du hattest Recht: Wenn aus uns ein Paar werden soll, müssen wir uns vorher kennen lernen. Ganz gleich, was passiert, ich möchte dich wiedersehen. Bleib hier, solange du möchtest, und fühl dich wie zu Hause. Oben auf dem Kühlschrank liegt ein zweiter Satz Schlüssel. Wenn du bei meiner Rückkehr noch hier wärst, würdest du mich zum glücklichsten Mann der Welt machen. Wenn nicht, hinterlässt du mir vielleicht deine Telefonnummer oder du rufst mich an oder … wer weiß? Behalte mich in lieber Erinnerung, so wie ich dich. Bien à toi, Mario.

Sie nimmt den Brief mit in die Küche, wo Gilles am Tisch sitzt und in sein Handy spricht. Sie drückt sich an seiner Dreiertruppe vorbei – »Entschuldigung, Amigos, darf ich mal« – und legt den Brief vor ihn hin. Er setzt sein Gespräch fort – anscheinend mit Dominique –, aber er liest Marios Worte.
In Flints Richtung haucht er ein lautloses »Tschuldigung«. Ins Telefon sagt er: »Es geht ihr gut. Sie hat ihre Sache toll gemacht.«

Er lächelt ihr zu, als wollte er sagen, dass er ihr seine Zweifel verzeiht. Eine bohrende Stimme in ihr fragt: *Was geht es dich an?*

Die polizeiliche Durchsuchung der Wohnung von Mario Silva erfolgt hastig und routinemäßig. Sie wissen nicht, wonach sie suchen sollen, weil Flint es selbst nicht weiß und wahllos irgendwelche Vermutungen anstellt. »Korrespondenz, Notizen, ein Terminkalender, Telefonverzeichnisse – irgendwas, worin Harlings Name stehen könnte.«

Sie gehen die nahe liegenden Stellen durch: sein Schreibtisch im Wohnzimmer, die Schubladen seiner Kommoden und Schränke, die gespeicherten Nummern in seinem Telefon. Sie suchen nach einem Geheimsafe oder einem falschen Wandpaneel. Sie schauen hinter seinen Bildern und unter seinem Bett nach. Sie überprüfen den Wasserbehälter der Toilette und den Schornstein über dem Kamin und das Eisfach seines Kühlschranks. Sie rollen die Teppiche auf, suchen nach losen Dielenbrettern, unter denen sich ein Versteck befinden könnte, und blättern die Seiten sämtlicher Bücher in seinen Regalen durch. Die Suche wird unterbrochen, als der Schreiner eintrifft, um den Türrahmen zu reparieren, und sie wird die ganze Zeit über durch Gilles' Sorge behindert, dass das, was sie da tun, sowohl inoffiziell als auch illegal ist. Sie haben keinen Durchsuchungsbefehl für Silvas Wohnung. Gilles schwankt hin und her zwischen der kühnen Idee, alles kurz und klein zu schlagen, damit es wie ein Einbruch aussieht, zu dem sie gerufen wurden, und seinem Respekt als Polizist vor Privatbesitz: nichts – absolut nichts –, so schärft er seinen Männern ein, darf beschädigt werden.

»Ist dir schon mal der Gedanke gekommen«, fragt er Flint etwas gereizt, »dass er das, was er vielleicht hat, mitgenommen haben könnte?«

»Ja, aber das glaube ich nicht. Mario gehört zu der vorsichtigen Sorte Mensch. Er würde nicht das Risiko eingehen, dass ihm seine Aktentasche gestohlen oder er am Zoll kontrolliert wird.«

»Dann bewahrt er vielleicht alles in der Galerie auf.«

»Daran hab ich auch gerade gedacht. Irgendwelche Vorschläge?«

»Vergiss es.«

»Ach, komm schon, Gilles. Ich hab uns schließlich hier reingebracht, oder? Ich wette, dass du uns in die Galerie bringen kannst.«

»Vergiss es!«

Sie lacht. Jetzt, da sie in ihr nicht mehr Marios Hure sehen, hat sie den Trainingsanzug ausgezogen und sich von ihm ein T-Shirt und Shorts ausgeliehen. Auch die Sachen sind ihr viel zu groß, aber der Kostümwechsel hat ihre Stimmung gehoben.

»Gilles, fahr nach Hause. Schick die Jungs zurück zu ihren Frauen und fahr nach Hause zu Dominique. Ich komme allein besser klar.«

»Du kannst nicht hier bleiben.«

»Doch, kann ich wohl. Schließlich hat er geschrieben: ›Bleib hier, solange du möchtest, und fühl dich wie zu Hause.‹ Seine Wohnung ist meine Wohnung. Er hat mir sogar einen Satz Schlüssel dagelassen!«

Sie hält sie in der Hand und zeigt sie Gilles.

»Irgendwas ist hier versteckt, das weiß ich. Lass es mich suchen.«

Er zaudert. Dann sagt er unvermittelt zu seinen Männern: »Wir packen zusammen und machen, dass wir wegkommen.«

Sanft, nachsichtig, gibt sie ihm einen Kuss.

VI

Sie hatten den Teil der Rue Saint Denis erreicht, wo das Erotikgewerbe allmählich der Bekleidungsbranche wich, aber noch immer standen hier und dort Frauen auf dem Bürgersteig herum. Eine wartete an einem Durchgang auf sie, der in eine Sackgasse führte, und Bourdonnec sagte: »Tun Sie einfach, was ich sage.«

Sie hatte einen kupferfarbenen Teint und volle scharlachrot geschminkte Lippen. Sie wiegte sich in den Hüften und lehnte den Kopf gegen die Wand, als Bourdonnec und Cohen näher kamen.

»Hallo, ihr Süßen«, sagte sie mit einer Sirenenstimme, die für Cohens Geschmack Tote hätte erwecken können. »Wie wär's mit einem Dreier?«

»Meinst du, das schaffst du?«

Sie ließ ihre kecken Augen über den Inspektor wandern und sagte: »Und ob.«

»Mein Freund ist ein bisschen schüchtern.«

Sie betrachtete Cohen und trat dann träge auf ihn zu, den Blick unverwandt auf ihn gerichtet. Als sie ganz dicht vor ihm stand, ließ sie ihre Finger über seine Brust gleiten, wie eine Pianistin, die ein Riff spielt. »Du hast ja keine Vorstellung, was ich alles für dich tun kann«, sagte sie. Ihr Zähne waren groß und sehr weiß.

»Hast du ein Zimmer?«, fragte Bourdonnec.

»Klar.« Sie deutete mit dem Kinn in die Sackgasse, nahm Cohens Arm und zog ihn an sich heran. »Komm mit, Süßer. Das wird der schönste Tag deines Lebens.«

Er hatte da so seine Zweifel. Als die junge Frau ihn in die dunkle Ungewissheit der Sackgasse führte, fühlte er sich wie ein Fisch

am Haken. Bourdonnec war vorausgegangen und verschwunden. Cohen lauschte angestrengt, ob er über den Klang ihrer Absätze auf dem Kopfsteinpflaster hinweg irgendwelche Geräusche hörte, die ihn vor dem drohenden Angriff warnten. Auch sie wusste Bescheid. Er spürte an seinem Arm, wie sie zitterte.
Sie erreichten das Ende der Sackgasse und blieben vor einer Tür in einem lichtlosen Hof stehen, wo die Frau Cohens Arm losließ, um nach ihrem Schlüssel zu suchen. Der Lieferwagen, oder einer, der ihm sehr ähnlich sah, parkte in einer Ecke des Hofes. Er war leer, soweit Cohen erkennen konnte, und der abkühlende Motor knackte und ächzte.
Die Frau ließ ihre Handtasche fallen und fluchte. Sie kniete nieder, um den verstreuten Inhalt einzusammeln, und Cohen half ihr. Es war unheimlich still, und dann plötzlich eine Explosion von Geräuschen: herbeieilende Schritte, ein dumpfer Schlag, ein schweres Stöhnen, ein gedämpfter Aufschrei.
In der Dunkelheit konnte Cohen nur schemenhafte Gestalten erkennen, die schnell und entschlossen auf sie zustürmten. Er wusste, dass er sich bewegen müsste, aber die hektischen Botschaften seines Gehirns kamen einfach nicht durch. Er erhob sich viel zu spät von den Knien und spürte einen Schlag gegen die Schläfe, der ihn zu Boden schickte.
Und dann hörte er das unverkennbare Geräusch einer weiteren, noch brutaleren Kollision: der Übelkeit erregende Klang von Metall, das mit hoher Geschwindigkeit auf Fleisch und Knochen und Knorpel trifft. Ein Nachgeben, ein Splittern, ein Knacken.
Sie waren zu dritt, wie Cohen jetzt erkannte, und sie hatten den *loubard* mit dem Kopf voran gegen die Seite des Lieferwagens geschleudert, als wäre er ein Rammbock. Er lag wie ein Sack auf

dem Kopfsteinpflaster, Kopf und Schultern noch immer mit der improvisierten Kapuze bedeckt, mit der sie ihm die Sicht genommen hatten.
Bourdonnec sagte: »Legt ihm Handschellen an und schafft ihn in den Wagen.«
Unter Cohen ächzte die Frau und wand sich schwach, um ihn loszuwerden.

»Alles in Ordnung? Haben Sie sich am Kopf wehgetan?«
Sie waren in dem kleinen Zimmer der Frau. Cohen saß auf dem zerwühlten Bett, das den Großteil des Raumes einnahm. Sie war im Bad, oder dem, was als Bad gelten sollte, und übergab sich heftig.
»Wollen Sie sie?«, fragte Bourdonnec. Er lehnte mit dem Rücken an der Wand, die Hände in den Taschen, und beobachtete die Tür.
»Nein!«
»Sie ist bezahlt.«
Cohen nahm sein Taschentuch, tupfte sich die Stirn und zuckte zusammen, als es brannte.
»Nein, wirklich nicht«, sagte er weniger leidenschaftlich. »Trotzdem, danke.«
»Okay, aber Sie müssen ein Weilchen hier bei ihr bleiben. Reden Sie mit ihr, spendieren Sie ihr irgendwo einen Drink. Egal was. Ich möchte nicht, dass sie dem nächstbesten Kerl alles brühwarm erzählt. Können Sie das tun?«
Cohen betrachtete das Taschentuch, um den Schaden abzuschätzen. Nur wenige rote Flecken färbten den Leinenstoff. »Wenn Sie wollen«, sagte er steif.
Bourdonnec gefiel der Ton offenbar nicht. »Was ist los? Meinen

Sie, dass wir da draußen ein bisschen grob waren? Meinen Sie, wir hätten ihn auf Sie losgehen lassen sollen?«
»Sie wissen doch gar nicht, was er vorhatte.«
»Genau.« Die rechte Hand des Inspektors tauchte aus der Jacke auf und hielt etwas, das im Licht schimmerte. »Fangen Sie«, sagte er und warf es Cohen zu.
Es war ein etwa zwölf Zentimeter langes schlankes Kästchen mit einem schönen Metallgehäuse und Elfenbeinintarsien, zumindest sah es für Cohen so aus. Er drehte und wog es in den Händen, suchte nach dem Schloss, um es zu öffnen.
»Seien Sie vorsichtig«, sagte Bourdonnec. »Und drücken Sie auf den Hebel.«
In dem Gehäuse eingesenkt, da, wo man den Daumen automatisch auflegte, befand sich ein Knopf, den Cohen nach vorne schob. Ein Öffnungsmechanismus klickte, und eine Stahlklinge, so spitz wie ein Stilett, sprang aus der Halterung.
»Das hatte er in der Hand, als er auf Sie losging, als wir ihn aufgehalten haben. Meinen Sie, er wollte es Ihnen verkaufen?«
Cohen wurde plötzlich kalt. Unwillkürlich stellte er sich vor, wie die Klinge in seinen Rücken drang, knapp unterhalb des Schulterblattes, unaufhaltsam Richtung Herz.
»Es tut mir Leid, ich hatte ja keine ...« Er sah, dass seine Hände zitterten, und zwang sie, ruhig zu werden. »Meinen Sie, er wollte mich töten?«
»Das denke ich doch«, sagte Bourdonnec und griff nach der Waffe. »Dafür sind Stilette nun mal da. Das ist eine der Fragen, die ich ihm stellen werde. Eine von vielen. Hören Sie, wenn Sie mit der Frau fertig sind, gehen Sie zurück in Ihr Hotel und warten. Ich rufe Sie an, sobald ich mehr weiß.«
»Ich weiß noch immer nicht, was aus Flint geworden ist.«

»Dazu kommen wir noch.« Er drückte den Knopf und die Klinge verschwand. »Im Augenblick halte ich das hier für wichtiger.«

Die Frau hatte sich wieder beruhigt. Aus dem Badezimmer drang das Geräusch von laufendem Wasser, und man hörte, dass sie sich wusch. Als sie die Tür öffnete, sah sie aus wie ihre eigene sehr viel jüngere Schwester, das Gesicht frisch gewaschen und blass, ohne ihre hohen Absätze klein. Ihr billiges pinkfarbenes Kleid stand hinten am Rücken offen und war vorne mit Wasser bespritzt. Auf ihrer linken Wange bis hinunter zum Schlüsselbein sah Cohen die ersten Anzeichen eines Blutergusses, den, wie er wusste, er ihr beigebracht hatte. Er fand, dass sie verletzlich und hilflos und irgendwie attraktiv aussah.

Bourdonnec legte ihr eine Hand auf die nackte Schulter, und sie verzog das Gesicht. »Du hast deine Sache gut gemacht«, sagte er. »Weißt du, wieso?«

Sie schüttelte den Kopf, blickte dabei aber Cohen an.

»Weil du mich jetzt zum Freund hast. Falls dir irgendjemand Ärger macht, dich nach heute Abend fragt oder so, sagst du mir einfach Bescheid, und ich kümmere mich drum. Du weißt nichts, hast du verstanden?«

Sie nickte einmal, aber sie sah ihn nicht an, bis er aus seiner Jacke eine *carte d'identité* hervorholte, die anscheinend ihr gehörte. »Ich habe mir deine Personalien notiert, Eloise, falls ich dich finden muss. Hier, nimm. Meine Telefonnummer liegt bei. Aber denk dran, du weißt nichts, du hast nichts gesehen. Falls irgendjemand was anderes sagt, will ich es wissen.«

Nachdem das geklärt war, wandte er sich Cohen zu. *»Bon!* Ich muss jetzt los. Seien Sie großzügig zu ihr, mein Freund.«

Dann war er weg, und die Frau musterte Cohen, und er lächelte

ihr beruhigend zu. »Alles wird gut«, sagte er. »Er ist wirklich Ihr Freund.«
Sie lächelte auch, ließ ihre Zähne blitzen, und dann kam sie aufs Bett zu und streifte sich ihr Kleid ab. Cohen sagte: »Nein«, aber sie glaubte ihm nicht.

Sie hatte nackt vor ihm gestanden, sein Gesicht an ihren Bauch gezogen, und einige Momente lang hatte er dort verharrt, die Weichheit ihrer Haut gespürt. Noch immer konnte er ihren Duft riechen, eindringlich und würzig wie Limonen.
Er plünderte die Minibar und tigerte in seinem Zimmer im *Relais Christine* auf und ab, wartete, dass das Telefon klingelte, während sein Anwaltsverstand sich abmühte, etwas Ordnung in das Chaos der Ereignisse zu bringen. Er versuchte, sich auf das zu konzentrieren, was er über Flint in Erfahrung gebracht hatte, versuchte, seine Erinnerungen an die junge Frau zu verdrängen; versuchte auch, das scharfe Schnappen der Stilettklinge zu verdrängen, als sie aus dem Griff sprang.
Was ihm nicht unbedingt gelang.
Das hatte er in der Hand, als er auf Sie losging. Zwölf Zentimeter Stahl, spitz wie eine Nadel.
Komm in mich rein, mach's mir. Die junge Frau, die ihn nach unten drückt, sich an sein Gesicht schmiegt.
Inspektor Bourdonnec am Telefon, eindringlich, beschwörend. »Wir haben ein Problem. Er ist ein Nichts, Abschaum. Aber die Scheißkerle, die ihn angeheuert haben, wissen, wo Sie sind. Sie werden zu Ihnen kommen. Schließen Sie die Tür ab. Verbarrikadieren Sie sie. Bleiben Sie weg von den Fenstern. Meine Leute sind schon unterwegs.«
In der Ferne konnte er Polizeisirenen hören. Er schob den

Schreibtisch vor die Tür und stieg die Wendeltreppe zu der Empore hoch, gebückt, als hätte ihn jemand im Visier. Er legte sich auf den Boden neben das Bett und dachte an Flint in Mario Silvas Wohnung, stellte sich vor, wie Flint die Wohnung auf den Kopf stellte, nach irgendwelchen Verstecken suchte.
Um was darin zu finden?

VII

Flint in Silvas Wohnung, im Schneidersitz auf dem Wohnzimmerboden. Jetzt, wo sie allein ist, hat sie sein T-Shirt und die Shorts abgelegt und trägt stattdessen eines seiner Seidenhemden von Hermès, das weich auf ihrer Haut und wunderbar kühl ist. Die Fenster bis zum Boden sind weit geöffnet und lassen das Sonnenlicht und die trägen Geräusche eines Sonntagnachmittags herein. Sie ist aufgewühlt, kurz vor jenem berauschenden Augenblick, den jeder Cop kennt, wenn eine bedeutsame Wahrheit ans Licht kommt. Wenn ein Hautfragment, das auf einem Pistolenabzug entdeckt wird, oder ein menschliches Haar im Abflusssieb des Waschbeckens oder das Gestammel eines Verdächtigen vor seinem Geständnis die Lösung des Rätsels verheißt. Sie wird gleich herausfinden, was Mario Silva zu verbergen versucht.
Um den Augenblick hinauszuzögern, ihre Vorfreude zu verlängern, geht sie in die Küche und holt sich etwas zu trinken. Auf den Arbeitsflächen steht eine Riesenauswahl für sie bereit, denn sie hat alles aus den Schränken, Schubladen, dem Kühlschrank und der Tiefkühltruhe herausgenommen und genauestens überprüft.

Ebenso hat sie jede Schublade, jeden Schrank und jedes Schränkchen im Badezimmer, im Schlafzimmer und im Wohnzimmer geleert. Jeder Toiletten- oder Kosmetikartikel, jedes Handtuch, jedes Laken, jeder Bett- oder Kissenbezug, alle Hemden, Krawatten, Unterhosen, Handschuhe, Schals, Pullover, Jacketts, Mäntel, alle Briefe, Bücher, Zeitschriften, Gemälde, Bilder, LPs, CDs, Tonbandkassetten, Videobänder, jedes Küchengerät – *alles,* was Mario besitzt, befindet sich jetzt hübsch und ordentlich auf dem Boden, in der Nähe seines Ursprungsortes. Es ist, als hätte sie sein Leben ausgepackt.
In der Küche beschließt sie, seinen Karton mit Tropicana-Orangensaft zu plündern, weil er sie an Florida und einen anderen berauschenden Augenblick erinnert: *Vladimir wird nicht kommen, Aleksei Vladimir ist indisponiert. Vladimir hat ein Loch im Kopf, das so groß ist wie eine Grapefruit … Vladimir ist tot, Aleksei.*
Und das gilt, metaphorisch gesprochen, auch für Mario – glaubt sie zumindest.
Mit der durchtriebenen Gewissheit einer Frau, die ihre eigenen Geheimnisse in den Hüllen von Schallplatten verbirgt, die sie gar nicht spielen kann, weiß sie, was Mario getan hat.
Der Camcorder hat ihn verraten, ein teuer aussehender Sony High-8, den sie auf dem obersten Regal im Schrank gefunden hat, zusammen mit einem Gerät zum Schneiden von Videobändern. Aha, hatte sie gedacht, Mario dreht Amateurfilme und schneidet sie selbst, und sie war sogleich mit einer Vermutung bei der Hand gewesen, was das für Filme waren; bestimmt Pornofilme, in den Hauptrollen Mario und irgendwelche Frauen, die er aus dem Club Elégance mit in seine Wohnung abgeschleppt hat. Sie hatte fast befürchtet – und sich innerlich dafür

gewappnet –, ein Band zu finden, auf dem sie selbst mitspielte: träge, praktisch bewusstlos durch das Sedaspir, von Mario und seinem Camcorder genauestens unter die Lupe genommen. Doch zu ihrer Verwunderung fanden sich in der Wohnung keine anderen Videos als eine Sammlung mit überwiegend amerikanischen Spielfilmen. Und dann war ihr ein Licht aufgegangen – und jetzt kehrt sie ins Wohnzimmer zurück, wo die Bänder auf sie warten, ordentlich vor dem Videorecorder gestapelt. Sie hat sie in derselben Reihenfolge geordnet, wie er sie in seinem Bücherregal aufgestellt hatte, und nun spielt sie sie ab, eins nach dem anderen. Um die Durchsicht zu beschleunigen, betätigt sie immer wieder den schnellen Vorlauf an der Fernbedienung.

Aber jetzt ist sie bei Polanskis »Frantic« angelangt, und sie lässt das Band mit normaler Geschwindigkeit laufen, weil der Film sie in vielerlei Hinsicht besonders berührt. Er spielt in Paris, wurde ganz in der Nähe einer Gegend gedreht, in der sie einst lebte und wo sie jetzt sitzt. Er handelt von dem plötzlichen, unerklärlichen Verschwinden einer Frau, die ihrer Mutter ähnelt. Der Ehemann der Frau sucht verzweifelt nach ihr, so, wie John Flint verzweifelt nach Mad suchte. Und er wird, wie damals ihr Vater, von der Polizei verdächtigt.

Sie sitzt auf dem Fußboden, trinkt Tropicana und sieht zu, wie Harrison Ford unter der Dusche steht und seine Frau einen Telefonanruf entgegennimmt.

Die Szene würde Hitchcock alle Ehre machen. Die Kamera ist mit Ford in der Duschkabine, blickt über seine Schulter, zeigt uns nur einen Teil des Hotelzimmers jenseits der offenen Badezimmertür. Er singt: »I love Paris in the Springtime« und hört das Telefonklingeln nicht, aber wir hören es, und wir sehen, wie seine Frau den Hörer abhebt, und wir sehen, dass sie ziemlich aufgeregt wird. Sie ruft ihm irgendetwas zu, und er sagt: »Liebling, ich kann dich nicht hören.« Sie versucht es erneut, und dann hebt sie resigniert ihr Kleid vom Boden auf. Das Letzte, was wir von ihr sehen, ist, wie sie einen Koffer aus dem Bild zieht.

Schnitt auf eine Großaufnahme von Ford, der sich vor dem Badezimmerspiegel rasiert. Flint kennt den Film mehr oder weniger auswendig, und sie spricht die nächsten drei Zeilen gleichzeitig mit Ford. »Es ist ziemlich still bei dir, Baby ... Du wirst doch nicht schon eingeschlafen sein?« Für die Pointe ahmt sie Cutters gedehnte Sprache nach: »Rat mal, weshalb ich mich hier rasiere.«

Und dann klingelt es an der Zimmertür, und es klingelt erneut, und Fords nächster Text wäre: »Kannst du rangehen, Baby?« – aber er kommt nicht mehr dazu, das zu sagen.

Es folgt ein jäher Schnitt, und einige Momente lang bleibt der Bildschirm schwarz, als wäre das Band gerissen. Flint weiß es jedoch besser, und sie wartet, und jetzt blickt Mario Silvas Gesicht in die Kamera. Er sitzt in dem Sessel, an den sie sich lehnt, freundlich, gelassen, unauffällig gekleidet. Er wartet einen Augenblick, und dann beginnt er mit seinem eigentümlichen Akzent zu reden, die Intonation eines Menschen, der zu viele Sprachen spricht.

Mein Name ist Mario Silva. Ich nehme dieses Band auf, um gewisse Ereignisse und Aktivitäten zu protokollieren, die mir zur Kenntnis gelangt sind. Ich tue das zu meinem eigenen Schutz und um für den Fall, dass mir etwas zustößt, sicherzustellen, dass die Verantwortlichen nicht ungeschoren davonkommen. Eine Kopie dieses Bandes deponiere ich bei meinem Anwalt mit der Anweisung, es den zuständigen Behörden zu übergeben, falls ich spurlos verschwinde oder eines unnatürlichen Todes sterbe.

Er macht wieder eine Pause, und Flint hält die Luft an, als hätte sie Angst, das kleinste Geräusch könnte ihn stören.
Er quält sie eine kleine Ewigkeit, so kommt es ihr vor, mit seinem Schweigen, und dann:
Ich werde Ihnen eine Geschichte erzählen, eine wahre Geschichte, über einen Mann namens Frank Arthur Harling und über etwas, das das UNTERNEHMEN *genannt wird …*

VIII

Er hatte ein regelrechtes Rollkommando erwartet, aber letztlich wurde Harry Cohen ohne großes Aufsehen aus dem *Relais Christine* evakuiert.
Bourdonnec rief vom Empfang aus an und sagte ihm, er solle seine Sachen packen. Drei von den Männern des Inspektors eskortierten ihn von seinem Zimmer in die Eingangshalle, wo sie aufpassten, während er seine Rechnung bezahlte. Zwei Streifenwagen vor dem Hoteleingang. Bourdonnec erwartete ihn auf dem Rücksitz eines unauffälligen Peugeots, der losfuhr, sobald Cohen eingestiegen war. Keine Sirenen, kein Blaulicht.
»Ich muss schon sagen, Sie haben mir eine Heidenangst eingejagt«, sagte Cohen, der erleichtert, aber durch diese unspektakuläre Aktion auch irgendwie ernüchtert war. Dann spürte er Bourdonnecs Anspannung und sah die hässliche Silhouette einer Maschinenpistole auf dessen Schoß, sah, wie er prüfend in die Rückspiegel schaute und die Straße vor ihnen inspizierte.

Das Funkgerät knisterte, und eine Stimme sagte: »So weit alles klar. Wir sind fünfhundert Meter hinter euch.«

Bourdonnec zog ein Walkie-Talkie aus der Tasche und sagte: »Schließt auf. René, wo seid ihr?«

»Vor euch. St. André, Ecke Séguir. Ich sehe euch im Rückspiegel.«

»Okay. Fahr jetzt los. Wir machen ein Baguette.« Er bedachte Cohen mit einem Lächeln. »Wie nennt ihr das? Wir sind die Wurst im Sandwich?«

Cohen hatte ein Dutzend Fragen, hielt es aber für klüger, sie nicht zu stellen.

»Hab ihn«, sagte der Fahrer, ein untersetzter Mann ohne erkennbaren Hals.

Vor ihnen sah Cohen einen Wagen aus einer Parklücke setzen und langsam beschleunigen, so dass sie Zeit hatten aufzuschließen. Die Heckscheibe wurde hell, als der hintere Wagen die Lücke schloss.

Bourdonnec sprach wieder ins Funkgerät. »René, immer schön ruhig. Fahr Saint Germain runter über die Brücke. Thierry?«

»Alles klar.«

Die Reifen quietschten, als sie auf den Boulevard einbogen und die drei Wagen, die nun einen geschlossenen Konvoi bildeten, sich in den fließenden Verkehr drängten. Defensiv war nicht gerade das Wort, das Cohen benutzt hätte, um ihre Fahrweise zu beschreiben.

»Wer hat gewusst, dass Sie nach Paris wollten?«

Die Frage des Inspektors hatte Cohen sich auch schon gestellt, und er hatte die Antwort parat. »Devereaux und Glenning.«

»Sonst niemand?«

»Vielleicht hat Devereaux es Barbara Dixon erzählt, der Chefin.

Er könnte es auch Nicolson vom Innenministerium gesagt haben, um ihm zu zeigen, dass wir Fortschritte machen. Ich kann mir nicht vorstellen, dass Glenning es irgendjemandem erzählt hat.«

Bourdonnec brummte. »Der *salaud,* den wir heute Abend erwischt haben, wusste, dass Sie kommen würden und wann. Er kannte die Ankunftszeit des Zuges. Wer hat davon gewusst?«

»Glenning bestimmt nicht. Als ich das letzte Mal mit ihm gesprochen habe, hatte ich noch vor, ein Flugzeug zu nehmen.«

»Dann also Devereaux.«

»Ich bin nicht sicher.« Cohen zermarterte sich das Hirn, um sich die Einzelheiten ihres letzten Gesprächs in Erinnerung zu rufen.

Na dann, viel Glück, alter Knabe. Du hältst mich natürlich auf dem Laufenden.

Natürlich.

An deiner Stelle würde ich im Crillon absteigen.

Vielleicht mach ich das auch.

Und so war es weitergegangen, ein banales Gespräch, ohne besondere Bedeutung.

Soll dich jemand zum Flughafen fahren?

Nein, nein, Alan. Nicht nötig. Danke.

»Ich bin mir ziemlich sicher, dass ich ihm nicht erzählt habe, dass ich mit dem Zug fahren würde«, sagte Cohen und fand das im Nachhinein merkwürdig. Wieso hatte er mit seinen Plänen so hinter dem Berg gehalten?

Bourdonnec ließ die Straße vor ihnen keine Sekunde aus den Augen. Sie näherten sich dem Ende des Boulevards, wo die Ampel auf Rot stand. Er tippte dem Fahrer auf die Schulter und sagte ins Funkgerät: »René, fahr weiter.« Wie von allein – so kam es Cohen zumindest vor – fing eine Lampe auf dem Armaturenbrett des Peugeots an zu pulsieren und erfüllte den Wagen mit grellblauen Lichtblitzen und Sirenengeheul. Von vorne und von hinten fielen jaulend zwei weitere Sirenen ein, zwei weitere rotierende Lichter. In den Schaufenstern, an denen sie vorbeifuhren, spiegelten sich die Lichter wie elektrische Funken, die über das Pflaster hüpften und tanzten. Dann jagten sie auf die Kreuzung und Cohen sah rechts von sich die Scheinwerfer von heranrasenden Autos, hörte das Quietschen von Bremsen und die Proteste wütender Hupen. Sie schafften es so eben auf den Pont de Sully, und die Blaulichter wurden abgeschaltet. So plötzlich, wie er begonnen hatte, verstummte der Lärm.

»Wer hat die Reservierung für Sie gemacht?«, wollte Bourdonnec wissen, der erneut den Faden aufnahm, als wäre nichts geschehen.

»Ich.«

»Telefonisch vielleicht?«

»Ja.« Cohen schwante etwas.

»Boss, wir haben Gesellschaft« – Thierrys Stimme, eindringlich über Funk. »Außer uns hat noch irgendein Idiot die Ampel überfahren. Vielleicht bloß ein Trittbrettfahrer?«

»Vielleicht aber auch nicht«, sagte Bourdonnec, drehte sich um und spähte durch die Heckscheibe. »René, nimm den Quai Henri.«

»Soll ich ihn hochnehmen?«, fragte Thierry.

»Noch nicht. Wollen erst mal sehen, was er vorhat.«

Ihr Konvoi erreichte das Ende der Brücke und bog scharf nach rechts auf die Schnellstraße, die dem rechten Seineufer folgt, raste Richtung Disneyland und tauchte mit einer, wie es schien, selbstmörderischen Geschwindigkeit in einen leicht gebogenen Tunnel ein. Der Wagen schlingerte, als der Fahrer riskant die

Spur wechselte, um einem Motorradfahrer auszuweichen. Cohen schloss die Augen und versuchte, die bekannten Bilder des zerstörten schwarzen Mercedes' abzuschütteln, der am dreizehnten Pfeiler eines anderen, ganz ähnlichen Pariser Tunnels zerschellt war. Er konzentrierte sich auf die Erkenntnis, dass sein Telefon von jemandem abgehört wurde, der einen Mann in Paris kannte, einen Mann, der eine zwölf Zentimeter lange Klinge aus gehärtetem Stahl bei sich führte.

Das Abebben des dröhnenden Verkehrslärms verriet Cohen, dass sie den Tunnel überlebt hatten. Er öffnete die Augen und sah, dass Bourdonnec sich halb im Sitz umgewandt hatte, den Rücken gegen die Tür gepresst, das Funkgerät in der einen, die Maschinenpistole in der anderen Hand, den kurzen Lauf zur Decke gerichtet.

»Thierry, wo ist er?«

»Etwa zweihundert Meter hinter mir, hält gleichmäßig Abstand.«

»Okay, lass dich etwas zurückfallen, mal sehen, was er macht.«

»Soll ich ihn vorbeilassen?«

»Wenn er will.« Zu Cohen sagte er. »Dieser Mistkerl ist bloß ein kleiner Ganove, *un petit voyou.* Der weiß gar nichts. Irgendein Typ hat ihm in einer Bar fünftausend Francs bezahlt, damit er Ihnen folgt, Sie, falls möglich, überfällt und Sie tötet, wenn er wollte. Wir müssen rauskriegen, wer ihn angeheuert hat und warum. Vielleicht wissen diese Burschen da mehr.«

»Mich töten? Für fünftausend Francs?«

Bourdonnec lächelte. »Sie sollten sich geschmeichelt fühlen. Glauben Sie mir, in dieser Stadt könnte ich Sie für fünfhundert umbringen lassen.«

»Inspektor, er kommt. Schwarzer Opel, zweitürig, Pariser Nummernschild. Drei Insassen, männlich, soweit ich sehen kann, zwei vorne, einer hinten.«

»Lass ihn kommen. René, hast du mitgehört?«

»Verstanden.«

Der Wagen füllte sich mit Licht, als der Opel zu ihnen aufschloss.

Bourdonnec sagte: »Jacques, du weißt, was du zu tun hast«, und der Fahrer nickte, ein Auge auf den Rückspiegel gerichtet, das Lenkrad fester umfassend.

»Der rammt euch, Boss.«

»Von wegen.« Zu Jacques und gleichzeitig auch ins Funkgerät sagte Bourdonnec: »Jetzt!« Zu Cohen sagte er: »Festhalten!«

Noch bevor Cohen reagieren konnte, flammten die Bremslichter des vorderen Wagens grellrot auf. Der Peugeot schleuderte nach rechts, jagte mit einem Ruck auf die Standspur, und der Schwung beförderte Cohen in den Fußraum, wo er auf den Knien landete. Er hörte den durchdringenden Lärm von Hupen. Er sah den Opel an ihnen vorbeifahren, verblüffte Gesichter hinter den Fenstern. Dann wechselte der vordere Wagen auf die linke Spur, und jetzt war der Opel die Wurst im Sandwich, von drei Seiten eingekeilt, denn der Schlusswagen fuhr so dicht hinter ihm, dass es aussah, als hingen die beiden Wagen aneinander. Weiter vorn auf der eigentlich rechten, jetzt sozusagen mittleren Spur wurden die Rücklichter eines langsam fahrenden Sattelschleppers immer heller, als der Opel ohne Ausweichmöglichkeit darauf zuraste.

Der Fahrer dachte wohl, er könnte es schaffen, oder vielleicht geriet er bloß in Panik. In den wenigen Sekunden, die ihm blieben, um eine Entscheidung zu treffen, traf er auf jeden Fall die falsche. Hätte er kurz gebremst, hätte er sich vielleicht noch rechtzeitig hinter den Peugeot schieben können. Stattdessen versuchte er, vor sie zu gelangen, beschleunigte den Wagen und steuerte auf eine Lücke zu, die eigentlich gar nicht da war. Als er den Wagen auf die Standspur lenkte, erwischte er die hintere Ecke des Sattelschleppers, und Cohen sah, wie der Opel schlingerte, sich scheinbar wieder fing und dann mit voller Wucht in die Leitplanke schleuderte, bevor er umkippte. Er füllte die Frontscheibe des Peugeots aus, während er in Seitenlage vor ihnen entlangschlidderte und sie mit Funken und dem Kreischen von Metall überschüttete. Mit der Anmut eines Rodelschlittens rutschte er in die Bahn des Sattelschleppers und wurde wie ein Stück Treibholz beiseite geschleudert.

Das Letzte, was Cohen von dem Opel sah, war, wie er durch die Luft wirbelte, von der Kraft seiner eigenen Geschwindigkeit hochgerissen, und über das Dach des Peugeots segelte wie ein zum Absturz verurteiltes Flugzeug, das seine Tragflächen verloren hat. Ihr Fahrer bremste noch immer, als Cohen die fürchterliche Wucht des Aufpralls hörte. Einen kurzen Moment lang war alles still, und dann ertönte eine dumpfe Explosion.

Cohen, der noch immer im Fußraum kniete, wandte sich um und sah Bourdonnec an, der durch die Heckscheibe die Flammen betrachtete. In ihrem flackernden Lichtschein war sein Gesicht markant und teilnahmslos, von dunklen Bartstoppeln umschattet, und er hatte nichts auch nur annähernd Jungenhaftes an sich.

Cohen lag reglos auf dem Rücksitz des Peugeots, spürte seine Prellungen und eine überwältigende Apathie. Noch benommen von den sich überschlagenden Ereignissen dieser Nacht, hatte er vom Schicksal der drei Männer in dem Opel erfahren, als ob

Bourdonnec von Todesopfern in einem fernen Krieg berichtete, für den sich kein Mensch interessiert. Die Männer, ihr Tod, bedeuteten ihm überhaupt nichts.

»Sie sind verbrannt«, hatte Bourdonnec gesagt, und Cohen dachte: *Wie furchtbar.*

»Der Wagen war gestohlen.« *Ach, wirklich?*

»In den Überresten wurden zwei Handfeuerwaffen gefunden.« *Interessant.*

Im Geiste schaltete Cohen, der Neuigkeiten müde, auf einen anderen Kanal.

Rote und weiße Kegel sperrten den Unfallort ab, so dass die Schnellstraße sich auf eine Spur verengte, was einen Stau verursachte, der sich weiter zurück in die Stadt erstreckte, als Cohen sehen konnte. Eine kleine Armee von Gendarmen dirigierte zügig den Verkehr und tadelte die Gaffer, die langsamer fuhren, um sich das Autowrack genauer anzusehen. In der Luft lag Brandgeruch; beißend, aber auch süßlich.

Bourdonnec sagte: »Wir werden eine Weile brauchen, um rauszufinden, wer die waren.«

Cohen dachte, *Das hier hat nichts mit mir zu tun,* aber er wusste es besser. Natürlich wusste er das.

»Ich hatte den ganzen Tag nichts von ihr gehört. Dann, am Abend, habe ich in Silvas Wohnung angerufen, um zu hören, wie es ihr ging, und sie sagte: ›Prima.‹ Sie sagte, sie würde vielleicht die ganze Nacht dort bleiben, was mir gar nicht recht war. Ich sagte: ›Und wenn er zurückkommt?‹, aber sie sagte nur: ›Hör endlich auf, dir dauernd Sorgen zu machen, ja?‹ Ich hab nicht weiter mit ihr debattiert. Offen gestanden, hing mir die ganze Sache inzwischen wirklich zum Hals raus … Möchten Sie noch Kaffee?«

Cohen sagte: »Nein. Nein, danke.« Falls er überhaupt je wieder Nescafé trinken würde, dann jedenfalls nicht so bald.
»Dann, so gegen elf Uhr, vielleicht auch ein bisschen früher … Ich weiß, dass die Kinder schliefen und Dominique schon ins Bett gegangen war. Ich war hier und hab das Geschirr vom Abendessen gespült. Ich hab sie nicht reinkommen hören. Wir hatten ihr natürlich einen Schlüssel gegeben. Plötzlich stand sie da, wo Sie jetzt stehen, und hatte diesen Ausdruck im Gesicht. Sie war so zufrieden – nein, mehr als zufrieden. Ich weiß nicht, wie ich das sagen soll. *Radieuse?*«
»Glückstrahlend.«
»Ja, sie strahlte vor Glück. Ihre Augen, die können so traurig sein, selbst wenn sie lächelt. Aber nicht in dieser Nacht. In dieser Nacht waren sie voller Leben, sie tanzten förmlich. Wissen Sie, wie sie aussah? Wie eine verliebte Frau.«
»Papa?«
Ein kleiner Junge steckte den Kopf in die Küche und musterte Cohen mit unverhohlener Neugier. Er trug eine Brille mit einem knallroten Gestell und Korrekturlinsen.
»Oui, chéri?«
»Qu'est-ce que tu fais?«
»On parle. Komm und sag einem ganz wichtigen Mann aus England guten Tag. Das ist Gaspard, Monsieur Cohen.«
»Enchanté.«
»Komm schon, auf Englisch.«
Der kleine Junge streckte die Hand aus und sagte feierlich: »Guten Abend. Es freut mich, Sie kennen zu lernen.« Cohen lächelte und schüttelte ihm die Hand, und Gaspard reckte sich, um ihm einen Kuss auf die Wange zu geben.
»Tu parles de quoi?«, fragte er seinen Vater.

»Wir sprechen über Grace.« Er hob den Jungen hoch und hielt ihn leicht auf einem Arm. So leicht, wie er am Abend zuvor die Waffe gehalten hatte. »Gaspard ist Grace' Liebling, nicht wahr, *chéri?*«

»Elle arrive?«

»Bald, hoffen wir, nicht wahr, Monsieur Cohen?«

»Je vais le dire à Maman.«

»Ja, mach das doch.« Er stellte den Jungen auf den Boden und sah ihm nach, wie er aus der Küche lief.

»Als Gaspard drei war, wurde meine Frau sehr krank. Sie hatte eine Virusinfektion in der Lunge, und es wollte einfach nicht besser werden. Hydrokortison, Antibiotika, die Ärzte versuchten alles, aber sie wurde immer schwächer. Am Ende brachten wir sie ans Meer, nach Brest, wo ihr Vater jetzt wohnt, wegen der Luft. Wir hofften, dass das Seeklima ihr gut tun würde. Sie war fast zwei Monate weg, und es war sehr schwierig für mich: meine Arbeit, die Kinder. Na ja, die beiden anderen können sich schon selbst versorgen, aber Gaspard war sehr ... *nécessiteux?*«

»Fordernd.«

»Ja, also kam Grace nach Paris, um hier zu wohnen und sich um Gaspard zu kümmern. Sie hat sich beurlauben lassen, einen Monat lang, vielleicht sogar länger. Ich hatte sie mir nie als Mutter vorstellen können, aber Sie hätten sie mit dem Jungen sehen sollen. *Incroyable!* Sie hat ihn vergöttert. Sie war so liebevoll, so geduldig, so ... *sensible.* Als sie wieder fort war, habe ich zu Dominique gesagt: In einem Jahr hat Grace selbst ein Kind. Sie hat mich ausgelacht. ›*Jamais!* Grace wird ihre Arbeit nie im Leben aufgeben.‹ Ich habe gesagt, dass sie sich täuscht. Ich habe gesagt: ›Nein, Dominique, Grace hat sich verändert. Jetzt gibt es eine neue Grace, die lieber ein Kind an der Brust als eine Pistole am

Kopf haben will.‹ Und Dominique hat gesagt: ›Es gibt viele Graces, Gilles, viel mehr, als du kennst, mehr, als du je kennen wirst.‹ Sie hat gesagt: ›Grace hat sich nicht geändert, sie kann sich nicht ändern. Was du gesehen hast, das ist nur eins der Gespenster, die sie in ihrem Innern bewahrt; die Grace, die sie hätte sein können.‹ Sie hatte natürlich Recht.«

Cohen sagte: »Und welche Grace haben Sie an dem Abend gesehen, als sie aus Silvas Wohnung kam?«

»Das war die alte Grace. Was ich in ihren Augen sah, hatte nichts mit *l'amour* zu tun. Es war Freude, *joie.* Sie hatte die Fährte aufgenommen, verstehen Sie, und sie war wie berauscht.«

»Harlings Fährte?«

»Ja. ›Ich weiß, wo er ist, Gilles‹, sagte sie. ›Ich weiß, wo er ist.‹«

»Aber sie hat Ihnen nicht gesagt, wo?«

Bourdonnec schüttelte den Kopf. »Sie hat mir gar nichts gesagt. Ich habe gefragt: ›Wo hast du es gefunden?‹, und sie sagte, ich sollte raten. Tja, wie hätte ich das erraten sollen? Was auch immer sie gefunden hat, es hätte überall gewesen sein können. Sie hat mir ein Rätsel gestellt, bei dem es um eine Kamera ging. ›Eine Kamera lügt nie, aber Filme können irreführend sein.‹« Bourdonnec zuckte die Achseln, als wollte er sagen, was hätte er damit schon anfangen können? »Ich bin dann ein bisschen ärgerlich geworden und habe gesagt: ›Aber vielleicht ist er gar nicht mehr da, wo du meinst, dass er ist‹, und sie hat gesagt: ›Oh doch, das ist er. Er sitzt in der Falle, Gilles, er kann sich nicht rühren. Er gehört mir.‹ Ich habe gesagt: ›In der Falle? Wo sitzt er in der Falle? Europa? Afrika?‹ Sie hat gesagt: ›Nah dran.‹ Ich habe gefragt, ob er im Gefängnis sitzt, ob er sich deshalb nicht rühren kann. Sie hat gesagt: ›Ich wette, ihm kommt es so vor.‹ Dann habe ich aufgegeben. Ich hatte keine Lust auf solche Spielchen. Ich habe ihr gesagt, dass ich ins Bett wollte und wir am nächsten Morgen weiterreden würden. Aber das haben wir nicht, weil sie am Morgen weg war.«

»Sie hat sich nicht verabschiedet?«

»Nein. Sie hat eine Nachricht hier auf dem Tisch hinterlassen. *Mille mercis et mille bisous.* Und das war das Letzte, was ich von ihr oder über sie gehört habe, bis ihr Vater Dominique angerufen hat.«

Cohen wollte eine Frage stellen, die er sich bisher verkniffen hatte, weil er nicht wusste, wie sie aufgefasst werden würde. »Als Grace verschwand und die Polizei herausfand, dass sie nach Paris geflogen war, hat Scotland Yard eine Suchmeldung herausgegeben, über Interpol glaube ich, und …«

»Und Sie möchten wissen, wieso ich die nie zu Gesicht bekommen habe, wieso man mich nicht angesprochen hat?«

»Ja. Ich meine …«

»Mein Freund, was ich für Grace gemacht habe, war nicht offiziell. Es gibt keine Akte, in der ihr Name auftaucht – übrigens auch nicht Silvas Name. Außer meinen Leuten wusste niemand davon.«

»Ich verstehe.«

»Wirklich? Sie denken, Sie verstehen es? Ich habe da meine Zweifel. *Allez!*« Er schüttete die Nescaféreste in die Spüle. »Wir müssen schlafen. Heute Abend haben wir einiges vor. Sie können im Zimmer der Jungen schlafen.«

»Oh, nein. Es gibt doch bestimmt ein Hotel …«

»Keine Hotels, Harry. Bis wir herausgefunden haben, was hier eigentlich los ist, möchte ich Sie bei mir behalten, bitte. Wenn Sie getötet würden, wäre das schlecht für meinen Ruf.« Er grinste. »Außerdem mag ich Sie.« Er nahm Cohen am Arm und

führte ihn zu dem Kinderzimmer. »Und vielleicht mag ich Sie sogar noch mehr, wenn Sie Paris verlassen und jemand anders sich Gedanken darum machen kann, wer versucht, Sie umzubringen.«
Cohen verzichtete darauf, sich noch auszuziehen. Unter einem Kampfhubschrauber, der über ihm in der Luft hing, legte er sich auf ein Kinderbett – das auch eine Zeit lang Flints Bett gewesen war – und schlief fast augenblicklich ein.

An einem der Tische auf dem Bürgersteig vor dem Café La Palette auf der Rue de Seine warteten Cohen und Bourdonnec darauf, dass das Ladenschlussritual der Galerie Pythéas begann. Es war fast sieben Uhr, Zeit für die Ankunft der arroganten Wächter, die nachts Mario Silvas geplünderte Schätze hüteten. Dann würde, wenn alles so lief wie üblich, Mario seinen abendlichen Gang zum Markt antreten – nur mit dem Unterschied, dass er an diesem speziellen Abend nicht weiter gelangen würde als bis zu der Stelle, wo die Rue Jacob seinen Weg kreuzte. Drei von Bourdonnecs Männern lauerten an der Ecke, bereit, ihn festzunehmen, während ein weiteres halbes Dutzend Kripobeamte und uniformierte Polizisten sich bereithielten, um die Galerie zu stürmen. Sie rechneten damit – hofften sogar –, auf einigen Widerstand zu stoßen.
»Die Wachen sind bei der CRS«, sagte Bourdonnec. »Bereitschaftspolizei. Sie haben einen gewissen Ruf.«
Cohen sagte: »Ich weiß. Ich hab schon Bekanntschaft mit ihnen gemacht.«
»Wirklich?«
»Das war 1972. Ich war Austauschschüler, fünfzehn Jahre alt, zum ersten Mal in Paris, und ich hatte mich in ein Mädchen na-

mens Katrina verliebt. Teenagerschwärmerei natürlich. Sie war älter als ich – mindestens siebzehn –, und sie rauchte Zigaretten und trank Pernod zum Frühstück. Mit ihr wär ich ohne weiteres bis ans Ende der Welt gegangen. Aber leider ging ich mit ihr zu einer Studentendemonstration, und zwar an einem besonders angespannten Abend, als die CRS beschlossen hatte, die Straße zu räumen. Ich hab noch versucht abzuhauen, da haben sie mich schon niedergeknüppelt.«

»Und Ihre Geliebte?«

»Leider ist sie nie meine Geliebte geworden. Ich hab noch eine verschwommene Erinnerung daran, wie ich auf dem Boden lag, blutüberströmt, und sie sich duckte und schrie: ›Tötet die Schweine!‹ Ich hab sie nie wieder gesehen.«

»Dann waren Sie also ein Revoluzzer, Harry Cohen.«

»Wohl kaum.«

»Ich denke doch. Ich denke, Sie stecken voller Überraschungen.«

Zehn Meter von ihnen entfernt erschienen zwei Männer im Schaufenster der Galerie Pythéas, der eine jung und schlank mit einer modischen Frisur, der andere entsprach exakt Bourdonnecs Beschreibung von Mario Silva.

Der Inspektor sagte: »Es ist Zeit. Bleiben Sie bitte hier, und genießen Sie die Vorstellung.«

»Und dann?«

»Danach werden wir uns mit Silva in seiner Wohnung unterhalten. Sie kommen dazu. A *tout à l'heure*.«

Er verabschiedete sich und schlenderte über die Straße zur Galerie, die Hände in den Taschen. Er stellte sich mit dem Rücken zum Fenster, offenbar ohne auf den blauen Peugeot-Lieferwagen zu achten, der neben ihm hielt. Von Cohen aus betrach-

tet, sah er aus wie ein Junge, der auf seine Freundin wartet – in keiner Weise bedrohlich für die Wachmänner, die mit ihrer Leckt-uns-doch-Miene aus dem Wagen stiegen.
Es war zuerst kein Laut zu hören, als die Scheibe zerbarst. Sie wurde weiß, dann zitronengelb, dann schmutzig orangefarben, und Cohen blieb wie angewurzelt sitzen, wie hypnotisiert von dem Spektakel ihrer Zerstörung.

Siebtes Kapitel

I

Flint verlässt Frankreich mit dem erstmöglichen Zug, reist zweiter Klasse, um ihre Geldreserven nicht noch mehr zu strapazieren. Sie hat ihre Fahrkarte bar bezahlt, um namenlos zu bleiben. In diesem Teil Europas ohne Grenzen gibt es keine Formalitäten – sie muss weder ihren Pass noch irgendeinen anderen Ausweis zeigen, als sie die Grenze bei Mons überquert. Sie hat also keine Spur hinterlassen, so dass ihr Reiseziel für niemanden so ohne weiteres festzustellen ist. In Anbetracht dessen, was sie durch Marios Video erfahren hat, hält sie das als Vorsichtsmaßnahme auch für angebracht.

Natürlich ist sie nicht unsichtbar. Falls sie nach ihr suchen – was sie, so steht zu befürchten, tun werden –, gibt es zahlreiche potentielle Zeugen für ihre Flucht: der Mann am Fahrkartenschalter im Gare du Nord und die Frau vom Zeitungskiosk, die ihr eine Landkarte und eine Zeitschrift verkauft hat, ihre Mitreisenden im TGV nach Amsterdam, und vor allem diejenigen, die mit ihr im Wagen Nummer elf sitzen, der Barmann im Speisewagen, wo sie sich ein Frühstück gönnt, der junge Typ auf dem Platz auf der anderen Seite des Ganges, der jedes Mal, wenn sie in seine Richtung schaut, ihren Blick aufzufangen versucht.

Doch falls und wenn die Zeugen nach der Reisenden auf Platz 32 befragt werden sollten, wird die Frau, die sie beschreiben könnten, nicht viel Ähnlichkeit mit Grace Flint haben. Allein in Bourdonnecs Badezimmer hat sie mit beschränkten Mitteln eine Frau gestaltet, die älter, unscheinbarer, offensichtlicher verlebt ist. Ihr Haar ist unordentlich und mit grauen Strähnen durchzogen. Sie hat bläuliche Schatten um die Augen. Ihre Lippen sind dünn und nach unten gezogen. Unter ihrem nicht sehr schmeichelhaften Kleid trägt sie ein dickes T-Shirt – stibitzt aus Baptiste Bourdonnecs Schrank –, das sie fülliger macht und ihre Brüste dafür flacher erscheinen lässt. Sie trägt eine Brille und Strümpfe und vernünftige Schuhe. Kurzum, sie ist eine alte Schachtel, und es nervt sie, dass der junge Bursche – dem Aussehen nach zu urteilen Student und vermutlich Amerikaner – sich für eine Frau interessiert, die ganz sicher seine Mutter sein könnte.

Die Fahrt nach Amsterdam wird etwas über vier Stunden dauern, und die Zeitschrift lenkt sie nicht lange ab. Sie steht auf, um ihre Tasche aus dem Gepäckfach zu nehmen, und muss sich an der Rückenlehne ihres Sitzes festhalten, als der Zug in eine Kurve geht. Der junge Mann sieht seine Chance, springt auf und sagt: »Moment, darf ich Ihnen behilflich sein.« Er ist gut fünfzehn Zentimeter größer als sie und nimmt die Tasche mühelos herunter.

»Merci«, sagt sie spröde.

»Gern geschehen.»Mit seinen schönen Zähnen und den schimmernden Augen erinnert er sie an Jamie, wofür er natürlich nichts kann, denkt sie. »Hi, ich bin Jack. Sie fahren nach Amsterdam?«

Wohin sollte sie wohl sonst in einem Zug fahren, der zwischendurch nirgendwo hält? Sie stellt die Frage in schroffem Französisch: *»Et où veux-tu que j'aille?«*

Er schüttelt den Kopf. »Tut mir Leid, ich spreche kein Französisch.«
Wenn das so ist, Freundchen, sei doch so lieb und verpiss dich.
»Fous-moi la paix!«, sagt sie mit dem Anflug eines Lächelns, als bedauere sie seine betrübliche Unzulänglichkeit Verständnislos hebt er kapitulierend die Hände und setzt sich wieder auf seinen Platz. Er wird sie nicht mehr behelligen.
Sich selbst überlassen, holt sie aus ihrer Tasche ein Notizbuch, in das sie Mario Silvas gefilmte Erklärung wortwörtlich aufgeschrieben hat, eine Erklärung, die teils Geständnis, teils Anklage ist. In ihrer kritzeligen Handschrift sind es siebenundzwanzig Seiten, und auf vielen davon wimmelt es von Unterstreichungen, die einiges von dem, was Mario zu sagen hatte, besonders hervorheben.
Auf einer Seite verlaufen neben dem gesamten Text zwei dicke senkrechte Striche, wie Eisenbahnschienen, die sie daran erinnern sollen, dass jedes Wort der Passage wichtig ist – obwohl sie eigentlich gar keine Erinnerungshilfe braucht. Diesen Teil von Marios Aussage wird sie bis ans Ende ihrer Tage nicht vergessen.
Was mit Maitland passiert ist, habe ich erst erfahren, als Harling in Paris auftauchte. Ich hatte seinen Besuch nicht erwartet. Er hatte mich vorher nicht informiert. Er kam einfach, und wir setzten uns hier in dieses Zimmer …
An dieser Stelle hatte Mario abgebrochen und den Blick von der Kamera abgewandt, als wollte er deutlich machen, wo sie gesessen hatten. Mario besaß echte schauspielerische Qualitäten, hatte Flint befunden. Die Kamera war statisch, der Fokus fixiert, doch die anfänglich trockene Rezitation war durch Marios effektvolle Pausen und Gesten lebendiger geworden, und durch seine Seitenblicke, die er sich nicht verkneifen konnte.

… wir setzten uns hier in dieses Zimmer, und Harling erzählte, dass er am Nachmittag zuvor einen Anruf von unserem alten Freund Mr. Brown erhalten hatte – nur dass sein Name natürlich nicht Brown war. Sein richtiger Name war, wie ich von Harling erfuhr, Patrick Shilling, und er war – ist – ein höherer Beamter beim britischen Security Service, MI5. Also wurde mir klar, dass unsere Informationen aus einer absolut zuverlässigen Quelle stammten.
Mario hatte sich den Hauch eines Lächelns erlaubt.
Was hatte Mr. Shilling bei dieser Gelegenheit mitzuteilen?
Ich werde es Ihnen sagen. Er hat Harling von Maitlands Festnahme unterrichtet, er hat ihm geraten zu verschwinden. Er hat gesagt – und ich zitiere den genauen Wortlaut –, Harling solle so lange »untertauchen«, bis »die Bedrohung eliminiert« sei.
Mario beugte sich näher zur Kamera vor.
Eliminiert. Was sollte das heißen?
»Dass sie eine Scheißbombe in das Flugzeug geschmuggelt haben«, hatte Flint leise zu dem Bildschirm gesagt, mit Mario geredet, als wäre er anwesend.
Wir wussten es nicht, wie hätten wir es wissen können? Aber drei Tage später wussten wir es. Mario richtete sich in seinem Sessel auf, und seine Stimme wurde sonor. *Ich möchte fürs Protokoll erklären, dass Frank Harling mir nach einem weiteren Anruf bei Patrick Shilling vom britischen Security Service mitteilte, dass das* UNTERNEHMEN *sich Mr. Maitland, seiner Frau und eines amerikanischen Agenten namens Hechter entledigt hatte. »Entledigt« – laut Harling drückte Shilling sich genau so aus. »Bedauerlicherweise« – auch das war Shillings Wortwahl – war es ihnen nicht gelungen, sich einer britischen Polizeibeamtin namens Grace Flint zu entledigen. Doch ihre »Eliminierung«, so Shilling, war nur eine Frage der Zeit.*

Nun, Miss Flint ist Harling bekannt und indirekt auch mir. Er hat sie als die Plage seines Lebens bezeichnet, und das kann ich gut nachvollziehen. Sie verfolgt ihn schon viele Jahre. Aus mir unerfindlichen Gründen ist Miss Flint von Frank Harling besessen.

»Du willst Gründe hören, Mario? Hast du schon mal erlebt, wie dir ein Schuh ins Gesicht getreten wird? Hast du schon mal gehört, wie Frank irgend so ein Arschloch auffordert, dich umzubringen?«

Mario lächelt. *Vielleicht ist sie ja heimlich in ihn verliebt.*

»Allerliebst«, hatte Flint gesagt.

Mario, wieder ernst:

Aber Frank Harling und ich haben Gewalt noch nie befürwortet. Wir sind bloß Geschäftsleute, die die Regeln beugen. Wir hatten nichts mit der Ermordung von Mr. und Mrs. Maitland und dem Agenten Mr. Hechter zu tun, und wir sind nicht diejenigen, die jetzt hinter Grace Flint her sind, während ich hier spreche. Wenn ihr irgendetwas zustößt, sind wir nicht dafür verantwortlich. Die Verantwortung liegt bei Ihnen, Gentlemen – denn durch Ihre Nachlässigkeit haben Sie dem UNTERNEHMEN *Raum gegeben, zu wachsen und sich auszubreiten.*

Nachdem diese Last von seinen Schultern genommen war, nahm Mario einen Schluck aus einem Glas, das anscheinend Wasser enthielt.

Also, was wäre, wenn Sie, die Sie sich dieses Band anschauen, sogar noch mehr Schuld auf sich geladen haben? Was, wenn SIE – und an dieser Stelle deutete Mario anklagend in die Kamera – *an der Organisation beteiligt sind, zum* UNTERNEHMEN *gehören? Ich bin mir darüber im Klaren, dass das durchaus möglich ist, denn ich weiß nicht, wie weit die Tentakel reichen. Vielleicht habe ich den falschen Leuten vertraut? Vielleicht überlegen Sie ja sogar in*

diesem Moment, wie Sie das Band vernichten, wie Sie meine Stimme aus dem Grab zum Schweigen bringen können?
Wieder eine Pause, und dann schüttelte Mario langsam den Kopf, wie ein Vater, der im Begriff ist, einem Kind die Illusionen zu nehmen.
Nein, ihr Lieben. Ihr werdet Mario Silva nicht zum Schweigen bringen. Folgendes solltet ihr wissen: Falls das UNTERNEHMEN *nicht zerschlagen wurde, werden von heute an gerechnet in einem Monat etliche bekannte US-Senatoren, Abgeordnete der Assemblée Nationale, Mitglieder der Houses of Parliament und des Bundestages und des Senato in Rom und des Senado in Madrid, Vertreter der Eerste Kamer und des Folketing und der Assembleia da Republica eine Kopie dieser Aufnahme erhalten – jeder Einzelne von ihnen. Das Gleiche gilt für die Chefredaktion der New York Times, der Londoner Times, der Libération, von DIE ZEIT, La Stampa, El País, Handelsblad, Aftenposten, Expresso sowie von CNN und der BBC und TF1 und … Na ja, Sie verstehen, was ich sagen will, Gentlemen. Dieses Band wird ins Internet gestellt werden. Es kann nicht unterdrückt werden.*
Eine weitere Pause, und dann: *So, in Ihrem und vielleicht auch im Interesse eines größeren Publikums werde ich nun schildern, was Frank Harling und ich über* das UNTERNEHMEN *wissen.*
Er war von seinem Stuhl aufgestanden, und einige Sekunden lang war kaum etwas zu erkennen, während er auf die Kamera zukam und sie neu ausrichtete und die Schärfe entsprechend einstellte. Dann nahm eine White-Board-Tafel, die auf dem Kaminsims stand, den Bildschirm ein, und Mario kam mit einem Filzstift in der Hand wieder ins Bild.
»DAS UNTERNEHMEN« schrieb er für die Kamera dramatisch wie ein Schmierenkomödiant in Großbuchstaben oben in

die Mitte der Tafel – links darunter schrieb er »US« und rechts darunter »UK«.
In die dritte Zeile der linken Spalte schrieb er »Der General« und in Klammern »Jackson/DIA?« In die rechte Spalte, unter »UK«, schrieb er »Der Admiral« und in Klammern »NATO OAS?«
Das ist die Hauptstruktur des UNTERNEHMENS, *die Spitze der Pyramide sozusagen, und das sind die Männer, die es leiten.*
Mario blickte über die Schulter und sprach in die Kamera.
In den Vereinigten Staaten haben wir den »General«, dessen Namen, wie wir glauben, Jackson ist. Wie ich noch erläutern werde, haben wir Grund zu der Annahme, dass er ein hoher Beamter beim DIA, dem Militärischen Nachrichtendienst, ist – oder war.
Flint hatte den Atem angehalten.
Und hier, im Vereinigten Königreich – Mario zeigte auf die rechte Spalte seines Schaubildes – *haben wir den »Admiral«. Wir kennen seinen Namen nicht, aber aus Gründen, die ich noch erläutern werde, glauben wir, dass er ein hoher Beamter des NATO Supreme Allied Command, des Oberbefehls der Alliierten Streitkräfte, ist – oder war.*
Flint hatte gesagt: »Ach du Scheiße.«
Mario, der nun frontal in die Kamera blickte, wie ein Dozent vor seinen Studenten: *Was war der Zweck der Organisation, die sich das* UNTERNEHMEN *nannte? Ich werde es Ihnen sagen. Der Zweck war, Geld zu erpressen – Millionen von Dollar, über fünfzig Millionen Dollar – und zwar von denjenigen unter uns, die die Regeln beugen. Wie bewerkstelligten der »General« und seine Freunde das? Indem sie uns »Schutz« vor jenen Polizeibehörden und Geheimdiensten boten, die über unsere Aktivitäten Ermittlungen anstellten. Was für einen Schutz? Informationen, Gentlemen,*

präzise und detaillierte Informationen über den Fortgang dieser Ermittlungen. Woher kamen die Informationen? Von korrupten Beamten, von ebenden Leuten, die uns verfolgten. Was für Beamte, was für Behörden? Ich werde es Ihnen sagen.
Mario wandte sich wieder seinem Schaubild zu und zog zwei vertikale Striche – einen in der linken Spalte, einen in der rechten. Dann begann er, zwei Listen mit Akronymen aufzuschreiben, die er gleichzeitig erläuterte.
DIA, Militärischer Nachrichtendienst; CIA, Geheimdienst der USA; DEA, Bundesbehörde für Drogenbekämpfung; FBI, Bundeskriminalamt der USA; EPIC, Fahndungszentrum gegen Drogenkriminalität in El Paso; FLEC, Zentrale Steuerfahndung. Und hier, unter dem »Admiral« – Mario schrieb in der rechten Spalte weiter – *MI5, Military Intelligence, wie er früher hieß, heute Security Service; MI6, auch als SIS bekannt, Secret Intelligence Service; GCHQ, Nachrichtendienstzentrale; SFO, Amt für schwere Wirtschaftskriminalität …*
»Ich vergebe dir, Mario«, hatte Flint gesagt.

In einer Ecke des gut besuchten Speisewagens trinkt Flint heiße Schokolade und kaut lustlos auf einem *sandwich jambon.* Der Schinken schmeckt nach nichts, aber sie zwingt ihn in sich hinein. Seit fast sechsunddreißig Stunden hat sie nichts gegessen, und sie weiß, dass sie sich den Gewichtsverlust nicht leisten kann; schon jetzt schlackert ihr das Uhrenarmband locker ums Handgelenk.
In ihrer Handtasche steckt das Notizbuch, das sie hütet wie ein kostbares Familienerbstück. Es ist das einzige Beweisstück, das sie hat, und dieser Umstand beunruhigt sie. Inzwischen denkt sie, dass es falsch war, das Videoband in Marios Wohnung zu-

rückzulassen, »Frantic« wieder an seinen Platz im Bücherregal zu stellen, wie sie auch sämtliche übrigen Habseligkeiten von Mario dorthin zurückgebracht hatte, wo sie hingehörten. Zumindest hätte sie eine Tonkopie machen können – machen müssen, das weiß sie. Sie hätte Gilles anrufen und ihn bitten können, ihr einen Kassettenrecorder zu leihen. Sie hat es nicht getan, weil Marios Anschuldigungen sie zu der Überzeugung gebracht hatten, dass sie niemandem trauen konnte, nicht einmal Gilles. Schuldgefühle, dass sie so etwas überhaupt je denken konnte, vermischen sich jetzt mit ihrer Unruhe.
Andererseits.
Sie dreht sich mit dem Rücken in die Ecke, damit sie sehen kann, ob forschende Blicke auf sie gerichtet sind, und nimmt das Notizbuch aus der Handtasche, um die betreffende Passage nachzulesen.
Mit der Zeit wurde uns klar, dass das UNTERNEHMEN *Informationsquellen in vielen Ländern hatte, besonders in Europa. Zum Beispiel Italien, Deutschland und die Niederlande und vor allem Frankreich. So informierte Shilling beispielsweise im August 1995 Harling in allen Einzelheiten darüber, dass die Brigade Criminelle in Paris einen seiner Kunden überwachte, eine Operation, die im Sande verlief, da Harling den Kunden natürlich warnte.*
Wieder eine von Marios Pausen und dann eine besonders theatralische Feststellung.
Sie sehen also, Gentlemen, die Tentakel der Organisation das UNTERNEHMEN *reichen weit über seine natürlichen Grenzen hinaus.*
Bis in die Brigade Criminelle offenbar, bei der Gilles Bourdonnec Inspektor ist. Flint verdrängt den niederträchtigen Gedanken, aber gegen sein Gift gibt es kein Gegenmittel. Das Miss-

trauen hat sie vergiftet. Sie kann niemandem trauen – wird niemandem trauen –, bis sie Frank Harling gefunden und unschädlich gemacht hat.
Sie schlägt die letzte Seite ihrer Notizen auf und findet Trost in dem, was sie dort geschrieben hat. Marios Schlussteil, sein letztes Geschenk an sie.
Girne.
Franks derzeitiger Aufenthaltsort, der Hafen, den er für sicher hält.

Als sie in ihr Abteil zurückgeht, schläft Jamies Doppelgänger, die langen Glieder von sich gestreckt. Sie holt ihre Reisetasche unter dem Sitz hervor, wohin sie sie vorsichtshalber geschoben hatte, und verstaut ihr Notizbuch. Bis Amsterdam sind es noch immer über zwei Stunden, und sie möchte die Zeit nutzen, um ihre Pläne auszufeilen.
Sie fährt nach Norden, weil Girne – und Frank – sich weit in der entgegengesetzten Richtung befinden und sie auf diese Weise Verwirrung stiften will. Da sie sowohl Jägerin als auch Gejagte ist, weiß sie, dass sie vorhersehbare Schritte vermeiden muss. Logisch wäre es gewesen, wenn sie von Paris nach Italien oder noch besser nach Griechenland gereist wäre; auf jeden Fall nach Süden. Wenn sie jemanden verfolgen würde, der ganz versessen darauf ist, Franks Zufluchtsort zu erreichen, dann wüsste sie genau, wo sie suchen und wo sie sich auf die Lauer legen müsste. Sie wird sie alle meiden, all die Orte, die sich anbieten. Falls das UNTERNEHMEN sie findet, dann sicher nicht, weil sie durchschaubar war.
Was ihre Finanzen betrifft, steht sie gar nicht so schlecht da. Paris war längst nicht so teuer, wie sie befürchtet hatte, so dass sie

noch über reichlich Bargeld verfügt, das sie in Dollar umgetauscht hat: fast 1600 Dollar in der Handtasche, 5000 Dollar versteckt in ihrer Reisetasche. Sie hat genügend Kleidung zum Wechseln mit, und sie hat noch immer zwei Pässe – obwohl darin eine Gefahr liegt.

Wenn das UNTERNEHMEN auch nur halb so gut ist, wie Mario behauptet, dann wird es früher oder später wissen, dass sie als Suzanne Williams nach Paris gefahren ist, der Deckname in dem Pass, den sie nicht zurückgegeben hatte. Flucht-Identitäten sind nur zur einmaligen Verwendung bestimmt. Für solche Fälle, in denen man schleunigst das Weite suchen muss, und jetzt bedauert sie es, ihn für banale Zwecke vergeudet zu haben.

Sie hatte befürchtet, dass Commander Glenning, hätte sie ihren echten Pass für die Ausreise aus London benutzt, von ihrer Reise erfahren hätte, oder gar von deren Zweck. Na und?, fragt sie sich jetzt mit der Klarheit nachträglicher Einsicht. Was hätte er machen können? Sie anbrüllen? Bestimmt. Vom Dienst suspendieren? Vielleicht. Sie umbringen lassen? Wahrscheinlich nicht.

Aber das UNTERNEHMEN.

Wir sind nicht diejenigen, die jetzt hinter Grace Flint her sind, während ich hier spreche.

Danke, Mario.

Ihre »Eliminierung«, so Shilling, war nur eine Frage der Zeit.

Sie kann also weder ihren eigenen noch den falschen Pass benutzen – ein weiterer Grund, warum sie nach Norden fährt und nicht nach Süden. Sie weiß aus Polizeiakten, dass es in Amsterdam einen Mann namens Klaus gibt, der einem für 1000 Dollar einen kanadischen Pass besorgt, ausgestellt auf jeden Namen, den man möchte.

Eine nörgelnde Stimme in ihr rebelliert gegen diesen Teil des

Plans, denn Klaus geht seinem Gewerbe nach, ohne Fragen zu stellen, und seine normale Kundschaft ist der Abschaum der Erde, soweit sie weiß. Womit er selbst, nach Flints Einschätzung, noch schlimmer ist oder genauso schlimm. Die Stimme in ihr erhebt Einspruch gegen diesen Pakt mit dem Teufel.

Und was soll ich stattdessen tun?

Ihr Gewissen hat darauf keine Antwort. Sie wird Klaus' Taschen füllen, weil ihr nichts anderes übrig bleibt. Um sich zu beruhigen, schwört sie sich, irgendwann dafür zu sorgen, dass Klaus das bekommt, was er verdient. Aber im Moment ist er ein weißer Ritter in schmutziger Rüstung, ein dubioses Mittel für einen gerechten Zweck.

Als sie noch Detective Sergeant war, wurde sie in der Kantine von Scotland Yard wegen ihres Namens, Flint, der Feuerstein, aufgezogen: »Bei dir fliegen wieder Funken, Flint? Gib uns doch mal Feuer.« Sie gingen davon aus, dass sie hart war.

Mit einem Achselzucken schiebt sie die Erinnerung beiseite und konzentriert sich auf ihren Plan.

Sie wird sich in einer der von Homosexuellen betriebenen Pensionen am Hauptbahnhof ein Zimmer nehmen, wo niemand sich darum schert, wer sie ist und wie sie sich nennt. Klaus arbeitet nachts in einer Bar an der Herengracht, und sie wird ihn gleich heute Abend treffen, wenn ihr Glück anhält. Zwei Tage, bis sie den Pass hat, vielleicht drei. In der Zwischenzeit wird sie in den Reisebüros nach einem günstigen Flug an die türkische Küste suchen, von wo aus sie die Fähre nach Girne nehmen kann.

Ein eigenartiger Name, denkt sie. Auf der Karte von Zypern, die sie am Gare du Nord gekauft hat, hieß das hübsche Hafenstädtchen, in dem sie und Jamie ihren ersten gemeinsamen Urlaub verbrachten, noch immer Kyrenia, doch der offizielle Name war Girne – nur eine von den erzwungenen Veränderungen, die aus der Nordhälfte der Insel einen Pariastaat gemacht haben. Er heißt nicht einmal mehr Zypern, sondern Türkische Republik Nord-Zypern; eine Hälfte eines bewaffneten Lagers mit mehr kampfbereiten Soldaten auf beiden Seiten der Demarkationslinie als sonst wo auf der Welt, außer Korea.

Frank hatte auf der kryptischen Postkarte, die sie in der Kassettenhülle von »Frantic« entdeckt hatte, darüber einen Witz gemacht.

Wie Nord-Korea, aber das Essen ist besser. Das Klima auch.

Auf der Karte war eine Ansicht vom Hafen, und Flint fragt sich, was wohl aus dem Dome Hotel und dem Eckzimmer mit dem breiten Balkon in der obersten Etage geworden ist, das sie und Jamie selten vor dem Abend verlassen hatten. Dann waren sie meist in eins der Restaurants am Kai gegangen und hatten sich unter freiem Himmel an *meze* und Cankaya-Wein gütlich getan, und Jamie hatte ihr aus dem Reiseführer Beschreibungen von interessanten Ausflugszielen vorgelesen, die sie sich unbedingt ansehen sollten, was sie aber niemals taten. Er hatte öfter gesagt: »Morgen sollten wir aber wirklich mal was machen«, und sie hatte erwidert: »Wir *machen* doch was«, und er hatte gelacht und gesagt: »Nein, ich meine, eine Burg besuchen oder so«, und sie hatte gesagt: »Klar.«

Sie stellt sich vor, dass sie ihm in einem dieser Restaurants gegenübertreten wird.

»Hi, Frank. Wissen Sie noch, wer ich bin?« Irgendwas in der Art.

Und was dann?, will die innere Stimme wissen, aber die Antwort weiß sie noch nicht.

Jamie schläft noch – obwohl es natürlich nicht Jamie ist. Es ist der junge Mann, der so aussieht wie Jamie oder so wie Jamie ausgesehen hat, als Vertrauen noch ein Wort in Flints Wortschatz war.

Sie sind im Amsterdamer Hauptbahnhof angekommen, und der Wagen leert sich. Flints erster Impuls ist, den jungen Mann schlafen zu lassen. Doch dann überlegt sie es sich anders und berührt sein Gesicht. Sie sieht seine verstörten Augen und sagt: »Wenn Sie nicht zurück nach Paris wollen, würde ich Ihnen raten aufzuwachen.«

Sie geht schon den Gang hinunter, als sie hört, wie er ihr nachruft: »Heh, danke. Vielen Dank.«

De nada. Einmal hat sie sich während einer Zugreise in einen Jungen verliebt, aber das ist eine Ewigkeit her – bevor sie klug wurde.

Sie mischt sich in das Menschengedränge und geht vom Bahnsteig in die Bahnhofshalle, wo sie den Hinweisschildern zur *dames-toilet* folgt. Sie zahlt fünf Dollar für eine blitzsaubere *cabine* mit Waschbecken, Dusche und zwei frischen Handtüchern. Sie zieht sich aus und bindet das Kleid und die Strümpfe zu einem Bündel zusammen, das sie in den nächstbesten Mülleimer werfen wird.

Jetzt entledigt sie sich ihrer restlichen Verkleidung, wäscht sich unter der Dusche das Make-up vom Gesicht und den Talkumpuder aus den Haaren.

Nachdem sie die fast zeitlose Makellosigkeit ihrer Maske wiederhergestellt hat, überlegt sie, was sie anziehen soll: eine Jeans, die am Po etwas zu eng sitzt; braune halbhohe Wildlederschuhe, die sie fünf Zentimeter größer machen; ein safrangelbes Leinenhemd, dessen obere drei Knöpfe sie offen lässt.

Als Accessoires wählt sie aus ihrer Sammlung eine Armbanduhr, so groß, wie Männer sie tragen, einen Verlobungsring mit Diamant, ein Paar herzförmige Ohrstecker und ein tiefblaues Seidentuch, das sie sich um den Hals bindet. Sie tut sich Gel in die Haare und kämmt sie zurück hinter die Ohren. Eine Sonnenbrille, die sie hoch über die Stirn schiebt, hält das Haar an Ort und Stelle.

Ein prüfender Blick in den Spiegel bestätigt ihr, dass sie – für den flüchtigen Betrachter, den potentiellen Zeugen – nicht die geringste Ähnlichkeit mit der Frau hat, die am selben Morgen mit dem TGV in Wagen 11, Platz 32, aus Paris gekommen ist; ebenso wenig ähnelt sie irgendeinem der offiziellen Fotos von Grace Flint, das Patrick Shilling den Akten entnommen haben könnte.

Um ihr neues Alter Ego zu vervollkommnen, überlegt sie, welchen Namen und welche Nationalität sie sich geben soll. Sie hat schon zahllose falsche Identitäten angenommen, mit allen erdenklichen Namen, von Tracy bis Ulvhild, von einer jungen Frau aus Essex mit affektiertem Gehabe bis zu einer verführerischen Norwegerin, die mit ihrem Charme Eis zum Schmelzen bringen konnte. Namen sind wichtig für sie, denn sie entscheiden über die innere Einstellung und die äußere Erscheinung, verändern ihren Gang, die Haltung ihres Kopfes, sogar die Art, wie sie empfindet. Einmal, in Miami, war sie Neysa, und sie stellte fest, dass sie, von ihren englischen Hemmungen befreit, die *Marimba* tanzen konnte, als läge ihr der Rhythmus im Blut.

Wer wird sie heute sein?

Im Zug war sie im Geiste Enid, ihrer Erfahrung nach der Name einer altjüngferlichen Frau. Für Mario war sie Katia, exotischer, verwegener. Davor war sie eine sonnige Suzanne, ein Name …

Irgendetwas stimmt nicht!
Diese Gewissheit trifft sie, als hätte sie von einer unsichtbaren Hand einen Schlag ins Gesicht bekommen. Der Beweis dafür ist für sie im Moment noch nicht greifbar, aber sie weiß instinktiv, dass sie am Rand einer Katastrophe steht. Es ist wie in dem Augenblick in einem Flugzeug, wenn der Motorenklang sich verändert und die Tragfläche abkippt. Sie hält sich am Waschbecken fest, wartet auf den Absturz.
Sie starrt ihr Spiegelbild an und zwingt sich, ihre Gedanken zu rekapitulieren, und jetzt hat sie's. Suzanne! Wo ist Suzanne?
Und jetzt ist sie auf den Knien, reißt ihre Sachen aus der Reisetasche, sucht nach dem Pass, den sie nicht benutzt haben sollte. Er ist nicht da, und auch nicht das Bündel Einhundert-Dollar-Noten, das sie in ihrer Unterwäsche versteckt hatte. Fünftausend Dollar, die sie nach Kyrenia gebracht hätten. Verschwunden.
Sie verlässt die *cabine* mit einem Ausdruck im Gesicht, als hätte eine Bombe eingeschlagen, nimmt nur ihre Handtasche mit, rennt mordlüstern in die Bahnhofshalle.
Jamie, dieser Scheißkerl Jamie.
Sie meint natürlich seinen Doppelgänger, doch in diesem Moment sind beide für sie untrennbar.
Mit den Ellbogen drängt sie sich durch das Menschengewimmel, schert sich nicht darum, ob sie jemandem wehtut. In ihrem safrangelben Hemd sieht sie aus wie ein buddhistischer Mönch, der Amok läuft, während sie von Bahnsteig zu Bahnsteig hastet, vom Zeitungskiosk zur Wechselstube, zum Café, zum Taxistand, zur Bushaltestelle, die Ellbogen wie Kolben auf- und abfliegend, die Augen nass vor Tränen der Wut.
Sie geht denselben Weg zurück, läuft noch schneller, die Menschenmenge teilt sich jetzt, als sie auf sie zurast.

Sie läuft, bis sie nicht mehr kann, bis sie überall gesucht hat. Sie torkelt gegen einen Pfeiler und hält sich daran fest, ringt nach Atem – ringt nach Leben, so kommt es ihr vor.
Nach und nach erholt sie sich. Sie orientiert sich und geht dann langsam zurück in Richtung Damentoilette, um ihre Sachen zu holen.
Wie konnte sie nur so blöd sein? Ihr Zorn richtet sich nach innen, auch wenn es nichts nützt. Sie fühlt, was sie ist: allein, gejagt, in der Falle.
Mach dir nichts vor, Flint, du hast dich in die Scheiße geritten.

II

Die Kanzlei Stern & Kreindler, erkennbar an einem nicht gerade aufdringlichen kleinen Messingschild, liegt auf der Dreikönigsstraße in einem Gebäude, in dem sich auch eine der vielen Züricher Privatbanken befindet. Vier Tage, nachdem in der Galerie Pythéas eine Semtex-Bombe explodiert war, stieg Dr. Gerhard Kreindler die Treppe in den dritten Stock hinauf, weil Treppensteigen gut für sein Herz ist, und kam um Punkt neun Uhr an, wie immer. Gleichfalls wie immer wechselte er mit seiner Empfangssekretärin die rituellen Begrüßungsworte – *»Guten Morgen, Herr Doktor«, »Guten Morgen, Frau Endler«* – und dann mit seiner Sekretärin, die ebenfalls Frau Endler war. Else und Lisa sind Schwestern, sogar Zwillinge – wenngleich keine eineiigen –, und sie stellen das gesamte Personal von Stern & Kreindler dar. Da Stern längst verstorben ist, beruhigt es die Mandanten, dass die Vertraulichkeit ihrer Angelegenheiten auf der Diskretion von nur drei Menschen beruht. Auf seine würdevolle Art legt der gute Doktor, wenn er gefragt wird, die Vorteile eines solchen Arrangements dar.

Die Mandantenliste ist klein, aber ungemein lukrativ, eine Tatsache, die sich in der dezenten Opulenz der Büroräume widerspiegelt. Die Wände sind mit weißem Eichenholz getäfelt, passend dazu das Beige der Teppiche sowie das zarte Grau der Vorhänge und des Mobiliars. Bis auf Dr. Kreindlers Mahagonischreibtisch – der seinem Vater gehörte – sind die Möbel und die Lampen modern, dank des Einflusses der Endler-Schwestern. Dr. Kreindler, ein ewiger Junggeselle, der ihren Geschmack bewundert, nimmt auch gern ihre Ratschläge entgegen, wenn es darum geht, seine Garderobe zu erweitern.

An seinem Schreibtisch, wo Lisa ihm ein Glas heißes Wasser serviert, aromatisiert mit einer dünnen Scheibe Zitrone, geht er als nächsten Teil seines Rituals die Morgenpost durch, die Lisa ihm in einer Kalbsledermappe bringt, schon geöffnet und nach Dringlichkeit sortiert.

An diesem bestimmten Morgen – drei Tage, nachdem Gilles Bourdonnec eine siebenstündige, schwere Operation in der St. Claude Clinic durchgestanden hatte – blieb Lisa vor Dr. Kreindlers Schreibtisch stehen und hielt die Postmappe zurück, was nicht ihren Gepflogenheiten entsprach.

»Ist was nicht in Ordnung, Frau Endler?«

»Ich fürchte, ja, Herr Doktor.«

Erst jetzt öffnete sie die Mappe und legte sie vor ihn hin. Er überflog rasch das oberste Blatt des ersten Briefes, der bedauerte, ihn von dem plötzlichen und unerwarteten Ableben eines gemeinsamen Mandanten in Kenntnis setzen zu müssen.

Der Brief kam von einem Dr. Kreindler persönlich bekannten Pariser *Avocat,* der ebenso gewissenhaft wie ambitioniert war.

Im Anhang befanden sich Artikel aus Pariser Zeitungen über das Blutbad auf der Rue de Seine sowie Beiträge über die vier Polizeibeamten, die noch mit dem Tode rangen. Weiter beiliegend waren eine Kopie von Mario Silvas Totenschein, eine zweite Bescheinigung über den Tod seines Assistenten, jeweils notariell beglaubigt, und eine Erklärung des Justizministeriums, die die Ermordung der beiden aufs Schärfste verurteilte. Schließlich war da noch ein versiegelter Briefumschlag, auf dem geschrieben stand: »Für Dr. Gerhard Kreindler. Nur von ihm persönlich und im Falle meines Todes zu öffnen. Gezeichnet Mario Silva.«

Dr. Kreindler wog den Umschlag in den Händen.

»Und wie ist das gekommen?«

»Per Kurier, Herr Doktor.«

Er öffnete das Siegel mit den Fingern und kippte den Inhalt auf die Schreibtischplatte: zwei Schlüssel an einem silbernen Ring, ein Scheck über 50 000 Dollar und eine Notiz, die der Doktor las und dann Lisa gab.

»Nehmen Sie das bitte in die Ablage.«

»Selbstverständlich«, sagte sie. »Wann reisen Sie?«

»Morgen, mit der Mittagsmaschine. Den hier können Sie zur Bank bringen«, sagte er und gab ihr den Scheck.

»Sofort, Herr Doktor.«

Auf dem Weg die Treppe hinunter ins Erdgeschoss dachte der Doktor über seine lange Geschäftsbeziehung zu Mario Silva nach, ein überaus kultivierter Mandant. Er würde ihre gemeinsamen langen Mittagessen und Silvas gelegentlichen edlen Weinpräsente fast genauso vermissen wie die Honorare.

Aber Dr. Kreindler betrachtet den Verlust eines Menschen philosophisch, wie nahezu alles im Leben. Als er die Bank betrat und in den Tresorraum hinunterging, verbannte er derlei

Gedanken und freute sich auf die Annehmlichkeiten von Washington, D.C. Eine so kultivierte Stadt, teilweise. Wenn er seine einfache Aufgabe erledigt hatte, könnte er doch noch ein, zwei Tage länger dort bleiben. Ein Besuch im Corcoran Museum of Art vielleicht oder ein Dinner im *Le Lion d'Or.*

Er war dem Wachmann gut bekannt, aber dennoch – schließlich sind wir hier in der Schweiz – waren die üblichen Formalitäten zu erfüllen. Dann war er allein in einem verschlossenen Raum, der von Wand zu Wand mit acht Zentimeter dicken Stahltüren gesäumt war, die Gott weiß was hüteten. Welche Geheimnisse, welche illegalen Güter.

Silvas Bankschatulle enthielt nur Videokassetten. Fünfzig Stück, alle identisch, wie in der Notiz stand.

Fürs Erste sollte Dr. Kreindler nur eine von ihnen abliefern, und zwar persönlich, beim Leiter des FBI. Als er das Bankfach aufschloss, fragte er sich, was wohl zur Zeit im Kennedy Center gespielt wurde.

III

Selbst wenn er guter Laune war, machte Patrick Shilling ein finsteres Gesicht, mit dem er sogar Pferden Angst einjagen konnte, wie seine Frau sagte.

Pferde und offenbar auch Kindern, denn ein kleines Mädchen betrachtete ihn mit Panik in den Augen, unfähig, den Blick abzuwenden, und anscheinend kurz davor, in Tränen auszubrechen. Shilling starrte zurück, wollte ihr signalisieren, dass er sie, wenn sie anfing zu flennen, vielleicht – nur vielleicht – über Bord schmeißen würde. Sie tat gut daran, Angst vor ihm

zu haben. Er mochte Kinder nicht, basta, nicht mal seine eigenen.
Im Augenblick gab es vieles, was er nicht mochte.
Es herrschte ein unregelmäßiger Wellengang, und die Fähre schwankte, dass ihm flau im Magen wurde. Das von ihm engagierte französische Team hatte sich als ein Haufen Idioten entpuppt, und ganz bestimmt würde man ihm jetzt ihre Inkompetenz zum Vorwurf machen. Es fuchste ihn, dass Cohen noch lebte, dass Flint nicht gefunden worden war. Vor allem fuchste ihn, dass Taggart ihn mit seinem Admiralbefehlston zur Isle of Wight beordert hatte, als wäre Shilling ein einfacher Matrose.
Er dachte an Taggarts Frau, und ob er sie sich nehmen sollte. Sie hatte ihm deutlich zu verstehen gegeben, dass sie nicht abgeneigt war.
Die Kleine weinte und ihre Mutter tröstete sie. Shilling sah weg. Er zog eine Packung Marlboro aus der Tasche, und der Schwachkopf neben ihm deutete auf das Rauchen-verboten-Schild. Shilling schüchterte ihn mit einem zornigen Blick ein und zündete sich eine Zigarette an.
Herrgott, war das heiß hier drin!
Er bahnte sich einen Weg aus dem Salon und auf das Vorderdeck, wo ein paar Hartgesottene durch die Gischt am Bug hindurch beobachteten, wie Cowes näher kam. Die schwankenden Masten der Jachten, die dicht an dicht im Hafen lagen, sahen aus wie Schilf in einem Sumpf.
Taggart hatte ein Boot. Kurlack übrigens auch. Er nannte seines *Invincible,* unbesiegbar, wie er sich selbst gern sah. Eigentlich ein Witz, wenn man bedachte, dass er praktisch lahm war. Er behauptete gern, dass es eine Kriegsverletzung war, aber Shilling wusste es besser. Die unmittelbarste Kriegserfahrung, die Jack-

son Kurlack je gemacht hatte, war sein Posten im NATO-Hauptquartier in Brüssel gewesen. Das Gleiche galt für Taggart, mehr oder weniger. Sie waren zwei altersschwache Schaukelstuhlgenerale, die sich nie die Hände schmutzig gemacht hatten – oder um ganz genau zu sein: ein *Brigadegeneral* und ein *Vizeadmiral.* Im Geheimdienstgeschäft waren sie wahrlich keine Profis. Man hatte sie beide zum Militärischen Nachrichtendienst abkommandiert, als sie für nichts anderes mehr zu gebrauchen waren.

Das schwermütige Tuten der Schiffssirene kündete die bevorstehende Ankunft der Fähre an.

Herrgott! Er hasste diese verdammte Isle of Wight!

Katherine Taggart zeigte ihm ihre Brüste, als sie ihnen in der Bibliothek, wie ihr Mann gern sagte, Tee servierte; ein bisschen übertrieben, angesichts der paar Regale mit Büchern. Shilling hatte noch fünfmal so viele Bücher in Kartons, die er seit seinem Auszug aus der ehelichen Wohnung nicht ausgepackt hatte. Einmal, als er zu seiner Frau gesagt hatte, er wolle sich bei Borders ein Buch kaufen, hatte sie gesagt: »Wieso? Du hast doch schon so viele.« Blöde Kuh.

»Danke, Kate, Liebes«, sagte Taggart und strahlte sie an. »Aber jetzt haben wir leider was Geschäftliches zu besprechen.«

»Wann habt ihr denn mal nichts Geschäftliches zu besprechen?«, erwiderte sie, den Tadel mit einem Lächeln abmildernd. Zu Shilling sagte sie: »Sie bleiben natürlich zum Abendessen, Patrick? Übernachten Sie bei uns?«

Das könnte dir so passen, was?, dachte Shilling. Dass ich dich im Wintergarten durchbumse, während der Alte schläft.

Er war alt, alt genug, um ihr Vater zu sein, und noch einiges älter. Ein alter Seebär, verglichen mit ihr – und Shilling wunderte sich nicht zum ersten Mal über Taggarts Torheit. Er sprach von seiner ersten Frau – und der Mutter seiner Kinder – so, als wäre sie tot, aber Shilling kannte die Wahrheit. Nach dem Tod ihrer Tochter, so hatte Shilling herausgefunden, war Taggarts Frau mit einem Jachtskipper durchgebrannt, den sie während der Cowes-Segelwoche kennen gelernt hatte. Jetzt heuerte sie in der Karibik auf jedem Boot – bei jedem Mann – an, der sie haben wollte. Shilling hatte Fotos.

Und wenn Taggart sich einbildete, dass die flatterhafte Kate aus irgendeinem anderen Grund als Geld bei ihm blieb, dann war er wirklich ein Traumtänzer. Ihr kultivierter Akzent und ihre guten Umgangsformen legten den Schluss nahe, dass sie aus einer vornehmen Familie stammte, aber Shilling wusste, dass die Mutter Alkoholikerin und der Vater ein falscher Oberst war, der sich mehr schlecht als recht über Wasser hielt, indem er alten Damen in Tunbridge Wells nachgemachte Antiquitäten und Kunstgegenstände andrehte.

Shilling wusste, dass Kate nur deshalb die Rosen im Garten beschnitt und Tee servierte und es über sich ergehen ließ, dass Taggart sie mit seinen leberfleckigen Händen begrabschte, weil es die Millionen gab, die er beiseite geschafft hatte. Neues Geld, Geld, das Shilling für ihn besorgt hatte, nebenbei bemerkt. Sie war schlicht und ergreifend eine Goldgräberin, eine Hure.

Ihr Mann sagte knapp: »Ich fürchte, Shilling muss nach London zurück. Regierungsgeschäfte und der ganze Kram.«

»Wie schade«, sagte sie.

Beim nächsten Mal, du Miststück. Irgendwann in Bälde.

»Was zum Teufel haben Sie sich bloß dabei gedacht?«

Admiral Taggart legte seinen Nelson-Auftritt hin. Er hätte Shilling an den Hauptmast binden und auspeitschen lassen, wenn er gekonnt hätte.

Shilling zuckte die Achseln. »Die Sache ist einfach verbockt worden.«

»Gütiger Himmel, Mann, ich weiß, dass sie verbockt worden ist! Ich will wissen, wie das möglich war.«

»Ich habe telefonisch Verbindung aufgenommen mit ...«

»Keine Namen!«

»Ich habe ... mit einem Kontaktmann beim französischen Geheimdienst gesprochen und ihn gebeten, sich um Cohen zu kümmern – wie es Ihr Wunsch war. Er konnte oder wollte nicht, aber er hat mich mit ... einigen Leuten in Verbindung gebracht. Erfahrene Leute, wie mir versichert wurde.«

»Erfahren! Die haben die Rue de Seine in die Luft gejagt!«

»Nicht ganz, und das war erst später. Nachdem sie Cohen verfehlt hatten. Zweimal.«

»Und, nachdem die also Cohen ›verfehlt‹ hatten, wie Sie es ausdrücken, hielten Sie sie noch immer für geeignet, die Operation durchzuführen? Sind Sie verrückt geworden?«

Wenn Sie so weitermachen, Admiral, verrückt genug, um Ihnen den dürren Hals umzudrehen, dachte Shilling.

Er sagte: »Es war keine Zeit, auf ein anderes Pferd zu setzen. Ich wusste, dass Cohen mit der französischen Polizei zusammenarbeitete, und ich war mir ziemlich sicher, dass sie gegen Silva vorgehen würden. Wir konnten doch schließlich nicht zulassen, dass Mario auspackt, oder? Und wie sich herausgestellt hat, hatte ich Recht. Sie waren tatsächlich drauf und dran, ihn hopszunehmen.«

»Aber eine Bombe? Mitten in Paris während der Rushhour? Das haben Sie gebilligt?«

»Eine Fehleinschätzung. Die Männer wussten, dass das Fenster von Silvas Laden bombensicher war, und sie meinten, es würde die Explosion eindämmen. Die Vollidioten wussten allerdings nicht, dass das nur funktioniert, wenn die Bombe außen angebracht wird. Wie gesagt, sie haben's verbockt. Was soll ich sonst sagen?«

»Und jetzt schweben vier Polizeibeamte in Lebensgefahr.«

»Drei werden wahrscheinlich durchkommen«, sagte Shilling nonchalant. »Der vierte, der Inspektor, steht auf der Kippe, würde ich sagen.«

»Auf der Kippe?« Taggart schüttelte fassungslos den Kopf. Sein Gesicht wurde schlaff, verriet sein Alter.

»Hören Sie ...«

»Nein! *Sie* hören jetzt zu, Shilling. Die Operation ist völlig außer Kontrolle geraten. Ich werde Ihre Inkompetenz nicht dulden.« Taggart zitterte vor Wut. Shilling hielt seine im Zaum, fürs Erste.

»Ich möchte genau wissen, wie Sie uns aus dem Schlamassel, den Sie da angerichtet haben, wieder rausholen wollen. Wo ist Flint?«

»Untergetaucht.«

»Und?«

»Seit über einem Monat. Früher oder später wird sie wieder auftauchen müssen, um Luft zu holen: einen Anruf tätigen, ein Ticket kaufen, Geld abheben, ihre Kreditkarte benutzen – irgendwas. Früher oder später wird sie ihr hübsches Gesicht zeigen, und das werde ich erfahren und mich dann um die Sache kümmern.«

»Wie viel weiß sie?«
»Ich werde sie fragen.«
»Wenn ich gewusst hätte«, setzte Taggart an und brach dann ab, stand auf und ging zu den Fenstern hinüber, die auf den Rosengarten und die unruhige Meerenge dahinter gingen. Mit dem Rücken zu Shilling sagte er: »Und Cohen?«
»Der ist unterwegs nach Miami. Um sich mit Cutter zu treffen. Er ist gestern Abend aus Paris zurückgekommen und heute Morgen wieder abgereist.« Ein kurzes Zögern, dann fügte Shilling hinzu: »Vielleicht sollte Kurlack sich um ihn kümmern?«
»Keine Namen!«
»Seine Burschen haben ihre Sache in Robertstown doch ganz gut gemacht. Wieso nicht?«
Taggart starrte weiter in den Garten. »Wieso will er sich mit Cutter treffen?«
»Ich weiß nicht. Fragen Sie Devereaux.«
Taggart wirbelte herum, blanke Verachtung in den Augen – oder vielleicht war es Panik. »Sie verdammter Idiot!«
Fick-mich-Kate steckte den Kopf zur Tür herein und fragte heiter: »Möchte noch jemand Tee?«

Achtes Kapitel

I

Cohen nahm im Zentrum von Miami ein Taxi zum Coconut Grove und wartete fast eine halbe Stunde in Monty's Restaurant, bevor Cutter kam und sagte: »Haben Sie schon mal dran gedacht, sich ein Handy zuzulegen?«

Cutter trug ausgebeulte Shorts und ein grellbuntes Hawaii-Hemd, und er machte die Restaurantbesitzerin nervös.

»Wie bitte?«, sagte Cohen.

»Sie sind hier im falschen Laden. Wenn Sie ein Handy hätten, hätte ich Sie angerufen.«

»Aber Sie haben gesagt, im Monty's. Ist das hier nicht ...?«

»Doch, aber es gibt das neue Monty's und das alte Monty's, und von hier aus sieht man nicht die Bohne. Kommen Sie mit. Die haben *Conch fritters* und Krüge Bier und den besten *Key Lime Pie,* den Sie je in Ihrem Leben kriegen werden. Und ich möchte Ihnen jemanden vorstellen.«

Monty's Raw Bar – das alte Monty's – schien vor allem jüngere Gäste anzuziehen. Braun gebrannte Körper auf Hartholzbänken und viel Spanisch in der Luft. Cutter ging voraus über die Terrasse zu einem Tisch direkt am Wasser, und vor ihnen erstreckte sich die Biscayne Bay, glitzerte im unvermeidlichen Sonnenlicht.

»Alles okay mit Ihnen? Sie sehen fertig aus.«

»Der Jetlag macht mir etwas zu schaffen«, sagte Cohen. Er

würde keinesfalls zugeben, dass er seit Paris nicht richtig geschlafen hatte, dass er, sobald er die Augen schloss, ruckartig von dem ohrenbetäubenden Widerhall der Explosion geweckt wurde. Gilles hatte ausgesehen wie tot, als er ihn erreicht hatte, Beine und Rücken von Glassplittern zu einer blutigen Masse zerfetzt. Cohen hob einen Plastikbecher Bier mit beiden Händen, damit er weniger zitterte.

»Wie geht's Ihrem Freund?«, fragte Cutter.

»Nicht gut. Seine Beine sind schrecklich zugerichtet. Er hat seine Milz verloren, und ein Lungenflügel ist durchlöchert. Kann sein, dass er ihm entfernt werden muss, falls und wenn er überhaupt dahin kommt, so eine Operation zu überstehen. Er ist natürlich noch immer an allen möglichen Apparaten angeschlossen.«

»Weiß man schon Näheres über die Arschlöcher?«

»Bitte?«

»Die Täter. Die verdammten Arschlöcher, die das auf dem Gewissen haben.«

»Ach so. Nein, nein, nichts, soweit ich weiß.«

»Okay, tja, da ist dann noch etwas, wozu er uns Rede und Antwort stehen muss.«

Cohen schüttelte den Kopf, um den Nebel zu lichten. »Er? Tut mir Leid, ich weiß nicht …«

»Der da. Der Drecksack da drüben.«

Cutter nickte mit seinem bulligen Kopf Richtung Ende des Piers, wo eine Motorjacht mit dem Heck zu ihnen vertäut lag, knapp fünfzehn Meter von ihnen entfernt. Cohen setzte sich rasch seine Brille auf, damit er den Namen lesen konnte: *Invincible.*

»Sehen Sie ihn?«

»Nein.«

»Der Typ auf der Laufbrücke.«
Jetzt sah Cohen ihn: Ein Mann saß im Schatten einer Markise und suchte mit einem Fernglas die Küste ab.
»Wissen Sie, Harry, diese Arschlöcher, seine Arschlöcher, die haben den falschen Flieger in die Luft gejagt. Die Lear hat es nicht geschafft, aber die C-130 sehr wohl. Und eines muss man Maitland lassen. Er war ein verdammt gewissenhafter Buchhalter. Penibel wäre noch zu wenig gesagt. Bis auf den letzten Cent alles belegt.«
Cohen sagte: »Ich verstehe nicht.«
»Ging mir bis vor zwei Tagen genauso. Alles, was wir hatten, waren Unmengen von interessanten Zahlen und Scheinfirmen und Bankkonten, die wir nicht einsehen können. Dann krieg ich einen Anruf aus der Zentrale, und ich dachte, mich laust der Affe. Schwups, sitz ich im nächstbesten Flieger nach Washington, und raten Sie mal, was ich da vor Augen habe?«
»Ich habe nicht den blassesten Schimmer.«
»Mario Silvas Testament, Harry – und das Todesurteil von dem Arschloch da, wenn es nach mir ginge. Mario hat uns alles haarklein dargelegt, zumindest so gut er konnte, und plötzlich ergeben Maitlands Zahlen Sinn – sehr viel Sinn. Jetzt hat der Scheißwiderling Jackson Kurlack mehr Wanzen auf dem Leib als ein räudiger Hund, und wir werden den Sack kriegen. Dann werden wir ihn nach Ihrem Freund befragen.«
Cohen hatte das Gefühl, seinen ohnehin schon schwachen Zugriff auf die Realität nun völlig verloren zu haben. »Nicht so schnell bitte. Wer ist Jackson Kurlack?«
»Der da«, sagte Cutter und nickte Richtung Boot. »Brigadegeneral Kurlack, Militärischer Nachrichtendienst, im Ruhestand. Nur dass er nicht im Ruhestand ist, nicht, wie ich das sehe. Er

schuftet wie ein Pferd, er und sein Partner, sein britischer Partner übrigens. Dieser italienische Politiker, Graf Cavour, wissen Sie noch, was der gesagt hat? ›Wenn wir für uns das Gleiche täten wie für unser Land, was wären wir dann für Halunken.‹ Tja, genau das machen die, Harry: Sie tun das Gleiche für sich. Können Sie mir überhaupt folgen?«

»Nein«, sagte Cohen. »Wie wär's, wenn Sie ganz von vorne anfangen?«

»Genau das hab ich auch vor. Wir genehmigen uns jetzt ein paar *Conch fritters* und etwas *Pie,* und dann fahren wir ins Büro. Da warten schon ein paar von meinen Leuten, um Ihnen alles zu verklickern.«

»Danke.«

»Na, warten Sie's erst mal ab, bevor Sie sich bedanken, Harry. Ihre Frau, Ihre verstorbene Frau, wie hieß die noch mit Mädchennamen?«

»Taggart. Wieso?«

»Das hab ich mir gedacht«, sagte Cutter.

Das Hauptquartier des FBI-Sonderdezernats war ein tristes vierstöckiges Bürogebäude hinter einem Maschendrahtzaun auf einem Industriegelände direkt östlich von der Haftanstalt, dem North Dade Detention Center, dem es – mit dem schweren Metalltor am Eingang und den Stahlrollläden vor den Fenstern im Erdgeschoss – irgendwie ähnelte. Das Dach mit den Funkantennen und der Satellitenschüssel verstärkte noch den Eindruck einer Festung. Für Cohen sah es so aus, als hätte sich das Sonderdezernat auf eine sehr lange Belagerung eingerichtet. Cutter ging voraus durch den Metalldetektor in der Eingangshalle und löste einen schrillen Alarmton aus.

Ein Polizeibeamter, der in einer Kabine hinter einer dicken Sicherheitsscheibe saß, blickte von seinem Buch auf und sagte in ein Mikrofon: »Tragen Sie eine Waffe, Mr. Cutter?«
»Jerry, Sie wissen doch, dass ich eine trage.«
»Was ist mit Ihrem Freund?«
Cutter grinste. »Was ist mit Ihnen, Harry, tragen Sie eine Waffe?«
Cohen schüttelte den Kopf. »Wohl kaum.«
Der Wachmann musterte ihn von oben bis unten, als gefiele ihm das, was er da sah, nicht sonderlich. »Würden Sie bitte sämtliche Metallgegenstände aus Ihren Taschen nehmen und dann noch einmal durch den Detektor gehen?«
»Sie haben keine andere Wahl, Harry, sonst lässt er uns nicht durch.«
Cohen tat wie geheißen, und erst dann drückte der Wachmann auf den Knopf, der die Innentür entriegelte.
»Willkommen in der Kriegszone«, sagte Cutter.

In Cutters geräumigem Büro im vierten Stock – ein Raum, der keine Fenster und die Atmosphäre eines Bunkers hatte – warteten vier seiner Leute auf sie: drei junge Männer in Freizeitkleidung, vielleicht weil es Samstag war, und eine kleine Frau mit einem wütenden Gesicht, die sagte: »Nur damit Sie's wissen, ich bin strikt gegen dieses Treffen.«
»Harry Cohen, darf ich vorstellen: Carrie Evanovich«, sagte Cutter. »Die beste stellvertretende US-Staatsanwältin im nördlichen Bezirk, wenn sie nicht gerade eine Nervensäge ist. Carrie glaubt, dass Sie, weil Sie Brite sind, ganz bestimmt ein Spion und wahrscheinlich schwul sind. Ich hab ihr gesagt, dass Sie natürlich ein gottverdammter Spion sind, deshalb sind Sie ja hier!«

Cutter hatte sein Hemd ausgezogen und stieg jetzt aus den Shorts.
Die Frau sagte: »Das ist blanker Unsinn, Aldus. Ich bin deshalb dagegen, weil es gegen die Bestimmungen des Justizministeriums verstößt«, aber Cutter ignorierte sie.
»Apropos sexuelle Vorlieben, also, es geht das Gerücht, dass Edgar J. Hoover gern Kleider angezogen hat. Harry, begrüßen Sie Jack Stenning, Dieter Branch, Oliver Barry, und nehmen Sie Platz. Leute, fangen wir an. Jack, mach bitte das Licht aus.«
Der Raum wurde dunkel und gleich darauf vom Leuchten eines Bildschirms über und hinter Cutters Schreibtisch erhellt. Ein Bild erschien, schwarzweiß und leicht verschwommen, bis eine unsichtbare Hand die Schärfe einstellte. Es war offenbar ein Überwachungsfoto, mit Teleobjektiv aufgenommen: ein Mann, der darauf wartete, die Straße überqueren zu können, das Gesicht im Profil eingefangen. Im Halbdunkel konnte Cohen sehen, wie der fast nackte Cutter ein frisches Hemd aus der Verpackung nahm – anscheinend zog er sich um.
»Gerhard Kreindler, Schweizer Staatsbürger, geboren am 10. Dezember 1940. Nichts über ihn in unseren Akten, kein Eintrag im Zentralcomputer.« Ein zweites Bild, diesmal von vorne aufgenommen, leuchtete auf, und Cutter fuhr fort: »Leitet eine kleine Anwaltskanzlei in Zürich, Stern & Kreindler, nur dass es keinen Stern gibt; bloß unseren Gerhard hier und zwei Sekretärinnen. Vor zwei Tagen fliegt er mit Swissair, erster Klasse, nach Washington, Dulles Airport, lässt sich in die Stadt chauffieren und geht zu Fuß zum Hauptquartier, um dem Leiter persönlich – *persönlich,* wohlgemerkt – ein Paket zu übergeben. Nachdem sie es durchleuchtet und sich beruhigt haben, lassen

sie ihn zum stellvertretenden Leiter durch, und unser Gerhard erklärt, dass er einen gewissen Mario Silva vertritt …«

Ein ernstes Gesicht erscheint auf dem Bildschirm, ein typisches Passfoto.

»Kommt er Ihnen bekannt vor, Harry?«

»Eigentlich nicht. Ich habe Silva nur aus einiger Entfernung gesehen, bevor er getötet wurde. Danach … Also, danach war nicht mehr viel zu erkennen.«

Cutter brummte und sagte: »Berichtigung. Der jüngst verstorbene Mario Silva. Portugiesischer Nationalität, geboren 9. Juni 1958, wohnhaft Paris, Antiquitätenhändler – wie Gerhard uns zumindest glauben machen will. Vor knapp über einem Monat, etwa eine Woche, nachdem Hechter und die Maitlands ermordet wurden, erhält Gerhard einen Anruf von seinem Mandanten. Er ist besorgt. Er hat Informationen – gefährliche Informationen. Er glaubt, sein Leben könnte in Gefahr sein. Deshalb hat er ein Videoband gemacht und es irgendwo sicher deponiert …«

Der Bildschirm war dunkel, und dann tauchte Silva wieder auf, in einem Sessel sitzend, entspannt, die Beine überkreuzt, die Fingerspitzen wie ein Spitzdach unterm Kinn aneinander gelegt, im Begriff anzufangen.

»Und Mario sagt zu seinem Anwalt: ›Wenn mir irgendwas zustößt, Gerhard, dann will ich Rache. Wenn die mich umlegen, übergeben Sie das Band den zuständigen Behörden‹ – also mir, wie sich herausstellt, denn ausnahmsweise hat Washington mal zwei und zwei zusammengezählt, ohne fünf herauszubekommen. Dieter, erzählen Sie uns doch bitte, was wir da sehen.«

Von Cohen aus am anderen Ende des Raumes sagte eine Stimme im Dunkeln: »Das ist nicht das Original. Die erste oder vielleicht die zweite Kopie, aber sie ist nicht manipuliert worden.

Keine Schnitte, nichts eingefügt. Es ist die Aufnahme, die er gemacht hat.«

»Wissen Sie, was mit dem Original ist, Harry? Möchten Sie wissen, was ich denke?«

Cohen war ihm schon meilenweit voraus. *Sie hat mir ein Rätsel gestellt, bei dem es um eine Kamera ging,* hatte Gilles gesagt. *Eine Kamera lügt nie, aber Filme können irreführend sein.* »Flint hat es«, sagte er, und Cutter lachte.

»Seht ihr, ich hab euch doch gesagt, dass er clever ist. Lassen Sie das Band laufen, Jack. Wollen doch mal sehen, wie clever er wirklich ist.«

Sie waren an der Stelle von Marios Auftritt angelangt, wo er vor dem Kaminsims steht und auf eine Tafel schreibt, und Cohen spürte eine stechende Beklemmung in der Brust, als würde er von dem Gewicht seiner Empörung zerquetscht.

»Der Admiral«, schrieb Mario, und in Klammern »NATO OAS?«, und jetzt ergab Cutters spitze Frage einen entsetzlichen Sinn. Taggart war der Familienname – wie bei Sir Adrian Taggart, ehemals Vizeadmiral Taggart, ehemals beim Militärischen Nachrichtendienst, ehemals Angehöriger des Supreme Allied Command, des NATO-Oberbefehls. Annies Vater, Harry Cohens Schwiegervater.

Taggart. »Das hab ich mir gedacht«, hatte Cutter gesagt.

Cohen starrte auf den Bildschirm, aber was er sah, waren Bilder von anderen Dingen: von der Eiseskälte in Taggarts Augen, als Annie ihre Verlobung bekannt gab; von der verächtlichen kurzen Notiz, in der er ihnen mitteilte, dass er nicht zu ihrer Hochzeit kommen würde; von den Briefen, die er Annie aus Belgien schrieb und die alle an »Miss A. TAGGART« adressiert waren,

der Name in Großbuchstaben und unterstrichen – Briefe, die sie zuletzt vor ihrem Mann versteckte; von dem einen Brief, den er entdeckte, in dem er ihn als »deinen Judenbengel« bezeichnete.
Sie war auf die Isle of Wight gefahren, um dort zu sterben, nachdem der Krebs, der sie zerfraß, ihr die letzte Kraft geraubt hatte, sich dem Willen ihres Vaters noch weiter zu widersetzen. Cohen hatte ihre Entscheidung nicht verstanden, und sein Zorn und seine Verwirrung hatten alles nur noch schlimmer gemacht. Im letzten Monat ihres Lebens hatten sie nicht mehr miteinander gesprochen.
Und jetzt sah Cohen sich auf dem Autodeck der Fähre stehen, die Schultern gegen den Wind gestemmt, auf dem Weg zu Annies Beerdigung, einer Beerdigung, zu der er nicht eingeladen worden war.
Jetzt war er auf dem Friedhof, stand abseits von den anderen Trauergästen, Taggart hoch aufragend in ihrer Mitte, mit trotzig starrem Blick. Hinterher hatte er gesagt: »Sie ist jetzt für immer zurückgekehrt. Dort, wo sie hingehört.«
Taggart, nicht Cohen, lautete der Name auf ihrem Grabstein.
»Harry?« Cutters Stimme riss ihn zurück in die Gegenwart. »Alles in Ordnung? Sollen wir eine Pause machen?«
»Nein«, sagte Cohen leise – die Antwort auf beide Fragen.
Auf dem Bildschirm schrieb Mario gerade Abkürzungen auf, blickte dabei über die Schulter, um deren Bedeutung in die Kamera zu sprechen.
Und hier, unter dem »Admiral«, MI5, Military Intelligence, wie er früher hieß, heute Security Service …
Na, nicht ganz, Mario, dachte Cohen, nicht ganz *unter* dem Admiral.

11

Sie haben sich beim NATO OAS kennen gelernt, soweit wir wissen. Taggart war dort von Mai 1990 bis Oktober '93 stationiert, dann ging er in den Ruhestand. Wir wissen, dass Kurlack innerhalb dieses Zeitraums sechsmal beim OAS war und an irgendwelchen Besprechungen teilgenommen hat, bei denen auch Taggart anwesend war. Natürlich können sie sich auch schon gekannt haben, bevor Taggart nach Belgien ging. Das überprüfen wir noch.«

Oliver Barry warf Cutter einen Blick zu, als wollte er sagen: »Wir hatten nicht viel Zeit, um das Zeug hier auszuwerten«, und Cutter nickte nachsichtig. Während Marios, wie er es nannte, Zirkusvorstellung, hatte er sich ein langärmeliges Hemd mit Krawatte und eine dunkelblaue Hose angezogen und sah jetzt schon eher wie der leitende Beamte der stärksten US-Sondereinheit aus. Das Emblem der Einheit, von Cutter persönlich ausgewählt, stand mitten auf dem Konferenztisch, an dem sie saßen: ein drohend aufgerichteter Weißkopfseeadler, der die Waage der Justitia in seinen Furcht erregenden Krallen hielt.

»Fällt Ihnen dazu was ein, Harry? Irgendeine Idee, wer seine Kumpel sind?«

»Nein.«

»Er hat nie mit Ihnen über seine Zeit bei der NATO gesprochen?«

»Er hat kaum je mal ein höfliches Wort an mich gerichtet.«

Cutter hätte es dabei bewenden lassen, aber Carrie Evanovich sagte: »Wieso?«

»Weil er mich von Anfang an nicht ausstehen konnte, und ich ihn sehr bald ebenso wenig ausstehen konnte.« Sie hob fragend eine Augenbraue, als wüsste sie, dass noch mehr dahinter steckte, und Cohen fügte hinzu: »Er wollte nicht, dass seine Tochter einen Mann heiratete, den er für einen Juden hielt.«

»Übler Bursche«, sagte Cutter. »Ollie, machen Sie weiter.«

»Kurlack ging im Juni '94 in den vorzeitigen Ruhestand, nachdem es beim DIA irgendwelchen Ärger gab. Das heißt, er wurde abserviert. Man könnte auch sagen, er ist seiner Entlassung zuvorgekommen. Er zog hierher – zunächst nach Lauderdale –, und schon drei Wochen später landet Taggart am Miami International Airport, um ihn zu besuchen.«

Aus der Akte vor sich nahm Barry ein Einreiseformular und reichte es Cohen. Die Handschrift war unverkennbar: der Name TAGGART, geschrieben in den gleichen schrägen Großbuchstaben, mit denen er die gehässigen Briefe an Annie adressiert hatte.

»Taggart war drei Wochen hier, glauben wir – die Flughafenkollegen suchen noch nach dem Ausreisebeleg. Das heißt, er muss so um den 29. Juli '94 abgeflogen sein. Drei Wochen später wurden Harling und Silva in London vom SFO verhaftet und Harling wurde von ›Mr. Brown‹ kontaktiert, wie er zumindest in seiner eidesstattlichen Erklärung sagt.«

»Alias Patrick Shilling«, sagte Cutter.

»Dann wissen wir von einer Reihe von Zusammentreffen zwischen Harling und Shilling, wobei der Höhepunkt das Treffen im Mai '95 im *Royal Garden* ist …«

»Und, Jack«, sagte Cutter. »Erklären Sie uns, warum das Datum wichtig ist.«

Jack Stenning hatte ein aufgeschlagenes Ringbuch mit einem etwa fünf Zentimeter dicken Stoß Dokumenten darin vor sich liegen. Cohen sah, dass die oberste Seite ein kunstvolles Siegel und eine elegante Beschriftung trug. »31. Mai 1995, Maitland gründet den Strongbow Trust. Der übliche Mist: Standardfirmenmantel mit zwei Pro-forma-Direktorinnen, Angestellte der Bank.«

Stenning blätterte die Seite um. »Zum selben Datum eröffnete Strongbow ein Konto bei der New World Bank, Maitlands übliche Vorgehensweise. Unüblich und daher auffällig ist dagegen, dass das Eröffnungsguthaben mit Null ausgewiesen ist. Alle anderen New-World-Kunden, die wir uns angesehen haben – etwa sechzehnhundertfünfundsiebzig – fingen mit einer Ersteinlage von mindestens ein paar tausend Dollar an. Strongbow hatte keinen roten Heller auf dem Konto bis zum 8. Juni, als Maitland eine Überweisung tätigte: eine Million Dollar, abgehoben von dem Tindale-Konto und eingezahlt auf das Strongbow-Konto.«

»Bullers ›Kulanzentschädigung‹«, sagte Cohen.

»Nein. Tindale ist Harlings Sparschwein, wissen Sie noch? Erinnern Sie sich, dass Maitland gesagt hat, Tindale sei das einzige Konto, von dem er genau wusste, wer der Begünstigte sei? Buller zahlte erst am dreizehnten des Monats. Zum selben Zeitpunkt stellen wir eine weitere Überweisung von einer Million auf das Strongbow-Konto fest, allem Anschein nach von einem von Bullers Treuhandkonten.«

Cohen machte keinen Hehl aus seiner Verwirrung. »Das hat Harling in seiner eidesstattlichen Erklärung mit keinem Wort erwähnt.«

»Nein, allerdings nicht«, sagte Cutter und lachte leise. »Mario übrigens auch nicht. Die Frage lautet daher, wieso zahlt Frank eine Million, und warum sind sie in dieser Hinsicht so überaus diskret? Irgendeine Idee, Harry?«

»Vielleicht«, sagte Cohen und griff unter den Tisch nach seiner Aktentasche. Er hatte den Flug von London hierher dazu genutzt, eine Chronologie der Ereignisse zu erarbeiten, die etwas Ordnung in das Chaos bringen sollte. Die konsultierte er nun und sagte dann: »Am Tag vor dem Geldtransfer wurde Silva wegen Betrugs zu zwei Jahren Gefängnis verurteilt, obwohl er mit zehn hätte rechnen können. Zufall?«

»Glauben Sie an Zufälle, Harry?«

»Nicht oft.«

»Ich auch nicht. Glauben Sie, die haben den Richter unter Druck gesetzt?«

»Ich weiß nicht«, sagte Cohen. »Laut Presseberichten erwähnte der Richter irgendwelche ›strafmildernden Umstände‹, die ihm zugetragen worden seien, aber ohne zu sagen, welche.«

»Meinen Sie, Shilling hat sich für Mario eingesetzt? Dem Richter irgendwas von nicht genauer benannten Gefälligkeiten ins Ohr geflüstert, die Mario der Königin und seinem Land erwiesen hat?«

»So was ist schon vorgekommen.« Cohen rutschte unruhig auf seinem Stuhl hin und her.

»Was Sie nicht sagen! Haben Sie das auch schon mal gemacht, Harry, als Sie beim Service waren?«

Öfter, als ich Ihnen verraten möchte, dachte Cohen, aber er erwiderte nichts. In seinem Hinterkopf keimte ein leiser Verdacht: ein Gedanke, der so bösartig war, dass es ihn innerlich fröstelte.

Er hielt Cutters bohrendem Blick stand, bis der lächelnd kapitulierte und sagte: »Okay, Jack, fahren Sie fort«, und Stenning weiter seine Litanei von Zahlungen herunterbetete, die der Strongbow Trust erhalten hatte: Daten, Beträge, Unmengen von Geldtransfers von Unmengen von anderen Treuhandkonten, alle gewissenhaft von Maitland dokumentiert. Cohen achtete nicht auf die Einzelheiten. Sein Verdacht erhärtete sich zur Gewissheit, und er hatte nur einen einzigen Gedanken: Devereaux.

Devereaux in dem Weinkeller, einen sarkastischen Unterton in der Stimme: *Hast du im Ernst gedacht, dass ich da meine Finger im Spiel habe? Dass ich mich an illegalen Machenschaften beteilige? Hast du das gedacht, du undankbarer Mensch?*

Ja, hatte Cohen geantwortet, und jetzt verfluchte er sich für seine Dummheit.

»Harry, sind Sie noch da?«

»Natürlich.«

»Schön zu hören. Okay, also, unter dem Strich, auf dem Strongbow-Konto landen – wie viel? Rund fünfzig Millionen in etwas über einem Jahr, Jack?«

»Achtundvierzig Millionen sechshunderttausend und ein paar Zerquetschte. Angefangen mit der Tindale-Einlage im Juni 1995. Die letzte Einzahlung waren vier Millionen am 24. August 1996.«

Vier Tage bevor ich die Alarmglocke geläutet habe, dachte Cohen. Vier Tage bevor ich ihm gesagt habe, dass ich Bescheid wusste.

Ich geh jetzt telefonieren, rufe meine Sekretärin und sag ihr, wir haben uns unerlaubt vom Dienst entfernt. Besorg uns doch inzwischen was Schmackhafteres zu trinken, ja?

Er kam nicht zurück.

»Wohin führt uns das?«, sagte Cutter.

Jetzt leierte Stenning Zahlungsausgänge herunter, Geld, das vom Strongbow-Konto fast genauso schnell wieder verschwand, wie es angekommen war. Transfers auf Banken in Liechtenstein, auf der Isle of Man, den Kanalinseln, den Cayman-Inseln, Bermuda, Antigua und so gut wie jedem anderen Schlupfloch und Steuerparadies, von dem Cohen je gehört hatte.

»Und was ist mit dem Rest, Jack?«
»Bargeldabhebungen von Maitland, immer unmittelbar bevor er mal wieder auf Reisen ging, alle treu und brav in seinen Spesenabrechnungen dokumentiert.«
»Wie viele von den Reisen während jener vierzehn Monate führten ihn nach Miami?«
Stenning sah in einer zweiten Akte nach und sagte: »Neun.«
»Und wie viel hat er mitgenommen?«
Stenning rechnete rasch nach und sagte: »Vor den betreffenden Reisen hat Maitland insgesamt acht Komma fünf Millionen Dollar vom Strongbow-Konto abgehoben.«
»Was ist mit dem Vereinigten Königreich? Ist Maitland auch dorthin gereist?«
Stenning bestätigte, was Cutter bereits wusste: im selben Zeitraum acht Reisen nach London, Abhebungen in Höhe von elf Millionen Dollar.
Cutter nickte. »Kapieren Sie, Harry?«
»Ich bin nicht sicher. Sie wollen sagen, dass Maitland Bargeld zu Kurlack, Taggart, vielleicht Shilling gebracht hat und …« Cohen brach ab, unsicher, ob er in die richtige Richtung dachte. »Wieso? Sie haben andauernd Geld auf sichere Konten in der ganzen Welt überwiesen, und das ohne irgendwelche Schwierigkeiten. Wieso sollten sie das Risiko eingehen, Maitland mit Bargeld durch die Weltgeschichte reisen zu lassen?«
»Weil sie Rechnungen zu zahlen hatten. Kommen Sie, Harry! All die Kotzbrocken, die für sie gearbeitet haben, all die korrupten Cops und Spione und Scheißagenten – verzeihen Sie meine Ausdrucksweise, Carrie … All die Arschlöcher, die ihre Operationen verraten haben, die hätten doch keinen Scheck angenommen, oder? American Express gefällig? Vergessen Sie's. Na ja, vielleicht

der ein oder andere, die normalen Verräter, mag sein, dass die Konten eröffnet haben, auf die sie sich ihr Geld überweisen ließen. Aber der Durchschnittstyp will normalerweise, wenn er seine Brüder verkauft, Judas-Geld haben, dreißig Silberlinge auf die Hand, nur dass es heute Hundertdollarscheine sind. Kapiert?«

»Ich denke, ja, aber das sind doch alles bloß Vermutungen, nicht wahr?«

»Das können Sie laut sagen«, sagte Carrie, und Cutter grinste sie an.

Cohen hakte nach. »Ich meine, ich glaube kaum, dass Sie überhaupt beweisen können, dass Kurlack und Taggart Drahtzieher des UNTERNEHMENS sind, jedenfalls nicht nur aufgrund von Harlings und Silvas Erklärungen. Sie brauchen ganz sicher mehr.«

»Und ob«, sagte Cutter. »Dieter, starten Sie das Band.«

»Moment mal, Aldus!« Carrie Evanovich war aufgesprungen, als hätte sie Feuer gefangen. »Das können Sie nicht machen.«

»Regen Sie sich ab.« Zu Cohen sagte er: »Carrie ist sauer auf mich, weil …«

»Nein, Aldus!«

»Weil ich sie dazu gebracht habe, etwas zu tun, worauf sie nicht besonders scharf war.«

»Aldus!«

»Gestern Morgen hat sie einen Gerichtsbeschluss zum Abhören von Kurlacks Telefon erwirkt, und zwar aufgrund eines hinreichenden Tatverdachts, der – na ja, vielleicht nicht ganz so hinreichend war.«

»Himmelherrgott!«

»Carrie, wir sind hier alle im selben Team. Wem soll er was erzählen? Wem wollen Sie es erzählen, Harry?«

»Niemandem«, sagte Cohen. »Ich habe nichts zu erzählen. Ich habe nicht den leisesten Schimmer, wovon Sie reden.«
»Sehen Sie, Carrie? Es ist alles in Ordnung. Harry ist wie einer von diesen Mönchen. Sie wissen schon. Die ein Schweigegelübde ablegen. Okay? Entspannen Sie sich.«
Evanovich setzte sich hin, sah aber aus, als wäre sie zu einem Mord fähig.
»Bei seiner Nachrichtendienst-Vergangenheit«, fuhr Cutter fort, als hätte es keine Unterbrechung gegeben, »haben wir uns gedacht, dass er eine gesicherte Telefonanlage hat – zumindest eine, die er für sicher hält. Sein Problem – das Problem von unserem General Scheißwiderling Jackson Kurlack – ist, dass er seit vier Jahren nicht mehr im Rennen ist. Die National Security Agency, der Militärische Geheimdienst, verfügt heute über neue Techniken, die Kurlack sich nie hätte träumen lassen. Also, unsere gute Carrie« – Cutter nickte der noch immer vor Wut kochenden Evanovich zu – »hat einen Bundesrichter dazu gebracht, einen Beschluss zu unterschreiben, der es uns erlaubt, Kurlacks Telefonate fünf Tage lang abzuhören.«
»Der aber täglich neu bestätigt werden muss«, sagte sie. »Falls Sie das vergessen haben.«
»Klar. Und wenn Sie ihm heute Abend das erste Ergebnis vorspielen, wird er sich wie Salomon fühlen, dass er Ihnen die Befugnis gegeben hat. Band ab, Dieter.«
Dieter Branch drückte einen Knopf an einer Fernbedienung, und plötzlich war der Raum erfüllt mit atmosphärischen Störgeräuschen. Dann folgte ein hoher Ton, dann ertönte eine knappe englische Stimme aus den Lautsprechern: »Bei mir alles klar.«
»Schießen Sie los.«
»Also, ich hab mit ihm gesprochen.«

Cutter sagte: »Dieter, halten Sie an.« Dann fragte er Cohen: »Ist das Taggart?«

»Ja.«

Unverkennbar. Taggart am Telefon: *Ich will meine Tochter sprechen.*

Evanovich sagte: »Würden Sie das vor Gericht beschwören?«

»Ja.«

»Irgendwelche Zweifel?«

»Keine.«

Falls seine Gewissheit sie beruhigte, so ließ sie es sich jedenfalls nicht anmerken. Cutter nickte, und Branch ließ das Band weiterlaufen.

»Und?«

»Seine Ausflüchte sind lahm, und ich habe kein großes Vertrauen zu seinen Lösungsvorschlägen. Offen gesagt, ich denke, er wird langsam zu einer Belastung.«

»Nicht jetzt. Wir brauchen ihn noch.«

»Natürlich nicht jetzt! Zur gegebenen Zeit. Wenn und falls die aktuellen Probleme gelöst sind.«

»Vielleicht. Wo ist der Jude?«

»Bei Ihnen, offenbar. Er spricht mit dem Dicken.«

»Das bin ich«, sagte Cutter, für den Fall, dass irgendwelche Unklarheiten bestanden.

»Kann er ihm irgendwas erzählen?«

»Ich denke, nicht. Unser Freund hatte seinen Unfall, bevor der Jude sich mit ihm in Verbindung setzen konnte.«

»Gut. Was ist mit der Frau?«

»Nicht so gut. Möglich, dass sie mit unserem Freund gesprochen hat. Sie war jedenfalls da.«

»Wann?«

»Vor zirka vier Wochen. Sie ist gesehen worden, ziemlich verlässliche Quelle. Wir glauben, sie sucht den Adler.«
Es entstand eine Pause, in der das Rauschen lauter wurde, und Branch fummelte an der Fernbedienung herum, um den Ton zu dämpfen, bis Kurlack weitersprach.
»Irgendeine Spur von der Frau?«
»Nein. Wir überwachen die nahe liegenden Kanäle. Mehr können wir nicht tun, bis sie wieder auftaucht.«
»Das muss sie, früher oder später.«
»Früher, hoffe ich. Was ist mit dem jüdischen Problem?«
»Vielleicht hatten Sie Recht. Vielleicht sollten wir uns hier damit befassen.«
»Können Sie ihn ausfindig machen?«
»Kein Problem. Wenn er bei dem Dicken ist, weiß ich binnen vierundzwanzig Stunden, wo er sich aufhält.«
»Tja, das wäre wohl das Beste. Am besten, Sie kümmern sich drum.«
»Ich sag Ihnen Bescheid«, sagte Kurlack, und einer von beiden legte auf.

III

Flints Zufluchtsstätte war auf der Kerkstraat, ganz oben unter dem Dach eines schmalen, hohen Hauses, das vor Altersschwäche ächzte. Ihr Mansardenzimmer, das billigste, das sie finden konnte, kostete 265 Dollar die Woche und verschlang nach und nach ihre letzten Reserven. Sie hatte eine Halsentzündung und Fieber, was wohl mit zu der Lethargie beitrug, die sich ihrer be-

mächtigt hatte. Sie fühlte sich erschöpft, als wären ihre Willenskraft und ihre innere Stärke weggesaugt worden.
Morgen, sagte sie sich, morgen würde sie aufstehen – aber das sagte sie nun schon seit fünf Tagen. Marcel, der die Pension führte, wollte einen Arzt rufen, aber sie sah keinen Sinn darin. Ein Arzt würde ihr doch nur Antibiotika verschreiben, um ihr Fieber zu senken, und was dann?
Sie hatte ohnehin kein Geld, um Antibiotika zu kaufen. Auf dem angeschlagenen, lackierten Tisch, der ihr als Frisierkommode diente, lagen 35 Dollar und ein paar Gulden, alles, was ihr auf der Welt noch geblieben war – zumindest in dieser Ecke der Welt, was auf das Gleiche hinauslief. Das, und eine VisaCard, die sie nicht zu benutzen wagte.
Zum x-ten Mal ging sie ihren Plan durch, soweit man von einem Plan sprechen konnte. Wenn sie es irgendwie zurück nach England schaffte, ohne eine Spur zu hinterlassen, wenn sie sich weit genug von London fernhielt, vor allem von ihrer Wohnung und von Scotland Yard und allen anderen Orten, wo sie ihr auflauerten, wenn sie zu ihrer Bank käme – natürlich nicht der Filiale, zu der sie immer ging, sondern zu einer, deren Leiter kein Vollidiot war –, könnte sie vielleicht den Rest ihrer Ersparnisse abheben, ohne zu viel Zeit zu verlieren. Falls es ihr gelang, dann würde Shilling das binnen Minuten erfahren, so vermutete sie, denn ein Bankkonto zu überwachen – oder Kreditkartentransaktionen – war für das MI5 ein Kinderspiel. Aber wenn sie ihn überrumpelte, könnte sie vielleicht an ihr Geld kommen und verschwinden, bevor er Zeit hatte zu reagieren.
Obwohl ihr vom Fieber ganz schwindelig war, ging sie in Gedanken noch einmal den Umweg durch, den sie sich überlegt hatte und von dem sie sich eine Chance versprach, nach Eng-

land zu kommen und England wieder zu verlassen, ohne ihren Pass zu zeigen, den, der sicherlich an jeder Passkontrolle auf der Suchliste stand. Und mit etwas Glück würde sie auf diese Weise auch Shillings Jäger in die Irre führen, so dass sie überall nach ihr suchen würden, nur nicht in Amsterdam, während sie darauf wartete, dass Klaus ihr den neuen Pass besorgte.

In der Theorie klang die Route einwandfrei. Sie würde nach Frankreich zurückkehren, eine Fähre nach Irland nehmen, in den Norden fahren – die einzige Grenze ins Vereinigte Königreich überqueren, an der es keine Passkontrolle gibt – und dann die Fähre von Belfast nach Liverpool nehmen. Sie würde ihr Geld abheben und dann – auf demselben Weg zurück in die Niederlande – in Dublin Station machen, um dort ihre Visa-Card zu »verlieren«. Irgendwer würde sie finden und abgeben – oder, was noch besser wäre, versuchen, sie zu benutzen. Wie auch immer, Shillings Handlanger würden kostbare Zeit damit vergeuden, sie in Irland zu suchen, während sie längst wieder in Amsterdam war und Klaus drängte, endlich zu Potte zu kommen.

Schön. Aber die Reise, die sie sich vorgenommen hatte, war über tausend Meilen lang, und bis jetzt wusste sie nicht, wie sie sie mit gerade mal 35 Dollar und einer Hand voll Gulden durchführen sollte.

Morgen, sagte sie sich, morgen würde sie die Uhr verpfänden, die ihr Vater ihr zum 21. Geburtstag geschenkt hatte, der einzige persönliche Besitz, an dem sie wirklich hing. Sie würde sie wieder einlösen, sobald sie wieder in Amsterdam war – das heißt, falls sie je nach Amsterdam zurückkehrte.

Falls die Aufpasser von der britischen Staatssicherheitspolizei – die sämtliche Fähren aus Irland überwachten – sie nicht für ein

Mitglied der »provisorischen« IRA im Einsatz hielten und einen Ausweis von ihr sehen wollten. Falls die Überwachungskameras des MI5 an den Anlegestellen der Fähren – Kameras, die mit einer Datenbank verbunden waren, in die Shilling und Konsorten Fotos eingespeichert hatten – ihr Gesicht nicht erkannten. Falls …

Flint fand, dass die Fülle der Risiken sie jetzt einfach überforderte, und flüchtete sich in den Schlaf.

Wie er es sich zur Gewohnheit gemacht hatte, brachte Marcel ihr das Abendessen: selbst gemachte Hühnerbrühe und dünn geschnittene Scheiben grobes, dunkles Brot und Apfelsaft aus der Flasche.

Er blieb bei ihr, um sie zum Essen zu ermuntern, und während er am Fußende ihres Bettes saß, sagte er: »Hören Sie, es geht mich zwar nichts an, aber stecken Sie in irgendwelchen Schwierigkeiten?«

Sie sah ihn argwöhnisch an, wartete auf die erste falsche Bewegung.

»Wir meinen, dass Sie sich bestimmt vor irgendwem verstecken – der Polizei, einem Freund …«

»Wer ist wir?«

»Spielt keine Rolle. Wir sagen keinem was. Wir machen uns bloß Sorgen um Sie. Sie scheinen ein netter Mensch zu sein, und … na ja. Gibt es jemanden, den Sie anrufen können, jemanden, dem Sie vertrauen?«

»Nein«, sagte Flint.

»Ihre Eltern vielleicht? Ihre Mutter?«

»Ich habe keine Mutter.«

Marcel nickte, als würde das alles erklären. Er war in den Fünfzi-

gern, schätzte sie, ein rundlicher Mann mit einem runden Gesicht, und er roch schwach nach Babyöl. Er hatte einen Hund namens Apricot, einen kleinen, langhaarigen Terrier, der ihm überallhin folgte und jetzt auf seinem Schoß lag und das Essen auf ihrem Tablett beäugte.
»Was ist mit Ihrem Vater?«
»Da ist niemand, niemand, den ich anrufen möchte. Mir geht's gut. Ich bin bloß müde, ich muss mich ausruhen. Wenn Sie sich Sorgen wegen des Geldes für das Zimmer machen …«
Er verzog das Gesicht, als wollte er sagen, dass er sich um das Geld nun wirklich die wenigsten Gedanken machte.
»Hören Sie, Marcel, ich danke Ihnen, dass Sie sich um mich kümmern, und für das Essen. Sie sind sehr nett.« Sie lächelte und fuhr fort: »Und ja, Sie haben Recht – wegen des Freundes, meine ich. Es hat nicht funktioniert, und ich bin abgehauen, und er ist ziemlich sauer und … Na ja, ich weiß, dass er mich sucht, und ich hab einfach keine Lust auf eine weitere Szene, nicht jetzt. Ich will nicht, dass er mich findet, bitte.«
»Hier findet Sie niemand«, versprach Marcel.
»Danke«, sagte sie und schämte sich ausnahmsweise mal für ihre geschickten Lügen.

Gibt es jemanden, den Sie anrufen können, jemanden, dem Sie vertrauen?
Diese Frage hatte sie sich selbst immer wieder gestellt, sich kurz an hoffnungsvolle Antworten geklammert, die sich aber jedes Mal in Luft auflösten, wenn sie sie durchdachte.
Nachdem sie fort waren – Marcel und Apricot –, ging sie ihre Möglichkeiten noch einmal durch.
Commander Glenning und Aldus Cutter kamen beide nicht in

Frage, und das nicht nur wegen Marios Warnung, wie weit das UNTERNEHMEN reichte. Was die beunruhigende Frage anging, wer sie verraten hatte, als sie in Ellis war, standen beide nebeneinander ganz oben auf ihrer Liste der Verdächtigen, denn sie waren die Einzigen, denen sie von Maitlands Dokumentenschatz erzählt hatte, die Einzigen, die von Frank Harlings belastender eidesstattlicher Erklärung gewusst hatten. Okay, so räumte sie ein, vielleicht hatte keiner von ihnen die Lear in die Luft jagen lassen, die Ermordung von Hechter und den Maitlands in Auftrag gegeben; das ging vermutlich auf Shillings Konto. Aber zumindest war einer von beiden unvorsichtig gewesen. Einer von beiden hatte das Geheimnis nicht gehütet, hatte es irgendwem erzählt, vielleicht sogar Shilling selbst – mit dem Ergebnis, dass sie in einer stinkenden Leichenhalle in San Juan gelandet war und sich Kevin Hechters abgetrennte Hand ansehen musste.

Erneut fragte sie sich, ob sie jetzt einem von ihnen das Geheimnis von Marios Videoband anvertrauen sollte, ein Geheimnis, das sie das Leben kosten konnte. Und wieder lautete die Antwort nein.

Angesichts dieser strengen Prämisse war jeder, den sie bei der Polizei kannte – jeder Cop und jeder Special Agent, mit dem sie je zusammengearbeitet hatte, jeder Kollege, den sie je gemocht und dem sie sogar vertraut hatte; sogar Gilles, und das war das Allerschlimmste –, ebenfalls verdächtig. Während sie die Namen durchging, ihre Gesichter sah, erinnerte sie sich, was die Ausbilder in Hendon immer über das Gift der Korruption gesagt hatten: Vergessen Sie das Bild von den verfaulten Äpfeln in einem Fass, wenn die Korruption nämlich tief genug reicht, tötet sie den ganzen verdammten Apfelbaum.

Tja, aus ihrer verbitterten Perspektive war eine ganze Apfelplantage abgestorben. Einmal hatte sie sich im Fieberwahn lebhaft endlose Reihen von fauligen Baumstämmen mit abgestorbenen Ästen vorgestellt. Sie wusste, dass sie die ganze Schweinerei aufdecken musste, und sie wusste inzwischen auch, wie sie das bewerkstelligen würde: Sie würde die Geschichte vom UNTERNEHMEN an die Zeitungen geben, an jede Zeitung, die ihr einfiel – übrigens danke, Mario, für deinen Tipp zur rechten Zeit. Aber die Zeitungen würden Beweise wollen, und sie hatte nur ihre hingekritzelten Notizen. Deshalb brauchte sie Frank Harling als lebendigen, atmenden Zeugen. Irgendwie, so sagte sie sich, würde sie ihn dazu bringen, seine Geschichte zu erzählen, ihn überreden, ihn reinlegen – ihm, falls nötig, eine Knarre in den Mund stecken.

Sie war sich der Ironie des Schicksals bewusst, dass sie ausgerechnet in Harling jetzt ihre einzige Hoffnung sah und nicht ihre *Nemesis. Das hat nichts mit Rache zu tun,* hatte sie zu Cutter gesagt, als Franks Name zum ersten Mal auftauchte, und er hatte entgegnet: *Und ob es das hat! Sie sind besessen von Harling.*

Nun, ja und nein, Mr. Cutter.

Sie gestand sich jetzt selbst ein, dass sie wirklich von Frank Harling besessen war – wegen dem, was sie mit seiner Hilfe erreichen könnte.

Falls sie ihn fand, bevor das UNTERNEHMEN sie fand.

Falls, und nur falls sie das Geld auftreiben konnte, das sie für ihr Vorhaben brauchte.

Sie hatte sich vorgestellt, wie sie Jamie anrief. *Hör mal, tut mir Leid, was bei unserem letzten Treffen passiert ist, aber könntest du wohl sofort alles liegen und stehen lassen, nach Amsterdam fliegen und mir ein paar tausend Pfund bringen? Ach ja, und erzähl bitte niemandem was davon, auch nicht der Mutter deines unehelichen Sohnes.*

Ausgeschlossen.

Sie hatte sich vorgestellt, Dominique anzurufen, aber Dominique hatte keine Geheimnisse vor Gilles.

Sie hatte sich vorgestellt, ihren Vater anzurufen, und in einer ihrer unruhigen Nächte war ihr die Idee auch brillant erschienen, denn es gab niemanden auf der Welt, der eher bereit wäre, alles für sie zu tun. Aber als sie dann bei Tagesanbruch darüber nachdachte, war ihr plötzlich klar geworden, dass er der letzte Mensch war, den sie anrufen konnte. In ihrer Personalakte beim Yard war die Telefonnummer der Person aufgeführt, die verständigt werden sollte, wenn ihr im Dienst etwas zustieß. Es war die Nummer ihres Vaters, das Telefon, das sie bestimmt als Allererstes angezapft hatten. Sie wusste, dass es noch immer angezapft sein würde und unaufhörlich überwacht wurde.

Verdammte Scheiße.

Sie hörte Apricot an der Tür kratzen, bestimmt, um den Rest ihrer Hühnersuppe zu erbetteln.

Na, warum nicht?, dachte sie, stand auf, um die Tür zu öffnen. Apricot war im Moment das einzige Lebewesen, mit dem sie reden konnte.

Und dann hatte sie die Lösung mit blendender Klarheit vor Augen. Sie schnappte sich ihr Adressbuch und lief die Treppe hinab, gefolgt vom jaulenden Apricot, entdeckte Marcel in der Küche, sah sein verdutztes Gesicht, als sie im Nachthemd auf ihn zuging, die Haare ungekämmt, und redete drauflos.

»Es gibt tatsächlich jemanden, der mir helfen kann. Bitte, rufen Sie diese Nummer in Frankreich an – ich möchte nicht riskieren, dass jemand meine Stimme am Telefon hört. Fragen Sie

nach Dr. Richard Holt. Sagen Sie ihm bitte, dass die beste Freundin seiner Tochter ihn besuchen kommt. Sagen Sie ihm genau das. Sagen Sie ihm, er soll niemandem was davon sagen, nicht einmal Dominique. Wie komme ich nach Brest? … Ach, egal. Sagen Sie ihm, ich bin morgen da, spätestens übermorgen.«
»Sie vertrauen diesem Doktor?«
»Er hat mir schon einmal das Leben gerettet.«
»Soll ich Sie hinfahren?«, sagte Marcel, während er den Hörer abnahm.
Sie hätte ihn am liebsten umarmt, aber er hatte schon den Hörer in der Hand und wartete darauf, dass sie ihm die Nummer diktierte. Eine Ewigkeit lauschte er auf das Freizeichen, doch es ging niemand an den Apparat.

IV

Cutter hatte spöttisch gelacht, als Jackson Kurlack behauptete, er könne Cohen binnen vierundzwanzig Stunden finden, was praktisch bedeutete, dass das UNTERNEHMEN Informanten bei der Sondereinheit hatte.
»In meinem Team sind keine Falschspieler, Harry. Wissen Sie, warum? Weil sie saudumm sein müssten, um nicht zu wissen, was ich mit ihnen machen würde – und ich stelle keine saudummen Leute ein. In dieser Hinsicht brauchen Sie sich also keine Sorgen zu machen.«
Trotzdem hatte Cohen das Gefühl, dass man ihn auf schnellstem Wege aus Miami rausschaffen wollte, als hätte er die Pest. Ein anderer von Cutters Leuten – ein ernster junger Mann mit Schulterhalfter, das zu verbergen er keine Anstalten machte –

hatte ihn eiligst zum Hotel gebracht, um seine Sachen zu packen, und Cohen hatte mit gespielter Beiläufigkeit gesagt: »Das wird langsam zur Gewohnheit.«

»Was meinen Sie, Sir?«

»Erst neulich hat mir ein französischer Polizeibeamter zu verstehen gegeben, wenn ich schon getötet werden sollte, dann hoffentlich nicht in seinem Revier.«

»Tja, da ist doch was dran, oder, Sir?«

Cutter hatte am Flughafen gewartet und dort der Mitarbeiterin von British Airways am Check-in drohend die Schwierigkeiten vor Augen gehalten, die er ihr bereiten würde, falls die Maschine nicht auf Cohen wartete.

Keine fünf Minuten nach seiner Ankunft im Terminal – ohne die umständliche Prozedur mit Bordkarte und Security Check – stand Cohen atemlos am Ende des Flugsteigs und schüttelte Cutter die Hand, als würden sie ein Geschäft besiegeln.

Die Stewardess hatte ihn schon in die Maschine gezogen und schloss gerade die Tür, als er Cutters letzte Mahnung hörte: »Denken Sie dran, Harry, zu niemandem ein Sterbenswörtchen.«

»Ich kann es Ihnen nicht sagen«, sagte Cohen. »Es tut mir aufrichtig Leid, Tom, aber ich hab ihm mein Wort gegeben. Und alles, was ich Ihnen gesagt habe – was leidlich wenig ist, ich weiß –, ist nur für Ihre Ohren bestimmt. Niemand sonst darf es erfahren, bis Cutters Leute haben, was sie brauchen.«

Cohen hatte es abgelehnt, sich mit Glenning im Yard zu treffen. Er hatte ihn vom Flughafen Heathrow aus zu Hause angerufen – Glenning war noch im Bett gewesen und hatte sich verschlafen angehört – und ihn um ein Treffen im St. James's Park gebeten,

wo sie jetzt um den See herumgingen, auf dem majestätische Schwäne reglos dahintrieben, die Hälse zusammengefaltet, die Köpfe unter den Flügeln verborgen.
»Weiß es Devereaux?«
»Nein. Wird er auch nicht. Noch nicht. Jeder ist verdächtig.«
»Außer Ihnen und mir und Cutter.«
»Einschließlich Ihnen, Tom.«
Glenning blieb wie angewurzelt stehen, und Cohen drehte sich um und sah ihn an. »Aber nicht, was mich betrifft. Ich kann das alles nicht alleine machen, und ich muss jemandem vertrauen, und ich vertraue Ihnen.«
»Aber nicht genug«, sagte Glenning verbittert.
Cohen ließ die Schultern sinken. Er konnte nichts mehr sagen, um die klaffenden Lücken in seiner Geschichte zu rechtfertigen, die die zurückgehaltenen Einzelheiten rissen. Er hatte Glenning von Mario Silvas Videoband erzählt, und seine Anschuldigungen im Kern wiedergegeben, aber er hatte keine Einzelheiten über das UNTERNEHMEN verraten, die Glenning einen Hinweis auf die Identität von dessen Drahtziehern hätten liefern können. Auch hatte er kein Wort über die komplexe Überwachungsoperation verloren, die Cutter gestartet hatte, eine Operation, die gerade jetzt – hoffentlich – Kurlack und Taggart und Shilling und wer weiß wen sonst noch in ein Netz belastender Beweise verstrickte.
Glenning zündete bedächtig seine Pfeife an, starrte hinaus auf den See, niedergedrückt von der Last seiner Kränkung.
»Tom …«, setzte Cohen an.
»Lassen Sie's gut sein. Hat doch keinen Sinn, oder? Sie können ja nichts sagen, was wirklich von Bedeutung wäre. Sie müssen tun, was Sie für richtig halten.« Er deutete mit dem Kinn über

Cohens Schulter in Richtung Innenministerium am Queen Anne's Gate. »Was ist mit denen? Nicolson, dem Minister?«
»Nein.«
»Meine Güte! Sie sind wirklich ziemlich allein, was?«
Cohen sagte: »Was bleibt mir denn anderes übrig? Überlegen Sie doch mal, Tom. Wenn Sie es wären, der von mir Verschwiegenheit verlangt hätte, wenn ich *Ihnen* mein Wort gegeben hätte, was würden Sie davon halten, wenn ich es bräche? Wenn ich zum Beispiel Cutter alles erzählen würde?«
Sie gingen schweigend weiter, Glenning bestimmte das Tempo und die Richtung. Er führte sie zum Park hinaus und auf den Horse Guard's Parade, wo sie auf dem leeren Platz stehen blieben.
»Im Reform Club«, sagte Glenning schließlich, »als Sie mal kurz aus dem Raum gegangen sind, hat Nicolson gefragt, ob Sie Ihrer Aufgabe gewachsen sind, und Devereaux hat gesagt, Sie seien alles, was wir haben – die einzige Möglichkeit –, und ich habe gesagt, nein. Ich habe gesagt, Sie hätten mich, der Ihnen den Rücken freihält, und das habe ich auch genau so gemeint. Ich will nicht so tun, als wäre ich nicht gekränkt, aber ich stehe nach wie vor zu meinem Wort. Sagen Sie mir, was Sie brauchen.«
Cohen war unsäglich erleichtert. »Flint«, sagte er. »Wir müssen Flint finden, bevor die sie finden.«
Glenning zuckte die Achseln. »Wir tun, was wir können. Sie wird weltweit per Interpol gesucht.«
»Das reicht nicht, Tom. Eins müssen Sie wissen: Flint hat eine Kopie von Silvas Band, aber sie hat noch etwas anderes, etwas, das nicht auf dem Band war. Sie weiß, wo Harling sich aufhält – zu Bourdonnec hat sie gesagt: ›Ich weiß, wo er ist.‹ Und ich glaube, sie ist auf dem Weg zu ihm – oder hat es vor –, weil sie weiß,

dass Harling der einzige lebende Zeuge ist, der sagen kann, was passiert ist. Seine eidesstattliche Erklärung ist ein nützlicher Beweis, sogar ein schlagkräftiger, aber sie hat Lücken; Dinge, die er nicht aufgeschrieben hat, Dinge, die er uns nicht gesagt hat. Wenn wir dieser verworrenen Geschichte auf den Grund gehen wollen, brauchen wir ihn leibhaftig.«

»Also?«

»Sie … die andere Seite …«

»Die Leute, von denen Sie mir nichts erzählen wollen«, sagte Glenning.

»Nichts erzählen kann«, konterte Cohen. »So gern ich es möchte. Die Sache ist die, Tom, die Leute wissen natürlich, wie wichtig Harling ist, und sie werden mit allen Mitteln dafür sorgen, dass er in seinem Versteck bleibt. Oder ihn umbringen, wie sie Silva umgebracht haben. Wir können ihn nicht finden – zumindest haben wir ihn bislang nicht finden können. Ich weiß nicht mal, wo wir mit der Suche anfangen sollen. Unsere einzige Hoffnung ist die, Flint zu finden.«

»Ich hab Ihnen doch schon gesagt …«

Cohen wandte sich gereizt ab. Trotz seiner Müdigkeit hatte er auf dem Flug kein Auge zugetan, und von seinen Kraftreserven war herzlich wenig übrig. Wie Cutter es ausgedrückt hatte, war sein Akku fast leer, und jetzt raubte Glenning ihm noch die letzten Tropfen Geduld.

Er hörte Glenning sagen: »Was soll ich machen?«, und er fuhr herum.

»Ich will, dass mit allen erdenklichen Mitteln nach ihr gesucht wird. Ich will, dass sie auf jeder Fahndungsliste steht, die es gibt. Ich will, dass ihr Bankkonto und ihre Kreditkarten überwacht werden. Ich will, dass das Telefon von jedem, den sie kennt, von allen, die sie anrufen könnte, abgehört wird. Ich will ihr Foto in den Zeitungen und im Fernsehen. Ich will, dass jede Polizeibehörde in Europa ihre Beschreibung erhält. Ich will, dass sie sofort festgenommen wird, sobald irgendwer sie zu Gesicht bekommt.«

Glenning starrte ihn an, als hielte er ihn für wahnsinnig. »Weswegen festnehmen?«

»Wegen Verschwörung und Mord«, sagte Cohen. »An Hechter, den Maitlands, dem Piloten, Mario Silva – alle zusammen. Und wegen versuchten Mordes an Gilles Bourdonnec und seinen Leuten – das müsste das Interesse der Franzosen erregen. Und wegen allem, was Ihnen sonst noch einfällt. Egal was, Hauptsache wir finden sie, Tom. Egal was.«

V

Harry Cohen liegt da, blankes Entsetzen in den Augen. Augen, die er weder ganz öffnen noch ganz schließen kann. Es ist, als wären seine Lider auf halber Höhe festgeklebt.

Ganz in seiner Nähe klingelt ein Telefon, aber Cohen kann es nicht erreichen, weil er weder Arme noch Schultern bewegen kann. Er kann sich nicht aufsetzen oder auf die Seite rollen oder die Beine heben oder sonst einen Teil seines Körpers. Er hat das Gefühl, völlig gelähmt zu sein.

Er versucht zu sprechen, aber sein Kehlkopf bringt keinen Ton hervor.

Er hat einen Schlaganfall gehabt, da ist er sicher. Das ist die einzige Erklärung. Er versucht, sich zu erinnern, wo er ist, was für ein Tag es ist, aber die jüngsten Ereignisse sind wie ausgelöscht.

Er weiß nur noch, dass er nach der Landung in Heathrow im frühmorgendlichen Dämmerlicht das Flugzeug verlassen hat.
Was war dann? Wo bin ich?
Im Raum ist ein schwaches Leuchten, am rechten Rand seines Gesichtsfeldes, aber es reicht nicht aus, um ihm zu sagen, wo er sich befindet. Wenn er den Kopf nur wenige Zentimeter zu der Lichtquelle – möglicherweise das Display einer Digitaluhr – drehen könnte, würde sich vielleicht bestätigen, was er vermutet: dass er zu Hause ist, ausgestreckt auf dem Sofa in seinem Arbeitszimmer.
Das verfluchte Telefon will einfach nicht aufhören zu klingeln, narrt ihn mit der höhnischen falschen Verheißung von Hilfe. Dann hört es Gott sei Dank auf – nur um gleich wieder anzufangen. Weiter und weiter, wieder und wieder.
Also schön, geh davon aus, du bist zu Hause, sagt er sich. *Was für ein Tag ist es?*
Die Antwort auf die Frage ist von entscheidender Bedeutung, denn zweimal die Woche, jeden Dienstagmorgen und Freitagnachmittag, kommt Mrs. Manning, die Putzfrau. Sie hat einen eigenen Schlüssel. Sie wird ins Haus kommen, und irgendwann schließlich wird sie das chaotische Arbeitszimmer erreichen, wo er – so Gott will – liegt. Wird sie ihn für tot halten, wie er so daliegt, die Augen halb geschlossen, unfähig, sich zu regen, unfähig zu sprechen? Egal, sie ist eine vernünftige Frau, sie wird Hilfe holen. *Also, was für ein Tag ist es?*
Er erinnert sich deutlich, dass es Sonntagabend war, als er Miami verlassen hat, demnach muss er Montagmorgen in Heathrow angekommen sein. Da er nach jedem Strohhalm greift, tröstet ihn dieses Wissen, denn es ist jetzt erneut Nacht. Montagnacht; vielleicht ist es schon Dienstagmorgen. In nur

wenigen Stunden, sagt er sich, wird er Mrs. Mannings Schlüssel im Schloss hören, und wie immer wird sie, wenn sie die Treppe herunterkommt, rufen: »Mr. Cohen? Sind Sie zu Hause?«

Doch dann schwant ihm eine weitere Möglichkeit: dass zwei volle Tage aus seinem Gedächtnis gelöscht sind, dass es schon Dienstagnacht ist und Mrs. Manning erst in drei Tagen wiederkommen wird – und in der Zwischenzeit stirbt sein Gehirn.

Oh Gott!

Ist es Montagnacht oder Dienstagnacht? Ob er überleben oder sterben wird, so beschließt er, hängt ausschließlich von der Antwort auf diese Frage ab.

Er zwingt sich zur Konzentration, die Stunden – oder Tage –, die aus seinem Leben verschwunden sind, um jeden Preis zu rekonstruieren.

Heathrow, du warst in Heathrow. Du hattest nur Bordgepäck. Du gingst durch die Passkontrolle, die Frau hat nur genickt, als du ihr deinen Pass gezeigt hast. Was dann? Bestimmt hast du so früh am Morgen, vor der Rushhour, ein Taxi gekriegt. Also bist du nach draußen zum Taxistand gegangen. War da eine Schlange? Musstest du warten?

Nein! Moment. Du bist nicht nach draußen gegangen. Nicht direkt. Du hast vorher noch was anderes gemacht. Im Terminal. Konzentrier dich!

Hast du Geld für das Taxi gebraucht, bist du zu einem Geldautomaten gegangen? Hast du Dollar in Pfund umgewechselt? Nein, du hattest Geld, erinnerst du dich? Du hattest fünfhundert Pfund in der Brieftasche, die du nicht in Dollar umgetauscht hattest. Okay, das war es also nicht. Was dann? Konzentrier dich, verdammt noch mal!

Schließlich hört das Telefon auf zu klingeln, und Cohen ist dankbar für diese schwache Wohltat.

Moment. Moment mal. Das Telefon. Das ist es! Du hast telefoniert! Du bist zum Zeitungskiosk und hast eine Telefonkarte gekauft, und du hast telefoniert. Mit wem? Wen hast du angerufen? Wen könntest du angerufen haben? Devereaux? Nein, nicht Devereaux – Devereaux am allerwenigsten. Glenning? Hast du Glenning angerufen?

Er klammert sich an diese Frage, durchleuchtet sie von allen Seiten, zermartert sich das benebelte Hirn.

Glenning. Glenning. Warum hättest du Glenning anrufen sollen? Warum so früh am Morgen? Wolltest du dich mit ihm treffen, ihm etwas Wichtiges mitteilen?

Dann kehrt plötzlich ein Teil seiner Erinnerung so klar und deutlich zurück, als würde sie auf eine Wand projiziert und in Stereosound wieder abgespielt.

Er nimmt den Telefonhörer ab, nicht um einen Anruf zu tätigen, sondern um einen entgegenzunehmen. Er ist nicht am Flughafen, sondern in seiner Küche. Es ist nicht die Stimme von Tom Glenning, die er hört, sondern die von Sarah Spenny: »Harry Cohen, du alter Fuchs. Wie geht es dir?«

»Harry Cohen, du alter Fuchs«, hatte sie gesagt. »Wie geht es dir?«

»Sarah. Danke, gut«, hatte er erwidert – und das stimmte auch. Nach seinem Treffen mit Glenning schwebte er wie auf Wolken. Fühlte sich fast berauscht, als er nach Hause kam, als wäre, indem er den Stab an Glenning weitergegeben hatte, eine große Last von ihm gefallen. Er war ins Bett gegangen und hatte neun Stunden durchgeschlafen, ohne Alpträume von berstenden

Explosionen. Er hatte geduscht, sich die Bartstoppeln aus dem Gesicht rasiert und sich wie neu geboren gefühlt, und er hatte einen Bärenhunger gehabt. Er machte sich gerade Rührei – hobelte einen schwarzen Trüffel in die Mischung –, als das Telefon klingelte. Sarah Spenny hatte ihn erwischt.
»Mir geht's sehr gut. Und dir?«
»Nicht gut«, sagte sie. »Harry, ich muss dich sehen.«
Er zögerte eine Sekunde zu lange, und sie sagte: »Verdammt noch mal, Harry, es ist wichtig.«
»Also, Sarah, die Sache ist …«
»Ich werd nicht mehr als eine halbe Stunde von deiner kostbaren Zeit in Anspruch nehmen.«
»Wann?«
»Jetzt.«
Er druckste herum, hätte gern einen Aufschub gehabt. »Kannst du mir nicht einfach sagen, worum es geht?«
»Nicht am Telefon. Es geht um den Service, Harry, etwas, was ich gerade rausgefunden habe. Ich muss mit jemandem drüber reden, und du bist der Einzige, der mir einfällt.« Sie hatte gestockt, und dann hatte sie mit schwacher, verängstigter Stimme gesagt: »Harry, jemand versucht, mich umzubringen.«
Sie musste von irgendwo ganz in der Nähe angerufen haben, denn keine fünf Minuten nachdem sie eingehängt hatte, klingelte es an der Haustür, und sie stand da und lächelte ihn an. Sie wirkte nicht verängstigt. In einem kurzen, weißen Kleid, das ihre Sonnenbräune und ihr kastanienbraunes Haar betonte, sah sie frisch und verlockend aus. Sie schlang ihre Arme um seinen Hals, und als sie ihn auf den Mund küsste, schmeckte er Pfefferminz.
»Danke«, sagte sie. »Dass ich kommen durfte.«

Und dann war sie, bevor er ein Wort sagen konnte, im Haus, ging den Flur hinunter in Richtung Küche. Sie war vor ihm dort, und er hörte sie sagen: »Du machst Rührei für uns, du wunderbarer Mann.«
»Na ja«, sagte er, als er in die Küche kam, wo sie sich gerade auf die Theke setzte, ihren Rock hochzog, ihre Beine zur Schau stellte.
»Aber vorher brauch ich unbedingt noch einen Drink«, sagte sie.
Cohen kapitulierte innerlich. Er wusste, dass Sarah gegen alles, was nicht unverhüllter Grobheit gleichkam, immun war, und er war nun mal von Natur aus kein grober Mensch. Egal, dachte er.
»Whisky?«, schlug er vor.
»Bitte. Einen großen.« Sie verschränkte die Beine und umfasste die Knie mit den Händen. »Gott, es ist schön, dich zu sehen, Harry.«
Er gab Eis in zwei Gläser und goss großzügig Scotch ein, und sie prosteten einander zu, und dann sagte er: »Also, Sarah, was ist das für eine Geschichte? Du hast gesagt, jemand versucht, dich umzubringen?« Er sagte es heiter, als wäre es ein Witz.
»Devereaux.«
»Devereaux!«
Sie nahm einen großen Schluck. »Der verdammte, alte A.J. Devereaux. Dein Kumpel.«
»Sarah, das ist absurd. Wieso in aller Welt sollte Devereaux dir ein Haar krümmen wollen?«
Ein weiterer Schluck, ein hartes Lächeln, und dann sagte sie: »Wegen einiger Sachen, die ich weiß. Über ihn. Über den Service.«
Cohen schüttelte ungläubig den Kopf. »Was du da sagst, ergibt keinen Sinn.«

Sie lächelte jetzt sanfter und legte den Kopf schräg. »Harry, sei bitte nett zu mir. Du musst nett zu mir sein, ich brauch das jetzt wirklich.« Sie sprang von der Theke und trat vor ihn, ganz nah, und blickte ihm in die Augen. »Ich mach uns noch einen Drink und deck den Tisch, und du machst uns was zu essen. Wir trinken einen guten Wein und wir sind Freunde wie früher, reden über alte Zeiten. Können wir das machen? Bitte? Und nach dem Essen, wenn du drauf bestehst, erzähl ich dir alles über Devereaux – wenn du versprichst, dass du nicht wütend auf mich wirst. Mach mir keine Angst, Harry. Ich hab so schon eine Heidenangst.«

»Ich will dir keine Angst machen, Sarah. Ich kann mir nur nicht ...«

Sie brachte ihn mit einem Kuss zum Schweigen, einem langen Kuss, die Lippen geöffnet, ihre Zunge erkundete sanft seinen Mund. Devereaux' Vorwarnung schoss ihm durch den Kopf:

Denk an meine Worte, Harry, sie ist fest entschlossen, dich zu kriegen.

Wie sie gesagt hatte, wollte Sarah während des Essens nicht über Devereaux sprechen. Sie goss ihnen Wein ein, lobte bei fast jedem Bissen überschwänglich Cohens Kochkünste und sprach über die alten Zeiten – zumindest über ihre Version der Ereignisse.

Seiner Erinnerung nach war sie im Service nie mehr als eine Kollegin gewesen, eine von den zahllosen unteren Chargen, überwiegend Frauen, die im Keller eines tristen Büroblocks auf der Curzon Street arbeiteten, wo – in der Zeit vor Thames House – das Archiv des MI5 untergebracht war. Wie die übrigen Führungskräfte hatte Cohen sein Büro auf der Gower Street, und die Curzon Street war ein Außenposten, wo er selten zu tun hatte – bis zum Schluss. Bis die Akten, die aus dem Archiv verschwunden waren, zu seiner Besessenheit wurden. Aber auch dann hätte er Sarah wahrscheinlich nie kennen gelernt, wäre sie nicht eine Freundin von Annie gewesen – eine Freundin aus der Schulzeit, jemand, der mal zum Abendessen kam. Er hatte sie intelligent und hübsch gefunden. Ansonsten hatte er eigentlich kaum über sie nachgedacht.

Aber sie hatte offenbar andere Erinnerungen.

»Harry, warum hast du mich abblitzen lassen?«, fragte sie. »Wegen Annie, weil ich das zu ihr gesagt habe?«

Cohen hatte nicht die leiseste Ahnung, was sie meinte, und blickte sie verdutzt an.

»Ich meine, ich weiß, dass du an mir interessiert warst, zumindest hatte ich das Gefühl. Ich war jedenfalls schwer an dir interessiert. Ich dachte, wir beide würden Hals über Kopf auf eine Affäre zusteuern, und dann …«

»Sarah! Du redest Unsinn. Was hast du zu Annie gesagt?«

»Dass ich dich haben wollte, falls sie dich nicht mehr wollte.«

Cohen war, als würde sich der Raum drehen. »Um Gottes willen! Wann hast du das zu ihr gesagt?«

»Bei einem der letzten Male, als ich bei euch zum Essen war – wahrscheinlich beim letzten Mal. Sie war den ganzen Abend ekelig zu dir – richtig zickig, fand ich …«

»Sie war krank, Sarah. Sie hatte schreckliche Schmerzen.«

»Ja, aber das wussten wir damals nicht – wir wussten nicht, wie krank sie wirklich war.« Sie zuckte die Achseln und fuhr fort: »Jedenfalls, danach, hier in der Kuche, als wir sauber gemacht haben, habe ich zu ihr gesagt, ich würde dich übernehmen, falls sie das wollte. Ich hab ihr gesagt, dass ich glaubte, du wärst nicht abgeneigt.«

»Wie konntest du?«, Cohen wollte aufstehen, um seine Wut zu unterstreichen, doch er merkte, dass er kein Gefühl mehr in den Beinen hatte.

»Ich dachte, sie hätte es dir erzählt. Ich dachte, dass du deshalb nichts mehr von mir wissen wolltest.«

»Ich weiß nicht, was ...«, versuchte Cohen zu sagen, aber die Worte verschwammen zu einem unverständlichen Genuschel.

»Ich meine, erst machst du dich verschärft an mich ran, kommst fast jeden Tag ins Archiv – das hattest du vorher nie getan. ›Sarah dies, Sarah das, danke, Sarah‹ – und du bist immer nur zu mir gekommen. Weißt du nicht mehr? Die vielen kleinen Komplimente, die kleinen Andeutungen? ›Das Kleid gefällt mir.‹ ›Was benutzt du für ein Parfüm?‹ ›Hast du was Schönes vor am Wochenende?‹ Und dann, nach der Arbeit, bist du plötzlich öfters mit mir in die Weinbar in Covent Garden gegangen – weißt du nicht mehr? –, wo Champagner serviert wird, und du wolltest alles über das Archiv wissen und wie es funktioniert ... Was sollte ich denn davon halten?«

Er stotterte. Er wollte sagen: »Ich hab dich ausgehorcht«, aber er war inzwischen außer Stande zu sprechen.

»Ich meine, da kommt der leitende Rechtsberater und erkundigt sich bei der kleinen Angestellten nach dem Archiv, als hätte ich das Scheißding erfunden. Ist er wirklich an Querverweisindexen interessiert? Wohl kaum, dachte ich. Ich hab gedacht – gehofft, du wärst nur daran interessiert, mir an die Wäsche zu gehen. Apropos, ich will dir was verraten. Einmal, als wir in der kleinen Nische am Fenster saßen, ganz nah beieinander, bin ich zur Toilette und hab mir Strumpfhose und Slip ausgezogen und beides in meine Handtasche gestopft. Ich hab gedacht, du würdest deine Hand jeden Moment an meinem Oberschenkel hochschieben, und da hätte meine Muschi dich schon erwartet, und du hattest keine Ahnung.« Sie hielt inne. »Harry, alles in Ordnung? Du siehst nicht gut aus.«

Er konnte nicht antworten, also schüttelte er den Kopf.

Sie stand auf und kam zu ihm. »Du solltest dich besser hinlegen. Komm, ich helf dir.«

Sie war viel stärker, als er vermutet hätte. Sie zog ihn hoch und legte ihm den Arm um die Schultern, beförderte ihn halb tragend, halb schleifend in den Hausflur. Sie betrachtete nachdenklich die Treppe, die nach oben zu den Schlafzimmern führte, und entschied sich stattdessen für die Treppe zu seinem Arbeitszimmer im Keller.

»Besser rauf als runter – ausnahmsweise«, sagte sie und kicherte.

Er hatte Angst zu fallen, aber irgendwie bugsierte sie ihn die Treppe hinab. Sie führte ihn zum Sofa und legte ihn darauf und kniete sich auf den Boden neben ihn.

»Na, wer sagt's denn«, sagte sie. »Harry Cohen endlich in der Horizontalen.«

Er spürte, wie ihre Finger durch sein Haar glitten, es ihm aus der Stirn schoben, seinen Hals streiften und dann langsam die Knöpfe seines Hemdes hinabspazierten.

»Tja, dir ist ja wohl klar, dass eine Frau wie ich so eine Situation ausnutzen könnte.« Ihre Finger erreichten seine Taille und setzten ihren Weg nach unten fort. »Regt sich da unten was? Soll ich dich bumsen, Harry? Würde dir das gefallen? Soll ich dich bumsen, bis dir der Schwanz abfällt?«

Sie beugte sich über ihn, presste ihre Brüste gegen seinen Oberkörper und fuhr ihm mit der Zunge über den Nasenrücken. Sie öffnete den Mund, als wollte sie ihn verschlingen, und dann schloss sie die Lippen und spuckte ihm in die Augen.

Jetzt sind die Bilder weniger deutlich und sprunghaft. Während er im Dunkeln daliegt, auf dem Sofa in seinem Arbeitszimmer, wie er jetzt weiß, sieht er eine frühere Version von sich selbst, gleichermaßen hilflos, die Sarah beobachtet, wie sie das Zimmer durchsucht.

Sie arbeitet sich systematisch bis zur Wandtafel vor, nimmt ein Foto nach dem anderen ab. Ein Treppenhaus in Belgravia, Pete Pendle in einer Blutlache. Flint mit ihrem zerstörten Gesicht. Flints Wohnung, in die Cohen eingedrungen ist.

Jetzt durchsucht sie die Schubladen seines Schreibtisches, jetzt den Aktenschrank. Sie wird Frank Harlings eidesstattliche Erklärung oder Flints Notizen nicht finden, denn die liegen sicher in einem Schließfach in Cohens Bank.

Aber sie entdeckt Marios Videokassette im Videorecorder – die Kopie, die Cutter ihm gegeben hat –, und die fesselt ihre Aufmerksamkeit. Sie lässt das Band laufen, kommt zum Sofa und setzt sich vor Cohen, lehnt den Kopf an seine Brust, schaut sich die Aufnahme an und denkt über deren Konsequenzen nach. Mario nennt Namen, während Sarah mit einer Hand nervös an der dünnen Goldkette um ihren Hals zerrt und auf dem kleinen Stein des Kettchens herumkaut. Mit der anderen Hand zerrt sie an Cohens Haaren, was ihm Schmerzen verursacht, die er nicht äußern kann. Ihr Speichel ist auf seinem Gesicht getrocknet wie Schorf.

Sie nimmt den Telefonhörer und wählt eine Nummer.

Er hört sie »Drossel« sagen und dann: »Er weiß über Sie, Taggart und Kurlack Bescheid.« Es folgt eine Pause, in der sie offenbar

ermahnt wird, denn daraufhin verteidigt sie sich wütend. »Haben Sie nicht verstanden? Er weiß *Bescheid.* Silva hat geredet. Also, was soll der Scheiß?«
Jetzt wird vernünftig überlegt, vermutet Cohen, denn Sarah verstummt. Sie dreht sich zu ihm um und betrachtet ihn, während sie ihren Anweisungen lauscht.
Er sieht sie die Treppe hochgehen, die Beine, aus Cohens Blickwinkel, bis zum Schritt entblößt.
Sie kommt mit einem Glas zurück und kniet sich wieder vor die Couch und hebt seinen Kopf an. »Trink das«, sagt sie; und ihm bleibt nichts anderes übrig, als die Flüssigkeit seinen Mund füllt. Sie schmeckt nach nichts.
Er liegt im Dunkeln. Er sieht nicht, wie sie geht.

Es klingelt an der Haustür, und Cohen denkt, *Sie hat ihren Schlüssel vergessen!* Aber es ist noch dunkel, viel zu früh für Mrs. Manning. Wer immer es ist, er betet, dass derjenige bleibt, und seine Lebensgeister bekommen Flügel, als er hört, wie Glas zersplittert.
Doch dann kommt ihm ein anderer Gedanke, was, wenn Sarah zurückkommt, um sich zu vergewissern, dass er tot ist? Sarah oder Shilling oder einer von seinen Leuten, denn Cohen hat jetzt keinen Zweifel mehr, dass sie – schon immer – zum UNTERNEHMEN gehört hat. Die kleine Archivangestellte, genau an der richtigen Stelle, um Shillings schmutzige Arbeit zu erledigen.
Er hört, wie die Haustür geöffnet und leise geschlossen wird, und den dumpfen Schlag seines rasenden Herzens. Er wartet, dass der Eindringling das Licht einschaltet, aber es geschieht nicht. Dafür sieht er den schwachen Widerschein einer Ta-

schenlampe, die die Wand im Treppenhaus erhellt, und er hört Schritte in der Diele. Dann verschwindet das Licht, und seine Panik legt sich. Wer auch immer da oben ist, er kommt nicht direkt ins Arbeitszimmer. Der Eindringling geht die Treppe hoch, durchsucht das Haus – und Sarah würde das Haus ja wohl nicht durchsuchen müssen, oder? Sarah wüsste schließlich genau, wo sie ihn zurückgelassen hat.

Er wartet. Das Haus ist nicht groß. Annies Zimmer – Annies ehemaliges Zimmer, das noch immer unberührt ist – nimmt den Dachstuhl ein; ihr Refugium, in das sie sich oft zurückgezogen hat, immer öfter, je weiter ihre Krankheit voranschritt. Zwei Gästezimmer im zweiten Stock, unbenutzt, seit Annie nicht mehr da ist. Ihr gemeinsames Schlafzimmer im ersten Stock, Annies Kleidung – die Sachen, die sie damals nicht mitgenommen hat – noch immer in den Schränken ihres Ankleidezimmers.

Nicht viel zu durchsuchen, nicht lange zu warten.

Der Widerschein des Lichts kommt zurück, tanzt über die Treppenhauswand, wird heller, ebenso Cohens Zuversicht. Dann verschwindet er erneut, aber Cohen nimmt das einigermaßen gelassen. Der Eindringling ist gründlich, methodisch, sagt er sich. Natürlich durchsucht er das Erdgeschoss, bevor er in den Keller geht.

Wohnzimmer, Esszimmer, Küche, dahinter eine kleine Spülküche. Er stellt sich vor, wie der Eindringling von Raum zu Raum geht, und ermahnt sich zur Geduld. Da er keinerlei Anhaltspunkte hat – keine rationale Erklärung für den Einbruch –, hat Cohen sich entschieden, dass es sich um einen Freund, nicht um einen Feind handelt. Wer immer es ist, er wird ihn finden, er wird Hilfe holen.

Die Belohnung für seinen unverwüstlichen Optimismus folgt prompt. Das Licht ist wieder da. Diesmal ist es nicht bloß ein Widerschein, sondern der Lichtstrahl selbst, der die Treppe hinabschießt, sein Arbeitszimmer wie ein Suchscheinwerfer erkundet.
Einmal, zweimal huscht der Lichtstrahl an der Wand entlang, oberhalb der Stelle, wo Cohen liegt, und dann ist er erloschen. Fassungslos hört Cohen, wie Schritte sich den Flur entlang zurückziehen, zur Haustür gehen, und Cohen schreit, *Komm nach unten! Du warst noch nicht hier unten!*, schreit aus Leibeskräften, ohne einen Laut von sich zu geben.
Er hört die Tür aufgehen und zufallen. Eine Welle der Verzweiflung spült über ihn hinweg, löst eine plötzliche Übelkeit aus, die ihn würgen lässt. Tränen brennen ihm in den Augen. Er kann nicht blinzeln und hat das Gefühl, als würde die Schleimhaut ertrinken.
Und dann – Gott sei Dank – hört er Stimmen. Durch den Schleier seiner Tränen kann er einen Lichtschein sehen, der konstanter ist als der einer Taschenlampe. Jemand, so glaubt er, hat das Licht im Flur angeschaltet.
Schritte nähern sich dem oberen Treppenabsatz, die Stimmen werden lauter, deutlicher.
»Es ist niemand da, Sir. Er muss weggegangen sein.«
»Und was ist das hier?«
Die Stimme klingt vertraut, aber Cohen kann sie nicht einordnen.
»Ein Schlüssel, Sir.«
»Passt er ins Schloss? Das haben Sie doch wohl ausprobiert, oder? – Na, dann tun Sie's jetzt ... Sehen Sie. Also, wieso sollte er ohne Schlüssel aus dem Haus gehen?«

»Aber er ist nicht da. Ich habe überall nachgesehen.«
Cohen möchte schreien, die Lüge entlarven, doch da er es nicht kann, lauscht er, wie sein Name gerufen wird.
»Harry? Ich bin's, Tom Glenning. Sind Sie da?«
Ja, Tom. Ja, Tom. Ja, Tom. Ja.
»Waren Sie bis ganz oben?«
»Bis unters Dach, Sir.«
»In allen Schlafzimmern nachgesehen?«
»Ja.«
»Und da auch?«
»Ja. Das ist die Küche.«
Glenning rief, jetzt lauter als zuvor. »Harry? Harry Cohen?«
Oh Gott, bitte.
»Und da unten?«
»Ja, das ist sein Arbeitszimmer. Ich habe mit der Taschenlampe alles abgeleuchtet.«
»Waren Sie unten?«
»Na ja, so gut wie.«
»Ach, kommen Sie, Freundchen, was ist los mit Ihnen? Machen Sie das Licht an. Gehen Sie runter und sehen Sie richtig nach.«

VI

Zum dritten Mal sagte seine Praxisvertretung, ja, sie wisse, wo alles sei, und ja, sie kenne die Ernährungspläne auswendig, und schließlich stieg John Flint in seinen Landrover und bog in die Allen's Lane ein. Als er das Dorf erreichte, fuhr er nach links auf die Landstraße A44 in Richtung Süden, entsprechend der erfundenen Geschichte, dass er nach London wollte. Er fuhr strikt

40 Meilen die Stunde, ein Auge ständig auf den Rückspiegel gerichtet, wie seine Tochter ihn instruiert hatte.

Achte auf langsam fahrende Wagen, hatte sie gesagt. *Auf jeden, der hinter dir herbummelt. Und jeden, der in einer Parkbucht steht. Möglich, dass sie dich mit statischen OPs überwachen.*

Statischen was, Schatz?, hatte er gefragt.

Egal. Bieg nur nicht ab, bevor du dir ganz sicher bist, dass die Luft rein ist. Wenn du irgendwo jemanden parken siehst, fahr einfach weiter, bis du außer Sichtweite des Wagens bist, und dann mach irgendwo kehrt.

Er war fast in Eynsham, bevor er ganz sicher war, oder zumindest so sicher, wie er sein konnte. Es waren keine anderen Autos in Sicht – geparkte oder sonst welche –, als er auf eine Nebenstraße bog, die ihn zur A40 brachte. Jetzt fuhr er nach Westen in Richtung Gloucester, bog dann nach Norden in Richtung Moreton in Marsh ab. Nachdem er seinen weiten, irreführenden Umweg beendet hatte, bog er auf die lange Zufahrtsstraße von Simkin's Farm.

Er hatte die Fenster geöffnet, und der Fahrtwind zerrte an seinem Hemd, zerzauste ihm die Haare. Er fühlte sich prächtig, wie um zehn Jahre verjüngt, als hätte sich jedes Problem der Welt wie Dunst in der Morgensonne aufgelöst.

Er sah in den Spiegel und ertappte sich dabei, dass er grinste, und er musste lachen. Er schlug mit einer Hand auf das Lenkrad und stieß einen Freudenschrei aus.

Aus vollem Halse trällerte er die Melodie von »Amazing Grace«, und er stellte sich vor, wie sie eine Grimasse zog, ein kleines Mädchen, das rot vor Scham wurde, ihn anflehte aufzuhören: »Bitte, Daddy, *hör auf.*«

Aber heute konnte sie ihn nicht abhalten, heute nicht, denn sie war wirklich »amazing«, sie war einfach toll. Er war toll. Alles war toll.

Am Abend zuvor hatte Sally Barton den Kopf durch die Tür des gemütlichen Schankraums gesteckt und gesagt: »Telefon, Doktor Flint.«

Flint hatte aufgestöhnt. Er war es gewohnt, dass man bei irgendwelchen Notfällen abends hinter ihm hertelefonierte, aber er war höchstens zehn Minuten im Pub gewesen und hatte gerade erst sein Essen bestellt. Er hatte die Wirtin gefragt: »Wer ist denn dran?«, und sie hatte gesagt: »Irgendein Ausländer«, was nicht sehr aufschlussreich war. Jeder, der südlich von Eynsham geboren war, war für Sally ein Ausländer.

Das öffentliche Telefon im *Horse and Hound* befand sich in einem Flur zu den Toiletten, in einer Nische, die niedrig und nicht ganz so breit wie Flints Schultern war. Er zwängte sich hinein – nahm den Hörer und sagte: »Hallo?« – und fünf gedämpfte Worte hatten seine Welt auf den Kopf gestellt.

»Es geht um Ihre Tochter.« Eine Männerstimme, die mit einem eindeutig ausländischen Akzent sprach.

»Was? Wer ist denn da?«

»Hören Sie zu. Sie müssen zu einem anderen Telefon. Nicht im Dorf. Nicht in Ihrem Haus. Machen Sie schnell.«

»Schnell? Schnell beschrieb nicht annähernd die Geschwindigkeit, mit der Flint auf die Palme ging. Er hatte das schon einmal erlebt, in den Monaten nach Mads Verschwinden, als er mit Anrufen von irgendwelchen Perverslingen terrorisiert wurde, die behaupteten, Flints Frau zu haben, ihm in abscheulichen Einzelheiten schilderten, was sie mit ihr anstellten.

»Hören Sie zu«, hatte er gebrüllt.

»Nein! Sie hören zu! Sie sagt, Sie sollen das Telefon von Loudon benutzen. Okay?«
»Nein, nicht okay! Was zum Teufel soll das heißen?«
»Moment … Sie lässt Ihnen bestellen, Claudius ist erledigt.«
Sind Sie irre?, hatte Flint schon sagen wollen, doch plötzlich hatte er gewusst, was die Botschaft bedeutete, und er war sicher, dass sie nur von seiner Tochter kommen konnte.
Grace lebt!
Irgendwie hatte er seine Sprache wiedergefunden. »Verstanden.«
»Okay. Ich gebe Ihnen jetzt eine Nummer, die Sie anrufen sollen. Schreiben Sie sie auf.«
»Moment«, hatte Flint gesagt, sich aus der Nische herausgequetscht, seine Taschen nach irgendwas durchsucht, womit er schreiben, irgendwas, worauf er schreiben konnte. »Ich höre.«
»Also, es ist nicht die ganze Nummer. Sie müssen die internationale Vorwahl und die ersten vier Ziffern hinzufügen.«
»Und wie soll ich das machen?«
»Sie sagt, Sie sollen an ihre Schmierereien denken. Verstehen Sie?«
Als Schmierereien bezeichnete Flint die Krimis, die er schrieb.
»Ja.«
»Sie sagt, denken Sie daran, dass Sie sich bei Alfred entschuldigen sollen.«
Es dauerte eine Sekunde, bis der Groschen fiel. Alfred war Hitchcock, und Grace hatte gesagt, sie fände, er schulde dem Meister eine Entschuldigung, weil er den Titel von seinem allerbesten Film geklaut und parodiert hatte. Flint hatte seinen letzten Krimi »Die 31 Fehltritte« genannt.
»Verstanden.«

»Sie sagt, Sie sollen sich an die Gewohnheit Ihrer Schwester erinnern.«
Es war Schwester Annes feste Gewohnheit, jeden Tag mit 20 Ave-Marias zu beginnen. Immer 20, als würde ihr ewiges Leben davon abhängen. Der Romanbeginn von »Die 31 Fehltritte«.
»Verstanden.«
»Alfred, dann Ihre Schwester, und dann folgende Ziffern ...«
Und im nächsten Augenblick war Flint schon aus dem Pub gerannt, riss die Tür des Landrover auf, raste wie verrückt über schmale Sträßchen, bis er das *Falkland Arms* in Great Tew erreichte, einem recht idyllischen Dorf aus dem 16. Jahrhundert, das ein Mann namens Loudon gegründet hatte. John *Claudius* Loudon.
Sie waren sonntags oft zum Lunch hier – in der Zeit, als Grace' Gesicht wiederhergestellt wurde, als sie nach Hause gekommen war, um den Trümmern ihrer Ehe zu entfliehen –, und, um sie zum Lächeln zu bringen, hatte er ihr manchmal seine verrückte Vorstellung eines anderen Claudius' geliefert, des römischen Kaisers, der von seiner Frau vergiftet worden war. »Ich, Claudius«, verkündete er gebieterisch – eine Serviette als Krone auf dem Kopf, die Hände schon am Hals, um gleich auf dem Tisch zusammenzusacken – »bin erledigt.«
Das *Falkland Arms* platzte aus allen Nähten, so dass viele Gäste in den Garten auswichen, und um sich nicht durch das Gedränge schieben zu müssen, ging er in die Telefonzelle am Dorfanger, eine von den altmodischen, mit einer Tür, die man schließen konnte, so dass er ungestört war.
»Einen Moment«, sagte die Stimme, die sich am anderen Ende der Leitung meldete, und dann war Grace am Apparat – unverkennbar Grace –, und sie sagte, dass es ihr gut gehe, sagte, dass

sie ihn lieb habe, sagte, dass sie ihn brauche, und er brachte kaum ein verständliches Wort heraus. Er hatte die Ströme auf seinen Wangen weggewischt, hatte versucht, sie nicht hören zu lassen, dass er flennte wie ein Kind, obwohl es ihm eigentlich egal war, ob sie es mitbekam. Er hatte es gerade mal geschafft, »Ja« zu sagen, wenn es erforderlich war; Ja auf alles, worum sie ihn gebeten hatte.

Er war wie in Trance nach Hause gefahren, auf der Glebe Farm angekommen, ohne sich an die Fahrt erinnern zu können. Weil er nicht schlafen konnte, hatte er die Nacht in seiner Praxis verbracht und mit seinen Patienten gesprochen, ihnen die Neuigkeiten erzählt. Am Morgen hatte er die Vertretung besorgt und war dann zu seiner Bank gefahren, um zehntausend Pfund abzuheben, mehr als Grace gewollt hatte, aber egal. Als die Bankangestellte die Scheine zum dritten Mal zählte, war ihm der Gedanke gekommen, dass Grace das Geld vielleicht nicht für sich selbst brauchte, dass sie vielleicht von irgendwelchen Leuten gefangen gehalten wurde, die Lösegeld verlangten.

Tja, dann war es eben so. Wenn das stimmte, dann war sie in den Händen von Idioten, denn sie hätten jeden Penny, den er hatte, von ihm fordern können, sogar jeden Penny, den er sich erbetteln oder irgendwo leihen müsste. Er würde stehlen, wenn er müsste. John Flint würde jeden, aber auch jeden Preis zahlen, um seine Tochter zurückzubekommen.

»Verzeihung?«, hatte die Angestellte gesagt.

»Wie meinen?«

»Ich dachte, Sie hätten was gesagt.«

Er hatte sein breitestes Lächeln aufgesetzt. »Hab wohl mit mir gesprochen.«

Flughafen Schiphol, Dienstagabend, John Flint folgt den Hinweisschildern zu dem Zug, der ihn schnell in das Herz von Amsterdam bringen wird, hält sich genau an die Anweisungen seiner Tochter.

Der Flug von Birmingham hatte zwar keine Stunde gedauert, aber die Stewardess von KLM hatte ihn angesichts seiner Größe trotzdem auf einen Platz direkt an der Tür versetzt; mehr Beinfreiheit, so ihre Worte. Sie hatte ihn auch mit einem extra Kaffee und einem Genever verwöhnt und ihm zum Abschied ein strahlendes Lächeln geschenkt. Seine Laune musste wohl ansteckend gewesen sein, so seine Vermutung.

Auf seiner Uhr verfolgte er, dass die Zugfahrt siebzehn Minuten dauerte, und er zählte sie mit – wie er einmal die Sekunden auf einer anderen Zugfahrt mitgezählt hatte, als er unterwegs zu Mad war, nachdem sie wegen zwingender Umstände volle drei Tage getrennt gewesen waren. Normalerweise hätte die Parallele ihn traurig gemacht, aber nicht heute. Heute konnte ihn nichts traurig machen.

In der Halle des Hauptbahnhofs stellte er sich unter die Uhr, wie sie es ihm gesagt hatte, und er reckte den Hals, um das Gewühl von Menschen abzusuchen, sehnsüchtig darauf wartend, endlich seine Tochter zu erblicken – und erst jetzt überkam ihn ein Anflug von Furcht. Was, wenn sie nicht kam? Was, wenn sie nicht kommen *durfte*?

»Dad.«

Er fuhr zusammen und starrte die Frau vor sich verständnislos an – ihr wildes Haar ein Farbenmeer, eine Brille auf der Nase, der Mund blass geschminkt, ein Schlangentattoo, das sich ihren Hals hinaufwand.

Und dann lachte sie über den Ausdruck auf seinem Gesicht,

warf ihre Arme um seinen Hals, und cr drückte sie, wartete darauf, dass ihm das Herz zersprang.

VII

Sie hat Ihnen GHB verabreicht, Gammahydroxylbutyrat, auch bekannt als die Große Hormon-Bombe.« Glenning, der an Cohens Bett in einem Einzelzimmer in der Harley Street Clinic saß, erlaubte sich den Anflug eines Lächelns. »Das Zeug sieht aus wie Wasser. Ein Quäntchen davon macht einen angeblich scharf, obwohl es eigentlich ein schmerzstillendes Hypnotikum ist, das ursprünglich als alternatives Betäubungsmittel entwickelt wurde. Soweit die Ärzte sagen können, hat sie Ihnen eine ganze Flasche eingetrichtert. Eigentlich müssten Sie tot sein.«

»Wäre ich wohl auch, wenn Sie nicht gewesen wären«, sagte Cohen, aber Glenning tat das Lob mit einem Schulterzucken ab.

»Mein Gott, ich kann es noch immer nicht fassen. Wo hatte sie das Zeug her?«

»Das kriegt man fast in jeder Disko. Die Kids nennen es Liquid Ecstasy, obwohl es nicht das Gleiche ist wie Ecstasy. Es ist billiger, und es ist schlimmer, besonders, wenn man es mit Alkohol mischt – was sie natürlich getan hat. Sehr wahrscheinlich in den Wein, oder den Scotch, oder beides. Wir wissen es nicht, weil sie die Flasche und die Gläser ausgespült hat. Sie hat sehr gründlich hinter sich sauber gemacht.«

Cohen streckte die Arme über den Kopf, kostete das Wunder aus, sich bewegen zu können. Mit den Zehen zu wackeln, die Finger beugen zu können war für ıhn noch immer so neu, dass er sich darüber freute wie ein Kind. Sechsunddreißig Stunden hatte es gedauert, bis das Gift aus seinem Körper war, und fast die ganze Zeit hatte er auf der Intensivstation gelegen. Heute Nachmittag war er kräftig genug gewesen, zur Toilette zu gehen, obwohl er nach wie vor einen Tropf im Arm hatte, der ihn mit Glukose und Vitaminpräparaten versorgte.

»Keine Spur von Sarah, nehme ich an.«

»Nein, sie hat sich aus dem Staub gemacht, ganz sicher. Shilling auch. Ich lasse natürlich nach beiden fahnden. Sämtliche Häfen und Flughäfen werden überwacht. Aber ich schätze, dass die schon am Dienstag außer Landes waren, lange bevor Sie überhaupt in der Verfassung waren, mit uns zu reden.«

Erst am Mittwoch – also gestern Abend – hatte er wieder das erste Wort sprechen können. Und es war fast Mitternacht geworden, bis er endlich die Kraft hatte zu schildern, was passiert war. Glennings Aussehen nach zu schließen, hatte der seitdem kein Auge zugetan.

»Ich habe eine gute und eine schlechte Nachricht«, sagte er. »Möchten Sie die schlechte zuerst hören?«

Nein, eigentlich nicht, aber Cohen sagte: »Immer.«

»Was immer Sie wissen – was immer es auch ist, das Sie mir nicht erzählen wollten –, falls es davon was Schriftliches gibt, Tonbänder oder Fotos, dann hat sie es. In Ihrem Haus ist nichts mehr, das irgendwie von Belang wäre. Sie hat alles mitgenommen, Harry.«

Cohen war zwar nicht überrascht, aber er spürte dennoch die erdrückende Last seines eigenen Versagens. Dank seiner Dummheit hatten sie jetzt Marios Videoband und Cohens aufschlussreiche Notizen von dem, was Cutter ihm erzählt hatte.

Sie wussten das meiste von dem, was Cutter wusste, und Glenning sollte es jetzt auch erfahren, beschloss Cohen, denn was

hatte es noch für einen Sinn, damit hinterm Berg zu halten? Er hatte dem Feind seine Geheimnisse verraten. Wie konnte er sie dem Mann verweigern, der ihm das Leben gerettet hatte?
Gewissenhaft, ohne irgendwas auszulassen, schilderte er, was er in Miami erfahren hatte. Glenning hörte in ernstem Schweigen zu. Als Cohen auf Taggart zu sprechen kam – »Sie wissen natürlich, dass er mein Schwiegervater ist« –, schüttelte Glenning den Kopf, als wollte er sagen, dass er genauso fassungslos war wie Cohen.

»Er weiß natürlich längst Bescheid«, sagte Cohen. »Shilling wird es ihm gesagt haben. Und Kurlack auch. Damit ist Cutters Operation also zu Ende.« Er wusste, was er zu tun hatte. »Ich sollte Cutter anrufen, ihm sagen, was passiert ist.«

»Vielleicht«, sagte Glenning in einem Ton, der das Gegenteil ausdrückte. Als er Cohens fragenden Blick sah, fuhr er fort: »Harry, wir wollen nichts übereilen. Überlegen wir, was das nach sich ziehen könnte.«

Er stand von seinem Stuhl auf und schritt im Raum auf und ab.

»Überlegen Sie doch mal. Bei den Ratten ist das so, dass sie nur an sich selbst denken. Wenn sie das sprichwörtliche sinkende Schiff verlassen, helfen sie sich nicht gegenseitig, oder? Jede Ratte ist sich selbst am nächsten, und die Frauen und Kinder können sehen, wo sie bleiben. Ratten sind nicht wie wir, verstehen Sie. Sie haben mit Loyalität nichts am Hut, sie haben kein Gewissen. Also, betrachten Sie das Ganze mal aus Shillings Blickwinkel, wenn Sie können. Er ist eine Ratte, ohne jeden Zweifel. Sarah ruft ihn an, erzählt ihm, was sie bei Ihnen gefunden hat. Ihm ist schlagartig klar, dass das Schiff untergeht, also was macht er? Er muss davon ausgehen, dass Taggart und Kurlack rund um die Uhr überwacht und abgehört werden. Kontaktiert er sie, sagte er ihnen: »Jungs, bringt euch in Sicherheit« – und reitet sich noch tiefer in den Schlamassel? Vielleicht, aber ich bezweifle das. Ich bin seit zweiunddreißig Jahren Polizist, Harry, und ich habe das unzählige Male erlebt. Wenn das Schiff untergeht, ist sich jede Ratte selbst am nächsten.«

»Ich muss Cutter informieren«, wandte Cohen ein.

»Ach ja? Warum? Sie informieren ihn, und er bläst die Sache ab und kriegt nichts. Ende, aus. Sie informieren ihn nicht, er hört Taggart und Kurlack weiter ab, und wer weiß, was er dann kriegt. Na schön, mal angenommen, Shilling ist nicht die durchschnittliche selbstsüchtige Ratte, sagen wir mal, er ruft sie an. Er sagt ihnen also: ›Der Jude weiß alles, aber wir haben ihn ausgeschaltet‹ – was er und Sarah vermutlich denken. Daraufhin fragen sich Taggart und Kurlack natürlich: ›Was weiß Cutter?‹ Sie sind in heller Panik, quatschen darüber, was zu tun ist. Wenn Cutter was davon aufs Band kriegt, ist das pures Gold, Harry.«

Cohen blickte skeptisch.

»Wissen Sie, wer das genauso sieht wie ich?«

Glenning war richtig in Fahrt gekommen, ignorierte seine Müdigkeit, mitgerissen von seiner eigenen Überzeugungskraft.

»Kein Geringerer als Cutter. Ich habe ihn gestern Abend angerufen, nachdem Sie mir geschildert hatten, was passiert war. Ich habe ihm alles erzählt, das heißt, alles, was ich wusste. Er war außer sich – natürlich besorgt um Sie –, aber er war hin und weg von dem Gedanken, was seine Satelliten alles aufschnappen könnten. Und Sie wollen ihm den Spaß verderben? Wieso?«

»Weil ich ihm mein Wort gegeben habe, dass ich es keiner Menschenseele erzähle, und ich hab es praktisch in die ganze weite Welt hinausposaunt, verdammt noch mal.«

Jetzt sarkastisch. »Werden Sie erwachsen, Harry«, sagte Glenning.

Eine junge Krankenschwester, eine schmächtige Schwarze, kam, um bei Cohen Fieber zu messen und den Tropf zu kontrollieren, und sie sagte zu Glenning: »Überanstrengen Sie ihn bitte nicht.«
»Ich gehe gleich.«
»Aber erst erzählen Sie mir noch die gute Nachricht«, sagte Cohen. »Ich brauche was Positives.«
Unbeeindruckt von irgendwelchen wichtigen Angelegenheiten großer nationaler Bedeutung, bedachte sie beide mit einem gestrengen Blick. »Ich will Ihnen was sagen. Sie kriegen jetzt eine Tasse Tee, und dann werden Sie« – sie deutete auf Glenning – »sich verabschieden.«
Glenning hob kapitulierend die Hände.
»Ich hatte deshalb einen Bobby zu Ihrem Haus geschickt, um nach dem Rechten zu sehen«, begann Glenning, als die Krankenschwester gegangen war, »weil ich die halbe Nacht bei Ihnen angerufen hatte, um Ihnen zu sagen, dass ich vermutlich eine Spur von Flint habe. Jetzt weiß ich, dass ich eine habe.«
»Sie haben sie gefunden?«
»Das nicht gerade. Aber so gut wie.«
Während er erneut im Raum hin und her ging, erzählte Glenning seine Geschichte mit aller gebührenden Bescheidenheit, als wäre das, was er getan hatte, reine Routine.
»Montagabend, als Sie gerade für Sarah Spenny den Gastgeber spielten, kriegt Flint – das heißt, John Flint – einen Anruf im *Horse and Hound.* Männliche Stimme. ›Es geht um Ihre Tochter‹ sind die ersten Worte, die er hört. Jaja«, fuhr er fort, als er Cohens erstaunte Miene sah, »Sie hatten mir doch erzählt, dass

er da praktisch wohnt, deshalb habe ich meinen Antrag beim Minister, sein privates Telefon anzapfen zu dürfen, auch noch auf das Pub ausgedehnt. Nicolson war zwar nicht begeistert, aber ich konnte ihn überzeugen.«

»Wie?«, sagte Cohen.

»Sagen wir, ich hab ihn in den Schwitzkasten genommen.«

»Tom.«

»Ich hab ihm gesagt, dass ich mir bei Ihnen nicht sicher wäre, dass ich glaubte, Sie würden uns was verschweigen – was ja auch stimmte. Dann habe ich ihm weisgemacht, Sie und Flint steckten vielleicht unter einer Decke, dass Sie ihm Sachen erzählen würden, die Sie uns vorenthielten, und dass Sie ihn in dem Pub anrufen würden. Also, der Beschluss war ganz präzise formuliert. Wir durften nur Anrufe zwischen Ihnen und Flint oder Flint und seiner Tochter oder solche abhören, bei denen es speziell und eindeutig um Grace ging. Jedenfalls ...«

»Sie gerissener Hund.«

»Jedenfalls ... Die beiden plaudern ein bisschen, und dann sagt der Anrufer zu Flint, er soll zu einem anderen Telefon gehen, dem ›von Loudon‹. Flint kapiert das nicht auf Anhieb, also nennt der Anrufer ihm einen Code – angeblich von Flints Tochter: ›Claudius ist erledigt.‹ Das genügt ihm. Dann gibt der Anrufer ihm eine Nummer, die er anrufen soll und deren erste vier Ziffern wieder verschlüsselt sind. Daher wissen wir nicht, von welchem Land die Nummer ist. Im Nu hat Flint eingehängt und ist aus dem Pub raus. Es war keine Zeit, den Anruf zu verfolgen, geschweige denn, Flint beschatten zu lassen, aber irgendwas war eindeutig im Busch. Deshalb wollte ich Sie anrufen. Als Sie um zwei Uhr nachts noch immer nicht an den Apparat gingen, hatte ich so einen Riecher, dass irgendwas nicht stimmt.«

»Dann danke ich Gott für Ihren Riecher.«
»Na ja, Mrs. Glenning würde diese Meinung nicht teilen, aber trotzdem …«
Vom Korridor war Geplauder zu hören, und Glenning wartete, bis es sich wieder legte.
»Am Dienstagmorgen hatte ich ein paar von meinen besten Leuten auf Flint angesetzt. Sie hatten zunächst nicht viel zu tun, weil Flint zwei Stunden am Telefon hing, um aller Welt zu erzählen, dass er wegen einer wichtigen Angelegenheit verreisen müsse. London, sagte er. Was natürlich hieß, alles, *nur nicht* London.«
»Wieso?«
»Weil seine Tochter ihm natürlich gesteckt hat, dass wir sein Telefon abhören, oder? Wenn sie sich schon wegen des Telefons im Pub Gedanken gemacht hat – und das hat sie, schließlich hätte sie sich sonst ja wohl nicht die Codes ausgedacht –, dann muss sie sicher gewesen sein, dass sein Telefon angezapft wird. Hundertprozentig. Sie sagt ihm also, er soll Verwirrung stiften und uns in die Irre führen.«
»Aber sie muss wissen, dass *Sie* das wissen und dass Sie bestimmt nicht drauf reinfallen.«
»Ja«, sagte Glenning, »das Katz-und-Maus-Spiel hat begonnen, und wir beide wissen das.« Er nahm seine Pfeife aus der Tasche und saugte am Stiel. Sogar unangezündet verströmte sie noch den Kirschduft.
»Am Vormittag fährt Flint zur Barclays Bank in Chipping Norton und hebt zehntausend Pfund ab. Er hat ganz schön was auf der hohen Kante, aber das hat er noch nie gemacht, hat nie mehr als ein paar hundert Pfund auf einmal abgehoben, nicht in bar. Inzwischen kann ich mir einigermaßen denken, was Sache ist.

Grace hat ihr Konto seit über einem Monat nicht angerührt und auch nicht ihre Kreditkarte benutzt, also muss ihr allmählich das Bargeld ausgehen. Er bringt ihr Geld, so viel ist sicher; wenn wir ihm folgen, finden wir sie. Das Problem ist nur, dass sie das weiß, dass sie weiß, wie wir vorgehen, also muss sie einen Plan haben, sich irgendeine Möglichkeit überlegt haben, wie er uns abschütteln kann.«

»Und hat sie?«

»Ja. Ein Bursche namens Simkins. Wenn ich das Fenster aufmache, meinen Sie, die haben was dagegen, wenn ich rauche?«

»Ich glaube, die Krankenschwester würde Ihnen den Kopf abreißen.«

Glenning brummte. »Wahrscheinlich haben Sie Recht. Also, dieser Simkins … Meine Leute haben an Flints Landrover einen Sender angebracht. Während er in der Bank war. Ich wollte ihn nicht verfolgen lassen, weil Grace ihm bestimmt gesagt hatte, worauf er bei der Fahrt achten soll. Und obwohl sie ihn bestimmt auch vor einem Sender gewarnt hatte, die Dinger sind nicht leicht zu finden, heutzutage nicht mehr, es sei denn, man kennt sich aus oder hat einen Detektor. Unser Sender war in einer Autoantenne. Wir haben sie gegen seine ausgetauscht – und das hätte er niemals gemerkt. Zehn-Meilen-Radius, also konnten meine Leute gemütlich hinter ihm herzuckeln, was sie auch getan haben. Und er hat sie kreuz und quer durch die Gegend gelotst: Süden, Westen, Norden, wieder nach Süden, dann Osten. Sie haben eine gute Stunde gebraucht, bis sie dahinter kamen.«

»Hat er den Wagen gewechselt?«

»Ja, dabei hatten wir damit gerechnet. Wir wussten, dass sie das vielleicht versuchen würde. Aber das hätte er doch irgendwie vorbereiten müssen, oder? Jemanden anrufen, der ihm seinen Wagen leiht, ein Treffen vereinbaren? Und das hat er nicht – zumindest haben wir nichts davon mitgekriegt.«

»Er hat von der Bank aus angerufen«, vermutete Cohen, und Glenning sagte: »Nein, hat er nicht. *Er hat den verdammten Filialleiter gebeten, für ihn anzurufen!*«

»Ist zu dem Filialleiter ins Büro, um hallo zu sagen – das hat jedenfalls unser Mann gedacht, der ihm in die Bank gefolgt ist. Die Tür stand offen, und er war sich ganz sicher, dass Flint nicht telefoniert hat, und so war es auch. Ich hab ihn ordentlich zusammengestaucht, weil er sich anschließend nicht beim Filialleiter erkundigt hat, aber eigentlich war es nicht seine Schuld. Ich meine, er hat schließlich nicht James Bond beschattet, sondern einen Landtierarzt. Wer rechnet schon damit, dass ein Landtierarzt so eine Masche abzieht.« Glenning überlegte einen Moment. »Es sei denn, er hat Grace Flint als Tochter. Wo bleibt denn bloß der Tee?«

Glenning ging zur Tür und sah auf dem Korridor nach. Kein Teewagen in Sicht.

»Also, Flint macht Folgendes: Er geht mal kurz ins Büro des Filialleiters und sagt ihm, er steht im Halteverbot – was stimmt –, und ob er wohl so nett wäre, Arthur Simkins anzurufen – den beide kennen – und ihm zu sagen, Dr. Flint bittet ihn um einen Gefallen, muss sich von ihm einen Wagen leihen und er wird nachmittags bei ihm vorbeischauen. Und genau das macht Flint, ohne dass meine Leute was spitzkriegen. Simkins Farm ist vierhundert Hektar groß, und Flint kümmert sich um alle seine Tiere, sie sind also dicke Kumpel. ›Arthur‹, sagt er, ›ich muss dringend nach London, aber mein altes Schätzchen macht in letzter Zeit Ärger, und ich trau ihm so eine weite Strecke nicht zu; kann ich mir einen Wagen von dir borgen?‹ Arthur sagt: ›Na klar, John‹ – und jetzt kommt der Clou. Flint sagt: ›Ich glaub, mit der Schaltung stimmt was nicht‹ – oder irgend so einen Unfug – ›euer Tommy kennt sich doch mit Autos aus. Kann der mit meinem alten Schätzchen nicht mal eine Probefahrt machen? Sich einen Eindruck verschaffen?‹ Und genau das macht Tommy dann auch. Führt meine Jungs munter durch die Gegend, bis die den Braten riechen und ihn stoppen.«

Cohen lachte, und Glenning blickte ihn scharf an. »Ich bin froh, dass Sie das komisch finden.«

»Es war genial.«

»Ja, aber das bin ich auch. Wie ich schon sagte, wir wussten, dass der Anruf im *Horse and Hound* aus dem Ausland kam, deshalb bin ich ziemlich sicher, dass Flint zu einem Flughafen oder einem Hafen will. Die Frage ist, zu welchem? Also, Grace lässt ihm sagen, er soll nach Süden fahren – das ist das Täuschungsmanöver. Aber sie weiß, dass *ich* weiß, dass es ein Täuschungsmanöver ist, also soll ich denken, dass es vielleicht doch kein Täuschungsmanöver ist – er fährt tatsächlich nach Süden. Nur, dass er das natürlich nicht tut.

»Ich komm nicht mehr mit«, sagte Cohen.

»Sie hat geblufft, und dann hat sie noch mal geblufft, und dann hat sie übertrieben, denn sie hat uns im Kreis herumgeführt, wissen Sie, so dass wir überhaupt nicht mehr wussten, wo's langgeht. Wie ich meinen Leuten immer sage, Glennings erste Regel: im Zweifelsfall das Naheliegende anpeilen. Und das haben sie gemacht. Sie haben auf die Karte geschaut und sich gefragt, welches ist der nächste Flughafen mit internationalen Flügen? – Antwort: Birmingham –, und sie sind schnurstracks dorthin – und da steht Arthur Simkins Landrover hübsch und brav auf dem Parkplatz. Sie haben Flint um zwei Stunden verpasst.«

»Wohin ist er geflogen?«

»Amsterdam. Natürlich ohne Reservierung. Er hat es drauf ankommen lassen, noch einen Platz zu kriegen, und sein Ticket bar bezahlt. Ich schätze, Grace hatte einen Ersatzplan: Wenn Flint bei KLM keinen Platz ergattert hätte, wäre er woandershin geflogen. In irgendeine andere Stadt auf dem Kontinent. Wohin, spielte eigentlich keine Rolle.«

Cohen war ernüchtert. »Sucht die holländische Polizei nach ihm?«

»Nein, das Spiel mach ich nicht mit. Wissen Sie, dass er nach Amsterdam geflogen ist, könnte bedeuten, dass Grace gerade dort nicht ist. Oder es könnte bedeuten, dass ich das denken soll. Oder es könnte …«

»Aufhören, bitte«, sagte Cohen. »Fakt ist, wir haben ihn verloren. Wir haben noch immer keinen Schimmer, wo Grace ist.«

»Vorläufig.« Glenning lächelte. »Er hat eine Praxisvertretung – aber nur bis morgen Abend. Für länger hat er so kurzfristig niemanden gefunden.«

»Das heißt?«

»Das heißt, dass er zurückkommen muss, nicht? Heute Abend oder morgen. Er kann seine Patienten schließlich nicht sterben lassen.«

»Den gerissenen Hund nehme ich zurück«, sagte Cohen. »Sie sind ein raffinierter alter Fuchs.«

Glenning schilderte gerade, welche Vorkehrungen er getroffen hatte, als die Tür aufflog und die Krankenschwester dastand, Hände in den Hüften, und ihn mit funkelndem Blick verstum-

men ließ. »Sie«, sagte sie – auf Cohen zeigend – »schlafen jetzt. Und Sie« – auf Glenning – »raus!«
»Wir warten noch auf unseren Tee.«
»Raus!«
Sie reichte ihm nicht mal bis zur Schulter, aber Commander Glenning von Scotland Yard trottete kleinlaut aus dem Zimmer.

VIII

Doktor Flint? Doktor John Flint?«
Ein stämmiger Mann im dunkelblauen Anzug versperrte den Durchgang an der Passkontrolle, ein zweiter – der sein Zwilling hätte sein können – stand direkt daneben. Sie hatten beide einen kleinen schmallippigen Mund mit nach unten gezogenen Mundwinkeln. Die Gebrüder Grimm, befand Flint.
»Ja, und mit wem habe ich das Vergnügen?«
»Special Branch.« Der Mann griff in seine Tasche und holte etwas hervor, dass ein Dienstausweis hätte sein können, hielt ihn kurz hin, so dass Flint nur einen flüchtigen Blick von dem Ausweis erhaschen konnte. »Ich muss Sie bitten, uns zu begleiten.«
Flint schob das Kinn vor. Grace hatte ihn gewarnt, dass ihn möglicherweise ein Empfangskomitee erwarten würde, wenn er in Birmingham ankam, daher hatte er fast damit gerechnet. Er war bereit, zumindest bereit, unbequem zu werden. »Wohin?«
»Hier lang«, sagte der sprechende Grimm und nickte vage in eine Richtung. Der schweigende Grimm trat neben Flint, auf eine Weise, die besagte: »Ich pack Sie am Arm, wenn es sein muss«, aber Flint war noch nicht bereit, klein beizugeben.
»Was soll das Theater?«

»Wir müssen Ihnen einige Fragen stellen.« Grimm beugte sich scheinbar vertraulich vor und sagte weiter: »Sie sind nicht festgenommen, Sir, noch nicht. Aber es könnte passieren. Wir können hier auf der Stelle richtig unangenehm werden, wenn Sie das wollen.«

»Sie werden dich provozieren, wenn sie können«, hatte Grace gesagt. »Fahr nicht aus der Haut.«

»Nein«, sagte Flint. »Das will ich nicht.« Steif, wie jemand, der unter widrigen Umständen seine Würde bewahrt, ließ er sich wegführen. Sie brachten ihn zum Zoll und in einen kleinen Raum, der ihm deprimierend vertraut war: keine Fenster, ein Schreibtisch mit Resopalplatte und zwei unbequem aussehende Stühle, nichts an den Wänden außer einem großen Rauchen-verboten-Schild, ein Teppich in einem scheußlichen Senfton, der – ungeachtet des Schildes – mit Brandlöchern von Zigarettenkippen übersät war. Flint hatte einmal eine Ewigkeit in einem ähnlichen Raum verbracht, während er darauf wartete, wegen des angeblichen Mordes an seiner Frau vernommen zu werden.

»Die werden dich in die Mangel nehmen«, hatte sie gesagt. »Es dir so unangenehm machen, wie sie können« – und er hatte sich gerade noch rechtzeitig die Bemerkung verkneifen können: »Ich bin schon mal in die Mangel genommen worden, Schatz.«

»Geben Sie mir Ihre Tasche«, sagte Bruder Grimm.

Du kannst mich mal, dachte Flint. Vielleicht konnte er ja doch ein kleines bisschen aus der Haut fahren. »Nicht ohne Durchsuchungsbefehl«, sagte er.

»Setzen Sie sich!« Grimm war offenbar leicht cholerisch. »Ich brauche keinen Durchsuchungsbefehl, um Ihre Tasche an mich zu nehmen.« Nachträglich fügte er »Sir« hinzu, aber genuschelt.

»Ich brauche tatsächlich einen Durchsuchungsbefehl, wenn ich

Ihre Tasche ohne Ihre Zustimmung durchsuchen möchte, aber den kriege ich natürlich nicht vor morgen. Und da ich Sie nicht über Nacht hier behalten kann, bedeutet das Arrestzelle. Schon mal in einer Zelle gesessen … Sir? *Ich habe gesagt, hinsetzen!*«
Flint tat wie geheißen, und Grimm stützte sich mit beiden Händen auf den Tisch. »Ich rate Ihnen, treiben Sie es nicht zu weit. Sie gehen mir auf den Zahn.«
Es war nichts in der Tasche, nichts, das sie zu Grace führen würde.
Gönn Grimm seinen kleinen Sieg, dachte John Flint. »Tun Sie, was Sie nicht lassen können.«

Cohen und Glenning, im Fond eines Zivilfahrzeuges, das über die Schnellstraße nach Birmingham rast, sind nicht gerade gut aufeinander zu sprechen.
Wie zuvor hatte Flint keine Reservierung vorgenommen, sondern auf sein Glück vertraut, einen Platz zu bekommen. Im Grunde hatte er sein Glück arg strapaziert, denn es war Freitagabend, wenn viele Geschäftsreisende nach Hause fliegen und die Maschinen in der Regel ausgebucht sind. Glenning hatte erst dann erfahren, dass Flint zurückkam, als der am KLM-Schalter in Schiphol aufgetaucht und das Glück ihm treu geblieben war.
»Ich komme mit«, hatte Cohen gesagt.
»Ich denke nicht, dass Sie sich das schon zumuten sollten«, sagte Glenning, der ihn am selben Nachmittag von der Klinik nach Hause gebracht hatte und »für alle Fälle« bei ihm geblieben war. Ein Streifenwagen parkte auffällig vor dem Haus, und bewaffnete Beamten waren bis auf weiteres für Cohens Schutz abgestellt.
»Egal, jedenfalls *muss ich* mit ihm reden. Allein.«

»Kommt ja gar nicht in Frage«, sagte Glenning mit spöttischem Unterton, als wäre schon der Gedanke absurd.
»Wieso nicht?«
»Weil Sie Zivilist sind, und Flint ist eine Polizeiangelegenheit. Muss ich Sie daran erinnern, dass seine Tochter flüchtig ist und wegen Mordes gesucht wird?«
»Aber das ist doch nur fingiert, Tom.«
»Für Sie vielleicht, aber es ist offiziell. Jetzt, und zwar Ihretwegen. Es war Ihre Idee. Ich kann nicht so tun, als ob es anders wäre. Offiziell wird sie gesucht, und ihr Vater übrigens auch. Fluchthilfe ist eine strafbare Handlung – falls Sie das noch nicht wussten.«
»Ach, Herrgott noch mal«, hatte Cohen barsch entgegnet. »Seien Sie doch nicht albern. Wir wollen Harling finden, nicht Flint oder ihren Vater einsperren. Darum geht's doch, oder? Allein darum.«
»Dafür sind Sie nicht zuständig.«
Glenning hatte einen sturen Ausdruck im Gesicht, und Cohen – ganz der Anwalt – hatte einen anderen Kurs eingeschlagen.
»Tom, Sie müssen das verstehen. Bitte. Ich kenne John Flint – zugegeben, ich war nur einen Tag und einen Abend mit viel Whisky bei ihm –, aber er hat mir sein Innerstes offenbart. Ich weiß, was in ihm vorgeht. Vor allen Dingen weiß ich, dass er Grace gegenüber absolut loyal ist. Es ist kein Klischee, wenn ich sage, dass er, ohne mit der Wimper zu zucken, für sie sterben würde, es ist eine Tatsache.«
»Ich habe selbst eine Tochter«, sagte Glenning.
»Ich weiß. Aber ihre Mutter ist nicht verschwunden, wie vom Erdboden verschluckt. Ihre Tochter hat nicht ihre ganze Kindheit hindurch gedacht, Sie hätten ihre Mutter vergewaltigt und

getötet, ihr mit dem Hammer Löcher in den Schädel geschlagen und sie unter dem Fußboden verscharrt. Ihre Tochter …«

»Ich verstehe, worauf Sie hinauswollen.«

»Das denke ich nicht, wirklich nicht. Flints Liebe zu Grace ist unermesslich – tiefer, als wir uns vorstellen können –, weil sie ihm vergeben hat. Obwohl er nichts Unrechtes getan hatte. Sie war davon überzeugt gewesen, und er hatte jahrelang Schuldgefühle gehabt, und *sie hat ihm vergeben.*« Er starrte Glenning an, wollte ihn kraft seines Willens zwingen, es zu verstehen. »Ich möchte Ihnen eine Frage stellen. Würden Sie für Ihre Tochter töten?«

»Werden Sie nicht albern.«

»John Flint würde das, Tom. Ohne Frage. Sie, mich, jeden, der seiner Tochter wehtun könnte. Er würde das Trinkwasser vergiften, wenn er Grace damit retten könnte. Und Sie können machen, was Sie wollen, ihm so viel drohen, wie Sie wollen, er wird sie nicht verraten. Wir sind jetzt der Feind – genau genommen, Sie sind es. Wieso? Weil Harling und Silva ihr gezeigt haben, dass in ihrem Königreich alles faul ist, korrupt. Sie sind korrupt, Cutter ist korrupt, vielleicht alle, mit denen sie bislang zusammengearbeitet hat – zumindest glaubt sie das. Ihr alle seid für sie Teil des UNTERNEHMENS, und John Flint wird Ihnen seine Tochter nicht ausliefern, auch wenn Sie ihn auf Knien anflehen oder ihm bei lebendigem Leibe die Haut abziehen.«

»Ich kann Sie nicht allein mit ihm reden lassen.«

»Doch, das können Sie«, hatte Cohen gesagt, mit wachsender Verzweiflung, die ihn nach jeder noch so fragwürdigen Idee greifen ließ. »Ich werde sein Anwalt sein, ihn vertreten. Ich weiß, dass er zustimmen wird. Dann kann ich so lange mit ihm reden, wie ich will.«

»Ach wirklich?«, hatte Glenning gesagt. »Meinen Sie nicht, das könnte zu einem klitzekleinen Interessenkonflikt führen? Bei Ihrer derzeitigen Vereinbarung mit der britischen Regierung?«

Und so war es immer weitergegangen, ein Streit, der zu keiner Lösung führte. Nachdem seine Argumente erschöpft waren, verfiel Cohen in mürrisches Schweigen, das den Fond des dahinbrausenden Wagens wie eine Wolke einhüllte. Seit sechzig Meilen hatten sie kein Wort mehr gewechselt.

»Ein Vorschlag«, sagte Glenning, um einen Waffenstillstand zu erreichen, als sie auf den Flughafen zufuhren. »Sie führen das Gespräch. Überwiegend.«

Cohen, der sich noch nicht beschwichtigen lassen wollte, dachte, das werde ich auch müssen – weil wir nämlich von Glück sagen können, wenn Flint überhaupt ein Wort sagt.

Sie hatten Flint eingeschlossen und allein gelassen, damit er sich an den Gedanken gewöhnte, dass er ihnen gehörte, und Cohen sagte: »Wieso steckt ihr ihn nicht gleich in eine Zelle?«, doch seine Ironie entging ihnen. Und dann schlossen sie die Tür auf, und Cohen sah, dass es praktisch eine Zelle war, nur ohne die üblichen sanitären Einrichtungen, und er warf Glenning einen vernichtenden Blick zu.

Flint saß mit dem Rücken an die Wand gelehnt, sein Stuhl nach hinten gekippt, einen Arm auf den Tisch gelegt. Er wirkte jünger, als Cohen ihn in Erinnerung hatte, weniger abgespannt. Er blickte mit trotzigen Augen zur Tür.

Cohen zwängte sich an den Aufpassern vom Special Branch vorbei. »John«, sagte er herzlich, streckte die Hand zur Begrüßung aus, die Handfläche nach oben, um zu zeigen, dass er

nichts verbarg. Flint schien ihn nicht zu erkennen. »Ich bin's, Cohen, Harry Cohen. Ich war bei Ihnen zu Hause.«
»Ich weiß.« Flints Stimme war ausdruckslos, ohne eine Spur von Freundlichkeit.
»Mein Gott, was ist das für ein Raum hier!« Cohen wirbelte herum und blickte Glenning an. »Können wir uns nicht woanders unterhalten?«
»Sparen Sie sich die Mühe«, sagte Flint, »ich habe nichts zu sagen, rein gar nichts.«
Cohen wollte etwas erwidern, kam aber nicht dazu.
Glenning sagte: »Ich werde sehen, ob ich was halbwegs Anständiges finde, wo es auch was zu trinken gibt. Kommen Sie mit, Doktor Flint? Grace zuliebe?«
»Wer sind Sie überhaupt?«
Glenning schien zu überlegen, was er antworten sollte. »Neben Harry – neben Ihnen, vielleicht – bin ich die einzige Chance Ihrer Tochter, am Leben zu bleiben.«

Glenning führte sie ins Pub im ersten Stock des Terminals, dem einzigen Ort, wo er Pfeife rauchen konnte. Ohne die anderen zu fragen, brachte er drei Whiskys an den Tisch und sagte: »Polizisten dürfen im Dienst nicht trinken, also bin ich es ipso facto nicht – im Dienst, meine ich.« Er hob sein Glas. »Auf Grace.«
Flint, der seinen Drink nicht anrührte, sagte: »Ich muss nach Hause. Meine Patienten warten, und es ist niemand da, der sich um sie kümmert.«
»Doch.« Glenning lächelte, ganz der Überbringer froher Kunde. »Ich habe heute Morgen mit Ihrer Vertretung gesprochen. Sie hat ein paar Termine verlegt und bleibt, bis Sie wieder da sind. Sie glauben mir nicht? Rufen Sie sie an.«

Cohen konnte sehen, dass Flint trotz seines tapferen Auftretens mit seiner Geduld am Ende war.
»Ach, das ist ja prima!«, sagte er mit beißendem Unterton. »Was haben Sie ihr denn erzählt? Dass ich festgenommen bin? Himmelherrgott!«
Eine Frau am Nebentisch warf Flint einen beunruhigten Blick zu und rückte mit ihrem Stuhl von ihm weg, während sie ihren Begleitern aufgeregt etwas zuflüsterte.
»Nein, das sind Sie nämlich nicht. Ich habe ihr gesagt, Sie hätten die Grippe. Sie glaubt, ich bin ein Freund von Ihnen, vielleicht ein Kollege. Sie hat keine Ahnung. Und das wird auch sonst niemand, wenn Sie nicht so laut reden.«
Aber Flint ließ sich nicht besänftigen. »Ich möchte gehen. Wenn ich nicht festgenommen bin, kann ich ja gehen.«
Glenning zögerte nicht. »Bitte sehr«, sagte er in einem Ton, als wollte er andeuten, »ist mir doch egal«, und Flint stand auf. Cohen dachte: »Das war's, es ist aus« – und dann verzerrte sich Flints Gesicht, als hätte er Schmerzen, und er ließ sich zu Cohens Freude wieder auf seinen Stuhl sinken. »Ich weiß nicht, was ich machen soll.«
»Ich an Ihrer Stelle würde nach Hause fahren«, sagte Glenning. »Aber ich würde Harry mitnehmen, weil ich heute Abend nicht gern allein wäre. Er soll Ihnen sagen, was er weiß, was Sie seiner Meinung nach tun sollten, und dann entscheiden Sie sich.« Glenning leerte sein Glas in einem Zug. »Was mich betrifft, da ich nicht im Dienst bin, genehmige ich mir hier noch einen, und dann lasse ich mich von meinem Fahrer nach Hause bringen und warte, bis ich was von euch höre. Ich denke, Sie haben einen einzigen Versuch, eine einzige Chance, das Richtige zu tun. Ich hoffe, Sie nutzen sie.«

Er stand auf und nickte ihnen zu und schlenderte zur Bar, wie ein Fremder, dessen Bekanntschaft sie gemacht hatten und der ihrer Gesellschaft überdrüssig geworden war.

IX

Später, als alles vorbei war, fragte Cohen Glenning, warum er es sich anders überlegt hatte, und Glenning sagte: »Weil ich gesehen habe, dass Sie Recht hatten, dass er Ihnen Grace gehen würde« –, aber zum betreffenden Zeitpunkt hatte es nicht so ausgesehen.

Weit nach Mitternacht saßen sie schweigend auf Flints unkrautbewachsener Terrasse und blickten hinunter auf die Allen's Lane, ein gespenstisch silbriges Band im Mondschein, das durch die Felder verlief. Morgen, so hatte Flint gesagt, war sein vierunddreißigster Hochzeitstag – oder wäre es gewesen, unter anderen Umständen. Cohen erzählte ihm nicht, dass es auch fast auf den Tag genau Annies erster Todestag war. Er hatte das Gefühl, dass es nur ein gewisses Maß an Schmerz gab, das sie beide noch ertragen konnten.

Er wusste nicht, welche Taktik er einschlagen, wie er anfangen sollte. Auf der Fahrt zur Glebe Farm und seit ihrer Ankunft hatte Flint ihn kaum wahrgenommen, kaum ein Wort gesprochen. Es war, als wäre zum Thema Grace alles zwischen ihnen gesagt und als gäbe es – da Flints Tochter ihr einziges gemeinsames Interesse war – sonst nichts mehr zu besprechen.

Aber das stimmte natürlich nicht, und Cohen wusste, dass er die bedrohlich aufragende Klippe von Flints Misstrauen irgendwie erklimmen musste. Der Metapher entsprechend sozusagen nach

dem ersten Halt greifend, sagte er: »Sie haben ihr von mir erzählt, und sie glaubt, ich stecke mit denen unter einer Decke, nicht wahr?«
Flint sah ihn an. »Mit wem?«
»Dem UNTERNEHMEN.«
Flint antwortete nicht, das war auch nicht nötig. In der Bar am Flughafen hatte es einen kurzen Moment den Anschein gehabt, als stellte er sein Vertrauen in die Überzeugungen seiner Tochter in Frage, aber jetzt war dieses Vertrauen wiederhergestellt. Die Kälte, die Cohen in seinen Augen sah, war keine Täuschung des Mondlichts.
»Und wie kann ich Sie überzeugen, dass ich keiner von denen bin?«
»Gar nicht.«
»Sie irrt sich, ihr irrt euch beide.« Cohen stand von seinem Stuhl auf und ging an den Rand der Terrasse, von wo aus er die spindeldürre Esche ausmachen konnte, dieses zarte Mahnmal für Mad Flint, und er hatte den unerträglichen Gedanken, dass vielleicht schon bald ein weiteres trauriges Mahnmal für ein weiteres verlorenes Leben vonnöten sein könnte.
Er sagte »Sir Adrian Taggart«, und, gleich darauf, »mein Schwiegervater«, und ehe er sich bremsen konnte, verriet er bittere Wahrheiten, die er gar nicht preisgeben wollte. Mit dem Rücken zu Flint erzählte er, wie abgrundtief Taggart ihn verabscheute, dass Taggart Annies Gedanken vergiftet hatte, von einem Grabstein, der seine Existenz und seine Ehe mit Annie für immer verleugnete – beschämende Wahrheiten, die wie eine Beichte aus ihm heraussprudelten, als hätte er keinerlei Kontrolle über das, was er sagte. Er erzählte, was er von der Partnerschaft zwischen Taggart und Jackson Kurlack wusste, von der unge-

heuerlichen Skrupellosigkeit ihrer Handlanger; von Gilles, wie er in den Trümmern vor Mario Silvas Galerie lag, von sich selbst, wie er im Dunkel lag und damit rechnete, dass sein Gehirn abstarb. Er spürte, wie die Wut in ihm hochstieg, und er wurde leichtsinnig, verriet Cutters Geheimnisse, zumindest viel zu viele. Er sprach von sicheren Kommunikationswegen, die nicht sicher waren, und von der groß angelegten Operation, die derzeit im Gange war, um herauszufinden, wie weit das UNTERNEHMEN reichte, um die Beteiligten zu identifizieren und vor Gericht zu bringen. Aber vielleicht nicht rechtzeitig. *Nicht rechtzeitig, um Grace zu retten.*

»Um Gottes willen, Mann …«

Als alles gesagt war, blieb er am Rand der Terrasse stehen, beobachtete eine Eule, die träge Schatten ins Tal malte. Sie war auf der Jagd, ganz sicher, so, wie Grace Harling jagte und wie sie jetzt Grace jagten.

»Das mit Gilles hab ich nicht gewusst«, sagte Flint leise. »Ich hab in den Nachrichten was über den Bombenanschlag gesehen, aber ich habe da keinen Zusammenhang hergestellt.«

Cohen hielt den Atem an.

»Grace weiß es auch nicht. Bevor sie mich anrief, hatte sie wiederholt versucht, Dominiques Vater anzurufen, aber ohne Erfolg. Ich nehme an, er ist in Paris.«

»Ja«, sagte Cohen. »Ich hab ihn kennen gelernt. Er will vorerst bei seiner Tochter bleiben.«

Er hörte das Schrammen von Flints Stuhl, spürte, wie Flint näher kam, sah sein wächsernes Gesicht, zum Himmel gewandt, als hätte er irgendein bedeutsames Ereignis gesehen, das er noch nicht ganz begreifen konnte.

»Weiß sie, worauf sie sich da eingelassen hat?«, fragte Cohen.

Flint schüttelte langsam den Kopf. »Ich weiß nicht.« Er presste sich die Knöchel einer Faust gegen den Mund.
Cohen sagte: »Sie braucht Hilfe, John«, und Flint nickte und wartete, bis er sprechen konnte.
»Sie ist Harling auf der Spur … Ich habe ihr Geld gebracht, und sie hat mich gebeten, ihr einen neuen Pass zu besorgen … Ich hab ihn bei irgend so einem Gauner gekauft, von dem sie wusste, ein Bursche in einer Bar, jemand namens Klaus. Sie wollen bestimmt alles wissen.«
»Bitte.«
»Aber Sie können sie nicht mehr aufhalten, es ist zu spät. Sie hat Amsterdam eine Stunde vor mir verlassen. Direktflug nach Istanbul, dann mit dem Anschlussflug nach Antalya, von dort mit der Fähre nach Nord-Zypern … Kyrenia, glaube ich. Wo Harling ist … Wie es aussieht.«
»Oh Gott.«
»Ich weiß.« Flint lächelte matt. »Ein nicht anerkannter Staat und so weiter. Nicht leicht für Sie.«
»Nein.«
»Sie wissen ja, wo das Telefon steht.«
Und wo kriege ich jetzt ein Wunder her?, dachte Cohen.

Neuntes Kapitel

I

Das Foto von Frank Harling war drei Jahre alt, und selbst als es noch aktuell war, hatte es zu viele Unzulänglichkeiten, um jemanden damit eindeutig zu identifizieren. Es handelte sich um ein unterbelichtetes Überwachungsfoto, aufgenommen in einem Nachtclub im Londoner West End. Auf dem unbearbeiteten Original war noch zusätzlich eine Frau zu sehen gewesen – vermutlich eine Animierdame –, die dicht neben Frank saß und oberhalb der Taille so gut wie nichts trug. Er hatte ihr einen Arm um die Schultern gelegt, zog sie an sich, starrte mit übertrieben staunenden Augen auf ihre Brüste, wohl zur Belustigung der anderen Tischgenossen, wer auch immer die waren. Aus dem Kontext gerissen, ohne die Frau, die abgeschnitten worden war, sah er mit seinem weit geöffneten Mund und den glotzenden Augen einfach lächerlich aus und ganz und gar nicht so, wie Flint ihn in Erinnerung hatte.

Ich will nicht mit Ihren Freunden sprechen. Harling zu Buller, aber mit Blick auf Flint, die Lippen zusammengepresst, die Augen hinter getönten Gläsern verborgen. *Wissen Sie, wer die sind? Das sind Bullen.*

Dennoch war das Foto alles, was sie damals gehabt hatten, dasjenige, das im Fernsehen veröffentlicht worden war, nachdem man sie auf einer Trage aus dem Treppenhaus abtransportiert hatte. Und es war alles, was sie jetzt hatte, das einzige Bild von

ihm, das sie den braven Bürgern von Kyrenia zeigen konnte: »Ich suche diesen Mann.«
Sie versuchte, sich vorzustellen, wie er sich inzwischen verändert haben könnte.
Wahrscheinlich hatte er ein paar Kilo zugelegt, dachte sie. Frank war kein Kostverächter, ja, er galt als Bonvivant, wie die Polizei herausgefunden hatte, und er war nicht gerade unterernährt, als sie in dem Treppenhaus seine Bekanntschaft machte – breite Brust, dicke Arme, Bauchansatz, leichtes Doppelkinn. Seitdem war er die meiste Zeit in Italien gewesen, hatte es sich in der Villa Donati gut gehen lassen. Die Italiener sagten, er habe zurückgezogen gelebt, fast alle anfallenden Arbeiten selbst erledigt, aber das hieß nicht, dass er am Hungertuch genagt hatte. Sie konnte ihn sich in seiner Küche vorstellen, Pasta im Topf, Sahnesauce in der Mache, ein Fläschchen Rotwein dazu – und zum Teufel mit den Kalorien. Nein, der Mann, den sie suchte, war kein schlanker Frank, kein Diät-Frank, wohl kaum. Dessen war sie sich ziemlich sicher.
Sie dachte an das Gesicht, das sie nie vergessen würde.
In dem Treppenhaus – wie auch auf dem Bild aus dem Nachtclub – hatte er Koteletten gehabt und einen Schnurrbart, der an den Mundwinkeln ein kleines bisschen nach unten gebogen war. Während er untergetaucht war, hatte er beides abrasiert, und auf dem Foto, das sie in Ellis gefunden hatte – in dem Pass, den der MI5 ihm besorgt hatte –, hatte sein Gesicht schmaler gewirkt. Ohne den schützenden Schnurrbart, hatte sie gedacht, war seine Oberlippe zu dünn für die vorspringende Nase und die breite Stirn, was ihm ein schnabelartiges Raubvogelaussehen verlieh, als wäre sein Gesicht irgendwie kopflastig, aus dem Gleichgewicht. Frank brauchte einen Schnurrbart, um seinem

Gesicht Charakter zu verleihen, das wusste er bestimmt. Sie fragte sich, ob seine Eitelkeit stärker war als seine Vorsicht.

Und, apropos Eitelkeit, was war mit seinem Haar? Auf dem Passfoto war deutlich zu sehen, dass die Drossel ihr Bestes getan hatte, um den dünner werdenden Haaransatz zu verbergen, die beginnende Glatze, die Flint im Treppenhaus gesehen und auf die sie den Blick geheftet hatte: ein Erkennungsmerkmal, wie es in der Polizeisprache hieß, ein Merkmal, das ein Gesuchter nicht so ohne weiteres verändern kann. Aber Drossel hatte auf verlorenem Posten gestanden, und inzwischen hatte Frank sicherlich eine glänzende Platte – oder vielleicht ein Toupet. Würde Frank ein Toupet tragen? Irgendwie bezweifelte sie das.

Über die Augen wusste sie nicht viel, da sie die nie deutlich gesehen hatte. Selbst auf dem Passfoto trug Frank eine getönte Brille. Und nach Flints Ansicht waren Augen ohnehin kein gutes Erkennungsmerkmal. Die Augenform war zu leicht veränderbar, und die Augenfarbe noch leichter. Sie selbst hatte eine Sammlung von Kontaktlinsen, die fast die ganze Palette abdeckte.

Erheblich verlässlichere Merkmale waren seine Körpergröße und -haltung. In dem Treppenhaus hatte er Schuhe mit ziemlich hohen Absätzen getragen, ähnlich wie die Schuhe, mit denen Buller ihr das Gesicht zu Brei getreten hatte. Aber daran wollte sie nicht denken, jetzt nicht. Wenn sie beide barfuß und Kücken an Rücken ständen, wäre sie bestimmt fünf, vielleicht sieben Zentimeter größer als er.

So, damit hätten wir's, Frank Harling. Du bist klein, fett, glatzköpfig und hässlich – und du kannst dich nicht vor mir verstecken.

Nachdem sie das Ungeheuer in Gedanken somit auf bewältigbare Dimensionen reduziert hatte, schlief sie in Zimmer 309 des

Dome Hotels einen traumlosen Schlaf, die Fenster zum Meer hin geöffnet, Franks Foto auf dem Nachttisch, um sie in der Vorstellung zu bestärken, dass er in ihrer Nähe war. Ganz nah. Sie konnte es spüren.

Am ersten Abend mit ihrem Vater in Amsterdam – nachdem sie sich die Tönung aus dem Haar gewaschen und das aufgeklebte Tattoo entfernt hatte – waren sie in ein indonesisches Restaurant gegangen, und sie hatte ihm einiges von dem erzählt, was sie über das UNTERNEHMEN wusste, sowie einiges von dem, was ihr zugestoßen war. Die meisten Einzelheiten ersparte sie ihm, weil sie die Gefahren ihrer Arbeit ihm gegenüber schon immer heruntergespielt hatte. Er machte das Spiel wie immer mit, indem er so tat, als würde er ihr glauben. Bei ihren harmlosen Scharaden war stets Hilfe in der Nähe, die Ausrüstung einwandfrei, Grace' Zielpersonen ungefährlich. Bis auf das eine Mal natürlich, in einem Treppenhaus in Belgravia, denn was dort passiert war, ließ sich beim besten Willen nicht verharmlosen. Im gegenseitigen Einvernehmen wurde diese außergewöhnliche Anomalie niemals erwähnt.

Sie belog ihren Vater hauptsächlich durch Weglassen. Daher war es in ihrer beschönigten Version der Ereignisse auf den Lawrence Islands völlig ausgeschlossen, dass sie jemals in der Lear hätte sitzen können, als die Maschine durch eine Bombe vom Himmel geholt wurde, und es hatte auch nie ein Telefonat mit Cutter gegeben, in dem sie wütend und enttäuscht gegen seine Entscheidung protestierte, sie auf anderem Wege nach Hause zu schicken.

Ebenso erwähnte sie in ihrer Schilderung der Pariser Ereignisse zwar, dass sie im Club Elégance ein aufreizendes Kleid getragen hatte, um Mario Silva zu ködern – und über die Episode mit Gilles und der Amazone musste ihr Vater lauthals lachen –, aber kein Wort über ihre Nacht in Marios Wohnung. Anhand dessen, was er erfuhr – und nicht hinterfragte –, musste John Flint einfach annehmen, dass sie sich irgendwie Einlass in Marios Wohnung verschafft und das Videoband gefunden hatte, *nachdem* er nach Zürich abgereist war.

Nichts hätte jedoch über die Schwierigkeiten hinwegtäuschen können, in denen sie steckte. Sie wurde gejagt, sie war allein, und er wusste es – natürlich! –, und die würgende Angst, die er empfand, brannte in seinen Augen. Sie hatte sich die größte Mühe gegeben, ihm verständlich zu machen, dass der Alptraum ein für allemal ein Ende hätte, wenn sie Harling bloß finden könnte – und sie *würde* ihn finden.

»Aber eins versteh ich nicht, Schatz«, hatte er gesagt. »Falls du ihn findest – *wenn* du ihn findest –, was in aller Welt hast du dann vor?«

Gute Frage. Denn in ihren klarsichtigen Augenblicken – wenn die bohrende Stimme in ihrem Kopf sie zwang, sich der kalten, nackten Wahrheit zu stellen – wusste sie, dass Frank Harling sich ihr nicht einfach ergeben würde, nicht in einer Million Jahre. Sie könnte bis in alle Ewigkeit mit ihm reden – versuchen, ihn zur Vernunft zu bringen, ihn davon zu überzeugen, dass er sich stellen musste –, und aller Wahrscheinlichkeit nach würde er ihr ins Gesicht lachen, ihr das Gesicht eintreten, wenn er konnte. Das sagte sie ihrem Vater nicht.

»Dann rede ich ihn unter den Tisch«, log sie. Und als ihr Vater nicht verstand, was sie meinte, fuhr sie fort: »Als ich noch ein ganz kleiner Cop war, erst so groß« – und sie hielt zwei Finger im geringen Abstand auseinander und spähte mit schief gelegtem Kopf durch den Spalt, was ihr ein schwaches Lächeln einbrachte –, »hab ich mal ein paar Halbstarke verfolgt, ich weiß nicht mehr, warum ... Jedenfalls, da war ein Mädchen dabei – höchstens vierzehn Jahre alt – und die Kleine stieg auf das Dach eines alten Lagerhauses, ich bin ihr nach, und ich hatte Angst, dass sie springen würde. Weißt du nicht mehr? Ich bin sicher, dass ich dir die Geschichte erzählt habe.«

Er hatte sie verständnislos angestarrt, und sie hatte gedacht, *Nein, wahrscheinlich nicht: zwanzig Meter über der Erde, pechschwarze Nacht, eisiger Regen auf den Dachpfannen und ein Mordsbrocken von Teenager mit einem Messer.*

»Also hab ich über Funk Verstärkung angefordert, und der Sergeant im Revier hat gesagt, ich soll sie dazu bringen runterzukommen. Ich hatte keinen Schimmer, was ich ihr erzählen sollte.« Sie hatte mit einer Hand ein Funkgerät imitiert und es sich an den Mund gehalten. »Rausch, rausch, rausch, rausch. ›Wie denn, Sergeant? Was soll ich sagen?‹ Rausch, rausch« – dann hatte sie mit rauer Stimme weitergesprochen – »›Ihnen fällt schon was ein, Flint.‹ Rausch, rausch. ›Sie sind doch sonst weiß Gott nicht auf den Mund gefallen.‹ Unverschämter Knilch.« Als ihr Vater lachen musste, hatte sie einen beleidigten Blick aufgesetzt.

»Quassel, quassel, quassel. Ich hab einfach drauflosgeredet. Ich hab mir vorgestellt, sie wäre Ollie, wir wären wieder in der Schule, und wir wären ins Bett geschickt worden – weil wir mal wieder was ausgefressen hatten –, und ich hab ihr ein Loch in den Bauch geredet. Geredet wie ein Wasserfall. Was mir gerade so einfiel. Schließlich hat sie mich förmlich angefleht, sie runtersteigen zu lassen.«

Nach vier Stunden auf einem Sims, der zu schmal war, um darauf zu sitzen, ich starr vor Kälte, unfähig, mich zu rühren. Sie ist die

Leiter runtergeklettert, behände wie ein Affe. Und mich mussten sie schließlich von dem Dach holen – aber das ist eine andere Geschichte, lieber Daddy.

»Gracie, du glaubst doch wohl nicht, dass du Harling auf einem Dach finden wirst.«

»In gewisser Weise schon«, hatte sie gesagt. »Er steckt nämlich in der Klemme, Dad – ich zwar auch, aber er weiß nicht mehr weiter. Er kann nirgendwo anders mehr hin, er hat niemanden, an den er sich wenden kann. Ich habe eine ganze Armee von Leuten, zu denen ich kann, sobald ich weiß, wer korrupt ist und wer nicht. Er dagegen hat seine Freunde verraten, als er diese eidesstattliche Erklärung abgegeben hat, verstehst du, und das weiß er, auch wenn die es nicht wissen – noch nicht. Sobald sie es erfahren, werden sie ihn töten. Seine einzige Chance ist es, sich mir zu stellen, bevor sie es herausfinden. Aber eins muss ich wissen: Wer hat ihm den Wink mit Ellis gegeben? Wer hat ihm gesagt, er muss verschwinden?«

»Und du glaubst, das wird er dir sagen?«

»Ja. Ich rede so lange auf ihn ein, bis er mich anfleht, es mir sagen zu dürfen.«

Ach, wirklich?

Sie hatte die Stimme verdrängt, dem Blick ihres Vaters standgehalten und die Hand an den Mund gelegt. »Rausch, rausch. ›Sie könnten doch in der englischen Labernationalmannschaft spielen, Flint.‹ Rausch, rausch.«

»Und wenn er nicht auf dich hört, Grace?«

Dann tu ich, was ich tun muss.

Und das wäre?

Ruhe!

»Das wird er, Dad«, hatte sie gelogen.

11

Es waren keine vernünftigen Stadtpläne von Kyrenia zu kriegen – eine militärische Vorsichtsmaßnahme, vermutete Flint. Zwei türkische Fregatten lagen jenseits der Hafenmauern vor Anker, und auf der Küstenstraße hatte sie türkische Armeepatrouillen gesichtet, die mit Ölfässern Sperren errichteten. Auf der griechischen Seite von Zypern drohte man, Boden-Luft-Raketen aus russischer Herstellung aufzustellen, und die Türken drohten im Gegenzug, sie zu bombardieren.

Typisch Frank, dachte sie. Kaum fünf Minuten hier, und schon löst er einen Krieg aus.

Der Stadtplan, den sie im Hotel gekauft hatte, war handgemalt und mit Wasserfarben koloriert. Auf einem pastellfarbenen Meer waren Spielzeugsegelboote zu sehen und bunt geringelte Schirmchen kennzeichneten die Strände. Falls die Karte einigermaßen maßstabsgetreu war, dann war die International Hotel and Catering School das größte Gebäude in Kyrenia.

Die Karte würde reichen müssen. Beim Frühstück auf der Terrasse des Dome Hotels zog sie einen groben Kreis um die Ränder der Stadt und unterteilte ihn in Quadranten, die sie nacheinander absuchen würde, angefangen mit dem Teil, in dem sich die meisten Touristenattraktionen von Kyrenia befanden – zu deren Besuch sie und Jamie sich nie hatten aufraffen können.

Sie glaubte allerdings nicht, dass Frank sich als Tourist ausgab. Reicher Ruheständler passte als Tarnung eher zu ihm: nur einer von vielen britischen Müßiggängern, die von der einmaligen Ruhe, den kühlenden Brisen und der Steuerfreiheit Kyrenias angelockt wurden.

Sie ging auf ihr Zimmer und zog sich für die Sonne um: Turn-

schuhe, Shorts, ein weites Baumwollhemd mit Ärmeln, die sie aufkrempeln konnte, wenn es zu heiß wurde, Schlapphut mit Krempe, die ihren Nacken schützte – oder möglichst viel von ihrem Gesicht verbarg, falls erforderlich. Sie musterte sich im Spiegel und fand, dass sie harmlos aussah, ja regelrecht ulkig, eine typische Touristin mit einem albernen Hut.
Nachdem sie ihre Wertsachen im Hotelsafe deponiert, Franks Foto in die Tasche ihrer Shorts gesteckt hatte, verließ sie das Hotel und ging Richtung Hafen.

»Sie suchen einen Mann? Wie wär's denn mit mir?« oder »Sie haben ihn gefunden« oder »Sie brauchen einen richtigen Mann« – langsam hatte sie die Nase voll von den dummen Sprüchen. Sie zeigte das Foto jedem, den sie für viel versprechend hielt – Taxifahrer, die Frank vielleicht mal gefahren hatten, Kellner, die ihn vielleicht mal bedient hatten –, und bei jedem Dritten sah sie das anzügliche Grinsen auf dem Gesicht und wusste, was kam. In einer schummrigen Kneipe in einer Seitenstraße, unter dem obligatorischen Porträt von Präsident Denktasch, war sie sogar von einem Schwachkopf belästigt worden. Er hatte sie arm Arm festgehalten, anzüglich gefragt: »Willst du dich amüsieren?«, und sie hatte ihm unter Einsatz ihres Knies beibringen müssen, dass nein bei ihr nein bedeutete.
Es war zwei Uhr durch, und sie war seit über vier Stunden unterwegs, ohne dass Harlings Foto bei irgendwem auch nur das geringste Anzeichen von Wiedererkennen auslöste, und außerdem war es einfach zu heiß für diesen Frust. Sie ließ sich an einem der leeren Tische unter Sonnenschirmen am Hafen in einen Korbstuhl plumpsen. Fast alle Tische waren leer – vermutlich die Folge der Kriegsgerüchte.

Als sie mit Jamie hier war – abends, auf den Tischen Kerzen, die fröhlich wie Sterne flackerten –, hatten sie manchmal warten müssen, bis sie einen Platz zugewiesen bekamen. Sie erinnerte sich an einen bestimmten Abend, an dem sie fast eine Stunde lang am Kai gesessen hatten, die nackten Füße im Wasser baumelnd, Händchen haltend, herumalbernd. Sie hatte ihn gefragt, was er unter »Liebe« versteht, und er hatte als Antwort den heiligen Augustinus falsch zitiert, der das Rätsel der Zeit ergründen wollte: »Wenn niemand mich danach fragt, weiß ich, was Liebe ist, aber wenn du mich fragst, kann ich es nicht sagen.« Tja, das war Jamie, wie er leibt und lebt. Sie hätte es wissen müssen.

Ein Kellner mit einem traurigen, schiefen Lächeln holte sie mit seiner Frage, was er ihr bringen dürfe, in die Gegenwart zurück. Er wirkte nicht wie ein Schwachkopf, und sie riskierte es, ihm das Foto zu zeigen, beobachtete sein Gesicht, während er Franks Bild studierte. Er sagte: »Vielleicht … ich bin nicht sicher. Zu viele Leute kommen«, und sie sagte: »Heute aber nicht«, und dankte ihm für seine Mühe.

Sie bestellte Salat und eine Flasche Wasser, und als der Kellner gegangen war, nahm sie ihren Hut ab und schüttelte sich das Haar. Eine optimistische Katze kam zu ihr – leckte sich unterm Tisch das Fell –, und Flint dachte an ihren Vater, der in seiner Praxis auf ihren Anruf wartete.

»Versprich es«, hatte er am Flughafen gesagt. »Versprich mir, dass du anrufst.«

»Sobald alles vorbei ist.«

Tja, gemessen daran, was sie an diesem Vormittag erreicht hatte, konnte das noch eine Weile dauern, und sie wusste, dass es nicht eine Sekunde geben würde, in der nicht die Angst um sie an ihm zerrte. Schon um seinetwillen beschloss sie, sich gleich nach dem

Essen wieder aufzumachen. Es war wie eine Haus-zu-Haus-Befragung: Man konnte an zig Türen klopfen, ohne dass man die Antwort bekam, die man brauchte, aber man musste weitermachen, weiter an jede Tür klopfen, denn man konnte seine Pension darauf verwetten, dass man, wenn man auch nur ein Haus ausließ, dort seine Antwort bekommen hätte.
»Ich suche diesen Mann« – und scheiß auf die Casanovas. Sie würde Harlings Foto falls nötig jeder Menschenseele in Kyrenia zeigen. Falls es nicht anders ging.

Nachmittagsschicht, und sie klapperte systematisch die Straßen ab: von Kneipe zu Kneipe, von Geschäft zu Geschäft, von Postamt zu Bank. Sie sprach jeden Taxifahrer an, dem sie über den Weg lief, jeden Polizisten, sogar eine Gruppe herumlungernder Soldaten.
Niemand erkannte Harling, zumindest gab niemand es zu, und sie fragte sich langsam, ob er sein Aussehen radikal verändert hatte. Vielleicht hatte die Drossel – in ihrem eifrigen Bemühen, ihn unerkennbar zu machen – ihm empfohlen, sich nach seiner Flucht einer kosmetischen Operation zu unterziehen? Vielleicht hatte irgendein Michelangelo mit Skalpell für Frank eine Maske geschaffen, wie sie es für sie selbst getan hatten? Falls ja, würde nicht mal sie ihn erkennen, so nah sie ihm in dem Treppenhaus auch gewesen war.
Ihr kam der Gedanke, dass sie ihn auf der Straße ansprechen und ihm das Bild seines früheren Gesichts hinhalten könnte – »Entschuldigen Sie, kennen Sie diesen Mann?« –, ohne zu ahnen, dass sie Frank Harling bat, sich selbst zu identifizieren.
Bis er etwas sagen würde. Dann würde sie es wissen. Wenn er nicht seinen Akzent *und* seinen Dialekt *und* seine typische

Sprechweise *und* sein Timbre verändert hatte, würde sie es wissen.
Bringen Sie's zu Ende, Buller. Verdammt noch mal, nun machen Sie schon.
Sie konnte jetzt die Stimme hören, jede einzelne Silbe nachahmen.
Am frühen Abend, kurz vor Geschäftsschluss, eilte sie in die einzige Bank, in der sie noch nicht gefragt hatte, und einen Moment lang stockte ihr der Atem, weil sie glaubte, am Ziel zu sein. Als der Angestellte hinter dem Schalter das Foto studierte, meinte sie, irgendetwas in seinen Augen zu sehen, irgendetwas Flüchtiges, das ihre Antennen in Schwingung versetzte. Er fragte beiläufig – vielleicht zu beiläufig – »Wie ist sein Name?«
Da sie nicht wusste, welchen Namen Harling benutzte, konnte sie dem Angestellten nur ihr Lächeln anbieten, das Lächeln einer sitzen gelassenen Frau. »Das hat er mir nicht gesagt«, erwiderte sie und senkte die Augen, um ihre Verlegenheit zu signalisieren. Er dachte über ihre Antwort nach und gab ihr dann das Foto zurück. »Nein, den hab ich noch nie gesehen.«
»Sind Sie sicher?«
»Absolut«, sagte er – und sie wusste, dass er log.
Nachdem er sie aus der Bank gescheucht und die Tür abgeschlossen hatte, beobachtete er sie durch das Fenster, bis sie weiterging. Sie überlegte sich alle möglichen verrückten Dinge, die sie tun könnte: ihm folgen, herausfinden, wo er wohnte, sich seine Telefonrechnung mit den aufgeführten Gesprächen besorgen, mit den Nachbarn reden, die Bank beobachten, rund um die Uhr, bis er sie zu Frank führte.
Ja klar! Du ganz allein.
Ihr plötzliches Hilflosigkeitsgefühl deprimierte sie, schwächte

ihre Willenskraft, und sie ging langsam zum Hotel zurück. Sie hatte das dringende Bedürfnis, zu duschen, sich umzuziehen, etwas zu trinken.

Was du brauchst, Flint, ist ein Wunder.

Ach, halt die Klappe!

Sie wurde wütend auf sich selbst. Das war mal gerade ihr erster Tag, verdammt noch eins! Was erwartete sie denn? Harling auf einem Silbertablett? Sie würde was dafür tun müssen, sich dranhalten, weitermachen, bis sie Erfolg hatte. So war es nun mal, so würde es sein, und es war reine Zeitvergeudung, sich selbst zu bemitleiden.

Sie zwang sich, schneller zu gehen, etwas forscher, den Rücken gerade zu halten. Sie kam am Hotel an und marschierte die Treppe hoch.

Abend, und sie war wieder am Kai, suchte die Leute, die zum Abendessen gingen, nach möglichen Franks ab. Sie hatte sich für einen Tisch fast unten an dem Hang entschieden, der von der Straße hinabführte, so dass sie einen guten Blick auf die anderen ankommenden Gäste hatte – wenngleich es nicht gerade viele waren. Kerzen brannten einsam auf überwiegend unbesetzten Tischen. Die Kellner schlugen die Zeit tot, sahen immer wieder auf die Uhr, als wollten sie den Abend beschleunigen.

Die hohe Stimme einer Frau sagte: »Lass mich in Ruhe!«

Flint blickte zu einem Tisch in der Nähe hinüber, an dem ein Paar saß, die Frau aufgebracht, während ihr Begleiter sie zu besänftigen suchte. Flint hatte ihn schon inspiziert. Seinem Äußeren nach war er ein Einheimischer, auffällig gut aussehend und ganz eindeutig nicht Frank Harling, es sei denn, er hatte sich einer Ganzkörpertransplantation unterzogen. Die Frau nahm die

Speisekarte und studierte sie wütend – fast so, wie Jamie sich im Orso hinter der Speisekarte versteckt hatte, weil er sich ihr Polizistengerede nicht länger anhören wollte. Der Mann griff nach der Hand der Frau, sie zog sie weg.

Merkwürdig, dachte Flint: Bis gegen Ende ihrer Beziehung hatten sie und Jamie sich nie gestritten – höchstens ab und an mal eine kleine Meinungsverschiedenheit gehabt. Sie hatte manchmal die Geduld mit ihm verloren, aber er hatte sie stets mit seiner gelassenen Art entwaffnet. Nach einem schlechten Arbeitstag war es gelegentlich vorgekommen, dass sie wegen einer Bagatelle Streit suchte, und dann sah er sie mit seinen feucht schimmernden Augen an, bis ihr fast der Kragen platzte, und sagte: »Ich liebe dich über alles« – oder so was in der Art –, und obwohl sie nicht davon abließ, ihn weiter zu provozieren, wehrte er sich nie. Sie war zu dem Schluss gekommen, dass ihn nichts und niemand aus der Ruhe bringen konnte.

»Nein«, sagte die Frau. »Ich hab gesagt, nein, und dabei bleibt es.«

Wann hatte er sich verändert?, fragte sie sich. Ganz sicher, nachdem Frank Harling in ihr Leben getreten war. Als sie im Krankenhaus lag, war Jamie einfach wunderbar gewesen, hatte sich freigenommen, wollte nicht von ihrer Seite weichen, obwohl er sie nicht berühren konnte – nicht mal ihre Hände halten konnte, weil die Finger gebrochen waren und alles so entsetzlich wehtat. Die Krankenschwestern redeten auf ihn ein, doch nach Hause zu gehen, aber er wollte nicht, und in den ersten zwei Nächten – bis sie schließlich klein beigaben und ihm ein Bett brachten – hatte er auf dem Fußboden geschlafen. Das heißt, wenn er überhaupt geschlafen hatte. Sie hatten ihr Beruhigungsmittel gegeben, um die Schmerzen zu lindern, aber sie wurde immer wieder wach, und irgendwie hatte er stets gewusst, wann sie aufwachen würde, so kam es ihr zumindest vor. Eine ihrer nachhaltigsten Erinnerungen – selbst jetzt noch – war die, dass sie halb wach seine Stimme ganz dicht an ihrem zerstörten Gesicht hörte, die all die beruhigenden Worte flüsterte, nach denen sie verlangte.

Die Frau sprach jetzt mit einem Kellner, bat ihn um etwas. Der Mann grinste sie an, und Flint kam der Gedanke, dass er vielleicht doch nicht ihr Begleiter war. Sie hatte einen typisch englischen, leicht arroganten Tonfall, und Flint kam zu dem Schluss, dass sie vermutlich eine Touristin war, die von einem Romeo angemacht wurde, der sich nicht abwimmeln ließ. Jetzt redete er, mit heftiger Gestik, und der Kellner zuckte die Achseln und ging. Die Frau wirkte entnervt, und Flint überlegte, ob sie sich einmischen sollte.

Häufig konnte sie nicht anders – es war instinktiv. Sie erinnerte sich an den ersten richtigen Streit mit Jamie, nachdem sie abends zusammen ausgegangen waren – das erste Mal seit Monaten und nur ins Kino, weil sie es nicht ertragen konnte, dass die Leute auf ihr verquollenes Gesicht starrten –, und auf dem Weg nach Hause hatte sie gesehen, wie drei Halbstarke ein junge Frau belästigten. Sie war schwarz, und die drei Burschen waren weiß, und sie beschimpften sie – »Dschungelhäschen« und »Dreckstück« und Schlimmeres –, und Flint hatte Jamies Arm losgelassen und die Straße überquert, die Sprühdose aus ihrer Tasche genommen – das Reizgas, das sie offiziell bei sich haben durfte für den Fall, dass Frank Harling wieder bei ihr aufkreuzte –, und sie hatte einem von ihnen ins Gesicht gesprüht. Keine volle Dosis, nur so viel, dass er glaubte, seine Augen würden brennen. Die anderen beiden hatten sich vor ihr aufgebaut, und einen Moment lang hatte sie gedacht, sie würden über sie herfallen – und sie hatte es sich sogar richtig gewünscht. Vielleicht hatten sie das in ihrem beängstigenden Gesicht gesehen, denn sie wichen zurück, nahmen ihren Kumpel mit und beschimpften sie erst, als sie in sicherer Entfernung waren.

Als sie nach Hause kamen, war Jamie aus der Haut gefahren, wütender, als sie ihn je erlebt hatte.

»Herrgott noch mal! Einmal reicht dir wohl nicht. Willst du, dass man dich umbringt?«

»Ich bin Cop, Jamie. Das ist mein Job. Dafür bin ich da. Weißt du noch – die Bürger beschützen, für Ruhe und Ordnung sorgen?«

»Du bist krankgeschrieben, verdammt. Kannst du nicht einmal vergessen, dass du … Kannst du nicht einfach mal fünf gerade sein lassen?«

Nein, das konnte sie nicht. Sie hätte Jamie erklären können, dass sie immer einen Zwang verspürte einzugreifen, weil sie nicht zur Stelle gewesen war, um ihrer Mutter zu helfen. Aus diesem Grund war sie zur Polizei gegangen. Noch ehrlicher wäre jedoch gewesen, wenn sie gesagt hätte, dass sie zur Polizei gegangen war, damit sie sich würde einschalten *müssen,* und irgendwann würde sie es zu weit treiben und richtig schwer verletzt werden – sehr viel schwerer, als Buller sie verletzt hatte. Dann endlich würden sich vielleicht die Schuldgefühle auflösen, die sie wegen ihrer Mutter hatte.

Aber er hätte darauf gesagt: »Grace, du warst sechs Jahre alt, verdammt noch mal!« – oder irgend so was in der Art, und sie hätten sich im Kreis gedreht, während sie versucht hätte, ihm etwas zu erklären, das er niemals verstehen wurde. »Du hättest ja was machen können, Jamie«, sagte sie stattdessen – und das brachte

ihn auf die Palme, weil er meinte, sie würde ihn einen Feigling nennen, was sie in gewisser Weise auch tat. Selbst er ließ sich irgendwann doch von etwas aus der Ruhe bringen.
Ein weiterer Mann war an den Tisch der Frau gekommen – der Restaurantbesitzer, vermutete Flint –, und er hörte sich ihre Beschwerden an. Flint schnappte ein paar Fetzen auf – »… mich doch in Frieden lassen … belästigt mich seit Monaten … ihn vor die Tür setzen« – und dann wurde Romeo wütend und sprang auf. Der Besitzer brüllte ihn an, und er brüllte zurück, und Flint rechnete schon damit, dass sie gleich aufeinander losgingen.
Dann machte Romeo einen Rückzieher, drehte sich auf dem Absatz um und marschierte in Flints Richtung. Auf halbem Wege drehte er sich um und rief irgendetwas auf Türkisch, das ziemlich beleidigend klang, aber die Frau ignorierte ihn. Sie studierte erneut die Speisekarte, zitternd vor Wut oder Angst.
Belästigt mich seit Monaten, hatte sie gesagt, und in Flints Kopf überschlugen sich die Gedanken. Hieß das, *ich wohne hier?*
Als sie sicher sein konnte, dass Romeo fort war, nahm Flint die Weinflasche, die sie kaum angerührt hatte, stand auf und ging zu der Frau an den Tisch.
»Hi«, sagte sie. »Ich dachte, Sie könnten vielleicht einen Schluck gebrauchen?«
»Was?« Die Frau funkelte sie an. Sie war Anfang vierzig, schätzte Flint, mit einer glänzenden Haut, die verriet, dass sie zu viel Zeit in der Sonne verbrachte. Ihr Haar war streng nach hinten gekämmt, was die hohen Wangenknochen und den langen Hals betonte. Sie trug ein altes Hemd, Chino-Pants und Tennisschuhe und so gut wie keinen Schmuck, als würde sie nicht viel auf

ihr Äußeres geben. Aber Flint konnte sehen, warum Romeo sie attraktiv fand. Sie hielt die Flasche hoch und sagte: »Ich hab mitgekriegt, was hier los war. Ich hab gedacht, wenn er wiederkommt, könnte ich ihn festhalten, und Sie könnten ihm hiermit eins überbraten – obwohl es schade um den Wein wäre.«

Die Frau sagte: »Wird wohl nicht nötig sein, aber trotzdem, danke.«

»Keine Ursache.«

»Ich geh besser nach Hause.«

»Okay.«

Flint drehte sich schon um, als die Frau sagte: »Ich möchte nicht unhöflich sein.«

»Kein Problem. Wenn Sie keine Gesellschaft wollen …«

Ein Zögern und dann: »Ich heiße Stella. Stella Montague.«

»Gillian Stone«, sagte Flint. »Aber Jill ist mir lieber.«

»Ich wollte eigentlich in Ruhe was essen, aber dieser …«

»Idiot?«, schlug Flint vor. »Arschloch? Wichser?«

»Alles zusammen«, sagte Stella, »und noch mehr.«

Flint sah, dass die Anspannung allmählich von ihr abfiel.

»Haben Sie schon gegessen?«

Flint zuckte die Achseln. »Ich weiß nicht, ob ich Hunger hab.«

Sie dachte einen Moment darüber nach, und dann sagte sie: »Okay, wenn Sie was essen, ess ich auch was. Aber vorher …« Sie schwenkte die Flasche.

»Ja«, sagte Stella. »Ich kann einen Schluck gebrauchen.«

Stella Montague war verfrüht Witwe geworden, nachdem ihr Mann auf der Autobahn M4 bei einer Massenkarambolage im Nebel ums Leben gekommen war.

»Er ist einfach immer zu schnell gefahren«, sagte sie objektiv.

»Man konnte kaum die Hand vor Augen sehen, und er ist gebrettert, was das Zeug hält – der Blödmann.«

Sie neigt nicht gerade zur Gefühlsduselei, dachte Flint.

Stella sagte, dass sie England vor einem Jahr hauptsächlich aus Steuergründen verlassen und sich mehr oder weniger aus einer Laune heraus für Kyrenia entschieden hatte. Man konnte billig leben und das Klima war phantastisch, aber ehrlich gesagt war es ein ödes Kaff. Außerdem voller Engländer. Es gab ein englisches Pub, ein englisches Geschäft, eine englische Schule und, ja – ob Sie's glauben oder nicht – eine englische Kirche.

»Wirklich?«, sagte Flint, als ob sie keine Ahnung hätte. »Und unternehmen Sie schon mal was mit denen?«

»So wenig wie möglich. Na ja, ich spiel gern Bridge, und es gibt hier einen Club, in dem vor allem Engländer verkehren, aber das ist eigentlich auch schon alles. Ich hab mich soweit ich kann an das Leben der Einheimischen angepasst.«

Bald nach ihrer Ankunft hatte Stella angefangen, Türkisch zu lernen – dabei hatte sie indirekt Ahmet kennen gelernt.

»Ahmet?«

Stella deutete mit dem Kinn Richtung Straße.

Er hatte eine Autowerkstatt, und sie brauchte ein Auto, weil die Frau, die ihr dreimal die Woche Türkischstunden gab, ein gutes Stück entfernt in den Bergen wohnte und Stella es satt hatte, Unsummen für Taxis auszugeben, die sie dann zwei Stunden vor dem Haus warten lassen musste, während sie sich mit den Tücken einer Sprache herumschlug, die anscheinend mehr Vokale als Konsonanten hatte und ohne grammatikalisches Geschlecht auskam. Jedenfalls hatte Ahmet ihr einen kleinen Ford verkauft, der in ganz anständigem Zustand war, und sie war noch zweimal wieder in der Werkstatt gewesen, um Kleinigkeiten reparieren zu lassen. Dabei waren sie ins Plaudern gekommen, und eins hatte zum anderen geführt.

»Wir hatten ein Techtelmechtel, was ganz nett war, und dann fand ich heraus, dass er verheiratet ist. Mir hat das nicht das Geringste ausgemacht, aber der Idiot hat es seiner Frau erzählt oder sich so blöd angestellt, dass sie dahinter gekommen ist, und plötzlich kriegte ich von einer hysterischen Frau einen Anruf und musste mich auf übelste Weise beschimpfen lassen.«

Stella zog die Augenbrauen hoch, als wollte sie sagen, die hätten Sie mal hören sollen.

»Ich hab nur die Hälfte von dem verstanden, was sie gesagt hat, aber kurz darauf stand sie vor meiner Tür und jammerte herzzerreißend und zeigte mir Fotos von den Kindern. Da hat's mir gereicht. Ahmet war zwar gut, aber so gut nun auch wieder nicht. Also hab ich zu ihm gesagt, er soll sich verziehen. Aber er ließ sich nicht abwimmeln. Das ist zwei, drei Monate her, und er lässt mich noch immer nicht in Frieden.«

»Hat er Sie bedroht?«

»Gott, nein. Im Gegenteil. Ewige Liebe. Er will seine Frau und all die kleinen Ahmets verlassen. Ich sage Ihnen, ich bin mit meinem Latein am Ende.«

»Können Sie nicht zur Polizei gehen?«

»Das soll wohl ein Witz sein.«

Flint wollte schon argumentieren, aber sie riss sich am Riemen. Cutter hatte einmal zu ihr gesagt: »Sie sind deshalb so gut, Flint, weil Sie nie vergessen, welche Rolle Sie spielen.«

»Ja, vermutlich haben Sie Recht«, sagte sie. »Sie haben sich von ihm vögeln lassen, also wo ist das Problem? Cops geben sich nicht gern mit Feinheiten ab.«

»Das hört sich an, als sprechen Sie aus Erfahrung.«

»Ich bin mal vergewaltigt worden. Das Problem war, ich hab mit dem Typen fast ein Jahr zusammengelebt – in gewisser Weise auch noch zu der Zeit, als er das gemacht hat –, also wie kann so was Vergewaltigung sein, richtig?«

Stella zündete sich eine Zigarette an. »Sind Sie deshalb hier?«

»Irgendwie schon. Ich hab da eine Frage.«

In Stellas Augen lag plötzlich Argwohn, als hätte sie plötzlich Grund, misstrauisch zu sein.

»Ich suche einen Engländer, und ich dachte gerade, dass Sie ihn vielleicht kennen.«

»Wie heißt er?«

»Als ich ihn kennen lernte, hieß er Harling. Frank Harling.«

Stella blickte sie ausdruckslos an. »Tut mir Leid. Sagt mir nichts, aber das ist eigentlich kein Wunder. Wie ich schon sagte, ich halte mich von meinen Landsleuten hier ziemlich fern.«

»Ja, sehr wahrscheinlich nennt er sich auch nicht mehr Frank Harling. Offenbar wechselt er seinen Namen so häufig wie seine Unterwäsche.«

»Sie sind schwanger, nicht wahr?«

»Ich bin nicht hergekommen, um ihm die Hölle heiß zu machen«, sagte Flint. »Ich will nur mit ihm reden.«

Stella zuckte die Achseln, als wollte sie sagen, dass sie das Ganze nichts anging.

Flint sagte: »Sagten Sie nicht, unter den Leuten, mit denen Sie Bridge spielen, sind einige Engländer?«

»Die meisten.«

»Ich habe ein Foto von Frank. Wenn ich es in Ihrem Klub rum zeigen würde, erkennt ihn vielleicht jemand.«

Was du brauchst, Flint, ist eine Armee. Eine ganze Armee von ausgewanderten Engländern.

»Möglich.« Stella schien ihre Zweifel zu haben, aber dann sagte sie: »Wir spielen morgen Abend. Kommen Sie doch hin.«
Flint nickte. »Ich habe nichts zu verlieren. Wo ist das?«
»Wo wohnen Sie?«
»Im Dome Hotel.«
»Ich hole Sie ab. So gegen sechs.«
Flint lächelte dankbar. »Verschwinden wir von hier. Wo steht Ihr Wagen?«
»Direkt oben am Hügel.«
»Ich bringe Sie hin.«
Sie teilten sich die Rechnung und gingen den Hang am Hafen hoch zu einer schmalen, dunklen Straße, wo ein kleiner Ford parkte, und als Stella mit den Schlüsseln hantierte, hörte Flint hinter sich ein Geräusch. Sie fuhr herum, ging in die Hocke und sah, wie Ahmet sich auf sie stürzte. Sie trat zu und erwischte ihn an der Kniescheibe und hörte ihn vor Schmerz aufheulen, doch in seinem Schwung riss er sie mit zu Boden und landete auf ihr. Sie kämpfte wie eine Löwin, langte nach seinen Augen, und als sie auf ihm war, spürte sie plötzlich einen Stich im Rücken und eine jähe Hitzewelle, die ihr die Wirbelsäule hinaufschoss, und einen Schmerz, der in ihrem Kopf explodierte. Dann hob jemand sie hoch, jemand öffnete eine Autotür.
»Hat sie Probleme gemacht?« Eine Stimme, die sie eindeutig wiedererkannte.
»Nein«, sagte Stella. »Sie konnte es nicht erwarten, dich zu sehen.«
»Blöde Kuh«, sagte Frank Harling.

III

Die rechte Tragfläche senkte sich jäh, als die Maschine sich zum Landeanflug auf Ercan in die Kurve legte, und Cohen bekam eine plötzliche Angstattacke. Selbst unter besten Bedingungen war er ein nervöser Passagier, und die herrschten jetzt – auf einem Flug der Turkish Airlines – ganz eindeutig nicht. Als er sechzehn war, hatte sein Vater ihn mit nach Paris zu einem Rugbyspiel zwischen England und Frankreich genommen, und wenn sie nicht in dem Freudentaumel nach dem Match die Zeit vergessen und ihre Maschine verpasst hätten, wären sie ohne Zweifel unter den 346 Toten in der türkischen DC-10 auf dem Flug nach London gewesen, die in den Wald bei Ermenonville gestürzt und in eine Million Stücke zerrissen worden war. Danach hatte Cohen aus morbider Neugier den Bericht eines Gendarmes gelesen, der nur allzu anschaulich schilderte, welches Bild sich ihm an dem Sonntagnachmittag in jenem Wald bot wie Verdun nach der blutigsten Schlacht –, und es war Cohen nie gelungen, die Turkish Airlines von Assoziationen an grauenvolle Katastrophenbilder zu trennen.

Zu allem Übel war das Flugzeug, das sie nach Zypern brachte – oder Kibris, wie die türkischen Zyprioten es nannten –, eine betagte Boeing, die sich gegen jedes Manöver, das ihr abverlangt wurde, mit Ächzen und Beben zu wehren schien. Das Geräusch des ausfahrenden Fahrwerks war schauderhaft, wie zerreißendes Metall, und Cohen umklammerte die Armlehne, als ginge es um sein Leben.

Alexander Bland sagte: »Fliegen ist wohl nicht Ihre große Leidenschaft.«

Bland war Cutters Mann – zumindest hatte Cutter die Vorkehrungen getroffen. Offiziell war er ein leitender Beamter der US-Botschaft in Ankara. Wenn Cohen sich nicht irrte, war er außerdem – und das in erster Linie – Leiter des CIA-Büros in der Türkei.

»Alex und ich kennen uns schon ewig«, hatte Cutter rätselhaft gesagt. »Sie können sich drauf verlassen, dass er die Sache deichseln wird.«

Und das hatte er. Während Cohen sich in Istanbul die Beine in den Bauch stand, hatte Bland die diplomatischen Kanäle in Ankara sondiert, bis er eine Möglichkeit gefunden hatte, wie das scheinbar unüberwindliche Problem zu lösen war, mit einem Staat zu verhandeln, der nicht existierte. Niemand erkannte die Türkische Republik Nord-Zypern an, bis auf die Türken – »ach ja, und Mosambik«, sagte Bland –, und niemand erkannte seinen Präsidenten Rauf Denktasch an. »Schwer, einen Mann um einen Gefallen zu bitten, wenn man ihn seit zwanzig Jahren einen Verbrecher nennt und ihn auch weiter einen Verbrecher nennen wird, ganz gleich, was er für einen tut«, lautete Blands knappe Einschätzung des Problems. »Noch schwerer, wenn das Land kurz vor einem Krieg steht.«

Trotzdem war er erfolgreich gewesen: Zwar war ihnen noch nicht die Gefälligkeit zugesagt worden, doch zumindest die Chance, von Angesicht zu Angesicht darum zu bitten. Die Präsidentenlimousine wartete auf dem Rollfeld auf sie. Cohen bemerkte sie, als die Maschine sicher und sanft auf der Landebahn aufsetzte und er endlich seine Eingeweide entwirren konnte.

»Sie sind also Anwalt, Mr. Cohen«, sagte der Präsident. »Genau wie ich.« An der Wand hinter seinem Schreibtisch hing ein offizielles Porträt von einem erheblich jüngeren, erheblich schlankeren Denktasch in schwarzer Robe, eine Anwaltsperücke auf dem Kopf, der inzwischen fast kahl war.

»Nicht fürs Gericht«, sagte Cohen. »Ich bin ein Schreibtischhengst.«

»Dennoch teilen Sie sicherlich meine Auffassung der rechtlichen Komplexität dieses Falles.«

»Es ist zweifellos kompliziert, Sir.«

»Oh, doch wohl mehr als kompliziert, Mr. Cohen, nicht wahr? Wollen mal sehen, ob ich die Sache richtig verstanden habe.« Er setzte sich eine Brille auf die Nasenspitze und öffnete eine Akte, die verblüffend dick war. »Also, der Mann, Harling, den Sie ausfindig machen und festnehmen möchten, hat in diesem Land keine Straftat begangen, soweit mir bekannt ist. Er ist legal in die Türkische Republik Nord-Zypern eingereist, und zwar unter seinem richtigen Namen, wie Sie sagen. Wie er sich jetzt nennt, ist seine Privatangelegenheit. Solange er keine Betrügereien beabsichtigt, darf er sich nennen, wie er möchte.« Er spähte Cohen über die Brille hinweg an, als wollte er sich vergewissern, dass Cohen seiner Logik folgte.

»Dagegen ist die Frau, Grace Flint, nicht legal in unser Land eingereist, da ihr Name nicht …« – er hielt inne, um nach der Angabe in der Akte zu suchen – »… Gillian Stone ist, und Sie sagen, dass der auf diesen Namen lautende Pass eine Fälschung ist. Dass sie ihn sich von jemandem in einer Bar in Amsterdam besorgt hat.«

Denktasch tat Letzteres mit dem Wink einer fleischigen Hand als belanglos ab. »Woher er auch immer stammt, er ist falsch, und sich mit einem falschen Pass die Einreise zu ermöglichen ist in meinem Land eine Straftat, Mr. Cohen. Sie wird verhaftet werden, darauf können Sie sich verlassen.«

»Danke, Sir.«
»Nein, ich glaube, Sie verstehen mich nicht. Sie wird wegen der Straftat verhaftet werden, die sie *hier* begangen hat. Sie wird *hier* vor Gericht gestellt werden. Wenn sie für schuldig befunden wird, wird sie aller Wahrscheinlichkeit nach *hier* ins Gefängnis kommen. Nachdem sie ihre Strafe verbüßt hat, wird sie vielleicht ausgewiesen werden, aber das müssen die Gerichte entscheiden.«
Cohen schluckte und sagte: »Sie wird wegen Mordes gesucht, Sir. Genau wie er.«
»Das sagen Sie, Mr. Cohen, womit wir zur nächsten Schwierigkeit kommen. Verraten Sie mir eines, Mr. Bland, wenn die Briten Sie bitten würden, zwei britische Staatsbürger zu verhaften und einfach auszuliefern, was würde geschehen?«
Washington hatte nachdrücklich darauf bestanden, dass Bland sich aus den Verhandlungen heraushielt, ausschließlich Cohen das Wort überließ. Er war als Vermittler des Treffens mitgekommen – weiter nichts. Durch das Festhalten an dieser Version meinte das Außenministerium, glaubhaft dementieren zu können, dass die USA jemals Verhandlungen mit dem nicht anerkannten Präsidenten eines illegalen Staates geführt hatten. Bland saß sogar abseits, auf einem Sofa, möglichst weit vom Präsidentenschreibtisch entfernt.
»Ich bin kein Anwalt«, sagte er.
»Nein«, sagte Denktasch trocken, »Sie sind Diplomat – wie man mir sagt. Dennoch wissen Sie sicherlich, dass gewisse Formalitäten einzuhalten wären. Selbst unter Freunden gibt es Formalitäten: Verträge, Amtshilfeersuchen, Auslieferungsverfahren …«
Cohen sagte: »Mr. President, ich weiß, das, worum ich Sie bitte, ist unüblich.«

»Unüblich! Mr. Cohen, es ist beispiellos. Sie kommen hierher mit Mr. Bland, Vertreter zweier mächtiger Nationen, die alles in ihrer Macht Stehende getan haben, um mein Land zu unterminieren und zu isolieren – ein Land, das dessen ungeachtet eine geschriebene Verfassung besitzt, die auf Gesetzen basiert. Und obwohl zwischen unseren Staaten weder ein Vertrag noch eine Übereinkunft noch irgendeine rechtliche Grundlage besteht, bitten Sie mich, gegen unsere Gesetze zu verstoßen. Darauf läuft es doch hinaus, oder?«

»Ja«, sagte Cohen.

»Und bei aller Komplexität der ganzen Angelegenheit gibt es obendrein noch ein Rätsel zu lösen, nicht wahr? Gentlemen, wieso machen die Vereinigten Staaten ihren gewaltigen Einfluss geltend, um dieses Ersuchen zu unterstützen? Es handelt sich hier doch um eine britische Angelegenheit, oder?«

»Nicht ausschließlich«, sagte Cohen. »Wie Sie sicherlich wissen, werden Harling und Flint unter anderem der Mittäterschaft an einem Bombenanschlag auf ein Flugzeug verdächtigt, der vier Menschen das Leben kostete. Es war eine amerikanische Maschine, und der Pilot und einer der Passagiere waren US-Bürger. Außerdem waren die beiden FBI-Agenten.«

»Ah, ich bin froh, dass Sie das ansprechen.« Denktasch nahm ein Dokument aus der Akte, das Cohen als eine gefaxte Kopie der Interpol-Fahndung nach Grace Flint erkannte, die gefährliche Fiktion, die er sich ausgedacht und die nun ein Eigenleben angenommen hatte. »Wie ich diesem Blatt entnehme, wird Flint auch wegen eines Bombenanschlags in Paris gesucht. Ist das richtig?«

»Gesucht zwecks Vernehmung«, sagte Cohen.

»Aber nicht von den Franzosen. Ein Mann wurde getötet …«

»Er war Portugiese, Sir.«
»Und wenn er vom Mars gewesen wäre, Mr. Cohen, er wurde jedenfalls in Paris getötet, und bei der Explosion wurden mehrere französische Polizeibeamten verletzt, und dennoch wird Ihr Ersuchen mit keinem Wort aus Frankreich unterstürzt. Zwei Amerikaner werden in einem amerikanischen Flugzeug getötet, als es die Hoheitsgewässer von Puerto Rico überfliegt – und Puerto Rico gehört doch politisch eindeutig zu den USA, nicht wahr, Mr. Bland? –, und obwohl Mr. Bland Sie hierher begleitet, ersucht er nicht darum, dass ihm diese Terroristen übergeben werden; nein, er sagt sogar kaum ein Wort. Es ist eine rein britische Angelegenheit. Wieso das, Mr. Cohen?«
Cohen fürchtete, dass er jeden Moment rot anlaufen würde. »Anfänglich …«
»Anfänglich?«
»Zum gegenwärtigen Zeitpunkt«, setzte Cohen erneut an, »werden Flint und Harling gesucht, um wegen gemeinschaftlich geplanten Mordes vernommen zu werden. Es wird nicht behauptet, dass sie die Bombenanschläge tatsächlich verübt haben – sondern dass sie möglicherweise an einer Verschwörung beteiligt sind, die zumindest teilweise im Vereinigten Königreich angezettelt wurde.«
»Oh, ich verstehe!«, sagte Denktasch, als hätte sich plötzlich ein dichter Nebel gelichtet. *»Anfänglich* glauben Sie, Flint und Harling sind *möglicherweise* an einer Verschwörung beteiligt, die *zumindest teilweise* im Vereinigten Königreich angezettelt wurde – aber was, wenn das nicht stimmt? Was, wenn sich herausstellt, dass sie ihre Verschwörung in Paris oder New York oder gar in Amsterdam geplant haben? Was dann? Übergeben Sie sie dann den Franzosen oder den Amerikanern oder den Holländern?«

»Genau genommen ...«
»*Genau genommen,* Mr. Cohen.«
Cohen wusste, dass man Denktasch auf der griechischen Seite von Zypern, wo er verabscheut wurde, »Esel« nannte; in Whitehall nannte man ihn wegen seiner Sturheit »Maulesel«. Fuchs wäre passender, dachte Cohen jetzt.
»Es ist möglich, Mr. President, dass, falls sie im Vereinigten Königreich nicht aus irgendeinem Grund angeklagt werden, irgendein anderer Staat ihre Auslieferung beantragt.«
Denktasch schüttelte den Kopf. »Und damit, Gentlemen, wären wir beim Kern der Sache angekommen, nicht wahr? In Ermangelung irgendeines Staatsvertrages zwischen der Türkischen Republik Nord-Zypern und dem Vereinigten Königreich, in Ermangelung irgendeines offiziellen Ersuchens seitens der britischen Regierung, ja, in Ermangelung irgendeines stichhaltigen Beweises bitten Sie mich, eine Straftat zu ignorieren, die Flint in meinem Land begangen hat, und Ihnen die Gesuchte zu übergeben – zusammen mit Harling, der in diesem Land keinerlei Straftat begangen hat –, damit Sie die beiden Gesuchten den USA oder Frankreich oder den Niederlanden – vielleicht sogar Portugal – übergeben können oder auch nicht? Jedenfalls, an eine Nation, die diese Republik nicht anerkennt, die mit uns keinen Staatsvertrag hat, die keinerlei Beweise vorlegt, die an uns keinerlei Ersuchen richtet. Mr. Cohen, Sie verlangen sehr viel.«
Denktasch nahm seine Brille ab und schloss die Akte. »Es handelt sich hier um eine Entscheidung, die nicht leicht zu treffen ist. Ich werde Sie in Ihr Hotel bringen lassen. Sie werden zu gegebener Zeit informiert werden.« Auf seinem Schreibtisch lagen weitere dringende Angelegenheiten, die seine Aufmerksamkeit verlangten.

Seinen Anordnungen zum Trotz sagte Bland: »Was verlangen Sie, Sir? Was ist erforderlich, damit Sie ja sagen?«
»Ein einziges Wort, Mr. Bland. Nicht von Ihnen. Aus Washington. Von Ihrer Außenministerin. Ein Anruf, persönlich.«
»Und, wenn wir das Unmögliche mal voraussetzen, wie müsste dieses Wort lauten, Sir?«
Denktasch blickte nicht von seinem Schreibtisch auf. »Bitte.«

Vom Hotel aus hatten sie einen Blick auf die Demarkationslinie zwischen dem griechischen und türkischen Zypern; die so genannte »grüne Linie« verlief durch das Herz von Nikosia – oder Lefkosa, wie die Türken sagten –, ein Wald aus Blockaden und Barrieren und Stacheldraht. UN-Truppen waren an der Grenze stationiert, und das seit einem Vierteljahrhundert. Aber von seinem Zimmer aus konnte Cohen Schützengräben sehen, die von türkischen Soldaten besetzt waren. Er fand das surreal. Es war, als wäre die Berliner Mauer nie gefallen, sondern einfach in ein wärmeres Klima verlegt worden.
Bland war im Zimmer nebenan und hing pausenlos am Telefon. Er hatte eine kompliziert aussehende Box mitgebracht, die seine Telefonate sicherte, aber falls in seinem Zimmer Wanzen installiert waren, so sagte er, war er dagegen machtlos.
»Ich gehe davon aus«, hatte Cohen gewarnt, »und das sollten Sie auch. Und gehen Sie davon aus, dass Ihre Anrufe abgehört werden, genau wie meine. Mit Sicherheit.«
Aber Cohen machte sich keine Sorgen, was die Türken bei ihm mithörten. Er hatte seine Gedanken geordnet und die Wahrheit wieder zurechtgerückt: Nicht Denktasch war der Feind.
»Ich bin's«, sagte er, als er Glennings Anschluss bei Scotland Yard anrief.

»Zwanzig Minuten«, und Glenning legte auf.

Zum sicheren Telefon – sicher insofern, als es nicht direkt angezapft war, aber nicht unbedingt sicher vor Spionagesatelliten des Geheimdienstes – hatten sie das öffentliche Telefon in der Lobby des Crowne Plaza Hotel in Buckingham Gate erkoren. Glenning konnte es in wenigen Minuten von seinem Büro zu Fuß erreichen, sich etwas zu trinken bestellen, wenn er wollte, sogar seine Pfeife rauchen.

»Wie läuft's?«, sagte er, nachdem er beim ersten Klingeln abgehoben hatte.

»Noch zu früh, das zu sagen. Und bei Ihnen?«

»A. J. spuckt Gift und Galle. Er meint, dass Sie ihm keinen reinen Wein eingeschenkt haben, weswegen Sie dort sind, wo Sie sind. Nicolson ist zu dem gleichen Schluss gekommen, und da ich ihm ja gerade das über Sie erzählt hatte – die Geschichte mit John Flint –, sind wir drei in unserem Misstrauen gegen Sie ein Herz und eine Seele.«

»Und?«

»Es war die Rede davon, dass A. J. zu Ihnen kommt. Zur ›Überwachung‹.«

»Was soll er überwachen?«

»Jedwede schändliche Absprache, die Sie vielleicht treffen werden. Die – ihrer Meinung nach wir – vertrauen Ihnen nicht, Harry. Es herrscht die feste Überzeugung, dass Cutter Sie in seinen Bann geschlagen hat – A. J.s Worte –, und da Cutter ihm nichts verraten will, sind Sie tief in Ungnade gefallen.«

»Wann könnte A. J. hier eintreffen?«

»Soviel ich weiß, ist er schon da. Auf der anderen Seite der Grenze.«

»Verstanden. Ich ruf Sie an, wenn es was Neues gibt.«

»Machen Sie das. Hören Sie, Harry, sind Sie sicher, dass Sie wissen, was Sie tun?«
»Nein. Aber mir bleibt nichts anderes übrig.«
Cohen legte auf, und sofort klingelte das Telefon erneut.
Bland sagte: »Wir sind wieder im Rennen. In fünf Minuten in der Lobby. Und falls Sie mit dem Gedanken gespielt haben, fragen Sie nicht.«

Insgeheim mochte Präsident Denktasch der Überzeugung gewesen sein, dass er für seine geplagte Republik den größten seismischen Durchbruch in den internationalen Beziehungen seit Jalta erzielt hatte, doch er war viel zu weltmännisch, um das zu zeigen. Er begrüßte Cohen und Bland erneut in seinem Büro, als wären sie nur mal eben für fünf Minuten draußen gewesen, um sich die Beine zu vertreten oder frische Luft zu schnappen. »Also, Gentlemen, wir haben einiges zu erledigen.«
Er hatte sein Jackett und seine Krawatte und auch sonst jede Förmlichkeit abgelegt. Er saß auf einem von zwei Sofas, die auf beiden Seiten eines niedrigen Tisches standen, auf dem die Akte jetzt ausgebreitet war – offen für sie, anscheinend um ihnen den Inhalt zu präsentieren.
»Also, wie es aussieht, ist Flint am Donnerstagnachmittag mit der Fähre aus Antalya in Kyrenia eingetroffen.« Er reichte Cohen die Einreisekarte, auf der sie den Namen »STONE, Gillian« eingetragen hatte, doch darüber ging der Präsident stillschweigend hinweg. »Ich frage mich, wieso sie nicht direkt mit dem Flugzeug aus Istanbul gekommen ist?«
»Fluggesellschaften führen Passagierlisten«, sagte Cohen. »Fährgesellschaften nicht.«
»Natürlich. Sie hat sich im Dome Hotel ein Zimmer genom-

men, ohne vorherige Reservierung. Normalerweise hätte sie um diese Jahreszeit von Glück sagen können, überhaupt ein Zimmer zu kriegen. Aber wie Sie wissen, haben wir leider keine normalen Zeiten. Mr. Bland, ich möchte Ihnen eine Frage stellen. Glauben Sie, unsere Freunde auf der anderen Seite der Grenze sind so dumm, ihre Raketen zu stationieren?«

»Dazu habe ich keine Meinung, Sir.«

»Aber ich«, sagte Denktasch. »Sie werden einen Rückzieher machen, ihnen bleibt keine andere Wahl, weil sie nämlich sonst bombardiert werden.« Bland schwieg, wartete die Pause wortlos ab. »Daran sollte niemand zweifeln. Niemand.«

Cohen fragte sich, ob die Außenministerin in dem Telefonat, das sie niemals zugeben würde, die Möglichkeit eines drohenden Krieges angesprochen hatte. Falls ja, falls sie sich im Unklaren über die türkischen Absichten gewesen war, dann hatte sie jetzt ihre Antwort.

»Flint hat den Donnerstagabend offenbar auf ihrem Zimmer verbracht. Niemand von den bislang Befragten erinnert sich ...«

»Sir, darf ich Sie unterbrechen?« Cohen konnte nicht anders, denn was Denktasch da berichtete, hörte sich wie das Ergebnis einer hastigen Polizeiermittlung über eine vermisste Person an, nicht über jemanden, der überwacht wurde. »Soll das heißen, dass Flint verschwunden ist?«

»Darauf komme ich noch, Mr. Cohen. Alles zu seiner Zeit.«

Oh Gott!

Cutter hatte ihn zur Eile gedrängt. »Die machen sich schon in die Hose, Harry. Sie wissen nicht, was passiert ist, aber sie wissen, das es nichts Gutes ist. Sie betreiben Schadensbegrenzung, und sie brauchen Flint unbedingt, weil nur sie ihnen sagen kann, ob ihnen das Wasser schon bis zum Hals steht. Flint hat

für die jetzt allerhöchste Priorität. Sie müssen ihnen zuvorkommen, Kumpel.«
»Am Freitag – gestern – war sie ungemein geschäftig.«
»Bitte!«, flehte Cohen. »Mr. President, ich muss unbedingt wissen, was passiert ist.«
Denktasch blickte unwillig drein, aber er sagte: »Sie ist verschwunden, und zwar unter etwas merkwürdigen Umständen.«
»Was meinen Sie damit?«
»Gestern hat sie in einem der Restaurants am Hafen mit einer Frau zu Abend gegessen. Sie sind zusammen weggegangen, und Flint ist gestern Nacht nicht ins Hotel zurückgekehrt, bis heute nicht. Ihre Sachen sind noch da, einschließlich ihres Passes – das heißt, ihrer beiden Pässe – und einer großen Summe Geld; mehrere Tausend britische Pfund. Die Polizei findet es merkwürdig, dass sie so viel Geld zurücklässt – es sei denn natürlich, sie weiß, dass wir ihr auf den Fersen sind. Das wäre möglich.«
Du bist zu spät! Du bist zu spät gekommen, verdammt!
»Die Frau, mit der sie zusammen war? Wer war das?«
»Wir wissen es nicht. Die Beschreibung, die wir von ihr haben, ist nicht sehr aufschlussreich.« Denktasch blickte auf eins der Dokumente auf dem Tisch. »Etwa Anfang vierzig. Engländerin, mit Sicherheit. Offenbar ziemlich nachlässig gekleidet. Rötliche Haare, nach hinten gekämmt. Sie trug, wie es scheint, Männerfreizeitkleidung und nur ein kleines Goldschmuckstück.«
Ein kleines Goldschmuckstück.
Cohen sagte: »Trug sie eine Kette, eine Kette mit einem kleinen Stein um den Hals?«
Denktasch sah auf dem Blatt nach und sagte: »Ja, einen goldenen Ehering und eine goldene Halskette. Sie kennen die Frau? Vielleicht noch eine Verschwörerin?«

»Vielleicht.«
Cohen war aufgewühlt, fühlte sich zurückgerissen in den Alptraum seiner Lähmung, Sarah Spenny gegen seine Brust gelehnt, wie sie ihm an den Haaren zerrte, an der Goldkette, die sie um den Hals trug.
Denktasch missdeutete seine Anspannung. »Ich kann Ihnen versichern, dass eine groß angelegte Suche im Gange ist. Neben der Polizei hat der Kommandeur der türkischen Streitkräfte Truppen und Ausrüstung für die Suche zur Verfügung gestellt, alles, was notwendig ist, und die ganze Gegend ist abgeriegelt. Da wir es mit Terroristen zu tun haben, hat er zusätzlich eine Sondereinheit entsandt, Männer, die Erfahrung mit solchen Situationen haben.«
Cohen zwang sich zu sprechen. »Wir brauchen sie lebend.«
»Das liegt bei Flint und Harling.«
Denktasch stand auf, ging zu seinem Schreibtisch und kam mit einem Briefumschlag zurück, auf den das Präsidentensiegel geprägt war.
»Sie sollten wissen, dass auch Harling verschwunden ist. Die Polizei hat die Wohnung ausfindig gemacht, wo er gewohnt hat. Die Sondereinheit hat ihr einen Besuch abgestattet.« Denktasch hielt inne und lächelte. »Ich sage Besuch, aber ich bezweifle, dass sie vorher angeklopft haben. Jedenfalls, er war nicht da und seine Sachen auch nicht. Ein Nachbar hat gesehen, wie er den Apartmentkomplex gestern Nachmittag verließ, und wir haben eine Beschreibung von seinem Wagen.«
Denktasch öffnete den Umschlag und zog ein Blatt heraus, das er Cohen zeigte. Es war auf Türkisch beschrieben, dreimal abgestempelt und mit drei schwungvollen Unterschriften versehen, die vor Autorität nur so strotzten.

»Das hier ist ein Passierschein, von mir persönlich unterzeichnet und vom Polizeichef und dem Militärkommandeur gegengezeichnet. Damit kommen Sie ohne Verzögerung durch die Straßensperren, auf die sie sicherlich stoßen werden. Unten wartet ein Wagen mit Fahrer auf Sie.«

»Wo fahre ich hin?«

»Kyrenia. Es ist nur eine Frage der Zeit, bis man sie findet, und – da Sie Flint und Harling und vielleicht die andere Frau, falls sie beteiligt ist, identifizieren können – könnte Ihre Anwesenheit von unschätzbarem Wert sein. Meinen Sie nicht auch?«

»Ja«, sagte Cohen.

Oh Gott, lass mich rechtzeitig da sein.

»Und vielen Dank.« Er warf Bland schweigend einen flehenden Blick zu: Was zum Teufel soll ich jetzt sagen? Was zum Teufel soll ich tun? Bland zuckte die Achseln und hob eine Hand zum Abschied.

»Mr. Bland und ich haben noch andere Dinge zu erörtern.« Präsident Denktasch nahm Cohens rechte Hand in seine beiden Hände. »Ich wünsche Ihnen alles Gute, Anwalt Cohen. Viel Glück bei der Jagd.«

IV

Grace Flint ist in einer Kiste, einer weißen Kiste, so eng wie ein Sarg – aber Särge sind doch innen nicht weiß, denkt sie. Sie sind mit edlem rotem Samt ausgeschlagen oder aus schlichter Pechkiefer, und außerdem haben sie innen kein Licht – blendend weißes Licht, das ihre Sehnerven in den Wahnsinn treibt –, und Annie Lennox singt einem nichts in Stereo vor. *I may be mad,*

I may be blind, I may be viciously unkind … Sie ist mit einem Laken bedeckt, oder vielleicht einem Leichentuch, das gleichfalls weiß ist, so weiß wie die Haut an ihrem Gesicht, so weiß wie ihr Haar. Alles ist weiß, und als sie neben der Kiste steht, kann sie sehen, dass sie so vollkommen mit ihrer Umgebung verschmilzt, dass sie unsichtbar ist. Sie ist da, aber sie ist verschwunden, und Annie fragt, *Why can't you see this boat is sinking … sinking, sinking, sinking, sinking.*

Sie schreckte aus der Halluzination auf, und einen Augenblick lang war alles absolut klar. Sie war nicht in einer Kiste, sondern in einem Raum, lag auf etwas Hartem, eine Art Tisch. Es war noch jemand im Raum, jemand, der in Weiß gekleidet war – doch mehr Informationen konnte sie nicht sammeln, bevor die Klarheit ihr wieder entglitt.

Sie fiel, sank zurück in die Kiste, Annie beugte sich über sie. *This is the fear, this is the dread, these are the contents of my head …* Annie, ganz in Weiß gekleidet, eine Art Kittel. Annie zerrte an ihr, Annie tat ihr weh.

»Lass mich in Ruhe!«

I may be viciously unkind …

Annie tat irgendetwas in ihren Arm, Annie schlug ihr ins Gesicht, Annie schrie sie an.

This is the fear, this is the dread …

»Lass mich in Ruhe, du Miststück!«

Irgendetwas ist in Flints Mund, dringt unter ihre Zunge. Sie stellt sich einen Stock vor, mit dem Vieh angetrieben wird, und empfindet eine Explosion von Schmerz.

Stella Montague zog ein Thermometer aus Flints Mund und las es ab. »Sehr schön.«

Zu Flint sagte sie: »Wie geht's uns denn, meine Gute?«
Sie trug einen weißen Kittel, der bis zum Hals zugeknöpft war. Ihr Haar, nicht mehr streng nach hinten gebunden, fiel ihr über die Schultern. Ein Mundschutz saß auf ihrem Kopf wie eine Mütze.
Flint beschloss, nichts zu sagen. Nicht ein Wort.
»Du bist bestimmt durstig. Tja, es dauert nicht mehr lange, dann kriegst du etwas Wasser. Versuch nicht, dich zu bewegen, Schätzchen, das ist wirklich zwecklos.«
Wie wahr. Flint konnte die beiden Riemen spüren, die sie an den Tisch banden.
»Bin gleich wieder da«, sagte Stella, tauchte unter einem weißen Laken weg, das wie ein Vorhang von der Decke hing und auf Flint fiel, knapp unterhalb von ihren Brüsten, so dass sie den Raum dahinter nicht sehen konnte. Sie konnte nicht hinter den Vorhang sehen, aber sie spürte, dass Stella nicht allein war.
Frank Harling sagte: »Bringen wir's hinter uns.«
»Also, Schätzchen«, sagte Stella, »sei so lieb und heb die Hüften und dreh deinen Unterleib auf eine Seite. Nur zur Hälfte. Wir müssen an deine Wirbelsäule kommen.«
Flint machte sich steif wie ein Brett.
»Ach, was bist du für ein kleines Luder. Frank, dreh sie um.«
Sie spürte grobe Hände an ihren Hüften und Oberschenkeln und dann am Gesäß, die sie umdrehten, mit einer Kraft, der sie nicht widerstehen konnte, und sie in der Position hielten.
»So, du spürst jetzt gleich einen kleinen Pikser. Nichts Schlimmes; nur einen Nadelstich. Aber du musst stillhalten. Wenn du dich bewegst, wird es höllisch wehtun, und dann müssen wir es noch mal machen. Schön entspannen.«
Sie spürte, wie Harlings Finger sich wie die Zwingen eines

Schraubstocks in ihre nackte Haut gruben, und dann einen Stich im Kreuz.

Die Stimme eines anderen Mannes sagte: »Haltet sie doch ruhig.«

»Das machst du ganz prima«, sagte Stella munter. »Nur noch ein paar Sekunden … und … so, das wär's!«

Harling ließ sie los. Stellas heiteres Gesicht tauchte hinter dem Vorhang hervor.

»Na, das war doch gar nicht so schlimm, oder?«

Ein Schluchzen arbeitete sich langsam Flints Kehle hoch, und sie bemühte sich krampfhaft, es zu unterdrücken.

»Ich bin gleich wieder da.«

Hinter dem Vorhang hörte Flint das leise Klappern von Operationsinstrumenten, die ausgelegt wurden. Dann hörte sie das Quietschen von Gummi, und Stella erschien wieder, schob einen Besteckwagen, auf dem etwas stand, das aussah wie ein Sauerstoffzylinder. »Nur für alle Fälle«, sagte sie. »Wir wollen ja nicht, dass du uns wegstirbst, was?«

»Lass das weg«, sagte Harling. »Ist doch eh egal.«

Stella ignorierte ihn, parkte den Besteckwagen neben Flints Kopf und drehte an den Knöpfen herum, die an dem Zylinder angebracht waren.

»Scheint alles in Ordnung zu sein«, sagte sie. »So …«

Sie beugte sich über Flint und fühlte ihr die Stirn und drückte dann ihre Finger an den Puls von Flints Hals.

»Schön, schön. Du machst das ganz prima.« Sie setzte sich auf die Kante des Tisches und sagte: »Ich erklär dir mal, was jetzt passiert.«

Flint wollte Stella ganz deutlich sehen, und sie blinzelte mehrmals, um die Tränen zu vertreiben, die ihr in die Augen stiegen.

»Wir müssen mehrere Dinge wissen. Zuallererst müssen wir wissen, was Maitland dir erzählt hat, was für Dokumente er dir gegeben hat, was genau drinstand und wer sonst noch weiß, was drinstand. Ach ja, und natürlich, wo die Dokumente jetzt sind. Wir haben noch etliche andere Fragen, aber wir fangen erst mal damit an. Okay? Also, weil du ein kleines Luder bist, wirst du es uns nicht erzählen – noch nicht, tapfere, kleine Kanaille, die du bist.«

»Herrgott noch mal!« Harling hinter dem Vorhang wurde langsam ungeduldig.

Stella stupste sie mit der Faust gegen den Arm, ein ganz sanfter Stoß.

»Also, wir machen jetzt Folgendes.« Sie schob ihr Gesicht ganz dicht an Flints. »Dahinter« – sie deutete mit einer Kopfbewegung auf den improvisierten Vorhang – »ist ein Chirurg, der dir die inneren Organe herausnehmen wird. Eins nach dem anderen.«

Das ist nicht real. Das ist ein Alptraum. Jeden Moment werde ich aufwachen.

»Nur keine Bange – er ist ein sehr guter Chirurg. Sein Berufsethos ist ein wenig in Zweifel gezogen worden, so dass er zur Zeit nicht praktiziert – genau genommen ist es ihm zur Zeit untersagt zu praktizieren –, aber fachlich ist er ein tüchtiger Mann. Du bist also in guten Händen. Möchtest du was sagen?«

Leck mich und krepier.

»Schön. Spürst du jetzt eine angenehme kribbelnde Wärme? Das müsstest du eigentlich. So, ich möchte, dass du jetzt versuchst, die Beine zu heben. Nein, komm schon, Schätzchen, versuch's richtig. Nur so wissen wir, ob die Epiduralbetäubung wirkt. Glaub mir, falls sie nicht wirkt, wird es gar nicht schön, wenn er dich aufschneidet, dich ausnimmt. Na los, versuch's.«

Unwillkürlich versuchte Flint, ihre Beine zu heben. Sie bewegten sich nicht.
»Prima. Okay, wir fangen mit was ziemlich Harmlosem an. Er wird dir etwas rausnehmen, und dann lassen wir dir ein Weilchen Zeit zum Nachdenken – und dann sehen wir, wie's weitergeht.«
Sie schob die Hand unter den Vorhang und tätschelte Flint den Bauch.
»Hier unten ist doch jede Menge, auf das du verzichten kannst.«
Sie fuhr mit den Händen zu Flints linker Brust hoch und spielte mit der Brustwarze.
»Also, an deiner Stelle würde ich nicht warten, bis er sich das Herz vornimmt.«
Stella küsste Flint auf die Stirn und zerzauste ihr das Haar.
»Ach, da ist noch was, das ich dir sagen muss. Ich kannte einen Mann, der eine Leistenbruchoperation hatte, und sie haben ihm eine Epiduralbetäubung gegeben, und die ging in die falsche Richtung – nach oben und nach unten – und er konnte plötzlich nicht mehr atmen. Er schaffte es gerade noch rechtzeitig, sich verständlich zu machen, so dass man ihm Sauerstoff geben konnte, und dann hatte er diese Explosion im Kopf.«
Stella stand auf und entfaltete die Hände wie ein Blütenblatt.
»Bumm. Sie brauchten zwei Stunden, um ihn von der Decke zu kratzen. Also, wenn du das Gefühl hast, nicht atmen zu können, vergiss nicht, zu rufen.«
Flint, die ihr Schweigegelübde nicht mehr halten konnte, sagte: »Leck mich.«
Stella sagte leise: »Nein, leck du mich«, und verschwand hinter dem Vorhang.

»Wer würde die denn schon lecken wollen?«, sagte Harling.
»Seht sie euch an, die ist ja nur noch Haut und Knochen.«
»Würdet ihr bitte alle mal einen Moment still sein«, sagte der andere Mann, und Flint, die nichts spürte, stellte sich vor, dass der Schnitt gemacht wurde.
Sie zwang sich zu atmen und nicht zu weinen.
»Weißt du, was richtig komisch ist?«, sagte eine unsichtbare Stella. »Als wir in dem Restaurant waren und du mir vormachen wolltest, du wärst schwanger, da hab ich gedacht: ›Will die mich verscheißern?‹ Ich meine, abgesehen von mir, bist du die letzte Frau auf der Welt, die schwanger werden möchte – und wenn ein Spermium von irgend so einem Scheißkerl es hier hochschaffen und in eins deiner Eier dringen würde, würdest du es doch im Handumdrehen wegmachen lassen, oder? Stimmt's? Ich meine, wer will sich das schon antun, das ständige Geplärre, die voll geschissenen Windeln?«
Fünf Sekunden Pause. »Weißt du, Grace, in gewisser Weise, glaube ich, tun wir dir einen Gefallen.«
Sie fingen mit ihren Eierstöcken an.

Zehntes Kapitel

I

Auf der weiß getünchten Fläche einer Mauerwand im Einsatzplanungsraum eines türkischen Armeestützpunktes, fünf Meilen östlich von Kyrenia, war Grace Flints Maskengesicht zu gigantischen Proportionen vergrößert worden.

»Die Terroristin, Flint«, verkündete Captain Zulu – soeben vom Festland eingetroffen –, und Cohen konnte nicht leugnen, dass sie tatsächlich so aussah. Das Foto war von dem Pass kopiert worden, der auf den Namen Gillian Stone lautete und den man im Gästesafe des Dome Hotels gefunden hatte. Auf dem Bild sah sie hager und grimmig aus, das Verbrecherfoto einer Frau, die sich seit einem Monat versteckt hielt und ihre Ernährung vernachlässigt hatte. Durch die Vergrößerung war auch die Schattierung verschwunden, so dass Flints Gesicht ausschließlich schwarzweiß war, mit eindringlichen Augen, der Mund ein nach unten gezogener dunkler Schlitz. Wer es nicht besser wusste, hätte meinen können, sie wäre ein unbelehrbares Überbleibsel aus den siebziger Jahren, eine trotzige Anhängerin der Baader-Meinhof-Bande oder der Roten Brigaden.

Sie wussten es nicht besser – *die Terroristin, Flint* –, und das war Cohens Schuld. Er musste sich eine überzeugende Erklärung für diese Lüge einfallen lassen – falls sie zuhörten.

Zulus Männern war klar, dass Cohen Informationen beizutragen hatte, aber seine Anwesenheit störte sie. Er saß zwischen ihnen und fing die Blicke auf, die ihm sagten, dass er in diesem Raum nichts zu suchen hatte. Natürlich war Zulu nicht der richtige Name des Captains, und auch alle seine Männer hatten Decknamen aus dem internationalen phonetischen Alphabet, die auf den Namensschildchen an ihrer Brust zu lesen standen. Sie waren Bravo, Oscar, Sierra und so weiter, während er »Mister Cohen« war – ein Ausländer und, für jedermann unverkennbar, ein Zivilist.

»Also, Mister Cohen, kommen Sie bitte nach vorn und erzählen Sie uns, was Sie über Flint wissen.« Zulus Englisch war fließend und hatte eine leichte amerikanische Einfärbung.

Langsam ging Cohen zum Podium und baute sich vor den vierzehn schweigsamen Soldaten der Kommandotruppe auf, die sich auf Plastikstühlen rekelten. Etliche von ihnen rauchten, und der beißende Geruch von starkem Tabak hing in der Luft. Zulu sagte, er würde übersetzen. »Ich will Missverständnisse ausschließen.«

»Gut«, sagte Cohen rasch. »Vielen Dank, Captain. Ich fürchte nämlich, es hat da einige Verwirrung gegeben. Ich will versuchen, Ihnen ein besseres Bild von Flint zu vermitteln.« Er räusperte sich. »Wie Sie wissen, ist sie Polizeibeamtin im aktiven Dienst …«

»Ist?«

»War – sie war Polizeibeamtin im aktiven Dienst.« Cohen nickte Zulu als Dank für die Berichtigung zu. »Natürlich ist sie vorläufig vom Dienst suspendiert, aber ich möchte ausdrücklich betonen, dass sie keine Terroristin ist, in keinster Weise. Nichts deutet darauf hin, dass sie jemals gewalttätig war oder sein würde.«

Er hielt inne, wartete vergeblich auf Zulus Übersetzung. Aus dem Publikum sagte ein Soldat, dessen Namensschild ihn als Whiskey bezeichnete: »Sie hat ein Flugzeug gesprengt.«

»Nein, nein, nein«, sagte Cohen mit Nachdruck. »Verstehen Sie, genau das war der Anlass zur Verwirrung. Diese Tat ist ganz sicher von anderen begangen worden, und Flint wird verdächtigt – und ich betone, *verdächtigt* –, Verbindung mit ihnen zu haben ... auf eine Weise ... die noch nicht geklärt ist.«

»Konspiriert«, sagte Zulu. »Im Haftbefehl steht, dass sie mit anderen konspiriert hat, um Bombenanschläge zu verüben.«

»Ja, das steht da, und offen gestanden wird die Beweislage damit arg überstrapaziert.« Es war heiß in dem Raum. Cohen schloss die Augen und suchte nach Worten, die die Männer näher an die Wahrheit heranführen würden. »Wahr ist unbestreitbar, dass Flint Informationen über diese Leute hat – entscheidende Informationen, und deshalb muss sie unbedingt gefunden und verhört werden. Ich bin mir sicher, dass sie rückhaltlos mit uns kooperieren wird, sobald sie die Lage durchblickt.«

Zulu sagte etwas auf Türkisch, nur wenige Worte. Dann sprach er Cohen an: »Sie ist in der Handhabung von Waffen ausgebildet worden.«

»Nein. Nur ein kleiner Teil der britischen Polizeibeamten trägt Schusswaffen, und sie gehört nicht dazu. Es gibt keinen Grund zu der Annahme, dass sie weiß, wie man mit einer Pistole umgeht.«

Zulu sagte: »Aber in Amerika ...«

»Da war sie nur für die Kontakte zwischen den britischen und amerikanischen Abteilungen zuständig.«

»Aber in Amerika«, beharrte Zulu, »ist sie ausgebildet worden. Am Schießstand. Und in Quantico.«

»Ich weiß nicht, wovon Sie reden.«

Zulu öffnete den Reißverschluss der Brusttasche seiner Windjacke und zog ein Blatt Papier heraus, das er auseinander faltete und laut vorlas: »Von Mai 1997 bis Juni 1998 wurde Flint, die in diesem Zeitraum dem Sonderdezernat für Kapitalverbrechen zugeordnet war, im Einsatz von Handfeuerwaffen ausgebildet. Auf dem Schießstand erzielte sie regelmäßig Trefferquoten in den hohen Neunzigern ...«

»Aber das ist völliger Blödsinn«, widersprach Cohen.

»Im Juni und Juli des Jahres 1997«, fuhr Zulu fort, »besuchte Flint die Ausbildungsakademie des FBI in Quantico, Virginia ...«

»Um die Arbeitsmethoden des FBI kennen zu lernen«, sagte Cohen.

»Und blieb nach Abschluss des Lehrgangs noch einige Zeit länger, um das Training zu beobachten, das von der Critical Incident Response Group angeboten wurde.« Zulu unterbrach seine schonungslose Aufzählung und sagte: »Waren Sie schon mal in Quantico, Mister Cohen? Die CIRG bildet exzellent für Geiselbefreiungen aus und unterrichtet SEK-Methoden. Wir haben in Quantico Lehrgänge auf einem Übungsterrain absolviert. Es war sehr realistisch.«

Konnte das wirklich wahr sein? War es möglich, dass Cohen über einen Monat in Flints Vorgeschichte herumgestöbert hatte, ohne einen Hinweis darauf zu entdecken? Er griff nach dem Blatt Papier in Zulus Hand. »Wo in aller Welt kommt das her?«

Zulu überließ es ihm. Der Text war vollständig auf Türkisch und für Cohen nicht zu entziffern.

»Vom Militärattaché der türkischen Botschaft in London«, sagte Zulu. »Und es basiert auf Informationen, die er von seinen Kontaktleuten im britischen Geheimdienst erhalten hat.«

Cohen hatte das Gefühl, als hätte er einen Schlag in die Magengrube bekommen oder – noch zutreffender – als hätte ihm jemand von hinten eins mit einem Sandsack über den Schädel gegeben.
»Anscheinend sehen manche Ihrer Kollegen die Sache nicht ganz so gelassen wie Sie.«
Zulu nahm den Bericht zurück und sprach dann schnell auf seine Männer ein, und Cohen begriff, auch ohne dass er ein Wort verstand, was im Großen und Ganzen gesagt wurde. Die plötzlich verhärteten Gesichter sprachen Bände: Flint war ausgebildet und damit gefährlich.
»Und nun«, verkündete Zulu. »Der Terrorist, Harling …«

II

Flint lag auf einem Feldbett, beobachtete das schwächer werdende Licht, das durch ein Fenster oben in der Wand fiel – ein so kleines Fenster, dass nicht mal ein Kind hindurchgepasst hätte –, und wusste, dass man sie ruhig gestellt hatte. Während der Operation hatte sie das Bewusstsein verloren, und als sie wieder zu sich kam, war sie in diesem Raum, hatte einen Katheter im Arm und fühlte sich fast so wie jetzt auch noch: träge und seltsam distanziert. Die Empörung über das, was sie ihr angetan hatten, war wie ein Widerhall, etwas Flüchtiges, das sie noch nicht ganz fassen konnte.
Sie spürte einen dumpfen Schmerz im Beckenbereich und griff nach unten unter die Decke, um den Wundverband zu ertasten. Sie fuhr mit den Fingerspitzen daran entlang und registrierte ein Kribbeln, das sich knapp unterhalb der Bikinilinie erstreckte.

Die Narbe würde also nicht zu sehen sein, dachte sie teilnahmslos, würde sie nicht entstellen. Fachlich ist er ein tüchtiger Mann, hatte Stella gesagt.

Meine Güte! Reiß dich zusammen!

Sie vermutete, dass das Sedativ in der farblosen Flüssigkeit war, die unerbittlich aus der Flasche über ihrem Kopf tröpfelte und in einen Schlauch floss, der mit dem Katheter verbunden war. Benommen überlegte sie, was sie tun könnte, was sie tun sollte, um zu verhindern, dass das Mittel weiter in ihre Blutbahn drang, aber sie hatte Mühe, sich zu konzentrieren, und ihr Kopf beschäftigte sich mit Fragen, auf die sie keinen Einfluss hatte.

Hatte sie Kinder gewollt? Jamie ja. In den ersten Jahren ihrer Ehe hatte er alles Mögliche versucht, sie zu überreden, und einmal, als ihre Periode nicht pünktlich wie die Uhr kam – und als sie, je mehr Tage vergingen, immer sicherer wurde, schwanger zu sein –, hatte sie das scheinbar Unvermeidliche akzeptiert, und er war begeistert gewesen. Seine Bestürzung, als sie ihm eröffnete, dass es eine falsche Hoffnung – oder falscher Alarm – gewesen war, hatte sie nur schwer ertragen können.

Doch sosehr er sie auch bedrängte, »es noch einmal zu versuchen« – als hätte sie beim ersten Mal irgendwas »versucht« –, sie blieb unschlüssig. Sie wusste, dass sie ein Kind bekommen und dann in ihren Beruf zurückkehren könnte – dass sie das tun würde, stand für sie nie in Frage. Die Vorstellung war für sie nicht ohne Reiz. Was sie zurückhielt, waren die mitunter großen Risiken, die sie in ihrem Job einging, und das häufiger, als Jamie auch nur ahnte. Sie wusste, dass sie eines Tages vielleicht doch einen Schritt zu weit gehen würde, und dann hätte ihr Kind keine Mutter, genau wie sie keine Mutter gehabt hatte. Dazu konnte sie sich einfach nicht durchringen, genauso wenig, wie sie es

fertig brachte, vom Rand des Abgrunds zurückzutreten. Sie war süchtig nach der Gefahr, ein Adrenalinjunkie und – so hatte sie schließlich entschieden – nicht für die Mutterschaft geeignet. »Vielleicht, wenn ich groß bin«, sagte sie oft zu Jamie, »vielleicht nächstes Jahr.« Und dann hatte Jamie das uneheliche Kind mit Caroline gezeugt, und die Frage war für sie vom Tisch.
Jetzt hatte sich die Frage für immer erledigt, weil man ihr die Option genommen hatte, die sie sich offen gehalten hatte.
Mein Gott, Flint, konzentrier dich darauf, was du zu tun hast.
Sie befingerte den Katheter, zwang sich, den Schlauch herauszuziehen. Erneut versuchte sie, das Ungeheuerliche zu begreifen, das sie ihr angetan hatten, den Zorn zu finden, der ihr zustand. Die Wut war in ihr, und sie wurde stärker. Sie konnte sie stöhnen hören, wie ein verwundetes Tier in irgendeinem Winkel ihrer Seele.

Metin Cadessi kam aus der Küche und fragte Frank Harling: »Soll ich sie füttern?«
»Wozu?«
Cadessi zuckte die Achseln, als wollte er sagen, ihm sei das völlig egal. »Möchten Sie was essen?«
»Später vielleicht.« Harling lag auf dem Sofa, die Augen halb geöffnet, und beobachtete die Terrasse, wo Patrick Shilling und Sarah Spenny auf einem Mäuerchen saßen und ein intensives Gespräch führten.
»Und die beiden?«
»Metin, das hier ist doch kein Hotel, verdammt.«
Harling war schon so schlecht gelaunt, seit sie von Kyrenia hier heraufgefahren waren – er und Cadessi in dem Ford, mit Flint, die wie eine Leiche auf der Rückbank lag, während Shilling und

Spenny ihnen in dem gemieteten Jeep folgten. Cadessi hatte ihm unbedingt von seinem filmreifen Auftritt als hartnäckiger Romeo Ahmet erzählen wollen, aber Harling war nicht interessiert gewesen. Gleich nach ihrer Ankunft hatte er Cadessi angewiesen, irgendwo im Wald ein Loch zu graben, und Shilling hatte ihn gefragt, wozu.

»Was zum Teufel glauben Sie denn wohl, wozu?«

»Nein«, hatte Shilling gesagt.

»Was soll das heißen, nein?«

»Wir müssen mit ihr reden. Wir müssen rausfinden, was sie weiß.«

»Ich weiß, was sie weiß – sie weiß verdammt noch mal zu viel. Meinen Sie, ich lass sie hier wieder rausspazieren?«

»Wenn sie geredet hat, entscheide ich, was mit ihr passiert.«

»Sie entscheiden?«, hatte Harling gesagt, und Shilling hatte es nicht für nötig gehalten, darauf zu antworten. Eine ganze Weile hatten sie beide in der Einfahrt gestanden, wie zwei aggressive Kater, die sich gegenseitig an die Gurgel wollen. Dann hatte Spenny ihre Handtasche geöffnet, einen kleinen schwarzen Revolver herausgeholt und leise gesagt: »Benehmen Sie sich, Frank«, und Harling hatte darüber nachgedacht.

»Später«, hatte er schließlich gesagt. »Wir reden später darüber«, und Cadessi, der erlebt hatte, zu welchen Wutausbrüchen Harling fähig war, hatte den Schluss gezogen, dass Flint nicht die Einzige war, die in einem Loch enden könnte.

»Möchten Sie vielleicht was zu trinken?«

»Scheiße, Metin! Jetzt reicht es aber, ja?«

»Okay, okay.« Cadessi trat gegen die Holzscheite, die im Kamin glimmten – wegen der dicken Wände war auch im Sommer ein Feuer notwendig. Tagsüber, wenn die Hitze draußen unerträglich werden konnte, war das Haus wunderbar kühl. Abends jedoch, wenn häufig Dunst aufkam, wurde es so kalt, dass einem die Kälte in die Knochen kroch. »Ist mir doch egal«, sagte er.

Cadessi war es gewesen, der das Haus gefunden hatte, nachdem Harling Cadessi gefunden hatte. Eine Kontaktperson in Istanbul hatte Cadessi angerufen und ihm einen lukrativen Job in Aussicht gestellt, und zwei Tage später hatte Harling vor Cadessis Tür gestanden und ihm fünftausend Dollar im Monat für nicht näher spezifizierte Dienste angeboten. Da fünftausend Dollar sehr viel mehr war, als er normalerweise mit dem Verkauf von Ikonen und Kunstgegenständen verdiente, die aus den Kirchen und mittelalterlichen Burgen auf den Bergen hinter Kyrenia geraubt waren, hatte Cadessi zugesagt.

»Ich brauche einen Unterschlupf«, hatte Harling gesagt, die erste Arbeit, die er von Cadessi verlangte. Es sollte ein Haus außerhalb der Stadt sein, wohin er gegebenenfalls verschwinden konnte, ein Haus, das er höchst diskret mieten oder kaufen konnte.

Nun ja, es gab da Volkers Haus, hatte Cadessi gesagt – Volker war eine Zeit lang sein Partner im Ikonengeschäft gewesen. Volker war auf unbestimmte Zeit nach Deutschland zurückgekehrt, und Cadessi hatte die Schlüssel. Für ein entsprechendes Sümmchen – ein hübsches Sümmchen, denn Cadessi witterte ein prima Geschäft – war das Haus zu haben.

Als sie in die Berge gefahren waren, um das Haus zu besichtigen – über einen schmalen Feldweg, der sich zwischen verkrüppelten Olivenbäumen und Aleppokiefern hindurchschlängelte –, sah Harling den schlecht renovierten Seitentrakt einer Klosterruine vor sich: acht zugige Räume auf zwei Stockwerken, spärlich möbliert oder ausgestattet.

»Man muss ein bisschen was dran tun«, hatte Cadessi eingeräumt, »aber warten Sie, bis Sie das hier gesehen haben.« Im zweiten Stock, am oberen Ende der Steintreppe, war eine Tür, die Cadessi aufschloss und die in einen großen Raum führte, in dem jeder Quadratzentimeter der Wände mit Pornofotos tapeziert war, manche davon lebensgroß. »Volkers Wichszimmer«, sagte Cadessi. »Ist im Preis mit inbegriffen.«
Cadessi war gut zehn Zentimeter größer als Harling und er hielt sich fit. In seiner Jugend in Istanbul hatte er für die türkische Jugendnationalmannschaft im Ringen trainiert. Er konnte gut auf sich selbst aufpassen, dachte er. Aber noch nie hatte er eine so erdrückende Umarmung erlebt wie die von Harling, und noch nie war er mit einer derartigen Leichtigkeit hochgehoben worden, noch nie hatte er sich so hilflos gefühlt.
Wortlos hatte Harling ihn aus dem Zimmer getragen und die Treppe hinuntergeworfen. Als Cadessi gelandet war und sich noch fragte, was gebrochen war und wo es ihm am meisten wehtat, war Harling hinter ihm hergekommen und hatte ihn ins Gesicht getreten. Er drehte sich Schutz suchend weg, und Harling trat ihn ins Kreuz. Er drehte sich erneut und bekam einen Tritt gegen den Kopf. Ganz gleich, wohin er sich auch wand, und sosehr er Harling anflehte aufzuhören, die Tritte prasselten auf ihn ein, bis er das Bewusstsein verlor. Als er wieder zu sich kam, saß Harling auf der Treppe und betrachtete ihn mit kalter Gleichgültigkeit.
»Wage es nie mehr, mich zu verarschen, Metin. Verstanden?«
Sie hatten die Miete neu verhandelt und sich auf einen Preis geeinigt, der für Harling sehr viel günstiger war, und dann hatte Harling Cadessi ins Krankenhaus nach Nikosia gebracht. Zwei Tage später, als Cadessi entlassen wurde – übersät mit Blut-

ergüssen, aber ansonsten unversehrt –, hatte Harling ihm fünfundzwanzigtausend Dollar gegeben, um das Haus zu möblieren und herrichten zu lassen. Cadessi hatte sich für jeden Cent, den er ausgab, eine Quittung geben lassen, aber Harling – nachdem er sich einmal durchgesetzt hatte – hatte nicht eine davon sehen wollen.

Auf der Terrasse näherten sich Shilling und Spenny offensichtlich dem Ende ihrer Diskussion. Spenny stand auf und streckte die Arme über den Kopf, ihre Haut im letzten Sonnenlicht leuchtend orange. Sie trug einen sehr kurzen Rock – Shilling zuliebe, vermutete Harling –, und auf diese Entfernung sah sie mädchenhaft aus. Harmlos, jemand, wegen dem man sich in der bevorstehenden Konfrontation kein Kopfzerbrechen machen musste. Nicht wie das gefährliche Miststück, das sie in Wirklichkeit war.

»Metin, hast du eine Pistole?«

Von der Frage überrumpelt, hätte Cadessi beinahe gelogen, aber er fing sich noch gerade rechtzeitig wieder. »Klar. Eine Neun-Millimeter-Beretta.«

»Wo ist die?«

»In meinem Zimmer.«

»Von jetzt an trägst du sie.«

»Meinen Sie, es wird Ärger geben?«

Harling stand vom Sofa auf und schauderte. »Ja«, sagte er. »Wenn du dieses Feuer nicht bald in Gang kriegst, sterbe ich noch an der Scheißkälte hier.«

»Ich erklär's Ihnen noch einmal«, sagte Shilling mit müder Geduld, als rede er mit einem aufsässigen Kind. »Wir müssen wissen, was Rykov ihr erzählt hat. Wir müssen wissen, was Maitland ihr erzählt hat. Wir müssen wissen, welche Unterlagen sie entdeckt hat. Wenn wir das alles wissen, können wir den Schaden abschätzen und bestimmen, wer gefährdet ist und wer nicht, welche Konten aufgeflogen sind und welche nicht, wer außer Silva noch geplaudert hat, was sie beweisen können und wo sie nur bloße Verdachtsmomente haben. Können Sie mir folgen, Frank?« Shillings Stimme hob sich. »Gibt es da irgendwas, was Ihnen besonders schwer begreiflich ist?«

»Ja«, sagte Harling ruhig. »Was hat das ganze Theater für einen Sinn? Silva hat ihnen alles erzählt, was sie wissen müssen.«

Sie saßen am Tisch und stocherten in den Resten eines Abendessens, das Cadessi widerwillig zubereitet hatte. Auf Spennys Frage: »Was gibt's denn zu essen?«, hatte er Harling nachgeplappert und erwidert: »Wir sind doch hier kein Hotel.« Aber als er, Anerkennung heischend, zu Harling hinübersah, hatte er bloß einen finsteren Blick geerntet und war sofort Richtung Küche abmarschiert. Er war mit Gulasch aus der Dose und einer Schale Obst und einem sauren roten Wein zurückgekehrt, der gut zu ihrer Stimmung passte.

»Das ganze Theater hat folgenden Sinn: Silva hat zwar jede Menge allgemeine Anschuldigungen erhoben, die er aber nicht mehr wiederholen kann. Und sie stehen ohne Zeugen da – oder etwa nicht? Und, Frank, durch wen haben die überhaupt von Silva erfahren?«

»Maitland?«, schlug Harling vor.

»Quatsch. Maitland hat nicht mal gewusst, dass es Silva gab.« Shilling zündete sich eine Zigarette an und ließ den Qualm in Harlings Richtung ziehen. »Nein, Maitland war es nicht, Frank, und in den Unterlagen der Bank kann doch wohl nichts gewesen sein, das seine Identität verraten hätte, oder? Ich meine, das war doch gerade Sinn und Zweck Ihrer Bank, nicht wahr, Frank? Dass die Kunden nicht identifiziert werden konnten? Hab ich Recht?«

Harling sagte nichts.

»Aber vielleicht hab ich ja nicht Recht, Frank. Vielleicht hat Flint eine Möglichkeit gefunden, Silva anhand eurer Unterlagen zu identifizieren – irgendeine Möglichkeit, die Sie übersehen hatten.« Shilling blickte von Harling zu Spenny und dann zurück zu Harling. »Ist Ihnen diese Möglichkeit schon mal in den Sinn gekommen, Frank, uns ist sie das nämlich.« Da er keine Antwort bekam, redete er weiter. »Und falls Flint in der Lage war, Silva zu identifizieren, dann kann das FBI vielleicht noch andere Personen identifizieren. Und sollte das der Fall sein, gibt es da eine ganze Reihe von Leuten – mich eingeschlossen –, die das gern wissen würden. Und genau das wird Flint uns erzählen. Das ist der Sinn des ganzen Theaters, Frank.«

Spenny nahm eine Apfelsine aus der Schale. »Möchten Sie denn gar nicht wissen, wie sie auf Silva gekommen ist, Frank?«

»Was soll denn das heißen?«

Ihre Daumennägel gruben sich tief in die Schale. »Falls es in Ihrem System eine Schwachstelle gegeben hat, wäre es doch sinnvoll zu erfahren, welche, oder?«

Harling schüttelte den Kopf. »Ich fasse es nicht. Wie denkt ihr euch das denn? Sie erzählt uns alles, und dann was? Es spielt keine Rolle, was sie sagt. Kapiert ihr das nicht? Es spielt keine Rolle, weil Silva uns erledigt hat. Er hat euch erledigt, mich erledigt, alle erledigt.« Er beugte sich zu Shilling vor und pustete den Qualm weg. »Punkt. Aus.«

»Nicht unbedingt«, sagte Shilling.

»Verdammt!«

Spenny sagte: »Sie sind erledigt, Frank, das ist mir klar.« Sie hob ein Orangenstück an die Lippen und saugte den Saft aus. »Sie werden verschwinden müssen, sich einen anderen Stein suchen, unter den Sie kriechen können, aber das ist ja nichts Neues – Sie sind seit Jahren auf der Flucht. Und außerdem können Sie es sich leisten. Aber Mario hat mich nicht erledigt, weil er das gar nicht konnte. Schließlich sind wir uns nie begegnet. Er hat nie von mir gehört. Und was Patrick angeht, da war Mario eben ein Informant – Patrick war für ihn zuständig, und einige der Dinge, die er ausgeplaudert hat, kommen der Wahrheit recht nahe. Bloß dass Mario sie für seine eigenen bösen Zwecke verdreht hat.« Sie zuckte die Achseln. »Informanten sind manchmal so.«
Harling sagte: »Habt ihr beide da draußen irgendwas geraucht? Meint ihr wirklich, die würden euch das abkaufen?«
Spenny lächelte und leckte sich die Finger ab.
»Ihr seid komplett wahnsinnig. Lasst mich das hier zu Ende bringen, und dann machen wir, dass wir hier wegkommen.«
»Erst, wenn das Miststück geredet hat«, sagte Shilling tonlos, als wiederhole er ein Mantra.
»Apropos«, sagte Spenny und erhob sich vom Tisch, »ich sollte mal nach ihr sehen.«
Als sie an Shillings Stuhl vorbeiging, berührte er sie am Arm. »Sagen Sie ihr, dass wir ihr morgen die erste Niere rausnehmen.«

Flint hörte, wie sich der Schlüssel im Schloss drehte, und schob den Schlauch wieder in den Katheter. Sie schloss die Augen und atmete flach, um so zu wirken, als stünde sie noch unter Beruhigungsmitteln.
»Nun, meine Liebe«, sagte Schwester Stella mit übertrieben zuckriger Stimme, »wie geht es uns denn?«

III

Zulus Männer standen auf beiden Seiten einer hüfthohen Plattform, auf der sich ein topographisches Modell der Bergkette hinter Kyrenia befand, in der – so wurde vermutet – Flint und Harling nun in der Falle saßen. Die Plattform war rund fünfzehn Meter lang und sechs Meter breit – dreißig Zentimeter entsprachen etwa einer Meile –, und sie war kreuz und quer von einem Labyrinth von Straßen und Wegen durchzogen. Die Hänge, über einhundert nach Cohens Schätzung, waren mit kleinen Dörfern und Weilern aus Pappmaché gesprenkelt. Mit ausladenden Handbewegungen beschrieb Captain Zulu seinen Leuten, dass türkische Bodentruppen das Terrain zu dieser Stunde systematisch durchkämmten, die Möglichkeiten einengten, die Schlinge enger zuzogen.

Er sagte zu Cohen: »Das Modell ist nicht auf dem neuesten Stand – etwa fünfundzwanzig Jahre alt –, aber es vermittelt einen guten Eindruck.«

»Die Aufgabe erscheint mir kaum lösbar«, erwiderte Cohen, dennoch darauf bedacht, einen zuversichtlichen Unterton in seine Stimme zu legen. Angesichts des belastenden Berichts aus London und seiner Mitschuld glaubte er nicht mehr, Zulu doch noch davon überzeugen zu können, dass Flint keine gefährliche Terroristin war. Insgeheim flehte er um mehr Zeit.

»Schwachsinn«, hatte Cutter gesagt, als Cohen vom Stützpunkt aus angerufen hatte, um ihm von Flints angeblicher Waffenkenntnis zu berichten. »Soweit ich weiß, war die einzige Waffe, die sie in Miami angefasst hat, die Pistole, die Hechter ihr überlassen hat, damit sie damit auf Rykovs Eier zielen konnte.«

»Was ist mit Quantico? Hat sie da irgendeine Ausbildung erhalten?«

»Das wäre mir neu, aber ich werde es überprüfen. Falls die das verneinen, setze ich mich mit Bland in Verbindung und bringe ihn dazu, mit den Leuten in Ankara zu reden.«

»Er muss sich beeilen.«

»Verdammt richtig.« Cutter hatte einmal tief Luft geholt und dann: »Harry, was meinen Sie, wer versorgt die mit diesem Scheiß? Wer lässt Flint ins offene Messer laufen?«

»Wenn ich A. J. sagen würde, wäre das bloß eine Vermutung. Eine wilde Vermutung.«

»Ja«, sagte Cutter. »Das hab ich mir gedacht. Eine wilde Vermutung.«

Zulu war mit seiner Unterweisung durch, und seine Männer hatten sich in zwei Gruppen aufgeteilt. Sie überprüften ihre Ausrüstung, und ein metallisches Geklapper erklang, als sie die Schlitten ihrer Automatikwaffen betätigten, den Schussmechanismus überprüften, Ladestreifen mit Hohlspitzmunition einrasten ließen. Vier der Soldaten standen etwas abseits und kalibrierten die Nachtsicht-Zielfernrohre an ihren Scharfschützengewehren.

Cohen ließ sie machen und ging nach draußen, um ein wenig frische Luft zu schnappen. Auf dem Landeplatz warteten zwei Kampfhubschrauber im Mondlicht, reckten ihm ihre hässlichen Schnauzen und Raketenkammern entgegen.

Der Rooivalk jagte seine Beute, flog knapp über den Baumwipfeln, stieg höher, tauchte ab und stieg wieder höher, der Topographie der Kalksteingipfel folgend. Auf beiden Seiten der Kabine lehnten Beobachter mit Nachtsichtbrillen aus den offenen

Türen und suchten die Lücken im Laubwerk nach irgendwelchen Spuren der Zielpersonen ab. Von Zeit zu Zeit sah Cohen, der eingezwängt zwischen Alpha und Lima saß und die Härte ihrer leichten Schutzanzüge spürte, den anderen Hubschrauber, der etwa eine Meile entfernt den ihm zugewiesenen Bereich absuchte. Zulu saß vor ihm und bekam über sein Headset die Beobachtungen der Bodentruppen durchgegeben. Hin und wieder tippte er dem Piloten auf die Schulter, dann drehte der Hubschrauber ab und stieg höher und jagte zu einem neuen Zielort, wo sie dann in der Luft verharrten und langsam hinuntersanken auf die Dunkelheit des Waldes. Wenn sie über dem Unbekannten schwebten, spürte Cohen, wie die Stille in der Kabine zunahm, bis die Beobachter den Daumen nach unten hielten – negativ, nichts zu sehen –, und Alpha oder Lima oder einer von den anderen etwas sagte, um einen Lacher zu ernten und die Spannung zu lösen.

So ging das nun schon seit zwei Stunden, und Zulu sagte, es würde auch noch vier Stunden so weitergehen – bis sie ihre Zielpersonen gefunden hatten oder bis sie die Höchstflugdauer des Rooivalks ausgeschöpft hatten. Sollte Letzteres der Fall sein, würden sie zurück zum Stützpunkt fliegen, auftanken und wieder von vorne anfangen. Ganz gleich, wie lange es dauern würde, so sagte Zulu, sie würden sie finden und sie stellen.

Wenn Cutter nicht für das Dementi aus Quantico sorgte, wenn Bland in Ankara keine diplomatischen Zaubertricks gelangen und wenn Zulu von seinen Vorgesetzten keine Anweisung erhielt, dass derart extreme Maßnahmen unnötig seien, dann würden die Beobachter früher oder später fündig werden. Die Rooivalks würden nach unten stoßen, und fünfzehn in Quantico gestählte Männer würden Cohen nur eine kurze Gelegen-

heit lassen, mit den Gesuchten zu verhandeln, dass sie sich friedlich ergaben.
Früher oder später, sagte Zulu. Es war nur eine Frage der Zeit.
Wieder eine Meldung von den Bodentruppen, und Zulu tippte dem Piloten auf die Schulter. Der Rooivalk kippte auf die Seite und legte sich nach rechts in die Kurve und schoss steil nach unten in eine Schlucht. Jetzt flogen sie unterhalb der Baumwipfel, folgten dem Verlauf eines trockenen Flussbettes, der andere Rooivalk dicht hinter ihnen – zwei Raubvögel auf tödlicher Jagd.

IV

Da Cadessi ganz unten in der Rangordnung kam, übernahm er die erste Wache. Spenny war schlafen gegangen, Harling döste auf dem Sofa neben dem Kamin. Cadessi wusste nicht, wo Shilling war, aber wo immer er sich auch herumtrieb, er war wach – hellwach –, so viel war sicher. Shilling würde Frank nicht für Geld und gute Worte über den Weg trauen. Er traute ihm durchaus zu, dass er dieses Miststück von Flint umbrachte, sobald er, Shilling, ihm den Rücken kehrte.
Cadessis Aussichtspunkt befand sich in einem Dickicht von Johannisbrotbäumen, die auf einer Hügelkuppe etwa hundert Meter vom Kloster entfernt standen. Von dort aus konnte er den renovierten Flügel sehen, die offene Scheune, wo der Ford und der Jeep parkten, und den Weg, der sich den Berghang hinunterwand – ein leuchtendes weißes Band im Mondlicht. Er hatte die Beretta in den Hosenbund gesteckt, und – dank Frank – lag ein M-4-Maschinengewehr in seinen Händen. Es

hatte eine Feuergeschwindigkeit von 700 Schuss pro Minute, vollautomatisch, und ein Magazin für dreißig Schuss, so hatte Frank zumindest gesagt. Der war wirklich immer für eine Überraschung gut. »Wo zum Teufel haben Sie denn das her?«, hatte Cadessi gefragt. Aber Frank hatte ihm keine Antwort gegeben.
Cadessi nahm imaginäre Ziele unten auf dem Feldweg aufs Korn und schätzte, dass er mit einem einzigen Druck auf den Abzug Dutzende von Leuten erledigen könnte. Andererseits, so dachte er, als er das Gewehr auf das Fenster des Zimmers richtete, in dem Spenny schlief, könnte er sie aus hundert Meter Entfernung halbieren, sie oder Shilling – oder gleich alle beide, wenn er ein volles Magazin durchjagte.
Er lag auf dem Bauch, stellte die Zielvorrichtung ein und fragte sich, ob Frank vielleicht genau das im Sinn hatte.

Flint war in einen leichten Schlaf gefallen. Sie hörte nicht, wie sich der Schlüssel im Schloss drehte, wie die Tür sich öffnete und wieder geschlossen wurde. Seine Präsenz war es, die sie wach werden ließ. Sie schlug die Augen auf, und Frank Harling betrachtete sie mit ausdruckslosem Gesicht vom Fußende des Bettes aus. Auf der Straße oder bei einer Gegenüberstellung hätte sie ihn sofort erkannt. Er hatte etwas abgenommen, er war braun gebrannt und trug einen Bart, aber er war noch immer unverkennbar der Mann aus dem Treppenhaus in Belgravia.
»Lange nicht gesehen.«
»Drei Jahre«, sagte sie leise. »Drei Jahre, einen Monat und … Soll ich Ihnen die Anzahl der Tage nennen?«
»Nicht lange genug«, sagte er. Sie sah, dass seine Augen zu dem Schlauch wanderten, der nicht mehr im Katheter steckte. »Waren Sie das?«

»Ja. Ich wollte nicht halb weggetreten sein, wenn Sie mich besuchen kommen.«
Er nickte, als hätte sie eine vernünftige Entscheidung getroffen.
»Bevor ich Sie töte«, sagte er, »müssen Sie mir etwas verraten.«
Bevor ich Sie töte – gleichgültig dahergesagt, wie eine schlichte Zeitangabe: *Bevor wir essen … Bevor ich gehe … Bevor der Film anfängt …* Ihre Kehle war so trocken, dass ihr schon das Atmen wehtat, und sie kämpfte darum, ihre Panik unter Kontrolle zu bringen.
»Wer hat Ihnen von Silva erzählt?«
Sie beobachtete ihn kalt, wollte, dass er ihren Hass spürte.
»Also, Sie können es mir sagen, und es wird schmerzlos sein, oder ich kann Ihnen sehr wehtun, bis Sie es mir erzählen – und dann töte ich Sie. So oder so, Sie werden es mir sagen. Was Buller mit Ihnen gemacht hat, war nichts. Sie können sich gar nicht vorstellen, was ich mit Ihnen anstellen werde, wenn Sie mich dazu zwingen.«
Das Erschreckendste war sein offensichtlicher Gleichmut, die fehlende Wut in seiner Stimme oder seinen Augen. *So oder so, Sie werden es mir erzählen* – eine sachlich festgestellte Tatsache. Sie könnte ihm die Mühe ersparen, ihr wehzutun, aber es war eigentlich auch egal, es interessierte ihn nicht. *Und dann töte ich Sie.*
»Also?«
Sie musste etwas sagen – irgendwas. So stand es im Ausbildungshandbuch: immer weiterreden. Aber das Handbuch sah nicht den Fall vor, dass man in einem verschlossenen Raum an ein Bett gefesselt war und es mit einem Psychopathen zu tun hatte, dem es scheißegal war, was man sagte, es sei denn, es beantwortete seine Frage nach Mario Silva.

»Warum die Eile, Frank?« Sie bemühte sich, so gleichgültig zu klingen wie er. »Ich dachte, ihr wolltet mich noch ein bisschen mehr ausschlachten?«
»Nein«, sagte er. »Das ist deren Ding. Ich halte das für eine verdammte Zeitverschwendung. Ich meine, wenn man es schon so macht, dann wenigstens ohne Betäubung. Was soll das bringen, wenn Sie keinen Schmerz spüren?«
»Oh, ich habe Schmerz empfunden, Frank. Nicht wie Sie meinen, aber Schmerz habe ich empfunden.«
Sie spürte, wie er die Decke beiseite zog, und seine Hände packten ihre Füße. »Zum letzten Mal. Wer hat Ihnen von Silva erzählt?«
Er bog ihre Zehen nach hinten, und die Schmerzen setzten ein, und sie hörte, wie sie hervorstieß, was sie ihm ohnehin gesagt hätte: »Das waren Sie«!
Er lockerte den Druck nicht. »Weiter.«
»In Ihrer eidesstattlichen Erklärung.«
»Welche eidesstattliche Erklärung?«
Sie schloss die Augen, um sich so genau wie möglich an den Wortlaut zu erinnern. »Ich, Frank Arthur Harling, wohnhaft Villa Donati, Vorno, Italien, erkläre hiermit an Eides statt …«
Jetzt würde sie jeden Augenblick schreien müssen.
»Die vorliegende eidesstattliche Erklärung dient erstens meinem persönlichen Schutz und zweitens, für den Fall, dass mir irgendetwas zustößt, als Beleg meiner Kenntnisse …«
»Du dreckiges Miststück!«
»Wenn nicht anders angegeben, geht die Darstellung sämtlicher hier bezeugter Sachverhalte …«
Und dann quetschte er ihre Zehen zusammen, und ein stechender Schmerz schoss ihre Beine hinauf. Sie bog den Rücken

durch und schob sich die Faust in den Mund und biss auf die Knöchel. Verdammt wollte sie sein, wenn sie ihm den Gefallen tat und schrie. Noch nicht.

Er ließ ihre Füße los und zog den wackeligen Holzstuhl näher heran, auf dem ihre Kleidung lag. Er warf die Sachen auf den Boden, drehte den Stuhl um, setzte sich rittlings darauf und stützte die verschränkten Arme auf die Rückenlehne. »Wenn es nicht anders geht«, sagte er, »nehme ich diesen Stuhl auseinander und ramm dir die Teile dahin, wo du sie garantiert nicht haben willst. Kapiert?«

Und ob sie kapierte. Es gab Augenblicke, selbst jetzt noch nach so langer Zeit –, in denen sie von unerwünschten Bildern verfolgt wurde, wie ihre Mutter gebrochen und hilflos dalag, irgend so einem Tier wie Harling auf Gedeih und Verderb ausgeliefert. Dann stellte sie sich vor, was er zu ihr sagte, wie er ihr ausmalte, was er mit ihr anstellen würde. Und wenn er dann mit ihr fertig war, stellte Flint sich vor, wie er ein Loch für den Leichnam ihrer Mutter grub, und dass sie noch lebte, wenn die ersten Erdklumpen auf sie niederfielen.

Um Himmels willen! Red weiter!

»Nimm die Hand aus dem Mund«, sagte Harling. »Hast du kapiert, was ich mit dir machen werde?«

»Ja. Mir ist klar, dass du ein Tier bist, Frank.«

»Hat Maitland dir die Erklärung gegeben?«

»Nicht direkt. Ich habe sie in Ellis gefunden.«

»Ellis?«

»Dein Versteck, Frank. Dein anderes Versteck, vermute ich. Das Maitland für dich gekauft hat. Wo das Archiv gelagert war.«

»Wer hat die Erklärung sonst noch gelesen?«

»Hechter.«

Geduldig fragte Harling: »Wer ist das?«
»War, Frank. Er war Steuerfahnder des amerikanischen Finanzministeriums, bis ihr sein Flugzeug gesprengt habt.«
»Wer noch?«
Wieso interessiert ihn das?
»Ich weiß nicht. Ich weiß nicht, ob Hechter die Erklärung mit im Flugzeug hatte oder ob sie bei den anderen beschlagnahmten Dokumenten war. Falls sie nach Miami gekommen ist, wette ich, dass so ziemlich jeder im Sonderdezernat sie gelesen hat.«
Wieso interessiert ihn das? Wieso ist das wichtig?
»Wem hast du davon erzählt?«
»Aldus Cutter, dem Leiter des Sonderdezernats. Meinem Boss in London, Commander Glenning.«
Harling rutschte auf dem Stuhl hin und her. »Und was genau hast du denen erzählt?«
»Ich weiß es nicht mehr – *genau.* Dass du dir eine Art Versicherung zugelegt hast: Wenn sie dir schaden, schadest du ihnen. Dass du eine Erklärung abgefasst hast, in der von etlichen undichten Stellen die Rede war. So was in der Art. Dass die dich beschützt haben. Dich irgendwo sicher versteckt und dann außer Landes geschafft haben.«
»Wer weiß noch davon? Was hast du Silva erzählt?«
»Über dich? Nichts.«
»Und wieso hat er dir dann das Band gegeben?«
Ihr Herz flatterte ihr wie ein Schmetterling in der Brust. »Welches Band?«
»Dieses Scheißvideo, das er aufgenommen hat.«
Woher weiß er von dem Band? Niemand wusste davon – sie hatte keinem davon erzählt, nur ihrem Vater. *Oh Gott!*
»Er hat mir kein Band gegeben.«

Harling erhob sich, stand rittlings über dem Stuhl und drehte die Hände an der Lehne.
»Ich schwöre es. Frag ihn doch.«
»Ihn fragen?« Harling hob den Stuhl hoch und warf ihn ihr an den Kopf. »Er ist tot, du dämliche Kuh.«

»Und? Hat sie Ihnen was erzählt?«
Shilling wartete im Wohnzimmer auf ihn. Er nippte an einem kleinen Brandy und stand mit dem Rücken zum Kaminfeuer.
»Noch nicht«, sagte Harling. »Sie ist ein stures Miststück.«
»Oh, wie ungeheuer fein beobachtet, Frank.«
Als hätte er das nicht gehört, sagte Harling: »Aber sie heckt irgendwas aus.«
»Soll heißen?«
»Sie hat angefangen zu reden. Sie sagt, dass Maitland irgendwelche eigenen Aufzeichnungen an einem Ort namens Ellis versteckt hatte – irgendwo auf der Insel, nicht in der Bank. Weiß der Geier, was er sich dabei gedacht hat. Jedenfalls hat er ihr erzählt, dass die Unterlagen da waren. Sie sagt, sie hatte keine Zeit, alles gründlich durchzusehen, bevor sie das Zeug nach Miami geschickt haben, aber dass Maitland anscheinend irgendeine Liste geführt hat, weil sie nämlich dann einen Anruf von Cutter bekam, der ihr Silvas Namen nannte.«
Shilling tat so, als müsste er lachen. »Und Sie glauben ihr?«
»Natürlich glaube ich ihr *nicht*. Verflucht!« Harling nahm ein Glas und die Brandyflasche vom Sideboard und goss sich ein. »Maitland hätte nichts mit Silva anzufangen gewusst, selbst wenn er über ihn gestolpert wäre, oder?«
»Genau.«
»Also, was heckt sie aus? Wen will sie schützen?«

»Schützen? Sich selbst, könnte ich mir denken.«

»Da steckt noch mehr dahinter.« Er roch an dem Brandy in seinem Glas und verzog das Gesicht. »Sie lügt auch im Hinblick auf Cutter. Er war es bestimmt nicht, der es ihr erzählt hat. Wissen Sie, was ich denke? Es war jemand von uns. Sie hat einen Informanten – wahrscheinlich dasselbe Schwein, das ihr erzählt hat, wo sie mich finden kann.«

»Das hat Silva ihr gesagt.«

»Nein, hat er nicht. Konnte er gar nicht, weil er es nicht wusste. Das Zeug riecht wie Benzin«, sagte Harling, nahm aber dennoch einen kräftigen Schluck. Er blickte Shilling unverwandt an. »Also, wer hat es gewusst, Pat – außer Ihnen?«

»Schwachsinn«, sagte Shilling wütend. »Sie reden völligen Schwachsinn.«

»Ach ja? Sie haben es nicht zufällig Taggart oder Kurlack gegenüber erwähnt? Sie haben denen nicht erzählt, ›Unser Geldautomat sitzt jetzt in der beschissenen Türkischen Republik Nord-Zypern‹ – das haben Sie nicht gesagt, nein? Und wann haben Sie es ihr erzählt?« Er hob die Augen zur Decke, über der Sarah Spenny schlief. »Ich werde es rausfinden, das garantiere ich Ihnen.«

Shilling fuhr hoch und zischte: »Benehmen Sie sich, Frank.«

Harling blickte mitten durch ihn hindurch und kippte den Rest Brandy ins Feuer. »*Schmeckt* auch wie Benzin«, sagte er und sah zu, wie eine tiefblaue Flamme aufloderte. Mit gestrecktem Zeigefinger und aufgerichtetem Daumen zeigte er auf Shilling. »Wir sehen uns später.«

»Wohin wollen Sie?«

»Ich sehe mal nach Metin und vergewissere mich, dass er die Augen noch aufhält.«

Harling verließ das Haus. Den Schlüssel zu Flints Zimmer nahm er mit.

V

Während des Jahres, als man Grace Flints Gesicht wieder zusammenflickte – zwischen den zahlreichen plastischen Operationen, die kein Ende zu nehmen schienen –, ging sie zu einem Therapeuten namens Adam Ballantine, der sich auf die Behandlung von Polizeibeamten spezialisiert hatte, die unter Traumata als Folge brutaler Gewalterlebnisse litten: Gewalt, die ihnen selbst zugefügt worden oder, in der Mehrzahl der Fälle, Gewalt, die vor ihren Augen anderen zugefügt worden war. Flint war nicht gewillt, sich in diesem Sinne als Opfer zu betrachten – weil sie nicht zugeben wollte, dass bei ihr ein fortdauerndes Trauma vorlag –, aber sie ging trotzdem zu Ballantine, weil sie wusste, dass sie keine andere Wahl hatte, wenn sie wieder in den aktiven Dienst aufgenommen werden wollte. Als sie ihm sagte, dass sie keine Therapie brauche, sagte er: »Gut, dann plaudern wir eben nur ein bisschen« – und sie »plauderten«, gewissenhaft, dreimal die Woche, bis sie schließlich wieder diensttauglich erklärt wurde.

Sie sprachen über Gott und die Welt, aber in jeder Sitzung landeten sie früher oder später bei den Ereignissen in dem Treppenhaus in Belgravia, und Adam führte sie feinfühlig an den Augenblick heran, als ihr Entsetzen und ihr Grauen in Resignation umgeschlagen waren: Wann hatte sie akzeptiert, dass sie sterben würde? Da er die Frage immer wieder anders stellte, fiel ihre Antwort immer wieder anders aus, aber sie beteuerte stets unbeirrt, dass sie es nicht akzeptiert hatte. Sie hatte es gefürchtet, ja, es sogar erwartet – aber nicht eine Sekunde lang hatte sie sich darin gefügt. Sogar als Buller den Schlitten seiner Pistole bearbeitete, sogar als er ihr den Absatz seines Schuhs zum x-ten Mal ins Gesicht rammte, sogar als Harling ihn drängte – *Bringen Sie's zu Ende, Buller. Verdammt noch mal, nun machen Sie schon –*, hatte sie sich an den Glauben geklammert, dass sie überleben könnte. Irgendetwas, so sagte sie, irgendetwas in ihr ließ nicht zu, dass sie aufgab – würde *nie* zulassen, dass sie aufgab –, und Ballantine hatte es »Ihren Hoffnungszweig« genannt.

Und dieser Hoffnungszweig war noch immer da und wurde größer, genährt von der Gewissheit, dass sie Frank Harling, im übertragenen Sinne, bei den Eiern gepackt hatte. Der Stuhl hatte sie mitten ins Gesicht getroffen, und ihre Nase fühlte sich an, als wäre sie gebrochen, und sie hatte noch immer den Geschmack von Blut im Mund – und es interessierte sie nicht. Es interessierte sie nicht, weil er viel zu interessiert daran war, was sie zu Mario Silva geführt hatte, wie sie von ihm erfahren hatte.

Wer hat Ihnen von Silva erzählt?

Das waren Sie.

Und da war sie, vor ihren Augen – die Trumpfkarte, die sie aus dem Gefängnis bringen würde, wenn sie sie richtig ausspielte.

Du warst das, du hast es mir erzählt – und die anderen wissen nichts davon, oder?

Er war ohne ein weiteres Wort aus dem Zimmer gegangen: keine weiteren Drohungen, sie zu töten, kein bedrohliches Versprechen: »Ich komme wieder.« Er würde wiederkommen – da war sie sicher –, und dann würde sie eiskalt ihre eigene Drohung ausstoßen.

»Was meinst du, was die machen, wenn ich ihnen von der eidesstattlichen Erklärung erzähle, Frank? Dass du sie verpfiffen hast, ans Messer geliefert? Vielleicht wolltest du das gar nicht, aber du bist es, der sie in diese Lage gebracht hat. Meinst du, die lassen das einfach so durchgehen? Kann ich mir nicht denken.«

Mieses Schwein, Fotze, Miststück, Drecksau – all die Beschimpfungen, die er ihr entgegenschleudern würde, die sie alle schon gehört hatte. *Ich bring dich um.*

»Ach ja? Und wie willst du das erklären, Frank?«, würde sie fragen. »Die wollen Antworten hören, und wenn ich nicht mehr da bin, um ihnen die zu liefern, werden sie wissen, dass du was zu verbergen hast. Weißt du was, ich würde mich nicht wundern, wenn du der Nächste auf dem OP-Tisch wärst. Du hast zwar keine Eierstöcke, Frank, aber sie können ja mit deinem Schwanz anfangen.«

Er würde natürlich versuchen, ihr wehzutun – ihr das Gesicht zerschlagen, ihr diesmal die Zehen brechen, diesen Stuhl auseinander nehmen und ihr haargenau sagen, wo er die Stücke hineinstoßen würde.

Was Buller mit Ihnen gemacht hat, war nichts. Sie können sich gar nicht vorstellen, was ich mit Ihnen anstellen werde.

Oh doch, das kann ich, Frank. Ich hab es schon zu oft erlebt.

Und diesmal würde sie schreien. Wenn er sie auch nur leicht anrührte, würde sie sich die Lunge aus dem Hals schreien, bis sie kamen, und dann würde sie ihnen alles erzählen – alles, was sie wissen wollten.

Und was dann?

Ruhe!

Was meinst du, was sie dann machen?

Ruhe!

Sie brauchte Ruhe, weil sie nachdenken musste. Nein, er war es, der nachdenken musste.

»Denk nach, Frank. Die bringen dich um, so sicher, wie sie mich umbringen. Was willst du nun machen, Frank? Wir müssen hier raus, oder? Wir beide.« Dann könnte sie ihn sarkastisch anlächeln. »Weißt du, es ist schon absurd, wenn man unsere gemeinsame Geschichte bedenkt. Du und ich, Frank. Wir sind die einzige Hoffnung, die wir noch haben.«

Verdammt richtig, Frank.

Sie klammerte sich an ihren Hoffnungszweig und wartete auf Franks Rückkehr.

Als Metin Cadessi das Rascheln von Blättern und das Knacken eines Zweiges hörte, löste er die Sicherheitssperre am M-4 und suchte die Umgebung durchs Fernglas ab. Die schreckliche Macht in seinen Händen verlieh ihm Mut – und das machte ihn leichtsinnig. Zu spät registrierte er die leisen Geräusche hinter sich. Er rollte sich auf den Rücken und versuchte, das Gewehr anzuheben, aber sein Arm wurde von Frank Harlings Fuß auf den Boden gepresst.

»Scheiße! Ich hätte Sie umbringen können.«

Harling blickte zu ihm hinunter und sagte: »Schon mal jemanden erschossen, Metin?«

»Klar.«

»Und wann war das?« Harling nahm den Fuß weg, so dass Cadessi sich in eine etwas würdevollere Position hochrappeln konnte. »In deiner missratenen Jugend?« Cadessi hatte damit angegeben, dass er mal in einem Vorort von Istanbul Mitglied einer Bande war, die Kurden terrorisierte.

»In der Armee«, sagte er und rieb sich den Arm.

»Du warst in der Armee?«
»In der Türkei muss jeder zur Armee.«
»Und wo hast du dann deinen kleinen privaten Krieg geführt?«
»Hier. Ich war hier stationiert, in der Nähe von Famagusta. Eines Nachts haben ein paar Griechen versucht, die Grenze zu überqueren.« Wie sich später herausstellte, unbewaffnete griechische Zyprioten, die von zu viel Alkohol übermütig geworden waren, aber das ließ Cadessi unerwähnt. »Ich hab einen von denen genau hier erwischt« – er zeigte auf die Stelle zwischen seinen Augen – »aus achtzig Meter Entfernung.«
Harling nickte, als wollte er sagen, nicht schlecht. »Und wie hast du dich hinterher gefühlt?«
»Okay.« Eigentlich nicht okay – schließlich war er fünf Monate lang in ein stinkendes Wachhaus gesperrt worden, bis er nicht mehr länger Mittelpunkt eines peinlichen internationalen Zwischenfalls war. »Ganz gut.«
»Könntest du das wieder tun?«
Harling hatte die Frage beiläufig gestellt, aber Cadessi konnte er nichts vormachen. »Wieso?«
»Wenn du müsstest? Wenn jemand eine Waffe hätte und auf dich zugerannt käme? Mal angenommen, du bist hier, versteckt zwischen den Bäumen, und du siehst dieses Schwein auf dich zukommen, und du wüsstest nicht, wieso – du siehst bloß die Waffe in der Hand. Mal angenommen, so jemand käme bis hier« – er deutete auf die Stelle in etwa zwanzig Meter Entfernung, wo die Zufahrt zum Haus auf den Feldweg traf – »was würdest du machen?«
»Wer kommt denn, Frank?«
»Irgendein Schwein mit einer Waffe! Was würdest du machen?«

»Schießen, Frank. Genau zwischen die Augen.«
Harling dachte über Cadessis Antwort nach, als wäre sie sehr tiefsinnig. Schließlich sagte er: »Das hab ich mir gedacht. Ich meine, dafür bist du schließlich hier, stimmt's?«

Sie war wieder leicht eingeschlummert, als er in den Raum schlüpfte, und als sie wach wurde, stand er mit einem Messer über ihr und presste ihr eine Hand auf den Mund.
»Ganz ruhig«, sagte er, während er die Riemen durchtrennte, mit denen sie ans Bett geschnallt war. »Aufstehen.«
»Warum?«
»Steh auf und zieh dich an.«
Sie starrte ihn verwirrt an. Das passte nicht in ihren Plan.
»Los jetzt! Willst du am Leben bleiben?« Er nahm ihre Sachen vom Boden und warf sie aufs Bett. »Mach schon.« Er zog die Decke zurück, und sie griff nach dem Kleid, um sich damit zu bedecken.
»Was ist los, Frank?«
»Der Plan ist geändert worden. Schluss mit dem Theater – sie haben beschlossen, dich zu töten, und sie meinen es ernst.«
»*Sie* wollen mich töten? Und was ist mit dir? Damit, was du gesagt hast?«
»Das war bloß Gerede. Ich weiß, was passiert, wenn ein Cop umgebracht wird – weißt du noch? Schlimm genug, dass du all die Jahre hinter mir her warst, wie ein Fluch. Ich will damit nichts zu tun haben. Und jetzt *zieh dich an.* Ich geb dir die Chance abzuhauen.«
»Du bist verrückt.« Entweder war er verrückt oder sie. Was sollte das? Welches Spiel spielte er? »Ich kann in meinem Zustand nicht abhauen«, sagte sie. »Ich bin operiert worden, schon ver-

gessen? Ihr habt mir meine Eierstöcke weggenommen, verdammt.«
»Nein, haben wir nicht«, sagte er, und sie spürte, wie seine Finger über den Wundverband glitten.
»Was machst du?«
Er riss die Gaze herunter und sagte: »Sieh selbst.«
Es gab keine Einstiche, bloß einen oberflächlichen Schnitt quer über ihren Unterleib.
»Wir haben dich nicht angerührt. Du hast bloß gedacht, wir hätten.«
Sie starrte dahin, wo er stand, konnte ihn aber nicht mehr sehen. Sie fiel auf die Seite und rollte sich zusammen. Sie fing an zu schluchzen, heftige, wilde Schluchzer, die keinen Laut verursachten.
»Verflucht noch mal«, sagte er, aber er drang nicht zu ihr durch. Sie hatte sich zurückgezogen, an einen Ort, wo er noch nie gewesen war und wo er auch nie hingelangen konnte.

Inzwischen angezogen, auf dem Boden sitzend, die Knie an die Brust gezogen, hielt sie die Pistole in der Hand, die er ihr gegeben hatte, lauschte seinem irren Plan und empfand zugleich eine Verachtung für ihn, die echter war als jedes Gefühl, an das sie sich erinnern konnte.
»Haben Sie schon mal im Zorn eine Waffe abgefeuert, Flint?«, hatte Cutter sie mit seinem zahnlückigen Grinsen gefragt, nachdem Rykov abgeführt worden war. »Könnten Sie einem Typen in die Eier schießen?«
Ehrlich gesagt, nein, Sir. Damals nicht. Jetzt könnte sie es.
Wirklich?
Und ob.

»Sieh zu, dass du schnell wegkommst«, sagte Harling. »Ich werde sagen, dass ich nicht aufgepasst habe und du mir die Waffe abgenommen hast. Schließ die Tür ab und nimm den Schlüssel mit. Etwa dreißig Sekunden nachdem du weg bist, werde ich losbrüllen, so laut ich kann, aber sie müssen erst die Tür aufbrechen, um rauszufinden, was passiert ist, und das gibt dir ein bisschen Zeit. Die Haustür ist zu deiner Rechten, und sie steht offen. Okay?«

»Das ist doch schwachsinnig«, sagte sie. »Absolut schwachsinnig.«

»Hör mir zu!« Sie dachte schon, er würde sich bücken und sie durchschütteln. »Wenn du draußen bist, läufst du die Zufahrt hinunter, bis du auf den Feldweg kommst, und dann immer weiter. Renn, als würde dein Leben davon abhängen, genau das ist nämlich der Fall. Sie werden dich verfolgen – darauf kannst du Gift nehmen –, aber dass du meine Pistole hast, wird sie etwas bremsen. Weißt du, wie man damit umgeht?«

Es war eine Ruger P97 Automatik, sieben Schuss im Magazin. Sie nickte.

»Wenn sie zu nah kommen, gib ein paar Schüsse ab. Aber vergiss nicht, sie sind bewaffnet, deshalb musst du dir, wenn du ein gutes Stück entfernt bist, irgendwo ein Versteck suchen. Bleib da, bis es hell wird – dann müssten wir nämlich längst weg sein, hoffe ich.« Er zuckte die Achseln. »Mehr kann ich nicht für dich tun.«

Sie rührte sich nicht, und er trat auf sie zu. »Na los, verdammte Scheiße. Nun mach schon.«

»Okay, Frank«, sagte sie, hob die Ruger, zielte und drückte ab.

VI

Es war wieder eine falsche Fährte gewesen, und die Rooivalks waren aus der Schlucht aufgeflogen und hatten sich getrennt, um jeder für sich einen neuen Sektor abzusuchen. Das monotone Dröhnen der Rotoren und das unaufhörliche Pfeifen der kalten Luft ging Cohen, der noch immer wartete, auf die Nerven. Er spürte, dass sich in seinen Beinen ein Krampf anbahnte, und wäre am liebsten aufgestanden, um sich zu strecken. Unmöglich, in dieser engen Kabine, eingezwängt zwischen den Schutzanzügen von Alpha und Lima.

Zulu drehte sich zu ihm um, nahm sein Headset ab und rief ihm über den Lärm hinweg irgendwas zu.

»Was?«

»Für Sie. Jemand will Sie sprechen.«

Es war Cutter, und er hatte tatsächlich Neuigkeiten – so ziemlich das Allerletzte, was Cohen hören wollte. Er presste sich den Kopfhörer an die Ohren, duckte sich, um aus dem Wind zu kommen, und lauschte bestürzt Cutters Worten.

»Leider hat unser wenig hilfreicher Freund wohl doch Recht. Anscheinend hat sie sich während ihrer Zeit in Miami mit einem Detective von der Mordkommission angefreundet. Er heißt Singleton, ein guter Mann; wir nennen ihn ›Blade‹, und er arbeitet gelegentlich mit uns zusammen. Na, jedenfalls hab ich rausgefunden, dass er sie häufiger mit auf den Polizeischießstand irgendwo in der Nähe der Everglades genommen hat, wo sie auch schießen durfte. Ich hatte ihn gerade am Telefon, und – das hören Sie jetzt bestimmt nicht gern – er sagte, sie war ein Naturtalent. Dieser Blade versteht was davon. Er ist ein …«

Cutters Stimme wurde plötzlich von statischem Rauschen verschluckt.

»Wie war das? Hallo, Aldus?«

»... in Vietnam.«

»Wie bitte? Ich hab nicht alles verstanden.«

»Ich hab gesagt, dass Blade bei den Marines war, und er versteht was davon. Er war Scharfschütze in Vietnam.«

Cohen hatte es die Sprache verschlagen.

»Quantico hat noch Schlimmeres zu vermelden. Ich hatte ja keine Ahnung, aber die Kleine kommt verdammt viel rum. Sie hat sich bei der CIRG versucht und einige SEK-Übungen absolviert, den Ausbildungsparcours und so weiter, alles, was sie mitmachen durfte. Sie haben sie bewertet, Harry. Für eine Frau soll sie verdammt gut gewesen sein.« Er stockte und fügte dann hinzu: »Es tut mir Leid. Ich hätte das wissen müssen. Ich habe das Gefühl, Sie im Stich zu lassen.«

»Woher wusste er davon?«

»Wer?«

»Devereaux.«

»Keine Ahnung. Wir können ihn ja zu gegebener Zeit fragen, aber bis dahin haben Sie ein großes Problem, Kumpel.«

Nicht so groß wie das von Flint, dachte Cohen. Er dankte Cutter und reichte Zulu das Headset zurück. »Ja, gut«, formte er mit den Lippen, als der Captain fragend den Daumen hochreckte.

Aber Cohen wusste, dass Cutters Anruf mit Sicherheit von den Türken abgehört worden war, und er konnte sich gut vorstellen, wie die Warnung lautete, die Zulu nun jeden Augenblick über sein Headset empfangen würde: *Sie hat von einem qualifizierten Scharfschützen schießen gelernt.*

Er sah, wie der Captain sich anspannte. Auch der Pilot hatte wohl dieselbe Nachricht empfangen, denn er wandte erwartungsvoll den Kopf, und Zulu gab den Befehl.
Die Maschine bockte, als Zulu zu Cohen sagte: »Ein Schusswechsel wird gemeldet.«
Nach einem weiteren Schwenk flogen sie nun parallel zu einem Bergkamm, der über die Baumgrenze aufragte, wie Zuckerguss auf einem Kuchen. Der Mond stand schon tief und warf den Schatten eines Geister-Rooivalks, der vor ihnen über die Kalkfelsen raste; ein monströses spinnenartiges Wesen, das ihnen den Weg zu Flints vermutlichem Untergang wies.

Sie orientierten sich an einer Spur blinkender Lichter, die eine Bodenpatrouille für sie ausgelegt hatte. Neun gelbe und das zehnte rot, dann wieder neun gelbe und ein rotes. Das Muster wiederholte sich und folgte den Windungen eines Weges. Einer der Beobachter zählte die roten Lichter ab.
Er hatte einen Arm über Schulterhöhe gehoben, den er nun mit Bestimmtheit senkte. Zulu sagte etwas in sein Headset, und der Hubschrauber legte sich in die Kurve und drehte ab. Der Pilot stellte den Motor ab, und plötzlich herrschte Stille. Leicht nach rechts geneigt, flatterte der Rooivalk wie ein verletzter Vogel auf eine Lichtung zu. Die auf Autorotation gestellten Rotorblätter lieferten gerade genug Auftrieb, um die Landung zu dämpfen.
Der zweite Rooivalk war bereits da, und bis an die Zähne bewaffnete Männer sprangen heraus. Zu ihren Tarnanzügen trugen sie nun auch noch schwarze Mützen mit Augenschlitzen. Zulu wies Cohen an, sich auszuziehen, und gab ihm einen schwarzen Overall und eine Mütze. Als wäre es ihm nachträglich eingefallen, reichte er ihm auch noch eine kugelsichere Weste.

Dann legte er einen Finger an die Lippen, um zu signalisieren, Ruhe, kein Wort mehr.
Fast wie in Trance folgte Cohen Zulus Schatten in die Nacht.

Geräuschlos wie Raubkatzen schlichen sich die vier Scharfschützen auf das dunkle Haus zu, suchten sich, jeder für sich, ihren Weg durch das Unterholz, um gute Schusspositionen zu finden. Sie trugen keine Namensschilder mehr, aber sie benutzten weiterhin ihre Codenamen, und der Scharfschütze namens Victor fand etwa zweihundert Meter von der Haustür entfernt eine Senke, wo er den Lauf seiner Remington auf dem Ast einer Kiefer abstützen konnte. Whiskey arbeitete sich zu einer offenen Scheune vor, wo er hinter einem kleinen weißen Ford Deckung nahm, während X-Ray und Yankee sich für ein Dickicht von Johannisbrotbäumen auf einer Anhöhe entschieden. Einer nach dem anderen raunte seine Position in sein Headset.
»Die Scharfschützen haben Stellung bezogen«, sagte Zulu zu Cohen.
Dann waren die beiden Angriffsteams – nach ihren Anführern Alpha und Bravo benannt – an der Reihe, jeweils fünf Männer, die für Cohen unsichtbar blieben, bis Zulu ihm ein Nachtsichtfernglas reichte. Jetzt konnte er sie ausmachen: dahinhuschende Gestalten, in gespenstisches grünes Licht getaucht, die immer näher auf ihr Ziel vorrückten. Der Erste von ihnen hatte das Haus fast erreicht, als Zulu sagte: »Kommen Sie.«
Sie mieden den weißen Hintergrund des Weges und liefen von Baum zu Baum, von Deckung zu Deckung, tief gebückt, so dass Cohen schon bald schwer atmete. Sie passierten die Anhöhe und kamen an eine Stelle, wo der Feldweg auf eine betonierte Zufahrt stieß.

»Das ist nah genug«, flüsterte Zulu, und er bedeutete Cohen mit den Händen, sich neben ihm hinzulegen, hinter der spärlichen Deckung, die ein Dornenbusch bot. Auf die Ellbogen gestützt, spähte Cohen unter den Ästen hindurch und sah, dass das Alpha-Team jetzt an Ort und Stelle war: drei Mann rechts und links neben der Tür an die Wand gepresst, drei andere unter den Fenstern gekauert, Rücken gegen die Wand. Das Bravo-Team war verschwunden.
Mit dem Fernglas suchte Cohen die Fassade des Hauses ab, ob sich hinter den dunklen Fenstern irgendwas regte. Im Erdgeschoss meinte er das schwächliche Flackern eines Feuers zu sehen, dessen Widerschein auf eine Wand fiel, aber ansonsten war das Gebäude totenstill. Es sah aus wie ein Kloster, das nur teilweise restauriert worden war, und die Ruinen des größeren Teils ragten über und hinter dem neuen Dach auf wie ein Skelett.
Zulu seufzte in sein Headset, hielt zwei Finger einer Hand in Cohens Richtung: noch zwei Minuten. Noch zwei Minuten, und dann würde Cohen sein Wunder vollbringen – oder nicht. Er wusste, dass ihm als Einzigem von allen hier etwas daran lag, dass er Erfolg hatte. Er vermutete, dass es Zulu und seinen Männern unterm Strich wahrscheinlich lieber wäre, wenn er scheiterte.
Zulu zeigte aufs Dach, und Cohen sah fünf schwarze Gestalten in den leeren Fensterhöhlen der Ruine stehen, wie Mannequins als Silhouetten vor einem sternenübersäten Himmel – das Bravo-Team hatte, ohne dass ein Schuss gefallen war, eine hervorragende Ausgangsposition eingenommen. Seilrollen hingen den Männern über die Schultern, und Cohen sah, dass die Mündungen ihrer Waffen über den Rücken aufragten. Einer nach dem anderen kletterte nach unten aufs Dach und schob sich behutsam über die Ziegel.

Ein Finger von Zulu – noch eine Minute.
Im Rooivalk hatte Cohen unablässig seine Rede geprobt, war im Geist immer wieder durchgegangen, wie er anfangen sollte. »Frank Harling, Grace Flint, mein Name ist Harry Cohen«, oder »Mr. Harling, Detective Inspector Flint, das Innenministerium in London schickt mich« – und noch zahlreiche andere Varianten. Alle klangen sie lächerlich. Schließlich hatte er beschlossen, dass er sagen würde, was ihm gerade in den Sinn kam.
Bravo und seine Männer hockten jetzt gefährlich dicht am Rand des Daches, mit dem Rücken zur Erde, die Köpfe zur Seite gedreht, um nach unten blicken zu können, und hielten sich an den Seilen fest, die um die Schornsteinbrüstung geschlungen waren.
»Fertig?«, fragte Zulu lautlos, und Cohen zog seine Mütze ab und nickte. »Dann los.«

»Harling, Flint, Spenny – alle, die da drin sind – hören Sie mir zu!«
Was zum Teufel! Ein nackter Metin Cadessi rollte sich vom Bett auf den Boden, die M-4 an die Brust gedrückt.
»Mein Name ist Cohen. Ich bin hier, um Ihnen zu sagen, dass es vorbei ist. Sie sind von bewaffneten Männern umzingelt. Sie haben keine andere Wahl, als sich zu ergeben.«
Die Stimme kam von draußen, von der Einfahrt. Cadessi kroch zum Fenster.
»Frank Harling, Sarah Spenny, falls Sie Flint etwas antun, wird man Sie töten. Legen Sie Ihre Waffen nieder und treten Sie an ein Fenster, mit erhobenen Händen. Sofort!«
Cadessi stand auf, den Rücken zur Wand, und spähte durch den Rand der Scheibe. Da stand ein schwarz gekleideter Mann

allein, keine zwanzig Meter vom Haus entfernt, die Hände um den Mund gelegt. Zwanzig Meter war nichts.
»Die Männer, die euch umzingelt haben, sind Soldaten einer türkischen Kommandotruppe. Sie sind bestens ausgebildet.«
Welche Soldaten? Cadessi konnte da draußen keine andere Menschenseele entdecken.
»Wenn ihr jetzt nicht rauskommt, kommen sie rein und holen euch. Ihr habt keine Chance, absolut keine Chance!«
Leck mich doch, dachte Cadessi. So, wie er es von den vielen Actionfilmstars kannte, die er bewunderte, fuhr er herum, sprang vor das Fenster und schoss aus der Hüfte. Er zog am Abzug und hielt ihn durchgedrückt, bis das ganze Magazin leer war.

Von seiner Position in der Senke aus sah Victor durch das Zielfernrohr mit der zehnfachen Vergrößerung eine Bewegung in dem Fenster, das er im Visier hatte, sah die Scheibe zerspringen, sah das Mündungsfeuer, sah die Umrisse des Ziels – und schoss. Das von ihm bevorzugte Remington-Modell war eher auf Präzision als auf Geschwindigkeit ausgelegt: ein Zylinderverschlussgewehr, das ihm nur einen einzigen Schuss gab. Mehr brauchte er auch nicht. Im Zielfernrohr sah er einen menschlichen Kopf zerplatzen.

Auf dem Rücken liegend, mit einem brennenden Schmerz in Beinen und Brust von den Betonsplittern, die ihn wie eine Schrapnellladung bombardiert hatten, sah Cohen fünf schwarze Gestalten, die sich mit der geschmeidigen Anmut von Synchronschwimmern an der Hausfassade abseilten, auf sich zukommen. Als sie die Fenster des oberen Stockwerks erreicht hatten, blieben sie einen Moment in der Schwebe, bis sie sich, auf ein unsichtbares Zeichen hin, mit den Beinen von der Wand abstießen, mit dem Körper nachwippten, um schneller zu werden, dann wie Pendel zurückschwangen, Beine ausgestreckt, Füße voran.

Und in dem Augenblick, als sie durch das Glas brachen und beinahe tänzerisch aus Cohens Gesichtsfeld verschwanden, sah er einen weißen Blitz und hörte den Knall einer Explosion. Er hob den Kopf und sah, dass die Haustür nur noch schräg in den Angeln hing und fünf weitere Gestalten durch die Öffnung ins Haus stürmten.

»Alles in Ordnung mit Ihnen?« – Zulu berührte ihn an der Schulter, blieb aber kaum stehen, bevor er dem Alpha-Team ins Haus folgte.

Als Cohen sich aufsetzte, spürte und hörte er die Detonation von Blendgranaten. Ja, mit ihm war alles in Ordnung, glaubte er. Er öffnete den Reißverschluss der kugelsicheren Weste, tastete seine Brust ab und spürte ein paar Stellen, die klebrig von Blut waren, aber nicht viele. Aus dem Innern des Hauses drang das laute Knattern von Maschinenpistolen.

Und dann trat eine lange Stille ein, als wären alle da drin in dem Chaos ums Leben gekommen oder von der Brutalität so überrascht, dass sie keinen Laut mehr von sich geben konnten. Dann hörte Cohen die gedämpften Stimmen von Zulus Männern, die einander etwas zuriefen, und durch die zerschmetterten Fenster sah er den Schein von Taschenlampen. Das Leben kehrte zurück.

Allmählich gingen die Lichter im Haus an, und Zulu erschien in der Tür. Er zog sich die Handschuhe aus und die Mütze vom Kopf und signalisierte den Scharfschützen, dass der Angriff vor-

über war. Cohen rappelte sich auf und ging langsam auf ihn zu, wissend und fürchtend, was Zulu ihm sagen würde.
»Sie sind alle tot. Kommen Sie rein und sehen Sie es sich an.«
Cohen spürte die Last seines Scheiterns, als er Zulu in einen großen offenen Raum folgte, in dem der Gestank von Kordit fast überwältigend war. Überall lag zersplittertes Glas, knirschte unter ihren Schritten, und ein langer Esstisch lag umgekippt auf der Seite. In einem Türdurchgang zu seiner Linken sah Cohen eine Blutlache.
»Einer von ihnen ist da drin«, sagte Zulu.
Cohen wappnete sich innerlich, achtete darauf, wo er hintrat, als er zur Tür ging, und blickte hinab auf die Leiche von Patrick Shilling. Er lag ausgestreckt auf dem Rücken, und er hatte ein kleines rotes Loch mitten in der Schläfe, und eine Linie von eher gezackten Löchern quer über die Brust wurde durch karmesinrote Risse in seinem Hemd markiert. Seine Augen waren weit aufgerissen, was seinem Gesicht einen verblüfften Ausdruck gab, als hätte der Tod ihn völlig überrascht.
»Kennen Sie ihn?«
Eigentlich nicht, dachte Cohen. Bei zahllosen Besprechungen im Thames House hatte Shilling zwar die meisten von Cohens Rechtsgutachten mit offener, wenngleich stummer Verachtung abgetan, aber sie beide hatten selten mehr als Höflichkeiten ausgetauscht.
»Ja«, sagte er. »Sein Name ist – war – Patrick Shilling. Er war einer von denen, die im Verdacht stehen, den Bombenanschlag auf das Flugzeug geplant zu haben.«
»Er war schon tot, als wir kamen.«
»Was? Sind Sie sicher?«
Zulu trat über das Blut hinweg ins Zimmer und ging neben

Shillings Leiche in die Hocke. »Das da«, sagte er und zeigte auf die Schläfe, »das ist ein Pistolenschuss. Wir benutzen aber keine Handfeuerwaffen. Und hier« – er packte Shillings Haar und hob den Kopf an, und Cohen musste fast würgen, als er die klaffende Wunde am Hinterkopf sah – »ist das ganze Blut ausgetreten.« Er ließ Shillings Kopf fallen, stand auf und berührte den Rand der Lache mit seiner Stiefelspitze. »Es fängt schon an zu gerinnen.«
»Und woher stammen die …«, setzte Cohen an und schüttelte dann den Kopf, als wollte er sagen, dass es keine Rolle spielte.
»Die da«, sagte Zulu und hob den Fuß, um auf die Brustwunden zu zeigen. »Die sind von uns. Es ist unser Job, auf Nummer Sicher zu gehen. Kommen Sie, ich zeig Ihnen die anderen.«
Er ging voraus die Treppe hinauf in den ersten Stock und in ein Schlafzimmer, wo eine Leiche neben einem kaputten Fenster lag.
»Das ist der, der Sie umbringen wollte. Ist das Harling?«
»Woher soll ich das wissen?«, sagte Cohen erbleichend, denn von dem Gesicht war nichts mehr übrig, was man hätte identifizieren können.
»Wie groß ist Harling?«
»Etwa meine Größe – nein, fünf, sechs Zentimeter weniger.«
»Dann ist er das nicht. Und das bedeutet«, sagte Zulu, »dass Harling nicht hier ist. Es gibt nur noch eine weitere Leiche – die Frau. Sie wurde auch schon getötet, bevor wir hier waren.«
Nun führte Zulu Cohen zurück zum Treppenabsatz und öffnete die Tür in ein Zimmer voller Obszönitäten: Die Wände waren tapeziert mit Bildern von nackten Männern und Frauen in jeder Kopulationsform, die Cohen sich auch nur vorstellen konnte; Sarah Spenny, ebenfalls nackt, lag ausgestreckt auf dem Boden, Blut an den Oberschenkeln, ein breites leuchtend rotes Band,

wo einmal ihre Kehle gewesen war – bis man sie ihr von einem Ohr zum anderen aufgeschlitzt hatte.

VII

Grace Flint saß hinter dem Lenkrad eines Jeeps und blickte hinunter nach Nikosia, wo die Straßenlampen noch orangegelb leuchteten, obwohl es schon hell wurde. Sie befand sich weniger als fünf Meilen von dort entfernt, wo sie sein wollte – die von UN-Truppen kontrollierte »grüne Linie«, die das Herz der Stadt in der Mitte durchtrennte –, und das Einzige, das zwischen ihr und dort stand, war eine Straßensperre der türkischen Armee, etwa hundert Meter jenseits der nächsten Haarnadelkurve.

Als sie ohne Licht und im Leerlauf den Berg hinuntergerollt war, wäre sie fast direkt in die Straßensperre hineingefahren, doch irgendein Instinkt hatte ihr eingegeben, knapp vor der Kurve eine Parkbucht anzusteuern. Sie hatte den Motor ausgemacht und gelauscht, wie er abkühlte, und war dann auf den Felsen geklettert, durch den die Straße hindurchgeschnitten war, und sie hatte die weißen Helme der Militärpolizei gesehen. Sechs Ölfässer bildeten die Schikane, durch die sie hindurchmüsste, und solange sie die Sperre beobachtete, war jedes Fahrzeug angehalten worden.

Das konnte kein Zufall sein – die Soldaten suchten nach irgendwas, nach irgendwem.

Dich, Flint, die suchen dich.

Wieso?

Und dann hatte sie sich an Mario Silva vor seiner White-Board-Tafel erinnert, wie er auf die rechte Spalte seines Schaubildes

deutete. *Und hier haben wir den »Admiral«. Wir kennen seinen Namen nicht, aber wir glauben, dass er ein hoher Beamter des NATO Supreme Allied Command ist – oder war.*
Die Türkei war Mitglied der NATO.
Mario in die Kamera: *Sie sehen also, Gentlemen, die Tentakel der Organisation das* UNTERNEHMEN *reichen weit über seine natürlichen Grenzen hinaus.*
Ach du Scheiße!
Sie war zum Jeep zurückgehastet, hatte gewendet und war wieder den Berg hinaufgefahren, bis sie einen Feldweg gefunden hatte, in den sie einbiegen konnte. Sie war ihm gefolgt, für den unwahrscheinlichen Fall, dass er zu einer anderen Straße führte, über die sie nach Nikosia kommen könnte, aber nach weniger als einer Viertelmeile hatte er sich einfach in Nichts aufgelöst, wie ihre Hoffnungen.
Da sie von der Straße aus nicht zu sehen war, hatte sie beschlossen, einfach da zu bleiben, wo sie war, bis der Tag anbrach und der Verkehr stärker wurde. Vielleicht würden sie die Sperre aufheben, oder der Krieg würde ausbrechen, oder irgendetwas würde passieren, so dass sie vielleicht noch fünf Meilen weiterkam. Irgendwas musste passieren, so redete sie sich ein. Irgendwas würde passieren.
Harling stöhnte, und sie drehte sich zu ihm um. Er lag ausgestreckt auf der Rückbank, gegen die Seitenwand gelehnt, unter einer Decke. Sie hatte ihn, so gut sie konnte, medizinisch versorgt, aber er hatte ziemlich viel Blut verloren und sah trotz seines gebräunten Teints bleich aus.
»Stirb mir nicht weg, Frank«, sagte sie. »Nicht jetzt. Nicht, wo wir so nah dran sind.«
Sich selbst gegenüber – wenn auch garantiert nie einem anderen

gegenüber – gestand sie sich ihre Heuchelei ein. Die Kugel, die in seine Schulter eingedrungen war – die Bänder zerfetzt, den Knochen durchschlagen hatte, so dass er vor Schmerzen halb von Sinnen und in Schweiß gebadet war –, hatte seinem Herzen gegolten.

»Na los, verdammte Scheiße. Nun mach schon.«

»Okay, Frank«, als sie abdrückte – und sie hatte ihn töten wollen, wirklich vorgehabt, ihn zu töten. Ihr war unerklärlich, wieso sie auf diese Entfernung sein Herz verfehlt hatte. Die Kugel hatte ihn herumgerissen, und sie hatte gesehen, wie er sich an die Schulter griff, als er fiel. Er hatte gesagt: »Mein Gott«, und versucht, von ihr wegzukriechen, und sie war aufgestanden, mit dem festen Vorsatz, noch einmal auf ihn zu schießen, und sie hätte es getan – hätte es wirklich fast getan –, wenn sie nur die Stimmen zum Schweigen gebracht hätte, die in ihrem Kopf tobten.

Sie hatte über ihm gestanden, breitbeinig über seinen Schultern, die Ruger auf seinen Hinterkopf gerichtet, Druck auf dem Abzug, noch einen Millimeter Spielraum.

»Harling!«

Hämmern an der Tür, jemand rappelte an der Klinke.

»Was zum Teufel ist da drin los? Machen Sie die Tür auf.«

Sie war von Harling zurückgetreten, hatte sich anderthalb Meter von der Tür entfernt aufgebaut, so mit der Ruger gezielt, wie Blade es ihr beigebracht hatte, und mit aller Hysterie, die sie aufbringen konnte, geschrien: »Oh, Frank, nein, bitte nicht.«

Das Holz um das Schloss herum war weggesplittert, als er die Tür eintrat, und bei ihrem Anblick war er vor Verblüffung wie erstarrt stehen geblieben. Dann hatte er sich wieder gefangen

und einen Satz auf sie zugemacht und versucht, die Pistole zu heben, die er in der Hand hielt, und sie hatte ihn in den Kopf geschossen.
Sie hatte sich unnatürlich ruhig gefühlt und mit großer Klarheit gewusst, was noch zu tun war.
Sie hatte das Licht ausgeschaltet und war über den Körper des Toten hinweg ins Wohnzimmer getreten. Sie schaute sich um, sah den Tisch, das Sofa, den Kamin und – zu ihrer Rechten – die nur angelehnte Haustür. Sie ging zur Tür und schloss sie und fand die Schalter, die sämtliche Lichter im Erdgeschoss löschten. Sie wartete einen Moment, orientierte sich, ließ ihren Augen Zeit, sich an das unregelmäßige Licht des Feuerscheins zu gewöhnen.
Als sie bereit zur Jagd war, zog sie die Schuhe aus.
Stella. Zwei hatte sie schon, jetzt nur noch eine.

Von dem Proviant, den Cadessi ihr aus der Küche geholt hatte, nahm Flint ein karges Frühstück zu sich: hartes Brot, eine Scheibe Ziegenkäse, saurer Joghurt, eine bittere Orange. Sie wollte, dass Harling wenigstens ein wenig Wasser trank, aber er war nahezu bewusstlos. So, wie seine Stirn sich anfühlte, hatte er Fieber, und immer mal wieder delirierte er. Sie inspizierte seinen Wundverband und sah, dass Blut durchsickerte. Die Kugel steckte noch in seiner Schulter, und sie wusste, dass er ohne ärztliche Hilfe höchstwahrscheinlich sterben würde. Jetzt, da er der Gefangene Harling war – ihr Gefangener –, konnte sie das nicht hinnehmen.
Sie lagerte ihn so bequem wie möglich, und dann überprüfte sie ihre Waffen. Das Magazin von Cadessis Beretta war voll, und sie hatte noch fünf Patronen in der Ruger. Es hätten auch nur noch

vier sein können, aber Cadessi war förmlich zusammengebrochen, als sie plötzlich hinter ihm stand und sagte, er solle die Hände hochnehmen – obwohl er natürlich noch nicht verarbeitet hatte, was sie mit den beiden Männern gemacht hatte, die da vor ihm auf dem Boden lagen, ein, wie sie zugeben musste, ziemlich erschreckender Anblick. Sie hatte ihn gezwungen, sich mit den Händen auf dem Kopf hinzuknien, bevor sie ihn sich genauer ansah. »Oh, ich erinnere mich an dich – Stellas Romeo. Und wo ist nun deine Freundin?« Selbst als sie ihm die Ruger zwischen die Augen presste, hatte er geschworen, es nicht zu wissen.

Sie schob die Beretta unter den Fahrersitz und versteckte die Ruger unter dem Rock ihres Kleides. Sie hatte nicht vor, sich eine Schießerei mit der halben türkischen Armee zu liefern. Sie hoffte darauf, dass sie Mitleid mit einer völlig aufgelösten Frau haben würden, die einen Bluterguss im Gesicht hatte und deren Mann bei demselben Unfall schwer verletzt worden war – der *sofort* in ein Krankenhaus musste. Aber falls sie ihr die Geschichte nicht abkauften und sie gezwungen war, die Waffe zu zücken, könnte ihr der Überraschungseffekt einen Vorteil verschaffen, dachte sie.

»Immer noch besser, als hier rumzusitzen«, sagte sie in Cutters gedehnter Intonation. »Aufsitzen, es geht los.«

Sie startete den Motor und fuhr mit gemäßigtem Tempo Richtung Straße, bemüht, Harling auf dem holprigen Feldweg nicht durchzurütteln. Kurz vor der Kreuzung hielt sie an und betrachtete den fließenden Verkehr: in beide Richtungen waren viele Fahrzeuge unterwegs, und sie bewegten sich gleichmäßig – es gab keinen Ruckstau in Richtung Nikosia. Also, schloss sie, hielten sie an der Sperre niemanden an. Vielleicht hatten sie die

Schikane ja entfernt. Vielleicht waren sie weg? Sie klammerte sich an diesen Hoffnungszweig und fädelte sich mit dem Jeep in den fließenden Verkehr ein.

Falsch, Flint – sie waren nicht weg.

Als sie um die Biegung kam, konnte sie sehen, dass die Ölfässer nicht mehr da waren, aber die Soldaten, gut zwei Dutzend, schätzte sie. Eine Mischung aus Militärpolizei und Gewehre tragenden Soldaten in Tarnanzügen und mit roten Uniformmützen. Sie standen in lockeren Grüppchen auf beiden Seiten der Straße und spähten in jedes Fahrzeug, das vorbeikam. Ein Bus, der aus der anderen Richtung kam, war angehalten worden, und sie überprüften die Passagiere – die weiblichen Passagiere – eine nach der anderen.

Sie hatte noch hundert Meter vor sich und wusste, dass es nicht funktionieren würde – wusste mit beängstigender Sicherheit, dass sie nach ihr suchten.

Sie nahm eine Hand vom Lenkrad und griff nach der Ruger.

Und dann kam ihre Wut, brodelte in ihr auf wie flüssige Lava. Sie empfand einen plötzlichen urwüchsigen Hass auf Buller, Harling, Shilling, Spenny und die anderen gesichtslosen Tiere und Helfershelfer, die zum UNTERNEHMEN gehörten. Sie verfluchte sie für das, was sie Pete Pendle und Kevin Hechter und all den anderen angetan hatten, die wegen ihrer Gier gestorben waren. Vor allem verachtete sie sie für das, was sie ihrem Vater angetan hatten, um ihn dazu zu bringen, ihnen von Silvas Videoband zu erzählen.

Im Gegenverkehr entstand eine Lücke, weil ein Laster stehen geblieben war, der nicht an dem Bus vorbeipasste – keine große Lücke, aber für ihre Zwecke reichte es. Sie riss das Lenkrad herum, trat das Gaspedal durch, drückte auf die Hupe und raste

auf die Soldaten zu. Sie sah ihre verblüfften Gesichter, sah, wie sie ihre Waffen heben wollten, sah, wie sie beiseite sprangen, um sich in Sicherheit zu bringen.
Dann war sie an ihnen vorbei, jagte direkt auf den Laster zu, und sie riss das Steuer wieder herum, versuchte, sich wieder in ihre Spur einzufädeln. Sie war jetzt neben einem Wagen, der nicht Platz machen wollte, bis sie ihn rammte, so dass er schräg von der Straße rutschte. Ihre Heckscheibe explodierte, und sie spürte den Jeep unter den Einschlägen von Hochgeschwindigkeitsgeschossen erbeben.
Sie steuerte in die Mitte der Straße, um Deckung durch den Laster zu bekommen, und dort blieb sie, das Gaspedal noch immer durchgetreten, bahnte sich ihren Weg zwischen den beiden Verkehrsströmen hindurch, von einem seitlichen Aufprall zum nächsten schlingernd, vorwärts getragen von ihrer Wut und dem unaufhaltsamen Schwung des Jeeps.

VIII

An der gnadenlosen Menschenjagd auf Harling und Flint beteiligten sich inzwischen Hunderte von Soldaten, und Cohen hatte den Eindruck, als kämen von Minute zu Minute mehr dazu. Ihre Lastwagen verstopften den Feldweg und die Zufahrt zum Kloster. Da Harlings Ford noch in der Scheune stand – irgendwer hatte die Zündkabel abgerissen –, vermutete Zulu, dass sie zu Fuß geflüchtet waren und dass sie angesichts des unwegsamen Geländes im Dunkeln kaum mehr als ein paar Meilen weit gekommen sein konnten. Trotzdem, für den Fall, dass er sich irrte, hatte er auf allen größeren Straßen der Republik Kontrollpunkte einrichten lassen. Über Funk meldete er, dass die beiden Flüchtigen bewaffnet und äußerst gefährlich waren und wegen Mordes gesucht wurden: zwei weitere Morde kamen auf ihr Konto.

Was in Gottes Namen war hier passiert? Cohen beobachtete zwei Kripobeamte, die in dem Zimmer Spuren sicherten, in dem Shilling getötet worden war, und er dachte, dass es noch immer wie ein Schlachthaus aussah, obwohl man die Leiche weggeschafft hatte. Oben, wo noch immer der Unbekannte und Sarah lagen, war es sogar noch schlimmer. Der Pathologe, der aus Nikosia gekommen war, um die Leichen zu untersuchen, meinte, dass Sarah vergewaltigt worden war, entweder kurz bevor ihr jemand die Kehle so tief aufgeschlitzt hatte, dass sie fast geköpft worden war, oder kurz danach. Cohen hatte an das letzte Mal denken müssen, dass er Sarah gesehen hatte – wie sie neben ihm kniete, seinen Kopf hochhob, ihm ein Getränk einflößte, das ihn töten sollte –, und er hatte sich an das Grauen erinnert, das sie ihm eingejagt hatte. Trotzdem empfand er Mitleid mit ihr. Warum hätte Harling ihr das antun sollen, und – noch schlimmer – was könnte so ein Mann jetzt Flint antun?

Für Cohen bestand kaum ein Zweifel daran, dass Harling Shilling erschossen und die Mordwaffe mitgenommen hatte, denn die einzige Handfeuerwaffe im Haus war der kleine schwarze Revolver, den man unter Shillings Leiche gefunden hatte, und aus dem war nicht geschossen worden. Aber warum hatte er Flint mitgenommen – warum hatte er sie nicht einfach erschossen und die Leiche hier gelassen? Und wer war der Mann, der keinen Kopf mehr hatte, und warum hatte Harling ihn am Leben gelassen. Warum war der Mann, nachdem er überlebt hatte, in diesem Leichenhaus geblieben?

Jedes mögliche Szenario, das Cohen sich ausdachte, brach sofort wieder unter einer oder mehreren Unwahrscheinlichkeiten zusammen. Er kam nicht auf den Gedanken, dass nicht Harling, sondern Flint es gewesen sein könnte, die Shilling erschossen hatte; dass Harling der Gefangene war, nicht Flint – das heißt, bis Zulu eilig durch die Haustür trat und sagte: »Sie hat vor Nikosia eine Straßensperre durchbrochen.«
Und dann, als Zulu ihm die Einzelheiten mitteilte, die man ihm per Funk durchgegeben hatte, und als er Cohen am Arm packte und ihn drängte, sich zu beeilen, und als sie auf den Rooivalk zurannten, dessen Rotorblätter sich schon drehten, da ahnte Cohen plötzlich, was sie getan hatte und was sie jetzt tun würde.
»Sie hat Harling bei sich, ganz sicher«, sagte er. »Sie will ihn auf die andere Seite bringen.«
»Das kann sie nicht. Das ist unmöglich.«
»Vielleicht. Aber sie hat es vor.«
»Dann ist sie so gut wie tot«, sagte Captain Zulu.

In der von Mauern umgebenen Altstadt von Nikosia, so fand Flint schnell heraus, ist die »grüne Linie« keine gerade verlaufende Grenze, sondern sie windet sich durch ein Labyrinth von tausendjährigen Sträßchen. Sie hatte sich einen offiziellen Übergang angesehen – etwa eine Meile westlich der Altstadt – und für zu groß befunden, für zu gut bewacht, um ihn zu durchbrechen. Sie sollte es lieber hier probieren, dachte sie, wo die Pufferzone keine zehn Meter breit war und durch ein Gewirr von Zäunen, Sandsäcken, Ölfässern, Wachposten und verrostetem Stacheldraht gesichert wurde. Sie sah mehr türkische Wachen, als ihr lieb war – noch ein Indiz für die drohende Kriegsgefahr, vermutete sie –, aber wenn sie bloß eine Straße fand, wo sie den Jeep ausreichend beschleunigen konnte, hatte sie eine Chance durchzukommen. Sie würde es riskieren, weil ihr keine andere Wahl blieb.

Apropos Krieg, der Jeep sah aus, als hätte er gerade einen hinter sich – das Rückfenster zerschossen, die Seitenspiegel und Radkappen abgerissen, das Blech an den Seiten zerkratzt und verbeult –, und er zog neugierige Blicke von den Einheimischen auf sich. Natürlich hatten die Soldaten an der Straßensperre inzwischen eine Suchmeldung nach dem Fahrzeug rausgegeben. Es war nur eine Frage der Zeit, bis ein rechtschaffener Bürger der Polizei die Anwesenheit dieses umherschleichenden Wracks auf vier Rädern melden würde. Sie konnte den Jeep nicht einfach stehen lassen, denn dann hätte sie Harling zurücklassen müssen – der inzwischen schon fast im Koma lag –, und das kam nicht in Frage. Sie würde ihn über die Linie bringen, er würde in ein Krankenhaus gebracht, er würde ausgeliefert werden – und er würde ins Gefängnis kommen. Schon bald würde sie zu ihm sagen: »Frank Arthur Harling, Sie sind festgenommen.«

Sie bewegte sich ungefähr parallel zur »grünen Linie«. Bei jeder Kreuzung hielt sie an und blickte nach rechts, um abzuschätzen, wie gut sich die Straße eignete und wie stark die Barrikade am Ende war.

Zu schmal, zu kurz, zu viele parkende Autos – zu viele Wachen.

Sie näherte sich dem östlichen Rand der Stadt, und allmählich gingen ihr die Möglichkeiten aus, als sie ihre Fluchtroute fand – die beste, die sie wahrscheinlich finden würde. Die Straße war rund vierhundert Meter lang, leer, relativ breit und am Ende nur mit einem Maschendrahtzaun gesichert, den sie durchbrechen musste. Es gab keine Wachen, soweit sie sehen konnte.

Sie bog in die Straße ein, fuhr fünfzig Meter und blieb stehen.

Wie der Pilot eines startbereiten Passagierflugzeuges überprüfte sie noch einmal die Instrumente, brachte den Motor auf Touren, löste die Handbremse und jagte den Jeep auf die Linie zu. Sie war keine zweihundert Meter mehr entfernt, als sie ihr die Vorderreifen zerschossen.

Zulu am Funkgerät, Zulu mit Anweisungen an den Piloten, Zulu, der seinen Männern die Neuigkeit berichtet und zufriedenes Brummen erntet. Alpha und Lima, die über Cohen hinweggreifen, um die Handflächen gegeneinander zu schlagen.
»Wir haben sie.«
»Am Leben?«, fragte Cohen.
»In der Falle.«
Er zeigte Cohen einen Plan der Altstadt und deutete auf die Straße, wo, wie er sagte, Flint jetzt belagert wurde – wo sie sich hinter einem umgekippten Jeep verschanzt hatte, eine Pistole in der Hand, mit dem Rücken zur Wand, und sich nicht ergeben wollte.
»Ihr müsst mich mit ihr reden lassen.«
Der Rooivalk legte sich steil in die Kurve, und Zulu deutete durch die offene Tür auf die Doppelminarette einer Moschee, die zu ihnen hochzeigten wie Raketen auf einer Abschussrampe.
»Wir landen da. Wenn sie in den nächsten zehn Minuten nichts Dummes tut, können Sie es versuchen.«

Sie hatte noch einen letzten Trumpf in der Hand, dachte sie kein Ass, eher so was wie eine Drei.
Eine Flagge der Vereinten Nationen, die schlaff in der immer drückender werdenden Hitze hing, markierte einen Beobachtungsposten, der die Pufferzone überblickte und der leer gewesen

war, als sie auf die Linie zugerast war. Jetzt drängten sich dort UN-Blauhelme der Friedenstruppe, beobachteten sie durch Ferngläser, und sie riss den Saum ihres verdreckten Kleides ab und schwenkte ihn: ein schmutzig weißes Symbol für Waffenruhe, nicht für Kapitulation. Falls die Türken sie jetzt erschossen, würde ihr Tod zumindest Fragen aufwerfen, sogar einen kleineren internationalen Zwischenfall provozieren. Vielleicht.

Links von ihr schützte jetzt ein gepanzerter Mannschaftstransporter die »grüne Linie«, während rechts von ihr eine immer dichtere Sperre aus Armee- und Polizeifahrzeugen die Straße abriegelte. Sie war in der Mitte eines schmalen, etwa dreihundert Meter langen Korridors gefangen wie eine Ratte und fragte sich, wie viele hoch motivierte Scharfschützen wohl danach fieberten, einen Schuss auf sie abgeben zu dürfen.

»Inspector Flint« – eine gebieterische englische Stimme erklang hinter der Sperre. »Ich muss mit Ihnen sprechen. Ich komme raus.«

Ein ganz in Schwarz gekleideter Mann trat mit erhobenen Armen hinter einem Armeelaster hervor. »Ich bin unbewaffnet«, rief er, und langsam, als ginge er über Glas, kam er auf sie zu.

Hinter der Unterseite des Jeeps kauernd, konnte Flint Harlings gequältes Atmen hören. Er war noch in dem Wrack – zuletzt hatte sie ihn zusammengesackt im Fußraum liegen sehen. Falls er starb, dachte sie, hätte nichts von alldem, was nun passieren würde, noch irgendeinen Sinn.

»Das ist nah genug«, sagte sie, als er nur noch etwa sechs Meter von ihr entfernt war und das Benzin riechen konnte, das aus dem Tank auslief. Sie wollte ihm begreiflich machen, dass es im Falle einer Schießerei vermutlich eine Explosion geben würde, die ihn auch das Leben kosten konnte.

»Ich werde das ausziehen«, sagte er und öffnete unbeholfen mit einer Hand den Reißverschluß seiner kugelsicheren Weste, die andere hielt er weiter in der Luft. Er wirkte ein klein wenig lächerlich in seinem Tarnanzug – ein Engländer mittleren Alters, mittelschwer, mittelgroß, mittelbraunes Haar, das im Nacken etwas zu lang über den Kragen wuchs, schläfrige braune Augen.

»Ich heiße Cohen, Harry Cohen, und komme vom Innenministerium in London. Ich bin hier, um Ihnen zu helfen – wenn ich kann.«

»Auf mich hat er ganz ehrlich gewirkt«, hatte ihr Vater in Amsterdam beteuert, verwundert, weil sie davon überzeugt war, dass Harry Cohen nicht der war, der er zu sein vorgab. Nein, räumte er ein, er hatte nicht beim Innenministerium nachgefragt und sich auch nicht seine Papiere zeigen lassen – und dann begriff er. »Mein Gott, du denkst, er ist einer von denen?«

»Ich weiß, wer Sie sind«, sagte sie ausdruckslos.

»Nein – Sie meinen nur, Sie wüssten es.« Sie war nicht sicher, ob er aus Zorn oder aus Angst gereizt war. »Hören Sie, Ihr Vater hat mir erzählt, was Sie gesagt haben, was Sie argwöhnen, und ich kann es Ihnen nicht verübeln, aber …«

Er kam nicht weiter, weil sie den Hahn der Ruger zurückzog, die jetzt auf seinen Kopf zielte.

»Wo ist er? Was habt ihr mit ihm gemacht?«

»Mit ihm gemacht? Ich weiß nicht, was Sie meinen.«

Sie war ganz kurz davor, ihn zu erschießen.

»Ich habe mit ihm geredet, Grace. Ich schwöre Ihnen, das war *alles* – stundenlang geredet. Ich hab ihn am Flughafen getroffen und bin mit ihm nach Hause gefahren, und wir haben auf der Terrasse gesessen und, weil ich wusste, was er glaubte – was Sie vermuten –, habe ich ihm alles erzählt, was ich weiß. Ich hab ihm alles erzählt, was ich in den letzten vier Wochen herausgefunden habe, alles, was wir bislang unternommen haben, um Sie zu finden, um Ihr Leben zu retten.«

»Wer ist wir?«

»Glenning. Cutter. Bourdonnec. Die Menschen, die auf Ihrer Seite stehen.« Sie schüttelte den Kopf, und er fuhr fort. »Oh, ich weiß, was Sie über Glenning und Cutter denken, aber da täuschen Sie sich ebenso wie im Hinblick auf mich. Und was Gilles angeht: Denken Sie im Ernst, er hätte mir geholfen, wenn er nicht geglaubt hätte, dass ich auch auf Ihrer Seite stehe? Denken Sie im Ernst, Gilles würde Sie verraten?«

»Wo ist mein Vater?«

»Er ist zu Hause bei seinen Patienten, Grace. Ich könnte mir denken, dass er sich im Augenblick fast zu Tode um Sie sorgt.«

Zweifel schlichen sich ein, raubten ihr ihre Gewissheit. »Setzen Sie sich«, sagte sie. »Setzen Sie sich auf den Boden und halten Sie die Hände so, dass ich sie sehen kann, und dann erzählen Sie mir, was Sie ihm erzählt haben. Alles, was Sie ihm angeblich erzählt haben. Überzeugen Sie mich.«

Cohen blickte nach hinten zu der Barrikade. »Ich glaube nicht, dass die uns so viel Zeit lassen.«

»Das ist mir egal«, sagte sie. »Eins müssen Sie wissen, Mr. Cohen – falls das Ihr richtiger Name ist. Im Augenblick interessiert mich nur eines, und das sollte Sie auch interessieren: Wenn ich meine, dass Sie mich im Hinblick auf meinen Vater belügen, werde ich Sie töten.«

Zulu hatte gesagt: »Ich gebe Ihnen dreißig Minuten« – und die waren längst verstrichen. Cohen fürchtete, dass jeden Augenblick die letzte Aufforderung an Flint erfolgen würde, sich zu

ergeben. Um ihretwillen versuchte er seine Geschichte möglichst rasch zu erzählen, aber sie ließ ihn nicht.
»Waren Sie bei ihnen?«
»Verzeihung?«
»Bei den Bourdonnecs zu Hause?«
»Ja, ich hab sogar dort übernachtet.«
»Wie viele Stufen sind es bis zu ihrer Wohnung?«
Er erinnerte sich an den langen Aufstieg, der ihn völlig außer Atem gebracht hatte. »Viele. Über hundert – hundertdreißig, so etwa.«
»Haben sie Ihnen Kaffee angeboten?«
»Nein.« Er verzog das Gesicht. »So viel Nescafé, dass ich bis an mein Lebensende genug davon habe.«
»Wo haben Sie geschlafen?«
»Im Schlafzimmer der Jungs. Baptiste und Gaspard mussten solange bei ihrer Schwester schlafen.«
»Wie heißt sie?«
»Lucile.«
»Was hängt über Gaspards Bett?«
»Ein Hubschrauber. Sieht ziemlich gefährlich aus.«
»Wie groß ist Dominique?«
Cohen zögerte.
»Sie müssen doch wissen, wie groß sie ist. Meine Größe? Kleiner? Größer?«
Dann gab er vorsichtig zu: »Grace, ich muss Ihnen etwas sagen: Als ich Dominique gesehen habe, lag sie unter einer Decke und stand unter Beruhigungsmitteln.«
»Was ist denn mit ihr?«
»Fragen Sie lieber, was mit Gilles ist. Er war direkt vor Silvas Galerie, als die Bombe hochging.«

Es hatte schon mehrere Momente gegeben, in denen Cohen fürchtete, sie würde ihn erschießen, aber keinen, in dem er sich so sicher war wie jetzt.

»Er ist am Leben«, sagte er rasch. »Er liegt im Krankenhaus, auf der Intensivstation.«

»Weiter.«

»Seine Beine wurden schwer verletzt. Das ganze Glas, verstehen Sie. Die Ärzte tun, was sie können, aber … es könnte leider sein, dass er seine Beine verliert.«

Das leichte Beben des Pistolenlaufes verriet ihm, dass sie zitterte.

»Er hat mir das Leben gerettet, Grace – zweimal. Ich empfinde ebenso wie Sie.«

Mit einer Stimme, die so dunkel war, als ertöne sie aus dem Grab, sagte sie: »Sie haben doch keine Ahnung, was ich empfinde.«

Was Flint schließlich davon überzeugte, dass Cohen die Wahrheit sagte – was sein Leben rettete und damit auch ihres –, war die Mitteilung, dass Mario Silva seine Drohungen wahr gemacht hatte. Dass nach seinem verfrühten Tod den zuständigen Behörden tatsächlich eine Kopie des Videobandes zugespielt worden war. Die Aufregung in der FBI-Zentrale angesichts der unangemeldeten Ankunft eines Mannes mit einem Päckchen, der verlangt, den Direktor zu sprechen, das wohl kalkulierte Risiko, das Cutter eingegangen war, um eine Abhörgenehmigung zu bekommen, die wütende Entschlossenheit von Cutters Schwur, diesen »Scheißwiderling Jackson Kurlack« wegen der Ermordung von Kevin Hechter dranzukriegen – all das hörte sich wahr an. Sie kannte sämtliche Mitarbeiter des Sonderdezernats, die Cohen beschrieb, und sie kannte Carrie Evanovich, konnte förmlich Carries wütende Einwände gegen Cutters Indiskretionen und seine lässige Beruhigung hören: *Carrie, wir sind hier alle im selben Team. Wem soll er was erzählen?*

Und als Cohen dann schilderte, wie Sarah Spenny Silvas Videoband in seinem Arbeitszimmer gefunden hatte, als er ihren kaltblütigen Versuch beschrieb, ihn umzubringen, und seine Angst und die Hilflosigkeit eingestand, die er empfunden hatte, zweifelte sie nicht mehr daran, dass er die Wahrheit sagte. Sie wusste, dass sie einen Mitüberlebenden vor sich sah. Und sie wusste, mit einer Sicherheit, die tief in ihrem Innern entsprang, dass dieser schwitzende Engländer, den sie da in der Sonne braten ließ, ihre Rettung bedeuten konnte: Sie war nicht mehr ganz allein.

»So«, sagte er, »jetzt hab ich Ihnen erzählt, was ich weiß.«

Sie blickte zu der Barrikade hinüber. »Und was passiert jetzt?«

»Ich muss mit denen reden.«

»Wer sind die?«

»Türkische Spezialeinheiten – Kommandotruppen.«

Sie senkte die Ruger, so dass die Mündung zu Boden zeigte. »Tun Sie's. Erklären Sie ihnen, dass ich Harling ins Krankenhaus bringen muss.«

Cohen stand auf und rieb sich die steifen Beine. »Ich fürchte, so einfach ist das nicht. Ich muss Sie was fragen. Bevor wir hergekommen sind, waren wir in dem Haus, in dem man Sie festgehalten hat. Was ist da passiert?«

»Wenn Sie die Leiche meinen, die da lag, das war einer von ihnen. Shilling, nehme ich an. Er ist mit einer Pistole auf mich losgegangen. Ich hatte keine andere Wahl.«

»Und Sarah?«

»Was soll mit ihr sein? Ich hab sie in dem Zimmer oben direkt an der Treppe eingeschlossen. Ihr müsst sie doch gefunden haben?«

»Ja«, sagte Cohen. »Mit aufgeschlitzter Kehle.«

Sie sah ihn ungläubig an. »Und die meinen, ich hätte das getan?«

»Unter anderem.«

Aus den Augenwinkeln sah sie dunkle Gestalten hinter der Barrikade hervorkommen, Männer, die sich geduckt über die Straße auf sie zuschlichen. Sie hob die Ruger wieder hoch, bis sie auf Cohens Bauch zielte.

»Als da wäre?«

Cohen konnte sich einfach nicht überwinden, ihr zu erzählen, was er getan hatte. »Grace«, sagte er. »Bitte. Wir haben keine Zeit mehr.« Er streckte die Hand aus. »Geben Sie mir die Pistole.«

IX

In einem anderen UN-Beobachtungsposten – einem, der den offiziellen Übergang zwischen dem griechischen und türkischen Zypern kontrollierte – richtete A. J. Devereaux sein Fernglas auf Grace Flint und betrachtete sie aufmerksam, als wollte er herausfinden, was sie dachte. Sie befand sich auf der griechischen Seite der Linie, stand allein am Checkpoint, das Gesicht eine weiße Maske im leuchtend hellen Mondlicht. Hinter ihr sprach ein griechischer Armeeoffizier, der lieber im Schatten bleiben wollte, in sein Funkgerät.

Es ging schon auf Mitternacht zu, und trotzdem war es noch immer unglaublich warm. Kein Lufthauch regte sich, und die Schwüle zehrte an den Nerven. Devereaux hätte sein Jackett

ausgezogen, wenn er es irgendwo hätte aufhängen können. Also lockerte er stattdessen bloß seine Krawatte.
»Sie entspricht ganz und gar nicht meinen Erwartungen«, sagte er.
»Wie bitte?« Cohen hatte seinen Gedanken nachgehangen.
»Ich finde sie ein wenig enttäuschend.«
»Wovon redest du?«
»Flint. Nicht die Frau, für die ich sie gehalten habe. Kein Feuer in ihr, oder?«
»Alan«, setzte Cohen an, »manchmal könnte ich dich ...« Er brach ab, weil er nicht schon wieder in einen sinnlosen Streit mit Devereaux geraten wollte.
Sie hatten sich wie ein altes Ehepaar gezankt, nachdem er und Flint am Vorabend von mürrischen türkischen Soldaten zum Checkpoint gebracht worden waren – Flint schweigsam und reserviert, Cohen erschöpft von der Anstrengung seiner zweitägigen Verhandlungen, durch die er schließlich Flints Freilassung erreicht hatte. Devereaux hatte sie ohne ein Lächeln in der Pufferzone erwartet, und er war Flint gegenüber so kurz angebunden gewesen, dass es an Grobheit grenzte. Ohne auch nur seine Stellung zu erklären, hatte er Flint befohlen, sich unverzüglich zum britischen Hochkommissariat zu begeben und dort ihren Bericht zu schreiben. Als Cohen protestiert hatte – »Herrgott noch mal, Alan, sie hat viel durchgemacht« –, hatte er barsch entgegnet: »Haben wir das nicht alle?« Dann hatte er Cohen beiseite genommen und ihm eine Standpauke gehalten, als wäre er ein pflichtvergessener Untergebener. »Wir sind ganz und gar nicht zufrieden mit dir, Harry Cohen, du hast dich höchst unbeliebt gemacht. Als der Minister erfahren hat, dass du uns Informationen über Taggart vorenthalten hast, ist er regelrecht an

die Decke gegangen. Glaub mir: Das wird man dir so schnell nicht vergessen, jedenfalls *nicht* in Whitehall.«

»Offen gestanden, Alan, du bist nun wirklich der Letzte, der sich über vorenthaltene Informationen beklagen sollte, meinst du nicht?«, hatte Cohen erwidert.

»Soll heißen?«

»Harling.«

»Was ist mit diesem vermaledeiten Harling?«

»Du weißt ganz genau, was ich meine.«

Devereaux hatte die Lippen gespitzt und nichts mehr gesagt, und Cohen, der Spielchen plötzlich überdrüssig, hatte auf dem Absatz kehrtgemacht.

»Und wo soll's hingehen, werter Cohen?«

»Zum Hochkommissariat. Ich hab auch einen Bericht zu schreiben.«

»Oh, nein, das hast du nicht – und du setzt nicht einen Fuß ins Hochkommissariat. Um ehrlich zu sein, sobald Harling an uns ausgeliefert ist, hast du absolut nichts mehr mit der ganzen Sache zu tun. Wir verzichten auf deine weitere Mitarbeit, mit einer kleinen Vergütung und verhaltenem Dank. Zu gegebener Zeit findest du vielleicht, falls der Minister dir je verzeiht, deinen Namen auf der Ehrenliste, irgendwo ganz weit unten – aber, offen gesagt, ich würde nicht damit rechnen.«

»Geh zum Teufel, Alan.«

Und Devereaux hatte gelächelt. »Wenn ich mich recht entsinne, hast du das schon mal zu mir gesagt.«

Nur zwei Wachmänner wanderten vor dem türkischen Checkpoint auf und ab, doch Cohen konnte die Stimmen von vielen anderen hören, die irgendwo hinter ihnen in Splittergräben versteckt waren. Falls und wenn der Krieg begann, dann würde das

hier der Frontverlauf sein; die am stärksten militarisierte Demarkationslinie der Welt, bis auf Nord-Korea. Das war der Witz gewesen, so hatte Flint ihm erzählt, den Harling sich geleistet hatte und der ihm zum Verhängnis geworden war: *Wie Nord-Korea, aber das Essen ist besser. Das Klima auch.*
Sie war außer sich gewesen vor Wut, als Cohen ihr eröffnet hatte, dass Harling die »grüne Linie« nicht überqueren würde – jedenfalls nicht mit ihr zusammen und ganz sicher nicht in ihrem Gewahrsam.
»Dann gehe ich auch nicht«, hatte sie gesagt.
»Grace, nun sehen Sie doch ein, dass Sie hier überhaupt keinen Status haben. Sie sind illegal ins Land gekommen, unter falschem Namen, und offiziell werden Sie nun ausgewiesen. Sie haben in dieser Frage einfach keine Wahl.« Da sie ihn daraufhin bloß wütend angefunkelt und trotzig die Arme vor der Brust verschränkt hatte, hatte er weitergeredet: »Und ich finde ehrlich gesagt, dass Sie sich überaus glücklich schätzen sollten, wenn man bedenkt, was alles passiert ist. Man hätte Sie genauso gut wegen diverser Anklagepunkte in Haft behalten können – ja, Sie wären jetzt noch in Haft, wenn Präsident Denktasch nicht anders entschieden hätte.«
Trotzdem hatte sie nicht nachgegeben, und erst Captain Zulus Drohung, er werde sie gefesselt und geknebelt in den wartenden Wagen bugsieren lassen, hatte sie schließlich überzeugt. Seitdem hatte sie kaum ein Wort mit Cohen gesprochen – bis er ihr vor zwei Stunden eröffnete, dass sie die offizielle Festnahme vornehmen dürfe.
»Und was hat Schweinebacke dazu gesagt?«
»Devereaux? Der wollte, dass jemand anders vom Yard hergeschickt wird, aber Glenning hat rundweg abgelehnt, und er hat

den Hochkommissar auf seiner Seite. Und Devereaux wollte keinen Streit, der dann sogar dem Minister zu Ohren kommen würde. Außerdem wollte er natürlich keine öffentliche Auseinandersetzung – aus gutem Grund.«

Sie hatte ihn fragend angeblickt, sein Gesicht mit ihren Augen erforscht, aber er hatte den Kopf geschüttelt. »Eines Tages, wenn alles vorbei ist. Bis dahin sind Sie in Thames House vielleicht nicht gerade die Polizistin des Monats, aber für Tom Glenning und alle, die auf ihn hören, sind Sie so etwas wie eine Heldin.«

»Wirklich?«

»Wirklich. Wenn es nach ihm geht – und es geht nach ihm –, wird das, was Sie getan haben, nicht ohne Anerkennung bleiben.«

Sie hatte die Stirn gerunzelt und gesagt: »Darum geht es nicht«, und er hatte gesagt: »Ich weiß.«

Und dann hatte sie die Hand ausgestreckt und seinen Arm berührt. »Danke.«

»Wofür?«

»Für alles, was Sie getan haben.«

»Oh, meine Güte«, hatte Cohen erwidert. »Cutter würde jetzt sagen: ›Nun werden Sie bloß nicht sentimental, Flint‹« und das hatte ihm ein Lachen eingetragen.

Cohen sah auf die Uhr und gähnte. »Ich brauche frische Luft. Bin bald wieder zurück.«

Devereaux reagierte erst, als Cohen schon an der Treppe war. »Erinnere sie daran, wo sie ist und wozu sie hier ist, ja? Dass sie die Regierung Ihrer Königlichen Hoheit repräsentiert und so weiter, und dass es nicht um ihren persönlichen Rachefeldzug geht. Tu das für mich, Harry, alter Knabe.«

Detective Inspector Flint von der Londoner Metropolitan Police, ausgestattet mit der offiziellen Vollmacht, Harling zu verhaften, den Haftbefehl in der Tasche ihres Sommerblazers, wartete darauf, dass Harling die »grüne Linie« überquerte. Auch danach würde sie noch warten müssen, bis er auf den britischen Luftwaffenstützpunkt gebracht worden war – ein Fleckchen England, das aus Kolonialzeiten übrig geblieben ist –, bevor sie sagen konnte: »Frank Arthur Harling, ich verhafte Sie wegen Mordes an Peter Andrew Pendle.« Und dann würde sie ihn auf seine Rechte hinweisen: »Sie haben das Recht zu schweigen. Alles, was Sie sagen, kann …« und so weiter – und dann würde endlich alles vorbei sein, alles, bis auf die Schreie.

Soll ich Ihnen sagen, wie lange es her ist, Frank? Drei Jahre, einen Monat und sechsundzwanzig Tage. Soll ich Ihnen die Anzahl der Stunden sagen …

Nicht lange genug.

Sie dachte daran, wie er am Fußende ihres Bettes stand. *Bevor ich Sie töte …*

Sie dachte daran, wie er die Stuhllehne umklammert hielt. *Ich ramm dir die Teile dahin, wo du sie garantiert nicht haben willst.*

Sie dachte an den rasenden Schmerz in ihren Zehen.

Auf der Polizeiwache im türkischen Teil von Nikosia – in einer Zelle mit schmutzig grünen Wänden und dem Gestank von Urin aus der Toilettenschüssel – hatten sie sie gefragt, warum sie einem unbewaffneten Mann in die Schulter geschossen hatte. War es wirklich notwendig gewesen, ihn zu verwunden?

Ehrlich gesagt, ja.

Ehrlich gesagt, nein – und ich hab auf sein Herz gezielt.

Sie dachte an Metin Cadessi, der vor ihr kniete, ihre Pistole vor seinem Gesicht, der mit den Tränen kämpfte, um sein Leben bangte – und das mit Recht.

»Was hat er dir gesagt, was passieren würde? Wie war euer Plan?«

»Kein Plan, kein Plan.«

»Ich bring dich um, Metin. Auf einen mehr oder weniger kommt es jetzt auch nicht mehr an.«

»Er hat gesagt, irgendjemand würde aus dem Haus gerannt kommen, und dann sollte ich schießen.«

»Wer würde denn aus dem Haus gerannt kommen?«

»Irgendein Schwein mit einer Waffe.«

»Diese Waffe, Metin?«

»Ja, ich glaub schon.«

Sie dachte daran, wie Cadessi die Treppe hinaufgekrochen war, sie zwei Schritte hinter ihm, nach Spenny gerufen und alles getan hatte, was er tun sollte.

»Sarah, Sarah, wo sind Sie?«

»Bist du das, Cadessi?« – Sarahs gedämpfte Stimme hinter einer Schlafzimmertür. *»Was ist denn los, verdammt noch mal?«*

»Es ist schrecklich. Frank hat die Frau erschossen. Er hat Mr. Shilling erschossen. Ich musste Frank töten.«

»Du hast was getan?« – Sarah, die die Tür aufschließt und sie aufreißt, die auf den Flur tritt.

»Hallo, Stella.«

»Du mieses Schwein« – Sarahs Wut, nicht gegen Flint, sondern gegen Cadessi, weil er sie reingelegt hat. »Du *schleimiger türkischer Wichser, du beschissener …«*

»Stopf ihr das Maul, Metin, und schaff sie in ihr Zimmer.«

Das Zimmer mit den obszönen Bildern. Sie dachte an die Fotos, die die Polizei ihr gezeigt hatte, wie Sarah inmitten dieser Obszönitäten liegt, nackt, die Kehle aufgeschlitzt.

Man hatte Cadessis Sperma in ihrer Vagina gefunden. Nachdem er von zwei Frauen beschämt worden war, hatte er sich bei einer von beiden seiner Männlichkeit vergewissert, auf die offenbar einzige Art, die er kannte.
Sie sah Cohen die Treppe des Beobachtungspostens herabsteigen, wie ein alter Mann, und sie dachte an seine niedergeschlagene Miene, als er in ihre Zelle gekommen war, um ihr zu gestehen, was er getan hatte.
»Verstehen Sie doch, ich musste irgendwie erreichen, dass eine umfassende Suchaktion nach Ihnen gestartet wurde – deshalb der Haftbefehl. Es war die einzige Möglichkeit, die mir einfiel, Sie zu finden, bevor die anderen es taten.«
Da er zu diesem Zeitpunkt ihrer Meinung nach eines der größten Hindernisse zwischen ihr und Harling war, hatte sie ihn nicht geschont. »Das war ja wohl ein Schuss in den Ofen, was?«, hatte sie gesagt.

Devereaux' Handy vibrierte in seiner Hemdtasche – Glenning rief früher als erwartet aus England an. Devereaux war auch mit Glenning alles andere als zufrieden, und er verhielt sich ziemlich unterkühlt.
»Ja.«
»Ich rufe wegen Taggart an. Wir sind zu spät gekommen.«
»Wozu zu spät?«
»Er hat sich heute Nachmittag erschossen. Seine Frau hat ihn in der Bibliothek gefunden – eine ziemlich blutige Angelegenheit. Er hat sich die Pistole in den Mund gesteckt und abgedrückt.«
Devereaux versuchte, sich die Szene vorzustellen.
Glenning sagte: »Hallo? Sind Sie noch dran?«
»Seid ihr sicher, dass es Selbstmord war?«

»Die Jungs von der Spurensicherung sind noch bei der Arbeit – aber, ja, ich würde sagen, ziemlich sicher. Seine Waffe, seine Fingerabdrücke. Seine Frau sagt, dass er schon seit Tagen niedergeschlagen wirkte.«
»Kein Abschiedsbrief?«
»Nein, es sei denn, er hat einen bei der Post aufgegeben.«
»Sehr gedankenlos von ihm«, sagte Devereaux.
»Sagen Sie's Harry?«
»Was?«
»Ich weiß, dass die beiden sich nicht verstanden haben, aber er war schließlich sein Schwiegervater.«
»Ja«, sagte Devereaux unverbindlich. »Bis dann.«
Da wird Harry aber enttäuscht sein, dachte Devereaux. Cohen hatte ihm erzählt, dass ihn vor allem die Aussicht bei der Stange gehalten hatte, seinen Schwiegervater mit dessen Verbrechen zu konfrontieren – obwohl auch nicht die geringste Chance bestanden hatte, dass Devereaux ihm das erlaubt hätte.
»Du kommst nicht näher als auf hundert Meilen an deinen Schwiegervater heran«, hätte Devereaux ihm noch im Laufe dieser Nacht erklärt.
Jetzt konnte er hin, wenn er wollte. Vielleicht würde er ja den Namen auf dem Grabstein seiner Frau ändern.
Devereaux hob das Fernglas und fixierte den türkischen Checkpoint. Jetzt würde es nicht mehr lange dauern.

Flint sagte: »Ich hab heute Nachmittag mit Dominique gesprochen. Sie haben ihr gesagt, dass sie seine Beine wahrscheinlich retten können, aber dass es noch lange dauern wird, bis er wieder gehen kann, wenn überhaupt.«
»Und Ihr Vater?«

Zum ersten Mal, seit Cohen sie gesehen hatte, lächelte sie. »Dem geht's gut. Und er hat gesagt, ich soll Sie grüßen. Um die Wahrheit zu sagen, er wollte, dass ich mich noch viel überschwänglicher ausdrücke, aber ich verschone Sie, sonst werden Sie noch rot.«

»Ich bitte darum«, sagte Cohen. »Und ich verschone Sie. Ich hab nämlich mit Cutter gesprochen. Er scheint ziemlich zufrieden mit Ihnen zu sein. Heute Nachmittag ist Kurlack verhaftet worden.« Er reckte sich. »Sehen Sie die Lichter?«

»Ja.«

»Dann ist es Zeit.«

Sie duckten sich unter den rotweiß gestreiften Schlagbaum hindurch, der den griechischen Checkpoint abgrenzte, und gingen genau bis zum Mittelpunkt des Niemandslandes, wo ein UN-Lastwagen mit laufendem Motor wartete. Griechen und Türken hatten sich darauf verständigt, dass die UN-Friedenstruppen Harling und die Särge zum Luftwaffenstützpunkt transportieren würden, womit jeglicher direkte Kontakt zwischen den beiden befeindeten Seiten umgangen wurde. Ein UN-Captain, begleitet von Irish Guards, salutierte, als Devereaux sich zu ihnen gesellte.

»Irgendwas Neues?«, fragte Cohen.

»Worüber?«

»Hat Glenning sich gemeldet?«

Devereaux sagte: »Dazu ist es doch wohl noch ein bisschen früh, oder? Später, schätze ich.« Er nickte Flint zu. »Und wie geht es Ihnen, Inspector? – Oh, nein, beantworten Sie das nicht.« Er lachte leise. »Wenn ich das aus Ihrem Bericht richtig in Erinnerung habe, war die Letzte, die Ihnen diese Frage gestellt hat, die kleine Sarah Spenny – und wir wissen ja, was mit ihr passiert ist.«

»Es geht mir gut, Sir«, sagte Flint.

Der Lastwagen, der jetzt, ohne angehalten zu werden, den türkischen Checkpoint passierte und auf sie zukam, trug den Roten Halbmond, das türkische Gegenstück zum Roten Kreuz – eine weitere diplomatische Nettigkeit, mutmaßte Cohen. Aber am Steuer saß ein Soldat, und vom Beifahrersitz stieg nun lässig Zulu, noch immer ganz in Schwarz. Er war offensichtlich in Eile – keine Zeit für höfliche Formalitäten.

»Mister Cohen, Miss Flint, ich habe eine Lieferung für Sie.« Er bellte einen Befehl, und vier Männer sprangen von der Ladefläche des Wagens und fingen an, schlichte Holzsärge abzuladen, die sie nebeneinander auf den Boden stellten: ein Sarg, dann ein zweiter, dann ein dritter – und noch bevor der letzte zu sehen war, wusste Cohen, was sie getan hatten.

Flint war langsamer, aber nicht viel.

»Wo ist Harling?«

»Da drin, Miss Flint«, sagte Zulu und berührte den dritten Sarg mit der Spitze seines Stiefels. »Sie sind eine bessere Schützin, als Mister Cohen mich glauben machen wollte. Die Verletzungen, die Sie ihm beigebracht haben, waren tödlich.«

»Einen Moment noch«, sagte Flint, aber Zulu stieg bereits zurück in den Lastwagen.

Er schlug die Tür zu, beugte sich aus dem Fenster und sagte: »Mr. Cohen, ich wurde angewiesen, Ihnen zu sagen, dass Sie in der Türkischen Republik Nord-Zypern stets willkommen sind. Für Sie, Miss Flint, gilt das nicht. Die Ermittlungen zum Tode von Shilling und jetzt auch Harling sind nicht abgeschlossen, und auch die Frage des Sachschadens bleibt offen, den Sie an dreiundzwanzig Fahrzeugen angerichtet haben. Beim nächsten Mal – falls es ein nächstes Mal gibt – wird es Mister Cohen nicht mehr möglich sein, sich für Sie einzusetzen.«

Er tippte die Fingerspitzen zu einem angedeuteten Gruß an die Stirn, und dann rollte der Laster auch schon rückwärts über die türkische Linie.

»Nun denn«, sagte Devereaux, »ein sauberer, wenn auch nicht ganz befriedigender Abschluss.« Er wandte sich dem UN-Captain zu und zeigte auf die drei Särge. »Können wir?«

»Machen Sie ihn auf«, sagte Flint.

Devereaux winkte ab, als hätte sie etwas Lächerliches gesagt. »Captain, lassen Sie Ihre Männer bitte den Deckel von diesem Sarg nehmen.«

Devereaux wollte sie am Arm packen, aber sie schüttelte ihn ab.

»Sind Sie von Sinnen?«

»Fassen Sie mich nicht an, Sir.« Ihre Stimme hatte einen gefährlichen Unterton, den Cohen schon einmal gehört hatte.

»Junge Frau, stellen Sie meine Geduld nicht über Gebühr auf die Probe. Sie sind Polizeibeamtin, zum Donnerwetter, und Sie wissen sehr genau, dass wir es hier mit ›ungeklärten Todesfällen‹ zu tun haben, die ein Coroner untersuchen muss, untersuchen wird. Die Särge bleiben versiegelt, bis der Coroner etwas anderes anordnet, und Sie werden die Beweismittel keinesfalls – *keinesfalls* – antasten. Ist das klar?« Cohen hatte Devereaux noch nie so aufgebracht gesehen. »Und nun, Captain, wenn Sie so freundlich wären.«

»Nein« – Flint blieb eisern. Die Särge würden nicht bewegt werden.

»Harry, bring die Frau zur Vernunft.«

Cohen sagte: »Das kann ich nicht. Dazu hab ich nicht die Befugnis – und du auch nicht. Captain, wir sind hier bloß als Beobachter. Inspector Flint ist die offiziell für diese Festnahme zuständige Beamtin, und wenn sie sich vergewissern will, dass der Mann, den sie festnehmen sollte, wirklich in einer von diesen Kisten liegt, tja, dann …«

»Ich rufe jetzt London an«, sagte Devereaux und wandte sich Richtung Beobachtungsposten.

»Er hat für Sie gearbeitet, nicht wahr, Sir?«, rief Flint ihm nach, und er blieb wie angewurzelt stehen. »Harling, meine ich. Die ganze Zeit über, er war einer von Ihren Leuten – nicht offiziell, aber trotzdem eine wertvolle Kraft des MI5. So werden sie doch genannt, nicht, Mr. Cohen?«

»Manchmal«, sagte Cohen leise.

»Captain, lassen Sie uns bitte einen Augenblick allein.« Devereaux kam eilig zurück, einen grimmigen Ausdruck im Gesicht.

»Lassen Sie mich raten, Sir.«

»Schluss damit, sofort.«

»Ursprünglich war er legal – oder so legal, wie das bei euch möglich ist. Er war ein potentielles Talent – ist das der richtige Ausdruck? Ihr habt ihm seine Freifahrkarte aus dem Gefängnis verschafft, und er hat euch dafür mit Informationen über seine kriminellen Kunden versorgt. Shilling war für ihn zuständig, nicht? Ging zum Richter, um sich in Ihrem Namen für Frank einzusetzen? Liege ich richtig?«

»Ich warne Sie, Flint.«

»Dann führt Maitland mich nach Ellis, und Sie merken, dass Shilling falsch gespielt hat. So würde Mr. Cutter das nennen – falsch gespielt: Shilling und seine Freunde verwenden Franks Informationen – oder zumindest einige davon –, um von den Kriminellen Geld zu erpressen. Das allein ist schon schlimm genug, aber es wird noch schlimmer, nicht wahr?«

Während sie sprach, ging Flint langsam im Kreis und bewegte sich dabei immer näher an den UN-Lastwagen heran. Als sie schließlich wie durch Zufall direkt daneben stand, suchte sie die Ladefläche ab, bis sie fündig wurde.

»Denn dank Franks eidesstattlicher Erklärung, die ich Ihnen auf einem Silbertablett serviert habe, stellen Sie fest, dass Shilling Harling gedeckt hat, nachdem er in den Mord an einem Polizeibeamten verwickelt war – ganz zu schweigen davon, was sie mir angetan haben. Ihr habt Harling versteckt, eine neue Identität besorgt und ihn in einem eurer Flugzeuge außer Landes geschafft. Alle Welt denkt, dass er lediglich ein Rädchen im Getriebe von Shillings verbrecherischen Machenschaften war, aber Sie wissen es besser. Ja, er war ein Rädchen in diesem Getriebe, aber er war auch einer von euren wertvollen Kräften – eine Art Dr. Jekyll und Mr. Hyde. Wann sind Sie dahinter gekommen, Mr. Cohen?«

Cohen sagte: »Als ich das letzte Mal in Miami war.«

Flint hatte hinten im Lastwagen eine Brechstange gefunden und jetzt bewegte sie sich langsam auf den Sarg zu, den Zulu mit der Stiefelspitze berührt hatte. Devereaux tat das Gleiche.

»Mr. Devereaux, Sir, falls Sie versuchen sollten, eine Polizeibeamtin an der ordnungsgemäßen Ausübung ihrer Pflicht zu hindern, werde ich die erforderliche Gewalt anwenden, um Sie zurückzuhalten – was heißen soll, dass ich Ihnen hiermit eins überziehe.«

»Sie meint das ernst, Alan«, sagte Cohen, und Devereaux erstarrte.

»Als Sie also Mr. Cohen damit beauftragten, dem Ganzen auf den Grund zu gehen – hat er sich nicht genau so ausgedrückt, Mr. Cohen? –, ging es Ihnen in Wirklichkeit darum, Shillings Rolle in der Sache auf den Grund zu gehen: Shilling, Spenny, Taggart, Kurlack – all die Arschlocher. Oh, bitte verzeihen Sie diese Beleidigung Ihres Schwiegervaters, Mr. Cohen.«

»Arschloch ist eine sehr treffende Bezeichnung«, sagte Cohen. »Und er sollte auch mich finden – aber nur, um mich daran zu hindern, Harling zu kriegen. Stimmt das etwa nicht, Sir? Harlings Verhaftung war in Ihrem Spiel niemals vorgesehen, oder?«

»Sie wissen nicht, wovon Sie reden, junge Frau.«

»Wieso das, Sir?« Sie hatte den Sarg erreicht, ging in die Hocke und fing an, mit der Brechstange nach einem guten Ansatzpunkt unter dem Deckelrand zu suchen. »Vielleicht, weil ich ein Cop bin oder bloß eine Frau oder beides? Und falls Mr. Cohen mich nicht rechtzeitig gefunden hätte und ich bei Ihrem Spiel verletzt worden wäre – oder sogar getötet –, hätte Sie das überhaupt interessiert? Was bedeutet schon eine Polizistin weniger? Von meiner Sorte gibt es ja mehr als genug.«

»Das bezweifle ich«, sagte Cohen.

»Ich hoffe nicht«, sagte Devereaux. »Meine gute Grace Flint, jetzt hören Sie mir mal zu. Es ist noch nicht zu spät für Sie – Sie können noch immer all die Ehrungen einheimsen, die Ihnen zustehen. Sogar du, Cohen, hast dir noch nichts zuschulden kommen lassen. Lasst die Kiste da in Ruhe.«

»Warum, Sir? Was meinen Sie denn, was ich darin finde?«

»Es gibt Dinge, die gehen Sie nichts an. Dinge, die ich Ihnen nicht erklären kann.«

»Ja«, sagte sie. »Das hab ich mir gedacht.«

Mit einer Kraft, die aus Wut erwuchs, wuchtete sie den Deckel von Frank Harlings Sarg und starrte ohne Überraschung hinunter auf die kopflose Leiche von Metin Cadessi.

Grace Flint und Harry Cohen in einem Flugzeug nach London, sie anscheinend im Tiefschlaf, ihr Kopf an seiner Schulter.

Devereaux hatte ihnen gesagt, dass die Regierung Ihrer Majestät

bei der Türkischen Republik Nord-Zypern offiziell Protest einreichen würde, mit der Forderung, den »Irrtum« zu korrigieren, Harlings Leiche zu übergeben oder – falls er noch lebte – seinen derzeitigen Aufenthaltsort bekannt zu geben. Da die Regierung Ihrer Majestät die Türkische Republik Nord-Zypern nicht anerkennt, erfüllte sie das nicht gerade mit Zuversicht.
Flint rührte sich und sagte: »Aber er kann ja nicht raus, nicht wahr? Frank, meine ich. Er kann nirgendwo sonst mehr hin nicht jetzt, noch nicht.«
Cohen seufzte. »Grace, Zulu hat keine Witze gemacht. Sie können nicht wieder dorthin zurück.«
Sie hob den Kopf, um ihn anzusehen, und Cohen dachte, dass ihr Vater sich zumindest in einer Sache getäuscht hatte: Was auch immer in Grace Flints Augen lag, es war jedenfalls keine Resignation.

Epilog

Sechs Monate später, und Flint verwöhnt sich selbst in dem noblen Coffee Shop des *Buccaneer*; Cutters Einladung. »Wir kommen etwas später«, hatte er über sein Handy gesagt, »vertreiben Sie sich doch mit diesen köstlichen Erdbeeren ein bisschen die Zeit. Auf meine Rechnung.« Um die Tatsache zu feiern, dass der Ehrenwerte Richter Walter R. Patterson heute Morgen mit einem knappen »Abgelehnt« den letzten Versuch eines raffinierten Antrags der Verteidigung abgeschmettert hat, gönnt sie sich dazu ein Glas Champagner mit einem Schuss Pfirsichnektar. »Sie sollten sich keinen Illusionen hingeben, Gentlemen«, hatte der Richter den versammelten Anwälten erklärt, »dieser Fall kommt vor Gericht« – was bedeutet, dass der Scheißwiderling Jackson Kurlack vor Gericht kommt –, und Flint hebt ihr Glas als stillen Gruß an Kevin Hechter.

Nun, da genügend Zeit vergangen ist, hat sie Kevin unversehrt in Erinnerung. Nur noch in ihren Alpträumen sieht sie seine abgetrennte Hand vor sich.

Sie hat vorher angerufen und denselben Tisch reservieren lassen, an dem sie und Cutter zusehen konnten, wie Aleksei Rykov allmählich die Fassung verlor, Kevins Halbautomatik fest und ruhig in ihrer Hand. Da es Rykov war, der sie – indirekt – auf Frank Harlings Spur brachte, und da es bei diesem Treffen angeblich um Frank gehen soll – »Es gibt da was Neues über Frank Harling, das Sie wissen sollten«, sagte Cutter –, hält sie es für durchaus passend, die Neuigkeit hier zu erfahren.

Sie sieht Cutter in seinem üblichen Tempo heraneilen und mit hundert Meilen pro Stunde ins Le Café gefegt kommen. Obwohl Flint schon seit fast drei Monaten wieder in Miami ist, um der Staatsanwaltschaft bei den Ermittlungen gegen Kurlack zu helfen – vor allem, um Carrie Evanovichs unersättlichen Appetit nach weiteren belastenden Beweisen zu stillen –, hat sie Cutter erst zweimal gesehen, und auch das nur ganz kurz. Die von ihm so genannten »Risiken und Nebenwirkungen« des Falles haben ihn die meiste Zeit in Washington festgehalten, um den Manövern derjenigen Geheimdienstler entgegenzuarbeiten, denen es am liebsten wäre, wenn alle »überflüssigen Angelegenheiten« – also solche, die nicht unmittelbar mit dem Anschlag auf den Learjet zu tun hatten – beim Prozess gegen Kurlack unerwähnt blieben.
Das heißt, falls es wirklich unbedingt zum Prozess kommen muss. Diejenigen in Washington, die »das Gesamtbild« im Auge haben, drängen und fragen noch immer, ob es nicht möglich wäre, sich mit Kurlacks Anwälten auf irgendeinen Deal zu verständigen – der ein gewisses Maß an Gerechtigkeit bringen und den Schaden begrenzen würde. »Es gibt keinen Deal, auf den ich mich einlassen würde«, so lautet Cutters unversöhnliche Position, und bislang konnte er sich damit durchsetzen.
»Wen haben wir denn da? Ist das nicht unsere Mrs. Breslin?«, sagt Cutter und tritt neben sie, mit einem breiten Lächeln und einem übermütigen Augenzwinkern.
»Hallo, Mr. Cutter« – durchaus freundlich, aber ihr Lächeln bleibt reserviert. Die Erfahrung hat sie gelehrt, dass ein liebenswerter Cutter so trügerisch sein kann wie Treibsand, und ehe man sich's versieht, steckt man schon bis zum Hals in Schwierigkeiten. *Was meinst du, Schatz? Willst du hier bei Vladimir blei-*

ben, während wir das Geschäftliche erledigen? Das macht dir doch nichts aus, Liebling, oder?
Doch – das macht mir was aus. Diesmal schon.
Cutter nimmt Platz und sagt: »Alex ist noch auf dem Klo. Muss jeden Moment hier sein.«
»Alex?«
»Ja. Alex Bland, ich hab ihn bestimmt schon mal erwähnt. Was trinken Sie denn da – Champagner?«
Sie nickt, und Cutter redet weiter: »Carrie hat mir von der richterlichen Entscheidung berichtet. Gute Arbeit, Grace.«
»Es war Carries Antrag – ich bin bloß ihre Wasserträgerin. Sie wollten mir was über Mr. Bland erzählen.«
»Klar. Er arbeitet von unserer Botschaft in Ankara aus. Und hören Sie mir mit diesem Bescheidenheitsscheiß auf. Wir sind ein Team, und Sie sind dabei, und nach dem, was Carrie mir erzählt hat, tun Sie weit mehr, als Sie tun müssten.«
»Danke. Ist Mr. Bland auch mit im Team?«
»In gewisser Weise«, sagt Cutter. »Und wenn Sie wissen wollen, was er macht, dann fragen Sie ihn selbst. He, Alex – hier sind wir.«
Alex Bland geht leicht nach vorn gebeugt, als wollte er sich für seine Größe entschuldigen. Er ist so dünn, wie Cutter untersetzt ist, und im Gegensatz zu Cutter hat er noch seine ganze Haarpracht – ein dichter hellbrauner Schopf, der ihm lockig in die Stirn fällt. Er hat einen breiten sinnlichen Mund und gefährliche Augen – das heißt, gefährlich für Flint, denn sie spürt, dass sie auf der Stelle von ihnen fasziniert ist; immer ein schlechtes Zeichen bei einem Mann.
Er stellt ein Paket auf den Tisch, das wie ein Geschenk in Silberpapier gewickelt und mit einer scharlachroten Schleife verziert

ist. Dann streckt er ihr die Hand hin. »Ich hab schon viel von Ihnen gehört«, sagt er, »und nur Gutes.«
»Alex war mit Harry in Nikosia«, sagt Cutter, »und hat Denktasch Druck gemacht.«
»Zum Teil können Sie sich also bei mir für Captain Zulu bedanken«, sagt Bland. Er hat ein rasches, einnehmendes Lächeln, das er wie auf Knopfdruck einschalten kann – noch eine bedrohliche Verlockung für Flint. »Tut mir Leid.«
»War nicht Ihre Schuld, Sir.«
Er hat ihre Hand noch immer nicht losgelassen.
»Oh, bitte nennen Sie mich nicht Sir. Da fühl ich mich ja gleich alt genug, um ihr Vater zu sein – und so alt bin ich noch nicht.«
Mit Pokermiene fragt sie: »Wie alt sind Sie dann, Alex?«, und er zieht mit gespieltem Entsetzen seine Hand zurück.
»Das geht Sie nichts an.«
»Genau wie das, was Sie machen? In der Botschaft, meine ich.«
Bland lacht, schiebt sich die Locke aus der Stirn und sagt: »Na ja, Sie hatten mich ja gewarnt, Aldus.«
Cutter sagt plötzlich ernst: »Er hört das Gras wachsen, Flint. Deshalb ist er auch hier« – er zeigt auf das Paket – »mit dem da.«

Nachdem sie bestellt haben, wobei Flint ruhig blieb und sein Gesicht musterte, sagt Bland: »Ursprünglich hatten wir gehört, er sei frei und aus dem Schneider. Die Wunde hatte sich infiziert, und seine Schulter musste gerichtet werden, und er war knapp drei Wochen im Krankenhaus. Dann ging er zurück nach Kyrenia, wo er sich ziemlich bedeckt hielt – wie ich höre auf Anordnung von oben: Nicht auffallen und keinen Ärger mehr, bis das Ganze vorbei ist.«

»Es wäre nie vorbei gewesen«, sagt Cutter. »Nicht, solange sie lebt.«
Bland zuckt die Achseln. »Das britische Protestschreiben war natürlich ein reines Verschleierungsmanöver. Denktaschs Leute haben es zurück über die ›grüne Linie‹ geschickt und dem Hochkommissar ausrichten lassen, wenn er Informationen haben wolle, sollte er eine förmliche Anfrage einreichen – ein Ersuchen um Amtshilfe, ich zitiere, ›wie es für den Umgang zweier souveräner Staaten miteinander üblich ist‹ –, und das war's dann. Punkt, aus, Ende.«
»Wie Devereaux von Anfang an gewusst hat«, sagt Cutter.
Die Erwähnung von Devereaux' Namen lässt Flint nach ihrem halb vollen Weinglas greifen.
»Höchstwahrscheinlich«, sagt Bland, »doch dann, vor etwa zwei Wochen, kommt mir zu Ohren, dass Harling unruhig wird, dass er nach einer Möglichkeit sucht, die Insel irgendwie zu verlassen. Bei seinem Geld ist das eigentlich kein Problem. Schwierig ist bloß, einen Ort zu finden, wo er hinkann, und nach dem, was ich höre, möchte er ein Geschäft machen – nicht mit den Briten, natürlich, sondern mit uns.«
»Uns?«, schaltet Flint sich wieder ein.
»Genauer gesagt mit dem CIA. Er lässt also Langley eine Nachricht zukommen, dass es einige CIA-Operationen gegeben hat, die durch das UNTERNEHMEN gefährdet wurden, und dass er bereit ist, ein paar Einzelheiten zu liefern, im Gegenzug für ein bisschen Hilfe bei seiner Suche nach einem sicheren Hafen. Falls wir ihm *großzügige* Hilfe zukommen lassen, dann, so sagt er, ist er bereit, alles auszuplaudern, was er weiß. Wenn man zwischen den Zeilen liest, hat er ihnen im Grunde jedes schmutzige Geheimnis angeboten, das er über Devereaux und MI5 in

der Hand hatte – und über MI6, was mich jedenfalls nicht wundern würde.«
Cutter bemerkt Flints Verblüffung und sagt: »Ich wusste nichts davon. Damals jedenfalls nicht.«
»Langley war nicht desinteressiert«, formuliert Bland zurückhaltend, »aber sie wollten mehr über die Ware wissen, die er anzubieten hatte. Also haben sie jemanden hingeschickt, um sich mit Harling zu treffen. Das war vor zehn Tagen, im Dome Hotel – Harlings Idee. Er hat den Treffpunkt vorgeschlagen. Sein Fehler.«
»Zu öffentlich«, wirft Cutter als Erklärung ein.
»Am nächsten Abend sollten sie sich eigentlich wieder treffen, aber Harling kam nicht mehr.«
»Wie lange haben Sie gewartet?«, fragt Flint, und Bland antwortet mit einem Lächeln.
»Soweit wir wissen, wurde er an jenem Nachmittag verhaftet – eigentlich nicht verhaftet, sondern bei einer Kontrolle auf der Straße nach Nikosia aufgegriffen. Das war kein normaler Checkpoint«, sagt Bland und hält dann inne. »Es waren Zulus Männer. Zwei Tage später – zufällig war ich da gerade in Nikosia – wurde mir das hier ins Hotelzimmer geliefert.«
Mit »das hier« meint er das Paket, das inzwischen auf dem Stuhl zwischen ihm und Flint ruht.
»Es war für Sie gedacht, obwohl ich das erst gemerkt habe, als ich es aufmachte und das hier darin fand.«
Aus seiner Tasche holt Bland einen unadressierten und unverschlossenen Umschlag. Er reicht ihn ihr, und sie zieht eine Karte heraus, auf der mit Schreibmaschine geschrieben steht: »Für Flint – Auge um Auge.«
»Sie können mir glauben«, sagt Bland, »dass Harling tot ist.«

Nein, kann ich nicht, denkt sie. Aber sie sagt: »Woher wissen Sie das?«
Cutter schaltet sich ein. »Vor drei Tagen hat die Türkische Republik Nord-Zypern den Hochkommissar davon in Kenntnis gesetzt, dass ein britischer Tourist namens Gerald Sutton bei einem Autounfall ums Leben gekommen ist – so wurde es formuliert. Die Leiche wurde zum Checkpoint gebracht und dann nach London geflogen. Ich habe vorhin noch mit Glenning gesprochen – deshalb haben wir uns verspätet. Es ist Harling, anhand seiner Fingerabdrücke hundertprozentig identifiziert. Es gibt keinen Zweifel.«
Flint antwortet nicht. Sie hebt das Paket an und spürt sein Gewicht – und sie fühlt tief in sich die Gewissheit, dass sie ihr zumindest jetzt am Ende die Wahrheit sagen: Frank Harling ist für sie nicht mehr erreichbar.
»Ihr glaubt nicht, dass es ein Unfall war?«, sagt sie schließlich.
»Nein«, sagt Cutter. »Und das werden Sie ebenfalls nicht, wenn Sie das Paket geöffnet haben.« Sie fängt an, die Schleife zu lösen, und Cutter sagt beschwörend: »Nicht hier.«
»Wo denn dann?«
Sie starrt sie an, einen nach dem anderen, bis Bland resigniert sagt: »Ich hab oben ein Zimmer.«
Sie gehen aus dem Coffee Shop, durchqueren die Lobby, fahren mit dem Lift in den sechsten Stock und marschieren den Flur entlang zu Blands Zimmer, er vorneweg, Flint in der Mitte mit dem Paket, Cutter dahinter.
In Blands Zimmer stellt sie das Paket aufs Bett, löst die Schleife und entfernt behutsam das Papier. Jetzt hat sie eine Pappschachtel vor sich, auf deren Deckel das geschmacklose Foto eines Sarges geklebt ist.

»Sind Sie sicher, dass Sie das sehen wollen?«, sagt Bland.
Nein, eigentlich nicht – aber auch ja. Nichts – nicht mal ihr aufsteigendes Ekelgefühl – kann sie daran hindern, den Deckel zu heben.
Sie tut, was sie tun muss, und findet unter dem Deckel eine Maske – eine Totenmaske mit entsetzlich entstellten Gesichtszügen, die ihr verraten, dass Frank Harling keines friedlichen Todes gestorben ist.
Auge um Auge, Maske um Maske – seine ist sogar noch dauerhafter als ihre.

»Und, was empfindest du jetzt?«
Gute Frage. Wieder daheim in ihrem vorübergehenden Zuhause in Key Biscayne, mit Blick auf zwei Boote, die cremefarbene Wellen quer durch die Bucht hinter sich herzogen, dachte Flint über die widerstreitenden Gefühle nach, die an ihr zerrten. Ein Hauch Erleichterung, dass es endlich vorbei war, aber auch Wut darüber, dass Devereaux die Bücher so sauber geschlossen hatte – wie er es zweifellos formulieren würde –, und Frustration angesichts ihrer Unfähigkeit, irgendetwas dagegen zu tun. Auch Befriedigung darüber, dass Harling höchstwahrscheinlich etwas von der Angst und dem Schmerz erfahren hatte, die sie durch ihn erlitten hatte – aber auch ein schlechtes Gewissen, dass ihr die Vorstellung gut tat. Sie wusste nicht, was sie wirklich empfand, bis Gilles Bourdonnec das Thema anschnitt.
»Grace«, sagte er, »bist du noch dran?«
»Ich denke, vor allem fühle ich mich betrogen.«
»Betrogen?« Die Telefonverbindung war ungewöhnlich klar. »Ich versteh nicht ganz.«

Sie zögerte – unsicher, ob sie Gilles jetzt noch erzählen sollte, was sie keiner Menschenseele anvertraut hatte.
Warum nicht? Sie stellte sich Gilles vor, gefangen in seinem Rollstuhl, gefangen in seiner kleinen Wohnung, niemals in der Lage, das Haus zu verlassen, es sei denn, er fand jemanden, der stark genug war und gewillt, ihn auf dem Rücken einhundertsiebenunddreißig Stufen hinunterzutragen. Und all das wegen ihr, im Grunde – wegen ihrer Obsession. Sie schuldete ihm die Wahrheit.
»Grace.«
»Er gehörte mir, Gilles. Mir allein. Ich wäre wieder hingefahren, um ihn mir zu holen.«
»Was? Bist du verrückt geworden? Du hättest doch niemals zurückgekonnt.«
»Doch, hätte ich«, sagte sie leise.
»Wann? Wie? Grace, ich glaube nicht …«
Sie fiel ihm ins Wort. »Nach Kurlacks Verhandlung. Dann hätte ich mir Urlaub genommen. Es gibt eine Fähre zwischen der Türkischen Republik Nord-Zypern und dem Libanon, was bedeutet, dass ich gar nicht aufs türkische Festland gemusst hätte. Mit ein bisschen Glück hätte ich es an einem Tag rein und wieder raus schaffen können.«
»Aber es gibt doch bestimmt Kontrollen, selbst für Leute, die aus dem Libanon kommen? Die haben mit Sicherheit eine Liste gesuchter Personen. Die hätten dich direkt bei der Landung erwischt.«
»Nein, hätten sie nicht«, sagte sie. »Vergiss nicht, ich bin ziemlich gut darin, nicht ich zu sein.« Dann sagte sie fröhlicher: »Ich hab einen neuen Pass: Katia Borville, französische Staatsangehörige, freiberufliche Fotografin – was meinst du dazu?«

»Ich meine, dass dein Captain Zulu dir einen Riesengefallen getan hat. *Merde!*«
»Es war nicht richtig, Gilles. Ich konnte ihn einfach nicht davonkommen lassen.«
»Na gut …« Sie konnte den Ärger in seiner Stimme hören. »Na gut, nehmen wir mal an – auch wenn es völlig abwegig ist –, du hättest es geschafft, du wärst tatsächlich reingekommen. Was dann? Was hättest du dann getan?«
Was dann? – die immer gleiche Frage, die alle stellten; die sie sich selbst stellte.
»Er wäre beschützt worden«, sagte Gilles.
»Nein, das glaub ich nicht – beobachtet, wahrscheinlich, aber nicht beschützt. Die wären niemals davon ausgegangen, dass ich so blöd bin, noch mal zurückzukommen.« Sie lachte. »Wie du, Gilles, mein Guter.«
»Oh, nein, Grace, nicht wie ich«, sagte er bestimmt. »Ich weiß, dass du ein störrischer Esel bist. Dominique hat zu mir gesagt: ›Sie hört nie auf, sie gibt nicht auf.‹ Ich hab ihr widersprochen, aber natürlich wusste ich, dass sie Recht hat. Ich hab bloß nicht geglaubt, dass du *derart* verrückt bist. Sag mal«, fuhr er fort, »denkst du – glaubst du wirklich –, er wäre mit dir gekommen, auf die Fähre zurück in den Libanon?«
Sie dachte über die Antwort nach und sagte dann mit fester Stimme: »Ja.«
»Warum? Warum hätte er das tun sollen?«
»Weil er wusste – und er ist der Einzige, der es wirklich weiß –, dass ich ihn töten wollte, als ich auf ihn geschossen habe. Ich hab nicht getroffen, Gilles. Ich hab auf sein Herz gezielt.«
»Und?«
»Beim zweiten Mal hätte ich getroffen.«

Jetzt wusste er, was sie vorgehabt hatte – warum sie sich betrogen fühlte. Sie unterbrach das Schweigen nicht.

Schließlich sagte Gilles, als wäre das Thema Harling für ihn erschöpft: »Und die Kurlack-Sache läuft gut?«

»Besser als gut. Ich hab eine ziemlich gute Spur zu den drei Arschlöchern, die Kurlack runter auf die Insel geschickt hat, um uns umzulegen – die die Bombe im Flugzeug versteckt haben. Morgen fliege ich hin, mal sehen, ob Peggy Pringle sie anhand ihrer Fotos identifizieren kann. Und wenn ja, fällt mindestens einer von ihnen um. So was passt zu solchen Arschlöchern.«

»*Bien.* Dann ist es endlich vorbei.«

»Nein«, sagte sie. »Die anderen sind auch noch auf freiem Fuß – die Mario getötet und dich verletzt haben. Es gibt da jemand, der weiß, wer sie sind. Das kommt als Nächstes dran.«

»Da bin ich ja froh, dass Harling nicht mehr unter den Lebenden weilt, um dich abzulenken. Es wäre mir sehr lieb, wenn die erwischt würden, Grace.«

»Verlass dich drauf«, sagte sie in Cutters gedehnter Sprache.

Gilles lachte auf und sagte: »Dominique will dich noch sprechen. Bis bald dann, *gros bisous.*«

Während sie darauf wartete, dass Dominique ans Telefon kam, ging sie hinaus auf den Balkon, von wo aus sie die ganze Bucht überblicken konnte. Sie dachte an Harling und die Maske in der Schachtel, die man ihr übergeben hatte.

Bringen Sie's zu Ende, verdammt noch mal, schien er zu sagen, sein Mund zu einem immer währenden Schrei verzerrt.

Tja, nun ist es zu Ende, Frank.

»Hat er es dir erzählt?« – Dominiques Stimme überschlug sich fast am Telefon vor Aufregung.

»Was erzählt?«

»Er ist gegangen.«

»*Was?* Wann?«

»Heute! Er ist fünf Schritte gegangen! Morgen, so sagen sie, werden es schon sechs sein.«

Jetzt kamen ihr die Tränen, und Flint erging es ebenso.

»Oh, Dominique.«

»Er wird wieder gesund, Grace. Es wird wieder alles gut.«

Jetzt ja, dachte sie. Jetzt endlich bestand die Möglichkeit.